LE CHANT DES VAINCUS

Journaliste, critique littéraire et essayiste, Tarun J Tejpal est très admiré en Inde ; il est le fondateur de *Tehelka*, un magazine d'investigation. En 2002, *BusinessWeek* distingua Tarun J Tejpal comme l'un des cinquante leaders du changement en Asie. Il est l'auteur de *Loin de Chandigarh*, son premier roman, qui a obtenu le Prix des lecteurs du Livre de Poche-Choix des libraires 2007.

Paru au Livre de Poche :

LOIN DE CHANDIGARH
LA VALLÉE DES MASQUES

TARUN J TEJPAL

Le Chant des vaincus

ROMAN TRADUIT DE L'ANGLAIS (INDE)
PAR SYLVIE SCHNEITER

BUCHET/CHASTEL

Titre original :

THE LINE OF MERCY
Publié par HarperCollins India.

ISBN : 978-2-253-90807-4 – 1re publication LGF

Nos dettes envers les morts ne sont jamais réglées.

À Shakuntala, 1936-2014
Qui ne m'abandonna jamais, que je n'ai ni soignée ni étreinte, tandis qu'elle agonisait.

À Inderjit, 1931-2015
Cartographe des rêves, le monde existe toujours, père, mais où est le plaisir de le maîtriser ?

À Vidia Naipaul, 1932-2018
Une première intuition de possibilité, un lien mystérieux et profond, la transmutation magistrale d'une rage en art.

À Ram Jethmalani, 1923-2019
Armure, missile, sondant le clair-obscur du cœur – toujours disponible pour un cri de guerre.

À Rajeev Gomes, 1974-2021
La splendeur d'un être qui lutta contre le pouvoir maléfique et les préjugés avec des faits et la passion.

Regarde l'œuvre de Dieu – qui pourra redresser ce qu'il a courbé ?

L'Ecclésiaste 7,13

À quoi bon la clémence plus tard, ô toi le Miséricordieux ? Ici, maintenant, ton serviteur souffre en ce monde – et on t'appelle le seigneur qui a pitié des pauvres !

Surdas

Je n'incite pas mon cœur à se justifier pour qu'on le comprenne.
À mon sens, les lois élémentaires ne cherchent jamais d'excuses.

Walt Whitman

1
La mort dans l'âme

Les hommes jugent les autres pour s'absoudre.

Aucune drogue au monde n'est aussi grisante que la moralité. Le plaisir est fleur de cytise – il s'évanouit en un éclair fulgurant. En revanche, la vertu est d'une indomptable énergie, pareille à celle du banian en constante régénération. Elle déploie de nouvelles branches. Elle engendre sa propre forêt.

Les hommes ont créé un dieu par frénésie de moralité. Voilà pourquoi ils préfèrent châtier que pardonner.

Voilà pourquoi prêtres et théologiens se sont efforcés de lui inventer de complexes justifications au fil des siècles. En vérité, Dieu est un juge exécrable défendu par des avocats d'exception. Seuls quelques-uns le font gratuitement.

Vous êtes des larves, assena Asambhav Kumar aux deux garçons. Tellement minuscules, tellement répugnantes que les autres larves vous fuient. Lors de votre réincarnation, vous renaîtrez dans la merde d'autres larves. C'est ce que vous méritez d'être : des larves dans la merde d'autres larves.

Luisants de sueur, les deux garçons – au teint brûlé de pêcheurs – traînaient leurs pieds chaussés d'Adidas. Dans le regard qu'ils décochaient, ils tentaient de conjuguer le défi et la soumission. Leurs tenues étaient élégantes, un jean brut et un t-shirt de couleur vive, tandis que leurs cheveux étaient hérissés en pointes tendance.

Asambhav leur tournait autour en tapant lentement sa canne de bambou sur le ciment fissuré du sol qui s'effritait à la manière d'une croûte de petit gâteau. Une lumière blanche éclairait la pièce malgré la crasse immémoriale zébrant les néons effilés, de guingois.

Cette atmosphère de vétusté poussiéreuse aurait pu être celle d'un des millions de bureaux de l'administration publique installés dans une dizaine de milliers d'immeubles au matériau variant de la pierre médiévale au chrome moderne de ce pays démesuré. Or il n'en était rien. C'était la salle de réception des condamnés. Le comptoir d'enregistrement de la zone crépusculaire où les voyageurs se dépouillaient de l'habit de lumière et revêtaient le manteau d'obscurité.

Un processus auquel Asambhav contribuait, non sans altruisme.

Asambhav était mince et il avait le visage poupin au teint clair d'une vedette de cinéma des années soixante. Des lèvres roses. Des yeux marron d'une nuance caramel. De longs cils semblables à des ailes de papillon. Une chemise sans aucun pli, un jean repassé. Une raie dans ses cheveux huilés, aussi rectiligne qu'une rigole dans des champs. Il était rasé de près et l'humidité dont l'air était saturé perlait à sa lèvre supérieure.

Il était forgé pour la corruption, non pour la violence.

Pour l'amour, non pour la haine.

Qu'est-ce que vous méritez d'être ? demanda-t-il.

Des larves, répondirent les garçons, les yeux baissés.

Des larves, exactement, siffla-t-il, décrivant des cercles sur leur torse avec la pointe de sa canne.

Épouvantés, les garçons s'efforçaient de deviner ce qui les sauverait : l'avilissement ou le culot. Ils levèrent les yeux, où une fierté circonspecte se mêlait à la docilité.

D'abord, déshabillez-vous ! Complètement !

Les garçons jetèrent un regard circulaire à la pièce. Aux tableaux noirs où des noms vieillots et des emplois du temps étaient négligemment écrits à la craie. Aux placards en métal rouillé et cabossé. Aux calendriers muraux où figuraient des dieux flamboyants et des hommes politiques rayonnants. Aux fenêtres sans vitres équipées de gros barreaux en fer. Au grand bureau en contreplaqué sur lequel se penchait un homme grisonnant en uniforme kaki. Au panneau grillagé fixé sur la cloison derrière lui, où pendaient des rangées de clés étincelantes. Aux bancs en bois le long des murs où étaient assis d'autres kakis absorbés par diverses tâches : lecture de journaux, pianotage de touches, envoi de textos sur leur téléphone. Aux chaises en métal où des gens comme eux n'oseraient jamais prendre place. Après quoi, l'un et l'autre ôtèrent leur t-shirt, leur tricot de corps rouge, détachèrent la ceinture de leur jean, et le retirèrent.

Leur caleçon moulant et coloré était boursouflé à la taille par une ceinture élastique blanche de la marque

Macho. Ils étaient frères, comme le sont toujours ce genre de garçons.

Leurs baskets rutilantes – identiques, aux reflets jaune fluo – étaient posées près d'eux telles les reliques sacrées d'un dieu moderne.

Complètement, ordonna Asambhav.

Les garçons le fixèrent et traînèrent les pieds. À l'extérieur de cette pièce, de ces murs, ils lui auraient fait mordre la poussière en l'espace de quelques minutes.

Sous leurs vêtements chics, ils avaient une peau d'un brun magnifique. Fils du soleil de la côte.

Un fracas de métal contre métal résonna quelque part. La plainte d'un avion se perdit dans de lointains nuages. Une voix stridente provenant du couloir cria le nom d'un leader politique et psalmodia : *Sardarji agg lugg gayi andar bahr ji !*

Quelqu'un se livrait à une analyse du Premier ministre indien.

Asambhav Kumar donna un coup de canne derrière les genoux d'un des garçons, le plus petit, qui s'écroula en braillant : Je nique ma mère ! Il resta par terre, semblable à un étron, geignant, un bras formant une canopée au-dessus de sa tête.

Asambhav enfonça le bout de sa canne écrabouillé comme une brosse à dents usée dans la hanche du garçon qui se remit à hurler son désir impérieux d'inceste.

Rodrigues, assis sur le banc en bois, son uniforme déboutonné, les pieds nus glissés sous son postérieur, lisait le journal du matin. Il leva les yeux. La canne lui appartenait et il la récupérerait au terme de cette scène préliminaire.

Plus vite que ça, siffla tout bas Asambhav, brandissant la canne comme si c'était un crayon d'instituteur.

Il y eut un regain d'agitation et, quand le garçon se redressa, il était complètement nu, le fruit de ses parties génitales ratatiné par la peur. À sa droite, son compagnon – plus grand et plus foncé – avait précipitamment arraché son caleçon sous l'effet de la panique. Mais la vulgaire servilité ne peut se substituer à la punition, de sorte qu'Asambhav lui fouetta le haut des cuisses ; à peine le bambou eut-il effleuré ses testicules que le garçon laissa échapper un hurlement avant de se replier à la manière d'une feuille de journal.

Tenir la canne entre ses mains plaisait à Asambhav, ça lui donnait envie de jouer. Jusqu'à présent, il se servait de ses poings et de coups de pied sauf que, huit jours plus tôt, le *padekar* balèze – un cueilleur de noix de coco qu'il tabassait – lui avait soudain tourné le dos, de sorte qu'il s'était tordu la main sur l'épaule de l'assassin de sa propre épouse. La douleur lui avait vrillé le bras, les larmes lui étaient montées aux yeux, ce qui l'avait poussé à rouer de coups de pied le salopard, au point de rompre les brides de ses sandales.

Son poignet était désormais enduit de baume et entouré d'une bande Velpeau orange. Le *padekar* s'était présenté à l'infirmerie avec des testicules gonflés. Il avait prétendu être tombé dans les toilettes. Le préparateur lui avait donné une plaquette d'ibuprofène avant de l'expédier à l'hôpital de la ville voisine.

Le *padekar* aimait sa ravissante épouse. Le doute lui était cependant tombé dessus comme une fiente d'oiseau un jour qu'il laissait son bras reposer à plus de vingt mètres du sol entre deux entailles. Seul un pilote ou un *padekar* sait que la terre n'appartient pas aux humains, qui se bornent à la fouler et à se l'approprier. Les pilotes et les *padekars* qui la regardent d'un œil plus averti savent que la terre reprendra tout aux humains quand elle le décidera. Au milieu de la matinée en question, du haut de son perchoir, le *padekar* avait remarqué la fille mariée du propriétaire en train de parler à un garçon sur une moto. Ils se tenaient au bout de l'allée et elle effleurait de la main le guidon lisse comme s'il s'agissait de la fourrure d'un chien docile. La colonne vertébrale du garçon se cambrait à la manière d'un corps de danseur.

Le *padekar* pensa à sa ravissante épouse qui se rendait régulièrement en ville alors qu'il cueillait des fruits sur de grands arbres. Combien de jeunes gens y avait-il sur la terre ferme ? Combien de motos ?

Désormais le *padekar* ne cessait d'entendre des motos : elles tournaient autour de sa maison pendant son sommeil, elles s'approchaient en vrombissant ou s'éloignaient avec un grondement sinistre quand il était réveillé. Lorsqu'il prenait un bain dans son appentis de brique et de tôle ondulée, il arrêtait subitement de s'asperger avec la jatte afin de mieux capter le vrombissement d'un moteur. Il se mit à travailler à une vitesse imprudente – il escaladait les troncs qui oscillaient, s'élançait pour s'attaquer aux noix de coco, se dépêchait de descendre, histoire d'arriver chez lui avant les motos. Il priait pour qu'il y ait un arbre suffisamment haut pour lui permettre de scruter le paysage, depuis son nid d'aigle, du village jusqu'à la ville.

Il ne tarda pas à boire plus d'arak que de coutume. Un après-midi, à son retour chez lui, il vit que sa femme regardait une course de motos sur leur minuscule poste de télévision. Cette nuit-là, l'horrible vérité de sa vie le fit sangloter. Il imagina sa femme juchée sur une moto. La pression de sa chair sur le cuir. Ses bras en quête de motricité. Le lendemain, il picola avant d'aller travailler et de gravir lentement les arbres dans son *khaddum*[1] avec l'espoir qu'une lourde noix tomberait sur son crâne et couperait court à son tourment.

Cette nuit-là, il rêva qu'il était attaché à la roue d'une gigantesque moto qui avalait la route en rugissant tandis que le sari de sa femme claquait sur son visage. Les deux jours suivants, il but tellement d'arak que la puanteur de sa pisse plana comme une brume dans l'allée.

Puis il y eut la nuit où sa ravissante épouse infidèle – dont les deux longues tresses cascadaient sur ses seins – lui déclara, furieuse, que sans son alcoolisme ils seraient déjà les heureux propriétaires d'une moto.

Le *padekar* – qui avait décapité une centaine de milliers de noix de coco – lui trancha la tête en un coup magistral de son *koito*[2].

La police le trouva errant dans les rizières, les tresses de son épouse nouées autour du cou. Il tenait le visage de celle-ci en face du sien et il lui chantait un air d'amour éternel, populaire.

Le malheur du *padekar* inspirait une certaine compassion à Asambhav. Tout ce qui était commis au nom de l'amour pour une femme était respectable. Ces jeunes salauds, en revanche…

---

1. Harnais en corde. *(Toutes les notes sont de la traductrice.)*
2. Machette.

Il les frappa encore et encore sur les fesses, les mollets ; ils poussèrent des gémissements de chiens bâtards auxquels on lançait des pierres.

Pervers, maquereaux et violeurs déferlaient jour après jour. Des hommes, jeunes ou vieux, faibles ou forts, pauvres ou riches. Des hommes malades, malades, malades. La perversion sexuelle du monde écœurait Asambhav. On eût dit que les hommes ne recherchaient qu'une chose : un soulagement rapide. Parmi les déviances de ce triste monde, celle-ci – la jouissance des hommes et des femmes – était indéniablement la plus déplaisante.

Asambhav comprenait l'amour et la passion. Il ne tolérait pas les attouchements et les pelotages. Châtier ces petits salauds ne suffisait pas, pensait-il. Il faudrait traduire en justice et bastonner leurs parents, leurs professeurs, leurs amis, tous autant qu'ils étaient.

Quand une mangue pourrit sur la branche, on traite l'arbre entier.

Si la pourriture s'est insinuée trop profondément, il faut abattre l'arbre maudit.

Ces deux larves avaient caressé une fille qu'ils dépassaient à moto. Quand elle les avait couverts d'injures, ils avaient fait demi-tour, puis l'avaient embarquée, coincée entre eux jusqu'à la capitale d'où ils l'avaient ensuite ramenée. Sa mère, qui vendait des poissons au carrefour de l'aéroport, avait aperçu le trio roulant à toute allure et sa fille qui, semblable à une feuille de laitue dans un sandwich, battait des bras. Laissant tomber une carangue qu'elle pesait, elle s'était essuyé les mains sur son sari et avait téléphoné à son fils, un membre du *panchayat*[1]. Le fils avait appelé Sardesai, le chef de police du *thana*[2], qui avait obligé les garçons à rester accroupis à même le sol du poste de police, le temps qu'il boive son premier verre de la soirée.

Les garçons prétendirent que c'était une amie. La fille affirma que c'était faux. La mère les gifla ainsi que sa fille. Le frère leur flanqua des coups de pied et une claque à sa sœur. Les familles des garçons pleurèrent devant la véranda du poste de police. Sardesai remplit son verre, réfléchissant au gâchis d'affaires qui ne rapportaient ni argent ni relations et n'endiguaient même pas la marée montante des vols ou des assassinats. Les services de police existaient-ils pour s'occuper de garçons et de filles incapables de résister aux attouchements ?

Asambhav ne partageait pas l'avis de Sardesai. À son sens, ces garçons étaient de la vermine. Dans son village des badlands autour de Varanasi, il aurait adressé une pétition à Ansari en insistant sur son urgence ; le parrain leur aurait fait briser les genoux avant le lever du soleil. Avec une totale indifférence et une croyance chevillée au corps dans le rythme naturel de la justice, la police de là-bas n'aurait ouvert aucun dossier contre des pervers ou des membres de groupes d'autodéfense.

Qu'est-ce que vous méritez d'être ? redemanda Asambhav aux garçons qui, silhouettes brisées, agrippaient leurs membres douloureux.

Des larves dans la merde d'autres larves, répondirent-ils en chœur.

Rodrigues plia le journal avant de se lever en boutonnant son pantalon. Il fit signe par un regard aux

---

1. Conseil de village.

2. District.

garçons, qui ramassèrent lentement leurs vêtements et, méfiants, ne quittèrent pas Asambhav des yeux.

Sans prononcer un mot, Rodrigues tendit à chacun des affaires. Un mince *durrie*[1] rayé en jute.

Deux draps grossiers à carreaux.

Un *thaali*[2] en inox.

Un gobelet en inox.

Une serviette tellement élimée qu'on aurait cru un chiffon.

Une savonnette Lifebuoy rouge.

Leurs possessions pour les prochaines semaines ou prochains mois ou prochaines années : personne ne pouvait dire combien de temps : aucun délit n'était assez trivial pour ne pas risquer une détention illimitée : les prisons étaient l'enfer et le purgatoire de Dante : des lieux d'espoir et de désespoir.

Rodrigues jugeait que les pervers ne méritaient pas d'oreillers. De toute façon, l'urbaniste et l'adjoint du percepteur en avaient pris chacun deux quelques jours plus tôt.

Seize, dit l'homme derrière le bureau.

Les niveaux existent, fût-ce en enfer. Des cercles qui se rétrécissent peu à peu, comme nous a exposé le Florentin en exil. Seize était l'enfer de l'enfer. En l'espace d'une journée, l'initiation brutale d'Asambhav deviendrait un agréable souvenir. En fait, au cours des mois suivants, le jeune homme aux lèvres roses et aux longs cils serait – à l'infirmerie où il aidait le préparateur – un secours recherché par les deux garçons.

---

1. Couverture ou tapis.
2. Grand plateau rond avec compartiments.

Régulièrement pour des comprimés. De temps à autre pour une protection.

Avec un hochement de tête, Rodrigues traîna lentement ses pieds en sandales de caoutchouc, les épaules voûtées sous le poids de la justice. Les garçons le suivirent dans leurs rutilantes chaussures délacées, serrant les nouvelles affaires dans leurs bras comme autant d'offrandes destinées à un temple.

L'homme derrière le bureau, qui avait une barbe de quelques jours d'un gris sale et un regard bienveillant, leva les yeux de sa pile de dossiers couleur de poussière. Quand il s'était engagé comme agent de police vingt ans auparavant, son service se chargeait du boulot. Mais trop de médias, de défenseurs des droits humains, d'hommes pontifiants carrés dans leurs grands fauteuils de salles d'audience coupées de la réalité les avaient réduits à être des fermiers sans charrues. Comme s'il n'existait aucune différence entre autoriser une canalisation d'eau et corriger un tueur en série. Désormais, les fonctionnaires devaient garder les mains sur la table et un sourire aux lèvres.

Dieu merci, les Asambhav existaient. Dieu merci, on pouvait sous-traiter la violence aussi efficacement que des actions plus complexes. Tels des coups de téléphone et des enquêtes bidon.

Lissant ses cheveux huilés et épongeant sa transpiration, Asambhav croisa le regard de l'adjoint du geôlier, lui adressa un grand sourire, puis répéta le verset liturgique.

Si tu as envie de manger une bonne banane, veille à élaguer l'arbre à temps.

2

Le cloaque au fond de l'égout

La cellule numéro seize s'appelait le Cloaque.

La plus grande du labyrinthe perdu, elle se trouvait du côté opposé à celui de l'entrée principale. Aller vers le cœur de la captivité comporte tant de portes à barreaux que la principale est impossible à déterminer.

La porte extérieure où l'on fouille jusqu'à vos plus intimes affaires ? L'accès à travers le rideau de fer comme dans un plan large au cinéma ? La réception de l'enfer, où on vous bombarde de questions ineptes ? Les barreaux de fer près du scanner maussade où on vous fouille de nouveau, ou ceux de l'entrée du labyrinthe perdu – trois étages de pièces d'une taille inégale – à l'intérieur duquel personne ne s'aventure hormis les condamnés et leurs gardiens ?

Sans compter les grilles de fer entre chaque étage. Sans compter les portes aux barreaux de fer qui ferment chaque cellule.

Le pays des abandonnés est enlisé à jamais dans l'âge du fer. Du fer du fer du fer. Froid, lourd, clinquant.

On le sent et on l'entend toute la journée. Sur ses mains et dans ses oreilles.

La porte principale était, pour les garçons, l'entrée du labyrinthe perdu. Leur domaine se déployait derrière : cuisine, boulangerie, cellules. Leur vie. À l'extérieur s'étalait le royaume de leurs possibilités. Le terrain de foot, le coiffeur, l'infirmerie, le parloir, la cantine, la perspective de pique-niques sporadiques à l'occasion de trajets à l'hôpital de l'État ou au tribunal.

Et bien plus loin se trouvait le magnifique et déconcertant édifice de l'Inde moderne. La civilisation la plus ancienne et la plus jeune du monde. Gouvernée par des hommes tellement puissants qu'ils pouvaient rendre vrai le faux et réel l'irréel.

Le Cloaque était la pièce qu'il fallait franchir pour entrer ou sortir du sanctuaire des déchus. Comme dans le cas d'entreprises honnêtes, les surveillants avaient montré d'emblée leur pire aspect. Ils avaient la tâche de récupérer les déchets humains et de les enfermer, et ce, en dépit de la prestigieuse terminologie des gros livres – *réforme, correction, transformation*.

Un pur et simple châtiment sous une apparence élégante, aux yeux masqués par des monocles opaques.

Les surveillants en faction devant le Cloaque s'asseyaient toujours à un angle droit de la porte. En temps normal, les remugles s'échappaient par les fenêtres et les portes à barreaux mais l'air humide changeait parfois de direction, ce qui les forçait à prendre leur chaise et leur tabouret, légers, en plastique – arrivés tout droit de Chine –, ainsi que le registre aux pages abîmées et muni d'un stylo au dos, et à se poster dans un endroit moins odorant du couloir.

Au cours de leur service de deux heures, ils devaient rarement se déplacer plus d'une fois. L'odeur restait essentiellement fétide et stable.

Lorsque les garçons passèrent devant le Cloaque, ils pressèrent le pas en retenant leur souffle. La plupart des jours, un nuage empreint de puanteur sortait par les barreaux de la fenêtre et de la porte. Celui-ci émanait de sécrétions et excrétions humaines.

Le panneau peint en relief à l'extérieur de la cellule seize – dans un cadre impeccable, conformément aux ordres de petits hommes assis dans de grands fauteuils – affichait une capacité maximum de vingt personnes. La norme oscillait toutefois entre soixante et quatre-vingts. À un moment donné, on avait arrêté un gang de vingt-deux jeunes de l'État de Karnataka qui volaient du diesel dans un pétrolier amarré – en échange d'un millier de roupies, d'un dîner au poulet et d'une bouteille de vin de palme chacun –, de sorte que le nombre était monté à quatre-vingt-dix-neuf.

Les voleurs à la petite semaine étaient une bande de cuisiniers, de chauffeurs, d'agents d'entretien, de marchands de fruits, de maçons, de plombiers, de flambeurs au quotidien. Âgés d'une vingtaine d'années, ils avaient l'éclat de la nuit, étaient trop inexpérimentés pour faucher une bougie à une religieuse – c'était leur première tentative –, et leur bravoure était insufflée par les deux verres de vin de palme que chacun avait sifflés. L'homme qui les avait embauchés les avait envoyés à minuit dans quatre canots à rames avec un camarade chargé d'enfoncer un tuyau dans les réservoirs, tandis que les vingt-deux autres pomperaient le diesel dans des tonneaux arrimés aux bateaux.

Trois heures durant, les choses s'étaient bien passées, beaucoup de tonneaux avaient été remplis et fermés hermétiquement. Puis un dénommé Balamurali, qui préparait des *dosas*[1] dans le restaurant Udipi du coin, avait glissé, était tombé par-dessus bord et avait hurlé à en réveiller la nuit faute de savoir nager. Quand ils l'avaient repêché, c'était fichu, le camarade s'était éclipsé. La police les avait tous arrêtés, mais n'avait obtenu aucune information sur celui qui les avait payés pour commettre le délit. Par un accord tacite né de la fureur, vingt et un d'entre eux avaient identifié Balamurali comme cerveau de l'opération. Les policiers l'avaient tabassé pour qu'il avoue la vérité même s'il clamait son innocence et braillait des recettes de *dosas* et d'*uttapam*[2].

Plus tard, dans le Cloaque, on les avait roués de coups pour une telle témérité. Balamurali avait eu droit au pire. Un enfoiré, un parrain préparateur de *dosas* ! Voler du diesel ! Et tu n'y as même pas réussi !

Hormis une gamelle et un gobelet, on n'avait donné qu'un drap à carreaux à chaque voleur. L'insignifiance du délit écœurait jusqu'aux geôliers. Tant de paperasse et tant d'efforts pour des oiseaux de passage.

À l'intérieur du Cloaque, après avoir chorégraphié une raclée initiatrice, Bichchoo émit un firman. La

1. Crêpes à base de farine de lentilles noires, de pois chiches ou de riz typiques de l'Inde du Sud.

2. Sorte de crème épaisse et salée.

nuit, onze d'entre eux dormiraient et les onze autres resteraient assis les deux heures correspondant au service des matons. Ceux qui étaient réveillés devraient s'accroupir en rang comme des poules couvant des œufs.

On leur attribua, c'était inéluctable, le pire logement. Ils furent obligés de dormir et de s'accroupir devant les trois cabinets de toilettes à la marche cassée, donnant sur le seuil de porte où il n'y avait aucun moyen d'éviter la moindre excrétion, la moindre odeur, le moindre bruit. Ils devaient nettoyer les toilettes toutes les heures mais aucun des vingt-deux n'avait le droit de s'en servir de l'aube au crépuscule. Leurs vidanges devaient être des opérations nocturnes.

Bichchoo n'avait pas son pareil pour imaginer de cruels passe-temps.

Bichchoo était un gringalet. Maigre, foncé, la tête en forme de dard, il tenait davantage du cobra que du scorpion. Il régnait à partir d'un angle proche de la fenêtre. L'air y était un peu moins vicié et même un kaki passant la tête entre les barreaux ne pouvait l'épier, recroquevillé dans son coin. La fenêtre était d'une importance capitale comme poste de péage pour toutes sortes de trafics. Téléphones, cartes SIM, médicaments, nourriture.

Cela faisait un an que Bichchoo avait choisi de vivre dans le Cloaque – renonçant à l'hébergement de première classe de la cellule numéro un. Depuis toujours, les opportunités commerciales ont incité des hommes entreprenants à s'aventurer là où les autres n'osent aller. Lui avait considéré que le Cloaque serait son *karmabhoomi* – son terrain d'action. Il s'y adonnait à sa principale activité avec les nouveaux détenus. Avec les riches, c'étaient la terreur et la dîme. Avec les nantis, la contrebande. Quant aux pauvres, ils lui servaient de divertissement. Non seulement pour son plaisir, mais pour celui de la communauté.

Le parrain du *dosa* et ses vingt et un voleurs de diesel procureraient quelques jours de distraction, avant d'être libérés grâce à leurs familles désolées qui avaient mis en gage un collier et une vache pour réunir la caution de cinq mille roupies.

Au bout de trois ans en prison et bien qu'il n'eût pas encore vingt-trois ans, Bichchoo savait qu'un nouveau détenu obéissait aux ordres. La peur émanant d'eux était perceptible dès leur incarcération.

Il avait vu des hommes importants et arrogants – pleins aux as et influents – chier dans leur froc quand la première gifle avait claqué sur leur joue. Littéralement.

Le dernier en date, un entrepreneur dans le domaine de la santé, était propriétaire d'une pharmacie et d'une clinique dans la capitale. Il n'avait aucune compétence en médecine, mais la connaissance sert-elle à gagner de l'argent ? De faux médicaments vendus dans son officine et prescrits par les membres de son personnel avaient tué quatre bébés. Encore jeune – une quarantaine d'années –, aisé, il avait des appuis politiques, mais l'indignation de l'opinion publique avait garanti son interpellation. On fit passer le mot derrière les barreaux pour qu'il ne lui arrive rien de mal. Sorti indemne de la réception de l'enfer – muni d'un oreiller et d'un drap supplémentaires –, il n'avait rien perdu de sa superbe dans le confort de la cellule numéro huit que tous qualifiaient de Maison d'hôtes.

Quelques jours plus tard, quinze détenus de la cellule numéro un demandèrent justice au seizième, Peter le Cogneur, l'un des trois *bhais*[1] possédant le pouvoir dans la prison. Son domaine était le premier étage ; dans le vaste monde, il régnait sur les plages du Nord. Il vivait d'extorsions et de ses poings. Maigre, nerveux, il avait le nez fin et arborait une superbe moustache de touriste aux pointes recourbées sous ses pommettes. Ses mains ressemblaient tellement à celles d'un débardeur qu'on avait l'impression, la nuit à tout le moins, qu'il portait des gants de batteur de cricket.

Peter de Pimenta, c'était son nom complet. Catholique romain, il croyait en la confession ainsi qu'en la charité. Il haïssait les hommes d'affaires indiens. On n'a pas le droit d'être heureux si on ne donne pas, disait-il.

L'entrepreneur dans le domaine de la santé – bientôt surnommé Dr Hagg – ne mit pas les pieds hors de sa cellule pendant la première semaine. Ses codétenus lui apportaient ses repas, tandis que la chaise et le tabouret du surveillant – tous deux *made in China* – furent transportés de l'extrémité du couloir au pas de sa porte.

Le Dr Hagg passait son temps soit à égrener un chapelet, soit à regarder le petit poste de télévision branlant. Notamment les informations. Un détenu huppé se distinguait des autres de cette façon.

1. Frères, littéralement, mais aussi gangsters.

Si la privatisation avait procuré plus de sept cents chaînes au pays, en prison, le choix se limitait à deux offres publiques : une chaîne de nouvelles nationales et une de divertissement.

Le gouvernement ayant mieux à faire que de distraire les masses, le stock d'émissions divertissantes était réduit. Les temps forts consistaient en des concours de jeunes talents où des enfants de bidonvilles dansaient le flamenco en chantant d'une voix de fausset, et en quatre films en hindi par semaine. Un vieux, deux récents et un dernier, intermédiaire.

Le film intermédiaire, qui datait toujours des années soixante, vibrait de couleurs vives. Il fallait le projeter en deux fois pour susciter l'anticipation – une idée de bureaucrate. Aussi les détenus voyaient-ils la première partie le mardi soir, la seconde le mercredi.

On montrait les vieux films au milieu de la matinée du dimanche. En noir et blanc, ils étaient accompagnés de chansons sirupeuses. Des films à écouter, non à voir.

Le lundi, c'étaient des films en langue régionale agrémentés de sous-titres anglais, en général sombres, ruraux, déprimants, ils montraient surtout l'interminable labeur des intouchables, des musulmans et des membres de tribus. Même les intouchables, les musulmans et les membres de tribus ne les regardaient jamais. On les appelait *khargoshs* – lapins, lièvres –, du nom d'un film qui avait plu à l'un des détenus.

On servait le même baratin publicitaire en prison – ce pays à part entière – que partout en Inde. Une jeunesse radieuse. Jean, baskets, coiffures chics, airs fanfarons. Les nouveaux films, voilà ce qu'attendait avec le plus d'impatience ce dividende démographique. Le vendredi et le samedi. Mais si la peine s'allongeait – ce qui était le cas pour la plupart –, les garçons s'apercevaient qu'on rediffusait jusqu'aux films récents. Un grognement collectif se répercutait sur les hauts murs chaque fois qu'un autre week-end était gâché à cause de la négligence d'un sous-fifre de New Delhi.

Les *bhais* et les bien lotis sortaient alors leur smartphone, se faisaient rouler un joint par leur factotum et s'installaient pour regarder un téléchargement du dernier thriller hollywoodien. Comme à l'extérieur des barreaux, les pauvres et les déconnectés acceptaient avec résignation le manque d'imagination du gouvernement.

Le droit de regarder la télé jusqu'à minuit était le résultat d'un accord entre les kakis et les garçons. L'extinction des feux était fixée à vingt et une heures depuis toujours. Mais, deux ans auparavant, lors d'une réunion au sommet qui avait duré une semaine, les garçons avaient troqué leur heure de promenade matinale contre une prolongation de leur temps de télé. Le troc avait enchanté le sous-directeur de la prison – un homme gros et malin récemment baptisé Singham, nom du flic héroïque d'un film récent. Le monde était parfait, à condition que les garçons soient dans leurs cellules aux portes de fer hermétiquement fermées par des verrous en cuivre rutilant.

Poussant plus loin la stratégie de débilitation par la télé, Singham avait caressé l'idée d'une connexion au réseau câblé. Par souci de modération, la télévision publique arrête ses émissions à minuit, en revanche les réseaux câblés – torrentiels et ininterrompus – rivalisent pour abrutir les garçons jour et nuit.

Le projet pilote fut mis en place dans la cellule neuf – un pays d'agneaux. Plus ou moins.

Le troisième jour, il y eut un nez cassé. Le quatrième, un sol maculé de sang. Le cinquième, des os brisés. Le sixième, du métal dans de la chair.

Le septième jour, le câble fut arraché et enroulé. La possibilité de choisir était une mauvaise idée. Dix-huit garçons avaient dix-huit préférences différentes. Il ne fallait pas prendre à la légère le divertissement derrière les barreaux. Ce qui risquait de se produire dans le Cloaque avec son armée de plus de soixante détenus dépassait l'imagination.

Deux garçons de la cellule numéro un – la suite présidentielle – virent le Dr Hagg en train de regarder les informations. Ce fut le jeune maquereau du Bengale qui lui massait les jambes qui leur posa un problème.

Ça n'allait vraiment pas. Derrière les barreaux, la servilité est une fonction dévolue aux vieux. Les jeunes dominent. La jeunesse et l'aptitude à la violence sont des marqueurs de rang.

Le Dr Hagg était adossé au mur, ses jambes minces sortaient d'un short à carreaux et, sirotant un berlingot de jus de fruits, il songeait à l'état de la nation pendant que le maquereau Krishna lui pétrissait les cuisses de ses doigts experts. Les garçons collèrent leur visage sur les barreaux, et n'en bougèrent pas jusqu'à ce que le Dr Hagg lève les yeux et balbutie qu'il souffrait d'une sciatique chronique.

La fureur explosa dans la cellule numéro un. Qu'un homme puisse, avec une telle insouciance, introduire ses moyens et son statut à l'intérieur de la prison était insultant pour tous.

Quelle différence alors entre la transparence idéale de l'intérieur et l'hypocrisie sirupeuse, l'oppression institutionnelle de l'extérieur ?

Quand on passait par la réception de l'enfer, on ne se dépouillait pas seulement de son portefeuille, de sa montre, de ses épaulettes, décorations et autres accessoires. Du triomphe agréable de sa prononciation. Et de ses chéquiers.

On devenait ce qu'on était réellement. Un assassin de petits bébés.

Les assassins de petits bébés ne se font pas servir des plats dans leur cellule, ni masser les membres en regardant la télévision.

Trois après-midi plus tard, Bichchoo regarda en même temps qu'une douzaine d'autres Peter le Cogneur alpaguer le Dr Hagg au milieu du couloir entre l'infirmerie et le Cloaque, là où les yeux ternes de légiste des caméras en circuit fermé ne jouissaient d'aucune suprématie.

Le Cogneur était connu pour ses coups. Il exécuta une feinte avec sa main droite ouverte et tapa avec la gauche. À peine fut-il cerné que le Dr Hagg se recroquevilla en gémissant.

Tu as tué combien de bébés, saligaud ?

C'était un coup monté… C'est politique… Tout le monde le sait… Les médicaments ne venaient pas de ma pharmacie.

Il avait déjà les bras en l'air. Sa colonne vertébrale se cambrait en forme de croissant.

Levant sa paluche droite, le Cogneur frappa avec son énorme main gauche. Des feux d'artifice explosèrent dans la tête de l'entrepreneur ; sang, morve et bave remplirent sa bouche. Ses genoux cédèrent ; des larmes embuèrent ses yeux.

Les garçons s'avancèrent à pas lents, se bousculant, détendant leurs épaules. Bichchoo sentit la fierté et le sang pulser en lui.

Combien, fumier ?

Aucun… Je promets… Rien… S'il te plaît… S'il te plaît !

Le Cogneur le tapa de nouveau. Cette fois, le Dr Hagg lâcha une plainte qui ricocha sur une centaine de murs abîmés. Les kakis du dédale de cellules d'un côté, ceux de la réception de l'enfer de l'autre s'élancèrent dans le couloir. Les garçons se serrèrent les uns contre les autres, bloquant les accès.

Le *bhai* regarda les yeux brillants de Bichchoo et lui demanda : Tu veux lui poser la question, fiston ?

Après un instant d'hésitation pour s'assurer que le *bhai* était sérieux, Bichchoo flanqua un coup de pied qui déclencha spasmes et cris stridents chez le tueur de bébés.

Combien, *gaandu*[1] ? répéta le garçon.

À l'extérieur, dans le monde injuste, Bichchoo – l'enfant des bidonvilles – n'aurait pas eu le droit de franchir le seuil de la maison du Dr Hagg. Des hommes comme l'entrepreneur n'avaient cessé de tabasser ses ancêtres, plus brutalement, pour des délits bien moins graves qu'un meurtre de bébés. Sous l'effet d'un sentiment de puissance, les cheveux de Bichchoo s'électrisèrent. Les souvenirs d'une nuit de son passé, sous un

1. Enfoiré, fumier, idiot.

pont, où c'était à lui de donner la vie ou de la prendre, affluèrent. Il frappa encore. Et encore.

Combien, *gaandu* ? Combien ?

Mère ! Mère ! Sauve-moi, mère !

Roulé en boule sur le sol, l'entrepreneur hurlait avec une terreur dépassant de beaucoup la violence de l'attaque. En réponse à un signe de Peter, les autres garçons se mirent aussi à le rouer de coups.

Parle, enculé !

À présent, les kakis poussaient des cris et exigeaient que les garçons dégagent. Un faux-semblant. Ils avaient beau brailler à tue-tête, ils passèrent mollement à l'offensive. Le riche salopard était un tueur de bébés qui méritait une rossée. Les nouvelles lois – et ses relations – les empêchaient de s'en charger.

Grâce à Dieu, il y avait les garçons.

Grâce à Dieu, il existait une autre justice que celle de l'État.

Ils savaient que les garçons étaient parfaitement au courant de la limite à ne pas dépasser. Avec plus de finesse que dans le vaste monde, les garçons s'efforçaient d'administrer leur punition ou leur correction avec mesure. Peter était un vétéran. On pouvait se fier à lui pour flanquer une raclée magnifiquement calibrée. Rien de ce qu'il faisait n'était susceptible d'attirer – aux kakis comme aux garçons – de nouveaux ennuis.

Juste avant que le sous-directeur ne déboule au pas de charge de son perchoir du premier étage – table au plateau de verre, rideaux à fleurs, tasses à thé sur soucoupes –, l'entrepreneur se mit à crier : Quatre ! J'en ai tué quatre ! Quarante ! Quatre cents ! Autant que ce que vous dites ! S'il vous plaît ! Maman !

Puis, en trente secondes, il se passa plusieurs choses simultanément. Singham tira la sonnette d'alarme, ordonnant l'intervention. Les kakis furent obligés de cesser de faire semblant et de procéder à l'évacuation. Une odeur de merde empesta soudain le couloir. Des signaux que Peter comprit.

Assez ! aboya-t-il.

Les garçons qui, horrifiés, se bouchaient déjà le nez s'empressèrent de battre en retraite. Il leur suffit d'un instant pour se faufiler entre les kakis et le sous-directeur au visage rougeaud à la manière de têtards se dispersant.

Peter en envoya deux chercher des seaux d'eau.

Bichchoo était cloué sur place. Misérable et illettré, il était confronté à la violence depuis qu'il ne tétait plus le sein de sa mère, mais l'impact de la peur sur les gros bonnets, une fois qu'ils étaient privés de leur rang et de leurs privilèges, n'en finissait pas de le sidérer.

Le couloir devint un cimetière. La puanteur avait mis un terme au bruit.

L'entrepreneur resta là, recroquevillé, tandis que la tache nauséabonde se répandait sur son short et ses cuisses maigres. Peter ordonna qu'on vide les seaux sur cette infection et dit aux deux garçons de le ramener avec précaution dans sa cellule. Il était vraiment inquiet, ce dont les garçons se rendirent compte.

Si l'entrepreneur tenait bon, il pouvait devenir bientôt un ami de Peter le Cogneur et être sous sa protection. Le lien entre victime et assaillant change en un clin d'œil, avec un seul mot.

Comme les garçons le relevaient, passaient ses bras flasques autour de leurs épaules, Peter s'adressa au sous-directeur : Il a eu une crise au milieu du couloir et, soudain, il s'est chié dessus.

Singham interrogea du regard son protégé mal en point.

C'est une vieille indisposition, marmonna le tueur de bébés, j'ai tout à coup une crise et la diarrhée. Des entrailles de la prison, la voix mélodieuse de Mustafa le Fou s'éleva.

Doctor Hagg de chey bachche. Doh zindey. Doh murrey. Doh kachche. Le Dr Hagg avait six bébés. Deux ont vécu. Deux sont morts. Deux sont devenus des slips.

3

Mustafa, le conteur

Mustafa était un mystère, triste et merveilleux. Originaire du lointain Jammu : montagnes, vallées, rivières et luttes incessantes : les limites de sa démence étaient difficiles à déterminer.

Bichchoo l'adorait. Peter l'aimait bien. Asambhav le tolérait. Rodrigues le supportait. Tout le monde le maudissait et le fêtait. Sauf Singham, qui le haïssait.

Mustafa était superbe. Du rose lui colorait les joues sous ses pommettes saillantes et une barbe fine couvrait son menton, dominé par le magnifique nez busqué d'un sultan du Moyen Âge. Il avait un corps de nageur : des épaules d'une largeur disproportionnée et des membres aux muscles noueux. Ses yeux, d'un bleu lumineux, brillaient dans cet univers noir, marron et gris. Il descendait manifestement des conquérants barbares de ce pays indéfiniment ensemencé par ces derniers.

Parmi ses tatouages – réalisés derrière les barreaux par un escroc nigérian –, l'un se trouvait sur son torse imberbe. Un nœud coulant de gibet autour de son mamelon gauche, dont la corde épaisse surgissait de l'emmanchure du maillot de corps. Il était vexé quand on se moquait de la pendaison de son mamelon.

C'est mon cœur qui a été étranglé, vous n'êtes que de sales porcs ! Quand vous voyez des seins, je vois des cœurs !

On était l'incarnation du mal si on ne le croyait pas. Il vivait selon le geste universel. Ainsi, il refusait d'être incarcéré au Pakistan : la cellule numéro six qui, colonisée par de jeunes musulmans, semblait avoir été aménagée par un décorateur. Cette grande pièce – presque une petite salle –, où quarante et quelques garçons dormaient en quatre rangées parallèles, était remplie de calottes, de *salwar-kurtas*[1], d'inscriptions en ourdou sur les murs verts et de barbes sans moustache.

L'appel à la prière s'échappait cinq fois par jour de ses barreaux. Le jeune et corpulent Aamir, qui jouait le rôle de muezzin, n'avait pas encore trente ans et il allait être jugé pour avoir attenté à la pudeur d'une fillette de neuf ans.

Il s'agissait d'une vendetta, expliquait-il. Ils se sont servis de leur fille pour me faire accuser.

Une évidence. Ils étaient tous innocents derrière les barreaux.

Même ceux qui avaient commis un meurtre et un viol – et le reconnaissaient timidement – étaient persuadés de leur innocence. Non selon le langage grossier de la loi et de ses concepteurs mais selon le scénario infiniment plus subtil du karma. Une logique

1. Tuniques.

que seuls ceux qui sont en enfer – à l'intérieur ou à l'extérieur des barreaux – peuvent saisir.

En prison, le corpulent Aamir – un tailleur, un mari, un père – avait découvert la splendeur de sa religion. Si étrange que cela paraisse, c'était un hindou du Bihar, converti à l'islam alors qu'il purgeait une peine pour homicide, qui lui avait montré le chemin.

Bhole Ram était devenu Shareef Ali sous l'influence du *bhai* dominant de l'époque. Le *bhai* était intervenu pour mettre un terme aux brutalités quotidiennes qu'un groupe de locaux infligeaient à Bhole Ram. Le *bhai* était à la tête d'un racket de protection en ville, à la frontière du Karnataka. S'il se comportait et s'exprimait avec douceur, sa légende était bien connue. Un kaki particulièrement grossier qui l'avait harcelé à l'excès avait été écrasé par une voiture devant chez lui.

Le *bhai* était non seulement un protecteur, c'était un prêcheur. Il parlait des vertus de charité et d'égalité qui rehaussaient l'islam. Il décrivait le paradis à venir. Il priait cinq fois par jour, tourné vers la Mecque, et s'adressait au moins une fois personnellement aux croyants. Bhole Ram, un maçon de basse caste qui luttait pour survivre dans un pays hostile et étranger, fut conquis. Chaque fois qu'il entendait l'appel, son âme s'envolait.

Un jour, le *bhai* lui dit : Tu devrais devenir mon frère. Notre frère. Un frère parmi les frères.

Regardant autour de lui, Bhole Ram vit des visages empreints de sérénité, de force et d'un esprit de fraternité. Oui, c'était ce qu'il désirait. Être un frère parmi les frères. Ne plus être un membre de basse caste parmi les hautes castes.

Ce que le *bhai* expliquait semblait d'une simplicité absurde et inéluctable. Comme la destinée. Comme Dieu.

Il dut essayer plusieurs fois avant d'y parvenir, mais même les tentatives eurent une intensité sonore qui vibra dans ses veines. *Ash Haduallah Ilaaha Il-lallaah Wa Ash Hadu Anna Muhammadar Rasullulah*[1].

Une fois qu'il eut prononcé le *chahada*[2], il se releva en tant que Shareef Ali et reçut l'accolade de ses nouveaux frères psalmodiant *Allah Akbar, Allah Akbar*.

Dès sa conversion, il devint un dévot. Il n'éprouvait plus que dégoût pour la religion qui avait si longtemps été la sienne. Sa diversité, ses adulations et ségrégations lui inspiraient de la répulsion. En même temps, l'angoisse d'être derrière les barreaux s'estompa. Le pouvoir du dieu unique sans image de l'islam l'apaisait profondément.

Il écrivit à sa famille de Madhubani pour lui annoncer sa nouvelle foi et lui recommander vivement de suivre son exemple. Son père confia ses champs à son épouse et à ses belles-filles pour aller au plus vite sauver son fils manifestement dérangé.

Celui-ci apparut au parloir, coiffé d'une calotte, le visage mangé par une barbe sans moustache. Des douzaines de visiteurs à l'air sombre étaient assis sur des lits blancs en fer cabossé semblables à ceux des hôpitaux publics. Des sacs en plastique remplis de fruits, de légumes et de biscuits au glucose étaient

---

1. J'atteste qu'il n'y a pas de divinité en dehors de Dieu et j'atteste que Mahomet est le messager de Dieu.

2. Profession de foi.

posés sur leurs genoux. Sous le regard maussade du surveillant installé devant l'ordinateur qui contenait le fichier de leurs empreintes digitales, le père pleurait à chaudes larmes.

Ah, son fils bien-aimé qu'il avait placé comme apprenti chez le maçon du village parce qu'il redoutait les serpents des rizières ! Son fils bien-aimé qui remettait chaque roupie qu'il gagnait à sa mère, et non à son épouse ! Son fils bien-aimé qui avait fait le voyage jusqu'à l'enfer de la côte pour subvenir à leurs besoins quand la sécheresse avait frappé ! Ah, son fils bien-aimé cruellement pris en otage et à qui on avait lavé le cerveau !

Entre ses sanglots déchirants, il assura que son fils était libre d'être musulman, chrétien ou n'importe quoi du moment qu'il restait hindou.

Après tout, une prison peut avoir des exigences bizarres.

Les autres visiteurs éplorés regardaient l'homme frêle qui pleurait d'une manière incontrôlée et éprouvaient de la compassion pour ses chagrins secrets. Il n'y a plus grande consolation dans la vie que les malheurs d'autrui.

Mais le fils à l'abri de l'ombre sereine du dieu unique demeura imperturbable. Pendant que son père reniflait et geignait, Shareef Ali énuméra des gloires du Prophète, marmonna des phrases dans une langue étrangère et lui conseilla instamment de prendre le chemin de la vérité. À son retour, le père déclara à sa famille : Les salauds lui ont injecté quelque chose. Il n'est plus un homme. C'est un mollah désormais.

Longtemps après sa sortie de prison, le *bhai* se demanderait ce qu'il avait dégoupillé. Je fabriquais une munition. Elle s'est révélée être une bombe ! répétait-il.

Shareef Ali devint un infatigable prédicateur qui se concentrait sur les visages mélancoliques aux yeux tristes. Son discours était simple. Regardez-moi. Un homme perdu, qui est passé en un rien de temps de la faiblesse et la peur à la force et à la paix.

Ce fut Shareef Ali – autrefois Bhole Ram – qui avait redonné la foi à Aamir. À son tour, le pédophile s'évertua à faire la même chose pour quiconque daignait le côtoyer. Il compensait ce qu'il ignorait sur l'islam par ses expressions pieuses et ses regards sincères. À beaucoup, il affirmait : Allah m'a poussé à pécher pour que je trouve le chemin de la vérité.

Rien d'inhabituel à cela. Ni la conversion de Bhole Ram. Ni la métamorphose d'Aamir. La pensée magique régnait dans le désert derrière les barreaux. L'air était fertile pour les marchands de salut. Ayant abandonné l'espérance à la réception de l'enfer, les garçons passaient la journée à l'attraper, quel que soit l'endroit où miroitait son séduisant visage.

Tout se trafiquait : dieux, djinns, divinités, pierres, grains de chapelet, amulettes, reliques, pénitences, mantras, vœux. Outre les icônes personnelles des cellules, des autels étaient dressés dans le moindre recoin et ornés d'une panoplie de dieux, du Bouddha – sourires et boucles – au Christ – crucifix et douleur – en passant par le gourou Gobind Singh[1] – chevaux et épées –, sans compter une sélection anarchique de l'inépuisable panthéon hindou.

Dans un pays né des fantasmes de Mohandas Gandhi, la compassion est, comble de l'ironie, un produit rare. La compassion dans le domaine judiciaire davantage encore. On se prosterne fébrilement devant des autorités célestes avec l'espoir de les séduire un tant soit peu.

Des bâtonnets d'encens brûlaient toute la journée aux pieds des nombreuses divinités. Et, fidèles à la pensée magique, les garçons racontaient des histoires de miracles dont ils avaient été témoins. Peines écourtées. Volte-face de témoins. Disparition de preuves. Flics honnêtes. Juges en larmes.

Gangsters acquittés. Violeurs acquittés. Assassins acquittés. Tueurs en série acquittés.

Libération sous caution. Libération sous caution. Libération sous caution.

Rien n'était impossible avec l'aide surnaturelle appropriée.

De tous les hymnes, le plus psalmodié – à toutes les heures, à tous les étages – était le *Hanuman Chalisa*. Le poète épique Tulsidas[2] eût été aux anges d'apprendre que, cinq cents ans après, son ode au dieu de la force et de la chasteté enthousiasme toujours les déclassés

1. (1666-1708) Dernier des dix gourous du sikhisme et créateur du khalsa, l'ordre chevaleresque de sikhs.

2. (1532-1623) Poète philosophe principalement connu pour sa version en hindi classique du *Ramayana* (littéralement « lac des légendes de Rama »).

et les déviants. Les garçons chantaient par cœur les quarante couplets – plus trois – une fois, onze fois, ou vingt et une fois. Si tous les fidèles derrière les barreaux psalmodiaient à l'unisson le *Chalisa*, les murs s'écrouleraient sûrement.

Il y avait aussi les disciples de prophètes contemporains, dont les photos encadrées les représentaient en tunique ocre, nimbés d'un halo. Shri Shiv Sidh Maharaj de Maharashtra, le plus populaire, était l'objet d'un culte derrière les barreaux. Ses fidèles – qui étaient une cinquantaine – avaient obtenu la permission de se réunir à six heures du matin dans la salle commune du sous-sol poussiéreux, où ils installaient sa photo et saturaient l'air de bruyantes mélopées du mantra *aum swami namoh namah*[1].

SSSM était, paraît-il, le gourou des récidivistes. Il avait été incarcéré pour homicide à dix-neuf ans. Un misérable garçon de ferme mêlé à une rixe de voleurs. Passé impitoyablement à tabac en prison, il s'était mis à prier le seigneur Shiva dix-huit heures par jour et était devenu un pénitent ne mangeant qu'un repas toutes les vingt-quatre heures. Puis, une nuit, il avait eu droit à une visite. L'immense dieu ascétique – si facilement satisfait, si facilement insatisfait – l'avait béni de son toucher.

Dès le lendemain matin, le moindre homme qui levait la main sur lui tombait gravement malade, et le moindre homme dont il caressait la tête était guéri. Il n'avait pas tardé à soigner détenus, surveillants, geôliers, directeurs. Jusqu'à la nièce du magistrat

1. J'offre mes salutations à Dieu.

aux genoux bloqués par une arthrite prématurée qui, à peine lui avait-il effleuré les cheveux de sa main douce, s'était levée d'un bond.

En fin de compte, le policier chargé de l'enquête, l'avocat de la partie civile, les témoins, la famille de l'assassiné et le magistrat s'étaient entendus pour mettre un terme à la persécution de Sa Sainteté. Rien ne réconfortait davantage les garçons. La majesté du Seigneur était encore plus puissante que la majesté de la loi.

Bichchoo, convaincu par son frère de suivre SSSM, était devenu un disciple.

On avait désigné un larbin pour le réveiller avec une tasse de thé à cinq heures trente – thé préparé dans la cellule, dans un pot en plastique, sur un élément chauffant improvisé. Le plus propre des trois cabinets de toilettes était libéré pour son usage. Puis on lui passait un seau d'eau réchauffée sur un autre élément de fortune. Après quoi, il attachait un bandana couleur safran autour de sa tête par un nœud à la mode en forme de papillon, et descendait.

La salle se trouvait au-dessous du Cloaque. Un volet en fer – du fer comme partout – en interdisait l'accès. On ne l'ouvrait que pour des occasions spéciales et, tous les matins, aux disciples de SSSM. À l'intérieur, on ne voyait que du ciment gris fissuré et des murs sales. Il y faisait sombre, davantage que dans les cellules, des toiles d'araignées s'accrochaient dans les coins. Une scène digne du New York Philharmonic y était aménagée, mais les seules vedettes à y poser le pied étaient des officiers de la police judiciaire, plus mous que les *chapatis*[1] de la cuisine, qui venaient jouer la comédie de la négociation de peine.

Est-ce que tu avoueras être un cambrioleur, un voleur, un bandit et un *dacoït*[2], tout ça à la fois, si je t'enlève six mois ?

Oui, seigneur. Et un pyromane, un violeur, un assassin et un alcoolique, tout ça à la fois, si vous m'enlevez un an !

Bon, je reviendrai te voir dans un an. Ou deux. Ou cinq.

D'autres talents étaient invités. Des chanteurs de cantiques de Noël ou de *bhajan-kirtan mandali*[3] jusqu'aux orateurs motivés. Ils restaient au pied de la scène faute d'avoir le droit d'y monter pour vendre leurs salades d'espoir et de salut. Les garçons désespérés acceptaient aveuglément toutes les propositions. Ils criaient alléluia et l'instant d'après *Jai Sri Ram*[4].

Les durs ne jetaient pas le moindre coup d'œil à ces camelots. Ils avaient eu leur compte des sornettes et de l'hypocrisie du monde. Ils en portaient le poids.

Contrairement aux camelots religieux, SSSM était divin, de sorte que son portrait devait être porté dans l'escalier. Tous les matins, on l'appuyait contre une chaise sur la scène et des vapeurs d'encens l'auréolaient. Sans oublier la guirlande de petites fleurs blanches en papier.

---

1. Galettes de pain, à pâte non levée.
2. Brigand de grand chemin, en général dépossédé de ses terres.
3. Chants sacrés.
4. Gloire au seigneur Rama.

Bichchoo était l'un des rares durs à avoir gobé la salade SSSM. Impeccable dans sa chemise propre, son short à carreaux, son bandana safran, il s'asseyait en tailleur au premier rang, droit comme un I, et psalmodiait en regardant son polycopié.

Aum swami namoh namah.

Dans ses prières, Bichchoo ne demandait ni un procès rapide ni un acquittement au bénéfice du doute. Il implorait modestement pour la paix de l'esprit, l'absence d'une trajectoire de vol d'avion au-dessus de la prison synonyme de l'arrivée de riches détenus au Cloaque.

Bichchoo se sentait métamorphosé par SSSM.

Il disait : Maharaj*ji*[1] m'a apaisé. J'avais un volcan en décoller moi. Il entrait en éruption dès que je voyais un nouveau détenu. Désormais, beaucoup de jours passent avant que je ne déverse ma lave sur eux.

Les autres fidèles ressentaient la même chose. Représentant la myriade de langues et de couleurs de peaux de l'Inde, ils avaient puisé de la consolation sur l'autel de Shri Shiv Sidh Maharaj.

Au retour d'une rare excursion au Pakistan, Bichchoo défendait avec violence son gourou face au scepticisme d'Aamir qui s'était étonné qu'ils puissent rendre un culte à un homme vivant. Après s'être bouché les oreilles, Bichchoo avait lancé : Dis-moi, Allah est un homme ou une femme ?

Il est le seul et l'unique. Le Tout-Puissant. L'absolu.

1. Suffixe exprimant le respect.

C'est un homme ou une femme ? Au moins, nous savons ce que sont nos dieux. Des hommes, des femmes ou entre les deux.

Aamir, qui connaissait la musique, riposta : Mais le nôtre est le vrai. Il a offert pétrole et richesses à ses disciples. Vous avez des centaines de dieux qui ne vous donnent que conditions sordides et pauvreté.

Les nôtres nous donnent cerveaux et bébés. Qu'est-ce que tu préfères ? Des gens intelligents ou du diesel polluant ? Par ailleurs, pourquoi est-ce que vous torturez les animaux avant de les tuer et de les manger ?

C'est toujours mieux que d'adorer les vaches. Et leur bouse.

Et cela continuait ainsi.

Au début, les garçons qui ne logeaient pas dans la cellule nommée Pakistan traitèrent Aamir de djihadisté et le tabassèrent régulièrement. Puis ils l'acceptèrent parmi eux tant sa piété était inoffensive. Abandonnés les uns et les autres, ils se débattaient dans la brume d'une enfance inconnue et d'une vie perdue.

Peter le Cogneur déclara : Je t'aurais bien dit de créer un Afghanistan dans la nouvelle salle qu'ils comptent ouvrir, mais tes testicules sont plus petits que des dents de moustique.

Mustafa – mince, aux yeux bleus : sultan turc et naissain sauvage – était différent. Il ne se claquemurait pas au Pakistan.

À Shareef Ali et à Aamir, il assenait : Tu es peut-être généreux – Shareef – et toi, prospère – Aamir –, sauf qu'en réalité tu es un hindou, Shareef, et toi,

Aamir, un salopard de pédophile. Moi, je suis Mustafa, l'élu. Ne l'oubliez jamais. Je suis l'élu d'Allah. Je suis libre.

Mustafa ne se plaignait pas plus qu'il ne se disputait. Soit il braillait en proie à une rage folle, soit il se lançait dans un récit.

Le jour où Peter le Cogneur avait transformé l'entrepreneur médical en Dr Hagg – Dr Chiasse –, Mustafa avait raconté à Bichchoo et aux autres garçons de la suite présidentielle une histoire de merde.

Dans une belle vallée près de notre village coule un ruisseau limpide rempli de truites. Au cours de la dernière guerre, mon père et ses frères tendirent une embuscade à une section de soldats pakistanais qui avaient fini par s'y infiltrer et les tuèrent avec leurs fusils de chasse, calibre 12. Le Jour de la République, mon père fut invité à Delhi où le président lui remit une médaille, l'étreignit, le remercia d'avoir sauvé l'Inde.

La médaille militaire Vir Chakra ? demanda un garçon.

Non, Maha Vir Chakra, la grande médaille militaire.

Peter, qui lisait le journal, rectifia : Maha Ghanchakra, enfoiré.

À plus de vingt-deux heures, la télévision passait sans le son. Elle ne s'arrêterait qu'à minuit quand les autorités de Delhi le décideraient. Les multiples portes de fer avaient été fermées et verrouillées à dix-huit heures après le dernier appel de la journée. Rien sinon une urgence ne les ouvrirait avant le lendemain matin lorsque le boucan de l'appel suivant résonnerait dans la cellule bondée de garçons endormis.

L'appel était un exercice cinématographique.

Quatre fois par jour – à six et dix heures, douze et dix-huit heures –, cinq ou six kakis dont un officier prenaient d'assaut les cellules à la manière de commandos s'emparant d'un nid de mitrailleuses. C'était l'unique moment testostéroné de leur vie. Malgré leur uniforme, ils étaient privés d'action. Ils n'avaient droit qu'à une seule agression, le claquement et le verrouillage des portes de fer. Quand ils faisaient irruption dans les cellules quatre fois par jour, ils s'avançaient au pas de l'oie, hurlant les chiffres comme s'ils tiraient des balles.

Un ! Deux ! Trois ! Quatre ! Cinq ! Et ainsi de suite jusqu'au dernier chiffre. Dix-sept !

Chaque combattant de l'unité de choc faisait le même décompte impératif. Un ! Deux ! Trois ! Dix-sept ! Chacun inscrivait le même chiffre dans son carnet. Puis ils sortaient solennellement dans un fracas de pas et de portes fermées à toute volée.

Les Indiens étaient négligents, mais l'État indien était minutieux.

Au début, les détenus devaient se redresser quatre fois par jour le temps de la prise d'assaut de leur cellule. Toutefois, à mesure que l'institution vieillissait en même temps qu'eux, la forme cédait à la fonction. La peur de l'autorité, au mépris. À l'exception du Cloaque où régnait une agréable obéissance puisqu'il était peuplé de nouveaux venus. Cela dit, le décompte s'y révélait impossible à moins que les garçons ne se mettent en rang. Dans les autres cellules, on affichait une déférence fugitive pour cette comédie quotidienne.

Les garçons se contentaient d'être allongés, de dormir, de se laver pendant qu'on procédait à l'appel de leur nom, d'un ton impérieux.

À présent, le dîner avait été mangé, et les *thaalis* en métal, lavés, brillants de propreté, s'empilaient sous la table basse où trônait la télévision. Un mois plus tôt, un garçon d'Orissa et un autre de Chhattisgarh avaient été enrôlés comme domestiques. Pour se les rappeler facilement car on ne cessait d'en changer, on les avait baptisés Ghochu *Ek* et Ghochu *Doh*[1].

La liste de leurs corvées était longue. Balayer la cellule et y passer la serpillière deux fois par jour. Nettoyer les toilettes. Aller chercher le *bao*[2] à la boulangerie et le mettre en réserve. Rendre des tas de petits services aux autres détenus, dont faire du thé à la demande. Couper des oignons et des tomates pour la salade. Apporter à Peter ses plats, laver ses vêtements, coudre ses boutons arrachés, masser ses membres, rouler ses joints, préparer sa chique et sa pipe à eau et enfin, la dernière tâche du soir, chauffer son verre de lait.

Sinon les garçons lavaient leurs affaires, non sans en laisser parfois aux deux Ghochu.

La plupart des mecs, dont les Ghochu, étaient assis, tout ouïe, autour de Mustafa. Les grosses pointures se livraient à leurs propres activités. Elles fumaient des joints, regardaient des films sur des smartphones, lisaient le journal du matin, discutaient de trafics de

1. Taré numéro un et taré numéro deux.
2. Petit pain rond.

contrebande, postaient sur Facebook et avaient des rapports sexuels avec leur copine.

Mustafa commença : Quatre de mes cousins étaient venus nous voir de Mumbai. Deux d'entre deux, des assistants éclairagistes, avaient plein d'anecdotes sur les acteurs et les actrices, qui baisait qui et où. D'après eux, les héros, sauf un, étaient tous homos.

Lequel ? demandèrent plusieurs garçons.

C'est une histoire sur la merde que vous voulez, ou sur des héros de films ? s'énerva Mustafa.

Sur la merde, répondirent les Ghochu.

Bien ! Leurs fanfaronnades sur Mumbai me chauffaient les oreilles, alors je leur ai proposé : Allons pique-niquer au bord du ruisseau de la vallée. On est monté à trois sur ma moto. Deux ont pris le scooter de mon frère. On a emporté trois bouteilles de whisky, trois poulets vivants, six miches de pain, plein du *masalas*[1], des oignons, des tomates et un gros *degchi*[2] qu'on a mis comme un casque sur la tête d'un de mes cousins pour le transporter facilement.

La nuit était déjà tombée quand on s'est garés au bout de la route. On a descendu la pente. Les éclairagistes parlaient fort des collines qu'ils avaient arpentées de haut en bas lorsqu'ils tournaient leur dernier film en Suisse. Ni pierres ni buissons épineux, une herbe aussi parfaite qu'un tapis. On aurait pu y dormir.

Et les femmes ? voulut savoir Ghochu *Doh*.

1. Mélange d'épices.
2. Marmite.

Des femmes tellement blanches qu'on ne les voit pas en plein jour. Et la nuit, on peut lire un livre près d'elles.

Va te faire foutre, lança Bichchoo, noir comme une chauve-souris.

Soudain l'engoulevent a chanté. Une fois, deux fois, trois fois. Les cousins m'ont regardé avec appréhension. Je leur ai dit qu'un python brisait le crâne d'une chèvre.

Ils se sont rapprochés de nous et n'ont plus autant parlé. Puis un chacal a ricané quelque part – *hoooooo hihihihi* – et ils ont poussé des cris stridents. Je leur ai demandé : Vous n'avez pas de chacals à Mumbai ? Nous avons des crocodiles, a répondu un de mes cousins qui s'agrippait à ma ceinture pendant qu'on dévalait vers le ruisseau.

Lequel est le plus dangereux ? voulut savoir Ghochu *Ek*.

Le chacal, parce qu'il est capable de simuler la peur. Et de courir à reculons. Du coup, quand tu as l'impression qu'il s'éloigne, il s'élance vers toi au contraire. Un crocodile, c'est facile. Il suffit de tirer sa mâchoire supérieure en arrière et de poser le pied sur sa mâchoire inférieure – tes orteils entre ses crocs – puis de les écarter comme si tu fendais un bambou en deux.

Ensuite, tu en fais une paire de chaussures, commenta Peter, depuis son coin, adossé à ses oreillers, et il laissa tomber son journal entre ses mains pareilles à des gants de base-ball.

Crois-moi, Peter *bhai*, rétorqua Mustafa, dont le beau visage s'anima et les yeux brillèrent, je l'ai vu dans la rivière Chambal quand je suis allé retrouver Phoolan Devi[1], la reine des bandits. Il suffira que je te décrive le voyage pour que tu sois époustouflé

Demain, demain, conclut Peter en tortillant sa fine moustache entre ses gros doigts.

Mustafa s'adressa aux garçons : Une fois au bord du ruisseau, on a allumé un feu sous le grand jamelonier, on a fait cuire le poulet, on a débouché le whisky, on s'est déshabillés, on a sauté dans le ruisseau. Il n'était pas profond. Mes cousins étaient très contents. Ils avaient l'impression d'être devenus de vrais héros de film qui sautaient dans un vrai ruisseau d'une vraie vallée plongée dans une vraie obscurité. Ils braillaient. Ils beuglaient. Je leur ai recommandé de baisser le ton.

Parce que des animaux sauvages rôdaient dans les parages. Des terroristes entraînés au Pakistan franchissaient quelquefois la frontière. Équipés de fusils de précision et de lunettes de vision nocturne, ils pouvaient te repérer dans la nuit comme si t'étais une ampoule. Et te tirer dessus. Comme ça. Juste parce que ça les agace de voir des gens heureux. Fallait pas l'oublier. Et surtout ne jamais sourire si tu croises un terroriste. Ils détestent les gens heureux. C'est d'ailleurs la façon de les identifier. Si tu soupçonnes un type, dis à voix haute « Dieu est heureux », et s'il dit « non, Dieu est grand », soit tu le prends à la gorge, soit tu fais demi-tour et tu te carapates comme si t'avais un essaim de guêpes aux fesses.

---

1. (1963-2001) Surnommée la Robin des Bois indienne, devenue parlementaire bien que de basse caste, et assassinée à New Delhi.

Deux détenus cessèrent leurs messes basses pour rejoindre le groupe. L'histoire s'annonçait géniale. Ils étaient onze à présent. En boxer et maillot de corps de couleur, ils transpiraient sous les deux ventilateurs portables. Mustafa était le seul torse nu. Son mamelon gauche qui pendait passait pour une mise en garde.

Une grosse lune éclairait la vallée au moment où on est sortis du ruisseau, il était presque vingt-deux heures, poursuivit-il. On avait bu deux bouteilles de whisky et le curry de poulet barbotait comme un homme en train de se noyer, appelant au secours. Le whisky avait regonflé les testicules de mes cousins. Ils parlaient d'un film tourné en Afrique du Sud, des bêtes féroces qu'ils y avaient vues. Si près qu'ils sentaient leur souffle et pouvaient compter leurs crocs. Des dizaines de lions dont les crinières ressemblaient à des perruques. Moi, je sifflais ma bouteille, mangeais mon poulet, les laissant s'amuser à leur tir aux pigeons lorsque, soudain, une cohorte de nuages a caracolé dans le ciel et masqué la lune. La vallée est devenue aussi sombre que Bichchoo.

Attends de jeter un œil entre mes fesses, riposta celui-ci.

C'est alors qu'on a entendu un grondement pareil à un coup de tonnerre. Il a duré longtemps. Mon cousin bourré qui comptait les crocs des lions a prédit une pluie imminente. Ferme-la, *chutiya*[1], je lui ai dit. Il allait me crier dessus. J'ai plaqué ma main sur sa bouche et, à voix basse, j'ai ordonné à tout le monde

1. Imbécile.

de la boucler. On a cessé de mastiquer. Le bruit venait de l'autre côté du ruisseau.

L'eau était d'un noir d'encre à présent. On ne voyait rien nulle part. L'orage s'est intensifié. Une cuisse de poulet pendouillait de la bouche figée d'un des héros. Un autre avait des yeux exorbités comme s'il avait gobé un poulet entier avec ses plumes.

Et toi *sher-e-Hindustan*[1], lança de son coin Peter, incapable de résister à une histoire de Mustafa.

Peter *bhai*, j'ai pris d'une main mon fusil à deux coups, vérifié qu'il était chargé en restant immobile puis j'ai attrapé la lampe torche de l'autre. J'ai appuyé la crosse sur mon épaule droite avant de diriger la lampe vers le tonnerre. Les types du cinéma geignaient. Le grondement s'est renforcé comme une voiture qui accélère. J'ai vu deux étincelles transpercer l'obscurité de l'autre côté du ruisseau. J'ai aussitôt brandi la lampe torche : il nous regardait en découvrant ses crocs de la taille d'un poignard. Les héros ont appelé en chœur et hystériquement leur mère. Dès qu'il les a entendus, le monstre a fait un bond prodigieux. Me calant sur mon coude pour avoir le bon angle, j'ai tiré un coup par le canon droit. Je l'ai chopé à l'épaule gauche, en plein saut, de sorte qu'il a basculé dans le ruisseau en poussant un hurlement tellement assourdissant que les feuilles du jamelonier sont tombées et que l'eau s'est arrêtée de couler.

La voix de Mustafa avait différents registres, il créait des images avec ses mains qu'il bougeait sans cesse. Lors de la chute du tigre dans l'eau, les garçons perçurent

1. Tigre de l'Hindoustan, symbole de l'Inde.

l'énorme *plouf*. Beaucoup avaient la bouche ouverte, on aurait dit que leurs chiques de tabac et citron vert étaient des insectes entre leurs dents. Une petite chique suffisait à ce que la tête d'un novice tourne comme un derviche. Plusieurs garçons en mélangeaient une, la tassaient et la glissaient sous la lèvre inférieure avant leur première tasse de thé à sept heures du matin.

Mustafa fit signe qu'il en désirait une. On s'empressa de la tasser, de la rouler sur une paume, de la lui tendre.

J'en étais où ? demanda-t-il à mi-voix, tandis que sa lèvre inférieure repliée sur ses dents du bas attrapait la chique et en extrayait le jus.

Tu venais de tuer le tigre…

De lui tirer dessus ! Pas de le tuer. Un tigre n'est pas un chien qu'on peut buter d'un coup. Il s'était déjà relevé. Il se ruait vers nous. Vu leur silence, je crois que mes cousins s'étaient évanouis ; je n'avais pas le temps de vérifier. L'animal me regardait comme un mari dévisage sa femme le jour où il la découvre en compagnie de son voisin. Alors j'ai planté mes yeux dans les siens qui flambaient, comme une femme qui scrute un mari impuissant, avant de tirer le deuxième coup par le canon gauche. La balle a explosé sur son épaule droite, ce qui l'a dévié de sa trajectoire, et il m'a frôlé avant de s'effondrer dans les branches de l'arbre où il est resté en poussant tour à tour des rugissements et des gémissements.

Décide-toi, monstre à rayures, je lui ai lancé. Tu veux te battre ou tu demandes grâce ?

Il était gros ? demanda Ghochu *Ek*.

Gros ? De la porte à ici. Sans compter sa queue. J'avais beau lui avoir bousillé les deux épaules, il essayait de se remettre debout. Si on coupe un serpent en deux, ça ne veut pas dire qu'il ne peut plus vous mordre, vous vous rappelez ça. Et la tête de ce tigre était tellement énorme qu'il était impossible de l'entourer de ses bras. L'un d'entre vous en a-t-il déjà vu un ? Même une dépouille peut vous empêcher de pisser. Ceux qui sont empaillés sur un socle, vous savez ? À la tombée de la nuit, la plupart des mecs n'ont pas le courage de s'en approcher. Dans des palais, les serviteurs passent sur la pointe des pieds du côté où leurs regards ne se poseront pas sur eux. Ghochu, tu n'aurais pas les couilles de tuer un tigre mort. Si j'apportais ici la tête tranchée d'un tigre, vous seriez presque tous prêts à vous réfugier dans les toilettes.

Peter le Cogneur éclata de rire en tirant sur son bang.

C'est vrai, Peter *bhai*. Bien sûr, pas toi. Maintenant que j'avais le temps de chercher mes cousins, j'ai vu qu'ils s'efforçaient de se relever de l'endroit où ils étaient tombés en pâmoison ; à ce moment précis, le tigre a de nouveau grondé et, l'entendant si près, ils ont de nouveau tourné de l'œil. Je suppose que ce n'est pas la même chose de compter les crocs d'un lion africain que ceux d'un tigre. Mais un grand problème est apparu : je n'avais plus de cartouches pour terminer le boulot. J'ai fouillé frénétiquement autour de moi, sans rien trouver d'autre que celles tirées. L'animal se redressait difficilement sur ses pattes arrière. Si vous croyez qu'un tigre est terrifiant sur ses quatre pattes, attendez de le voir dressé sur deux. Et il me fixait de ses horribles yeux. J'ai pensé : C'est facile de m'enfuir sauf que ce salaud ne va pas renoncer. Il va sautiller sur ses pattes arrière comme une grenouille et se gaver des héros de Mumbai. J'ai tenté de les réveiller avec des coups de pied, mais ils étaient comme morts. L'un a ouvert les yeux et les a refermés dès qu'il a entendu le rugissement tonitruant de l'animal. Soudain, je me suis rendu compte que le tigre sentait mauvais, c'est le cas de tous les animaux comme vous le savez. Sauf que celui-ci puait, il n'avait pas simplement oublié de se brosser les dents, il ne s'était pas lavé le cul.

Un énorme fracas interrompit Mustafa : un prisonnier de l'étage du dessous s'était précipité contre les barreaux de fer. Sans doute l'un de ceux de la cellule onze, aménagée dans une grande salle quelques années auparavant avec une structure en fer qui, implantée dans le terrazzo, cédait. Au fil des années, elle avait absorbé la fureur de tant de garçons qu'elle chantait désormais avec férocité dès qu'on la tapotait. Tout le monde patientait tandis que le son se répercutait par cycles. Plus de vingt détenus étaient incarcérés dans cette cellule, aussi n'était-ce pas inhabituel que l'un d'eux perde la tête une nuit ou une autre.

Le silence ne régnait jamais dans le royaume d'airain. La musique du métal résonnait dans les trois étages à n'importe quelle heure.

Au cours de la journée, les portes s'ouvraient et claquaient constamment, les gros verrous cliquetaient. À chaque entrée ou sortie d'un garçon, le processus se répétait, que ce fût à la porte d'une cellule ou aux grilles entre les étages. Et comme ces dizaines de garçons – vétérans, ouvriers, arnaqueurs, dealers, dénonciateurs, mal-portants, justiciables – n'arrêtaient pas de bouger de six heures du matin à six heures du soir, le fer chantait en permanence.

Les kakis ouvraient et fermaient inlassablement les portes. Froids avec les nouveaux venus, chaleureux avec les anciens, ils inscrivaient la moindre sortie et le moindre retour dans leur registre afin de se prémunir contre un incident susceptible de nuire à leur carrière. En l'espace de deux heures – la durée de leur service –, les kakis perdaient patience.

Le soir, une fois les portes verrouillées à dix-huit heures et les clés déposées dans le cube en toile métallique derrière le geôlier à la réception de l'enfer, les voix de la télévision explosaient. L'émission de la soirée s'entendait dans chaque cellule et les kakis positionnaient leurs chaises importées de Chine dans un angle leur permettant d'apercevoir les écrans.

Après vingt-deux heures, ceux-ci restaient allumés ; mais le son diminuait à mesure que les garçons se tournaient vers la drogue, s'endormaient, donnaient des coups de fil, téléchargeaient des films. Le fer recommençait à chanter à cette heure-là, tandis que la frustration, la tristesse, les souvenirs, la nostalgie, l'absence de fenêtre ouvrable rendaient l'un ou l'autre tellement fou qu'il s'en prenait aux barreaux.

Le fer chantait toute la nuit.

Par principe, personne ne se plaignait. Chacun avait le même chant en lui. Chacun savait qu'il n'était qu'à un cheveu de perdre la tête. Seuls les détenus qui avaient réussi à devenir un peu moins humains ne tapaient pas sur les barreaux. Tout comme ceux qui avaient accepté la sauvagerie de la forêt, et l'avaient domestiquée pour survivre.

Ceux qui n'arrivaient pas à changer de peau – habités par des idées de justice, de liberté, d'amour, de famille, de regret et de rédemption – se jetaient contre le fer.

Le cycle frénétique d'arrêt et de reprise du bruit se poursuivit un peu avant de cesser brusquement. Oontth – le grand kaki voûté de service devant la cellule numéro un – jeta un coup d'œil et précisa : C'est le gamin d'Assam. Le juge a encore refusé d'écouter sa demande de libération sous caution. Six mois, neuf dates et pas une seule audience. Aujourd'hui, il a injurié le juge en assamais, menaçant de violer sa mère. Le juge a voulu savoir ce qu'il disait. Son avocat a répondu qu'il criait des prières à Kamakya Devi.

Oontth s'appuya contre les barreaux pour écouter la fin de l'histoire.

Mustafa le Fou continua : L'animal a soudain sauté comme une gigantesque grenouille. J'étais affolé. Trois bonds de plus et sa moustache me chatouillerait le nez. À ce moment-là, j'ai repéré le pilon de poulet qui sortait de la bouche de mon cousin comateux. Je l'ai arraché – ainsi que sa dent de devant – et cassé l'os en deux. J'ai ouvert le fusil et poussé une esquille dans chaque canon. L'animal féroce était maintenant sur le point de faire son dernier saut et de me renverser. Brandissant le fusil, je l'ai enfoncé dans la caverne de sa gueule et appuyé sur les deux détentes. Il n'y a eu aucune détonation, rien qu'un pet. Prouttproutt.

Les garçons écarquillaient les yeux.

J'ai loué le nom du Prophète et me suis préparé à devenir un curry de Mustafa. C'est alors que le monstre a lâché un rugissement assourdissant qui a même dû faire tressaillir Allah. J'avoue que j'ai tourné de l'œil et que je suis tombé à côté de mes cousins morts depuis longtemps. Quand j'ai repris connaissance, je ne pouvais pas bouger. L'énorme bête était allongée sur moi comme un amant sur sa maîtresse après avoir brûlé sa dernière cartouche. Son corps était chaud, il m'étreignait avec ses bras cassés. Au prix d'un effort surhumain, sans ouvrir les yeux – la tête du monstre était tout près de moi –, j'ai réussi à me dégager. Grâce à un miracle, les os de poulet, qui s'étaient fichés aussitôt dans son cerveau, l'avaient instantanément tué. Les genoux flageolants, je me suis écroulé avant de m'éloigner en rampant. L'odeur de merde était pestilentielle. Le grand tueur à rayures avait chié quand les os lui avaient transpercé le crâne. J'avais du mal à y croire ; ce n'était pas lui bien sûr mais mes cousins de Mumbai. Je les ai réveillés en les rouant de coups de pied et les ai précipités dans le ruisseau.

Parler de lions africains est une chose, voir un tigre indien une autre.

Qui gagnerait s'il y avait une bagarre entre eux ? lança Bichchoo.

Le tigre indien, affirma Mustafa.

Et entre un éléphant indien et un éléphant africain ?

L'éléphant africain.

Entre un bandit indien et un crocodile africain ?

Le bandit indien.

Entre un ours indien et un hippopotame africain ?

L'ours indien.

Entre un rhinocéros indien et un rhino africain ?

Le rhino africain.

Entre un cobra indien et un mamba africain ?

Le cobra indien.

En réalité, le cobra est capable de vaincre n'importe quoi. Surtout un cobra royal. Même l'éléphant africain. Mais entre un Africain et un Indien, l'Africain gagnera toujours. Parce qu'on chierait comme le docteur aujourd'hui, qu'on glisserait et tomberait dedans.

Tu as vu leur équipement ? demanda Oontth depuis la porte. Ils pourraient nous fracasser la tête avec.

Seul un *sardar*[1] réussirait à les battre, assura Mustafa. Au marché de Jammu, j'ai vu une fois un petit *sardar* détacher ses cheveux pendant une bagarre avec un grand Pathan. Quand ses cheveux sont tombés sur son visage, le Pathan a été désorienté. Il n'arrivait plus à distinguer le torse du *sardar* de son dos. Comme il s'efforçait d'y parvenir, le *sardar* a enroulé ses cheveux autour de son cou et l'a étranglé.

Qu'est-ce que tu as fait de la carcasse du tigre ? voulut savoir Peter le Cogneur.

À présent, Ghochu *Ek* massait les jambes du Cogneur, qui, vautré, le cou tordu contre le mur, se grattait sous son boxer.

Je t'ai dit que c'était la pleine lune, Peter *bhai*. La couverture nuageuse s'était dissipée et la vallée était illuminée comme une *shamiana*[2] de mariage. J'ai fini mon whisky et dépouillé l'animal en chantant. Mes cousins étaient accroupis, nus, sous un arbre. Leurs jeans séchaient devant le feu, ils n'avaient pas retrouvé leur langue. J'ai jeté les entrailles de l'animal dans un fossé. J'ai emporté la viande pour la distribuer dans le village. Tout le monde a cru que c'était du *sambhar*[3]. Les dents,

1. Terme utilisé dans le sikhisme, désignant un chef de bataillon et, par extension, chef.

2. Grande tente colorée déployée lors d'un mariage ou de toute autre cérémonie où beaucoup d'invités sont conviés.

3. Plat à base de pois d'angole.

je les ai enfilées sur une cordelette, un collier que j'ai fait consacrer au temple de Jwalamukhi. Si tu le portes, tu peux affronter n'importe quel djinn ou *churail*[1]. Si j'avais le droit de rentrer chez moi, je le rapporterais et le donnerais aux garçons de la cellule dix-neuf pour qu'ils puissent se débarrasser des esprits frappeurs népalais qui y vivent. La fourrure et les os, je les ai vendus à un marchand chinois pour un *lakh*[2] de roupies. Avec ça, j'ai acheté un scooter pour mon père et une moto Yamata pour moi. Et le premier jour où je m'en suis servi…

La police ne t'a pas arrêté ? l'interrompit le Cogneur.

Arre[3], Peter *bhai*, l'inspecteur est un homme à moi. Quand j'entre dans son bureau, il se lève et me salue. Il dit toujours : Sans vous, patron, je n'arriverais pas à contrôler la région. Quand on nomme un nouvel inspecteur dans ma région, il se présente d'abord chez moi avec une boîte de *ladoos*[4] tout frais, dégoulinants.

Les yeux de Mustafa d'un bleu aussi pur que celui du ciel ou de l'océan brillèrent.

Tu sais, Peter *bhai*, c'est à cause d'une erreur d'identité qu'on m'a enfermé ici. Le jour où l'inspecteur général de la police apprendra qui je suis réellement, il viendra me libérer personnellement.

Mustafa le Magnifique était en prison depuis quatre années et huit mois. Il avait été acquitté pour un trafic de stupéfiants deux mois plus tôt, mais l'accusation

1. Créature surnaturelle, sorcière.
2. Cent mille roupies.
3. Exclamation exprimant la surprise, l'exaspération, la colère.
4. Boulettes cuites à base de lentilles sucrées, de pois chiches broyés, ou de farine de blé complète.

de destruction de bien public portée contre lui subsistait. Un après-midi, pris de rage contre les barreaux et rendu fou par des rêves de cours d'eau glacés, il était monté sur les épaules d'un copain pour casser une caméra en circuit fermé. La caution avait été fixée à vingt mille roupies. Singham refusait de retirer sa plainte et la somme était une montagne inaccessible pour sa lointaine famille.

Quand ses vieux camarades n'étaient pas à proximité, on le voyait souvent persuader les nouveaux venus de lui prêter vingt mille roupies qu'il leur rendrait au centuple dans quelques semaines. En plus, grâce à ses relations, il les aiderait à sortir très vite. Il ne pouvait en faire étalage, mais il était intimement lié au Premier ministre – qui avait de la famille installée près de son quartier à Jammu. Il était souvent allé au *gurdwara*[1] avec eux. Enfin, vous savez ce que c'est. Demander un service personnel le gênait trop, en revanche c'était facile de réparer une injustice pour un autre.

Chaque fois qu'on refusait son offre, il racontait une histoire.

En se levant du cercle des auditeurs pour aller prendre son bain du soir suivi par une prière d'une heure, Asambhav déclara : Mustafa Maharaj, *tope-e-Zamzam*[2], petit-fils de Genghis Khan, frère de la princesse Mumtaz Mahal, neveu d'Oussama ben Laden, amant de l'actrice Zeenat Aman, va te coucher maintenant, bordel !

---

1. Temple sikh.

2. Ivre de l'eau de Zamzam : source dite miraculeuse qui alimente le puits du sanctuaire de la Kaaba.

4

Des parapluies dans les ténèbres

Sur n'importe quel autel à l'amour, Asambhav Kumar aurait été un dieu.

Qu'il soit relégué derrière les barreaux est le triste témoignage de ce que les hommes – architectes de cette structure appelée société – estiment réellement. Des bouts de papier estampillés plutôt que de véritables émotions. Des lignées fantasmatiques plutôt que des sentiments authentiques. À en croire les poètes et les visionnaires, rien n'a autant de valeur aux yeux du Créateur que l'amour. Sauf que les hommes qui gouvernent les hommes – peu nombreux ou innombrables – n'y accordent aucun prix. N'en ayant jamais senti le picotement sur leur peau, ils le considèrent comme une affliction à soigner à coups de potions amères et de contraintes.

Parmi les invalides de l'amour qui peuplaient le labyrinthe perdu de la prison, aucun n'était aussi merveilleux que le garçon des berges du Gange.

Le vrai prénom d'Asambhav était Sambhav[1]. C'est… possible. Pour son père, les limites de cette possibilité reposaient sur l'avenir de son fils officier arborant des étoiles en cuivre brillant sur ses épaulettes et un cordon rouge sur son torse vert olive.

Au cours des vingt ans où il avait crapahuté dans ce maudit pays, du désert à la jungle et aux montagnes, se battant davantage contre ses compatriotes que contre des Chinois ou des Pakistanais, il n'avait obtenu que trois galons sur son bras. Qui seraient facilement supplantés ne serait-ce que par l'étoile d'un blanc-bec de vingt ans capable de donner des ordres en anglais.

Les années passées dans de discrètes et austères casernes pour se conformer à la volonté du grandiose État indien avaient garanti qu'il soit éloigné de son plus jeune fils qu'il avait confié à son épouse et à sa famille dans leur grande ferme, située à une heure de trajet de l'ancienne ville de Varanasi.

Bade Papa, son frère aîné, tenait le rôle de père auprès de Sambhav. Bade Papa enseignait la littérature de langue hindie dans les établissements du coin. Entre le littéraire et le militaire, il y a un gouffre naturel que seule une grande guerre peut combler. Comme aucune n'avait éclaté en Inde depuis mille neuf cent soixante et onze, les deux frères ne se ressemblaient guère et ils n'avaient pas les mêmes ambitions pour Sambhav.

Le fils d'un père énergique est pétri de déférence et d'honnêteté. Quand on a deux pères énergiques,

1. *Sambhav* signifie, entre autres, « possible » en hindi.

on possède un niveau vertigineux d'obéissance et de moralité.

Sambhav était un enfant remarquable. Un modèle. Il ne buvait pas. Il ne fumait pas. Il ne séchait pas les cours. Il surveillait les moissonneuses-batteuses dans les champs de blé et le repiquage dans les rizières.

Quant aux cannes à sucre, il conduisait des chariots qui en transportaient des bottes entassées jusqu'au ciel vers les raffineries.

Pour Papa, il faisait d'innombrables pompes et pratiquait la lutte dans l'*akhada*[1] du village. Faute d'être costaud, il était musclé. Grâce à ses larges épaules, sa beauté – teint clair, lèvres roses, cils recourbés – restait virile. L'absence de doute lui conférait une intensité qui faisait de lui un combattant redoutable, capable de vaincre des adversaires plus forts. Sa mère lui avait interdit de sortir de la maison torse nu de crainte qu'il n'attire le mauvais sort. Dans la carrière, il ne portait que le *langot*[2], bien sûr, tellement serré que son pénis et ses testicules formaient une bosse inutile, inaccessible à ses adversaires et à la tentation.

Pour son Bade Papa, il lisait les grands écrivains indiens. Munshi Premchand, Dharamvir Bharati, Nirmal Verma, Raghuvir Sahay, Mahadevi Varma, Suryakant Tripathi Nirala, Hazari Prasad Dwivedi, Jainendra Kumar, Phanishwar Nath Renu. Son œuvre préférée était le poème épique *Rashmirathi* de Ramdhari Singh Dinkar : l'histoire de Karna, maudit

1. Arène dédiée au sport, espace où se déroulent des combats sportifs, salle de gymnastique.

2. Pagne traditionnel des lutteurs.

mais magnifique. Lui qui avait deux pères ne pouvait imaginer ce que c'était de ne pas en avoir, d'être rejeté par sa propre chair, de rester noble et émouvant jusqu'à la fin ultime malgré cette exclusion.

À l'époque, Sambhav considérait la lutte et la littérature comme de simples attributs. Des gestes d'amour envers ses deux pères. De précieux dons à utiliser au cours du périple de la vie. Il n'avait aucun moyen de savoir que la littérature n'est pas une arme pour conquérir le monde, c'est surtout une bombe qui fait exploser le moi afin que l'on passe au crible les atomes des fragments pour trouver le sens des origines.

Sans qu'il s'en rende compte, la minuterie de la bombe s'égrenait à chaque livre qu'il lisait.

Pour faire plaisir à sa mère, Sambhav fréquentait le temple du village au moins deux fois par semaine. Il ne ratait jamais le mardi, Hanuman[1] étant le seigneur des jeunes purs et pieux.

Même si personne n'en avait conscience, sa mère était davantage qu'une femme de soldat. C'était une artiste qui aimait la musique et la poésie. À la moindre occasion, elle se procurait des petits bocaux de peinture pour tissu de la ville et peignait une rose rouge sang sur chaque chemise blanche de son fils.

Elle tentait de lui inculquer les usages. Merci. Bonjour. Comment allez-vous. Ceux qui plaisaient aux officiers que son mari saluait matin et soir. Après le dîner, tandis que son Bade Papa et sa Badi Maman sirotaient leur lait chaud, il emmenait sa mère au puits

1. Fils du dieu du vent, il a l'apparence d'un singe.

tubulaire et il l'écoutait raconter des histoires de son enfance et de sa vie conjugale.

Pour ses frères, Sambhav était un tâcheron, un péquenaud gênant. Ils habitaient avec leur père dans un cantonnement militaire et ils fréquentaient des écoles où on les initiait à quelques mots d'anglais. Sambhav était en cinquième quand son père avait été nommé à Lucknow, où il le rejoignit avec sa mère. Il fut admis dans la même école que ses frères. Cela se passa mal. Son hindi, de l'établissement Raj Kishore Mahavidyalaya, était exquis, en revanche son anglais était inexistant. Au lieu d'amortir le choc de son humiliation, ses frères en rajoutèrent.

Ils refusèrent de le reconnaître, prétendant qu'il était un cousin lointain et grossier. Sambhav dut supplier sa mère de le ramener au village.

Pendant ce temps, il avait une vie intérieure dont personne ne se doutait. Sa vie extérieure était parfaite. Même le côté dégradant de son séjour de Lucknow ne l'avait pas poussé à changer de conduite.

Par une soirée de juin, il était tard, la mousson forait la nature et la soulageait, il fit une rencontre surnaturelle. Il courait dans une venelle du village, bordée de maisons en pisé ou en brique, foulant le sol boueux de ses sandales en caoutchouc. Le bétail entravé devant les habitations s'ébrouait en secouant ses flancs trempés, la lumière chiche d'ampoules nues s'échappait par les fissures des portes, son grand parapluie noir s'agitait au-dessus de lui dans le vent mugissant et la pluie, lorsque, tournant à un coin sans rien voir, il la heurta de plein fouet.

Elle hurla une injure. Leurs parapluies s'envolèrent, il tendit instinctivement la main pour la rattraper dans sa chute.

Pourquoi ne pas klaxonner si tu veux prendre un virage aussi vite ? fulmina-t-elle.

Elle n'en saisit pas moins sa main mouillée pour se redresser, la serrant fort afin de l'empêcher de glisser. À peine debout, elle lâcha prise, et ramassa le parapluie du jeune garçon. Alors qu'elle s'éloignait, la langue de Sambhav se dénoua et il formula des excuses. Avant de bifurquer, elle fit volte-face. Cloué sur place, il la suivait du regard, tandis que le déluge des cieux l'inondait.

Plus tard, il ne se rappela même pas son visage.

Il passa la nuit à tenter de revivre l'accident. Étant donné la pluie torrentielle, l'obscurité, la fulgurance de la rencontre, c'était incroyable qu'il se rappelle tant de choses. Elle était menue et petite. La main qui l'avait fermement agrippé était douce, garnie d'anneaux à chaque doigt. Le *salwar-kameez* qu'elle portait était d'une couleur sombre. Ses cheveux étaient coiffés en une seule natte très épaisse qui était tombée sur son buste quand elle s'était relevée. S'il ne se souvenait pas de son visage, il avait remarqué le clou en argent étincelant sur son nez.

Son timbre de voix, voilà ce qui était resté gravé dans sa mémoire. Une caresse dans la nuit. Elle avait proféré des sarcasmes mais avec les inflexions d'une chanteuse de *thumri*[1]. Il se répétait à l'envi sa réprimande. En guise de compagnie, il se lia d'amitié avec

1. Chant léger, aimable et tendre.

le parapluie rose foncé qu'il avait ramassé à la place du sien, en palpa la poignée recourbée avec précaution en essayant d'y trouver un vestige de la main douce et chaude de la jeune femme.

Asambhav parcourut du regard les fenêtres ouvertes du séjour aux lumières éteintes où il était assis – les membres de la maisonnée dormaient depuis longtemps dans les vérandas de la cour intérieure – avant d'approcher de ses narines la poignée qu'il renifla longuement, en quête d'une trace de son odeur. Oui, elle était bien là – fleurie, capiteuse. Il finit par s'endormir, serrant sous son drap le parapluie, l'étoffe nervurée de baleines contre son torse, la courbe de la poignée qui, effleurant ses lèvres, lui arrivait sous le nez.

Après coup, il fut persuadé de ne pas avoir dormi cette première nuit. Or il s'était assoupi. En revanche, à son réveil le lendemain matin, il était réellement un homme nouveau. Il ne redeviendrait jamais le garçon parfait, docile, soumis. Le coup de foudre avait calciné les maillons de la piété et de la tradition.

Ceux qui doutent de la possibilité d'une métamorphose n'ont jamais connu un être tombé éperdument amoureux. En vérité, cela modifie la couleur de peau, le timbre de voix, les battements du cœur ; cela recâble le cerveau et octroie de nouveaux yeux ; cela libère plus rapidement que la richesse et comble d'une manière inestimable.

Les jours suivants, au lieu de suivre ses cours, de traire les vaches, de fréquenter le temple, il se borna à errer dans le village en une recherche effrénée de renseignements. Qui était-elle ? Pourquoi ne l'avait-il jamais vue auparavant ? Était-elle une apparition due à la pluie ? Une *apsara*[1] qui embrasait les mortels et disparaissait à jamais ?

Il éprouvait des émotions inconnues. Son monde serein de règles et de rituels quotidiens avait volé en éclats. Il ne s'intéressait plus à ses activités habituelles ni aux gens qui, jusque-là, occupaient ses journées d'une manière immuable. Manger était une corvée ; quant à rester tranquille pour lire, ou même faire des pompes, c'était au-dessus de ses forces.

Une agitation extrême l'incita à se mettre au jogging, ainsi que son militaire de père l'y poussait depuis toujours. Il courait dans les venelles en lacet poussiéreuses et boueuses du village, sur les *bundhs*[2] étroits de l'interminable damier des champs où des aigrettes blanches maintenaient l'ordre, devant les bouquets de manguiers aux perruches bavardes et aux feuilles crasseuses, sur la route goudronnée menant à la ville où résonnait le bruit assourdissant des klaxons de Tempo et des motos ; il traversait le temple somnolent et le bazar grouillant ; il passait devant les hauts murs de l'école de filles, sans cesser de poser ses yeux fureteurs partout, mû par l'énergie du désespoir et s'épuisant faute de parvenir à la trouver.

Le soir, les muscles et le cœur douloureux, avec sa voix de chanteuse de *thumri* dans la tête, il emportait le parapluie au lit, le serrant de si près qu'il aurait pu s'agir d'elle. Sous le drap, il embrassait la poignée, saisi d'un désir frénétique.

1. Nymphe du ciel, souvent la cause de la chute des yogis et des maîtres ascètes.

2. Talus, remblais.

À l'insu de Sambhav, la jeune fille faisait pareil avec son parapluie. Grand, noir, c'était bien celui d'un homme. Le soir historique, elle s'était précipitée chez elle, bouleversée, et, de crainte que ses émotions ne soient peintes sur son visage, avait foncé dans la petite salle de bains de brique nue où se lavaient les femmes de la maison. Elle ne l'avait remarqué dans la semi-obscurité, calé contre le lavabo tel un sombre voyeur, qu'après avoir enlevé ses vêtements trempés et s'être versé des jattes d'eau tiède sur le corps pour se débarrasser de la pluie visqueuse.

Interrompant ses ablutions, elle l'ouvrit lentement et le regarda se déployer dans la minuscule pièce à la manière d'une gigantesque chauve-souris. Elle attrapa la poignée qu'elle sentit vibrer dans sa paume. Puis elle effleura doucement, du bout des doigts, le mât gris terne. Elle finit par se tenir en dessous, nue, et exécuta en chantant les pas d'une danse de la pluie d'un récent film hindi. Elle se déhancha comme l'actrice mais ne vit que son visage dans le petit miroir au-dessus du lavabo. Mouillé, joli, orné d'un clou de nez étincelant. Animé comme jamais auparavant.

C'était une adolescente de quatorze ans. Contrairement au garçon qui lui était rentré dedans, elle connaissait l'amour. Elle ne faisait aucun effort pour plaire à ses parents, ni à qui que ce soit. Elle savait qu'ils – de même que le monde entier – n'accordaient aucune importance à son bonheur. Ils n'avaient qu'un but, sa sécurité, son assujettissement, avant une rapide élimination en douceur au sein du mariage et sa mise sous la tutelle d'un autre homme. Elle regardait tous les films qu'elle pouvait – au cinéma, à la télévision, sur des DVD – et, convaincue de la possibilité de l'amour et du bonheur, elle avait la certitude qu'elle était destinée à les vivre.

Après avoir rangé le parapluie noir sous le lit, elle vérifiait à plusieurs reprises dans la journée que personne ne l'avait pris. Une fois par jour, elle dansait en extase sous sa promesse cintrée dans la salle de bains.

Grâce à l'ingéniosité féminine, elle découvrit l'identité du jeune homme bien avant lui la sienne. C'était le descendant de l'ennemi. Issu du clan dont les terres étaient contiguës à celles de sa famille. Le grand-oncle du garçon avait assassiné le sien et, plus tard, son oncle à elle avait fait subir le même sort à son oncle à lui. Et ce, à cause d'une bande de terrain proche du canal. Une raison légitime de vivre et de mourir. Ils respectaient une trêve hostile depuis vingt ans – un meurtre de chaque côté – tandis que l'affaire passait d'un tribunal à l'autre.

Même si le sang n'avait pas gelé les frontières entre eux, ils appartenaient à différents univers. Sambhav était un Rajput, elle une Pal. Lui, le fils de guerriers, elle la fille de bergers et de paysans. Elle savait qu'on lui dirait qu'elle rêvait de l'impossible, mais il s'appelait Sambhav – *possible* – et elle croyait appartenir à une nouvelle Inde dont les lois n'avaient pas été édictées des siècles auparavant.

Elle n'était pas sa mère – une brebis et une mégère – et sûrement pas sa grand-mère – une brebis et un serpent. Elle était née pour danser nue sous le parapluie de son amant et pour sauter allègrement par-dessus le mur des castes et des conventions médiévales.

Lorsque Sambhav découvrit qui elle était, il fut écartelé entre la joie et le désespoir. Il était heureux de savoir où la trouver dans le vaste monde, malheureux à l'idée du long chemin de haine qui se profilait avant qu'elle ne soit à son côté. Qu'elle soit sienne pour toujours était pour lui une évidence.

Il avait dix-sept ans, elle, quatorze. Son essence n'avait pas flotté dans sa vie plus tôt parce qu'elle vivait avec sa sœur chez leur tante à Allahabad depuis qu'elle avait cinq ans. Pour on ne sait quelle raison, leur père estimait la ville moins dangereuse pour des filles de moins de quatorze ans et le village plus sûr pour des filles plus âgées. Rien, hormis leurs propres mauvaises expériences, n'explique la logique des pères à l'endroit de leurs filles.

Les signes sont primordiaux pour les gens. En ce qui concerne Aranya – elle s'appelait ainsi – le signe était apparu le premier jour de son retour. Elle était perdue dans les venelles tortueuses du village en rentrant de chez le tailleur lorsqu'une grosse averse l'avait surprise et, affolée, elle avait bifurqué à un tournant qu'elle ne connaissait pas et s'était heurtée à sa destinée.

Sambhav, lui, voyait un signe dans le troc instantané des parapluies, semblable à un échange de guirlandes de fiançailles. Je te protégerai de la pluie et du soleil et tu feras la même chose pour moi.

L'avenir avait beau être évident, Sambhav mourait d'envie de la rencontrer. Enfin, pas vraiment de la rencontrer – faute d'avoir mis des mots sur les tonnes de choses qu'il avait à lui dire –, mais de la voir et de l'entendre. La voix de chanteuse de *thumri* l'obsédait jour et nuit. Son intonation mélodieuse, bien que sarcastique, sans oublier la perfection avec laquelle sa main douce s'était adaptée à la sienne sous la pluie insaisissable.

Sambhav ne tarda pas à découvrir qu'elle fréquentait régulièrement le temple ; en un rien de temps, la maison de dieu devint le premier abri de leur amour.

Le temple se trouvait près du bouquet de manguiers, à l'ombre d'un banian antédiluvien. Dans l'ancienne aile, construite sur un socle de pierres grossièrement taillées, se dressait un grand *Shivling*[1] noir sous une petite coupole. Il y faisait toujours sombre, et humide – à cause des volumes de lait coupé d'eau que les villageoises déversaient quotidiennement sur le lingam. Cinq ou six fidèles, pas davantage, tenaient dans la structure sacrée où il fallait se serrer pour effectuer le *parikrama*[2] autour de la divinité. Les pigeons roucoulaient dans des fissures opaques et les chauves-souris qui s'y accrochaient dégageaient leur odeur.

Le nouveau temple était relié à l'ancien, comme les chars à bœufs le sont aux motos. Les moteurs de la modernité dépendent des roues de l'ancien monde.

Des carreaux en céramique et des dorures décoraient ce grand sanctuaire dédié aux principaux dieux en bois, en pierre, ou sous forme de peintures encadrées. Des guirlandes électriques et des ampoules de couleur l'illuminaient, tandis que des nuages de fumée d'encens y flottaient. Quelques buissons de

1. Lingam de Shiva, sa représentation phallique en tant que Brahmane, Absolu, âme universelle.

2. Circumambulation dans le sens des aiguilles d'une montre.

basilic sacré poussaient à l'entrée. Plus loin, sur la gauche, se trouvaient une pompe manuelle pour les ablutions rituelles et un carré en retrait où laisser ses chaussures.

Les innombrables racines du banian qui s'élevait à la jonction des deux temples s'étalaient en ondulant comme des pythons. D'une certaine façon, c'était un autre pavillon hypostyle – plus sombre, en perpétuelle expansion – que les fidèles traversaient en se faufilant et en se baissant.

Ce fut dans ce cadre divin – naturel et construit – que se déploya la danse de l'amour.

Au cours des premières semaines, ils choisirent la soirée du lundi. Le jour de Shiva. Ils s'y rendaient peu après le coucher du soleil. Il était seul, elle toujours escortée d'une compagne. Le temple bruissait du tintement des cloches et de la litanie des prières, à mesure de l'arrivée de villageois portant des offrandes plus ou moins importantes. Pleins d'espoirs, ils se jetaient par terre devant les autels et, sans vergogne, quémandaient n'importe quoi, du simple bonheur à la possession de vaches.

Les deux amoureux, dont les regards s'attiraient comme des aimants au milieu de la foule, ne demandaient à Bholey Baba[1] que la transmutation de ce moment en éternité. Lorsqu'un jeune prêtre procédait à l'*aarti*[2], repris bruyamment par les fidèles qui oscillaient, seules deux paires d'yeux restaient ouvertes.

1. Simple Père, un des noms de Shiva.
2. Rituel dans lequel la lumière des mèches imbibées de camphre est offerte à une ou plusieurs divinités.

S'il est vrai que ce dieu est amour, ils priaient avec plus d'ardeur que n'importe qui au monde.

Elle apparaissait toujours en tenue ravageuse, un *salwar-kameez* de couleur vive, bien ajusté à son corps svelte, tandis que des bracelets en verre cliquetaient et que sa tresse couvrait ses petits seins. De l'argent luisait sur son nez, son cou, ses doigts. Le vernis de ses ongles était d'un rouge éclatant. Son regard cerclé de khôl était brûlant. Elle enlevait la lanière de ses sandales dorées sans s'accroupir avec maladresse.

Il se déchaussait juste après elle. Agenouillé, il poussait ses chaussures contre les siennes et en perdait le souffle. Aussi souvent que possible, il effleurait le cou-de-pied en cuir doré, sentant la trace chaude de celui de la jeune fille. Puis il s'embrassait subrepticement les doigts. Un jour où il n'y avait personne, il ramassa les sandales dorées et les appuya sur ses lèvres.

Il ne la reluquait jamais. En réalité, quand elle tombait à genoux dans le lieu saint et que son *kameez* lui moulait les hanches, il détournait les yeux. Une crue d'amour le submergeait. Ce qui tournoyait en lui et autour de lui, c'étaient de la vénération et de l'adoration, non du désir. De toute son âme, c'était l'âme de la jeune fille qu'il voulait.

Les semaines devinrent des mois. Leur ferveur religieuse s'accrut au point que leurs visites au temple se firent quotidiennes, cependant que les émotions de Sambhav s'intensifiaient. Chaque fois qu'il la voyait, il souhaitait ardemment lui donner une preuve digne de son amour. Lui démontrer son immensité. Sa capacité à tous les sacrifices. Il imaginait qu'elle lui disait : Donne-moi ton index pour que je me rende compte de la vérité de tes sentiments. En un éclair, il sortirait son couteau à cran d'arrêt et le couperait comme une carotte. En fait, un doigt était trop insignifiant pour exprimer ce qu'il éprouvait. Sa main droite conviendrait mieux. Mais que valait une main ? Il fallait sa tête – sa propre tête – décapitée et déposée à ses pieds.

Ce qu'elle ressentait n'était pas moins intense. Elle ne vivait que pour leurs rendez-vous. Il était le dieu du temple où elle se rendait quotidiennement. Elle n'avait jamais vu d'homme aussi beau en chair et en os ou en photo, ni une telle douceur dans les yeux – que ce soit chez un homme ou une femme. Elle ne souhaitait pas seulement lui tenir la main et plonger son regard dans le sien plein d'amour. Elle brûlait d'envie de le servir. De laver son linge, de lui faire la cuisine et le ménage, de le nourrir de ses mains, de remplir son ventre de ses bébés. Elle ne voulait pas être uniquement sa princesse mais aussi son esclave.

L'amour ne connaît pas plus grande aspiration.

Elle comprenait le sens profond du grand parapluie noir. Il était destiné à être la canopée et la protection – le ciel et l'horizon – de sa vie.

Au bout de six mois d'une idylle inouïe, ils n'avaient toujours pas échangé un mot. Leur vie normale était en miettes. Il ne s'intéressait plus au recrutement militaire, ni aux gros romans opaques. Il continuait d'effectuer les tâches qu'on lui attribuait à la ferme et à la maison, d'un air maussade au demeurant.

Rien ne le contrariait davantage qu'une conversation. Une magie se déployait en lui et elle faisait vibrer chacune de ses cellules. Il lui fallait se concentrer dessus, la comprendre, l'assimiler. Il avait besoin de silence. Le moindre bruit s'assimilait à la banalité, à l'interruption.

Si difficile qu'il soit de l'imaginer, elle habitait toutes ses pensées. Dans la journée, il inscrivait son prénom du bout des doigts sur chaque surface. Tables, journaux, carnets, murs, sols, troncs d'arbres, sans oublier sa moto, le chariot tracteur, les sacs de grain, les flaques d'eau, son avant-bras, l'air, le vent de la nuit et la brise de la journée.

Aranya. Aranya. Aranya.

Aranya la féconde. Aranya l'opulente. Aranya la généreuse.

Aranya la forêt, verte et luxuriante. Ses parents l'avaient bien baptisée. Elle incarnait la promesse.

Ses deux mères et son unique père mettaient sa mauvaise humeur sur le compte de son angoisse pour les examens de terminale. Or, au lieu d'étudier les textes de son lycée, penché sur le pupitre en bois de sa chambre située à l'arrière de la maison, il composait des vers immortels. Sa lecture des grands écrivains l'y avait préparé. Il écrivait des *ghazals*, des *shayaris*[1] ou des *geets*[2] et remplissait des carnets de son chant d'amour passionné.

Avant le dîner, il montait sur le toit. Disposés en une rangée, les *charpoys*[3] étaient surmontés de moustiquaires fixées sur des perches en bambou en croix – le catéchisme militaire de son père. La lune, levée, mariait l'ampleur conquérante de ses champs à celle,

1. Poèmes d'amour.

2. Odes lyriques.

3. Lits formés d'un cadre de bois tendu de cordes tressées.

offerte, de ceux de la jeune fille. Il dirigeait son regard vers le lieu où elle se tenait, invisible, sur le toit de sa maison et déclamait ses poèmes exaltés ou chantait ses sérénades.

Après le dîner, quand la famille venait se coucher, il descendait s'enfermer dans sa chambre, et il glissait un disque de Mohammed Rafi dans son lecteur Sony, laissant le grand chanteur lui tordre le cœur jusqu'à ce que la douleur ait atteint l'intensité de son extrême nostalgie. Sa chambre était désormais placardée de photos d'une célèbre actrice qui ressemblait à Aranya. Il les contemplait et la splendide actrice disparaissait, remplacée par l'objet de son amour.

Bien plus tard, au moment où la lune s'estompait en même temps que les aboiements des derniers chiens, Sambhav gravissait à pas de loup les marches de pierre, le parapluie rose discrètement coincé sous son bras.

Nul ne se doutait de son obsession car il ne se confiait à personne. Se le permettre aurait été un simulacre. Une souillure vulgaire d'Aranya. Virginale, parfaite, elle n'appartenait qu'à lui.

Elle aussi passait des chansons d'amour dans son lecteur Philips, de films plus récents cependant. Elle ne souffrait pas comme Sambhav. Elle rêvait. Elle jouait à être la vedette qui chantait et dansait dans des séquences avec des chœurs pittoresques. Elle pleurait de joie. Plusieurs fois par jour, elle ouvrait le parapluie noir et se plaçait dessous afin de sentir la brûlure de son ardeur.

Aussi ne fut-ce guère surprenant qu'elle fasse le premier pas pour enjamber le silence. S'il n'avait tenu qu'à lui, l'amour idéal aurait pu rester inexprimé jusqu'à la fin des temps.

Un soir que le soleil déclinait derrière le bouquet de manguiers, elle ôta la sandale de son pied droit plus lentement que d'ordinaire et glissa quelque chose dans l'orteil. Son coup d'œil éloquent fut un message pour Sambhav. Il introduisit des doigts tremblants dans l'anfractuosité intime. Le bout de papier roulé avait été replié pour former le genre de boulette qu'ils tiraient avec une fronde à l'école. Il le fourra dans sa poche gauche et le protégea de sa main.

Il ne le sortit qu'une fois en sécurité dans sa chambre verrouillée. Il le posa – petit, blanc, en forme de V – sur sa table en bois. Hors d'haleine, il frissonnait. Malgré sa certitude d'en connaître le contenu, qu'il puisse manquer une infime partie le terrifiait.

Ne rien exprimer, c'était tout supposer. Dire quoi que ce soit – le moindre mot – portait la menace de pulvériser l'univers. Ce qu'il craignait le plus, c'était la main de l'amitié. Ou, pire, un aveu d'intérêt amoureux. Ou quelque chose d'encore plus banal et de plus vulgaire. Du style : Retrouve-moi à tel endroit, à telle heure.

Il aurait aimé qu'elle formule à voix haute le contenu de la boulette. Des mots peuvent être balayés par le vent, se noyer sous la pluie, se perdre dans le croassement de corbeaux, le meuglement des vaches ou le carillon des cloches de temples.

Dans l'air, des mots peuvent être refaçonnés, réorganisés, renversés.

Heureusement, il est possible de mal les entendre et de croire qu'ils disent ce que l'on souhaite.

Inscrits sur du papier, ils scellent des destins.

Les laissant sur place, il ferma sa porte à clé et sortit dans les champs. L'eau crachée par le puits tubulaire était fraîche ; il s'allongea sur le *charpoy* qui se trouvait devant la cahute en brique. Les dernières perruches prenaient leur ultime envol en piaillant, les premières étoiles apparaissaient dans le ciel bleu nuit. Les lueurs du village, assez proche, formaient un dôme dans l'obscurité qui s'épaississait.

Qu'est-ce que je ferai, si je découvre qu'elle m'a rejeté – ou à moitié accepté ? se demanda Sambhav. Une perspective qu'il était incapable de supporter. Il se leva au bout d'un moment et alla arrêter la pompe qui vibrait. Les plantes pouvaient attendre, il avait besoin de réfléchir. Le silence immédiat l'apaisa.

Si l'auteure de la boulette le laissait tomber, il partirait du village ainsi que de cette partie du monde. Il s'engagerait dans l'armée en tant que soldat, non en tant qu'officier. Il se porterait volontaire pour les missions dangereuses, contre les insurgés de l'autre côté de la frontière. Elle apprendrait sa mort héroïque dans les journaux. Voire à la télévision.

L'instant d'après, il renonça à ce scénario, aussi absurde que vaniteux. Le véritable amour exigeait son départ. Il fallait qu'elle soit libre de vivre sa vie, ne souffre que de temps à autre de sa disparition.

Comme l'un des cousins de sa mère, il s'enrôlerait dans la Border Roads Organisation[1]. En tant qu'ouvrier, non en tant que cadre. Il tenait à se volatiliser

1. Organisation créée en 1960, chargée de la construction et de l'entretien des routes frontalières.

et à passer ses journées à casser des pierres, à étaler du goudron, à dormir dans des tentes de fortune, en altitude dans l'Himalaya, entre la Chine et l'Inde. Un jour, elle y viendrait pour des vacances avec son mari et ses enfants et, regardant par la fenêtre de la voiture, elle verrait…

Non, il en était incapable. Le martyre, très peu pour lui. Il la voulait, elle. Ni sa pitié ni ses remords. Il voulait son amour et elle.

Il rentra à grands pas chez lui, ouvrit la porte, déplia la boulette.

Sur quatre lignes, la jeune fille de quatorze ans avait écrit en hindi :

chaque fois que tu le diras
où que tu le dises
quoi que tu dises
je serai là pour toi.

Le sang rugit dans ses oreilles. Ses jambes se dérobèrent sous lui.

Une éternité s'écoula avant qu'il ne remette à plat la feuille de cahier lignée et la lise à nouveau. Une fois. Deux fois. Il avait envie de crier. D'en parler. De courir jusqu'à elle et de la serrer dans ses bras. Rien de cela n'était possible. Mais l'immobilité non plus. Sur un coup de tête, il fit quelque chose d'inimaginable. Il enfila ses baskets, fourra son couteau à cran d'arrêt dans une poche, enroula la laisse de Sheru autour de sa main, sortit furtivement de la maison.

La lune commençait à se lever dans la nuit noire. En dix minutes d'un jogging modéré, le maître et le chien se retrouvèrent à la lisière des terres des Pal. Il longea les eucalyptus qui en marquaient la limite. Il distinguait la maison d'Aranya, une tache plus sombre parmi les margousiers et les seshams, et une faible lumière entre les branches. Au loin, signalé par la lueur d'une ampoule, leur puits tubulaire vibrait.

Un chien lança une série d'avertissements et fut rejoint par un autre. Sambhav posa la main sur la grosse tête de son berger allemand qui se retint. Ils trottèrent sur le *bundh* délimitant la propriété, cherchant l'endroit le plus proche de l'habitation. Ils entendaient le murmure de l'eau dans les canaux d'irrigation et le coassement des grenouilles qui appâtaient les esprits de la nuit. Le buisson touffu de lantanas sur un monticule leur fournit un point d'observation. On voyait du mouvement derrière les vitres de la maison, située à une petite centaine de mètres.

Les chiens protestaient toujours, sans pour autant surgir des arbres. Ils n'inquiétaient pas Sambhav, certain qu'ils se pisseraient dessus à la vue de l'énorme berger allemand. Son père avait choisi Sheru et Bijli – les meilleurs de la portée – dans une ferme des environs de Dehradun et il les avait dressés à la militaire, névrotiquement. Descendants d'une lignée féroce, ils servaient à tour de rôle. Sheru dormait le jour, attaché, tandis que Bijli parcourait la maison et la ferme. Ils échangeaient la nuit. Le village les connaissait, ils valaient bien une clôture électrique.

Figé, oreilles dressées, Sheru fixait la maison de brique à deux étages. Une porte s'ouvrit, dispensant une flaque de lumière. Quelqu'un injuria les chiens. Qui se turent.

De sa vie, Sambhav n'avait jamais courtisé une fille. Il avait toujours affiché du mépris pour ses copains qui s'adonnaient à la vulgaire activité de la séduction. Il les considérait comme inférieurs et bestiaux. Il était fils d'une discipline stricte et d'un art raffiné. Les étreintes hormonales dans les foires de villages, les festivals religieux, les champs, le bazar, le centre de premiers soins, devant l'école de filles – ces cajoleries, ces câlins et ces poursuites l'écœuraient. Sans compter l'inconstance. Ses camarades n'étaient que des bâtards qui s'accouplaient dans les chemins creux.

Accroupi à l'abri des lantanas, Sambhav glissa un brin d'herbe entre ses dents. Contrairement à eux, il avait rencontré l'amour. Peut-être était-il la première personne à qui c'était réellement arrivé. Il n'était pas ici à la recherche de quoi que ce fût. Il n'était ici que pour être le plus proche d'elle possible. Il sentait sa présence palpiter dans les champs. La même chaleur envoûtante émise par l'empreinte de son pied dans la sandale.

Chaque fois que tu le diras.

Où que tu le dises.

Quoi que tu dises.

Je serai là pour toi.

S'il scrutait la voûte sombre de l'univers, ces mots seraient écrits dans les graffitis des étoiles. Il les déchiffra en regardant les lumières s'éteindre dans la maison. Un peu plus tard, il ramassa un caillou et entreprit de sculpter le prénom de la jeune fille sur le côté du *bundh*. Il mit une heure à le faire le long du champ, on aurait dit une bordure de sari.

À son retour chez lui, Sambhav dut laver son jean et ses chaussures couverts de boue. Sheru reprit sa patrouille. Il n'avait pas aboyé une seule fois pendant leur expédition. Les premiers ouvriers agricoles bougeraient d'ici peu. Sambhav s'installa à son pupitre pour écrire. Lorsque des voix humaines et le chant d'un coq rompirent le silence, il avait terminé un poème de cinquante-deux vers. Lourd de métaphores et de douleur. Inspiré par les poètes qu'il avait lus, de Kabir à Mahadevi Varma, à Ramdhari Singh Dinkar, à Subhadra Kumari Chauhan, à Sahir Ludhianvi.

Le poème évoquait la lune, le miel, le sang, les fleurs de cytise, Sita, l'Himalaya, le Gange, la reine Victoria, les frangipaniers, Arjuna, le pur, héros du *Mahabharata*, les chevaux, les perles, le phare d'Alexandrie, les roses et les lèvres, le roi Rana Pratap, les diamants, Yama, le dieu de la mort, le santal, Socrate, le Taj Mahal, les cobras, *Jallianwala Bagh*[1] ou le massacre d'Amritsar, les Veda et, avant tout, l'amour incomparable des grues Antigone.

Il chantait la perfection de leur union, leur fidélité sans pareille, leur promptitude à mourir en cas de séparation. Les grues Antigone deviendraient le motif récurrent de ce qu'il lui écrirait ; au fil du temps, il s'identifierait complètement à elles, s'imaginant oiseau solitaire écumant désespérément champs et buissons, étranglé de tristesse, rendu fou par manque d'un signe d'elle.

---

1. Le massacre d'Amritsar du 13 avril 1919 : les soldats indiens du raj britannique ouvrirent le feu sur un rassemblement non autorisé de partisans de Gandhi.

Faute de pouvoir rouler en boule cinquante-deux vers, il plia soigneusement les quatre feuilles jusqu'à leur donner la taille d'un sandwich. Il les plaça sous une pile de livres afin que les lignes de pliage restent nettes et qu'il n'y ait aucune peluche. Il alla au temple – ombre parmi les colonnes du banian – bien avant l'arrivée à dix-neuf heures d'Aranya. Les cloches sonnaient tandis qu'une litanie transperçait parfois l'air.

Avant de l'apercevoir, elle le sentit ; quant à lui, il en eut le souffle coupé. La tresse oscillait sur son buste, le vert de son *salwar-kameez* avait l'éclat éblouissant des rizières. À peine eut-elle ôté la sandale de son pied qu'il y posa la main. Un instant lui suffit pour comprendre qu'il lui offrait ainsi son amour.

Cette fois, Aranya ne s'attarda pas devant les dieux souriants. Au pas de course, elle traversa les temples, l'ancien et le nouveau, se retrouva devant ses sandales qu'il surveillait de loin. Elle y plongea la main et s'immobilisa. Puis elle retira la feuille méticuleusement pliée, la porta à ses yeux, se tourna vers lui. La beauté de Sambhav irradiait dans la sombre niche du banian. La perfection de son teint, l'épaisseur de ses cheveux, la couleur noisette de ses yeux pleins de compassion.

Qu'avait-elle fait pour mériter un homme pareil ?

Aranya retourna dans le sanctuaire, le sandwich en papier entre ses mains jointes, et, nommant chaque dieu, elle les remercia avec une ferveur qu'elle n'avait jamais ressentie auparavant.

Cette nuit-là, ni l'un ni l'autre ne dormit.

Pour éviter les questions de sa mère et de sa petite sœur, elle lut et relut le poème à la lueur d'une lampe torche sous le drap. Il y avait des mots qu'elle ne comprenait pas, certains vers dont elle ne pouvait que deviner le sens. Mais cela exacerba son ardeur, lui fit prendre conscience de la profondeur inouïe de ce qui s'était trouvé sur son chemin.

Il lui semblait être dans un film classique. Une fille banale qui séduit un prince-poète. Sous les draps, elle déclama à voix basse les phrases les plus significatives, sensible à la beauté de la forme, à l'inspiration des métaphores et des nuances. Leur sonorité était bouleversante, aussi le sens devait-il être sublime. Elle lui avait envoyé des pierres et avait reçu des perles en retour.

Elle voulait crier sa joie au monde entier. Le désir de se précipiter et de se jeter à ses pieds la taraudait.

Qu'avait-elle fait pour mériter un homme pareil ?

Accroupi devant les lantanas, un brin d'herbe entre les dents, un gros chien à côté de lui, l'homme ne quittait pas des yeux la maison noyée d'ombre d'Aranya. Le même désir que le sien le taraudait. S'y précipiter et se jeter à ses pieds.

En rentrant du temple, il avait repensé à son poème. Lamentable en comparaison de ce qu'elle lui avait écrit. Malgré son verbiage, il n'exprimait pas ses émotions. Ce n'était qu'artifice et application. Il cherchait à impressionner, il parlait de lui, non d'elle. Bien que conscient de la profondeur de ses sentiments, leur expression, à l'aune de la sienne, était un pitoyable échec.

Chaque fois que tu le diras. Où que tu le dises. Quoi que tu dises.

Je serai là pour toi.

Le poème d'Aranya était un diamant biseauté. Le sien un bijou en métal mal taillé.

Un plan fut fixé. Tous les soirs, Sambhav récupérait une boulette de papier dans la sandale d'Aranya où il laissait un sandwich. Le message de la jeune fille avait une fragrance d'*attar*[1], le sien sentait l'*Old Spice*. Sous le parfum, il y avait un arôme de cuir. Elle pressait le papier plié sur ses lèvres, son front, avant de le mettre au repos dans un bonnet de son soutien-gorge. Lui dépliait le bout de papier ligné et, allongé sur son lit, il s'en couvrait le visage, aspirant les mots d'Aranya, ses effluves, son amour incandescent.

Au début, elle s'appliqua à trouver un vocabulaire plus raffiné, lui, à simplifier le sien. Autant d'efforts rapidement remplacés par leurs premières déclarations d'amour. Je t'aime.

Durant un certain temps, on aurait dit qu'une couche de peinture noire masquait les autres couleurs comme mode d'expression. Ils ne s'en lassaient pas et le répétaient de toutes les manières possibles. Sambhav travailla à des versions calligraphiées. Il utilisa la peinture à tissu de sa mère sur des mouchoirs. Il grava la déclaration dans des troncs et l'inscrivit dans du ciment humide. Il alla jusqu'à la faire cuire dans une brique grâce au four d'un camarade. Aranya la broda au point de croix, la tissa avec des perles, la cousit sur des feuilles de figuier des pagodes et alla jusqu'à la faire cuire en forme de beignets sucrés.

L'amour, tout de même ! Quelle œuvre d'art, jusqu'à ce que ses portes s'ouvrent en grand ! Quelle lassante photocopieuse après cela, tout juste bonne à répéter !

1. Parfum naturel distillé sans alcool, sous forme d'huile légère.

Sambhav et Aranya n'étaient cependant pas des amants ordinaires. Dès leur première rencontre ailleurs qu'au village, il fut évident que leurs corps se parlaient avec autant d'éloquence que leurs regards. C'était plus d'un an après qu'ils avaient commencé à s'écrire et environ trois mois après qu'ils s'étaient adressé la parole dans l'obscurité hermétique et sacrée du vieux temple de Shiva, au cours de leur déambulation autour du divin phallus. Étant donné la violence de la vendetta familiale, ils n'avaient pas d'autre lieu où se retrouver pour se murmurer leur passion, pour s'effleurer en frôlant les murs humides.

Un jour, elle monta dans un car pour se rendre dans la ville voisine. Le trajet durait une vingtaine de minutes, elle avait donné le prétexte d'une recherche de cours d'anglais. L'ayant devancée sur sa moto, il l'attendait devant le cinéma Janata Talkies avec deux billets. Elle portait son *dupatta*[1] violet sur la tête, bien qu'ils n'aient rien à craindre. Il était midi, l'heure des amoureux, de sorte que les couples venus avec leur propre univers n'avaient d'yeux pour personne.

Le film était un navet, mais se fût-il agi d'un chef-d'œuvre du septième art, les deux amoureux n'en auraient pas retenu la moindre image. Contrairement aux tourtereaux inexpérimentés, ils ne se chevauchèrent pas comme deux tranches de viande, ils se mêlèrent et se fondirent l'un dans l'autre à la manière d'épices. Doigts, cheveux, peaux, odeurs, souffles,

1. Longue écharpe portée sur la tête ou les épaules.

murmures, souplesse, moiteur, douceur, dureté, chaleur, pieds, langues, amour encore et encore.

Les six mois suivants, le cinéma Talkies et le temple de Shiva, tellement humide, devinrent leur jardin d'épices. Deux lieux conçus pour la magie et l'amour. Ils se connurent bientôt dans l'obscurité comme seuls le peuvent de vrais amants.

Une fois de plus, ce fut elle qui fit le premier pas. Se mêler à elle et se fondre en elle – dans ces lieux obscurs au caractère sacré – le comblerait jusqu'à la fin des temps.

Fais de moi une femme, souffla-t-elle, un jour où il la serrait dans ses bras, le dos contre la pierre brute et humide, tandis que le crépuscule s'épaississait dans l'enceinte du temple, accéléré par les ombres du banian tentaculaire.

Fais de moi ta femme.

Son amour à lui était trop mystique pour l'avilir charnellement. Cet accouplement bestial, c'était ce à quoi ses copains se livraient – ou essayaient de se livrer – tous les jours. Entre elle et lui, il fallait que ce soit – lorsque cela se passerait – un acte d'exception. Sanctifié et beau.

Ses profondes réflexions aboutirent à une conclusion. Elle était trop précieuse. Il n'allait pas risquer la fureur du moindre dieu. À la périphérie de la ville, il y avait un légendaire sanctuaire de Shiva. Le lingam y était sorti de terre depuis cinquante ans – exhumé par une charrue. Des femmes sans hommes ou sans enfants y venaient de toute la région, apportant des fruits et des requêtes pour la procréation. Aucune n'était déçue.

Le mois sacré de *Sravana*[1] débutait dans huit semaines. Il ne laisserait rien au hasard. Le jour de Shiva dans le mois de Shiva, il arriva au sanctuaire avec Chcha, le vieil ouvrier agricole qui l'avait élevé, et Pappu, son camarade de classe. Aranya, elle, était accompagnée d'une cousine et d'une amie. Ils étendirent un *dupatta* sous l'énorme pipal, le temps qu'elle sorte de son sac une *kurta* bordeaux au col bordé d'une guirlande, et l'enfile. Son piercing de nez était en or à présent ; elle mit les bijoux pris dans le coffre que sa mère rangeait sous le lit. De longues boucles d'oreilles, un épais collier, un bracelet d'or. Elle se maquilla avec du rouge à lèvres, du rose aux joues, du mascara.

À la tombée du rideau, Sambhav cessa de respirer.

Pappu avait payé le vieux prêtre qui était prêt. Rapide et éternel – telle était l'exigence. Ils avaient choisi l'heure de moindre fréquentation du sanctuaire, mais même à midi, des villageoises y priaient pour leur fécondité. Elles interrompirent leurs suppliques pour regarder le jeune couple échanger des guirlandes de marguerites, tourner autour d'une urne en cuivre où brûlaient des blocs de camphre. Les *mantras* furent silencieusement articulés à une telle vitesse que le premier mot de chaque phrase chevauchait le dernier. En même temps, le prêtre répandait sur eux des grains de riz et encensait.

---

1. Cinquième mois du calendrier indien, commençant fin juillet et se terminant la troisième semaine d'août, sacré en raison des nombreux festivals qui y sont célébrés, et au cours duquel un culte spécifique à Shiva est observé.

Soudain, comme le soleil transperce les nuages de la mousson, ce fut terminé. À cet instant, du bouquet de goyaviers derrière le pipal, un coucou entonna sa sinistre routine métronomique. *Cou-oo cou-oo cou-oo*. Bien des années plus tard, au cours de ses heures vides derrière les barreaux, Sambhav se rappellerait sa prophétie. L'oiseau qui pond dans le nid d'un autre.

Sambhav glissa un anneau d'or sur le doigt d'Aranya avant de l'attirer vers le lingam en pierre. La regardant ensuite dans les yeux, il prit le minuscule porte-encens, s'entailla le pouce droit avec son bout pointu. Les femmes sans époux et sans enfants étouffèrent un cri. Le jeune mari n'entendit rien, il n'avait d'yeux que pour son épouse. Il posa le pouce en haut du front d'Aranya et le laissa courir, ensanglanté, sur la raie de ses cheveux. Des larmes coulèrent sur son rose à joues tandis qu'elle sentait l'humidité sur son cuir chevelu.

Fais de moi une femme, avait-elle dit.

Le prêtre raconterait l'histoire jusqu'à sa mort.

Deux jours après, il l'emmena dans sa chambre derrière la maison quand tout le monde était aux champs ou au marché. La seule personne présente était sa *chachi*[1] devenue sa confidente. Elle s'était engagée à le couvrir, dans la mesure de ses moyens.

Sambhav avait décoré le lit de fleurs de jasmin fraîches au parfum enivrant. La question ne se posait pas. On les avait créés l'un pour l'autre dans la grande usine de Dieu. Leur manque d'expérience n'avait aucune importance. Un instant suffit pour qu'ils

1. Tante, épouse du frère du père.

soient un, en une harmonie complète, comme on ne peut l'être qu'avec un seul être dans une vie.

La première fois, il ne se servit pas de préservatif bien qu'il en ait apporté trois paquets de la meilleure qualité. Il lui déclara, immobile au-dessus d'elle, qu'elle était la première et la dernière femme de sa vie.

Plus tard, alors qu'il avait fait d'elle une femme à trois reprises en moins d'une heure, elle lui essuya le corps avec un tissu humide comme on le fait pour une porcelaine inestimable.

La libération de leurs corps – leur fusion – déclencha un nouveau torrent de mots. Au temple, la sandale recommença à être comblée. Le jour où ils ne pouvaient mêler leurs peaux, ils rédigeaient de longues descriptions de leur désir. L'idée des grues Antigone qui obsédait Sambhav leur procura un surnom efficace. Il était le roi des grues, elle, la reine. Les lettres du roi étaient tellement passionnées et exaltantes que, certaines fois, la reine préférait presque les lettres aux rendez-vous. Ce n'était pas le cas du roi. Il désirait tout de la reine – corps et mots – et ce, constamment.

Plus rien d'autre ne l'intéressait. Ni la famille, ni les études, ni la lutte, ni la lecture. Il avait terminé ses études secondaires et était entré à l'université, mais sa fréquentation était réduite au minimum. Il restait surtout dans sa chambre, devenue un autel en l'honneur d'Aranya.

Il fit venir de la ville Rasool *bhai*, le peintre publicitaire qu'il paya pour qu'il transforme un mur en une forêt verte – Aranya – et la peuple de deux grues majestueuses. Le parapluie rose fermé, il le cala dans un coin. Il gardait les missives de la reine dans une boîte d'écolier en fer – pourvue d'un cadenas – de façon à y avoir accès n'importe quand. Ouverte, son armoire en bois révélait une photo d'Aranya qui le regardait. Prise au studio Arora avec des zèbres du Serengeti en toile de fond. Sur le mur en face de son pupitre, il avait collé les mots immortels d'Aranya.

Sa chambre était verrouillée en permanence.

Au fil des mois, il eut une prise de conscience aussi perturbante que gratifiante. Plus il la possédait, plus il la désirait. Un désir qui se renforçait chaque fois qu'il était assouvi. Les jours et les nuits n'étaient que brouillard de rendez-vous galants.

Elle avait emmené ses chiens bâtards au temple pendant quelques semaines pour qu'une nouvelle allégeance soit forgée. Dans le bouquet de manguiers, il les avait nourris de *rotis*[1] et de morceaux de viande, sans s'éloigner de leur maîtresse afin qu'ils comprennent qu'il était leur nouveau maître. Chaque jour, quand il arrivait chez les Pal à minuit – laissant son molosse près du buisson de lantanas – avec des morceaux de viande roulés dans du papier journal, les bâtards se précipitaient vers lui en agitant la queue.

Faute de pouvoir entrer, il restait dehors, sous les arbres, et elle devant une fenêtre éclairée. Ils en plaisantaient, c'était leur prédétermination. Elle, pour la lumière, lui, pour les ténèbres. Même dans le temple, il se tenait dans l'obscurité des colonnes du banian et elle se pavanait sous les ampoules. Au village, il était toujours sous les auvents, elle sous le soleil.

1. Pains plats et ronds au maïs ou au blé.

Mon amour est plus grand, affirmait-elle. Je te vois même dans les ténèbres. Il savait qu'aucun amour au monde n'était plus grand que le sien.

Le cœur de la nuit était leur moment préféré, celui où Aranya pouvait s'éclipser de chez elle. Ils s'allongeaient à l'abri des lantanas, vibrant au rythme de leurs corps, apaisés par l'immensité de la nature et du ciel. Une fois, ils firent un mauvais pari. Comme dans un film, le roi descendit d'une digue en portant dans ses bras la reine, dont les chiens assoupis se jetèrent sur eux, mus par la peur que cette étrange apparition soit une nouvelle bête des ténèbres.

Ils sont aussi stupides que les hommes de la famille Pal, commenta Sambhav, nettoyant les blessures de sa bien-aimée dans le canal. Regarde Sheru… il n'a pas bougé.

Ils avaient conclu un pacte. Un rendez-vous fixé devait être respecté. La reine était parfois obligée d'emmener sa sœur en guise d'alibi. De quatre ans plus jeune, dépourvue de la beauté rayonnante d'Aranya, la sœur les regardait d'un air sombre, et ne disait rien à Sambhav ni à sa famille. La reine dut de temps à autre feindre d'avoir mal quelque part ou d'être malade pour filer chez le médecin du village. Elle s'infligea des blessures, au moins à deux reprises : parfois, elle s'enfuyait et subissait la colère de sa mère après coup. Le roi était prêt à tuer si on le contrariait.

Il avait déjà rossé des garçons devant l'école de filles parce qu'ils s'intéressaient à Aranya. Le frère de celle-ci n'avait pas été épargné. Comme il avait bastonné sa sœur, Sambhav l'avait coincé dans les rizières et giflé à lui faire tinter les oreilles. Il lui avait ensuite offert un couteau à cran d'arrêt, l'avertissant que son boulot était de protéger sa sœur, non de l'agresser. Pour ça, il aurait droit à l'appui permanent de Sambhav.

Ce maintien de l'ordre clandestin éclata au grand jour quand le roi passa à tabac le fils du propriétaire de la confiserie qui avait critiqué la reine, faisant observer qu'elle allait au temple pour adorer le lingam de Sambhav et non celui de Shiva. Pappu – le jeune ouvrier agricole qui avait grandi comme son ombre – le lui rapporta.

Sambhav était alors assis sur sa moto sous la parfaite canopée d'un figuier blanc dans l'allée menant au terrain de crémation. Un petit bidon de pétrole qu'il comptait rapporter chez lui était posé entre ses cuisses. La confiserie se trouvait à quelques minutes de là, Sambhav y débarqua avant que la brise n'ait dissipé les paroles de Pappu.

Il abattit le bidon sur la tête du garçon sans lui laisser le temps de se lever de la caisse. Le couvercle s'envola, le pétrole se répandit dans la minuscule boutique. Le garçon tenta de s'échapper mais Sambhav l'attrapa par le col, le traîna au-dessus de la plaque de verre et le jeta par terre. Là, il le tapa avec le bidon comme un menuisier plante des clous. Le père du garçon qui avait surgi de l'arrière-boutique appela au secours. Pappu s'efforça d'arrêter son maître, d'autres villageois aussi. Il y avait du sang partout, des éclats de verre et des traces de flammes aux endroits où le pétrole s'était déversé.

Lorsqu'ils réussirent enfin à emmener de force l'amoureux pris de folie, le fils du confiseur était presque dans le coma.

Dis à ton fils de faire un nœud avec sa langue et de la fourrer entre ses dents, brailla le roi qu'on entraînait à l'écart. Sinon, je reviendrai l'arracher et je la jetterai à mon chien.

Personne n'avait vu Sambhav – connu pour sa sobriété et sa réserve – dans un état pareil.

On emmena le garçon en ville où il fut soigné pour une commotion cérébrale et des fractures.

Faire un rapport à la police était hors de question. Le roi était d'une caste supérieure à celle du commerçant. D'autant que Bade Papa contribua au règlement des frais médicaux.

Les bruits qui couraient épouvantaient la reine et la ravissaient.

En l'espace d'une semaine, le secret de plus de deux ans se répandit jusqu'à la moindre ruelle. Beaucoup exprimèrent leur consternation, beaucoup prétendirent être au courant depuis des lustres. Tous prirent une profonde inspiration et retinrent leur souffle : cela se terminerait mal.

Sambhav renforça leur protection. Il avait toujours un couteau à cran d'arrêt sur lui quand il était avec elle. Il s'était fait un serment : la première fois que quelqu'un les verrait ensemble serait le dernier jour de sa vie.

Pour la somme de quatre mille roupies, il fit l'acquisition d'un *tamancha*[1] chez le mécanicien de la ville. De fabrication locale, l'arme ne pouvait être chargée que d'une seule balle à la fois ; mais, si on la tenait d'une main ferme, elle forait n'importe quel

1. Pistolet.

crâne d'un trou parfait. Il apprit à la glisser sous la ceinture de son pantalon et à masquer le renflement par sa chemise.

Aucun détachement de la famille Pal ne vint le chercher ; en revanche, quelques semaines plus tard, l'oncle d'Aranya se présenta pour voir son Bade Papa. Bijli – le berger allemand de la journée – fut attaché, tandis que les deux hommes, assis dans le salon, buvaient bruyamment leur verre de thé. Les deux parties avaient vérifié les antécédents. Ce n'était vraiment pas brillant : trop de films, trop de liberté, l'aveuglement des parents.

Très peu fut dit. Tout fut compris. La situation ne convenait à personne. Il y avait la caste, et il y avait la vendetta. Quoi qu'il en fût, aucune goutte supplémentaire de sang ne serait versée à cause de l'exaltation et de l'instabilité des jeunes. Vous tenez votre fille, nous nous occupons du garçon. Mais ne soyons pas maladroits. Nous vivons à une époque où les jeunes peuvent être dangereusement mal inspirés. Revenez avec un plan.

Sinon, nous viendrons vous en présenter un.

5
Damodar Desai, le tueur de bébés

Le Dr Hagg avait un plan.

Submerger les gens de coups de fil et dépenser de l'argent, avant que les choses ne se tassent à son sujet, afin de sortir de prison aussi rapidement qu'il y était entré. Il espérait que l'aura de sa réussite lui procurerait quelques jours d'immunité face aux brutes de derrière les barreaux, et que le pouvoir de ses contacts à l'extérieur ne s'estomperait pas trop vite.

Comme il marchait en quelque sorte sur une corde raide, on lui avait conseillé de rester en prison le temps d'assouvir la soif de sang des médias et des parents éperdus de chagrin, sans s'y éterniser toutefois – sinon il n'aurait plus d'intérêt pour ses amis et sombrerait dans le trou noir de l'oubli.

En réalité, il s'appelait Damodar Desai. Il s'estimait innocent. Quatre bébés étaient morts, c'était vrai ; les médicaments provenaient de ses magasins, c'était peut-être vrai ; il ne les avait ni fabriqués ni vendus avec une mauvaise intention, ça aussi c'était vrai. De même que son chagrin à la mort de ces nourrissons. À l'instar de la plupart des habitants de ce pays tumultueux, il franchissait bien des barrières – érigées par les dieux et les hommes – dans sa quête de richesse et de bien-être. En revanche, blesser ou assassiner des enfants ne figurait pas dans ses incursions dans l'illégalité.

Il aimait Dieu, cet homme qui mettait les gens dans des cases. Les chrétiens craignaient Dieu. Les musulmans vénéraient Dieu. Les hindous aimaient Dieu. Il aurait été prêt à renoncer à un an de chiffre d'affaires plutôt que de tuer un enfant. Dès qu'il avait appris la nouvelle, il s'était précipité au temple, était tombé à genoux, avait ouvert trois noix de coco et promis de généreuses offrandes à la déesse Yellamma[1].

Il avait ensuite appelé le ministre du Tourisme, son ami ; le secrétaire du département de la santé, son ami ; le commissaire de police, son ami ; le rédacteur en chef du journal local, son ami. Puis il s'était dépêché de retrouver son expert-comptable, son confident, son intermédiaire, son homme de main.

Il s'appelait Nitin Naik. En moins de trente-six heures, Desai avait compris que c'était le seul qui comptait.

Le ministre, le secrétaire, le commissaire et le rédacteur en chef étaient très inquiets, mais leur inquiétude était celle de gens qui vous serrent la main et secouent la tête quand vous marchez vers la potence. Dans leur domaine professionnel, où sentimentalité rimait

1. Son nom signifie « mère de tout », c'est une incarnation de Kali, déesse de la mort et compatissante envers les enfants.

avec dysfonctionnement, il semblait que chacun était orienté vers cette destination.

La règle numéro un du détournement de fonds publics était de ne pas se faire prendre. Si vous le faisiez bêtement, la règle numéro un était alors de n'entraîner personne dans votre chute. Vous étiez tous encordés comme des alpinistes, l'astuce consistait à lâcher la corde avec l'espoir que les autres viendraient vous récupérer. Que tout le monde termine au fond d'une crevasse n'aidait personne.

Voilà ce que Naik expliqua à Desai, qui, dans sa panique, ne parvenait plus à réfléchir. Chauve et filiforme, des touffes de poils dans les oreilles, Naik était en l'occurrence au meilleur de lui-même. Mme Naik connaissait ce signe. Son époux était toujours au plus mal et vaquait à ses occupations à la manière d'un employé gérant son train-train, jusqu'à ce qu'une crise s'abatte sur quelqu'un. Dans ce cas, ses touffes de poils se hérissaient, ses yeux brillaient comme des lumières de disco, tandis que ses mains et ses jambes se contractaient sous l'effet d'une anticipation épileptique.

Elle savait que l'argent allait rentrer et qu'on n'allait plus voir son époux pendant quelque temps.

Mme Naik appréciait que les hommes riches et puissants aient des ennuis. Ils en devenaient humbles, et elle s'enrichissait. Ce Desai était devenu un poids lourd au cours des quinze dernières années. La première fois qu'elle l'avait vu s'était gravée dans sa mémoire. C'était un visiteur médical pressé qui faisait de bonnes affaires avec des médecins. Il était arrivé chez eux en scooter ; il avait fallu l'inviter deux fois à s'asseoir avant qu'il obtempère. Il était venu demander conseil pour l'acquisition d'une pharmacie. À présent, sa voiture avait la valeur d'une petite maison et il parlait avec un rire tonitruant comme si la vie était une plaisanterie.

Un avis qu'elle ne partageait pas : elle n'avait pas d'enfants et ne pouvait pas en avoir. Sa mère, atteinte de la maladie d'Alzheimer, ne savait plus comment se rendre à la salle de bains.

Desai, lui, avait trois enfants et sa mère allait au temple tous les jours dans sa propre voiture. Mme Naik comprit que la loi du rire, apprise dans son enfance, allait désormais exiger son dû.

À l'instar de tous les Indiens, son mari réfléchissait à ces sujets – la moralité, la rétribution, l'humilité, le karma –, mais uniquement lors de ses moments d'inactivité. Au travail, il n'était que tactique, stratégie, contrats, bénéfices.

Naik – tirant sur les touffes de poils de ses oreilles – commença par donner à l'entrepreneur médical terrifié des conseils intemporels.

Primo, cessez de vous plaindre de la disparition de vos amis. Comme les médicaments, il faut que ceux-ci correspondent aux maux : prendre de la quinine pour une rage de dents n'a aucun sens. Ils se révéleront inestimables tant que vous aurez recours à eux au bon moment et au bon endroit. Alors refoulez votre colère et votre rancœur.

Secundo, quand vous allez droit dans le mur, rappelez-vous que la première chose à faire est de téléphoner à une personne en qui vous avez confiance. Même si vous êtes le type le plus malin du monde, vous ne vous êtes d'aucune utilité, parce que vous avez reçu un énorme choc et que vos antennes sont sens dessus dessous. En cas de crise, vous pouvez aider les autres, jamais vous-même. Votre homme est quelque part. Trouvez-le.

Tertio, ne croyez pas une seconde que les mots soient vos armes. Contentez-vous de dire salut, bonjour, pendant un certain temps. Pas un mot de plus. Essayez de ne pas parler même quand on vous adresse la parole. N'oubliez pas que le monde vous tient à la gorge. Les gargouillis que vous émettez se prêteront à des interprétations mutilées ou des dénigrements. La moindre parole que vous prononcerez restera à l'extérieur jusqu'à l'anéantissement de la planète ou la fin de l'électricité.

Ne parlez que lorsque plus aucune main ne vous étranglera. Et, dans l'idéal, lorsque les vôtres serreront la gorge d'un autre.

Quarto, ne présentez aucune excuse. Pas le moindre mot. Voire le moindre gargouillis. Ni par politesse. Ni par remords. Ni par affection. Ni par opportunisme. Il y aura un temps pour les platitudes, il n'est pas encore venu. Le monde n'a pas envie de vous pardonner ou de vous comprendre. Il a envie de vous ligoter et de vous regarder gigoter de tous vos membres comme une marionnette sur un fil. Les divertissements qui ont le plus de succès dans l'histoire de l'humanité ne sont pas les films. Ce sont les exécutions publiques. Pendus, brûlés, décapités, écartelés, guillotinés. Foules énormes. Enfants sur les épaules. Vente de friandises. Essayez ça de nos jours, *Batman* au cinéma ou Super-Bourreau dans le parc d'à côté : même les huissiers accourront ventre à terre.

Vos excuses donneraient à tous le feu vert pour se défouler.

Quinto, mesurez la profondeur de la merde où vous vous êtes fourré. Si c'est jusqu'aux chevilles, vous pourrez vous attendre au soutien de tous vos amis, de tous les membres de votre famille, de tous vos collègues. Jusqu'aux genoux, vous pourrez tabler sur quatre amis et six membres de votre famille. Jusqu'au nombril, vous n'aurez de votre côté que trois membres de votre famille et un ami.

Et si c'est jusqu'au menton, vous ne pourrez plus compter que sur votre mère et sa ferveur pour la prière.

Enfin, n'agacez jamais votre avocat. Sa capacité à vous baiser dépasse de loin celle de votre adversaire le plus acharné.

À en juger par l'expression de Desai, on eût cru que sa femme et sa fille avaient été kidnappées. Pourquoi avoir choisi une activité où les gens périssaient si facilement ? Pourquoi ne pas avoir fabriqué des chaises ? Construit des routes et installé des ponceaux ? Fait cuire du pain et frire des samosas[1] ? Conduit un taxi ? Tenu une échoppe de *pao bhaji*[2] ? N'importe quoi, sauf des médicaments – lesquels, c'était de notoriété publique, tuaient aussi souvent qu'ils guérissaient.

Il pria fébrilement Yellamma. S'il s'en tirait vite, en un seul morceau, il mettrait en place des processus

---

1. Beignets triangulaires épicés, fourrés à la viande ou aux légumes.

2. Épais curry de légumes, servi avec des petits pains moelleux.

de contrôle de qualité extrêmement rigoureux. Aucun comprimé n'entrerait ou ne sortirait s'il n'avait été vérifié et revérifié. Aucun médecin de son hôpital n'effectuerait de procédure autre que nécessaire ou ne prescrirait de médicaments inutiles.

Il casserait ses prix. Il distribuerait gratuitement des traitements aux pauvres.

Il donnerait ses organes. Et ceux de son épouse. Oh Yellamma, je t'en supplie, épargne-moi la prison !

En vérité, il n'était pas responsable de la mort des bébés. Certes, il avait fait preuve de cupidité. S'il vous plaît, que ce soit un premier avertissement de Devi, la grande déesse. Il en tiendrait compte, c'était déjà le cas.

Naik percevait que le tueur de bébés marmonnait, mobilisé par ses marchandages cosmiques. Des années durant, il avait assisté à l'illumination de ses clients lors de ces minutes d'incandescence. La perspective des barreaux les emplissait de piété, de compassion, de clémence et autres bons sentiments. Ils devenaient des types bien, l'espace d'un moment. C'est d'ailleurs la seule espérance possible : que les hommes soient brièvement des types bien.

Pour que l'entretien baigne de nouveau dans le réalisme, Naik donna le montant de ses honoraires. Une somme astronomique. Par habitude, Damodar Desai tenta de faire baisser ses exigences ; le regard de Naik le poussa à rendosser son statut de soufi charitable.

Les deux hommes fixèrent l'écran de télévision. Grand et plat sur le mur du séjour. Ils surprirent le présentateur du journal, blafard, lèvres luisantes, cheveux lissés, yeux fous, en plein milieu d'un orgasme palpitant en compagnie de multiples partenaires à la bouche ouverte et au visage déformé.

Naik recommanda à son client d'aller retrouver sa femme affolée en train de signer ses propres contrats cosmiques. Lui, il se mettait au travail.

Il commença par appeler Peter Pinto, qui lui dit : Raccroche, j'arrive. Mince, de petite taille, Pinto avait des lunettes épaisses et une couronne de cheveux poivre et sel pareille à une pièce montée. On aurait pu y planter une bougie avant de chanter joyeux anniversaire. Pinto s'affala dans un canapé pelucheux et fut tout ouïe.

Quand Naik eut terminé, Pinto tapota prudemment son gâteau et précisa ses conditions. Il fallait régler un acompte, puis payer après le réquisitoire, puis à la fin du procès. Si, à un moment donné, Naik tirait sur les ficelles bien indiennes de sorte que, tout à coup, l'affaire et les bébés morts se volatilisaient, Pinto n'en recevrait pas moins la totalité de ses honoraires.

Ils discutèrent ensuite de la voiture que Naik comptait acheter. Pinto avait un avis. Les anciens fascistes fabriquaient les meilleurs véhicules. Achète allemand ou japonais.

Parle à Sawant, conclut-il en se levant.

Naik acquiesça. Il voulait néanmoins plus d'explications sur les voitures démocratiques. D'accord, pas américaines. Qu'est-ce qu'il pensait des françaises ?

Il faut qu'il croupisse en prison un certain temps, ajouta Pinto.

Oui, bien sûr, opina Naik.

Et les coréennes ? C'était quoi l'histoire politique du pays ?

Des téléphones, répondit Pinto. Tu peux acheter des téléphones coréens. Les démocraties fabriquent de bons téléphones. Pas des voitures.

Il serra la main de Naik, arrangea soigneusement sa pièce montée et, une fois installé sur la banquette arrière, partit dans sa Mercedes blanche fasciste.

Une heure plus tard, Sunil Sawant, le sous-inspecteur de la section des homicides, débarqua chez Naik sur une Royal Enfield aux vibrations sinistres. Il en partit avec une liasse de billets agrafés de cinquante mille roupies au fond de la poche de son uniforme kaki. Puis, venant du même célèbre avant-poste de justiciers, un officier de police – vétéran depuis vingt ans – déboula et s'en alla avec vingt mille roupies de billets non agrafés dans la poche intérieure de son maillot de corps blanc. Le soir, ce fut au tour d'un des fantassins – un bleu de vingt-trois ans, boutonneux, exhibant un gros smartphone – de repartir avec cinq mille roupies dans la poche arrière de son jean.

Naik croyait au superflu. Un peu d'argent dépensé maintenant représentait beaucoup d'économies à l'avenir. Comparable à la chirurgie, le droit pénal était un travail de précision. Pour peu qu'on dresse minutieusement la carte du terrain, l'incision serait parfaite. En revanche, rien ne vous sauverait en cas de préparation insuffisante.

On ne jugeait les affaires au tribunal que dans les films. Dans la vraie vie, elles se réglaient bien avant qu'on ne s'incline devant la cour. Une arrestation bâclée par un simple enquêteur. L'oubli d'un témoin clé. Un téléphone cassé par inadvertance. L'importance du moindre de ces faux pas dépassait de loin celle de l'avocat le plus doué du pays, qu'il ait une pièce montée sur la tête ou du pain perdu.

Le sous-inspecteur Sawant était le maître du faux pas subtil. Les hommes politiques toutes tendances confondues l'adoraient. Le dos droit, la démarche raide, il était l'incarnation de la rigueur professionnelle. Les agneaux des médias lui mangeaient inconditionnellement dans la main et n'en finissaient pas d'enflammer son public en liesse.

La réparation des injustices n'existant pas – l'expérience le prouvait –, la rhétorique était bienvenue et magnifique. Un peuple cynique est un peuple satisfait.

Sawant n'était pas aussi efficace dans une manœuvre pourtant essentielle : le jeu du coup monté. Lequel exigeait infiniment plus de zèle et de malveillance. La négligence, tel était le véritable talent du sous-inspecteur. Dans le coup monté, on se débrouillait pour recueillir quatre éléments en guise de preuves – aussi tordus et déformés qu'ils soient – et d'en faire un billot bancal où poser la tête de la victime. En l'occurrence, la réussite dépendait de la classe sociale, de la caste, de l'argent. D'une manière générale, la formule était inversement proportionnelle. Plus la classe et la caste étaient basses, moins il y avait d'argent, plus il était facile de s'assurer que la tête de la victime correspondait parfaitement au billot.

Les membres de tribus, les *dalits*[1], les musulmans étaient faits pour ce genre de machinations comme les rayures pour les zèbres.

D'une frontière à l'autre de l'Inde, les prisons étaient bondées, prêtes à exploser, emplies de pauvres types capturés en raison de ces coups montés.

À ce moment-là, Naik avait besoin du faux pas subtil, aussi Sawant était-il l'homme idoine. Les deux autres policiers serviraient à en remettre une couche. Aucun ne saurait que d'autres étaient sur le coup.

Lorsque Mme Naik eut nourri son brillant mari d'un curry de poisson si épicé que les larmes lui montèrent aux yeux – lesquels se mirent à briller –, elle caressa son crâne chauve, pressa les touffes de poils de ses oreilles et demanda : Qu'est-ce qui va se passer ?

Il ira en prison.

Enlevant doucement de sa tête la main de sa femme, Naik la regarda avec tendresse. Elle avait des yeux noirs. En vérité, le malheur des autres vous rappelait votre chance. En vérité, c'était tout ce dont on avait besoin. Un bon repas et une bonne épouse.

Il se baissa pour attacher les brides de ses sandales en cuir fauve. Puis il se rinça bruyamment la bouche dans la cuvette de la véranda à l'arrière de la maison. Revenu devant la porte d'entrée, il se retourna et annonça : Le type de l'entrepreneur médical va venir. Calcule et garde.

Mme Naik se doutait de la destination de son mari. À cette heure – vingt-deux heures passées – ce devait être chez un membre du gouvernement. Elle savait

---

1. Intouchables.

qu'on ne menait vraiment les affaires de l'État qu'une fois le peuple couché. Aujourd'hui, il retrouverait Rajiv Parulekar, le meilleur juriste de l'État. Naik et lui étaient amis depuis l'école primaire. Il ne suffisait pas de présenter les faits pour monter un dossier, il fallait surtout présenter les meubles.

Quel flic ? Quel juge ?

Quel procureur ?

À son retour, à plus de minuit, le lit double que Naik partageait avec sa femme ressemblait à un champ de bataille entre banques opposées. Les plafonniers étaient éteints, deux lampes de chevet éclairaient la scène. Des petites voitures blindées et des chars d'assaut composés de devises s'alignaient sur le drap rose. Des jaunes, d'autres orange. Mme Naik comptait minutieusement trois *lakhs* de roupies.

Contrairement à un champ de bataille authentique, il n'y avait pas de forces adverses. Les chars et blindés avançaient avec fracas dans une seule direction. La moindre infanterie de la justice qui aurait osé s'attaquer au corps blindé de l'argent était pour l'instant évacuée du lit.

Le destin de Damodar Desai resta en suspens pendant huit jours.

L'État suivait la situation de près, attendant de voir si la flamme se muerait en feu. Le ministre en chef, un vieux routier de la politique, savait que la réussite d'un gouvernement dépendait autant de l'inertie que de l'action. L'espace public était saturé de crises fictives créées par des médias affolés et des bataillons de bonnes âmes aveuglées. Réagir à chacune serait se métamorphoser en une tornade d'activités absurdes.

Sur dix crises, neuf se régleraient d'elles-mêmes, avec le temps – celles-ci n'étaient pas de vraies crises. Mais l'une retiendrait l'intérêt et exigerait qu'on agisse. La maîtrise de l'art politique consistait à identifier laquelle.

En réalité, cette affaire n'avait rien d'une crise. C'était plutôt une opportunité. Damodar Desai n'était qu'un donateur insignifiant, dont le ministre se serait volontiers passé comme de ces chiens bâtards qui aboyaient la nuit dans la rue devant son bungalow.

Le ministre en chef se servait du scandale pour détourner l'attention tant de l'opposition que des médias et les épuiser. Quelques jours d'indignation et de hurlements les videraient pour un temps de l'oxygène de la moraline. Au bon moment – au paroxysme de leurs protestations – il laisserait tomber le couperet de la guillotine sur Desai. Une catharsis submergerait les masses. Les médias et l'opposition retourneraient dans leurs quartiers, triomphants et éreintés. Le ministre en chef pourrait alors se livrer de nouveau à l'exercice du pouvoir.

Au cours de ces huit jours, Desai devint un athlète atteint de cécité perdu dans un labyrinthe. Nitin Naik avait beau être sur le coup, il se sentait obligé de faire son possible. Dès son réveil accompagné des litanies du mantra *Mahamrityunjaya*[1] qui passait en boucle à son chevet jusqu'à ce qu'il se couche à plus de minuit, l'entrepreneur médical rencontrait les hommes susceptibles d'avoir une influence quelconque.

1. Verset du *Rig Veda* adressé à « celui qui a trois yeux », une épithète que l'on identifie à Shiva.

Il contacta d'abord les membres de son réseau dans le gouvernement, la bureaucratie, la police, les médias et ses associés. Chacun l'assura de son empathie et promit de l'aider. Beaucoup proposèrent de le recommander à quelqu'un d'encore mieux placé pour tenter l'impossible. Autant de propositions qu'il accepta, si bien qu'il eut des conciliabules avec des hommes dont le CV n'avait aucun intérêt dans sa situation.

Un agent d'assurances lui garantit qu'il parlerait à l'inspecteur général de la police. Un propriétaire de station d'essence lui affirma qu'il verrait le ministre de l'Intérieur le soir même et découvrirait ce qu'il était possible de faire. Un coach de hockey d'une université de la région – qui le rencontra dans une voiture à l'arrêt, sa crosse à la main – lui certifia qu'il obtiendrait une intervention du ministre en chef.

Un agent de change déclara qu'il connaissait un agent de change à Mumbai qui pourrait demander au Premier ministre d'en toucher un mot. Un cure-dents dans sa bouche, il ajouta : Il lui parle comme je vous parle, c'est une histoire de famille.

Chaque possibilité avait un prix, mais il était rarement affiché grossièrement. Certains écartèrent même la suggestion d'un geste en disant : Plus tard, plus tard, plus tard. Quelques-uns l'annoncèrent d'emblée. Un inconnu – gros et cordial – fit irruption chez lui, se qualifiant de chien qui mord et n'aboie pas, réclamant vingt *lakhs* de roupies. Il les voulait d'avance pour que l'acte d'accusation de la police soit aussi perforé qu'une moustiquaire. Il semblait connaître à fond l'entreprise dans le secteur médical de Desai et les détails de son affaire.

Lorsque Desai lui demanda humblement qui l'avait envoyé, l'homme fulmina : Personne ne m'envoie nulle part. Je vais où on a besoin de moi. Et je sais où et quand on a besoin de moi.

Il expliqua qu'il ne faisait pas seulement appel aux hommes. Il enrôlait aussi les dieux. Un exemplaire du Code de procédure pénale dans une main, la *Bhagavad-Gita*[1] dans l'autre.

Il fournit une liste de noms de gens qu'il avait tirés de situations bien pires, dont certaines liées à des criminels tellement notoires qu'ils filaient la diarrhée à des policiers expérimentés. En temps normal, il ne faisait pas ce genre de boulot pour moins d'une dizaine de milliards de roupies, sauf qu'il se rendait compte que Desai était un type bien accusé à tort.

Desai confirma : Oui, je suis un homme bien. Un homme très très bien. Mais, s'il te plaît, prends vingt pour cent maintenant et le reste à l'acte d'accusation aussi troué qu'une moustiquaire.

En colère, l'homme agita son doigt boudiné.

Tu me prends pour qui ? Un marchand de quatre-saisons ?

Une bague garnissait chacun de ses doigts, son cou était entouré d'un enchevêtrement de chaînes. Qu'est-ce que tu crois acheter ? Ta vie ou du *pao bhaji* ?

Il se calma avant de faire une généreuse concession. Cinquante pour cent maintenant, le reste à la remise de la moustiquaire. D'accord, mais laisse-moi un jour,

---

1. Ou Chant du Seigneur, partie centrale du poème épique *Mahabharata*.

dit Desai. L'homme se leva, sa graisse secouée de fureur. Ce sera trop tard. Il n'avait qu'à se préparer à la pendaison pour avoir tué quatre bébés.

Tremblant de peur, Desai partit et revint avec deux paquets soigneusement fermés par du scotch. Après les avoir soupesés dans sa main de connaisseur, l'homme les rangea dans une sacoche en cuir. Il ôta une bague en bronze, en forme de serpent, de son index, la tendit à Desai : Trempe-la dans du lait, prends un bain, adresse une prière à Bholey Baba, mets-la à ton majeur, ne l'enlève jamais. Quand tu seras acquitté, je viendrai la récupérer. Elle provient du mont Kailash[1].

Devant le portail, il leva soudain sa main droite et brailla : *Bholey ki fauj karege mauj*[2] *!*

Des décennies s'écouleraient avant que Desai ne revoie le gros homme. Il ne se débarrassa toutefois jamais de son cadeau. Au cours des longues journées derrière les barreaux, la bague de vingt roupies lui apporterait une inestimable consolation. Chacune de ses journées interminables – très souvent pendant chaque heure interminable –, il fixait le métal terne en articulant silencieusement des suppliques à Shiva, toujours convaincu que les choses s'arrangeraient.

Quand l'arrestation de Desai se produisit après huit jours de turbulences, ce fut un triomphe, en ce sens que tout le monde se sentit justifié.

---

1. Montagne culminant à 6 638 mètres qui fait partie de la chaîne du Transhimalaya, sacrée pour quatre religions.

2. « Slogan religieux » des fidèles de Shiva : « L'armée de Bholey va faire la fête. »

Le tueur de bébés éprouva de la reconnaissance qu'on lui eût accordé assez de temps pour activer ses contacts, solliciter les dieux, distribuer de l'argent, apaiser sa famille, mettre de l'ordre dans ses comptes.

Nitin Naik fut satisfait que Sawant et les deux policiers de la section des homicides aient gagné suffisamment de temps pour obtenir en jouant des coudes un succès à long terme.

Peter Pinto était content que sa tête couronnée d'une pièce montée soit passée à la télé tous les soirs pour défendre son client et dénigrer les médicaments trafiqués, tout en attirant l'attention sur la profondeur du gouffre qui séparait le premier des seconds.

L'opposition et les médias étaient aux anges d'avoir bénéficié, pendant une longue semaine, d'une plateforme où faire la roue à en avoir le vertige. Une arrestation immédiate les aurait privés de motivations et, surtout, de la possibilité de se donner en spectacle.

Le ministre en chef était plein de suffisance comme seul peut l'être un meneur de jeu. Il avait fait sortir les lions, les avait fait monter sur des tabourets, les avait fait défiler autour de la cage puis s'en aller sous un tonnerre d'applaudissements.

Les lions croyaient être des lions. Le ministre en chef pensait le contraire.

Naik veilla à ce que l'arrestation de Damodar Desai soit civilisée. Pour sa part, il abhorrait les médias. Il considérait qu'ils alliaient l'ignorance à l'arrogance et à la malfaisance. Il aimait dire : Au moins, nous les avocats – les médecins aussi, d'ailleurs –, nous n'escroquons qu'une personne à la fois. Ces salopards sont des grossistes.

Aussi ne flatta-t-il pas la meute hurlante se ruant comme une forcenée pour prendre une photo supplémentaire du tueur de bébés. Tandis que Pinto – dont la pièce montée brillait devant les caméras – plaidait pour la forme au tribunal du district afin d'obtenir une libération anticipée sous caution, Naik remettait Desai à la section des homicides délabrée, où celui-ci attendit calmement son arrestation, inéluctable.

Le scénario fut suivi à la lettre.

À la tombée de la nuit, le juge refusa la libération sous caution.

Presque aussitôt, l'inspecteur Kulkarni – le chef de Sawant – procéda à l'arrestation officielle de Desai. En une fraction de seconde, un essaim de policiers en civil – sous-inspecteurs, officiers, agents – tourbillonna autour de lui. Hormis un type corpulent et musclé en jean moulant, ils avaient tous l'air de commerçants en tunique et sandales. S'il s'agissait d'un camouflage pour tromper de dangereux bandits, c'était réussi.

L'un des boutiquiers confisqua le téléphone de Desai. Il le démonta et le remonta à deux reprises, guettant l'approbation des autres. Quand personne n'applaudit, il le mit de côté et convoqua les *panchas* – des témoins indépendants qui affirmeraient sous serment la légalité de la saisie. Ils semblaient avoir été forcés de venir à coups de bâton. Parmi eux, une femme au foyer apparemment arrachée à sa cuisine continuait de couper un chou en dés dans un sac en plastique rose, assise sur un tabouret.

Comme on les avait relégués sur un banc de bois au rez-de-chaussée, la pièce fut tellement bondée lorsqu'ils montèrent que personne ne pouvait bouger. Plus à cause des meubles que des gens. Un coup d'œil aurait suffi à déclasser le centre névralgique de la section des homicides au rang de dépotoir. Les chaises, tables, tabourets, bancs et *almirahs*[1] de mauvaise qualité, sans oublier les calendriers, les dossiers, les toiles d'araignées auraient suffi à aménager six horribles bureaux.

Les chaises étaient en un mélange de métal, de bois et de plastique. On s'y posait avec ménagement. Le métal avait des vis rouillées, le bois des échardes, le plastique de larges fissures. Il valait mieux éviter de s'asseoir sur les tabourets, en plastique, aux pieds cassés ou manquants, qui servaient de tables pour le déjeuner des justiciers.

Les bancs en bois étaient solides, vérolés, inconfortables. Les pieds des tables, en bois et en métal, étaient intacts ; en revanche leurs plateaux, déformés et effrités, semblaient être restés sous la pluie cinq ans d'affilée. S'y empilaient des dossiers aux couleurs délavées, reliés par des ficelles, dont les entrailles s'échappaient dans tous les sens. Les secrets d'un as du crime s'y nichaient sans doute.

Les *almirahs*, voilà ce qui donnait vraiment l'idée du labeur des hommes extraordinaires de cette pièce ordinaire. Tels des gardes du corps du président, ils se dressaient de toute leur taille – plus de deux mètres – en une rangée ininterrompue le long de quatre murs. Une rouille marron souillait le vert-de-gris indéfinissable dont ils étaient revêtus. Ils n'étaient pas coiffés de turbans mais de dossiers poussiéreux en équilibre

1. Placards.

précaire sur leur tête. Quelques-uns portaient de vieux ordinateurs abandonnés, sans fil électrique ni prise. Un gros poste de télévision au cadre en bois d'un autre siècle trônait un peu plus loin. Le brancherait-on que le célèbre acteur Raj Kapoor, déguisé en Charlie Chaplin, en surgirait certainement. Sur un autre, quatre batteries de voiture se côtoyaient. Les justiciers étaient manifestement prêts à toute éventualité.

Sous les tables, des cantines cabossées augmentaient le capharnaüm. De mystérieuses étiquettes décolorées y étaient collées. Jack l'Éventreur affaire 007/376/302 cour d'appel *Lock/Sher*[1]/666/ section des homicides *shunya/punya*[2] 15/8/1947.

Une couche de crasse d'une telle épaisseur recouvrait les barreaux des fenêtres que les insectes y périssaient. Carton et contreplaqué remplaçaient les vitres disparues. L'éclairage consistait en des tubes de néon blancs, abîmés et sales. Les deux ventilateurs tournaient en émettant un énorme sifflement. On installa Desai sur une chaise en plastique – importée directement de Chine – dans le coin le plus éloigné de la porte. Ce serait son poste pendant les quatorze jours de détention provisoire. Souvent, seul un des marchands le surveillait. Une évasion était impossible. Tenter de fuir de cette pièce serait risquer sa peau et ses os dans un fourré métallique.

Au départ des *panchas* – deux malheureux du voisinage et la femme au chou –, après qu'ils eurent

1. Serrure/Lion.
2. Zéro/indulgence.

donné leur témoignage au téléphone, un nouveau commerçant miteux, aux yeux caves, prit place en face de Desai et entreprit de sortir son matériel à la manière d'un imprimeur du XVe siècle. Des flacons d'encre noire, un rouleau au manche cassé, des feuilles de papier blanc, un chiffon sale pour nettoyer des taches.

Sous les yeux des ordinateurs du haut des *almirahs*, il se mit lentement – en imprégnant d'encre, en roulant, en appuyant, en nettoyant – à prendre dix échantillons des empreintes digitales de Desai. Il était méthodique. À la fin, les mains de Desai étaient plus noires que la fange de l'enfer et que le cœur de Delhi.

Même à ce moment-là, tandis qu'il regardait ses mains poisseuses et souillées, Desai n'avait pas le sentiment d'être le meurtrier qu'on l'accusait d'être. Malgré l'hystérie, il était persuadé que personne ne le rendait responsable de la mort de ces bébés. De cruels salauds fourguant de faux médicaments pullulaient dans le pays. Certains s'étaient retrouvés dans son magasin à son insu. Ça ne le rendait pas – en aucun cas – responsable. Comment pouvait-il, lui ou n'importe qui, vérifier chaque comprimé, chaque potion transitant par la pharmacie et l'hôpital ?

S'il était coupable, les autorités de contrôle ainsi que la police, le ministre de la Santé et le Premier ministre en personne l'étaient. Ils avaient un rapport avec l'échec du processus. À cause de cet événement – la mutilation involontaire d'innocents –, la plupart des hommes et femmes politiques, des fonctionnaires, des hommes d'affaires devraient être en prison. Voire les médecins et les ingénieurs. Les paysans aussi peut-être, étant donné le volume de pesticides qu'ils déversaient sur leurs récoltes.

Tous autant qu'ils étaient avec leurs mains enduites de cirage noir par cet homme aux yeux caves.

Desai était prêt à accepter d'être un bouc émissaire. Il comprenait que chaque crise publique en exigeait un. En revanche, coupable, sûrement pas. En réalité, il éprouvait tristesse, désolation et compassion envers les parents affligés. Il leur avait discrètement envoyé un émissaire avec une généreuse compensation. Une offre que, déchirés par leur chagrin, ils avaient refusée. Pour l'instant. Le temps les rendrait raisonnables, à en croire son émissaire.

On l'envoya se laver les mains non dans des toilettes, mais dans une petite cuisine encombrée de cartons, de boîtes, de dossiers, d'appareils électriques cassés, de meubles maltraités. Il ne repéra aucun ustensile de cuisine. Une cuillère cabossée, une fourchette à une dent et une assiette fêlée traînaient sur une plaque de soixante centimètres sur soixante près de l'évier à l'émail moucheté de grains de riz brillants et de *daal*[1].

La section des homicides savait comment désorienter les criminels.

Avec la compétence médico-légale d'un homme parti de rien, Desai exhuma un minuscule pain de savon rouge coincé sous le conduit d'évacuation de l'évier. Il dut s'y reprendre à dix fois pour débarrasser ses mains du noir poisseux.

1. Lentilles

Ce fut le rite de passage suivant qui lui fit prendre conscience d'avoir franchi une terrible frontière, celle qui séparait les honnêtes gens des malfrats.

Un autre boutiquier – tunique, pantalon flottant, sandales en cuir, moustache clairsemée identiques – l'emmena dans le couloir et le plaqua contre le mur du fond comme pour le préparer au peloton d'exécution. Il s'approcha ensuite de lui avec une ardoise d'enfant où son nom et des chiffres étaient écrits à la craie. À l'instar du preneur d'empreintes digitales, ce boutiquier ne prononça pas un mot, se contentant de se faire comprendre par gestes.

Ce fut debout, dos au mur, l'ardoise sur le torse, au moment où le flash se déclencha que Desai eut enfin le sentiment d'être le criminel qu'on voulait qu'il soit. Une centaine d'images de films, de magazines, de livres et de journaux s'imposèrent à lui. Il avait les mains propres et la conviction d'être bientôt acquitté, mais cette photo ne disparaîtrait jamais. Ses petits-enfants la verraient, ses arrière-petits-enfants la verraient, ils comprendraient que, malgré l'argent et les rodomontades, il n'était – ou n'avait été pendant un certain temps – rien de plus qu'un criminel de droit commun.

De nouveau sur sa chaise en plastique dans la pièce à l'ameublement dément, il eut une hallucination. Comme il regardait le calendrier fixé au mur, représentant un seigneur Ganesh d'un orange flamboyant, il se rendit compte qu'il avait perdu la notion du temps. D'après les dates en dessous du dieu à tête d'éléphant, garant des débuts prometteurs, on était un samedi alors qu'il savait avoir été arrêté un vendredi, aujourd'hui donc, seulement quelques heures plus tôt. Il ferma bien les yeux puis les écarquilla. C'était toujours samedi.

Bordel de merde, qu'est-ce qu'on lui avait fait ?

Il avait entendu d'effroyables histoires sur les membres de la police indienne. Leurs techniques coercitives. Leur capacité à obtenir de faux aveux. Leur talent pour terroriser non seulement les accusés, mais aussi leurs familles. Leur trafic de fausses informations et la suppression des vraies. Leur faculté d'encaisser la solution définitive de la fausse rencontre[1]. Pisse contre un arbre, pendant qu'on te crible les fesses de plomb fondu. Sans oublier leur recours habituel à la torture – mentale, physique, chimique.

Il essaya de se rappeler ce qu'il avait bu et mangé depuis son arrivée dans la section des homicides. Rien. On ne lui avait rien offert. Quelque chose qu'il avait inhalé ? L'encre noire roulée encore et encore sur ses paumes ? Cela n'avait aucun sens.

Il pensa à sa femme. Que faisait-elle en ce moment ? Il l'appelait Guddi, s'inspirant d'un film qu'il avait vu enfant. Elle était menue comme l'actrice éponyme. Sans doute était-elle assise, paupières baissées, dans le petit temple contigu à leur chambre. Elle avait beau être résolument pragmatique, sa première réaction en cas de crise était la prière et la négociation de plaidoyer.

---

1. Terme utilisé en Inde pour décrire des exécutions extrajudiciaires par la police ou les forces armées, soi-disant en état de légitime défense lorsqu'elles rencontrent des gangsters.

Dans la pièce vitrée, dix-neuf dieux étaient représentés par des photos de couleurs vives ou par des statuettes – en bois, en pierre, en bronze, en verre – dont elle effleurerait du bout des doigts les pieds l'un après l'autre, faisant à chacun d'eux une série de nouvelles propositions. Elle devait avoir résilié tous les marchés qu'elle avait conclus pour lui épargner une arrestation.

Faites qu'il soit libéré la semaine prochaine et je ne mangerai plus de bananes pendant deux ans.

Faites qu'il ne lui arrive rien de mal en prison et j'irai à Varanasi et j'offrirai trois joncs en or au temple de Kashi Vishwanath[1].

Faites que son affaire soit rapidement réglée et je ferai une semaine de *sewa*[2] au Golden Temple, en lavant les sols.

Faites que tout redevienne comme avant, pardonnez-nous notre arrogance et nos offenses, nous promettons de mener une vie de modestie et de pureté exemplaires.

L'amour conjugal inonda le cœur de Damodar. Il ne doutait pas qu'elle fût à l'origine de sa chance. Depuis le jour, dix-huit ans auparavant, où il l'avait ramenée du village, le chant de sa vie était passé de la lamentation à la joie. Il le répétait et il le croyait : la chance ou la malchance provenaient de l'épouse. Dès qu'un ami ou une relation se mariait, il guettait le premier signe révélateur de l'alchimie de l'avenir.

Ils étaient déjà mariés la première fois qu'il l'avait vue. C'était la fille de l'instituteur. Le frère aîné du

1. Temple dédié à Shiva.

2. Sorte de bénévolat.

père de Damodar – qui gérait les affaires du clan – l'avait choisie avant de l'en informer. Même s'il vivait en ville et que les mariages arrangés l'exaspéraient, il était trop découragé à l'époque pour protester.

Pendant sept ans, malgré son intelligence, sa licence, sa maîtrise de l'arithmétique, il n'était parvenu qu'à lutter pour survivre en enchaînant des boulots humiliants. Vendeur dans une boutique de vêtements. Magasinier dans un entrepôt de ciment. Démarcheur de produits de beauté. Contremaître sur un chantier. Veilleur de nuit dans un hôtel de passe de douze chambres. Standardiste dans une maison de retraite.

Le regard vide que les hommes lançaient à leurs employés n'avait cessé de le frapper. Ils les considéraient sûrement comme leurs machines – une ressource économique, rien de plus.

En outre, il était convaincu qu'aucun parmi la dizaine pour laquelle il avait travaillé ne l'avait identifié. S'il avait assassiné le Premier ministre et s'était enfui, le décrire, préciser son origine et son parcours aurait posé de gros problèmes.

Aussi rabaissé qu'il fût par ses emplois, Desai continuait à s'instruire. La pièce de trois mètres sur trois où il vivait se trouvait dans une HLM, et il partageait la salle de bains avec la famille du fonctionnaire de la troisième division au ministère de l'Environnement qui la lui louait. Il y lisait des livres et des magazines récupérés en chemin, sur de célèbres entrepreneurs. Ces exemplaires déchirés et piratés représentaient pour lui la même chose que des magazines pornos pour des écoliers. Il s'y plongeait, allongé sur son matelas à même le sol, couvert de sueur, excité à en avoir mal aux yeux et la tête bourrée de fantasmes.

Rois du pétrole, rois de l'automobile, rois de l'hôtellerie, rois du prêt-à-porter, rois du transport maritime, rois des alcools, rois des produits pharmaceutiques, rois de la publicité, rois du jeu. Des hommes avaient gagné des sommes faramineuses à partir de n'importe quelle activité concevable : manger, boire, voyager, forniquer. Des hommes comme lui, qui n'étaient ni fils de princes ou de potentats, ni diplômés d'universités consacrées. Autant qu'il puisse en juger, ils possédaient trois points communs.

Une détermination à attraper le moindre bout de bois flottant de la rivière et à le voir non comme une épave mais comme une carcasse de bateau.

Le refus d'obéir aux autres et la décision que les autres leur obéiraient.

Le talent de gommer la différence entre vérité et mensonge – simples serviteurs au banquet de la réussite.

Il ne tenait pas compte de la cupidité qui, pour la plupart, était le moteur des riches. C'était une constante inhérente à l'humanité. Tous les gens qu'il avait croisés aimaient l'argent. Sauf qu'il s'agissait surtout de l'amour vain du fan pour la star – un fantasme creux.

L'amour ne menait à rien. Contrairement à l'opportunisme, à la domination et au mensonge. Lorsque, une fois marié, il vit enfin son épouse, il s'exclama : Guddi !

Svelte, elle mesurait moins d'un mètre cinquante-cinq ; il y avait dans ses yeux une vivacité suggérant la malice. Il eut un coup de foudre.

En réalité, le mariage n'était pas aussi arrangé qu'il n'y paraissait. Peu après que son oncle lui en avait précisé les dates par courrier, Damodar s'était arrêté devant le diseur de bonne aventure installé sur le trottoir à côté de la boutique de *mithais*[1] du marché Sadar. C'était un jeune homme à la moustache en guidon de vélo, coiffé d'un turban coloré ; un grand coucal noir et marron et une petite perruche verte étaient attachés près de lui.

Une fois votre question choisie et posée, l'homme étalait treize cartes illustrées à l'envers sur un tissu rouge, tapotait sur la tête l'un des oiseaux et invoquait à voix haute les dieux pour qu'ils vous fassent bénéficier de la vérité ainsi que de leurs merveilleuses bénédictions.

Damodar Desai avait choisi la perruche qui avait choisi la quatrième carte à partir de la droite. Quand il l'avait retournée, le diseur de bonne aventure avait poussé un cri de joie. La déesse Lakshmi, radieuse et généreuse. Damodar devait épouser cette jeune fille sur-le-champ s'il le pouvait. Elle était la clé de sa fortune.

Cela s'avéra. La petite Guddi, titulaire d'un diplôme obtenu grâce à des études par correspondance, était revenue avec lui dans son foyer d'une pièce – où il cuisinait dans un coin sur un réchaud à pétrole –, et avait aussitôt entrepris de faire le ménage dans sa vie. Au triple mantra de son mari, elle en ajouta un : l'apparence.

Seuls les *pirs*[2] et les voyants sondent le cœur humain. Les autres jugent en fonction de critères superficiels.

1. Confiseries.
2. Maîtres spirituels dans la religion musulmane.

On pouvait avoir un cœur de pierre, mais des paroles mielleuses attiraient les compliments. L'apparence était une armure essentielle pour peu qu'on brandisse les armes de l'opportunisme, de la domination et du mensonge.

D'autant que c'était un jeu d'enfant. Sans suivre le conseil de sa mère, elle sortit la tenue de mariage de Damodar pour un usage quotidien et jeta ses vieux oripeaux. Contrairement à son clan, elle ne croyait pas que ce seraient les derniers vêtements élégants qu'il posséderait dans la vie.

De nouvelles chemises en polyester, bleues et blanches. De nouveaux pantalons en tissu éponge, gris et noirs. Le blazer bleu et le complet noir, cadeaux de ses parents. Des chaussures en cuir convenables, ni sandales ni baskets. Une coupe de cheveux courte. Des joues rasées de près. Elle lui fit même porter des slips ajustés et des chaussettes flambant neufs. Il fallait non seulement qu'on se fie à son apparence, mais qu'il s'y identifie.

Damodar commença à avoir l'impression qu'il devenait un gagnant. Un *monsieur Desai*.

Sa Guddi lavait ses vêtements le soir et les repassait le matin. Et ce, en faisant bouillir de l'eau dans la cocotte-minute, dont le fond lui servait ensuite de fer à repasser. Pour son déjeuner, elle lui cuisinait et emballait du curry aux œufs et des *paranthas*[1]. Il fallait que ses collègues le considèrent comme un homme

1. Pains indiens en forme de galette contenant de la graisse végétale.

aisé. De même que pour le repassage, elle le faisait sans diminuer le budget familial.

Le dimanche, elle achetait six œufs, douze oignons, douze pommes de terre et douze tomates. Un œuf, un oignon, une tomate pour le déjeuner de son mari ; deux pommes de terre, un oignon et une tomate pour le *bhaji* du soir. Le dimanche, elle insistait pour qu'ils aillent au restaurant pour un simple *dosa* ou un *chana bhatura*[1] ou un *chow mein*[2]. Elle tenait à ce que son mari se sente autorisé à être au monde et à l'aise pour le revendiquer.

La pièce de trois mètres sur trois n'était pas leur vie. Ce n'était que le début.

Même là, elle réservait un coin à ses dieux, à qui elle proposait jour après jour le marché suivant : si son domaine s'agrandissait, il en irait de même pour la place qu'elle leur attribuerait.

Pour sa part, elle restait frugale.

Sa mère l'avait formée. Un mari est incapable de vider l'eau d'une maison avec un seau, tandis qu'une épouse y parvient avec une simple cuillère, ne l'oublie pas.

Elle mangeait peu et ne se permettait rien en matière de vêtements ou de produits de beauté. La nuit, elle recouvrait méticuleusement d'une capote l'ardeur impérieuse de son mari, en lui énonçant : Nous n'élèverons pas nos enfants dans cette pièce.

Même là, elle ne gaspillait rien. Deux fois par mois, elle se rendait à pied au dispensaire pour prendre des

1. Pain frit et soufflé, fourré de pois chiches épicés.
2. Plat asiatique aux légumes et à la viande.

sachets de préservatifs gratuits. Amusée, l'infirmière du Kerala lui disait : Le gouvernement devrait vous récompenser.

Guddi savait ce qu'elle voulait. Chaque matin, elle empruntait le journal de la veille au propriétaire et, en digne fille d'instituteur, le lisait avec application, cherchant ce que son mari devait savoir. Le soir, elle lui tendait des feuilles annotées. Le dîner et la capote ne se matérialiseraient qu'une fois qu'il aurait terminé de métaboliser les reportages sélectionnés et en aurait discuté avec elle.

Elle procédait avec soin dans le choix des sujets. Très peu d'accidents et de décès. Très peu de films et de cricket. Rien sur la mode et la nourriture. Rien sur les régimes, la gymnastique, les vacances.

Il ne restait donc pas grand-chose. Ce pas grand-chose, elle l'entourait deux fois. Articles sur des partis politiques, sur de nouvelles lois, sur les relations internationales. La section sur les affaires, elle l'obligeait à la lire du début à la fin. Elle se concentrait aussi sur des chroniques des troisième et quatrième pages – à propos de dirigeants locaux, d'affaires municipales, de l'attribution de contrats et d'emplois.

Ce fut ainsi qu'il comprit la logique assourdissante et le pouvoir monstrueux de la politique, la mutation et la puissance des affaires, la vanité et la vulnérabilité des heureux du monde.

Il comprit également que l'Inde n'était plus le pays de son village, ni de son enfance, ni de ses parents. L'Inde avait changé – changeait – de mille façons inconcevables pour sa famille. En dépit de son influence et de son expérience, son oncle omnipotent semblait être désormais un péquenaud à califourchon sur un buffle tandis que le monde réel avait décollé à bord d'un jet.

Ses lectures quotidiennes confirmaient les leçons qu'il avait tirées des ouvrages sur les nantis. Le monde réel appartenait aux opportunistes, aux dominateurs, aux frimeurs, fût-ce en Inde. Les leçons de Gandhi et de Nehru étaient de brillantes *shamianas* – sous couvert desquelles escroqueries et massacres en tout genre étaient perpétrés.

Le onzième mois de son mariage, Guddi, la menue, la déterminée, tomba par hasard sur un nouvel outil alors qu'elle lisait attentivement le journal pour l'édification de son époux. Un établissement où on enseignait à parler anglais. Doué pour les chiffres, son mari avait en outre une mémoire absolue. C'était la touche finale qu'il lui fallait.

Elle sauta dans un bus pour jouer les éclaireuses. L'établissement en question consistait en une simple pièce, au deuxième étage d'un immeuble en forme de boîte d'allumettes, situé au milieu du bazar pendjabi. Son directeur et unique professeur était un *sardar* plein d'entrain. Il connaissait son travail. Il était allé une fois en Angleterre. Cédant aux prières de Guddi, il lui accorda un rabais pour une formation intensive de six mois et lui garantit que son mari s'exprimerait comme Winston Churchill.

Dès lors, les époux répétèrent le soir les phrases que Damodar avait apprises dans la journée et lurent à voix haute les livres pour enfants à gros caractères prêtés par le *sardar*.

Damodar surnomma Guddi sa Boucle d'or; elle l'appela Jack, d'après *Jack et le haricot magique*.

Deux mois après que l'établissement eut décerné le diplôme de locuteur d'anglais à son mari, Guddi repéra l'annonce d'une multinationale pharmaceutique à la recherche de visiteurs médicaux. Elle téléphona et fit inscrire le nom de Damodar Desai pour un entretien.

Les cinq nuits suivantes, elle ne le laissa ni dormir ni enfiler une capote. Elle le passa sur le gril à chaque heure, le bombardant de questions qu'elle avait imaginées dans la journée. Il venait de sombrer, la quatrième nuit, quand elle eut un flash qui lui révéla ce qu'il devait faire.

Se redressant dans le lit, elle le secoua.

Peu importe ce qu'ils te demandent, lui dit-elle, il suffit que tu les embarques où tu veux qu'ils aillent. Les êtres humains n'ont aucun bon sens sinon le monde ne serait pas aussi chaotique. Contente-toi de leur rebattre les oreilles de ce que tu veux qu'ils entendent. De ce que tu sais.

Pourquoi se croyait-il capable d'être un bon visiteur médical ? Telle fut la première question que lui posa la brochette d'experts.

Élégant dans son costume et ses souliers noirs, le mari de Guddi pérora sur la politique du pays qui avait réduit tout et tout le monde à la vente, rien qu'à la vente.

Nous assistons à la corruption quotidiennement, celle des principes, des fidélités, des contrats nationaux, des sportifs vendus, des membres du Parlement. Il suffit de lire les journaux pour devenir un super vendeur. En comparaison de la corruption universelle, la vente de médicaments aux infirmes et aux agonisants est un jeu d'enfant.

Damodar Desai ne regarda jamais en arrière et ne perdit jamais sa femme de vue, fût-ce une journée. À la mort de son père, à la naissance de leurs enfants, au mariage de sa sœur, il l'accompagna où elle devait se rendre. Elle pouvait recevoir chez eux autant de membres de sa famille et aussi longtemps qu'elle le souhaitait, en revanche elle n'avait pas le droit de le quitter.

Tout ceci, déclarait-il à ses amis, désignant sa maison, ses voitures, son magasin et sa maison de santé, tout ceci se volatiliserait en une semaine si jamais elle partait.

Pour la première fois en l'espace de dix-huit années magiques, Guddi n'était pas avec lui.

Avant que Damodar ne pût envisager que ce fût un mauvais présage, l'inspecteur revint avec trois boutiquiers et ordonna qu'on le fouille et qu'on le dépouille de la totalité de ses accessoires. On lui enleva ses deux bagues, sa chaîne en or et son *rudraksha mala*[1]. On vida ses poches d'un stylo, de chewing-gums, d'une tablette d'ibuprofène, de deux mille roupies. On lui retira sa ceinture de cuir fauve. Les boutiquiers passèrent la main dans son pantalon et sous sa chemise. Le tout fut balancé dans un sac en plastique.

En garde à vue, vous n'êtes plus rien. C'est ce qui marque la frontière entre la liberté et la prison, vos

1. Collier de graines d'un arbre endémique en Inde, dédié à Rudra, un autre nom de Shiva.

droits partent en fumée et la police vous piège comme un lapin dans un clapier.

Quand les policiers le firent sortir, Desai voulut connaître la date du jour. Un jeune et svelte sous-inspecteur, qui ressemblait moins à un marchand que les autres, lui répondit sèchement : Le jour du Jugement dernier.

Un flic de Hollywood. Aucun des autres n'avait tenu compte de sa question.

Dans le parking, l'inspecteur brailla quelques consignes avant de monter dans une Gypsy blanche et de filer. Les autres agents coincèrent Desai dans une jeep Mahindra qui fonça dans la nuit tandis qu'ils discutaient d'un film récent. À un moment donné, le chauffeur déclencha la sirène. Desai eut le sentiment d'être le ministre en chef.

À leur arrivée à l'hôpital, les patients des urgences le regardèrent comme s'il était une vedette de cinéma atteinte de la peste. Un mélange unique propre aux Indiens, fait d'admiration et de mépris, réservé aux tristement célèbres. Quant aux médecins, ils s'approchèrent de lui en feignant l'indifférence.

Des hommes, des femmes, des enfants agonisaient sous l'effet de fractures ou de fièvres intempestives. Ils étaient assis ou couchés sur des lits, voire dessous, sur des brancards, sur des chaises, sur des tables, dans l'embrasure de la porte, dans le couloir. Comme d'autres affluaient en gémissant, Desai pensa qu'ils ne tarderaient pas à s'allonger les uns sur les autres.

En comparaison, sa maison de santé était en parfait état ! De belles photos de cascades et de montagnes enneigées décoraient les murs de la salle des urgences. Les infirmières sentaient le fruit frais. La musique diffusée n'était que tintinnabulements et gazouillis.

Deux jeunes médecins abandonnèrent les mourants pour s'occuper de Desai. Ils vérifièrent sa température, appliquèrent des stéthoscopes, prirent sa tension, tapèrent sur ses articulations, scrutèrent son teint. Ils lui demandèrent s'il souffrait de quelque chose. Ma femme me manque, eut-il envie de répondre. Au lieu de quoi, il leur dit : Quel jour sommes-nous ?

Les deux médecins – des internes qui apprenaient à soigner en les tuant hystériques et naïfs – échangèrent un coup d'œil et se remirent à gribouiller sur des blocs-notes. Leur supérieure, une femme sévère en sari en train de faire des piqûres comme si elle envoyait des fléchettes à des gens de mauvaise humeur, foudroya du regard le tueur de bébés avant de confirmer brusquement qu'il était en parfaite santé.

On le fit de nouveau traverser la nuit, sirène hurlante, tel un ministre en chef. Ils déboulèrent devant un poste de police éclairé, entouré d'une véranda surélevée, desservie par un escalier de cinq marches ; sur chacune se pelotonnait un chat. On le poussa dans deux pièces puis dans une arrière-cour où les lumières avaient soudain disparu.

On l'entraîna devant des sals semblables à des Zoulous – arbres fins et élancés –, les broussailles s'animèrent à leur passage et la lune déversa son éclat entre les feuilles hors d'atteinte.

L'espace d'un instant, Desai pensa : Où suis-je ? On est quel jour ?

Qu'est-ce que j'ai fait ?

Est-ce qu'ils vont me laisser rentrer chez moi après cette bousculade ?

Tout à coup, ils se retrouvèrent devant un mur de pierre. Après l'avoir longé en file indienne, ils tombèrent sur une porte de fer. Le guide y frappa jusqu'à ce que les cigales se taisent et que la lune se cache derrière un nuage. Le fer résonna tandis que des clés, des verrous, des chaînes s'entrechoquaient ; puis la porte s'ouvrit avec un fracas métallique. À l'intérieur, le jeune homme portait un pantalon kaki et sa chemise déboutonnée claquait à la manière d'une cape de superhéros. Une odeur de fêtard émanait de lui.

Maaderchod[1], lança le sous-inspecteur.

Le jeune homme se reprit pour esquisser un salut, mais sa main n'effleura pas son front. Aucune importance dans l'obscurité. Il tenta d'allumer sa lampe électrique. Une lumière brillait sur sa droite.

La caserne se dressait derrière un parterre de roses. Le mur était percé en son milieu par une porte aux barreaux évoquant une rangée de longues dents, au-dessus de laquelle brillait une ampoule jaune à l'abri d'un abat-jour en étain. Le jeune type, dont la lampe électrique marchait à présent, en dirigea le faisceau vers l'éclairage du couloir.

Combien ? demanda par geste le sous-inspecteur.

Deux, répondit le jeune homme avec ses doigts. Remarquant enfin sa chemise ouverte, il essaya de la boutonner.

On poussa Desai dans le couloir, où il dut se faufiler derrière un grand lit sur lequel ronflait un homme

1. Enculé, fumier, ordure.

couvert d'un drap. Au pied du lit, un ventilateur à colonnes cataclysmique soufflait de l'air sur lui.

Le sous-inspecteur tapa sur le pied de l'homme endormi qui se réveilla en sursaut et salua dans le vide.

Maaderchod ! s'exclama le sous-inspecteur, arrachant le fil du ventilateur et calmant le cyclone.

Il y avait trois grandes cellules de part et d'autre du couloir. Comme elles étaient espacées, chaque porte se trouvait en face d'un mur blanc. La fraternisation avec ses voisins devait se faire à l'aveugle. Hormis la dernière sur la gauche, les cellules étaient plongées dans l'obscurité. Les prisons occupées sont des oasis de lumière éternelle, aussi cinq des six cellules étaient-elles vides.

Sur un signe du sous-inspecteur, le jeune homme fouilla Desai. L'homme du lit, qui avait enfilé son pantalon, ouvrit la cellule occupée. Apparemment aussi lourd qu'un boulet de canon, le verrou en fer fit beaucoup de bruit.

Quand Desai entra, deux corps à même le sol se débattaient avec des journaux. Rien sinon le Christ miséricordieux n'aurait pu les racheter. Ils avaient des cheveux en bataille poisseux, des poils de barbe gris, des yeux fous gonflés. Brûlés par un soleil ricochant sur l'eau, ils portaient de longs shorts en lambeaux maculés de boue. L'un était rouge, de la couleur des Bulls, l'équipe de basket de Chicago. Numéro 23. L'inspiration est quelque chose de mystérieux.

Après de multiples cliquetis de fermeture, le silence régna. Les cigales se réapproprièrent aussitôt l'air.

Les deux surveillants revinrent en se déboutonnant. Ils jetèrent un coup d'œil à l'intérieur et dirent : Confortable ?

Desai parcourut la pièce du regard. Elle n'était pas sale. Juste d'une incroyable nudité. D'un mur à l'autre, il n'y avait rien. Absolument rien. Les humains condamnés par les humains doivent comprendre qu'ils sont moins que rien.

Le sol avait une certaine élégance. Des carreaux de salle de bains bleus, mouchetés de noir.

Un florilège de gribouillis couvrait les murs blanchis à la chaux : plaintes, prières, désirs, désespoirs.

Des latrines se trouvaient dans une pièce attenante. En ciment gris, on aurait dit une citadelle miniature surélevée de quatre-vingt-dix centimètres, entourée de murs de quatre-vingt-dix centimètres, dont la porte de quatre-vingt-dix centimètres, dégondée, était en un bois tellement noirci et pourri qu'on ne le touchait que du bout des doigts. À l'intérieur, le robinet mal réglé implosait avec un sifflement tandis que l'eau jaillissait n'importe comment. Avant de faire ses besoins, on se tenait sur le marchepied et on remplissait le pot visqueux, en plastique bleu. De minces pains de savon s'alignaient en haut du mur. Vert, rouge, jaune, blanc. On pouvait soit en choisir un, soit poser le sien.

La chaleur respirait dans la pièce à la manière d'un animal endormi. Les moustiques bourdonnaient en guise de mise en garde de leurs indolentes sorties.

Accroupi, dos au mur, Desai pensait à sa femme. En la trouvant, il avait épuisé son quota de chance. Les choses s'étaient bien passées pendant dix-huit ans. De mieux en mieux au fil des semaines, des mois, des années. Qui aurait pu imaginer une fortune et une influence pareilles dans son village ?

Il fallait un sacrifice. C'était une claque cosmique. Sans rapport avec des méfaits de sa part. Il s'agissait d'une restauration de l'équilibre.

Voilà ce qu'il redoutait depuis des années. L'heure de la restitution. Il s'était efforcé de rester humble dans sa tête même s'il fanfaronnait parfois en public. Il s'en inquiétait pour ses enfants et sa bien-aimée, surtout quand ils voyageaient. Le spectre de la main régulatrice, invisible, sous forme de l'accélération d'un camion, de la vermine dans un plat ou du germe dans l'air, le poursuivait.

Lors de ses suppliques quotidiennes aux dieux, il avait passé des marchés. Faites que mes ventes augmentent lentement, que je devienne chauve, que ma mère ne vive pas jusqu'à cent ans mais, s'il vous plaît, n'exigez rien de ma femme et de mes enfants.

Tout rentrerait dans l'ordre. Il allait régler les comptes. Non pour ses péchés, mais pour sa chance. Ainsi l'avenir serait libéré.

Les deux types se débattaient toujours avec les journaux aux feuilles détachées. Ils étaient parvenus à en plaquer quelques-unes sous eux. Les autres, ils se démenaient pour s'en couvrir. Leurs pieds dépassant du papier journal étaient comparables à de la terre brûlée, le genre de choses qu'aiment publier les journalistes étrangers.

Soudain, il y eut la preuve que Nitin Naik n'avait pas chômé. Le jeune homme à l'odeur de fêtard apparut derrière les barreaux : Tu veux sortir ?

Les journaux s'agitèrent, se dissocièrent, et les deux hommes se redressèrent, le regard dément. Desai se leva alors qu'on tirait le verrou qui cliquetait d'une manière assourdissante. À peine fut-il dehors que les types s'effondrèrent sur les carreaux et se remirent à lutter avec les journaux.

Un dîner était arrivé de chez lui, ainsi qu'un drap épais, une brosse à dents, un petit tube de dentifrice. Sans oublier le savon et la serviette. Deux patchs anti-moustiques. Un livre sur Vivekananda. Une lettre de sa fille qui n'avait que treize ans, mais savait déjà quoi dire.

Tous allaient bien et, d'après les avocats, le reste irait bien aussi.

La porte à grandes dents donnant sur l'extérieur fut ouverte, brusquement. Quand Desai se retrouva sous les étoiles, l'air frais lui chatouillant les narines, les cimes des arbres dressées autour de lui, il fut émerveillé par l'idée de la liberté, de son ampleur. Un instant précieux.

Il y avait une pompe manuelle dans la cour. Desai y plaqua la bouche, mania le bras et but jusqu'à satiété. Puis il se rinça les yeux et le visage, s'aspergea le cou et la gorge. Trois fois. Il n'avait jamais rien senti d'aussi merveilleux.

La nourriture de quatre boîtes jetables prouvait incontestablement l'amour de sa famille. Il s'assit au bord du parapet en béton du parterre, repoussant les rosiers fanés et les aligna. D'un geste, il invita le jeune fêtard au festin. Il ne fut pas intéressé. Il tapait fort et rapidement sur son gros mobile jaune. Le téléphone réagissait avec des bruits de déglutition que la fille au bout du fil sentait certainement.

Desai termina son repas ; ce qui restait aurait suffi à ce qu'il en fasse un deuxième. Il mit le reliquat dans une seule boîte, qu'il ferma en forçant : promesse obscène pour laquelle le béniraient les deux chiffonniers. Le moindre geste contribuait à l'arithmétique karmique.

Puis il promena son regard autour de lui, sans le poser sur le jeune fêtard.

Il essaya de se rappeler la dernière fois où il avait contemplé les étoiles ou des arbres. Il dut remonter à l'époque de son enfance au village. Il était allongé sur un des *charpoys* de la terrasse de leur maison en pisé et brique crue, entre ses frères et ses cousins qui chuchotaient et pouffaient de rire. Comme il rêvait d'évasion dans le vaste monde, les étoiles se consumaient en décrivant un arc dans le ciel. Une nuit, il en avait compté neuf. Neuf points incendiés dans un ciel noir glacial. Aujourd'hui, il savait que chacune était aussi grande que sa planète, voire plus.

Ça le rassurait. Qu'étaient quelques jours ou semaines d'incarcération dans un univers où il avait assisté personnellement à la disparition de neuf planètes en une nuit ?

Le point de vue, songea-t-il. Tout est une question de point vue. S'il s'y accrochait, les choses se passeraient bien.

L'espace d'un moment, il réfléchit à l'immensité de la Voie lactée avant que ses pensées ne le ramènent à un sujet infiniment moins important et plus significatif. Comment dormir sans Guddi ? Comment se réveiller sans elle ?

Pendant leur sommeil, elle se calait parfaitement contre lui, les mains autour de ses testicules comme s'il s'agissait d'une pomme cannelle mûre.

Le matin, elle lui apportait du thé et s'asseyait sur ses genoux le temps qu'il le boive.

Il l'appelait de nombreuses fois par jour pour entendre sa voix, empreinte de la même confiance qu'une étoile éternelle.

Même si le monde entier croyait qu'il était l'auteur d'infanticides, elle ne serait pas dupe. Il aimait les bébés. Il était incapable de tuer quoi que ce soit. Ni rat ni oiseau. Il était le jeune homme paumé qui tirait le diable par la queue, couchait à même le sol dans une pièce de trois mètres sur trois, s'entourait de vieux bouquins, cuisinait sur un réchaud à pétrole, vêtu de pantalons usés jusqu'à la corde et sans un ami en ville, celui qu'elle avait épousé dans sa jeunesse.

Il pouvait énumérer les symptômes du kwashiorkor, mais il ne savait pas dégrafer un soutien-gorge ou dérouler une capote.

Voilà qu'il sombrait dans l'auto-apitoiement. Il se sentit victime abandonnée, pénalisée par son refus de rester un garçon misérable dans un galetas. Quant à son inestimable épouse, elle était punie pour avoir cherché à être plus qu'une villageoise. Plus que la fille d'un pauvre instituteur.

En fait, il était un martyr, un des derniers de la longue histoire de l'injustice du monde.

Avec quelle facilité le monde l'avait écrasé ! Privé de sa liberté, dépouillé de sa dignité, enfermé dans ce sinistre baraquement. Jeté à terre parmi des sous-hommes – la lie de la société –, condamné à être nourri comme un chien en laisse.

Ses conduits s'emplirent du sel de son chagrin au point qu'il s'étrangla avec le morceau de pomme qu'il avait dans la bouche.

Il le cracha en hoquetant dans les rosiers. De quoi sortir le jeune fêtard de son envoûtement même si ses doigts continuaient à bouger et le téléphone à émettre des bruits de déglutition. Enfin, au prix d'un effort visible, il cessa de taper sur l'appareil jaune et fit signe au richard de rentrer.

Desai actionna de nouveau le bras de la pompe, se lavant des reliefs et de son auto-apitoiement. Dès qu'il se fut redressé, le jeune lui proposa son téléphone.

J'attendais, ce fut la première chose que dit Guddi.

Naik outrepassait sa réputation.

Les époux ne réussirent qu'à échanger un ping-pong de banalités. Il allait bien. Et elle ? Il ne fallait pas qu'elle s'inquiète. Il fallait rassurer les enfants. Ils avaient envoyé trop de nourriture. Qu'est-ce qui lui ferait plaisir comme repas pour le lendemain ? Il y avait une plaquette d'aspirine dans l'essuie-mains. Et un cure-dents sous les *rotis*. Elle savait que des morceaux se coinçaient dans le trou de sa molaire droite. Il s'en tirerait. Oui, c'était une erreur et il s'en tirerait.

À peine fut-il de nouveau enfermé dans sa cellule que les regrets l'assaillirent. Fixant l'ombre de l'immortelle lumière blanche, il pensa à ce qu'il aurait dû lui dire. Sur l'amour. Son amour fou pour elle.

Guddi ne l'aimait pas de la même manière. Dans sa détresse, il se l'avoua. Le devoir, la famille, la réalisation de l'ambition de son mari occupaient une place prépondérante dans sa vie à elle. Guddi ne regardait pas de feuilletons mélo et ne minaudait pas. En matière de films, elle les aimait spectaculaires, pas mièvres. Elle ne roucoulait pas à son oreille, ne lui envoyait pas d'adorables émoticônes. Parfois, quand ils allaient au cinéma, il lui prenait la main lors d'une scène sentimentale. Elle serrait fermement la sienne avant de la remettre en place.

Mû par une indéfectible loyauté, il s'expliquait que l'amour n'était pas autre chose. Du fond et aucun faux-semblant. Il n'empêche qu'il aurait bien aimé qu'elle emprisonne sa main, la palpe avec douceur et l'emmène dans un long périple vers elle-même.

Il examina la toiture inclinée. Les gardiens de l'État avaient veillé à ce que personne ne puisse décoller à la manière d'une fusée. Des barreaux de fer chantournés étaient soudés jusqu'au sommet du mur. Un grillage s'étirait derrière, au cas où, transformé en poulet, on essaierait de se faufiler entre les barreaux. On aurait dit l'idée d'un enfant pour protéger un trésor avec de multiples emballages. Les moutons de poussière s'accrochaient à l'enchevêtrement de fer comme des boules de graisse.

Trois minces néons diffusaient une lumière blanche et implacable. Au-dessus du fer et des tubes, l'obscurité s'estompait dans la pente du toit d'où une colonie d'araignées laissait tomber des lambeaux de toile.

Soudain, il pensa que l'amour ne devrait pas être aussi déterminé. Assis sur les carreaux de céramique froids, les yeux rivés sur le néant de fer et de toiles d'araignées, il lui sembla qu'un amour gratuit contenait non seulement davantage de plaisir, mais aussi davantage de vérité et de beauté.

Pendant ce temps, les deux pauvres hères lui jetaient des regards d'animaux furtifs par les interstices entre les pages. Comment des hommes tels que Desai échouaient ici ?

Surprenant leurs yeux hagards, celui-ci leur tendit la boîte pleine à craquer. Ils surgirent des journaux tels des chiens détachés et se jetèrent sur la nourriture. Avant même qu'une nouvelle pensée n'ait traversé l'esprit de Desai, ils avaient fini, s'étaient rincé la bouche, avaient pissé en faisant d'énormes éclaboussures et s'étaient installés en face de lui.

L'un était grand et élancé, l'autre petit et gros.

Je pourrais être dans une scène de film, se dit l'entrepreneur.

Pour Desai, la collecte d'informations était un instrument de promotion. Il n'était pas curieux de nature. Aucun Indien aisé ne l'est. S'il engagea la conversation, ce fut par besoin de compagnie.

Les hommes commencèrent par lâcher des moitiés de phrases sur un ton guttural. À l'évidence, ils le considéraient comme un être différent, susceptible de déformer le moindre renseignement qu'ils lui fileraient. Il le ferait sûrement, c'était peut-être pour ça qu'on l'avait envoyé ici. Les policiers les avaient roués de coups. Ils n'allaient pas les provoquer et recevoir une nouvelle raclée.

Desai était sur le point de renoncer quand il remarqua une photo parmi les pages volantes. De lui, devant le tribunal. Fringant et entouré de ses avocats. Les deux hères rapprochèrent le journal de leur visage et se mirent à lire en suivant les lignes avec leurs épais doigts calleux. Toutes les minutes, ils levaient les yeux en souriant. L'un d'eux était tellement édenté qu'il aurait pu boire une bouteille de vin de palme sans ouvrir la bouche.

Ils se détendirent, s'adossèrent au mur, se grattèrent les testicules. En comparaison de cet homme, ils étaient des anges.

Ils étaient incarcérés depuis quatre jours, lui dirent-ils, et ne doutaient pas d'être libérés le lendemain. On les avait chopés en train de prendre des tortues au piège dans un marais à proximité de leur taudis. Non, ils n'étaient pas des braconniers. Ouvriers du bâtiment et maçons de temps à autre, ils savaient empiler des briques pour faire un simple mur. Ni ornements, ni appuis de fenêtre, ni linteaux. Aussi étaient-ils maçons au village et ouvriers dans la ville.

La période était difficile. Le monde de l'argent faisait une pause. Les riches étaient irresponsables. Ils ne dépensaient pas comme ils l'auraient dû. La chair de tortue remplissait leur ventre et celui de leurs enfants. Comment des humains qui avaient trop à manger avaient-ils le droit de faire des lois pour ceux qui avaient si peu à manger ?

Desai n'avait pas de réponse. Il avait ses propres questions. Comment des humains qui tuaient indirectement des milliers de gens devenaient-ils de grands leaders alors que ceux qui tuaient indirectement quatre bébés se retrouvaient en prison ?

Si le ventilateur soufflait des rafales dans le couloir, l'air était immobile et moite dans la cellule. Il y avait bien une étroite fenêtre en haut, mais trois grillages l'obstruaient de sorte qu'aucun air n'osait y entrer. Ils luisaient de sueur. Desai enleva sa chemise et son pantalon. Comparée à celle des mangeurs de tortues, sa peau était d'une pâleur malsaine.

Le jeune fêtard apparut et jeta une liasse de journaux à travers les barreaux. Comme il tapait violemment sur son téléphone jaune, il ne regarda pas à l'intérieur. Les mangeurs de tortues proposèrent en premier les journaux au richard. Il s'empara de la moitié de la pile. Les deux autres se partagèrent ce qui restait.

C'était le seul moyen de se protéger des attaques que préparaient des escadrons de moustiques.

En quelques minutes, les nouvelles pages furent déployées et ils disparurent en les plaçant habilement sur toutes les parties de leur corps, dont la tête. Un exploit d'équilibre subtil ne permettant aucun mouvement.

Dans le coin opposé, Desai étala ses journaux comme un matelas. Après quoi, tenant le drap bleu que Guddi avait envoyé à la manière d'une cape de torero, il s'y allongea avec précaution. Les feuilles bougèrent, se froissèrent, se déchirèrent. Il les remit sous son corps lentement et maladroitement. Puis il se figea, sentant une douleur dans son cou. Il attrapa ses vêtements pour en faire un oreiller où il fourra le livre de Vivekananda et glissa le tout sous sa tête.

Il tira sur le drap bleu jusqu'à son nez, en coinça des bouts dans ses oreilles. Aucune vermine, petite ou grosse, ne pourrait entrer par effraction.

Avant qu'il eût trouvé à quoi il pourrait bien réfléchir, un énorme péramèle apparut dans les ténèbres au-delà de la cellule, sur le mur longeant le toit de tôle. Desai, qui chez lui en aurait piqué une crise, l'examina sans bouger. Jusque-là, il n'avait vu ces marsupiaux qu'immobiles ou en train de se sauver. Celui-ci s'avançait avec une lenteur cérémonielle, regardant droit devant lui. Son corps avait beau être trop gros pour ses pattes, il avait une démarche harmonieuse.

Les nuits que Desai passa dans cette cellule, vers la même heure, de la même manière, le péramèle franchissait la limite du mur à droite, émergeant de l'obscurité et disparaissant dans l'obscurité à gauche. Cela lui tapait tellement sur les nerfs que, chaque fois qu'il s'accroupissait dans la citadelle, il le faisait dans un angle lui permettant de ne pas quitter des yeux le trou noir. Sauf que l'animal ne venait manifestement pas des égouts, mais des murs.

La nuit se passa mal.

Les feuilles de papier journal craquaient et se froissaient dès que l'un d'entre eux remuait un muscle.

À un moment donné, le grand mangeur de tortues lâcha un énorme ronflement qui se mua en un vrombissement de moteur de moto vintage. Comme dans une parodie, il se termina par un tremblement et s'échappa dans la bourrasque du couloir. Le flic endormi s'écria : Ta gueule, connard, sinon je pisse dans ta gorge.

Le petit mangeur de tortues gifla le grand. Cela marcha.

Le froid s'abattit ensuite sur Desai. Au point qu'il se leva pour se rhabiller : Vivekananda fut le seul à soutenir sa tête.

Le pire, c'était la dureté du sol qui n'avait aucune élasticité. Le premier soir, Desai comprit que les êtres humains n'avaient pas évolué pour dormir de la sorte. Sur de l'herbe, oui. Sur du sable, oui. Sur du bois, oui. Mais sur de la céramique ou sur du béton, non. Il ne trouvait aucune position où faire corps avec le sol.

Les dix jours suivants filèrent dans un brouillard. Il restait assis dans la pièce à l'aménagement absurde, pratiquement ignoré par les boutiquiers qui entraient et sortaient d'un pas traînant, luttaient contre les forces du mal quand ils ne lisaient pas le journal, ne discutaient pas de films ou ne mangeaient pas leur déjeuner fait maison qu'ils déballaient de boîtes en plastique, avant de le faire chauffer sur une plaque électrique rangée sous une table.

Pendant ce temps, il résolut le mystère de la journée manquante. Le calendrier du mur remontait à deux ans. Les justiciers avaient mieux à faire que de garder la trace des années.

Une fois par jour, un boutiquier l'emmenait dans une autre pièce, l'installait sur un tabouret en plastique, s'asseyait sur une chaise, allumait un ordinateur à gros cul et commençait paresseusement à l'interroger.

Quel est ton nom complet ?

Et celui de ton père ?

Tu es le propriétaire de la pharmacie idéale ?

Tu es le propriétaire de la maison de santé idéale ?

Est-ce que tu connaissais les bébés qui sont morts ?

Est-ce que tu connaissais les parents des bébés qui sont morts ?

Est-ce que tu connaissais le nom des bébés qui sont morts ?

Quand as-tu fait la connaissance des bébés qui sont morts ?

Quand as-tu appris le décès des bébés ?

Qu'est-ce que tu as fait quand tu as appris le décès des bébés ?

Combien de bébés meurent par an dans ta maison de santé ?

Par mois ?

Par semaine ? Par jour ?

Signe ici. Et ici.

Ajoute la date. Merci.

On aurait cru un formulaire d'assurance à remplir, mais c'était qualifié d'interrogatoire – essentiellement pour attirer l'attention des médias.

« Desai interrogé par la police », cela sonnait mieux que « Desai contraint par la police à remplir un formulaire ».

Après des années d'échec, l'État avait compris que la réalité n'était pas tant ce qui s'était réellement passé que ce qui en était dit dans les médias.

Un jour, son interrogatoire portait sur ses résultats scolaires, ses diplômes universitaires. Un autre jour, sur sa famille et ses amis. Un autre, sur les actionnaires de sa société. Enfin, tous les sujets étaient abordés.

Signe ici. Et ici.

Ajoute la date. Merci.

On chargeait divers marchands de mener l'interrogatoire. Les plus anciens auraient pu être des invités à une réception. Un commissaire adjoint, un sourire forcé aux lèvres, fit servir du thé vert et de petits gâteaux au blé complet. Bon pour le transit intestinal, affirma-t-il.

Le sous-inspecteur Sawant lui fit un clin d'œil à l'insu de tous. Décidément, Nitin Naik était une pieuvre dont les tentacules s'introduisaient partout.

Les informations qu'ils cherchaient étaient dans le domaine public. En réalité, les questions qu'ils formulaient provenaient d'articles de journaux. Dans un autre pays, dans un autre bureau, on les aurait qualifiés de *fact-checkers*. Ici et dans le moment présent, c'étaient de redoutables interrogateurs.

Les médias les pistaient et éprouvaient pour eux un respect mêlé de crainte.

Guddi lui apportait son déjeuner quotidien. Recroquevillés dans un coin, genoux contre genoux, ils se parlaient à voix basse tandis que les justiciers, d'une léthargie et d'un manque de curiosité exceptionnels, allaient et venaient. S'ils avaient trouvé un cadavre sous leur table, ils auraient demandé à celui-ci de se rendre dans la pièce adjacente pour un interrogatoire.

Quel est ton nom complet ? Pourquoi es-tu mort ?

Comment es-tu mort ?

Pourquoi es-tu mort sous cette table ?

Signe ici. Et ici. Merci.

Guddi n'était pas tendre avec son mari. Elle ne le dorlotait pas dans son malheur. Elle s'enquérait de la nourriture, de l'hygiène, des codétenus, des interrogatoires. Elle ne se contentait pas de passer des accords avec les dieux, elle discutait jour après jour stratégie avec les avocats. Elle faisait un point quotidien sur les médias, le climat politique, avant de donner des consignes à son mari sur ce qu'il devait dire et ne pas dire à ses interrogateurs. Et Desai s'émerveillait de nouveau d'avoir fait un mariage pareil.

Dans la même situation, l'épouse de son frère se serait évanouie sur-le-champ et n'aurait pas repris connaissance.

Tous les deux jours, on l'emmenait en jeep à sirène hurlante jusqu'à l'hôpital où il enjambait des agonisants et où on le déclarait en état pour d'autres interrogatoires.

Le sixième jour, on le présenta à une magistrate, aux cheveux bouclés plaqués sur son crâne à grand renfort d'épingles. Une moustache clairsemée luisait au-dessus de sa lèvre supérieure et elle était de mauvaise humeur.

Heureusement pour Desai, elle s'en prit aux boutiquiers.

Ils plaidaient pour six jours supplémentaires de détention préventive, au motif d'interrogatoires primordiaux encore à mener. Peter Pinto, sa pièce montée arrangée à la perfection, les tourna en dérision comme s'ils étaient des élèves dans un débat d'adultes. Ce qui plut à la magistrate. Il fallait toutefois garantir la majesté de l'État même si elle ne demandait qu'à être piétinée, aussi leur accorda-t-elle quatre jours supplémentaires.

Desai les passa de nouveau à bayer aux corneilles dans la pièce à l'aménagement absurde. Ses nuits étaient solitaires. Les mangeurs de tortues avaient payé leur caution. Leurs yeux fous lui manquaient, ainsi que leur façon d'engloutir l'excédent de ses repas et leurs opinions sur les maisons des riches qu'ils avaient contribué à construire. L'une ressemblait à une banque avec un coffre-fort encastré dans chaque mur. Un cambrioleur devait tout démolir pour réussir son coup.

Le jour de leur départ, le duo lui avait demandé cent roupies. Les deux voulaient boire un verre avant de rentrer chez eux et se confronter à leur femme. Puis ils iraient se confesser à l'église, le père pardonnait toujours, avaient-ils certifié.

Une fois seul, Desai dormit au milieu de la pièce. Loin des geckos qui gloussaient sur les murs et de l'armée de fourmis s'incrustant dans les plinthes. Il avait ajouté un exemplaire du *Bhagavad-Gita* à celui de Vivekananda afin de stabiliser sa tête. Grâce aux tentacules de Naik, il avait eu droit à un autre drap. Entre des piles de journaux et deux draps, il dormait de mieux en mieux.

Le dixième jour, Guddi lui déclara – assise, ses genoux contre les siens, tandis qu'il mangeait lentement pour prolonger leur moment ensemble – que Pinto était convaincu qu'on ne pourrait l'accuser de quoi que ce soit de grave.

Le court terme n'en paraissait pas moins sombre. Il n'obtiendrait sans doute pas sa libération sous caution dans un ou deux jours. La mort des bébés – les photos de leurs visages ronds étaient partout – avait frappé l'imagination du public.

Pinto avait expliqué : Madame, votre mari est désormais responsable de la totalité des erreurs médicales d'Inde, du vol de reins en passant par les radios inutiles jusqu'aux médicaments factices. Chaque imbécile qui a souffert à cause d'un médecin le condamne.

Au tribunal, nous allons tenter d'être disculpés non seulement de quatre morts, mais de quatre cent mille. En l'occurrence, même le fils de Dieu aurait eu besoin d'être secouru par son père.

Il s'était signé et avait tapoté sa pièce montée.

On allait jusqu'à réclamer que la loi soit modifiée. Il fallait supprimer l'immunité dont jouissaient les médecins et les hôpitaux quand ils agissaient de bonne foi. Il s'agissait de châtier de la même manière tous les préjudices. Les bonnes intentions ne valaient rien. Des mots creux, rien de plus.

Cette nuit-là, pour la première fois, Desai fut terrassé par la terreur.

Jusqu'à présent, les choses avaient semblé relever d'une comédie où chacun jouait son rôle. Les médias, les policiers, les politiciens, les avocats, les juges et lui-même : tout était merveilleusement chorégraphié pour la satisfaction des masses impatientes ainsi que pour la préservation des conventions. Pour le maintien de l'ordre, comme les rituels du sport. Des coups de sifflet entraînent la pénalisation des joueurs et l'échange d'insultes puis tout est terminé et chacun reprend sa route.

Desai avait vu la situation ainsi au cours des dix derniers jours. C'était son idée de crime et châtiment. Derrière les barreaux, il finit par comprendre que le monde est divisé entre les Bien-Nés et les Mal-Nés.

Les Bien-Nés sont sidérés quand les choses tournent mal.

Les Mal-Nés sont sidérés quand tout va bien.

Les Bien-Nés ont du mal avec l'injustice.

Les Mal-Nés ont du mal avec la justice.

Les Bien-Nés ont tendance à éprouver de l'indignation.

Les Mal-Nés ont tendance à éprouver de la rage.

Les Bien-Nés croient que Dieu protège.

Les Mal-Nés sont convaincus qu'il châtie avant tout.

Les Mal-Nés supportent les coups sans protester.

Les Bien-Nés réagissent, hurlent et exigent une réparation cosmique.

Allongé à plat dos sur la céramique dure à supporter pour ses os, les yeux rivés sur les barreaux de fer et les toiles d'araignées, Desai sentit l'étreinte glaciale d'un cauchemar en préparation. Pour la première fois, il lui sembla être en danger, suspendu entre les dents de sabre de la gueule d'un gigantesque système équipé d'une centaine de leviers et poulies dont n'importe lequel pouvait soudain être actionné et l'écraser.

Comment tabler sur le bon sens, l'honnêteté et son innocence fondamentale ? Quelle arrogance le poussait à croire que ses relations et ses avocats le sortiraient d'affaire ?

Après tout, quatre bébés étaient morts. Il fallait bien que quelqu'un rende des comptes.

Ne lisait-il pas les journaux ? Ne voyait-il pas qu'on accusait et punissait des hommes pour beaucoup moins que ça ?

On avait incarcéré les deux maçons parce qu'ils avaient tué deux tortues échouées dans la mare d'un village paumé pour nourrir leurs enfants affamés. D'ailleurs, ils ne les avaient pas tuées, ils les avaient attrapées. Cela dépassait l'imagination, alors qu'on servait de la soupe à la tortue dans de grands restaurants du monde entier !

Il avait la mort de bébés sur la conscience. Dans quelle situation se trouvait-il ?

Combien de variables entreraient en jeu contre lui ? Peut-être qu'un membre de la famille de la magistrate avait été victime d'une erreur médicale. Peut-être que les problèmes de santé seraient le principal thème de prochaines élections, incitant le parti au pouvoir à procéder à une exécution publique pour démontrer sa résolution d'aller au bout de sa mission *Svasth Bharat*[1].

Naik et Pinto n'étaient plus aussi optimistes. La caution n'était plus le canot de sauvetage à portée de main. Il s'était détaché et dérivait de plus en plus loin.

Des semaines et des mois de prison semblaient inéluctables.

La peur s'en prit à ses tripes. Il eut de telles crampes qu'il dut adopter la position du chien de fusil. À peine eut-il étouffé un grognement qu'il ôta son caleçon, se précipita vers la citadelle, ouvrit la porte dégondée d'un coup de pied et laissa sa peur couler comme de l'eau.

Sa nuit se passa dans la panique.

C'était la fin de son conte de fées. Des images du passé, du présent et de l'avenir se bousculèrent dans sa tête. Ses parents, son village, ses luttes dans la chambre de trois mètres sur trois de la ville, l'exaltation de la jeune fille menue qui avait changé sa destinée. Il avait

---

1. Programme visant à améliorer l'assainissement et à réduire la défécation en plein air par la construction de toilettes publiques.

plus envie de pleurer sur le sort de Guddi que sur le sien. Pendant ses années d'incarcération au cours desquelles il se taperait la tête contre les barreaux, elle serait une mère célibataire ridiculisée en public, seule et perdue dans leur grand lit.

Le matin, il était vidé de larmes, de fluides corporels, et les crampes impitoyables lui avaient labouré le ventre.

Les cheveux de la magistrate étaient encore plaqués sur son crâne à grand renfort d'épingles, en revanche elle avait épilé sa moustache. Elle en paraissait moins autoritaire. Desai s'efforça d'avoir l'air le plus contrit possible dans l'espoir d'une grâce quelconque. Elle se rendrait sûrement compte qu'il était un homme bien, qui s'était fait lui-même, fidèle à son épouse, à ses enfants, à ses parents, à ses amis. Un homme bien piégé dans une situation dont il n'était pas responsable.

Elle ne le regarda même pas. En moins d'une minute, elle rejeta la requête de la police pour une prolongation de la garde à vue et le plaça en détention provisoire. Dans la jeep à la sirène hurlante où Desai avait l'impression d'être le ministre en chef, l'officier de police baraqué assis à sa droite lui demanda : Première fois ?

Lorsque Desai eut acquiescé, il ajouta : Attention aux arnaques. Ne t'inquiète pas, c'est seulement le premier mois qui est pénible.

Vous ne croyez pas que je serai libéré sous caution avant ?

Dans une telle affaire, répondit l'officier de police, s'agrippant au cadre en fer sous la toile du toit, pas avant un an, au moins.

Desai sentit des crampes dans ses entrailles et ses boyaux qui se liquéfiaient. Il s'efforça de lutter contre la houle de terreur qui se déchaînait en lui. De contracter ses sphincters pour éviter l'horrible malaise.

Il n'aurait jamais imaginé que le fléchissement des muscles en question marquerait son séjour derrière les barreaux et lui vaudrait le surnom de Dr Hagg.

6

Le dévot et le djinn

Bichchoo ricana comme une hyène quand son frère lui annonça sa décision de jouer dans la pièce célébrant le jour de l'Indépendance. Une absurdité qui ressemblait bien à Sparkplug[1], son surnom depuis l'enfance. Il en avait hérité par antiphrase, lui qui était tout le contraire : placide, confiant, docile à en être gênant.

Un jour, il avait présenté une ode à la Rani de Jhansi[2] à la cérémonie annuelle de l'école. Pendant des semaines, il avait fait le tour de leur cahute en récitant à haute voix ses vers pompeux jusqu'à ce que Bichchoo le tape sur la tête avec une bouteille de bière vide.

Ils avaient beau être frères et se ressembler, ils étaient aux antipodes l'un de l'autre par tempérament ou comportement. Bien qu'ayant deux ans de plus

1. Bougie d'allumage.

2. Maharani de la principauté de Jhansi du nord de l'Inde, héroïne de la révolte des Cipayes (1857), considérée comme la première guerre d'indépendance.

que Bichchoo, Sparkplug était le mouton. À force de les mettre dans le pétrin au cours de leur brève existence, Bichchoo les avait précipités dans le gouffre de la prison.

La pièce dans laquelle Sparkplug souhaitait jouer était d'actualité : sur l'environnement – un cri pour sa préservation, faisant écho en lui. Déjà, malgré sa jeunesse, il avait vu le ruisseau cristallin qui décrivait un méandre dans leur village bouché par la merde, les pneus, les emballages. Il avait vu la lisière des arbres autour du village s'estomper à la vitesse d'un coucher de soleil sur une ville. Il avait vu la rivière qui coulait à cinq minutes de leur maison s'enjoliver de vase et de plastique. Enfants, ils y sautaient en hurlant ; à présent, ils avançaient avec précaution dans les détritus jusqu'à ce qu'ils tombent sur une retenue d'eau claire.

L'invasion du plastique.

Tout était piégé dans du plastique. Nourriture, boissons, vêtements, médicaments, manuels, quincaillerie. Souvent, il y avait du plastique dans du plastique dans du plastique. Les gens gardaient celui de bonne qualité pour le rangement, les cadeaux ou les voyages. Ils rejetaient le reste dans le monde.

Le plastique décorait le pays entier – villes, villages, routes, fleuves.

Sparkplug avait l'impression que les gens en avaient ingéré, au point qu'il gainait les cœurs et les cerveaux et que le nom des marques restait intact sous la peau. Quand les médecins opéraient des patients, ils découvraient le logo de célèbres sociétés.

Il confia son désarroi à Bichchoo, qui ricana : Essaie déjà de te sauver toi-même, *chutiya* ! Le monde s'en tirera tout seul.

Aussi sombre et mince que son frère, Sparkplug avait une superbe musculature. Un peu plus grand et baraqué que Bichchoo, il passait davantage de temps à s'entraîner. Ses haltères consistaient en quatre bouteilles de Coca d'un litre bourrées du sable de la promenade et attachées par des bandes de tissu à une barre transversale de tuyaux en plastique. La routine pour les biceps et les triceps était de mille flexions par jour.

Pour son torse, il soulevait le grand seau rempli à ras bord. Il s'entraînait toute la journée. La nuit aussi. Il n'était pas rare de le trouver suspendu à la barre de fer du couloir devant le Cloaque en train de faire des tractions en une répétition sans fin qui dessinait et durcissait chaque muscle, du ventre aux épaules.

Comme la plupart des détenus, Sparkplug avait du temps à revendre. Contrairement à son jeune frère, il n'avait aucune activité professionnelle. Ni intimidation, ni extorsion, ni contrebande et, bien qu'il ait tenté une fois de se faire embaucher dans les cuisines, il ne travaillait plus pour la moindre infrastructure. La malhonnêteté lui était aussi étrangère que l'honnêteté pour d'autres.

Les frères faisaient penser à une expérience de laboratoire. Dans le secteur de la moralité. Une honnêteté chronique *versus* une malhonnêteté chronique. Jusqu'à présent, les résultats n'étaient pas clairs. Le malhonnête dirigeait, l'honnête suivait, c'était la seule conclusion fiable.

Derrière les barreaux, Sparkplug était le frère de Bichchoo, non l'inverse. Dans le sketch sur la liberté, Sparkplug avait décroché le rôle d'un arbre.

Singham voulait que les garçons présentent un spectacle qui soit pertinent dans le domaine social. Il attendait la venue de quelques personnages importants. Un fonctionnaire de haut rang et un officier de police gradé, peut-être accompagnés de leur épouse. Des représentants courroucés de groupes prétendant travailler à la réforme des prisons, quelques membres du clergé aux yeux larmoyants. Un numéro sur le vol, le viol ou la violence devrait leur plaire, mais cela risquait de vexer les détenus. La pollution était un sujet sans danger. Aucun des garçons n'avait été incarcéré pour l'avoir pratiquée. Et les pollueurs réels se réjouissaient qu'on les considère comme ses plus farouches adversaires.

Sparkplug logeait dans la cellule la plus pacifique de la prison. Surnommée Bhoutan en raison de ses ingénus. Peuplée de douze à quinze garçons, c'était la salle des protégés. Chacun avait un puissant patron. Un ami, un kaki ou un *bhai* rémunéré.

Dans cette cellule où régnait la sérénité, on faisait des choses bien.

Sa superstar – le détenu sur lequel Singham comptait comme la vitrine des vertus de sa prison – s'appelait Madhukar. Artiste de premier ordre, il dessinait et peignait – huiles, aquarelles, fusains de dieux et de déesses, de paysages marins et montagneux, de fleurs, de ministres en chef, de Premiers ministres, d'hommes de Dieu. En outre, il sculptait des statues en polystyrène. Gigantesques, mesurant jusqu'à deux mètres de haut. Du Bouddha, de Gandhi, de Ganesh.

Monumentales comme la justice et légères comme les juges.

On trouvait des œuvres de Madhukar partout. Dans les temples, les bureaux, les maisons de fonctionnaires et, les jours de festival, elles composaient les décors spectaculaires de tableaux vivants. Il était tellement doué et complaisant qu'on lui avait permis d'avoir un atelier au sous-sol. Six garçons l'aidaient à couper, coller, nettoyer, transporter. Six garçons sans beaucoup de talent hormis l'ardeur de l'apprenti.

Outre la formation à l'art qu'il leur prodiguait, Madhukar les sermonnait sur la résurgence hindoue. Il avait décroché en classe de seconde, mais il avait eu le temps d'apprendre que, si les hindous composaient quatre-vingts pour cent de la population de l'Inde, ils n'en étaient pas moins devenus des citoyens de seconde zone. Une conspiration insidieuse était en cours depuis un millier d'années pour prendre l'Inde aux hindous.

Les hindous se contrôlaient et n'avaient que deux ou trois enfants par foyer, en revanche les musulmans avaient la barbarie d'en faire six à huit. Parfois trois ou quatre fois ce chiffre – jusqu'à vingt-cinq par pénis puisqu'ils avaient plusieurs femmes. Dans exactement quarante-cinq ans, la balance pencherait, il y aurait d'abord un musulman de plus qu'un hindou en Inde, laquelle deviendrait ensuite l'Arabie Saoudite, le Pakistan ou l'Afghanistan ou un pays africain genre le Burkina Faso.

Les statues de leurs dieux seraient détruites, leurs vaches seraient mangées pour le déjeuner.

Diwali[1] se transformerait en *Idwali*[2].

Il serait interdit de se baigner dans le pays.

Leurs femmes seraient violées pour qu'elles produisent des petits musulmans.

Les musulmans avaient créé un groupe secret dont les membres faisaient pousser leur prépuce et s'infiltraient dans la communauté hindoue afin de la détruire de l'intérieur. Il suffisait d'examiner les leaders hindous – locaux et nationaux – pour se rendre compte que ce groupe était à l'œuvre depuis des décennies. Là, Madhukar s'interrompait pour jeter un coup d'œil aux portraits de Gandhi et de Nehru accrochés au mur.

En travaillant, il prêchait sur le ton monocorde d'un prêtre dans un temple. Les acolytes avaient du mal à remettre en question les vérités de celui qui créait tant de beauté avec ses mains miraculeuses.

À cause de son engagement passionné, Madhukar se sentait profondément trahi par la riposte hindoue. Convaincu qu'il fallait sauver l'hindouisme, il se méfiait de ceux qui en étaient chargés.

Il avait longtemps placé ses espoirs dans Babu, un redoutable revivaliste hindou. Avant son emprisonnement, celui-ci était employé à la Coastal United Bank la journée – où personne n'osait lui demander de travailler – et, le soir, il établissait un campement sur le terrain de l'université de la région. Jeunes de la ville,

---

1. Fête des lumières.
2. Jeu de mots sur l'Aïd, grande fête musulmane.

oisifs, chômeurs s'y retrouvaient pour jouer au volley-ball et se préparer à la guerre.

Après le match – Babu jouait bien –, les disciples s'asseyaient en cercles concentriques autour de la seule chaise métallique. En nage, sombre et musclé, Babu les haranguait, les amusait, leur procurait le sentiment d'être une fraternité et d'avoir un but. Pour la plupart, c'était le seul moment de la journée où ils savaient qui ils étaient et qui était leur ennemi. Lorsque Babu appelait un garçon par son nom – fût-ce pour le chambrer –, celui-ci éprouvait un sentiment de fierté extraordinaire.

Mais aucun autant que Madhukar, dont le père était mort et dont la mère était domestique chez un bijoutier qui la baisait. Madhukar détestait lire et écrire. Artiste inné en revanche, il dessinait des animaux avant de savoir marcher à quatre pattes. Capable d'imiter n'importe quel style et n'importe quel artisanat, il avait même une compréhension intuitive de l'architecture. Il vouait un culte à Babu, aux pieds duquel il avait déposé tous ses dons.

Babu méritait d'être adoré. Il ne se contentait pas de sermonner ses disciples, il agissait pour eux et avec eux. Toutes les semaines, certaines de leurs plaintes, prises au sérieux, obtenaient réparation.

La visite était leur *modus operandi*. Une douzaine de garçons à la mine patibulaire. Deux campés devant la porte et les autres en essaim muet derrière eux. L'éclat de lames de couteaux.

C'étaient les voisins odieux des ouailles de Babu qui recevaient ses visites. Des types qui importunaient la sœur de bons hindous. Des fonctionnaires insignifiants qui entravaient le travail de la communauté. Des proviseurs ou directeurs d'établissement scolaire qui refusaient de valider l'absence de ses disciples.

Au début, Babu effectuait la visite en personne. Puis ils se mirent à la faire en son nom.

La réputation de Babu était due à la mort de deux jeunes musulmans survenue six ans plus tôt. Ils géraient un garage délabré et leur comportement agressif leur valait une certaine notoriété. Ils picolaient. Ils traversaient la ville sur des motos empruntées, pétaradantes. Ils séduisaient les plus jolies filles hindoues grâce à leur physique avantageux et à leur panache. Les jeunes hindous fulminaient mais évitaient la confrontation parce que les deux mécaniciens avaient le soutien d'une demi-douzaine de types habiles à manier clés, crics, haches et pioches.

Un jour, Rashmi, une fille ravissante aux cheveux courts à la mode, disparut avec eux et ne revint pas de la semaine. La ville fut en émoi. La police enregistra une affaire d'enlèvement. Le journal de la ville cria au blasphème. Les chefs de la communauté sautèrent sur l'occasion pour exiger à la fois le calme et la vengeance. Le magistrat du district dut ordonner une protection pour les familles des jeunes musulmans.

Devant une tasse de thé, sous un ventilateur à longues pales gémissantes, Gandhi et Nehru en position inclinée derrière lui, le fonctionnaire déclara : Pour faire le mal, l'État doit paraître faire le bien. Votre heure viendra. Je ferai le bien, vous ferez le mal.

Seule une personne de la délégation de neuf intériorisa le conseil.

Le jeune Babu avait beau être assis au deuxième rang, son regard de feu survola les vieux représentants et se posa sur le magistrat du district. Dès leur départ, le fonctionnaire dit à son employé : Ce garçon, Babu, emmène-le à la maison demain soir.

Au retour de Rashmi, aussi rayonnante qu'une nouvelle mariée, ses deux compagnons furent arrêtés et jetés en prison.

Deux jours plus tard, leur avocat démolit la police et les poursuites judiciaires. Âgée de dix-neuf ans, la jeune fille était partie avec eux de son plein gré. On fit venir Rashmi, qui, avec un courage exceptionnel, reconnut que c'était vrai.

Dès le lendemain, les mécaniciens enfourchèrent leurs motos.

Les policiers n'en avaient cure. Ils avaient reçu de l'argent des deux parties et personne ne pouvait leur en vouloir de cette décision de justice.

Rashmi fut enfermée chez elle, où ses frères, ses cousins, ses oncles se relayèrent pour la surveiller.

Un journal ne tarda pas à publier un article virulent sur le confinement illégal de Rashmi. La photo la montrait regardant tristement par la fenêtre à meneaux du rez-de-chaussée.

En un rien de temps, Rashmi marcha sur la route à défaut de rouler à moto. Les enjeux montaient.

Les membres masculins de la famille de la jeune fille décidèrent de se rendre à un match de volley-ball.

Babu les laissa patienter là où ses garçons pouvaient les voir. Puis il prit sa chaise pliante et s'éloigna des cercles concentriques en faisant signe au clan de Rashmi de le suivre. Ils s'assirent autour de lui sous le margousier et plaidèrent au nom de leur honneur. La distance par rapport à sa troupe était parfaitement calculée. Inaudible s'il parlait doucement, mais à portée d'oreille s'il parlait fort.

Cet arbre, vous le connaissez, commença Babu en haussant le ton. De même que l'amertume de ses feuilles. Pourtant, comme vous le savez, elles soignent tout, des vers de votre merde à vos furoncles. Si vous en mangiez une branche par jour, vous vaincriez la malaria, le cancer et le chikungunya. Il bat les autres arbres, aussi beaux ou odorants qu'ils soient.

Les six hommes – vieux et jeunes – accroupis acquiescèrent sagement. Aucun Indien ne propose son aide sans vous infliger un discours copieux.

Le problème avec les hindous, poursuivit Babu, c'est que nous préférons avoir des vers et des furoncles que d'avaler une potion amère. Au fond, nous sommes *phassadees*. Stupides et mollassons.

Les hommes opinèrent : À l'évidence, c'est ce que nous sommes.

En arrière-plan, les garçons silencieux les imitèrent.

Vous êtes prêts pour la potion amère ? rugit Babu.

Et il leur murmura son plan.

Le lendemain matin, on déposa un sac à bandoulière Nike rempli de cinquante mille roupies chez Babu.

Quatre jours plus tard, les deux mécaniciens disparurent ; on trouva leurs motos fracassées devant le bouge à *toddy*[1] où ils buvaient le soir. Une action en justice fut intentée. Les journaux signalèrent que la police avait lancé des recherches.

1. Grog.

Ce soir-là, Babu se rendit dans la maison du magistrat du district à plus de vingt-trois heures. Il entra par la porte de service.

Le lendemain, on laissa un sac à bandoulière Nike devant le garage. Il contenait quatre mains. Les doigts étaient à moitié repliés comme des griffes et les veines tranchées du poignet couvertes de sang coagulé. Les familles durent trouver auquel des deux les unes et les autres appartenaient.

L'histoire se propagea dans l'État. Des équipes de tournage débarquèrent et parcoururent la ville à la manière de livreurs de pizzas. Leur volume sonore était poussé au maximum et leur intérêt en matière d'enquête, nul.

Deux matins plus tard, on trouva un sac de jute devant le garage. Personne n'osa l'ouvrir. On le mit dans un rickshaw et on l'emporta en procession jusqu'au poste de police. Au grand dam de tous, il ne s'agissait pas de têtes décapitées. Il y avait quatre pieds à l'intérieur, sciés au-dessus de la cheville, dont la peau foncée était noircie de sang coagulé.

On les emporta au laboratoire médico-légal, où ils furent mesurés et photographiés. Les photos parurent dans les journaux.

La ville s'embrasa. Des paris furent lancés : la prochaine fois, ce seraient les oreilles, les testicules venaient en second.

Babu continua de jouer au volley-ball le soir. Les yeux des gamins qui le regardaient brillaient tellement qu'ils auraient pu éclairer les rues.

À la même heure, de jeunes gens et des journalistes amateurs surveillaient le garage délabré. Mais les poursuites s'interrompirent brusquement, créant une déception universelle. Un matin, on découvrit les deux mécaniciens flottant à plat ventre dans le large égout derrière l'étable.

Les efforts de la police n'aboutirent à rien. Les membres de la famille de Rashmi furent arrêtés, interrogés, libérés. Babu fut convoqué pour un interrogatoire. Il arriva au poste sur les épaules de ses adeptes, une procession de deux cents personnes. En haut de l'escalier, il se tourna et les salua. La photo fit la une le lendemain matin.

Il déclara aux médias : Je ne suis pas coupable mais je me réjouis de la mort des cafards. Quelle importance de savoir qui les a tués ?

En tête de la foule, Madhukar l'acclama plus que les autres. Le même soir, il peignit une huile représentant Babu dans le style de Bhagat Singh[1] – assis en tenue de sport au bord d'un *charpoy*, en pleine méditation, invincible, un ballon de volley sur les genoux.

Babu insista pour que Rashmi, traumatisée, épouse Teekon, l'un de ses acolytes, dont la tête évoquait une pyramide ; terrifiée, pleine de gratitude, la famille obtempéra. Pour Teekon, vendeur d'appareils ménagers, c'était la concrétisation de ses fantasmes. Il aimait Rashmi sans espoir depuis l'âge de treize ans. La jeune fille tenta de protester. Mes enfants ressembleront à des flèches ! Au moins ils n'auront pas de phallus sans prépuce, riposta Babu.

---

1. (1907-1931) Marxiste, combattant nationaliste indien, considéré comme un martyr de la cause indépendantiste.

Rashmi fugua deux mois plus tard. Le chagrin rendit Teekon suicidaire. Babu appela le frère de la disparue et lui fixa une date limite de deux semaines. La ville retint son souffle quand elle fut dépassée. Au bout de dix jours, la police divulgua une affaire de délit de fuite dans la capitale où une jeune fille avait été tuée. Il fallait que quelqu'un aille procéder à l'identification.

Aux obsèques, Babu – sombre dans une *kurta* blanche – déclara à la famille : On ne se borne pas à donner du margousier aux autres, on doit apprendre à en absorber soi-même.

Dès lors, il porta une badine rainurée en bois de santal qu'un adepte lui avait rapporté de Mussoorie. Il se coiffa d'un béret rouge de parachutiste. Il prit l'habitude de tapoter la badine sur les paumes et les fesses du moindre garçon se tenant près de lui. Les habitants de la ville comprirent que l'avenir de l'hindouisme était entre de bonnes mains.

Au fil du temps, sa parole devint loi. Il réglait les litiges, prescrivait les mariages, orchestrait les festivals religieux et menait les jeunes musulmans par le bout du nez. Sans oublier les tournois de sports locaux qu'il organisait. Un mot de sa part suffisait à paralyser la ville. Avec un SMS, il rassemblait une centaine de trublions. Sa capacité de destruction était impressionnante, qu'il s'agisse de bus, de bureaux ou d'écoles. Il pouvait entrer dans les locaux du magistrat du district et du commissaire de police à n'importe quelle heure, sans ôter son béret ni remettre sa badine à qui que ce soit.

En trente minutes, je peux fourrer ce bâton dans le cul de n'importe quel fonctionnaire, se vantait Babu.

Les hommes ou femmes politiques flattaient son ego et faisaient appel à lui pour qu'il leur procure des gros bras.

Quand il allait dans sa banque, il s'installait dans la pièce réservée au directeur, pendant que celui-ci s'empressait de lui faire préparer thé, petits gâteaux et samosas. Auxquels avait aussi droit son escorte permanente. Un par un, les employés venaient lui rendre hommage. Un coursier déposait le chèque de son salaire chez lui.

Madhukar était à son service jour et nuit. Il cuisinait pour lui, nettoyait pour lui, manifestait pour lui, se battait pour lui. Sans cesser de le représenter en dessin ou en peinture. Croquis au crayon, aquarelles, bustes en terre cuite. L'art était une manie. Il ne pouvait traverser une journée sans avoir offert au monde une nouveauté de ses mains. Il n'accordait aucune importance à ses besoins en nourriture, vêtements, argent ou plaisirs.

Sur l'ordre de Babu, Madhukar épousa la sœur d'un collègue acolyte. Une union austère. La vie de chef de famille ne disait rien à l'artiste. Il ne voulait pas d'enfants. Le désir sexuel lui était étranger. Il n'avait envie ni de parler à sa femme ni de l'écouter.

Il rentrait dormir chez lui quelques soirs par semaine. Sinon, il restait au bungalow que Babu avait annexé pour son organisation. Il donnait l'argent que lui rapportaient les commandes de ses œuvres. Bien sûr, il travaillait gratuitement pour les temples.

Ses sculptures de Ganesh étaient incomparables. La grâce de la trompe, le sourire des yeux, le gonflement du ventre. Ses Ganesh étaient partout en ville.

De disciple parmi d'autres, Madhukar devint soudain essentiel lorsqu'une querelle éclata à propos d'un tertre en lisière de la forêt classée. La communauté musulmane locale faisait pression depuis des lustres pour que le terrain rocailleux lui soit attribué en tant que cimetière car l'ancien ne pouvait plus accueillir le moindre macchabée. Par l'intermédiaire d'un législateur du coin – un hindou très intéressé par le vote des musulmans –, la question parvint à la capitale, où le dossier avança jusqu'à la prise de décision.

La première chose qu'annonça la communauté musulmane rayonnante fut la construction d'un petit *dargah*[1] où la dépouille d'un célèbre *pir*[2] de Karnataka serait enterré. Les tombes des défunts récents l'entoureraient.

L'appel à la prière serait lancé cinq fois par jour de son toit vert. Suffisamment fort pour réveiller les endormis et les inhumés.

De quoi enflammer Babu.

Cette nuit-là, les chiens qui aboyaient étaient les seuls à régner dans les rues quand il se rendit chez le magistrat du district et chez le commissaire de police.

Le lendemain soir, il joua au volley avec tant de fureur qu'il abîma le filet. Plus tard, il convoqua un conseil de guerre dans le bungalow du groupe et descendit deux verres de rhum avant de prononcer un discours sur la fin de l'hindouisme, un discours tellement violent que Madhukar et les autres ne pensaient

1. Tombeau d'un sage musulman de tradition soufie.
2. Guide spirituel soufi.

plus qu'à planter un couteau dans la poitrine d'un musulman.

Puis il leur décrivit son plan : Madhukar y occupait une place centrale. Les ressources en argent et en hommes étaient désormais à la disposition de l'artiste.

L'orphelin de père, dont la mère était la putain du bijoutier, dont le mariage était un contrat privé d'émotion, s'attela à la tâche avec une passion que seuls une immense haine ou un immense amour peuvent alimenter. Il dessina neuf croquis, sans les expliquer à qui que ce soit. Il sépara ensuite les garçons en groupes de cinq, assignant une mission à chacun.

Au bout de deux jours, la cour derrière le bungalow grouillait d'activité. Tempo et camions arrivèrent dans la nuit, chargés de pierres, de bois, de sable, de graviers, de sacs de ciment et de plaques de tôle ondulée. On brancha des câbles et on installa une conduite d'eau. On monta une petite machine à scier et on accrocha des ampoules aux arbres. On installa une cuisine.

Sous la surveillance de Madhukar, plus d'une vingtaine de menuisiers et de maçons employèrent leurs outils et leurs matériaux, composant une symphonie agréable. Ils jouèrent jour et nuit ; chaque fois qu'un musicien se lassait, le maestro l'encourageait avec une tape dans le dos et des paroles galvanisantes.

Le maestro ne dormait pas. Ne se fatiguait pas non plus. Il montait le spectacle de sa vie.

Au bout de neuf jours, il fit signe à Babu. Malgré son arrogance, le leader ne pouvait qu'être émerveillé par l'énergie et l'ingéniosité de Madhukar. La plupart des grands chefs n'ont pas de dons. Ils profitent de ceux de leurs disciples. Les armes d'un leader sont la certitude et la grandiloquence. Une hypertrophie de l'ego. La promesse opaque de ce qu'ils ne possèdent pas, de sorte que le leader n'exprime pas son admiration mêlée de respect. Il suffisait que Babu lui serre l'épaule et lui ébouriffe les cheveux pour que Madhukar se sente doubler de volume, voire davantage.

Un soir, à vingt heures, quatre camions et six Tempo arrivèrent devant le bungalow. L'armée des fidèles s'était infiltrée silencieusement. On les compta. Cent trente-trois guerriers. Les consignes étaient claires. Tête baissée. Voix basse. Obéir aux ordres de Madhukar.

Vers vingt et une heures, les camions et les Tempo étaient chargés. Cent quarante-quatre plaques carrées en calcaire de Kota. Douze poteaux polis en bois de *maati*[1] : quatre longues poutres et douze courtes. Le pilier central en bois de sal – quatre mètres de haut – se trouvait déjà à l'orée de la forêt. Dans le dernier Tempo, il y avait trois caisses hermétiquement fermées, au mystérieux contenu.

Le vacarme d'un *jagrata*[2] amplifié par des haut-parleurs avait éclaté près du vieux temple dans le quartier du bazar. Un leurre élaboré en consultation avec la police.

Une fois le chargement effectué, Babu leur adressa un discours digne d'un chef de bataillon avant une attaque historique. Le béret plus penché que jamais,

1. Laurier indien.

2. Rituel de l'hindouisme consistant en veillées nocturnes, en danses et en chants.

il claironna : Que vous viviez jusqu'à quarante ou cent ans, c'est le moment dont vous vous souviendrez jusqu'à votre dernier souffle. Le moment qui définira à jamais votre vie. Le moment où vous avez sauvé votre mère. Le moment où vous avez sauvé vos dieux.

Et en effet, aucun des jeunes ne ressentirait plus jamais le même élan du cœur.

Un contingent partit en avance, à moto ou scooter, le sang martelant leurs oreilles. Madhukar – leur Vishwakarma[1] – était avec eux, un bandana couleur safran autour de la tête. Les autres s'entassèrent tant bien que mal dans les camions et les Tempo.

L'artiste avait méticuleusement veillé aux détails. Les deux jours précédents, une équipe de terrassiers s'était mise à l'ouvrage la nuit pour aplanir et dégager le sommet du tertre. En une heure, on avait creusé la fondation et tiré les câbles du poteau le plus proche pour alimenter la bétonnière, mais les guerriers s'abstinrent d'allumer les ampoules. Ils travaillèrent à la faveur de la lumière de la lune et de lampes à pétrole.

Deux heures plus tard, le pilier central en bois de sal perforait la nuit et un socle de soixante centimètres de haut était en place. Dessus, les plaques en calcaire de Kota formaient comme les pièces d'un puzzle parfait. Une équipe ajoutait les poteaux en bois tandis qu'une autre posait des poutres transversales. La lune déclinait de son zénith quand les menuisiers, après avoir grimpé sur les poutres comme des singes, donnèrent des coups de marteau dans les chevrons.

---

1. Architecte divin de l'univers, dieu tutélaire des artisans.

Parmi eux, il y avait quatre musulmans, indifférents à la politique en matière de religion. Ils gagnaient mille roupies par nuit, sans compter l'amour et la protection de Babu.

Les garçons transpiraient, râlaient, s'interpellaient. Une actrice de Mumbai aurait-elle couru nue sur le monticule que l'enthousiasme n'aurait pas été plus fort. Deux gamins avaient en réserve une provision de *paos* et de *vadas*[1] et servaient du thé chaud depuis un récipient en métal placé sur une pierre.

Au loin, le vacarme du *jagrata*, des chants rauques en l'honneur de la déesse, vibrait dans la nuit. Il décuplait l'énergie divine qui galvanisait les garçons.

Madhukar, omniprésent, donnait des instructions, corrigeait, mesurait. Implacable dans ses exigences de précision et de rapidité. Assis sur un rocher surélevé près du site, Babu fumait en fustigeant les traînards. De temps à autre, il regardait sa montre puis la voûte piquetée du ciel avant de convoquer Madhukar qui accourait pour lui présenter son rapport sur la progression des travaux.

Une exaltation triomphale et collective régna quand les chevrons furent cloués dans le pilier central. Sous les lattes en bois, une douzaine de garçons s'activaient à mettre en place un sanctuaire en métal d'un mètre cinquante sur un mètre cinquante. Bientôt, personne ne parvint à distinguer les coups de marteau sur la tôle ondulée du toit de ceux d'en dessous. Certains garçons interrompaient déjà leur labeur pour s'émerveiller de la structure qui surgissait dans la nuit.

---

1. Beignets aux légumes.

Babu fumait cigarette sur cigarette. Calme et songeur. L'heure du chef.

Les derniers clous du toit et de la couverture du sanctuaire furent plantés en même temps. La splendeur de la nuit s'évanouissait. Le vacarme du *jagrata* était assourdi. Un vent léger s'était levé et la plupart des garçons, accroupis, admiraient leur œuvre. Madhukar, toujours infatigable, ouvrait les caisses, positionnait une statue du taureau de Nandi[1] à l'entrée du sanctuaire et un *Shivling* d'un noir étincelant à l'intérieur. Sur les murs et les poteaux, il ordonna qu'on accroche le panthéon : des reproductions aux couleurs vives de Krishna, Vishnou, Lakshmi, Hanuman, Rama et Sita, Shiva et Parvati, Durga et Kali.

Aucun *pir* musulman au monde, vivant ou mort, n'était en mesure de déplacer une telle pléiade de divinités. Avant que l'horizon n'ait viré au gris argenté, on entendit un vrombissement de moto. Deux prêtres vêtus de blanc qui venaient de se laver arrivèrent hors d'haleine au sommet du tertre. Babu prit le relais. Tandis que Madhukar faisait installer des marches de pierre, suspendre trois cloches en cuivre aux poutres et des guirlandes électriques autour des arbres, le chef s'entendit avec les prêtres pour consacrer les idoles.

Comme le *havan kund*[2] en fer bourré de bois de manguiers commençait à crépiter, des invocations en sanscrit s'élevèrent avant l'aube. En une heure, le sommet du monticule – choisi comme site pour un sage musulman et un cimetière – deviendrait la terre

1. La monture de Shiva.

2. Réceptacle en cuivre pour le feu sacré.

consacrée qu'aucune force de police ni aucun firman ne pourrait annuler.

Ce jour-là et les semaines suivantes furent à l'origine d'un tumulte dont le retentissement se propagea dans l'État. Les hindous de la ville étaient aux anges. La preuve de l'identité du dieu qui résidait dans le lieu était apparue en l'espace d'une nuit. À tous égards, on n'avait jamais vu pareil miracle.

Ne serait-ce qu'au cours de la première semaine, plus de dix mille pèlerins firent tinter les cloches de cet ancien temple de Shiva qui reposait patiemment depuis des siècles sous les pierres, attendant que de véritables fidèles l'exhument. Même lorsque le magistrat du district et le chef de la police reçurent les leaders musulmans fous furieux pour discuter d'une solution, leurs épouses gravirent le tertre et versèrent du lait sur le lingam d'un noir étincelant.

Babu était désormais un héros. On commentait sa notoriété jusque dans la capitale. D'importants hommes politiques notèrent son nom pour le citer à l'occasion. Au temple, il eut droit à autant d'hommages sur son perchoir que les dieux dans le sanctuaire.

Madhukar – Madhukar le modeste, Madhukar l'orphelin de père, Madhukar le fils d'une putain, Madhukar l'époux d'une femme dont il n'avait pas besoin, Madhukar aux mains miraculeuses –, Madhukar était heureux qu'on l'ignore. Madhukar se contentait des louanges adressées à Babu. Madhukar était satisfait d'avoir sauvé ses dieux.

D'aucuns complotaient déjà pour sauver le leur.

Un jeune homme s'était fait un nom dans le chantier naval. C'était un docker, fils d'un tisserand de tapis de Jaunpur à l'est de l'Uttar Pradesh. Il avait un physique plutôt monstrueux. Il était trop grand et avait des doigts trop épais pour travailler sur les métiers à tisser dans les petites pièces à plafond bas où sa famille faisait claquer le bois toute la journée. Il mesurait déjà un mètre quatre-vingt-treize à quatorze ans et sa tête avait la taille d'une pastèque, si bien qu'il devait s'accroupir pour franchir les portes des cabanes des tisserands. On le surnommait Gama, comme le légendaire catcheur pakistanais.

À l'instar de beaucoup d'hommes gigantesques, il était doux et lent à la colère. S'il était allé à l'école, il aurait pu prendre conscience de ses atouts terrifiants mais les enfants de pauvres tisserands ne font pas d'études. Ils mettent leurs doigts agiles au service de la chaîne et de la trame. Personne ne savait ce qui se passait dans la tête de Gama, un taiseux. Son unique plaisir était de monter vaches et buffles ; il était d'ailleurs capable de maîtriser les plus indomptables, qu'il attrapait par les cornes et enfourchait d'un saut, avec souplesse.

Chaque fois qu'il le faisait, les enfants du village couraient derrière lui en criant : *Saa re gama saa re gama utaar de chuddi pehan le pyjama*[1].

Usman, son père, était au désespoir. Les revenus de la famille – analphabète, dont la vocation était à l'agonie – ne suffisaient pas à nourrir le corps en perpétuelle croissance de son fils. Le métier à tisser pouvait au mieux nourrir deux enfants. Or il en avait

1. *Do ré mi fa, do ré mi fa*, enlève ton caleçon et mets ton pantalon.

sept, dont l'un était l'équivalent de quatre. Il envoya un message affolé aux membres de son clan, dispersés sur le sous-continent. Existait-il de la nourriture, un toit et une activité pour un tel géant ?

Le réseau fonctionnait toujours. Les pauvres survivent en Inde parce qu'ils savent se prêter main-forte. Usman était devenu tisserand grâce au réseau – recueilli par le frère de son père à l'âge de neuf ans au moment où les terres de sa famille au Bihar étaient réduites, par héritage, en parcelles de la taille de mouchoirs. Gama fut confié à l'oncle de sa mère à Mumbai, qui l'expédia dans un chantier naval sur la côte, plus au sud.

L'oncle, un homme de pouvoir et de moyens, évoluait dans la zone grise où les lois justes se heurtent à la réalité opaque. Les paris, la contrebande, la protection, le *hawala*[1] et quelques meurtres extrêmement discrets. Si le gabarit du jeune homme plut à l'oncle, il ne fut pas convaincu de son utilité. Dans la zone grise, ce physique est un atout limité s'il n'est pas accompagné d'un goût pour la violence. Il peut même être un inconvénient – en attirant l'attention sur la personne, qui se grave dans la mémoire. Pour l'heure, il n'était bon qu'à un travail manuel, et ce fut vers ça qu'on l'expédia.

Ses employeurs reçurent la consigne de ne surtout pas lui faciliter la vie. Pour son oncle, les hommes ne devenaient des hommes qu'à condition d'en baver. On donna à Gama un lit en bois dans une cabane proche du chantier naval et on le mit au travail. La journée,

1. Système traditionnel de paiement informel.

inlassablement et silencieusement, il chargeait des bateaux ou les déchargeait de cargaisons qu'il portait dans des camions et des dépôts. La nuit, il préparait sur un feu un monceau de nourriture pour son dîner, son petit déjeuner du lendemain, ainsi qu'un déjeuner qu'il emballerait dans un grand sac en plastique.

Le contremaître lui remettait une paie et demie parce qu'il abattait le travail de trois hommes, quel que soit son horaire. Comme il ne savait pas écrire, le contremaître lui prêtait – une fois par semaine – son portable pour qu'il parle à sa famille. Il commença par lui fixer la stricte limite de cinq minutes, mais il se rendit vite compte que le jeune géant ne désirait pas parler plus d'une à deux minutes. Il se contentait de maugréer *ouais* et *non* une douzaine de fois avant de lui rendre son téléphone.

Les rares soirs où il ne sombrait pas dans le sommeil dès la fin de son dîner, Gama s'asseyait devant la cabane et fouillait le chemin du regard, en quête d'un animal à enfourcher. Ce qui changeait de son village, c'est qu'il y en avait peu, et qu'ils n'étaient pas libres. De temps à autre, il en apercevait un qu'il montait avec fougue en passant par-devant les rizières et dans la forêt jusqu'à l'épuiser.

À quelques reprises, il épouvanta des fêtards qui rentraient tard des débits de boissons. Ce qui lui valut un second nom de plume rimant avec le premier. Yama. Le dieu de la mort.

Au cours de la journée, en revanche, le géant fuyait le monde à l'extérieur du chantier. Jamais il ne s'aventura en ville, jamais il n'entra dans l'un des deux cinémas, ni dans le débit de boissons devant les grilles.

Entre ses heures de travail, il se plaçait à l'ombre d'un hibiscus, s'efforçant de se faire aussi petit que possible, tandis qu'il cueillait les fleurs rouges et les déchiquetait avec ses battoirs.

Il mit trois ans à avoir un premier ami. Abbas, un garçon svelte d'Andhra, bien plus âgé, qui lui savait lire et compter. Il aidait à tenir l'inventaire du chantier et initia le jeune géant, mesurant à présent la taille ahurissante de deux mètres trente, à la pornographie et à la religion. Abbas avait de telles images sur son portable que Gama dut se croiser les bras et s'asseoir.

Abbas en vint à le contrôler comme une marionnette.

Plusieurs fois par jour, il lui montrait quelque chose d'excitant qui le précipitait aux toilettes derrière la cabane. Pour la première fois de sa vie, Gama s'adonnait à un autre plaisir qu'à celui de manger. Désormais, quand il travaillait, il rêvait d'Abbas et de son téléphone scandaleux.

Ils le faisaient souvent ensemble dans la cabane en une symphonie de peaux poisseuses. Ils en devenaient frères : les meilleurs moments qu'ils partageaient.

L'employé du magasin compensait son intempérance par un engagement sans faille envers Allah, le seul vrai dieu. Il priait cinq fois par jour. Il apprit au géant à l'imiter. Le vendredi, il se rendait à la petite mosquée proche de la gare et il se mit à y emmener le géant. Ils ne tardèrent pas à former un couple plutôt remarquable tant au chantier qu'à la mosquée. Et redoutable, étant donné la taille de l'un, l'intellect de l'autre.

Dans un salon de thé situé à côté de la mosquée, Abbas discutait politique – locale et nationale – avec les membres influents de la communauté. Les hommes murmuraient en caressant leur barbe de taille variée, toujours avec une vive inquiétude. Gama ne s'était pas rendu compte qu'une ébullition pareille régnait dans son pays, ni que ses coreligionnaires risquaient l'extermination. Les revivalistes hindous avaient un plan élaboré, à l'œuvre depuis longtemps.

Cataloguer les musulmans comme terroristes. S'allier avec l'Amérique et Israël pour y parvenir. Veiller à ce qu'ils restent illettrés.

Ne jamais les enrôler dans l'armée ni la police. Et même, à vrai dire, leur interdire l'accès aux positions où ils auraient pouvoir et influence.

Incarcérer leurs fils afin que leurs filles soient forcées d'épouser des hindous.

Employer n'importe quel moyen pour que leur dieu unique soit submergé par la myriade des leurs. S'assurer que pour chaque festival musulman il y en ait dix hindous, pour chaque mosquée cent temples.

Créer une brigade secrète dont les membres au prépuce coupé s'infiltreraient dans la communauté musulmane aux fins de la détruire de l'intérieur. Il suffisait de considérer les dirigeants musulmans – locaux et nationaux – pour se rendre compte que cette escouade était à l'œuvre depuis des lustres.

À ce moment-là, ils se regardaient avec soupçon et méfiance.

Dès lors, après une symphonie de peaux poisseuses, Gama examinait sa calvitie luisante en se demandant s'il n'était pas par hasard un membre de la brigade secrète. Au fond, il n'avait jamais éprouvé d'animosité contre les hindous. Et il n'avait pas l'impression qu'ils essayaient de l'incarcérer et d'épouser ses sœurs.

À Jaunpur, son père répétait : Évite la religion, c'est la chienne qui mord son maître. Nous n'avons rien contre les hindous. C'est un grand pays parce que son livre saint n'a été écrit ni par un prêtre ni par un imam.

Il parlait de la Constitution, dont il ne connaissait rien sinon qu'elle le protégeait et déclarait qu'il était l'égal de tous. Riches et pauvres. Hindous et chrétiens.

Comme les paroles de son père lui revenaient en mémoire, Gama se dit qu'il était peut-être membre de la brigade secrète.

Il consulta Abbas, qui lui posa de multiples questions avant de hocher gravement la tête.

Gama fut accablé. Quel sens avait sa vie s'il ne pouvait faire confiance à son père ? Fixant Abbas, il lança : Comment être sûr que c'est mon père ?

Abbas lui recommanda de ne pas se tourmenter avec ça parce que, en réalité, ils n'avaient qu'un seul vrai père. Tant qu'ils le servaient sans se préoccuper de leur sort, ils auraient droit aux délices du paradis. Et il lui raconta des histoires sur le Prophète, comblant ainsi son vide intérieur de merveilles pleines de significations.

Parmi toutes les invocations du Prophète, Gama prit à cœur l'exigence de la charité. À part la nourriture, il en vint à donner la totalité de ses gains à ses compagnons de travail. Ceux-ci en conclurent : Ce géant a un cœur plus grand que sa taille.

Le nom de Babu commençait à circuler dans les palabres hebdomadaires du salon de thé. Ce Babu incarnait leurs peurs. Il rassemblait une armée de fanatiques pour les exterminer. La tension et la vigilance s'imposèrent à la mosquée. Puis il y eut l'enlèvement de Rashmi et, au terme d'une longue période, le démembrement des deux mécaniciens. Le sort des deux jeunes insolents ne bouleversait pas les participants au groupe du salon de thé, en revanche ils comprirent que la tempête se préparait.

Au cours des mois suivants, plusieurs délégations – dont Abbas faisait chaque fois partie – allèrent voir le magistrat du district et le commissaire de police. Elles eurent droit à une audience intéressée et à un réconfort chaleureux. Même le rédacteur en chef du journal leur offrit le thé, leur promettant de mettre leurs griefs en exergue.

Deux articles furent publiés. L'un déplorait le fondamentalisme croissant des jeunes hindous ; l'autre s'interrogeait sur les fonds d'Arabie Saoudite déversés dans mosquées et madrassas. Le rédacteur en chef, grand, mince, chauve et barbu, venait du Nord. Il était toujours juste, personne n'en doutait. Il avait toujours raison, personne n'en doutait.

Un an plus tard, on découvrit un matin la tête tranchée d'un porcelet sur le seuil d'une mosquée. La consternation n'aurait pas été plus intense s'il s'était agi d'une bombe nucléaire. À peine l'hystérie était-elle retombée qu'une carcasse de veau fut déposée dans le temple proche du bazar. C'était une sorte de routine aussi ancienne que banale qui sévissait régulièrement dans le sous-continent.

Le rédacteur en chef écrivit un papier plein d'ironie sur la stupidité de ces provocations stéréotypées. Il appelait au bon sens et au calme. Les deux côtés le bombardèrent de lettres furibondes. D'une part, on l'accusa d'être un fanatique masqué ; de l'autre, on lui reprocha de faire l'apologie de minorités subversives. Le rédacteur en chef confia les développements de l'affaire à ses reporters et retourna à son whisky et à son épouse.

Les radicaux du salon de thé prirent alors l'avantage. Ils adressèrent discrètement une pétition au législateur local pour l'attribution d'une parcelle qui deviendrait un cimetière. Au terme d'une année de démarches clandestines, ils eurent leur tertre. Sûr de son influence dans sa circonscription, Babu avait raté son coup.

Autorisation en main, les leaders de la mosquée révélèrent leurs plans.

Babu convoqua Madhukar et passa à l'action. Un temple surgit un matin sur le tertre accompagné de carillons et d'échos de psalmodies.

Les musulmans firent le siège du commissariat et de l'administration. Qu'ils aillent tous se faire foutre, lança le magistrat du district à son épouse indifférente. Aucun ne s'intéresse à Dieu.

L'air grave, il préconisa un procès. Une intervention des autorités mènerait à un bain de sang. Dieu était peut-être au-dessus de la police et de la bureaucratie, mais sûrement pas au-dessus de la loi.

Abbas dit à Gama : On aura des poils pubiens blancs comme neige et des dents en plastique avant d'avoir la moindre chance de mettre les pieds sur cette colline.

Les Indiens sont unanimes. La loi est majestueuse mais jamais ponctuelle.

Ce vendredi-là, à la mosquée, Abbas prononça un discours enflammé sur la guerre sainte et le sabre implacable de Saladin.

Quatre mois plus tard, le temple du tertre subit une abominable profanation. À leur réveil, les prêtres découvrirent l'idole Nandi décapitée à l'entrée. Le premier examen médico-légal suggéra qu'on avait tranché la tête du divin taureau. Une attaque directe contre le créateur et destructeur des multiples univers. Contre Shiva.

La fureur monta en flèche parmi les hindous ; Babu appela à la guerre à cor et à cri.

Les dirigeants de la mosquée firent plusieurs déclarations condamnant le sacrilège, non sans reprocher à mi-voix aux hindous d'être les instigateurs de la situation. Un commerçant proposa de financer la construction d'un nouveau temple si la parcelle leur était rendue.

Une semaine plus tard, à la tombée de la nuit, six acolytes de Babu tendirent une embuscade à Abbas aux environs du chantier naval. Malheureusement pour eux, Gama, qui venait de terminer son travail, rentrait chez lui d'un pas lourd, des images de mosquées vertes comme l'herbe et de blondes aux yeux bleus se bousculant dans sa grosse tête, quand il entendit la voix de baryton de son ami qui criait à l'aide.

Dans la bagarre au cœur des ténèbres, les six garçons crurent qu'Abbas avait convoqué un djinn. À la vue de la masse monstrueuse de Gama se ruant sur eux, une terreur sans précédent s'empara d'eux. Au bout de quelques minutes, ils s'enfuirent en hurlant, paniqués, les os brisés, la peau en lambeaux.

De retour au bungalow, leurs camarades les écoutèrent dans un silence abasourdi. Ils bredouillaient à la manière d'enfants épouvantés, notamment sur les dimensions. Le djinn était plus grand qu'un autobus. Ses poings avaient la taille de ballons de foot, ses doigts celle de bananes. Sa tête était plus grosse qu'une pastèque. On aurait dit que ses jambes étaient des pattes d'éléphant. Ses fesses semblaient capables de chier une colline en une fois.

Il aurait pu trancher la tête en pierre de Nandi d'une torsion de son poignet.

En fin de compte, Babu dut arborer son expression goguenarde et déclarer : Emmenez-les à la maison de santé, je suis étonné qu'un pet du djinn ne les ait pas projetés dans la mer.

Dans son logement d'une pièce, Gama s'occupa de son ami secoué, mais indemne, s'interrogeant sur la rafale inhabituelle qui l'avait balayé.

Au cours de ses vingt et un ans de vie, le géant n'avait jamais levé le petit doigt sur qui que ce soit. La violence n'est cependant pas graduelle. De même que le premier rapport sexuel, c'est une initiation irréversible. On y accède par une porte dérobée, noyée dans la brume des interdits sociaux et moraux. À peine l'a-t-on franchie toutefois qu'on obtient un permis de résidence dans ses obscurs confins. On est relié à une pulsion vieille comme l'humanité, à l'origine de sa survie. Un soi atavique qui légitime la violence et l'exalte comme un mode de vie choisi.

Des hommes raffinés s'aspergeant de parfums coûteux passent des heures à regarder des films ou des séries télévisées d'une grande brutalité, parce que cela comble un vide dans leur âme forgée par l'éducation et la civilisation. Des hommes grossiers éprouvent un plaisir primitif lorsqu'ils transpercent des peaux et brisent des os. Dans un stade, chaque spectateur reçoit une arme et le droit de tuer de sorte que personne ne sortira vivant de l'arène.

La violence est innée. Non pas acquise. Des gamins sur leurs consoles de jeu assassinent sans trêve avec une excitation paroxystique que rien n'égalera.

La non-violence est une guenille. Il suffit d'éteindre la lumière pour que la bête bondisse en sortant ses serres. S'ils en ont la possibilité, les hommes continuent à tuer avec une frénésie antédiluvienne. L'étonnement affiché chaque fois que cela se produit, voilà le surprenant.

Désormais le géant changea jusqu'à sa démarche. Il se déplaça à la manière d'un rôdeur aux aguets. L'envie d'écraser quelque chose tenaillait ses poings. Pour sa part, Abbas découvrit qu'il avait un précieux défenseur à son côté. Il ne tarda pas à fanfaronner et à adopter une nouvelle façon de provoquer. Dans les photos de lui qui parurent alors qu'il s'adressait aux médias, une ombre gigantesque obstruait l'arrière-plan.

Gama devint une légende. À cause de son gabarit, de sa force, de ses origines du centre hindou de l'Inde, de son engagement dans la politique de la mosquée, de ce qu'il avait infligé à six malheureux gamins.

Sans oublier la décapitation du Nandi. Rien n'était réglé. Personne n'était tenu pour responsable. Il n'y avait eu aucune mesure de représailles.

Que ce soit réel ou pas, Babu sentait le manque de respect croissant envers lui. À la banque, au bazar, quand il allait voir le magistrat du district, même sur le terrain de volley-ball. N'avait-il pas aperçu des sourires, après son smash raté ?

En revanche, on voyait le géant et son gardien partout en ville. Ils se promenaient au bazar ; ils mangeaient des samosas dans la pâtisserie Aggarwal ; ils se rendaient dans des bureaux de l'administration ; ils assistaient à des meetings politiques ; ils regardaient les films les plus récents au cinéma. La taille n'a peut-être pas d'importance, mais le gigantisme en a. Même les aveugles percevaient la déférence qu'inspirait le duo.

À la mosquée, les hommes se délectaient du nouveau sentiment de sécurité. Ils parlaient plus fort. Ils s'exprimaient sans y être invités.

Les querelles religieuses ne prendront fin que lorsque les hommes auront de plus grands cœurs et qu'ils tiendront mieux leur langue, affirma le magistrat du district à son épouse indifférente.

La profonde détresse de Babu brisait le cœur de ses disciples. Il s'abîmait dans le repli sur soi. Les pétitionnaires avaient droit au silence ou à de vagues hochements de tête. Les nouvelles de ce qui se passait en ville ne provoquaient pas la moindre réaction. Il apparaissait le soir sur le terrain, sans toucher au ballon, préférant s'asseoir sur sa chaise métallique sous le margousier et fumer comme un pompier.

Certains des garçons, démoralisés, proposèrent de descendre le duo musulman au risque de perdre leur vie. Madhukar, ignorant en matière de violence – ses mains étaient nées pour la beauté –, se porta volontaire. Le découragement de Babu bouleversait les convictions et les motivations essentielles à l'existence de l'artiste.

Babu retint sa main. Non qu'il ait cure du sacrifice de quelques jeunes gens, c'était la possibilité de l'échec qui l'inquiétait. La rossée des six gamins avait lacéré son aura. Une débâcle de plus l'anéantirait pour de bon. Comme tous les leaders, il savait que ce n'était pas la force mais son illusion qui asservit. La duplicité, tel est le véritable don d'un chef.

Il fit d'abord installer un nouveau Nandi. La cérémonie se passa sous haute tension, tandis que les cris de *Har Har Mahadev*[1] résonnaient dans l'air. Il autorisa des slogans vengeurs un certain temps avant de les interdire. Sa décision primordiale avait été de donner l'ordre qu'on place le taureau décapité sur un socle en brique au milieu de l'unique rond-point de la ville. Impossible de le rater quand on sortait de chez soi. La plupart des habitants le voyaient à plusieurs reprises dans la journée et, chaque fois, leur sang ne faisait qu'un tour. Fleurs et bâtonnets d'encens s'accumulèrent bientôt aux genoux de l'idole profanée.

La photo parut en une des journaux. Et par ce genre de rebondissements surréalistes qui détruisent les sociétés, un deuxième cliché fut publié en première page : celle du djinn à califourchon sur un taureau. La cocotte-minute se mit à siffler. Avec une seule photo inopportune, le rédacteur en chef avait fait plus pour le chaos que les machinations de Babu.

---

1. *Har*, autre nom de Shiva invoqué pour qu'il extirpe l'ego.

La police et l'administration se préparèrent aux troubles. Un message fut envoyé à la capitale pour réclamer des renforts.

Abbas tenta d'élever la voix pour cette provocation religieuse, mais les hommes de la mosquée – et leur fidèles – se replièrent sur eux-mêmes.

Le rédacteur en chef écrivit un article savant sur le mythe de Nandi.

Dans l'intervalle, Babu avait rencontré le contremaître du chantier naval. Vêtu d'une saharienne blanche, chaussé de sandales noires, une pochette à la main, ce brahmane rusé restait en bons termes avec le pouvoir quel qu'il soit, malgré les *lakhs* de roupies qu'il détournait du transport de marchandises. Ces deux-là avaient un terrain d'entente. L'hindouisme, et un instinct pour gruger le système.

Au cours des deux mois de rendez-vous, la dynamique entre eux avait été établie. Babu organisait les actions, le brahmane en récoltait les bénéfices secrets. Cette danse inélégante définit les entreprises dans le domaine public en Inde. Elle suscite des partenariats à la fois géniaux et grotesques dont l'unique point de convergence est l'amour voué à la musique du profit.

Le troisième mois de leur danse, alors que le sifflement de la cocotte-minute devenait plus strident, le contremaître sépara le djinn et son maître. Abbas protesta. C'était la première fois que cela leur arrivait depuis des années et sans aucune raison. Gama et lui travaillaient dur, faisaient plus que leur part. Mais comment le fauteur de troubles d'une mosquée serait-il de taille à lutter contre un brahmane accompli ?

Leurs services furent bientôt si distincts qu'aucune heure ne se chevauchait. Abbas bossait la journée, le djinn la nuit. Les garçons sentaient que Babu se préparait à frapper. Il avait dissocié l'amure de l'homme. Les seules questions en suspens étaient la manière et le moment.

Pourtant, personne ne s'attendait à ce qui se produisit. Le commissaire de police prévoyait depuis des mois qu'il recevrait un coup de téléphone lui annonçant la découverte d'Abbas, lardé d'une centaine de coups de couteau. Ç'aurait été le dénouement naturel de la succession de confrontations et le début d'une nouvelle détente. En un sens, il espérait que cela ne tarderait pas. L'explosion suivie de l'apaisement. L'exaspérant sifflement devait être réduit au silence et la tension de la ville dissipée. En effet, il y avait là le germe d'émeutes désastreuses en comparaison desquelles un mort était un petit prix à payer.

L'appel eut lieu à six heures quinze, au moment où il émergeait d'un rêve où son père lui bottait les fesses alors qu'il psalmodiait les tables de multiplication. À son arrivée au rond-point, précédé par la plainte aiguë de la sirène de sa jeep, la ville entière était là, exhalant l'odeur déplaisante de dents et de corps pas lavés, sortis du lit, des bébés dans les bras – essaim de sauterelles au sein du tumulte.

Le djinn gisait aux genoux de Nandi. À plat ventre et nu. Un magnifique exemplaire de la statuaire antique. Aussi pétrifiés qu'ils fussent, les membres et le torse gigantesques étaient impressionnants ; les pieds se trouvaient loin du taureau de Shiva. Le spectacle se graverait à jamais dans les esprits. Mais ce qui serait la source d'une centaine de cauchemars, d'une myriade de récits racontés à l'envi, d'une légende de la police et du folklore des fondamentalistes, c'était l'absence de la tête.

La grosse et gentille pastèque de Jaunpur remplie d'un pot-pourri chaotique – le Prophète conjugué à la pornographie et l'amour pour Abbas – était introuvable. Un cou amputé sillonné d'un entrelacs de boyaux noirs tranchés, voilà ce qui se prosternait devant le taureau décapité.

C'était un tableau digne d'une mythologie délirante. Un djinn en chair et en os, sans tête, et une divinité en pierre sans tête. Aucun habitant de la ville ne travailla ce jour-là ; il fallut six policiers pour transporter le gigantesque corps.

Il bivouaqua dans la morgue en attente de sa tête et de son enterrement.

Au bout d'une semaine, elle restait introuvable. L'administration annonça une récompense de dix mille roupies. Deux, trois, quatre mois plus tard, la tête manquait toujours. À présent, la ville était criblée de gros et de petits trous car ses habitants – pas seulement la police – suivaient des déductions prudentes, des intuitions insensées et des rêves de GPS.

Lorsque la pluie tomba, en trombes comme toujours sur la côte, les trous se muèrent en pièges où les enfants tombaient, où les serpents se réfugiaient, où les moustiques se multipliaient. La mort du djinn s'entoura d'une horreur métaphorique qui hanta la ville.

L'incident qui anéantit la vie et les fantasmes de Babu et de ses garçons se produisit avant. Il fut précédé par le magnifique et instantané rétablissement de la place de Babu dans l'ordre des choses. Personne ne doutait que c'était grâce à l'employé de banque que le blasphème infligé à Shiva avait été vengé. La gratitude et la vénération brillaient dans les yeux des hindous.

Même les policiers qui vinrent l'interroger sur son rôle vraisemblable dans le massacre lui tapotèrent le dos, un sourire suffisant aux lèvres. Certains allèrent jusqu'à lui demander, sans un mot, par signes, où se trouvait la tête.

Pourquoi ? Vous voulez la recoller ? plaisanta Babu. Donnez-moi le temps d'en ramasser quelques autres et d'en faire une guirlande pour votre commissaire.

Cet officier de police n'avait cependant aucune intention d'attendre une telle récompense. Son cauchemar récurrent s'était concrétisé. Sauf que ce n'était pas son père qui lui bottait les fesses, mais l'ensemble des haut gradés de la police de la capitale. On avait montré la photo macabre aux nouvelles nationales. Les laïcs dans tous leurs états protestaient à cor et à cri. Pour eux, c'était l'apocalypse.

En raison de la violence inhérente aux castes et aux religions, la civilisation indienne agonise une fois par semaine, voire deux ou trois.

Abbas et les hommes de la mosquée étaient aussi intervenus dans la capitale. Le massacre de Gama avait prouvé qu'ils étaient vraiment dans de sales draps et que la situation ne pouvait se démêler à un niveau local. Dans la capitale, le parti au pouvoir s'était montré réceptif. Les mélopées nationales l'avaient poussé à recoudre les accrocs du tissu social et à tirer parti de chaque vote musulman. Des déclarations émouvantes furent prononcées à l'intention des médias. On envoya le directeur général de la police accélérer l'enquête et trouver un coupable.

Le directeur général – un vétéran de la duperie publique – avait à son tour formé une équipe spéciale sous les ordres d'un inspecteur qui avait toujours résolu les affaires. Il s'appelait Ekant Bhonsale. À peine les criminels entendaient-ils son nom qu'ils avouaient des délits qu'ils n'avaient pas encore commis. Ceux qui essayaient de fuir étaient abattus d'une balle entre les omoplates.

Bhonsale, surnommé Ringo pour on ne sait quelle raison, avait la manie de fourrer son Mauser dans la ceinture de son pantalon, sous la braguette. Il arborait une moustache de brigand et ne portait presque jamais son uniforme. *Souriez et le monde vous sourira* était brodé sur le rebord de son chapeau de cow-boy, avec lequel il frappait les suspects qu'il interrogeait.

Ringo entra aussitôt dans le feu de l'action ; en l'espace de quelques heures, il alpagua des jeunes dans les rues de la ville comme on cueille des fleurs dans un jardin. Les familles fermèrent leurs portes et s'installèrent pour regarder des feuilletons à la télévision. Les héros de quinze jours plus tôt – les valeureux guerriers de l'hindouisme – étaient devenus *persona non grata* dans la moindre venelle ou maison.

Quant à Babu, la peur lui donna des crampes abdominales. Il alla voir le commissaire de police. Dans l'obscurité de sa véranda à l'arrière de sa villa, ce dernier lui dit : C'est comme si tu avais posé une bombe sous mon cul. Une fois que j'aurai protégé mes arrières, je penserai à toi.

Babu ordonna la dispersion. Le volley-ball ou les palabres du soir au bungalow étaient terminés. Rendez visite à un parent que vous aurez trouvé loin d'ici. En revanche, Babu ne décampa pas. Il garda son sang-froid. Jusqu'où iraient Ringo et ses chefs ? Prendraient-ils le risque d'aliéner les plus nombreux pour plaire aux moins nombreux ? Les politiciens hindous et les flics allaient-ils viser les sauveurs de l'hindouisme ?

Hélas pour Babu, Ringo n'était pas un homme de religion. Il était l'exécutant. Un chevalier de l'ordre. Il envoyait au tapis celui qu'on lui désignait, quel qu'il fût – d'un parsi au gros nez à un sikh au turban en spirale. Dans son expérience, Dieu n'avait pas de temps pour ses fidèles. Il avait entendu des milliers d'hommes crier à l'aide pour un instant d'intervention de leurs dieux – en vain.

Selon Ringo, les dieux avaient instauré un système et consacré des maîtres dont la fonction était d'évaluer les cris. Des dieux qui estimaient que prendre en compte les suppliques contre ces mêmes maîtres était de la mauvaise politique.

À l'évidence, les dieux considéraient la pratique de la miséricorde comme de la faiblesse.

Aussi, à la fin de chaque dure journée, Ringo se demandait-il : De quel droit tenter ce dont les dieux eux-mêmes s'abstiennent ?

Obéissant au système, Ringo faisait hurler les garçons. La police locale avait deux planques. L'une dans un entrepôt à l'abandon du XVIIe siècle, en grosse pierre de latérite, situé au bord de la mer d'où aucun cri ne pouvait s'entendre. L'autre au deuxième étage d'un édifice à double mur en brique, derrière un magasin de tissu au cœur du bazar. Les bruits qui s'en échappaient donnaient des genoux en coton aux vendeurs qui mesuraient les rouleaux d'étoffe. Voilà où Ringo emmenait les jeunes. Sans publicité, la terreur ne rimait à rien.

La réputation de Ringo se propageant comme un feu de brousse, les hommes de la mosquée, même eux, se bousculaient pour acheter des billets de train ou d'autocar et aller voir des parents lointains.

Babu avait beau prier au temple du tertre, psalmodier le *Shiv Chalisa*[1] cinq cent une fois matin et soir, la chasse continuait. L'homme se sent tenu de protéger ses dieux, mais les dieux ne se font pas d'illusions sur la protection des hommes. Quand les brutes de Ringo arrêtèrent le prêtre du temple, Babu comprit que les chiens piaffaient à sa porte. Il était urgent de les tuer, de les nourrir ou de se préparer à rendre l'âme.

Deux jours après qu'on avait montré au prêtre les limites temporelles de sa myriade de dieux, un homme svelte aux doigts de femme entra dans le poste de police, demandant à voir Ringo. L'effervescence régna au bout de quelques minutes, des téléphones sonnèrent dans tout l'État. En moins d'une heure, le commissaire, le magistrat du district, Ringo et une douzaine d'autres policiers sidérés entouraient l'homme.

Dans l'entrepôt caverneux du bord de mer, se nichait un cube en brique doté d'une fenêtre à

1. Hymne composé de quarante strophes, dédié à Shiva, récité quotidiennement.

barreaux, d'une grosse porte métallique, de multiples lumières blanches. Deux crochets en fer s'encastraient dans son toit très bas. Au fond de la pièce, sur la droite, il y avait une barre de fer pour accrocher une chemise ou pendre un homme. Plusieurs prises le long de la plinthe permettaient de faire un café ou de frire des testicules.

Pour l'heure, un calme décevant régnait dans cette *kaaba* destinée aux aveux délirants. Les gardiens de l'État s'efforçaient de comprendre l'homme svelte assis sur un tabouret en bois.

Comment ce type qu'on aurait dit incapable de se masturber sans un coup de main était-il parvenu à abattre un géant ? À lui trancher la tête, à se volatiliser en l'emportant et, en cours de route, à déposer l'énorme corps au centre-ville !

Par-dessus le marché, pourquoi s'était-il rendu ? Et d'abord, qui était-il ?

Les conventions en matière de crime étaient-elles caduques ? Un homme ne devait-il plus se frayer un chemin pénible avant d'atteindre l'horreur absolue ? Était-il juste de surgir de nulle part et, dès la première cabriole, d'abattre King Kong ?

Voilà qui tournait en dérision l'idée de l'expérience et de la mesure du mal. Quel serait le prochain délit de cet homme ?

Faire sauter le Taj Mahal et décorer sa salle de bains avec le marbre du monument ?

L'interrogatoire civilisé ne déboucha sur rien. L'homme avoua que son meurtre était un acte de défense contre un agresseur religieux. Le djinn avait pris la tête de Nandi ; il avait pris celle du djinn. Ils devraient se réjouir s'ils étaient hindous ; ils devraient avoir peur s'ils ne l'étaient pas. Qu'ils soient officiers de police, *et cetera*, comptait pour du beurre. Leurs dieux procéderaient à leur dernier jugement, à celui du directeur général qui leur avait donné les ordres et à celui du ministre qui avait donné des ordres au directeur général.

Au départ des anglophones, Ringo détacha sa ceinture, tendit son Mauser à un larbin et mena un interrogatoire provincial. Cela déclencha un tsunami de gémissements qui, se répercutant dans la minuscule pièce, produisit le vacarme d'une bataille. Pas grand-chose d'autre. Le meurtrier ne nomma ni patron ni complice.

Deux jours plus tard, on annonça que l'affaire était résolue. Madhukar fut montré aux médias. Il y eut une éruption hystérique de reportages. Aucun journaliste ne perçut la discordance entre la taille de l'assassin et celle de l'assassiné. Un simple instant de réflexion aurait révélé que cet homme aurait eu besoin d'une échelle pour monter jusqu'au cou de Gama, puis d'une scie électrique pour trancher son énorme tête – et ce, avec la contribution d'un Gama immobile.

On déclara que Madhukar était un fanatique religieux, ce qui suffisait à tout expliquer.

Ce ne fut qu'au terme de six mois derrière les barreaux que Madhukar prit lentement conscience d'avoir été roulé. La loyauté l'avait aveuglé et la noble cause l'avait précipité dans un piège. Rien de plus simple que le baratin de Babu : si la police ne parvenait pas à mettre rapidement le meurtre sur le dos de quelqu'un, elle démantèlerait l'organisation, se débarrasserait de son chef. Leur mission collective serait irrémédiablement vouée à l'échec. Leurs dieux ne seraient plus protégés.

S'il existait un guerrier digne de la confiance de Babu et un élu des dieux – ainsi que le prouvait le miracle sur le tertre –, eh bien, c'était Madhukar. Et l'artiste-guerrier n'avait rien à craindre.

La loi était sa meilleure alliée. Lorsque l'affaire serait présentée au tribunal, les aveux de Madhukar aux policiers n'auraient aucune valeur. L'artiste déclarerait au juge qu'il avait reconnu, sous la torture, un meurtre qu'il n'avait pas commis et n'aurait jamais été capable de commettre. Avec de grands mouvements du poignet, il ferait un portrait du juge – tellement majestueux, tellement ressemblant – que sa véritable vocation et sa lumineuse innocence seraient révélées.

Trois mois – quatre-vingt-dix jours –, ce serait bien la peine maximale.

Dès que l'acte d'accusation serait complété, le vide du dossier serait évident. Aucune preuve n'établissait un rapport entre Madhukar et la décapitation, hormis les aveux extrajudiciaires. En outre, Babu remplirait la salle d'audience d'avocats belliqueux qui fragiliseraient le ministère public et le juge pour l'injustice infligée à l'artiste. Les journaux déborderaient de récits sur les préjugés de la police et sur la mauvaise foi de l'État.

La réhabilitation serait triomphante. La police présenterait des excuses, l'État aussi, les médias roucouleraient de commisération, Babu le porterait sur ses épaules depuis les portes de l'enfer jusqu'au temple du tertre suivi d'une procession qui traverserait la ville. Quatre-vingt-dix petites journées, Babu ne lui demandait que ça.

Madhukar n'avait pris l'avis de personne. Solitaire incurable, il n'avait qui que ce soit à consulter. Les rares journées où il rentrait chez lui, il échangeait à peine une phrase avec sa femme. Au bungalow, il travaillait avec une concentration absolue, toujours absorbé par une nouvelle œuvre d'art. Il n'avait pas d'informations confidentielles sur le massacre du djinn. De même que beaucoup d'autres, il croyait à moitié Babu qui affirmait que le grand Shiva avait ordonné à Kali de couper la tête du profanateur. De qui Kali s'était servie à son tour relevait de l'anecdote.

Sans hésitation et sans inquiétude, Madhukar avait écopé.

Derrière les barreaux, du moins au début, l'artiste découvrit une nouvelle sorte de respect. Les meurtriers sont des rois dans n'importe quelle prison, mais cet homme était infiniment plus que ça. Un tueur de géants. Un homme politique. L'assassin d'une grande cause. Tous les détenus voulaient le voir, le connaître, lui parler.

Sauf que, contrairement au monde extérieur, le monde de l'incarcération est un implacable niveleur. Mascarade et subterfuge n'y ont que peu de place. Impossible de se targuer d'attributs empruntés et de qualités factices. Impossible de recourir aux nombreuses duperies de la société pour feindre d'être qui on n'est pas. En un rien de temps, les barreaux dévoilent votre véritable nature.

Les garçons surent au bout de quelques semaines que ce Madhukar n'avait tué personne, encore moins un géant légendaire. Bien qu'ils ne connaissent pas la raison de son emprisonnement, ils comprenaient que, comme pour beaucoup d'entre eux, il était surtout là pour légitimer l'idée du châtiment et non pour un crime.

Ceux qui l'avaient arrêté le savaient également. Ainsi que ceux qui le surveillaient.

Si les garçons cessèrent de s'intéresser à lui, le sous-directeur découvrit que Madhukar, loin d'être inutile, était le rêve du geôlier en une période de convulsions et de manipulations. Il pouvait contribuer à ce que la prison ressemble à un atelier de créativité joyeuse. Singham imaginait la production d'œuvres d'art et la parution d'histoires dans les médias. Il sentait le souffle des éloges de ses supérieurs et de la société civile.

Il adopta l'artiste, à qui il expliqua que, dans son existence d'inculpé, c'était le geôlier son meilleur ami, et non Babu. Madhukar n'avait pas besoin d'être convaincu. Il se rendait déjà compte qu'aucun avocat belliqueux ne déboulerait pour démonter la salle d'audience et que, si l'acte d'accusation ne suffisait peut-être pas à le condamner, il lui garantissait de longues années derrière les barreaux.

Babu lui avait rendu visite une fois, la deuxième semaine, avec des pommes, des petits gâteaux au glucose, une papaye verte. Il n'était jamais revenu. Madhukar lisait régulièrement des articles sur la façon dont lui – un artiste prometteur – avait tué Gama dans un accès de fanatisme et sur le dossier à charge que la police avait contre lui.

Dans les journaux, il voyait aussi des photos de Babu assistant à des festivals religieux, organisant le tournoi annuel de volley-ball, recevant la visite de dignitaires avec un sourire tout en dents et des yeux d'assassin.

Pris de panique, Madhukar tenta de raconter la véritable histoire. Aux kakis, à l'avocat au gros nez que son épouse avait recruté, aux autres détenus. Il sanglota. Il hurla. Mais personne ne partageait son indignation, même si tout le monde lui donnait raison : Oui, on sait bien que tu n'as rien fait, Babu l'a tué.

Comme la stature de tueur de Gama s'éclipsait, comme son talent d'artiste à lui était encore ignoré, il devint un détenu normal. Une proie pour les coups de poing et les gifles. Ses mains de créateur furent condamnées à laver, à nettoyer, à frotter, à n'importe quelle servilité qu'on exigeait d'elles.

Madhukar crut devenir fou. Un jour, il se roula en boule sous son drap à carreaux et refusa de bouger. Il voulait un utérus. La peur avait vidé son esprit. S'il restait sous le drap, il mourrait sereinement à moins que le monde néfaste ne disparaisse, c'était son espoir.

Le quatrième jour, on le transporta à l'hôpital pour le mettre sous perfusion. Quand on le ramena, on le plaça dans la cellule Bhoutan où il fit la connaissance de Sparkplug, qui se lia d'amitié avec lui et lui raconta sa triste histoire ainsi que celles de plusieurs autres détenus.

Dans ce monde, une plus grande injustice est toujours à portée de main.

Sparkplug l'initia à la cadence apaisante de Shri Shiv Sidh Maharaj. La première fois qu'il psalmodia le mantra *aum swami namoh namah*[1] – assis en tailleur dans l'auditorium du sous-sol –, il fut envahi par une paix indéfinissable.

S'inspirant d'une vieille photo de Maharaj, il dessina un portrait précis du gourou. On le posa sur une chaise et sur l'estrade. Tout le monde fut ébloui.

Singham passa à l'action. Il savait qu'il fallait bien peu de choses derrière les barreaux pour donner du sens à la vie.

Madhukar ne tarda pas à avoir son atelier au sous-sol ainsi que les fournitures dont il avait besoin, outre l'égalité d'humeur et la possibilité de se concentrer, protections universelles des créateurs de beauté avec leurs mains.

Au fil des mois, ses œuvres d'art sortirent du royaume d'airain pour être accrochées sur les murs de fonctionnaires et de politiciens. Huiles, aquarelles, fusains de dieux et de déesses, de paysages marins et montagneux, de couchers de soleil, de fleurs, de femmes et d'hommes politiques, d'hommes de dieu, de Shivaji et de Guru Gobind Singh. Il y eut ensuite ses immenses sculptures en polystyrène, bientôt très demandées pour des festivals et des processions religieuses.

Il lui fallut un an pour créer un énorme tableau d'une Durga[2] de trois mètres en train de massacrer

1. J'offre mes salutations à Dieu.

2. Incarnation de Devi, la déesse mère de l'univers, épouse de Shiva, Durga se manifeste quand les forces du mal menacent l'existence même des dieux. Devi est aussi un qualificatif attribué à plusieurs divinités.

des *asuras*[1] aux yeux fous. On dut lui accorder la jouissance du potager – où poussaient quelques plants de coriandre et de menthe – derrière les hauts murs pour monter un auvent sous lequel son équipe pouvait travailler. Les personnages, une fois peints, étaient spectaculaires. Si on se tenait sur la pointe des pieds dans la cellule numéro cinq et que l'on regardait en bas, les *asuras* avaient de quoi flanquer la frousse.

Durant cette longue période, l'artiste ne se présenta que onze fois au tribunal – dont sept sans la moindre trace dans les médias qui l'avaient harcelé au début. L'affaire avait beau ne pas avoir avancé, Madhukar n'en était plus contrarié. La sérénité du gourou, conjuguée à la sérénité du travail, produisait la sérénité de l'acceptation. D'autant qu'il savait désormais que l'injustice était la norme. À l'instar des martyrs, il croyait que sa souffrance avait un sens et le préparait à de plus nobles expériences.

Sa foi en une justice supérieure aux efforts des humains se renforça le jour d'une émeute en ville. À cause de l'amour, cible de prédilection des dévots – quelle que soit leur appartenance.

Bravant leurs parents, un jeune musulman programmateur informatique et une jeune hindoue, employée dans un centre d'appels, s'étaient enfuis à Mumbai. Des paroles promettant la réconciliation les avaient convaincus de rentrer. Pour une fois, ce n'était pas un piège. Les parents des deux côtés aimaient

---

1. Puissants demi-dieux surhumains avec de bonnes ou de mauvaises qualités, en quête de pouvoirs.

suffisamment leurs enfants pour leur pardonner cette transgression.

Les familles convinrent de célébrer le mariage en associant les rites des deux religions. La cérémonie serait suivie d'un dîner organisé conjointement dans le jardin public du quartier sous une *shamiana* de plusieurs couleurs avec un DJ diffusant la musique des derniers films et des guirlandes électriques qui brilleraient sur les arbres poussiéreux.

Une union idéale pour un film de propagande. Une publicité pour l'idée de l'Inde.

Les choses avaient mal tourné, évidemment. En Inde, le désir individuel est assujetti à la volonté collective.

Tandis que le DJ animait la soirée à grand renfort de chansons d'amour passionnées et que des scènes d'une amitié hindoue-musulmane se jouaient sur des balançoires, des bascules et des manèges, une bande de jeunes hindous violents fit irruption dans le parc. Brandissant des crosses de hockey, des battes de cricket ou de base-ball – l'inéluctable détail américain –, ils sabotèrent les festivités, saccagèrent le *rogan rosh*[1], démolirent le poisson, détruisirent le *daal* et le *gobhi*[2], fracturèrent des bras, des jambes et des crânes.

Les invités coururent se mettre à l'abri, le dos matraqué par une avalanche de coups d'équipements sportifs. Le futur marié se retrouva avec une mâchoire disloquée, la future épouse avec une affreuse tonsure.

---

1. Curry d'agneau.
2. Curry composé de chou-fleur, de pommes de terre, d'oignons et de curcuma.

D'après le registre de l'hôpital, au moins quarante-sept os différents des officiants avaient été brisés. Certains gravement.

L'indignation des médias déboucha sur l'arrestation de plusieurs sportifs, dont Babu. On l'accusa d'avoir attisé la haine religieuse et troublé une harmonie communautaire. Son arrivée dans la prison – accompagné de quatre acolytes – fut comparable à l'entrée de César à Rome. Son béret était plus penché et sa moustache plus fournie que jamais.

En l'espace d'un instant, sans prononcer un mot – grâce à sa renommée, ce qu'il représentait, sa démarche altière, son regard –, il mobilisa le royaume d'airain.

Les musulmans et les chrétiens devinrent inquiets et vigilants. Les Africains se murèrent encore plus dans leur indifférence. Tous les Indiens étaient racistes. Les hindous, saisis de respect et d'admiration, cherchèrent à lui plaire et à se rapprocher de lui. Les kakis étaient curieux et pleins d'appréhension, conciliants et sur leurs gardes.

Ils le mirent dans une cellule qui ne se trouvait pas au même étage que le Pakistan et Peter le Cogneur. Ils permirent à ses acolytes de rester avec lui, après s'être assurés que les quinze autres détenus étaient bien hindous.

Un seul garçon éprouva une joie sans mélange. Convaincu à présent de l'existence d'un dieu, aux voies impénétrables, créateur de paraboles labyrinthiques, indéchiffrables, mais finissant par rendre justice.

Tandis que la tension des kakis croissait, les détenus étaient à l'affût du point d'ignition qui déciderait de l'intensification ou de l'affaiblissement du mythe de Babu.

Le moment arriva une semaine plus tard. À midi.

Les portes des cellules s'ouvrirent bruyamment, l'une après l'autre, pour que les détenus aillent chercher leur déjeuner ; on entendit des gloussements dans les étages. Un extraordinaire gaspillage se produisait lors de ces repas plutôt simples. On posait d'énormes récipients en inox remplis de riz, de *daal*, d'un *subzi*[1] impossible à identifier et de *rotis* sur un banc en pierre installé dans une alcôve humide devant la cuisine. Posté derrière chaque marmite, un garçon servait, indifférent à ce qu'il renversait.

Chaque détenu prenait deux fois ce qu'il pouvait avaler. Certains trois à quatre fois. Il n'était pas rare d'en voir un, maigre comme un clou, partir avec un monceau de riz de trente centimètres de haut. Les *rotis* s'emportaient par douzaines. Roulées comme des serviettes. Les garçons les tapaient encore et encore jusqu'à ce que la farine et la poussière se soient envolées tels de petits nuages dans un film, avant de les replier en quatre et d'en déchiqueter le centre moelleux qu'ils mangeaient, jetant le reste. À la fin de chaque repas, les poubelles des cellules contenaient suffisamment de reliefs pour rassasier un bidonville.

Le gâchis ne suscitait aucun scrupule chez les détenus ; après tout, le gouvernement leur gâchait la vie sans aucun scrupule.

---

1. Plat à base de pommes de terre et de chou-fleur. Terme générique désignant les légumes en Inde du Nord.

Ce jour-là, à midi, la queue du déjeuner découvrit un poster en carton rose pâle, cloué au mur dans l'alcôve. Un homme familier y était dessiné, portant un short et des tennis, une liasse de billets de banque sortant de sa poche arrière. Un halo nimbait sa tête. Il tenait une grosse pastèque dans ses mains.

La bulle contenait ce dialogue: Maman, j'ai tué le djinn et je t'ai apporté sa tête. D'accord, mon fils, je vais la faire cuire pour toi, répondait la mère en sari.

La légende s'étalait en haut de l'affiche. *Kaddumaar : Hindu Rakshak.*

Le Tueur de Pastèques : Défenseur de l'Hindouisme.

Au moment où, prévenu, Babu se précipita pour arracher l'affiche, les gloussements devinrent des éclats de rire qui se répercutèrent dans les trois étages.

Le pouvoir ne craint peut-être pas l'art, il a cependant raison de s'en méfier.

L'art a peut-être une emprise limitée sur le présent mais, quand il a l'heur d'être dans le vrai, il domine l'avenir.

Un poster suffit à régler la situation. Babu n'aurait rien de plus qu'un fief.

Pendant les nombreuses années qu'il passerait derrière les barreaux, Babu serait importuné par le scepticisme dans tous les yeux chaque fois qu'il tenterait une allusion à son massacre du djinn.

Madhukar, lui, avait renoncé à clamer son innocence. S'il devait subir le châtiment pour la tuerie, il s'en attribuerait le mérite. Au sujet de son ancien mentor, il affirmait : Ce n'est pas un tueur de géants, c'est l'assassin des faibles – il m'a jeté à la poubelle alors que je l'aimais comme un père.

Pour corroborer ses dires, Babu évoquait souvent la tête disparue. Il était le seul à savoir où elle était cachée. Les efforts de la police et des chercheurs de primes n'avaient rien donné.

Madhukar s'en moquait et exigeait qu'il mette la preuve sur la table.

On avait enfin enterré le corps sans tête de Gama. Le *maulvi*[1] avait accepté la solution habile d'Abbas : une grosse boule de chiffons en tant que substitut. Une fois la véritable récupérée, la fausse serait remplacée.

Singham veilla à ce que Babu ne s'approche pas de Madhukar. Il fit bien comprendre au dévot hindou qu'un seul geste agressif à l'encontre de son ancien acolyte lui vaudrait un transfert dans la petite prison du Nord, où il n'y avait ni cour de promenade, ni jeux, ni infirmerie, ni boulangerie. Où trois cents garçons partageaient trois cellules avec des rats si nombreux et si gros qu'ils piquaient la nourriture du *thaali* pendant que vous mangiez, vous sautaient dessus pendant que vous dormiez, au point que vous sentiez leur poids lors de leur atterrissage et de leur décollage.

Aussi Babu se réfugia-t-il dans le volley-ball. Il rassembla les garçons avec la même arrogance que celle qu'il déployait sur le terrain de l'établissement scolaire. Il décidait qui jouerait, qui attendrait, qui servirait et qui ferait une volée.

---

1. Titre religieux donné aux érudits musulmans.

Madhukar s'enferma dans son atelier, produisant à la chaîne des peintures avec une inlassable fécondité – pour décorer les séjours et les bureaux des babus et des uniformes – et créant des statues en polystyrène plus grandes que n'importe quel djinn.

On expérimentait, dans certaines prisons, un certain relâchement. C'était le cas dans la leur. Plus réputée qu'instable.

Les garçons admiraient l'artiste et suivaient le dévot.

L'art avait son hommage, le pouvoir, le sien.

7

Un instrument de Dieu

La juge regarda son mari de l'autre côté de la table et pensa : S'il mange un autre litchi, je demande le divorce.

Les épaisses lunettes de l'homme à la calvitie galopante avaient glissé sur le bout de son nez, tandis que le jus du fruit avait coulé sur ses coudes. Le tas de peaux rougeoyantes et de noyaux noirs luisants avait atteint un état de précarité tel qu'une avalanche était imminente. Comme s'il avait lu dans ses pensées – ce à quoi il s'astreignait en permanence : vivre avec une juge correspondait à partager la vie d'une divinité mineure –, il reposa le fruit qu'il venait de prendre et sourit.

Elle pensa : S'il continue de sourire une minute de plus, je demande le divorce.

Parmi les questions – de vie et de mort, d'incarcération ou de mise en liberté, d'amendes et de dommages et intérêts – auxquelles elle ne cessait d'être confrontée, celle-ci était la plus contrariante : pourquoi était-elle encore l'épouse de cet homme ?

Une bonne juge est obsédée par son éthique et sa moralité – E. et M. – de la même façon qu'une athlète l'est par son corps. La différence, c'est que la gymnastique de E. et de M. est sans fin.

Voilà pourquoi le sujet de son époux l'obsédait. Il lui semblait souvent que la complexité de son mariage avait fini par modeler sa jurisprudence. Tantôt elle avait l'impression qu'elle l'aidait à mieux dispenser la loi, tantôt elle était persuadée du contraire.

Cela dit, le dilemme ne portait pas sur l'impact de son mariage sur sa vie et sa vocation, il portait sur l'institution du mariage en tant que telle. Vu ce qu'elle était, avait-elle le droit d'exister en fonction des canons de E. et de M. ?

Bonne juge, elle se colletait sans arrêt à des dilemmes ; le choix de cette profession était la seule chose qu'elle ne mettait jamais en doute. Elle avait conscience de n'être née que pour ça. Sa brève expérience d'avocate commise d'office – après avoir décroché deux diplômes de droit – l'avait convaincue qu'elle était équipée non pas pour raconter des mensonges lucratifs mais pour la quête intuitive de la vérité.

Ce dont, par modestie, elle ne parlait à personne. Officiellement, elle expliquait qu'à son époque, il était difficile pour une avocate de travailler dans des tribunaux de première instance avec leur excédent d'avocats qui déployaient frénétiquement leur répertoire varié de camaraderie à base de claques dans le dos, d'injures cordiales, de bagarres pour la réduction d'honoraires et d'accords conclus en sous-main derrière les palais de justice.

Deux possibilités s'étaient offertes à elle. Richesse sans honneur dans le caniveau ou honneur sans richesse dans un fauteuil ; heureusement tout le monde n'a pas les tripes pour le caniveau. Beaucoup sont reconnaissants de grimper timidement jusqu'au fauteuil.

La juge n'avait pas connu la progression accidentée des timorés. Elle faisait partie des rares à avoir choisi l'honneur sans richesse.

Ce n'était pas sans rapport avec les fadaises dont son père lui avait bourré le crâne. Élève brillant de l'école du village, il avait raté son entrée à la fac même quand l'Inde des années cinquante avait commencé à arborer le rouge à lèvres et le mascara de l'indépendance. Des camarades moins bien notés avaient su s'y prendre : faire la queue et s'enrôler dans la moindre branche de l'État susceptible de les accepter : les services administratifs, les forces de l'ordre, l'armée indienne, le corps diplomatique ou n'importe quel autre sérail gouvernemental de la fiscalité, de l'irrigation jusqu'à celui des forêts.

Ceux qui ne réfléchissaient pas vraiment s'étaient rués vers ces postes et étaient devenus les seigneurs de l'Inde. Ceux qui estimaient que ces métiers évoquaient trop l'échafaudage colonial – une étrange et rapide fusion avec la lignée de l'ancien dirigeant, dénuée de l'éclat parant la naissance de la liberté – avaient hésité un peu trop longtemps et avaient fini projetés sur les lignes de touche de l'histoire.

Une école, voilà la ligne de touche de son père qui, en tant que professeur, avait rempli la tête de sa fille de noms mystiques tels que U Thant et Dag

Hammarskjöld. Les Nations unies, le non-alignement, la guerre froide, Nasser-Nehru-Tito, l'apartheid et Martin Luther King. Il avait parlé des merveilles du monde, non de sa crasse ni de sa misère.

Le père n'avait jamais fait allusion à l'argent, comme moyen ou comme idée. Sa fille était juge depuis cinq ans lorsqu'elle en évalua l'intérêt et comprit qu'il ne servait pas simplement à acheter des provisions ou des vêtements, mais que c'était un terrain d'évolution, fût-elle des idéaux. Ainsi que de la gloire et de l'honneur.

Pour le père, que sa fille fût devenue juge compensait tout. Il avait le sentiment de se trouver enfin sur la grand-route, d'être un membre de la race des seigneurs. Il se ridiculisait quotidiennement en la brandissant comme une carte de visite, où qu'il aille. Même un médecin qui lui examinait les narines entendait d'abord parler de sa fille la juge avant d'obtenir des précisions sur ses sinus.

Pour celle-ci, l'expérience avait été différente et profonde.

L'épreuve des examens donnant accès à la fonction publique, les mois de la période d'essai, les salles de séminaire où avaient lieu d'intenses débats sur d'importantes questions de droit – autant de choses qui l'avaient grisée. Dans la famille, on s'était déjà mis à lui donner du *vothoneur* et chaque discussion – depuis le film à voir jusqu'au menu d'un repas – était déposée à ses pieds pour une décision.

Au cours de cette période de préparation – par un processus qu'elle ne parvenait pas à décrire –, elle avait senti un changement viscéral se produire en elle.

À tel point que cela l'éloignait de ses vieux amis et de sa famille.

Sa capacité de moins en moins évidente à soutenir une conversation en fut le premier symptôme. Elle qui était depuis toujours volubile et combative découvrit qu'elle tenait sa langue.

Soudain, le moindre mot y pesait lourd. Le langage n'était plus l'instrument d'une expression accidentelle. Pour une juge, un lapsus était un champ de mines, chaque mot une bombe bourrée du shrapnell de multiples interprétations.

Les démons de E. et de M. ne sont pas au-dessus des dieux de la caste et de la religion. On trouva un jeune brahmane *saraswat* pour la juge brahmane *saraswat*[1]. Il était avocat, ce qui suscita maintes plaisanteries – dans la famille de la jeune fille, sur une épouse qui pouvait expédier son mari de la chambre à la taule comme bon lui semblait, dans celle du jeune homme, sur une juge condamnée à être soumise sa vie durant à un avocat.

Les collègues du jeune homme s'émerveillèrent : quelle aubaine pour un avocat d'épouser une juge !

Il arrivait à celle-ci de s'en inquiéter. Elle aurait préféré qu'il soit ingénieur ou expert-comptable, elle aurait même toléré un policier. Quelle que soit sa prudence, la juge était convaincue qu'elle donnerait prise aux commérages. Chaque jour de sa vie professionnelle, une douzaine de plaideurs perdraient une bataille ou une affaire et ils sauraient pourquoi.

1. Sous-caste des brahmanes hindous que l'on trouve dans le nord et l'ouest de l'Inde.

Les faits n'intéressent pas les Indiens. Ils s'intéressent à la fiction. Et les fictions les plus fascinantes sont celles qui décrivent la vénalité des gens bien.

Elle posa une condition. Il n'exercerait dans aucune des cours de justice où elle siégerait. Il trouva que c'était exagéré. Un rejet égoïste et arrogant de son métier. Si, comme le certifiaient les écritures, un balayeur était aussi légitime en son poste qu'un roi, comment lui-même pourrait-il être de trop dans un tel lieu ?

Les esprits s'échauffèrent. Elle tint bon. On consulta de nouveau les prêtres ; on réexamina les thèmes astraux. C'était un mariage garanti par les astres. Il serait solide. De toute façon, la communauté des brahmanes *saraswats* était du mauvais côté de l'histoire. Les candidats influents ou bien placés ne se bousculaient pas, que ce soit pour une juge ou un avocat.

S'il s'avoua vaincu, le mari voulut quelque chose en échange et il l'obtint : elle ne l'interrogerait jamais sur les travaux qu'il effectuerait, ni avec qui, ni où. Un pacte étrange mais, par un bizarre rebondissement, au lieu de le détacher du travail de son épouse, il contribua à ce qu'il y soit plus profondément impliqué.

Comme il n'avait aucun point de chute dans son tribunal, la juge s'autorisait à lui parler de différentes affaires et, n'étant pas sous la menace des démons E. et M., il dissertait abondamment sur celles-ci. Non que la juge laisse ses opinions en imposer aux siennes, néanmoins certaines nuances s'infiltraient inéluctablement.

Parfois, quand elle rendait une ordonnance délivrée dans la salle d'audience, elle avait l'impression gênante que ce n'était peut-être pas complètement la sienne.

C'était une juge atypique, obsédée par ses affaires même après leur clôture. Généralement, le juge indien qui se retourne pour jeter un coup d'œil à l'affaire terminée risque d'être englouti par une crue soudaine d'affaires. Ce n'était pas son cas, puisqu'elle ne faisait rien d'autre. Elle ne jouait pas le rôle de l'épouse ni celui de mère, et n'avait pas vraiment d'amis ni de relations sociales.

Sa principale ambition était de ramener les affaires qu'elle suivait à un nombre de trois chiffres seulement. Dans les tribunaux qu'elle avait présidés, ce nombre avoisinait les deux mille. Elle courait telle une marathonienne de la vallée du Rift pour les traiter, mais quels que soient ses efforts, elle n'avait jamais réussi à ce qu'il y en ait moins de mille trois cent vingt. Certains mois d'activité frénétique, elle éperonnait lecteurs d'arrêts, sténos, avocats et justiciables et réglait jusqu'à deux cents affaires – sauf qu'autant franchissaient la porte d'entrée.

Elle n'avait pas renoncé. Un jour, le nombre serait neuf neuf neuf.

À tous égards, elle s'était révélée une juge remarquable et une épouse médiocre. C'est ainsi que, dès le début, se dessinent les contours d'une relation. En raison de la première capitulation, elle considérait son mari comme un faible et lui accordait à peine plus que son dédain. Quant à lui, il l'estimait coincée et obsédée par son travail quitte à mépriser son entourage.

Les longues liaisons s'approfondissent par un partage de vulnérabilités. Les mariages prospèrent sur les défaillances. Les conjoints s'adaptent à leur mollesse respective, deux corps durs ont du mal à coucher ensemble. En ce qui les concerne, ils se méfiaient trop l'un de l'autre pour exposer leur bas-ventre.

Au fil des ans, la juge s'investit davantage dans l'idée d'être la juge. Il lui fut de plus en plus difficile de se dépouiller de la gravité de sa position, fût-ce hors de son fauteuil. Pour le mari, le jus de litchi qui coulait sur l'épaule frisait le délit au point qu'il fallait le cacher.

Elle avait conscience que les autres juges ne se comportaient pas de la sorte. La majorité avait même le problème inverse. Ils avaient du mal à se débarrasser de leur manque de profondeur et à revêtir un manteau de respectabilité quand ils s'asseyaient dans le fauteuil, où il disparaissait dans la plupart des cas. On le percevait à leur façon de s'asseoir, à leurs yeux en perpétuel mouvement, à l'absence de sincérité de leur voix et aux ordonnances risibles qu'ils rendaient.

Une fois descendus de leur perchoir, une fois les portes du tribunal franchies, ils passaient inaperçus. Ils perdaient leur stature. Au marché, au cinéma ou faisant le tour du parc, ils n'étaient que des assistants lisant à haute voix des livres de droit dans des salles d'audience où des échos se répercutaient. En les croisant, on ne se doutait pas qu'ils occupaient une fonction supérieure à celle des gens du commun. On n'imaginait pas qu'il était impossible de discuter avec eux de politique, d'argent, de films, de cricket, d'hindouisme, d'islam, de seins ou de pots-de-vin.

Et lorsqu'ils exprimaient leur opinion sur ces sujets, on frémissait à l'idée que le matériau humain incarnant la majesté de la loi fût de cette qualité.

La juge, elle, évoluait toujours au sein de l'aura de sa haute fonction. Elle ne disait pas de banalités, ne se permettait aucun ragot, ne riait pas aux plaisanteries. Il fallait aborder les problèmes graves avec prudence. Un commentaire prévisionnel de plusieurs centaines de mots pouvait susciter une réponse d'un seul mot. Parfois, alors même que l'on parlait, elle se détournait et on se retrouvait en train d'admirer sa jolie mâchoire et son nez, qu'elle avait fort.

Quel que soit le lieu où on rencontrait la juge, elle était dans son fauteuil et on devait s'adresser à elle comme un justiciable s'adresse à un juge.

Elle n'acceptait aucune invitation de négociants ou d'hommes d'affaires et très peu de politiciens ou de médias. Au début de sa carrière de magistrats, les visites d'écoles et d'universités comme invitée d'honneur lui plaisaient. Sa photo avait paru dans des journaux de la région et son nom était devenu connu.

C'est alors que le seul homme qui comptait dans sa vie lui avait recommandé d'arrêter.

En tant que juge, tu devrais toujours te conduire comme une veuve hindoue.

De sa part, une telle admonestation aurait suffi mais il s'était en outre lancé dans une péroraison.

De tous les stupéfiants, la célébrité était le pire. Encore plus que le pouvoir et l'argent, parfois dotés de quelque substance. La rechercher était le signe d'une grande superficialité, et l'accueillir lorsqu'on en était la cible, celui d'une faille intérieure. Quiconque avait de la force d'âme résistait à la notoriété, quelles que soient ses tentatives de s'accrocher.

Il avait ajouté : Sais-tu pourquoi la sagesse hindoue est la plus sage ? Pourquoi les Upanishad[1] sont l'œuvre de la philosophie la plus exemplaire ? Parce que l'ego ne les a pas créés. Contrairement aux Grecs, ils ne glorifient pas le penseur mais la pensée. Ils peuvent appréhender le monde parce qu'ils ne s'en distinguent pas. Les auteurs cherchent l'illumination et la gloire, non pour eux-mêmes, mais pour l'humanité.

La juge était assise sur une chaise en rotin, lui sur un sofa, les pieds sous lui. La pièce avait l'aspect d'un séjour de village, non celui d'un salon d'une classe moyenne citadine. Le mobilier était de mauvaise qualité, le seul rideau, épais, taché par l'usage, ne comblait pas l'embrasure de la porte. Les murs étaient décorés de cadres bas de gamme d'un style criard – calendriers et posters d'art – représentant une constellation de voyants, de Ramakrishna Paramhansa au gourou Nanak en passant par Jésus-Christ.

Ils buvaient du thé dans de petits verres au bord dentelé semblables à ceux d'échoppes du bord de la route.

De sa célèbre voix douce – elle devait se pencher : dans les salles d'audience, les rangs d'avocats et de justiciables s'étaient habitués à faire pareil –, il poursuivit : Les meilleurs restent des inconnus hormis pour ceux dont la vie les touche de près. C'est la qualité qui distingue les plus dignes d'admiration.

---

1. Ensemble de textes philosophiques formant la base théorique de la religion hindoue.

Ces maîtres ignorés empêchent l'univers de sombrer. Combien de millions de gens sont bénis et nourris par le Gange, pourtant combien d'entre eux ont vu sa source ? Ce n'est pas nécessaire, il leur suffit de chérir ce qu'il déverse dans leur direction. La tragédie de la célébrité, c'est qu'elle est obsédée par la source et ne comprend rien au flux. Dans le monde moderne, la célébrité n'est qu'une source tarie sans le moindre flux.

La juge sentit qu'elle tremblait. Les larmes lui montèrent aux yeux sous l'effet de l'amour qu'elle éprouvait pour cet homme.

Ses cheveux blancs, épais comme ceux d'une perruque, tombaient sur ses oreilles ; il avait un petit visage au nez busqué semblable à un bec d'aigle. La juge, qui avait vu une photo de Jiddu Krishnamurti, trouvait qu'ils auraient pu être frères.

Rien n'a autant de valeur dans le monde que ta profession, affirma-t-il. Dieu n'est ni vérité, ni compassion, ni amour. Dieu n'est que justice. Tu souhaites faire un travail ou accomplir l'œuvre de Dieu ? Dans ce cas, ce n'est pas être juge, c'est être juste.

Il y avait un grand bocal près de lui. Après l'avoir dévissé, il versa le contenu dans le couvercle. De ses doigts décharnés, il choisit cinq noix, cinq amandes, cinq gommes parmi le mélange et les lui tendit. Il prit la même chose, remit le reste dans le bocal qu'il referma. Il n'offrait que des fruits – frais ou secs.

Ils les mangèrent, un par un, les mâchant avec une délectation de mendiants.

Rien de ce que tu fais ne devrait entraver l'œuvre de Dieu. Il faut que tu aies une connaissance approfondie des gens que tu juges, mais ne jamais faire corps avec eux. Ce ne sont pas les discours que tu prononceras sur des estrades d'école qui te vaudront de la considération, c'est la justice que tu rendras dans ta salle d'audience.

Je comprends, papa*ji*, je suis désolée.

La juge avait mis moins d'un an à l'appeler papa*ji*, à mesure qu'elle découvrait l'importance qu'il lui accordait en même temps que la sagesse pratique dont chacun de ses propos était empreint. C'était sa première affectation, la dernière pour lui. Elle était persuadée que leur proximité provenait de vies antérieures.

Il avait pris sa retraite en tant que juge de tribunal d'instance et de grande instance et n'avait jamais été promu à la Cour suprême. En revanche, on l'avait vénéré dans chaque tribunal de l'État comme un voyant et un fakir du système judiciaire. À cause non seulement de son intégrité pathologique – qui peut parfois n'être que dogmatique –, mais aussi de son intuition de premier ordre et de sa maîtrise du droit. Sa capacité à distinguer la véritable culpabilité de l'innocence. Entre un délit et une erreur. Puis à trouver la citation et l'argument qui châtiaient ou disculpaient, d'un côté avec le poids de la loi, de l'autre avec la grâce de la compassion.

Ceux qui le connaissaient estimaient qu'il aurait dû illuminer la Cour suprême. Être le premier de cette assemblée de sages. Pour sa part, toutefois, papa*ji* était satisfait de son comportement et de l'action qu'il avait menée. Une sérénité qui poussait les gens, ballottés au quotidien par l'ambition et l'angoisse, à se rassembler autour de lui en quête d'un point d'ancrage.

Ce n'était pas ce que la juge voulait de lui – une sorte d'analgésique apportant un soulagement fugace. Elle attendait de lui ce qu'on attend d'un amant ou d'un parent – dans sa splendide intégralité.

Il ressentait la même chose pour elle. D'être à la fois la canopée sous laquelle elle se réfugiait et le feu de bois où elle se réchauffait les mains le galvanisait.

Ceux qui ne les connaissaient pas et ceux qui falsifiaient délibérément les choses suggéraient que leur relation intense était une liaison. Mais s'il existait un souffle d'Éros, c'était du genre sublime inhérent à n'importe quel amour profond, en quête de fusion.

Le mari n'en souffrait pas. Il avait reçu tellement peu de plaisir de sa femme au cours de leurs dix-neuf ans de vie commune qu'il croyait qu'elle n'en avait pas à donner. Depuis longtemps, sans que les domestiques le sachent, ils faisaient chambre à part. Elle lisait des ouvrages de droit ou spirituels, méditait ; il regardait la télévision, passait des coups de fil, se masturbait.

Le matin, après qu'il avait déverrouillé la porte de la cuisine pour le personnel, ils s'attelaient à la lecture des journaux en buvant leur thé dans le séjour.

Il était content qu'elle se précipite chez papa*ji* lors de ses moments de loisir. Ainsi, il profitait de sa liberté sans être jugé. Il pouvait boire avec ses amis ou se rendre au bureau – une pièce en brique où il gérait son entreprise d'autocars et de poids lourds. Ou encore filer au nouveau spa bengali pour être massé par Rosa, dont les doigts devraient être sous la garde de commandos Black Cat[1]. Ou simplement s'asseoir en maillot de corps à la table de la salle à manger et laisser le jus de certains fruits couler sur son coude.

Depuis de nombreuses semaines, la juge soumettait le même sujet aux deux hommes. Un dilemme la taraudait : lorsqu'il s'agissait de la question fondamentale de la religion, une juge d'un tribunal d'instance devait-elle se borner au juridique ou faire preuve de responsabilité à l'endroit des thèmes essentiels de la civilisation ?

Plus brutalement : servait-elle mieux la société si la justice, au lieu d'être aveugle, ouvrait un de ses yeux ?

Aucun homme n'avait de réponse précise.

Pour l'époux la justice devait garder les yeux ouverts, ne jamais les fermer – sinon, la tyrannie des termes juridiques primait. Chaque transgression se produisait dans un contexte particulier et, faute de le prendre en compte, on risquait de commettre une plus grande injustice au nom de la loi, non de rendre vraiment la justice.

Il se moquait souvent de sa femme, insistant pour qu'elle voie des films populaires qui lui permettraient de comprendre le fonctionnement de la justice. Le héros enfreignait les règles, défiait la loi, afin que l'équité et le bien ne perdent pas la bataille de la vie.

Ce jeune homme en colère était le juge en abyme, qui restaurait l'ordre dans une société brisée.

L'époux – un avocat qui n'avait pas le droit d'exercer son métier – précisa : Si la justice pèse le pour et

1. Forces spéciales indiennes, nommées ainsi en raison de la couleur de leur uniforme.

le contre en fermant les yeux, c'est le triomphe des riches et des puissants.

Si Tansen[1] chante pour moi et si un âne chante pour mes adversaires, quelle voix aura le mieux l'oreille du juge ?

Papa*ji* opposait des objections. À son sens, l'ange de la justice devait être surtout aveugle, non sans glisser quelques coups d'œil sous des paupières closes. La suggestion encourageait un léger subterfuge. Des regards furtifs pour confirmer les préceptes des ouvrages de droit.

Papa*ji* n'était pas partisan de la royauté du juge. Il ne voulait pas qu'une nature fantasque, l'intuition ou l'idéologie – quelle que soit la sincérité de leur expression – deviennent les déterminants de la justice.

Il s'agissait de traits de caractère d'artistes, de politiciens et de chefs religieux, expliquait-il. Un juge n'a rien de commun avec eux. C'est un maître d'œuvre scrupuleux qui suit le plan donné par les architectes de la Constitution et par la loi. Ses outils sont les faits et les preuves. Après mûre réflexion, il a le droit de réduire une ouverture de porte ou d'élargir celle d'une fenêtre mais jamais de dévier du schéma directeur. Si son travail est incorrect, le bâtiment – c'est-à-dire la société – se dégrade et risque de s'écrouler.

La position de la juge se situait entre celles de papa*ji* et du mari.

Elle se méfiait du seul contexte – toujours prêt à exonérer – et du Code pénal – toujours prêt à punir.

---

1. (1508-1589) Le plus célèbre musicien de la cour d'Akbar (1542-1605), troisième empereur de la dynastie moghole.

L'idée de l'effet dissuasif et de la rééducation l'attirait. Ce qui contribuait à une tendance perverse, une mise en évidence du gène didactique de son père qui la poussait à agir en dehors des statuts. Aussi, à chaque affaire, s'efforçait-elle de calculer le nombre de coups à administrer afin de rendre le monde meilleur.

Ce serait faux de dire qu'elle avait un cœur de pierre. Il était solide, voilà tout.

La juge pensait que son pays s'effondrait. Une matinée au tribunal suffisait pour s'en convaincre. Dans la crise qui se préparait, son devoir – et celui de ses collègues – consistait à être une agrafeuse. Une façon de maintenir les fragments ensemble. Or, tout le monde sait qu'agrafer implique la fermeté d'une pression et la torsion du métal.

Pour cette affaire délicate, la juge s'était une fois de plus livrée à de longues et consciencieuses évaluations.

Elle était sûre que l'artiste qu'elle avait renvoyé en prison n'avait pas tué le géant mais aussi qu'il avait fait d'autres choses inacceptables.

Elle était convaincue que l'employé de banque qui, en une nuit, avait érigé le temple sur le tertre avait directement participé au massacre.

Elle savait que, même si on retrouvait la tête, le rôle de l'employé de banque ne serait jamais prouvé au tribunal.

Par ailleurs, elle avait le sentiment que, si la décapitation était triste pour le garçon de Jaunpur, c'était un sacrifice pour un bien supérieur. La brutalité fulgurante inaugurerait une période de calme dans une situation incendiaire depuis des lustres.

Ringo avait évidemment passé à tabac l'artiste, l'employé de banque et des douzaines d'autres garçons jusqu'à ce qu'ils s'étouffent avec leurs hurlements. Et les défenseurs des droits humains, ces fouineurs, continueraient d'adresser des pétitions et de brailler. Rien de cela ne la tourmentait. Ringo avait fait ce qu'il avait à faire. Tous devaient faire ce qu'il y avait à faire.

Officiellement, elle était du côté de Ringo. Sans l'inspecteur Ekant Bhonsale, le cycle du karma vacillerait et trébucherait. Deux points de procédure renforçaient la solidité de son cœur. La police violait la loi quotidiennement, c'était la première chose qu'elle avait apprise, mais elle ne pourrait la faire respecter autrement. Tant que cela n'aboutissait pas à la mort ou à l'invalidité, la juge considérait la torture de la police comme un mode d'enquête légitime. Les garçons qu'elle condamnait tous les jours n'avoueraient probablement pas leurs crimes en buvant des cafés crème mousseux.

Un juge ne se contentait pas d'interpréter la loi. Un juge garantissait que la société respectait la loi. Une approche dont les deux hommes de sa vie se méfiaient un peu.

L'époux, en raison de l'indulgence propre à la vénalité; papa*ji*, en raison de l'intransigeance inhérente à l'intégrité. L'un et l'autre estimaient difficile de maintenir un équilibre entre violence et pouvoir. Surtout dans une *kaaba* murée au milieu d'un entrepôt, inaccessible tant à l'homme qu'à Dieu.

L'un et l'autre percevaient que le pouvoir risquait d'inspirer une dangereuse extase dès lors qu'il tolérait la violence.

Le mari demanda à sa femme : Tu veux mettre un jeune homme dans un lit avec une belle jeune femme, au cœur d'une forêt obscure, et lui donner une bible lui indiquant ce qui lui est autorisé et ce qui lui est interdit ?

Oui, répondit la juge.

Les deux hommes avaient moins de doutes sur son autre point de procédure. Que les yeux soient ouverts ou fermés, ils convenaient qu'il ne fallait pas que l'argent ou la fourberie l'emportent dans la justice, même si c'était le cas dans la loi. Les manuels imposaient l'issue d'un procès, en revanche le juge imposait la procédure.

Une audience de demande de libération sous caution pouvait prendre des semaines et des mois. Un procès – sans libération sous caution –, des années.

Un bon juge était un instrument de l'État, un grand juge était un instrument de Dieu. Elle ne se résoudrait jamais à n'être que celui de l'État.

Le mari revint, les mains et avant-bras lavés, tandis que les domestiques emportaient le tas de carcasses de litchis. Quelques mouches restèrent. La juge roula un journal et se mit à taper dessus.

Au bruit des coups de la tapette improvisée, l'époux pensa : On ne s'échappera jamais de cette décharge.

En vingt ans, il n'avait connu que deux sortes de logements. Le premier, une relique du Raj, était un bungalow délabré avec une débauche de pièces, des ventilateurs inaccessibles, des salles de bains grandes comme des halls dont la tuyauterie se bouchait et chantait, où la vermine, araignées et margouillats, avait élu domicile dans chaque recoin depuis des lustres. Sans oublier la poussière omniprésente.

Le deuxième était la version du bungalow des fonctionnaires imaginée par l'Inde indépendante. Pièces carrées en béton équipées d'âtres inutiles, couloirs, portes en bois bas de gamme, fenêtres à affreux barreaux, geysers d'eau de la taille d'un homme, refroidisseurs d'air de celle d'une petite voiture, meubles conçus par un comptable, jardin aménagé par sa femme : rosiers alignés sur une plate-bande, buissons d'hibiscus sur une autre. Dans l'arrière-cour où frémissaient les cordes à linge se dressaient deux papayers et un goyavier consternants. Sans oublier la poussière omniprésente.

En revanche, on construisait partout dans le pays de magnifiques maisons à base de matériaux incroyablement lisses et brillants – céramique, bois, chrome, verre –, dotées de gymnases, de clubs, de piscines et de courts de tennis contigus. Des hommes et des femmes infiniment inférieurs y logeaient dans la fraîcheur d'une climatisation centrale, éclairés par des lumières cachées, telles des stars de Bollywood.

Il avait les moyens de vivre dans ce genre d'habitation. Il avait gagné l'argent nécessaire. Ses autocars et ses camions roulaient à tombeau ouvert sur les routes nationales. La valeur de ses biens augmentait tous les ans. Son argent confié à des amis à Delhi s'élevait à deux *crores*[1] et quatre-vingt-dix *lakhs* de roupies. Eût-il été le mari d'une juge aux affaires familiales que le tas aurait été une montagne de dix *crores* et

1. Unité traditionnelle ; un *crore* équivaut à 10 millions.

quatre-vingt-dix *lakhs*. Même l'huissier de cette cour était propriétaire de trois appartements et deux immeubles de bureaux.

Son épouse – la juge, l'honneur d'un professeur – ignorait cela. Son salaire d'un *lakh* et quarante mille roupies, sa voiture avec chauffeur où claquait un minuscule drapeau, l'homme armé qui la protégeait, le domestique qui effectuait les tâches ménagères et le jardinier qui s'occupait des parterres et des papayers lui suffisaient amplement. Outre l'estime dont elle jouissait.

Elle considérait que sa rémunération était correcte. Son père trouvait sa richesse aberrante.

Conformément au pacte conclu lors de son mariage, elle n'interrogeait pas son mari sur ses activités. Ni sur ses moyens de gagner de l'argent. Elle restait optimiste dans sa conviction que son travail et ses pots-de-vin n'avaient aucun rapport avec elle. Une illusion à laquelle il contribuait en restant sous le radar et en rendant toujours l'acompte d'un justiciable en cas de problème avec l'ordonnance.

Quand elle prendra sa retraite et que je pourrai faire étalage de ma fortune, je serai trop vieux pour en profiter, pensait l'époux. Puis, refoulant sa frustration, il se concentrait sur ce qui la tracassait. Il savait ce qu'elle attendait de lui. Elle voulait qu'il parle. Qu'il analyse toutes les facettes d'un sujet. Elle s'exprimerait à peine. Après tout, c'était la juge : ses paroles ne devaient pas être proférées librement, ni avec légèreté.

Il n'en voulait pas à la juge, en fait il lui était reconnaissant de ce rôle. C'était l'unique façon d'être utile à sa femme. Qui ne lui avait jamais pris d'argent, à lui dont le sperme n'avait rien produit en elle. Et puis que son avis l'intéresse faisait progresser les perspectives des plaideurs dont l'argent se trouvait dans le coffre-fort de son bureau.

Ce n'était pas chose aisée. Sans cesse sur le qui-vive, elle avait un autre ordre du jour. Il ne décidait jamais quelle affaire ils éplucheraient. C'était toujours elle qui faisait appel à lui. Il devait être très subtil pour qu'elle engage une discussion sur l'affaire dont il était un intervenant rémunéré.

En l'occurrence, il n'y avait aucun intérêt personnel. Il n'était toutefois pas borné au point d'être indifférent aux grands problèmes. Il commença doucement, récapitulant les tensions religieuses des années précédentes. Il savait comment s'y prendre. Sans condescendance, il devait la rassurer quant à ses décisions.

D'abord, comme tous les hindous, il vanta les traditions libérales et inclusives de leur civilisation depuis cinq mille ans. Le pardon qu'elle accordait aux envahisseurs, aux exploiteurs, aux dévots et aux brutes avant de les assimiler.

Puis il passa en revue les mille ans précédents et détailla les excès barbares des musulmans. Fidèle à la compassion de l'hindou, il fit observer qu'on ne pouvait tenir les musulmans actuels pour responsables des actes de leurs ancêtres. La victoire de l'État indien – en substance un État hindou –, c'était son engagement envers le fair-play et la justice.

Nous ne pouvions être sectaires comme les chrétiens et les musulmans, parce que nous les précédions. Nous savions qu'un esprit unique gouvernait l'humanité et l'univers. Nous étions *advait*[1] Nous ne faisions qu'un avec la création. En substance chacun était un hindou, quelle que fût l'autre religion qu'il professait.

La juge restait impassible et muette. Tu devrais toujours te conduire comme une veuve hindoue, avait recommandé papa*ji*.

Le bon mari persévéra : l'Inde est devenue un chaudron bouillant où les peurs sont attisées par des politiciens renommés qui sont soit des conciliateurs soit des oppresseurs. Aucun homme politique ne peut espérer réussir sans être l'un ou l'autre. Il ne s'agit pas de cynisme censé maintenir un équilibre, pour reprendre la formule des journalistes. En fait, c'est de la provocation, une façon de solliciter et de s'approprier la brute dans l'être humain, afin de créer le monstre du pouvoir.

On n'avait qu'à choisir le sabre. Religion, caste, langue ou région. Chacune avait sa cohorte d'ennemis imaginaires.

Puis aiguiser un côté de la lame sur la pierre de l'histoire et l'autre sur celle du fantasme.

Enfin, aveuglé par la rage, la brandir dans le moment présent, la plonger dans les parties les plus tendres des ennemis imaginaires et regarder avec satisfaction des milliers de partisans déchaînés surgir dès la première goutte de sang versée.

Tous les hommes politiques connaissent le secret de Raktabija[2]. Dans chaque atome d'une idée démoniaque, un démon attend d'éclore.

---

1. Unique, autre nom de Brahma et Vishnou.

2. Un *asura*.

Voilà pourquoi je ne le quitte pas, pensa la juge. Il a beau être grossier et sans scrupules, il établit des distinctions claires dans le brouillard de notre pays.

Elle portait un caftan à fleurs, marron et vert, et ses cheveux huilés étaient relevés au sommet de sa tête. Assise dans un fauteuil en rotin affaissé, sans coussin, elle posait les pieds au bord d'une table basse. À chacun de ses mouvements, son mari apercevait la grotte obscure entre ses belles cuisses.

Il se dit : Si j'écrivais mon autobiographie, je l'intitulerais : *J'ai vu la* pudenda[1] *de la juge.*

L'idée le fit sourire. La juge, irritée, fronça les sourcils, persuadée qu'il regardait les poils drus de ses tibias : elle avait pris du retard pour une séance au salon de beauté Belladonna. Épongeant son visage sombre, l'époux ajouta que confier le maintien de l'équilibre aux politiciens n'était plus une bonne idée désormais. Les femmes et les hommes qui siégeaient pour juger et répondaient à une vocation supérieure à l'attrait du pouvoir et du lucre étaient des gardiens de la Constitution aussi vigilants qu'une tigresse veillant sur ses petits, et ceux qui interprétaient la loi avec le discernement des sages, non le zèle de notaires, étaient les seuls susceptibles d'empêcher le navire titanesque de l'Inde de chavirer et de sombrer.

Bref, elle avait eu raison.

L'artiste n'avait évidemment pas tué le colosse. Il avait toutefois été complice de la démesure de l'employé de banque et sans aucun doute à l'origine de la construction en une nuit du temple du tertre.

---

1. Vulve.

Quelques années derrière les barreaux inoculeraient un peu de bon sens à son ardeur.

Certes, elle avait différé la démolition du temple et la rétrocession du terrain aux musulmans. C'était bien. Dans une confédération de sains d'esprit, les dieux illicites doivent l'emporter sur les cadavres enterrés dans la légalité.

Certes, les preuves manquaient pour accuser Babu du meurtre du djinn. Bien que ce fût criminel, c'était tout de même une bonne chose. Et quelques années derrière les barreaux inspireraient un peu de modération à son ambition.

Certes, Ringo les avait tous rossés mais c'était pour leur bien.

D'autant qu'un flic n'a aucune marge de manœuvre entre la politique, la presse et l'argent. Il n'a d'autre refuge que le tribunal.

Madhukar deviendrait un grand artiste qui ne dépasserait jamais les bornes. Babu deviendrait un grand chef qui apprendrait à ne pas franchir la ligne rouge.

Les musulmans de la région apprenaient déjà à ne pas flirter avec les limites. Le temple devenait déjà la nouvelle limite.

Ringo avait déjà été plébiscité pour avoir maintenu le *statu quo*.

Le fanatisme hindou avait été puni. Le fanatisme musulman avait été remis à sa place. La gloire des dieux avait été honorée. La primauté de l'État avait été respectée.

Elle avait eu raison, absolument. Elle s'était surpassée. Elle avait maintenu l'équilibre que les habitants de ce pays maudit étaient résolus à piétiner.

Sans desserrer les lèvres, la juge se leva et vogua vers sa chambre, son caftan claquant autour d'elle comme une soutane de cardinal.

L'époux rota de satisfaction avant de se renverser dans son siège et de sortir son portable.

Le lendemain, entre deux fruits secs qu'il grignotait, papa*ji* s'associa aux louanges :

Aucun juge ne s'y serait risqué. Les hommes ne sont capables que de faire respecter les lois des hommes. Il faut une femme pour faire respecter celles de Dieu.

Papa*ji*, susurra la juge, tellement bas que le craquement de son incisive dans une amande dure étouffa le mot.

8

Dans l'ombre du Dr Schulz

Sparkplug joua le rôle de l'arbre avec la rigueur d'un acteur.

Sous la tutelle du metteur en scène – Madhukar –, il attacha des feuilles d'arbre à pain récemment coupées à ses bras, autour de sa taille, sur sa nuque. Pour que ses jambes aient l'air d'un tronc, il sauta dans un sac. Il tenta de peindre son visage noir en vert, mais la couleur obtenue fut indescriptible. Avant de monter sur scène, il plaqua une branche imposante devant son t-shirt, tirant une sorte de rideau entre les spectateurs et lui.

Bichchoo qui flemmardait derrière la dernière rangée de chaises pliantes, à l'abri du grand mur – et suçotait des caramels du jour de l'Indépendance –, en eut le souffle coupé. Ne pas être robuste était une chose, être un arbre au vu et au su du public une autre.

Ils se ressemblaient comme des frères, à l'évidence. Bichchoo était persuadé qu'un factotum servile du gouvernement – planton ou coursier – avait baisé sa mère en l'absence de son père, une absence quasi permanente.

Le père de Bichchoo et de Sparkplug avait la réputation d'être un bagarreur. Il s'appelait Pandu[1]. Depuis qu'ils savaient reconnaître les mystères, ils considéraient leur père comme l'un d'eux.

Ses allées et venues n'avaient ni dates ni horaires. Il n'y avait même pas de lit pour lui dans la cahute de deux pièces du quartier situé derrière la gare. Quand il apparaissait soudain au milieu de la journée ou de la nuit, leur mère lui cédait son châlit et dormait par terre. Parfois, il débarquait, épuisé, les yeux rouges, et ronflait avant d'être couché. Il lui arrivait aussi de débarquer plein d'énergie, d'accrocher le drap noir déchiré entre les deux pièces et de produire des grognements bestiaux avec sa femme.

Les deux frères et les deux sœurs gloussaient en se poussant du coude. Bichchoo, le plus petit, passait la tête sous le rideau afin de leur décrire la lutte obscène. La constante, c'était l'odeur émanant du père qui subsistait longtemps après son départ. Une puanteur d'alcool frelaté qui deviendrait celle de la virilité pour Bichchoo.

Suivant les critères du quartier, c'était un excellent père. Il ne battait jamais ses enfants ni sa femme. Il ne criait pas, ne hurlait pas, alors que des braillements déchiraient la nuit dans le bidonville. S'il avait toujours hâte de partir, il revenait toujours, et toujours avec de merveilleuses friandises.

1. Nom d'un roi. Garde.

Des bonbons, des fruits et, une fois, un gros sac d'éclairs au chocolat que les enfants savourèrent avec un plaisir sans égal, jamais éprouvé dans leur enfance.

Il n'oubliait pas de les embrasser, l'un après l'autre, à chacun de ses départs et à chacun de ses retours.

À l'extérieur du taudis sans porte – une vieille plaque en métal condamnait l'ouverture la nuit –, il était craint. On connaissait son sale caractère et sa promptitude à sortir un couteau. La légende datait du jour où il avait tailladé deux ouvriers d'une biscuiterie, venus faire une passe dans le bidonville ; celle-ci s'était terminée par des coups et des cris poussés par une certaine Rani, putain à mi-temps. Ils avaient essayé de la payer moins au motif de sa corpulence et de sa peau noire.

Remettant de l'ordre aux plis de son sari, Rani avait beuglé à transpercer les oreilles des habitants du bidonville. Vous êtes venus pour un trou, sales porcs, pas pour Jodha Bai[1] ! Et vous m'avez suppliée. Le trou, il avait des ronces ? Il était aussi gros qu'un tambour ? Il sentait l'œuf pourri ? Il n'a pas pompé votre chagrin ?

Après l'orgasme, les hommes sont rarement doux. La gentillesse s'épuise avec leur semence. Ils lui avaient tourné le dos, prêts à s'en aller. Elle s'était agrippée à leurs chemises, vociférant encore plus fort. Ils l'avaient frappée. De retour d'une de ses mystérieuses virées, Pandu était intervenu et avait poignardé les deux hommes.

---

1. Épouse de l'empereur Akbar.

La police avait déboulé quelques heures plus tard. Pandu avait filé. Impossible de trouver le moindre témoin dans une masure ou un taudis. À bas bruit, il se racontait que Pandu était un tueur à gages : il se déplaçait en permanence avec un contrat, laissant dans son sillage des corps éviscérés.

La rumeur protégeait sa femme et ses quatre enfants, mais son activité restait énigmatique.

Contrairement à celle de leur mère : il était de notoriété publique qu'elle trimait comme une esclave. Lorsque des années plus tard, en prison, les frères tentaient de se souvenir d'elle, ils la voyaient se précipiter, en effervescence, dans les venelles fangeuses du bidonville et vers les rizières vertes pour contempler d'un air émerveillé le grand marabout qui venait de se poser sur l'arbre mort au bord de l'étang.

C'était la seule fois où ils la voyaient heureuse, du moins ainsi que le bonheur doit s'afficher. Sans un soupçon de dureté à la commissure des lèvres, ni une souffrance du passé dans les yeux. La seule fois où ils sentaient que, dans ce corps décharné, il y avait une personne qui n'était ni une mère, ni une épouse, ni une servante nettoyant la crasse accumulée dans les maisons des nantis. Une personne capable de réagir, en face d'un oiseau étrange, par une explosion de joie inédite.

Quand ses fils avaient fait le calcul des années plus tard, ils s'étaient rendu compte qu'elle n'avait que trente et un ans à l'époque, alors qu'elle donnait l'impression d'en avoir cent.

Bichchoo ramassa un caillou et le jeta sur un homme d'âge mûr, en short flottant et débardeur rouge, accroupi comme s'il déféquait entre les chaises et le mur. L'homme se hâta de le rejoindre.

Mince, quoique affublé d'une petite bedaine, c'était un masseur du Kerala, arrêté pour proxénétisme.

Dans le salon d'une seule pièce de Samuel, il y avait deux lits séparés par un rideau à fleurs. Trois sœurs y étaient employées – sveltes, le teint sombre, jolies; elles ne parlaient que le malayalam, mais elles avaient des doigts veloutés, flexibles, enduits d'huile. D'après la police, elles avaient quatorze, seize et dix-huit ans et procuraient des plaisirs illicites. Même les hommes qui ne désiraient qu'un massage se retrouvaient prêts à éjaculer malgré eux.

Samuel assurait qu'elles avaient dix-huit, vingt et vingt-deux ans et qu'elles étaient pieuses au point d'aller à la messe le dimanche et d'être bénévoles à l'orphelinat tous les mois. Elles se couchaient à vingt et une heures et fermaient les yeux quand elles massaient des hommes. Il certifiait qu'elles avaient la virginité de la Vierge Marie, dont l'image rayonnante ornait le mur de son salon.

Leur arrestation avait été compliquée. En effet, au commissariat, il avait fallu chercher, parmi les policiers, un Malayali susceptible d'interroger les sœurs. On avait fini par dénicher un agent qui préparait du poulet du Chettinad[1] dans la cuisine de l'inspecteur général adjoint. Quand on l'avait propulsé dans son uniforme inutilisé depuis longtemps, il n'avait malheureusement pas réussi à obtenir quoi que ce soit des filles.

1. Région située au sud de l'État de Tamil Nadu.

Elles étaient tellement timides qu'elles semblaient n'avoir jamais mis les pieds hors de leur maison et, encore moins, réduit des hommes à l'état d'animaux gémissants. À chaque question qu'on leur posait, elles baissaient les yeux sur leurs jolies mains, s'attendant à ce que celles-ci parlent à leur place. En fin de compte, lassées par les questions vulgaires du cuisinier, leur interlocuteur, elles lui avaient proposé un massage, ainsi qu'aux autres policiers du poste.

Le cuisinier était retourné dans la cuisine de l'officier, tandis que les filles, grâce à l'aide d'un groupe de femmes de la région, avaient été ramenées à Kottayam – où leur mère avait longuement fustigé leur escorte pour avoir détruit la carrière de sa progéniture. Jésus vous punira d'avoir harcelé les pauvres !

En vertu de la loi sur la répression de trafics immoraux, on avait jeté Samuel en prison, ainsi que Hari, son grouillot qui, à dix-sept ans, aurait pu être libéré en tant que mineur, si seulement il ne s'était pas vieilli de deux ans afin de voter aux précédentes élections. Le jour de leur arrivée dans le Cloaque, ils avaient été impitoyablement tabassés au point de devoir être transportés à l'hôpital, les yeux gonflés et le corps couvert d'ecchymoses.

C'est le sort des délinquants sexuels. Derrière les barreaux, la sensibilité au genre est plus accentuée que n'importe où dans le monde extérieur. Bichchoo ne les aurait pas enrôlés comme ses factotums que les deux hommes auraient eu droit à des mois de raclées.

Pour l'instant, Samuel massait avec zèle les membres de son protecteur, tandis que son frère – qui représentait un arbre à pain – oscillait sur la scène, en compagnie de deux autres arbres et d'un bosquet de bambous. Du fond de leurs ramures, ils imitaient les ramages d'étranges oiseaux. *Chee cheee cheeee !* L'un était un coucou koël. *Coo cooo coooo !* De quoi galvaniser le public. Les détenus se moquaient, riaient, réagissaient avec leurs propres cris d'oiseaux. Parmi lesquels quelques chants de coqs déchaînés. *Cocoo-co-cooriri-cocoriricoo !*

Singham et quelques officiers supérieurs – assis à angle droit de la principale rangée de chaises dans leur impeccable uniforme, coiffés de leur casquette – avaient du mal à garder leur sérieux. Des phalanges de kakis se tenaient devant les deux entrées de la cour ; plusieurs, postés au premier étage, regardaient en bas non sans amusement.

Le soleil montait dans un ciel tellement limpide qu'il paraissait n'être qu'une impeccable couche de peinture bleu clair. Dans la cour pierreuse et sablonneuse de plus en plus torride, les chaises en métal devenaient brûlantes. Les ombres longues projetées par les grands murs se rétractaient. Bichchoo était installé dans l'unique rangée de sièges un peu à l'abri, le long de l'un de ceux-ci.

La scène en bois du fond de la cour, haute d'une soixantaine de centimètres, recouverte d'un dais coloré, était dotée de rideaux verts plutôt crasseux au fond et sur les côtés. L'homme qui avait la fonction de l'installer faisait aussi office de crooner. Son répertoire ne consistait qu'en morceaux de films en hindi, mais au sein de cet univers il était éclectique, des tyroliennes de Kishore Kumar aux chansons larmoyantes de Mohammed Rafi jusqu'aux plus récents chansonniers pendjabis qui faisaient sautiller les spectateurs comme des grenouilles. Il pouvait aussi se lancer dans la parodie et effectuer certains numéros des célèbres sœurs Mangeshkar[1] et de Geeta Dutt[2]. En revanche, il s'habillait en rocker occidental : jean à paillettes, bottes en cuir, veste en cuir marron, lunettes noires. Il s'inspirait d'Elvis Presley pour sa coiffure et de Ringo Starr pour sa moustache.

Davantage que l'argent qu'il gagnait en louant le matériel et en organisant la représentation, c'était la perspective d'avoir un public captif qui lui plaisait. Il venait avec un groupe de six filles prépubères de l'école locale, dont aucune n'avait plus de douze ans. Vêtues de tenues voyantes, les lèvres fardées de rouge, elles exécutaient des danses à médiocre chorégraphie avec une telle timidité que même les détenus les plus frustrés en perdaient toute concupiscence.

Les autorités pénitentiaires permettaient au crooner de chanter à tue-tête ses compositions au milieu et à la fin de la représentation, mais, étant donné la puissance de son désir de créativité, il profitait du moindre intermède. Il avait tous les airs possibles dans son ordinateur portable – uniquement la musique – qu'il pouvait passer sur-le-champ et se mettre à chanter.

Penché vers le micro, la tête inclinée d'un côté, il murmurait : Mes frères et sœurs, si vous ressentez le moindre chagrin, préparez-vous à l'abandonner ; si vous éprouvez de la joie, préparez-vous à la partager.

---

1. Trois sœurs, chanteuses de play-back dans les films, les plus respectées d'Inde.

2. (1930-1972) Chanteuse de play-back comme les précédentes.

Tandis que des braillements d'oiseaux résonnaient dans la cour, le crooner entra pour sauver la situation. Il proposa une chanson du coucou-faucon et l'entonna à pleins poumons. Les garçons réagirent par un rugissement. Furieux de la perturbation, Madhukar déboula et cria au crooner de la boucler.

Faute de bien connaître l'ordre de passage, les arbres cessèrent d'osciller et de gazouiller. Sparkplug baissa la belle ramure de son visage pour comprendre la situation. Il croisa le regard de son jeune frère qui, adossé au mur du fond, se faisait masser les jambes. Bichchoo posa son coude droit au creux de sa main gauche et remua son avant-bras à la manière d'un gigantesque pénis.

Sparkplug remit le rideau vert devant son visage et pépia. Il savait ce que son frère pensait de lui, mais il savait aussi que c'était Bichchoo l'imbécile. Si les hommes n'étaient pas pénalisés pour leurs parents, pour leurs relations, pour ceux qui leur répétaient ce qu'ils ne souhaitaient pas entendre – si les hommes n'étaient pas pénalisés pour des associations qu'ils ne sollicitaient pas, Sparkplug aurait été libre.

Il avait beau ne pas douter de l'amour fraternel de Bichchoo, qui aurait étranglé le moindre détenu susceptible de le contrarier, il ne pouvait s'empêcher de le haïr pour ses instincts sauvages, ses dérives qui leur avaient gâché la vie.

Bichchoo n'avait jamais essayé de travailler honnêtement. Sparkplug avait abandonné sa scolarité en seconde, tandis que son frère avait refusé de se rendre à l'école publique du village voisin au-delà de la classe de sixième. À ce moment-là, il roulait et fumait des joints, et buvait tout l'alcool qui lui tombait sous la main. Et il avait été initié par une Rani vieillissante aux splendeurs du grognement désarmé.

Leur père était déjà mort. Un soir, il avait déboulé en boitant à cause d'une cuisse tailladée – de l'entre-jambe au genou – et il s'était effondré sur le châlit dans la pièce commune. Sa femme avait instinctivement évité de demander de l'aide à la police ou à l'hôpital. Elle avait parcouru à pied la route menant du bidonville à Sailor's Row, une enclave où les nantis d'une autre époque avaient vécu dans l'aisance et l'abondance.

Après avoir franchi un portail branlant, traversé un jardin envahi par la végétation, elle était entrée dans un grand bungalow aux pièces délabrées. Sauf deux. L'une était la chambre, l'autre la clinique de Gomes, un ancien aide-soignant, alcoolique, prématurément vieilli, docteur autoproclamé. Le bidonville lui faisait implicitement confiance pour sa discrétion et son honnêteté.

Le docteur autoproclamé avait aussitôt enfourché son vélo. À peine arrivé, il avait renversé un flacon de Dettol sur la plaie qu'il avait enduite de crème antiseptique avec ses mains impotentes. Les comprimés multicolores qu'il avait tendus à la femme soignaient tous les maux. Une fois sorti de la masure, il avait recommandé : Pas trop d'agitation, il en mourra de toute façon.

Il avait accepté la somme d'argent qu'on lui proposait et était parti.

Au bout d'une semaine, Pandu était décédé. Il avait généré une telle puanteur de chair en décomposition au cours de ses derniers jours que sa famille avait eu du mal à ne pas fuir le taudis. Son épouse lui avait donné tout l'alcool possible pour tenter de diminuer et l'odeur, et la douleur. Peine perdue. La gangrène était trop profonde, tandis que sa jambe, noircie, avait l'épaisseur d'une vieille peau de banane.

Quand ils l'emportèrent pour l'incinération, les brancardiers durent courir, un bandana couvrant le nez. Jusqu'à sa dernière heure, Pandu tenterait d'étreindre ses enfants qui en auraient la nausée.

Ce fut à cette période que Bichchoo devint le protégé du docteur autoproclamé. Pas tant pour l'administration des traitements que pour une camaraderie dans la connerie. Il ne tarda pas à passer plus de temps dans le bungalow en ruine que chez lui. Aucun plaisir n'était égal à celui de picoler avec Gomes en l'écoutant raconter ses histoires médicales.

Le vieil homme prétendait que l'hôpital où il avait travaillé avait été fondé par un Allemand, un fou génial, le Dr Karl Schulz, également professeur d'éthique. Il avait fui Hitler, qui voulait exploiter ses inestimables connaissances en sciences orientales et occidentales. Après plusieurs années où il avait testé l'atmosphère de plusieurs pays dans plusieurs continents, il s'était concentré sur l'Inde où le grand Jawaharlal l'avait accueilli et lui avait attribué un terrain au bord de la mer pour qu'il y concrétise son projet exceptionnel.

Le Dr Schulz appela son institut Magus Scientia où, d'après une réputation rapidement acquise, on traitait les cas les plus incroyables et les plus incurables et où travaillaient les chirurgiens les plus audacieux du monde. Artistes du scalpel d'une imagination débridée, ils parvenaient à la manière des grands peintres à donner l'impression qu'un nez sur le cul était à sa place. Comparés à eux, les plus éminents médecins actuels arrivaient à peine à la cheville de réparateurs de vélos. Même les aides-infirmiers comme lui étaient capables d'effectuer des actes médicaux que des médecins formés ailleurs comprenaient à peine.

Le docteur autoproclamé parla à Bichchoo du propriétaire terrien du Bihar qui avait débarqué avec trois bras et six doigts. Ceux-ci étaient sur la troisième main qui, sortant du coude du bras gauche, attrapait d'invisibles objets. En un mois, les médecins avaient amputé le troisième bras et transplanté trois doigts sur chacune des mains qui restaient. Si l'homme avait perdu son aptitude particulière, il était désormais capable de se gratter facilement le périnée.

De cette femme riche de Mumbai, semeuse de confusion parce qu'on ne savait si elle arrivait ou si elle partait. Ses seins se trouvaient sur son dos. L'idée de tordre son cou traversa l'esprit du Dr Schulz, mais il décida de déplacer ses seins là où ils auraient dû être.

De ce commerçant marwari[1] de Kolkata, enceint de sept mois. Il avait cru qu'il s'agissait d'une bedaine jusqu'à ce que le fœtus donne des coups de pied. Avant de faire une césarienne, certains médecins suggérèrent d'attendre le travail normal afin d'étudier le déroulement du phénomène. Mais le Dr Schulz pensait que c'était risquer la vie du négociant et celle du

1. Caste originaire du Rajasthan, dont les familles les plus riches résident désormais à Kolkata.

bébé, d'autant qu'il ne savait trop par où le bébé sortirait. Le sphincter était la seule possibilité, une perspective carrément déplaisante.

Bichchoo adorait l'histoire du fonctionnaire de Delhi, qui, parti pour une chasse illégale dans l'Himalaya, avait été éviscéré par un ours. Il était arrivé accompagné par des hurlements de sirènes, portant ses entrailles dans un sac en plastique fixé à la taille. Le Dr Schulz et son équipe travaillèrent comme un groupe de tailleurs de Lucknow, mesurant, coupant, cousant. Lorsqu'ils eurent terminé, l'aptitude du fonctionnaire à digérer des repas élaborés avait été radicalement diminuée. Les deux parties de son intestin avaient été réduites à un sixième de leur taille originelle, de sorte que le temps entre l'ingestion et la défécation ne dépassait pas trente minutes et que les aliments n'étaient pas complètement transformés. S'il avalait une grappe de raisin, elle sortait souvent dans le même état.

En théorie, il pouvait la laver et la remanger.

Bichchoo en conclut que les habitants du bidonville devaient subir cette opération, grâce à laquelle il leur suffirait d'acheter de la nourriture une fois par semaine et de la recycler toutes les heures.

Le comportement de Bichchoo scandalisait Sparkplug, persuadé que le vieux fou faisait subir des sévices sexuels à son petit frère. Mais la colère de sa mère et de ses sœurs, conjuguée à la sienne, n'aboutit à rien. Bichchoo ne se détachait pas du docteur autoproclamé, il lui arrivait souvent de ne pas rentrer à la maison le soir.

Gomes avait une épouse bien plus jeune qui l'avait abandonné des années plus tôt et s'était enfuie avec un conducteur de train mizo[1]. Ils avaient eu un coup de foudre à la gare de l'agglomération voisine. Ce n'était pas sa faute, expliqua le mari délaissé à son jeune compagnon : au cours d'une expérience, le Dr Schulz avait eu l'imprudence de remplacer le cœur de sa femme par le cœur d'un amant.

Nous ne pouvons être que ce qu'est notre cœur. Que lui restait-il à faire ? ajouta-t-il.

Bichchoo avait un rôle dans la relation. Il accompagnait le docteur autoproclamé dans ses visites et fauchait ce qu'il pouvait dans la maison du patient. Savonnettes, dentifrice, serviettes, vêtements, une ampoule de temps à autre et, s'il parvenait à s'introduire dans la cuisine, tout, du riz au sucre en passant par des feuilles de thé. Intelligemment, il ne pillait pas – il prenait deux œufs sur six, une banane sur trois –, si bien qu'il y avait des soupçons, mais jamais d'alerte.

Il ne touchait pas à l'argent. Pour lui c'était ça, le vol. Une profanation. L'argent était un talisman pour les gens que le duo allait voir. La divinité pour qui ils trimaient, s'avilissaient, heure par heure. Il avait vu sa mère compter et recompter pièces et billets avec la ferveur d'une adepte. En revanche, piquer n'était qu'une façon d'imposer le partage.

Le docteur autoproclamé l'encourageait : Nous, les Indiens, nous n'aimons pas donner mais nous acceptons le vol sans prise de tête. Nous avons l'impression que c'est un décret divin.

1. Habitant de l'État de Mizoram enclavé dans le nord-est de l'Inde.

L'idée d'aider les dieux dans leur dessein karmique convenait parfaitement à Bichchoo.

Il ne s'en privait pas dans le centre de premiers soins. Il y entrait et en sortait subrepticement par les fenêtres mal fermées et, ouvrant les placards en bois, les vidait au petit bonheur la chance des pilules, onguents et seringues que le docteur autoproclamé distribuait dans le bidonville.

Le nombre de gens que Gomes tuait était à l'origine de sa réputation d'intégrité. Seul un médecin charlatan donnait de l'espoir quand il n'y en avait aucun. Un honnête médecin vous prévenait de votre mort puis veillait à ce qu'elle se produise.

Outre l'approvisionnement en fournitures médicales, Bichchoo préparait le dîner. Sa tâche principale consistait à fournir du poisson. Il n'en volait jamais. Non par moralité, mais parce qu'il aimait les piéger : son principal plaisir, à part écouter les histoires du docteur autoproclamé. À une certaine distance du bidonville – loin de la voie ferrée –, la rivière, large et propre, coulait en adoptant une allure de fakir. On y faisait une dizaine de pas avant de perdre pied et, le plus clair de l'année, on y nageait sans être emporté jusqu'à la mer. Assis sur des affleurements rocheux le long de la berge, Bichchoo et beaucoup d'autres s'efforçaient d'attraper un repas qu'ils ne pouvaient gagner autrement.

Aux yeux des travailleurs qui passaient devant eux à la hâte – panier déjeuner à la main –, ils étaient des oisifs. À leurs yeux, ils étaient des philosophes qui, la ligne dans l'eau, attendaient patiemment que le Seigneur exauce leurs vœux. Ne s'appropriant rien, ne jouant des coudes pour rien. Assez proches les uns des autres pour se parler, ils s'adressaient à peine la parole ou se taisaient – chacun errait dans des paysages imaginaires d'humiliation et de désir où les pères portaient des uniformes rutilants et où les enfants disaient bonjour tandis qu'ils faisaient danser fourchettes et couteaux aux tables de salle à manger.

Bichchoo apprenait à communier avec le poisson. À comprendre que l'immobilité n'était peut-être pas synonyme de sommeil. Il fallait être à l'affût, scruter l'eau pour suivre les mouvements des poissons, détecter ceux qui s'approchaient de la rive et ceux qui s'écartaient vers les hauts-fonds, ceux qui arrivaient avec la marée et ceux qui s'éloignaient avec elle, savoir compter les heures en appâtant lentement à un moment et en se dépêchant de jeter la ligne à un autre, savoir qu'un appât mort n'était pas mal mais que l'appât vivant, c'était ça le truc, et, parmi ceux-ci, l'encornet était correct, mais un petit crabe encore mieux, savoir surprendre par la rapidité un poisson qui se méfiait de l'appât, savoir que les premières ou dernières lueurs du jour étaient riches de possibilités et que la meilleure prise de la journée se passait toujours à l'instant où on s'apprêtait à partir, de sorte qu'on devait s'attarder une minute supplémentaire pour l'attraper.

Autant de connaissances que Bichchoo tenait d'un garçon plus âgé, un crétin. On le surnommait le Professeur et il vivait dans les baraques proches de l'hôpital. La taille de sa tête, sa façon de la tenir signalaient sa différence. Bichchoo était tombé sur le Professeur quand il s'était mis à aller sur la berge ; vêtu d'un ample short kaki, d'un maillot de corps blanc crasseux, il avait la mâchoire inférieure de travers et un chien bâtard ne le quittait jamais.

Les autres habitués de la berge étaient convaincus de la capacité du crétin à parler aux poissons. Même les jours où aucun parmi les deux dizaines d'hommes déployés sur le demi-kilomètre de la rive n'attrapait rien, le Professeur en rapportait deux ou trois chez lui. Les bons jours, il remplissait un sac en plastique et en offrait un ou deux à ceux qui tendaient la main.

Tout le monde se moquait – sans méchanceté – du crétin, mais quelque chose dans ses yeux humides bouleversait Bichchoo, une émotion qu'il n'avait jamais ressentie pour personne. Fût-ce pour son père – la puanteur de la gangrène de ses derniers instants se superposait aux souvenirs de son affection.

Les deux garçons furent bientôt très liés. Tandis que le Professeur l'aidait à maîtriser les poissons, Bichchoo prenait sa vie en charge. Il le fit fumer, lui donnant une cigarette par jour. Il l'initia à l'urak – l'alcool pur de noix de cajou – et ils se gargarisaient de la liqueur transparente, riaient aux éclats, pataugeaient dans la rivière pour pêcher à mains nues. Il lui apprit à se masturber et fut étonné de voir le crétin se transformer rapidement en athlète.

Bichchoo fit davantage encore. Il vola des vêtements pour lui lors de ses virées médicales. Il ne supportait pas de voir son ami en short et maillot de corps, révélateurs de sa vulnérabilité. Aussi Bichchoo insista-t-il pour que le Professeur mette toujours un pantalon et une chemise, fût-ce au bord de la rivière, même si, pour sa part, il portait short et maillot de corps. Un jour, il accompagna le crétin chez Rizwan *bhai* pour que ses cheveux fous aient une coupe aussi soigneuse que celle d'employés brahmanes. Alors que lui gardait longs ses cheveux ondulés.

Un soir, quelques mois plus tard, il l'emmena chez le docteur autoproclamé pour voir s'il existait un traitement pour sa difficulté à parler et la dissociation de ses pensées. Après avoir méticuleusement palpé le gros visage et le crâne du Professeur, Gomes déclara : Si le Dr Schulz était vivant, il lui aurait procuré une nouvelle tête. À présent, ni personne ni rien au monde ne le sauvera.

Puis il versa un quart de whisky Bagpiper dans trois verres et ajouta : Pourquoi s'inquiéter ? Mieux vaut être un imbécile capable de pêcher comme un génie qu'un génie qui pêche comme un imbécile.

Une fois le deuxième quart de whisky terminé, le docteur autoproclamé suggéra à Bichchoo d'essayer l'amour : Je ne suis pas sûr de son efficacité, simplement c'est ce que recommandait le Dr Schulz quand le reste échouait. Il pensait que le losange de l'amour était la seule réponse au-delà de la science et de la magie.

Bichchoo lâcha un ricanement de hyène, ses dents blanches projetèrent un éclat d'ivoire sur son visage foncé.

Le docteur autoproclamé dit : Le Dr Schulz considérait que, si l'amour soignait tout, il risquait d'être fatal en tant que tel. Tu peux y avoir recours pour guérir d'improbables maladies, mais tu es foutu s'il te contamine.

Une petite dose, c'est un vaccin. Une grande, une maladie.

Voilà ce qui, chez le vieil homme, enchantait Bichchoo. Ces merveilleuses fables dont il ne pouvait que deviner le sens.

Les éminents chirurgiens souffraient pour moi, reprit Gomes. Ils harcelaient le Dr Schulz pour qu'il trouve un traitement. Le plus prodigieux médecin du monde devait sûrement avoir une idée pour la maladie la plus mystique du monde. Hélas, le grand médecin gardait le silence. Sa propre ravissante épouse l'avait quitté pour un homme élancé à peau noire de Zanzibar, aux bras gros comme ses cuisses.

Ils étaient assis dans le séjour – la pièce commune de la clinique –, on eût dit un petit entrepôt. Chaises, tables, tabourets estropiés s'entassaient, sans compter les bocaux de comprimés et de potions, les rouleaux d'ouate et de pansements, les mugs ébréchés, les vieilles boîtes de conserve bourrées de mégots, les bouteilles vides alignées le long du périmètre, les vêtements pendus à des clous – certains depuis des décennies –, les calendriers périmés sur les murs à côté de représentations criardes de Jésus crucifié et de la Madone béatifiée, une jauge de température trépassée, une photo en noir et blanc de la femme aux cheveux courts de Gomes. Il y avait aussi des clous, un marteau, une hache dans un coin, des figurines en terre cuite d'animaux et de saints, un ventilateur sur pied qui tressautait en chantant son duo avec un ventilateur de plafond à la respiration sifflante. Gomes et Bichchoo étaient en short, torse nu, la peau moite et flasque. Le crétin portait son pantalon et une chemise en toile.

Un jour, on a trouvé le Dr Schulz en larmes, poursuivit Gomes. Il nous a expliqué qu'il pleurait pour le grand timonier de l'Inde dont on avait fini par briser le cœur. Les Chinois venaient de piétiner l'Inde et de frotter le nez de son Himalaya glacial dans de la bouse de vache fumante. Le monstre Mao avait abattu le noble Nehru. La ruse de bas étage avait enseveli l'idéal élevé. La haine avait exterminé l'amour. « Nehru mourrait bientôt, a affirmé le Dr Schulz avant de préciser, songeur : Ça y est. » Oui, il existe un remède à l'amour. Le temps. Un siècle de divertissement. Comme aucun de nous n'a cent ans devant lui, la mort est le seul antidote.

C'est quoi, Nehru ? demanda Bichchoo.

Le Dr Schulz disait que Nehru était une idée qui ne devrait jamais disparaître, répondit le docteur autoproclamé.

Un silence tomba tandis que les gamins s'efforçaient d'imaginer quelque chose d'aussi vague.

Les ruines de la maison entouraient ces deux pièces animées par la sève et l'élan d'une amitié hautement improbable. Toits effondrés, sols fissurés, murs affaissés, chevrons pourris et débauche d'une végétation qui se déployait depuis les débris jusqu'à la ligne brisée des murs. Un déferlement de vert d'une telle luxuriance que c'était le bâtiment délabré qui semblait l'intrus.

Gomes tendit le bras et déboucha la bouteille de Bagpiper pour le troisième quart. Le crétin n'eut pas droit à la moindre goutte. Il avait bougé. Assis sur un tabouret en bois dans un coin, il avait baissé son pantalon et se masturbait.

Gomes et Bichchoo – le mentor et le *protégé**[1] – le regardèrent, imperturbables. Bichchoo déclara : Maintenant, ça arrive chaque fois qu'il boit. Je ne peux même plus l'emmener dans le débit de Ryan. On doit boire derrière les rochers.

Le docteur autoproclamé raconta à Bichchoo l'histoire du patron d'une grosse société – entreprises agroalimentaires, immobilières, construction de voitures, industrie pétrolière – qui avait débarqué, affolé, à Magus Scientia. Il avait contracté une maladie inconnue qui lui interdisait de sortir, parfois même de se rendre à son bureau. Son problème était qu'il avait une érection dès qu'il voyait de l'argent. Au début, il n'existait aucune corrélation entre la valeur et la réaction. La cause pouvait être une roupie ou, parfois, le simple tintement de pièces. Ensuite, la maladie avait muté : plus la somme était importante, plus sa tumescence était douloureuse et plus elle durait. S'il voyait une liasse de billets, il devait s'asseoir aussitôt, les mains sur les genoux pendant une heure ou davantage.

Comme le conseillait son gourou, il avait essayé de nombreuses thérapies spirituelles, litanies bouddhistes, méditations taoïstes ; il avait fait un pèlerinage dans différents sanctuaires – fussent-ils soufis tels celui d'Ajmer Sharif au Rajasthan et le mausolée de Hazrat Nizamudin à Delhi ; il avait aspergé de l'urine de vache sur ses paupières et enduit son pénis de bouse de vache. Sans succès. En réalité, la situation ne cessait de s'aggraver.

---

1. Les mots en italique suivis d'un astérisque sont en français dans le texte.

Le mois précédent, c'était la signature de chèques qui l'avait provoquée. Au moment où il paraphait les pages impeccables, son état était devenu insupportable au point qu'il avait dû congédier ses employés et se précipiter aux toilettes. Désormais, quand on lui apportait des chèques, les chiffres étaient occultés par du papier blanc.

Cela faisait une semaine qu'un nouveau symptôme, épouvantable, était apparu. Même une allusion à l'argent – ne serait-ce qu'un mot à la radio ou dans une chanson – déclenchait sa tumescence. Peu importait que ce soient des dollars, des livres, des yens, des francs, des pesos ou des marks, tout ce qui évoquait l'argent l'obligeait à courir pour se camoufler. Il s'était mis à trimballer une bombe désuète de cavalier où qu'il aille.

Sa vie était sens dessus dessous. Il lui était impossible de rester dans sa chambre la journée sans radio ni télévision, loin du monde. Même parler au téléphone était dangereux. Et s'il sortait, le perpétuel stimulus le rendait fou; il lui arrivait d'avoir vingt érections avant le déjeuner.

Le Dr Schulz avait certifié que le lui couper était le remède parfait. L'homme d'affaires avait cru qu'il plaisantait mais, après avoir parcouru du regard le groupe de médecins présents, il s'était rendu compte qu'aucun n'avait un sourire dans le regard. Il avait paniqué. Alors, le grand praticien lui avait expliqué avec ménagement qu'il s'agissait d'un syndrome calamiteux chez certains hommes, dont la synapse reliant les yeux au phallus se mettait à dérailler.

Au lieu d'être stimulé par la beauté, l'homme malade réagissait à la vue de l'argent. Ce dont il souffrait était incurable parce qu'il réagissait ne serait-ce qu'à l'allusion de l'argent.

Peut-être se sentirait-il mieux d'apprendre qu'ils avaient soigné un cas similaire. En l'occurrence, le patient avait une étrange défaillance. Ses yeux convertissaient ce qu'il apercevait en espèces sonnantes et trébuchantes équivalentes. Dont les êtres humains, son père et son épouse également. Baisser les paupières ne l'aidait en rien parce qu'il suffisait qu'il pense à quelque chose ou à quelqu'un pour que cela se transforme en argent et lui donne une érection.

Il n'existait aucun autre traitement. Désolé.

Au reste, à quelque chose malheur était bon. Une fois qu'on le lui aurait sectionné, les effets secondaires seraient peut-être aussi inattendus que merveilleux. Manifestement, le rapport entre le phallus, les yeux, l'argent et l'esthétique s'inversait et cela méritait d'être l'objet de recherches. En ce qui concernait cet homme, dès qu'il avait été castré, il avait arrêté de manger de la viande au profit des brocolis, il avait redécouvert les oiseaux dans les arbres, les nuages dans le ciel et l'amour qu'il éprouvait pour son père.

Un grand sourire aux lèvres, Bichchoo lança : T'inventes.

Et le docteur autoproclamé de répondre : Qui serait capable d'inventer ça ? C'est impossible d'imaginer plus étrange que la vérité qui existe dans le monde. Mais pour discerner l'étrangeté de la vérité, il faut croire en une ou deux choses. La science ou la magie. On croyait aux deux dans l'institut du Dr Schulz.

Le Professeur se caressait dans son coin, les yeux clos, son pantalon autour de ses mollets grassouillets.

Un doux sourire apparaissait et disparaissait sur son visage.

Laisse-le tranquille, commenta le docteur autoproclamé. Son état n'est pas grave, ce n'est rien en comparaison des ravages de l'argent. Oublie ton idée de lui réparer le cerveau. Suis le conseil du grand médecin. Essaie le seul antidote hormis la science et la magie.

L'amour ?

Bichchoo prit la recommandation tellement au sérieux – fût-ce après la mort de Gomes – qu'elle déboucha sur un désastre absolu.

Si Bichchoo continuait à recevoir formellement l'allégeance du crétin, celui-ci était son camarade inséparable. Ils pêchaient ensemble pendant de longues heures dans la journée, buvaient et se masturbaient chaque fois que Bichchoo parvenait à mettre la main sur de l'argent.

Bichchoo pourvoyait aux besoins du Professeur. Nourriture, habillement, rasage, coupes de cheveux. Médicaments quand il était malade, distractions quand il était triste. La famille du Professeur se réjouissait d'être débarrassée du fardeau. Tant que le docteur autoproclamé était vivant, les deux copains passaient beaucoup de temps dans son bungalow délabré, dormaient à même le sol, utilisant ce qu'ils trouvaient comme literie, des vieux rideaux aux serviettes de toilette, se serrant l'un contre l'autre comme seuls le font des êtres qui sont en profonde résonance.

Les deux garçons faisaient le ménage, la cuisine, les courses et pêchaient pour Gomes, mais leur relation, loin d'être celle de maître et d'esclaves, était de l'ordre de l'amitié. Jeunes et vieux. Aguerris et novices.

Gomes s'inspirait de l'ordonnance du dernier recours du Dr Schulz et traitait toujours le Professeur avec gentillesse, lui permettant d'accompagner Bichchoo dans les visites à domicile. Pour éviter que ses patients ne montrent du mépris à l'endroit du garçon aux pas traînants – dont les yeux roulaient comme du mercure ou avaient la fixité du marbre –, il l'autorisait à porter la sacoche en cuir marron contenant les comprimés volés de toutes les couleurs et de toutes les tailles.

Un matin, les garçons préparèrent une omelette à deux œufs, jaune comme une fleur de tournesol, parsemée de tomates rouges, et un grand mug de thé au lait, destinés à leur patron et ami, qu'ils ne réussirent cependant pas à réveiller. Mû par l'instinct de l'irrationnel, le Professeur se mit à gémir avant que Bichchoo n'effectue les gestes stéréotypés de vérifier le souffle du doigt et le cœur de la main.

En l'espace d'un instant, ils redevinrent deux pauvres gamins sans éducation ni moyens. Sans capacité leur permettant de connaître le monde et d'y négocier.

Bichchoo fondit en larmes ; le Professeur engloutit l'omelette, but le thé, alla se masturber dans un coin de la pièce. La moindre perturbation émotionnelle le poussait à cette quête fébrile d'éjaculation.

Le soir – Gomes commençait à sentir mauvais –, ils finirent par se rendre au poste de police en face de la gare, où on les passa à tabac pour obtenir des informations. Ce qu'on avait raconté à Bichchoo au cours de sa brève existence sur les kakis s'avérait. Ils vous battaient – que vous répondiez ou pas à leurs questions. Dans ce genre de situation, la dernière solution du Dr Schulz – l'amour – était comparable à un pistolet à eau devant un canon.

Mais les claques systématiques qu'on lui assenait lui importaient beaucoup moins que l'humiliation de son ami. Dès que les questions et les coups se mirent à pleuvoir, le Professeur déboutonna sa braguette. S'esclaffant, l'agent qui le tabassait appela ses collègues, dont le sous-inspecteur.

Ils s'amusèrent avec lui comme avec un jouet. Après lui avoir poliment et fermement demandé de refermer son pantalon, ils lui crièrent dessus et le giflèrent jusqu'à ce qu'il essaie de se tripoter, le cou penché, les yeux mi-clos. À ce moment-là, l'un d'entre eux lui susurra d'arrêter. Puis un autre s'en prit derechef à lui avec des mots grossiers et des gestes brutaux.

Malgré son envie de hurler et de lutter, Bichchoo savait que le prix à payer dépasserait l'imagination. Non seulement pour lui, mais aussi pour son ami, celui qu'il aimait le plus au monde maintenant que le docteur autoproclamé avait disparu.

Le fardeau de chagrin accablant qu'il avait apporté au poste de police s'était encore alourdi. La tristesse le terrassait. À dix-sept ans, il comprenait – avant même que le corps de son patron ne soit dans un cercueil – que la plus belle partie de sa vie était déjà terminée.

Pendant ces brèves années, rien de ce qu'il avait vu de ses parents ou des autres habitants du bidonville ne s'était approché des expériences avec le docteur autoproclamé. La clé lui ouvrant le monde – des possibilités et de la connaissance – était irrémédiablement perdue. Il n'était de nouveau qu'un gamin analphabète, trop maigre, trop pauvre, trop noir. Sans avenir et sans présent.

Lorsque les membres de la famille de Gomes vinrent à ses obsèques, ils ne jetèrent pas un regard aux garçons. Des sœurs et des frères âgés, des tantes et des oncles à moitié agonisants, des nièces et des neveux plutôt jeunes, dont les enfants récurés avaient des yeux pleins d'ennui. Vêtus d'habits effilochés, ils affichaient des expressions solennelles. Bichchoo n'en avait jamais aperçu aucun, ni jamais entendu le docteur autoproclamé parler d'eux.

Son ex-femme se présenta avec son mari mizo qui avait l'air d'un boxeur. Sa bouche ne s'entrouvrait pas quand il souriait et son regard semblait une provocation au combat. En robe blanche, du fard rouge aux joues, l'ex-femme était sublime en dépit du léger réseau de ridules à la commissure de ses lèvres.

Bichchoo la dévisagea avec amour et vénération. Il voulait lui raconter ce qu'il savait sur son ex-mari et les merveilleuses choses qu'ils avaient faites ensemble. Et lui parler de sa grave erreur : le boxeur était un piètre substitut au docteur autoproclamé. Aucun poing n'était à la hauteur d'un cœur follement généreux.

L'envie le tenaillait de toucher le grain de beauté de son cou.

Il désirait sa beauté pour le docteur autoproclamé et pour lui-même.

Dans la petite église, où le prêtre de petite taille, vêtu bizarrement, entonna un grand discours, Bichchoo et le Professeur, debout à l'arrière, main dans la main, les prunelles dilatées, s'interrogeaient sur un dieu cloué en croix par des hommes. Est-ce que ça ne devait pas être le contraire ? Personne ne les gratifia d'un regard. Personne n'avait une larme ou un souvenir dans les yeux.

Plus tard, dans la maison où les membres de la famille se réunirent, on chassa les deux vauriens de l'entrée devant laquelle ils s'attardaient, scrutant ces inconnus en train de piétiner leur havre et leur passé. Qui parmi eux savait quoi que ce soit sur le docteur autoproclamé ? Avaient-ils échangé une parole avec lui ou partagé un morceau, un verre, un regret, un jour, une nuit, un espoir, une crainte ou une histoire ?

On leur claqua la porte au nez. Les deux amis se réfugièrent dans le deuxième repaire de prédilection, s'assirent sur les pierres dures et froides. À la lueur du mince croissant de lune, la rivière était un serpent sombre qui tremblait sous l'effet d'un souffle de vie permanent. Le Professeur bondit soudain et se mit à chanter l'hymne national, la seule chanson qu'il connaissait. On l'avait souvent giflé parce qu'il le hurlait en public. Ici, personne ne le voyait ni ne l'entendait, il pouvait s'en donner à cœur joie.

Au final, Bichchoo se joignit à lui.

Jaya heh ! Jaya heh ! Jaya jaya jaya jaya heh[1], chantaient les deux jeunes orphelins, répétant à l'envi la dernière invocation tandis qu'ils marchaient de long en large sur la berge, balançant les bras, le dos droit comme des soldats.

Ils n'avaient pas de Bagpiper couleur ambre et embaumant, mais une bouteille d'urak amer. Quand

1. Tu es celui qui dirige le destin de l'Inde.

ils l'eurent descendue et que le Professeur eut terminé l'inéluctable conséquence, ils se déshabillèrent, sautèrent dans l'eau. La rivière, chaude, était accueillante – comme une mère comme un lit comme le propriétaire de la maison dont on venait de les éjecter.

Un couple de vanneaux les survola, posant d'autres questions dans un monde rendu fou par un excès de questions et une pénurie de réponses.

Pendant deux jours, ils essayèrent d'entrer dans ce qui avait été leur foyer. En vain. Des membres de la famille étaient toujours là, en train de manger, de boire, de se disputer. Pour Bichchoo, seule une personne avait un droit sur ces pièces, et encore sans le boxeur. Or elle était déjà partie, tellement loin qu'elle était presque en Chine ; il ne reverrait jamais le grain de beauté de son cou qui avait légitimement appartenu à son ami.

Le troisième jour, ils découvrirent le bungalow plongé dans le silence et sur la porte un fragile cadenas en aluminium qui, à peine l'eurent-ils touché, se cassa en deux. Il n'y avait rien à l'intérieur. Ni poussière ni débris d'un lieu que les gens ont évacué. Dans ce désert rempli d'échos, ils ne purent retrouver leur défunt ami ou eux-mêmes. Il leur fut même difficile de piéger un souvenir sur des sols et des murs inanimés.

Debout dans ce néant, la gorge nouée, Bichchoo comprit que les pièces ne sont rien sinon ce qui les meuble, de même que les êtres humains ne sont rien sinon les sentiments qui les habitent.

9

Un fantôme et Champamalini

Un mois plus tard, la maison fut vendue, son terrain déblayé des broussailles et de l'herbe qui l'envahissaient et ses arbres furent élagués de leurs branches enchevêtrées et des plantes grimpantes parasites. Deux mois plus tard, la maison n'existait plus. Des camions avaient tout évacué, jusqu'aux fondations.

Si le docteur autoproclamé s'était volatilisé lorsqu'ils se trouvaient dans les pièces nues, il avait resurgi dans l'esprit de Bichchoo dès l'instant où ils avaient franchi le portail branlant. Suivant un rituel idiot, les garçons retournaient à la maison quotidiennement avec le vague espoir qu'un indice de leur avenir les y attendait, caché. Accepter la fin brutale des potentialités de la vie était inconcevable.

Un jour, Bichchoo aperçut un jeune couple en jean qui se tenait à l'endroit précis où le docteur autoproclamé leur racontait ses histoires improbables.

Ils étaient si beaux qu'on les aurait crus sortis tout droit de l'affiche d'un film dans un cinéma. On sentait leur odeur suave depuis la rue, leur peau rayonnait davantage que le soleil. Les cheveux de la jeune fille étaient animés de plus de vie que l'ensemble des femmes du bidonville. Même l'homme aurait pu être une danseuse de bar tant il était magnifique.

Ils le remarquèrent et lui demandèrent s'il était un voisin.

Oui, bien sûr. Le grand bungalow voisin. Et sa limousine était en train d'être lavée dans le garage.

Ils étaient superbes et pleins de bonnes intentions, au point d'occulter l'horreur du monde. Leur sourire modelait leurs lèvres, illuminait leurs yeux, jaillissait de leur âme. Des oiseaux gazouillaient quand ils parlaient. Des fleurs s'épanouissaient quand ils riaient. Comment aurait réagi le docteur autoproclamé ?

Ils lui demandèrent s'il connaissait l'homme qui avait vécu dans la maison. Non, en revanche il savait que la maison était hantée.

L'homme et la femme du couple le plus beau du monde se dévisagèrent, des nuages caracolèrent dans leurs beaux yeux : en était-il sûr ? Hantée de quelle manière ?

Aussi sûr que Bichchoo n'avait qu'à les regarder pour comprendre qu'ils étaient de ce monde et non d'un autre. À propos, le fantôme n'était pas indien.

C'était celui d'un étranger. D'un médecin allemand. Qui s'appelait le Dr Schulz. Il dirigeait un hôpital nommé Magus Scientia. Il avait guéri des milliers de patients de maladies aux noms imprononçables. Puis sa femme s'était enfuie avec un conducteur de train mizo qui avait l'air d'un boxeur. Ravissante, elle avait un gros grain de beauté noir sur le cou. Fou de chagrin, le Dr Schulz lui avait écrit pendant un an une lettre par jour où il la suppliait de revenir. Jusqu'à ce qu'un inspecteur de police se pointe avec une ordonnance du tribunal lui intimant de ne plus la contacter. Son cœur s'était brisé en deux. On l'avait entendu craquer à l'hôpital – c'était ce genre d'établissement magique – où on avait des instruments pour traquer des calamités pareilles.

Le beau couple, debout à l'ombre d'un imposant jacquier, fut horrifié à en avoir le souffle coupé ; la jeune fille couvrit ses ravissantes lèvres de ses doigts ravissants.

Et alors ?

Il s'est arrêté de manger. Il a continué à lui écrire une lettre par jour, sans la poster. Ses collègues qui l'aimaient et ses patients qui l'aimaient ont tenté d'intervenir, de le convaincre de l'oublier. De manger un toast, de boire un verre de lait. Peine perdue. À la manière d'un moine jaïn, il avait décidé de disparaître de sa vie.

S'il était capable de se laisser mourir de faim, il ne pouvait pas disparaître du monde. Lorsqu'il a poussé son dernier soupir, il pesait vingt-quatre kilos : une des raisons pour lesquelles son fantôme est à peine visible. D'une maigreur absurde, il a une blouse blanche qui pend à ses épaules, une longue barbe blanche et un monocle sur son œil gauche, cave.

Mon Dieu ! Et que veut-il ?

Rien d'autre que sa femme. Il continue de lui écrire une lettre par jour. Une fois, j'étais petit, je l'ai vu par une fenêtre – la maison était là – en train d'écrire, assis à une table. J'ai failli m'enfuir tellement j'étais terrifié jusqu'à ce que je m'aperçoive qu'il pleurait comme un enfant. Le papier était mouillé par les larmes que ses yeux versaient.

L'adorable épouse frissonna et l'homme à la musculature d'un docker, au teint digne d'un mannequin pour crème de beauté l'enlaça. Où fabriquait-on des gens aussi beaux ? Dans quel parfum les avait-on plongés ? Au-dessus d'eux, le fruit de l'arbre était gros et lourd. S'il en tombe un sur l'un des deux, l'autre deviendra un fantôme sublime, pensa Bichchoo.

À l'abri d'un bras musclé, la jeune fille lança : Et alors ?

Il attendait le retour de son épouse, enfin, de son fantôme. Même si l'épouse du médecin voulait revenir, elle ne trouverait pas son chemin depuis le Mizoram. Les spectres ne sont pas comme les gens, vous savez. Ils n'ont aucun sens de l'orientation. Ils ont très peur de tomber sur d'autres fantômes. Voilà pourquoi ils ne bougent pas du lieu où ils sont en rade depuis des siècles. Cachés dans des placards, des troncs d'arbres, des cuvettes de toilettes, sous des lits, dans des sous-vêtements féminins. Le moindre endroit où ils se sentent calfeutrés, en sécurité. Une chance pour les humains, sinon les fantômes se seraient regroupés pour constituer une armée ou un parti politique et ils auraient conquis le monde. Vous imaginez combien de fantômes il y a ne serait-ce qu'en Inde ?

À leur expression, on eût dit qu'il leur avait offert un morceau de serpent en guise de petit déjeuner. Aucun mot ne franchit leurs jolies lèvres.

Est-ce qu'ils calculent ? s'interrogea Bichchoo.

La lumière avait soudain décliné, un vent frais se leva et des nuages gris, gorgés de pluie, s'éclipsèrent sous le soleil.

C'est prudent d'habiter cette maison ? voulut savoir l'homme.

Bien sûr. Veillez simplement à accrocher un portrait de l'épouse du médecin dans la pièce principale.

Où trouver un portrait d'elle ?

Je peux vous prêter celui que j'ai. Faites-en une copie et rendez-le-moi. Avant sa mort, le Dr Schulz l'a confié à mon père pour qu'il le garde. Mon père, son adjoint à l'hôpital, l'aimait beaucoup. Il s'est même rendu dans l'État de Mizoram pour essayer de ramener son épouse. Elle lui a claqué la porte au nez ; avant, le boxeur lui avait flanqué un coup de poing dans la poitrine. Il est revenu en larmes, les côtes cassées, le cœur gémissant. Il a dit au médecin qu'il ne l'avait pas retrouvée. Son voyage lui avait pris des semaines interminables. Selon lui, le Mizoram était si loin que c'était un miracle qu'il soit en Inde, un pays décidément plus grand que le monde.

La première goutte tomba et rebondit comme une grenouille sur une feuille du jacquier. La jeune fille s'écria d'une voix stridente, d'une beauté absolue : J'adore la pluie !

L'homme courut chercher un parapluie dans son élégante voiture.

Bichchoo sortit un sac en plastique vert de sa poche et s'en couvrit la tête.

Les deux années suivantes de l'existence de Bichchoo furent un cadeau de la déesse Yellamma. Le docteur autoproclamé et sa maison continuèrent à subvenir à leurs besoins, fût-ce depuis la tombe.

L'homme du plus beau couple du monde s'appelait Sonny, la femme Sonia. Ils chérirent la photo de l'épouse fugueuse comme si elle représentait leur grand-mère. Ils venaient de Delhi et, d'après leurs explications, Bichchoo eut l'impression que c'était encore plus loin que le Mizoram. Bichchoo força Sparkplug – qui allait en classe tous les jours, les dents brossées, l'air sérieux comme s'il se préparait à un avenir de haut fonctionnaire – à lui dénicher un vieux cliché d'une Allemande au cybercafé. Sparkplug en imprima un sur du papier photo de trente centimètres sur trente d'un grain magnifique. Pour une femme aussi splendide que celle qu'il avait trouvée, n'importe quel homme se serait laissé mourir de faim.

Lorsque Sonia la vit, elle s'exclama : Mon Dieu, c'est le portrait craché de Marlene Dietrich !

Elle s'appelle Frieda, précisa le gamin du taudis.

À chacune de leurs visites, Sonia et Sonny donnaient mille roupies à Bichchoo. Ils passèrent à cinq mille. Les deux semaines suivantes, le Professeur et lui burent tellement d'urak que l'odeur de leur pisse parvenait jusqu'à la gare, voire au-delà. En outre, on avait fait découvrir au Professeur un paysage enchanteur, lui procurant une joie qu'il n'avait jamais ressentie jusque-là.

Il avait rencontré la marchande de poissons, celle qui logeait dans une cahute de tôle et d'amiante nichée dans une cavité constamment humide du grand pont menant à la capitale. Elle s'appelait Champamalini ou guirlande de fleurs de frangipanier. Bichchoo était obsédé par elle, par son corps solide et huileux. Ce n'était pas une prostituée, elle se donnait par amour et compassion. Dès qu'elle connut le Professeur, elle le traita avec une sollicitude pleine de tendresse.

Bichchoo apportait à Champamalini ce qui lui tombait sous la main – du petit matériel de pêche jusqu'aux carillons en aluminium qu'il avait entendus chanter sur la véranda d'un bungalow de Sailor's Row. Elle les accrocha à la porte de sa bicoque où ils accompagnaient en musique les ondulations de son corps.

Il lui donna, entre autres, un rouge à lèvres d'une couleur surprenante et une pile de vieux magazines de cinéma. Son analphabétisme ne l'empêchait pas d'adorer regarder les stars à ses moments de liberté. Effleurant du bout des doigts l'audace d'une pleine page brillante, elle s'interrogeait sur un dieu qui prodiguait richesse, célébrité et teint clair à certains de ses enfants, taudis, poux et peau foncée à d'autres, mais s'attendait à ce que tous le glorifient et le servent de la même manière.

En signe de protestation, Champamalini ne priait que les dieux de sa couleur de peau. Kali, Shiva, Krishna et Yellamma. Toujours Yellamma : la déesse des rejetés et des humbles. Que ces dieux aussi soient pauvres, colériques, généreux et capables d'aimer plus d'une personne à la fois la rassurait.

Après avoir montré ce qu'il fallait faire au Professeur, Bichchoo s'était assis au fond de la pièce pour regarder. Dès l'instant où le garçon avait pénétré Champamalini, il était tombé éperdument amoureux d'elle. Elle avait doucement caressé son étrange tête quand il avait eu fini et l'avait laissé recommencer dix minutes plus tard.

Bichchoo avait éclaté de rire : Tu as fait un homme de mon ami, commenta-t-il. Aucune femme n'est en sécurité maintenant.

Il n'en fut rien. Le Professeur n'aima et ne désira toucher que la marchande de poissons. Bichchoo eut du mal à l'empêcher de lui donner la totalité de leur pêche d'une journée. Encore plus de mal à l'éduquer pour qu'il ne se pointe pas chez Champamalini chaque fois qu'il pensait à elle.

Champamalini était inaccessible douze heures par jour lorsque son mari – vigile aux horaires variables d'un ensemble résidentiel – était à la maison, et quelques heures de plus lorsque leurs enfants – une fille de neuf ans et un garçon de six – rentraient de l'école du bidonville et ne dormaient pas. Bien sûr, ceux-ci étaient gérables. Les deux copains leur offraient des cadeaux de sorte qu'ils descendaient docilement au bord de la rivière ou se rendaient dans les boutiques près du pont avec l'un, tandis que l'autre comblait la mère de son ardeur.

Elle avait clairement posé une condition. Si l'un touchait à sa fille, elle les tuerait. Elle gardait une faucille aiguisée sous son *charpoy*. Champamalini avait infligé une blessure de dix centimètres à l'épaule d'un amant – il tressait des meubles en rotin au marché du pont – quand, rentrant dans la cahute, elle avait vu sa fille assise sur ses genoux.

Pendant que les deux amis partageaient leur argent et leur temps entre Champamalini et la pêche, Sonia et Sonny emportèrent Frieda à Delhi. À leur retour, celle-ci était enchâssée dans un épais cadre en ébène doré, comportant une large bordure blanche avec la légende : *Frieda. Épouse du Dr Schulz. Maîtresse du Refuge du docteur.*

C'était tellement élégant et tellement réel, comme l'image d'un livre, que Bichchoo eut envie de l'embrasser. À présent, il était certain qu'il s'agissait de l'épouse du Dr Schulz et que le grand médecin était mort très malheureux qu'elle l'ait abandonné. En fait, Gomes n'était personne d'autre que le Dr Schulz feignant d'être aide-soignant.

Sonia et Sonny – à l'odeur suave, et crédules – décidèrent de construire une belle villa sur le terrain de la ruine. Des architectes au débit rapide, très mobiles, lunettes noires sur la tête, débarquèrent de Delhi, armés d'ordinateurs argentés et de feuilles de papier craquantes. D'autres gens arrivèrent avec Sonia et Sonny, aussi beaux et radieux qu'eux. Ils riaient à gorge déployée à chaque mot proféré, se tapaient dans le dos, prenaient des poses sous le jacquier chargé de fruits, répandaient leurs merveilleux effluves.

Bichchoo en vint à croire que Delhi était un jardin parfumé et ses habitants sertis d'or comme les dieux.

Il négocia une somme de quatre mille roupies par mois en échange d'une assistance locale et de la gestion du fantôme. Et deux mille de plus pour le Professeur. Il convainquit Sonia et Sonny que ce qui passait pour une infirmité était un avantage précieux dans les rapports avec les esprits. Faute de faire confiance aux humains, les spectres se fiaient aux êtres dont les humains se méfiaient. Le Professeur était capable de voir et d'entendre ce qu'aucun d'entre eux ne percevait. Quand on faisait construire une maison à trois *crores* de roupies, mieux valait se conformer aux protocoles des humains et des esprits.

Il fallut deux ans pour construire la maison. Ses salles de bains étaient assez vastes pour loger la totalité du bidonville et son toit était tellement haut qu'un hélicoptère aurait pu voler dessous. Bichchoo n'en voulait cependant pas au couple de sa munificence. Grâce à elle, le Professeur et lui profitaient des moments les plus agréables de leur existence; en outre, il se rendait compte qu'ils n'étaient pas les seuls – entrepreneurs, fournisseurs, petits fonctionnaires – à exploiter les merveilleux fantasmes du couple.

À peine le premier mur fut-il élevé que Bichchoo insista pour qu'on installe sur-le-champ le portrait de Frieda. Croyant qu'elle était la grand-mère de Sonia et Sonny, les ouvriers s'émerveillèrent qu'on ait accordé tant de beauté à une famille. Bichchoo leur raconta que son mari allemand l'avait violemment assassinée parce qu'elle avait regardé un certain Nehru. Lorsque l'Allemand l'avait épousée, il avant changé son prénom de Farida pour Frieda. Bichchoo prévint les ouvriers que, s'ils la fixaient dans les yeux, ils risquaient d'être possédés.

Les ouvriers recouvraient le tableau d'une *gamcha*[1] quand ils travaillaient.

Au cours de ces années, les deux amis s'intoxiquèrent avec autre chose que l'urak. Ils découvrirent le cannabis. Le Professeur apprit à lisser et rouler des joints aussi facilement qu'il attrapait des poissons. La

1. Serviette en coton léger.

plupart des nuits, ils dormaient dans une nouvelle aile de la villa en construction, faisaient leur lit sur des carreaux turquoise aussi rutilants que des bijoux de la piscine récemment creusée. Ils fauchèrent quelques petits carreaux pour leur amour. Rayonnante de joie, la marchande de poissons s'en servit pour créer un swastika sur son sol en terre battue.

Les rares fois où Bichchoo rentrait chez lui, il donnait de l'argent à sa mère et à ses frère et sœurs. À quarante ans, sa mère en faisait quatre-vingts. Ses sœurs avaient bien grandi et ne se privaient pas de sortir avec les garçons du bidonville. Sparkplug avait beau avoir raté pour la quatrième fois son examen d'entrée en seconde, il n'était toujours pas découragé, convaincu que l'éducation le propulserait là où personne n'était allé auparavant. Bichchoo, qui avait vu de près les heureux de ce monde, savait que, même si son frère étudiait cent ans – puis cent ans de plus –, il ne franchirait jamais leur seuil.

Il avait compris qu'il existait deux manières de tracer son chemin. L'une passait par l'éducation, l'autre par la duplicité.

Pour ceux nés dans un bidonville, la voie possible tombait sous le sens.

Il n'y avait aucune raison de désespérer. Au tribunal extraordinaire de Yellamma, la justice était toujours rendue, pour complexe et déroutante qu'elle soit.

Les dieux ne jugent pas comme les hommes. Ils ne s'asseyent pas, la mine sévère, derrière d'imposants bureaux, pour poser des questions banales, ouvrir de gros manuels, écrire sous forme de paragraphes numérotés comme si la justice était de la comptabilité et non de la philosophie, tout en interprétant des sections arides et des dispositions encore plus arides ; ils ne citent pas de mauvais exemples qui deviennent de plus en plus mauvais à mesure qu'ils déchiffrent des phrases dont le nombre de virgules et de points-virgules dépasse les limites du bon sens.

Dans leur danse de justice, les dieux accordent autant de pouvoir à la duplicité qu'à l'éducation. Si l'éducation se pavane, c'est la duplicité qui la dirige avec une maîtrise désinvolte.

Partout, les érudits s'agenouillent devant les manipulateurs.

Son frère Sparkplug était dupe de l'illusion des faibles. L'idée d'une vertu sans danger. Du triomphe d'une sécurité sans risque. Il acceptait l'argent de Bichchoo – connaissant son origine malhonnête – et, trônant sur un livre, se croyait supérieur.

C'est une constante. Les gens méprisent le pactole illégal, ils n'en sont pas moins aux anges d'empocher les gains. Un encouragement à la lâcheté et à l'hypocrisie, l'apanage des instruits. Un mensonge qui leur permet de prétendre être à la fois riches et vertueux.

Face à face avec le pouvoir, la culture a rarement des genoux même si les plus grands esprits les plient pour que leur art ait la chance infime d'être éternel. Virgile est au service d'Auguste, Amir Khusrau[1] à celui du sultan.

Ils sont des jouets entre les mains des autocrates et leur mépris du pouvoir temporel n'est qu'une piètre ruse leur permettant de se regarder dans la glace.

---

1. (1253-1325) Soufi mystique et l'un des plus grands poètes en langue persane de l'Inde.

Bichchoo se fichait de l'opinion de Sparkplug. Pour lui, son frère aîné était un imbécile sur lequel il devrait veiller sa vie durant.

Hormis le cannabis, l'urak, la pêche et Champamalini, les deux amis devinrent accros à autre chose. Maintenant qu'ils avaient de l'argent, ils allaient au cinéma dans la capitale. Ils voyaient tous les films en hindi et trivialisaient les dialogues grandiloquents que les cinéastes croyaient avoir chopés dans la rue. Dans ce pays de la démesure, il est impossible de déterminer l'origine de la langue ampoulée. Si c'était dans l'imagination ou dans la réalité – et laquelle des deux est le plus partie en vrille.

Champamalini fut ravie de cette nouvelle manière de s'adresser à elle. Un coup de tonnerre à un moment, une coulée de miel l'instant d'après. Dans ces mots pompeux, elle se voyait telle qu'en elle-même : non une marchande de poissons dans une cahute imprégnée d'amiante, nichée dans une cavité humide au pied humide d'un pont en béton – épouse d'un vigile de résidence, mère de deux enfants dépenaillés –, mais une femme merveilleuse adorée par deux amants.

La journée, elle écoutait la radio offerte par Bichchoo et le Professeur. Les chansons mélodieuses diffusées, tristes et gaies, étaient composées pour elle. Les amants voulaient à tout prix qu'elle les accompagne dans la capitale pour y voir un film ; elle en mourait d'envie, sauf qu'elle n'avait aucun moyen de se libérer cinq heures d'affilée des enfants, du mari, de la cahute et des poissons.

À la place, elle regardait les vieux magazines qu'ils lui apportaient et se voyait en eux.

Pour les deux copains, une journée idéale consistait en ceci : cannabis le matin, urak au déjeuner, Champamalini l'après-midi, un film le soir et la pêche la nuit – avec davantage de cannabis et d'urak. Ils réussissaient à avoir plus de journées idéales en un mois que la majorité des gens en une vie.

Chaque fois qu'il priaient Yellamma, ils lui demandaient d'accorder une fortune inépuisable à Sonia et Sonny les magnifiques afin qu'ils désirent une maison tellement grande qu'il faudrait une éternité pour la construire.

En réalité, ils y restaient de moins en moins car la nouvelle sorte d'ouvriers Uber, venus d'aussi loin que Mumbai et Delhi, les intimidait.

Des hommes pressés, au visage dur, indifférents au passé et aux fantômes. Ils ne se seraient pas interrompus pour l'histoire du docteur autoproclamé et des pièces délabrées ayant occupé la place où ils se tenaient. Les garçons comprenaient que les gens se déplaçaient à un rythme effréné dans la grande ville, si bien qu'ils n'avaient d'énergie que pour le présent et l'avenir, aucune pour le fardeau du passé.

Bichchoo expliqua au Professeur ce que le docteur autoproclamé lui avait expliqué. À l'aube des temps, les humains avaient un cou capable de tourner complètement. Ils voyaient aussi bien derrière eux que devant. Ainsi, tout était réuni en un seul lieu – les morts, les vivants, les générations à venir.

Il y avait eu des changements au fil des millénaires. Les gens ont désormais un cou qui ne leur permet que de voir ce qui est à côté d'eux ou devant. Le pays de défunts a disparu et les anciennes connexions se sont perdues. L'histoire du cou suggère que les futurs humains ne seront capables que de regarder devant eux, même pas à côté. Chaque homme suivra son chemin en ligne droite sans être retenu par les morts ni par les vivants.

Le Professeur en fut tellement perturbé qu'il dut foncer derrière la pile du pont pour s'apaiser.

Il était plus de deux heures du matin, le moment de raconter de nouvelles ou d'anciennes histoires. Les deux amis campaient sur la dalle de béton de la deuxième pile du pont qui en avait six. C'était la période du mois où ils pêchaient la nuit et non sur la berge. La surface de la rivière qui coulait en majesté à cette heure-là était aussi mystérieuse que sa profondeur. Le clair de lune la striait de même que les lumières vives de la capitale au loin, dans le coude, où attendait la mer à la gueule insondable.

Les lumières de la ville étaient multicolores – vert, jaune, bleu, rouge –, projetées par de gigantesques néons vantant un monde de multiples plaisirs différents de la pêche et de l'amour.

Autant de mystifications qui n'intéressaient pas encore les deux copains. Le cercle en béton de la pile numéro deux, leur royaume, contenait ce dont ils avaient besoin. Une bouteille d'urak, un paquet de cigarettes, quelques carottes de tabac noires et poisseuses pour les galvaniser, deux sacs de chips de marque, deux paquets de biscuits au glucose, des *parathas*[1] fourrés au poulet ramollis d'où sortaient

1. Pains frits généralement dans du *ghee* et fourré.

oignons et *masala*, un drap rêche pour chacun en vue de la fin de la nuit, une lampe électrique fuselée dont le rayon éclairait la rive, leur matériel de pêche, plusieurs moulinets, des crevettes d'appâts dans un pot perforé. Sans oublier le cigare allumé en l'honneur de leur esprit tutélaire – la sentinelle de la rivière et des poissons – posé au bord de la dalle.

Leur petit bateau flottait en aval, tirant sur son amarre. Au cours de la nuit, les camions surchargés vrombissaient au-dessus d'eux, à en faire vibrer la pile et leurs os. Sinon, les bruits se limitaient aux sauts des poissons, au crissement du cordage et au gargouillis de l'urak.

Des débris de trois énormes poutres en béton s'étaient échoués au fond de la rivière, provenant d'un effondrement accidentel au cours de la construction du pont, douze ans auparavant. Les connaisseurs savaient que c'étaient des frayères – un lieu paisible pour la reproduction et l'alimentation des poissons, notamment le barramundi. Un seul suffirait à composer le festin d'un village. Une semaine auparavant, les amis avaient chopé une reine argentée d'une valeur de deux mille roupies.

À son retour de l'autre côté de la gigantesque pile, le Professeur, calmé, leur roula une cigarette. Bichchoo le regarda avec beaucoup d'amour, pensant : Voilà comment un homme devrait être. Fidèle, taciturne, expert en pêche, magicien des joints, bandant au pied levé et vite apaisé, loyal au point de partager une femme, indifférent à l'argent et prêt à passer ses nuits avec un ami sur un pilier en béton au milieu d'une rivière.

Si les gens étaient moins intelligents et avaient plus de cœur, ils aimeraient le Professeur.

Quand Bichchoo dormait, assommé par l'urak et la ganja, le Professeur restait éveillé pour surveiller les lignes. Il en enroulait deux autour des orteils de son pied gauche calleux, deux autour de ceux de son pied droit et, adossé au pilier lisse et gris, observait la profonde respiration de la rivière, la palpitation des gigantesques néons de la ville, la lune tachetée qui se hâtait vers sa fin.

Imaginer ce qui se passait dans l'esprit du Professeur était de l'ordre de l'impossible. Se sentait-il diminué par une déficience qu'il ne comprenait pas ? Se sentait-il méprisé par des gens qui ne le comprenaient pas ? Soupçonnait-il que Champamalini l'accueillait par compassion ? Était-il vraiment amoureux d'elle ? Un être tel que lui pouvait-il éprouver ce genre d'amour – sensible et nourri par une mythologie romantique ? Savait-il pleurer ? Non du fait d'une douleur physique mais d'une peine de cœur ? Comment considérait-il Bichchoo ? Comme un chef, un protecteur ou un ami ?

Le Professeur pensait-il ? Ou seul un carnaval de sensations et de choses vues emplissait-il son cerveau ? Il n'était capable ni de ruse ni de s'exprimer par une phrase construite, est-ce que cela le rendait moins humain ? Un crétin ne parvient-il jamais à formuler sa vie intérieure ? Qu'elle soit riche était indéniable. Il suffisait de regarder ses yeux bruns pleins de douceur pour percevoir le flot de mots qui y était endigué.

Quand la caresse de la première brise fraîche le réveilla, Bichchoo constata que son associé dormait, assis. Près de son corps massif affaissé, il y avait un poisson-chat de taille moyenne et deux petites bananes de mer. Les lignes étaient toujours dans l'eau et les déclencheurs sur ses gros orteils. De faibles lueurs des taudis alignés le long de la rive se projetaient dans la rivière. Il savait que des hommes, des femmes, des garçons s'apprêtaient pour les tâches à accomplir avant le réveil du monde civilisé. S'ils dormaient ne serait-ce qu'une heure de plus, les poissons ne sortiraient pas des docks, ni les journaux des dépôts, ni le lait des citernes, ni les légumes des camions, ni le pain des boulangeries, ni les ordures des rues.

Partout dans l'État, la panique exploserait comme une bombe pakistanaise dans les maisons où l'on se disait bonjour.

Bichchoo scruta la cavité sous le pont, mais aucune lumière n'y brillait, il n'y avait aucun signe de vie. Le grand coup de coude de l'aube réveillerait Champamalini et elle préparerait le départ des enfants et de l'époux. Le désir l'étreignit. Si seulement elle était à lui en permanence !

Il ramena les lignes pour vérifier si l'appât tenait. Avec l'afflux des humains, les poissons devenaient plus malins. Ils avaient appris à grignoter les crevettes par le côté sans toucher le métal ; en effet, deux hameçons étaient vierges de toute tentation. Il décida de ne pas les relancer. Un pêcheur judicieux devine les moments où les esprits ne sont pas de son côté mais de celui des poissons.

Après avoir rembobiné avec précaution les lignes des cannes à pêche, il les démêla doucement des orteils du Professeur. Il passa aussi doucement son bras autour du cou de son ami qu'il étendit sur le béton et recouvrit de son drap.

Il se sentait en paix. L'urak n'avait pas laissé en lui d'autres traces que l'odeur. L'air frais lui picotait les narines. Contrairement à son frère honnête qui se berçait d'illusions, il n'avait pas de projets à long terme. Rien ne l'attendait, ni ne lui était destiné dans le vaste monde. Il ne pensait pas plus loin qu'au jour même et qu'au lendemain. Très prometteurs en l'occurrence.

Aujourd'hui, il se rendrait à son taudis, donnerait de l'argent à sa famille, soutirerait à ses sœurs des potins du bidonville. Il écouterait son frère bêtifier sur les nouvelles tendances et technologies – autant d'infos extraites gratuitement d'Internet. Il les serrerait dans ses bras, mais il s'éclipserait avant qu'ils ne se mettent à geindre, ce qui le démoraliserait.

Il avait décidé qu'il ressemblait à son père – au fond, c'étaient les jérémiades familiales qu'il fuyait.

Ce soir, il coucherait dans la nouvelle salle de massage du bungalow attenante à la piscine, sur la table recouverte en similicuir vert et rêverait d'*apsaras* de Delhi, au teint d'une blancheur de lait, qui embaumaient plus que n'importe quel plat.

Demain, il retrouverait Sonia et Sonny les magnifiques pour recevoir son salaire, ainsi que celui de son compagnon, et leur raconter une nouvelle fable qu'il n'avait pas encore inventée.

Et demain soir, lorsque l'heure du sommeil aurait sonné pour les enfants, son frère et lui se faufileraient dans la cavité, chargés de cadeaux, le souffle coupé par le désir. Demain, c'était le premier jour du mois. Le vigile de la résidence changerait d'horaires.

Pendant la prochaine quinzaine, la pêche se ferait de jour, l'amour de nuit.

Comme n'importe quel amant, Bichchoo savait que rien ne valait l'amour dans les ténèbres. Dans la journée, c'était comme une masturbation : une chevauchée mécanique de la semence. L'amour est pétri d'ombres et de sinuosités, de coins et de recoins, de traces de souvenirs et d'odeurs excitantes. La lumière du soleil gâche tout.

Une grande visibilité caractérise la pornographie : l'amour est une intuition passionnée de la nuit.

Demain soir, dans la cahute noyée d'obscurité, il découvrirait en Champamalini des plaisirs impossibles à trouver dans la journée.

Le Professeur ronfla, un vrombissement comparable à celui des camions qui roulaient au-dessus d'eux. En le regardant, Bichchoo pensa : Je vais devoir m'en occuper ma vie durant. La perspective le combla. Il ramassa le paquet de cigarettes, l'ouvrit d'une chiquenaude. Comme toujours, son ami endormi lui avait laissé une roulée. Tandis qu'il en inspirait la suavité, l'horizon se teinta de gris et les gros néons s'éteignirent. Le vol des oiseaux se fit de rive à rive.

Une chanson hindie lui trottait dans la tête, sur le peu dont un homme avait besoin pour être heureux. Composée pour lui, bien sûr.

Une pile en béton d'un pont. Du poisson. De la ganja. L'amitié. Champamalini.

Il aurait tout ça demain. Il trembla de nouveau sous l'effet du désir. Il se leva, ôta sa chemise, plongea dans la rivière. Son corps semblable à un fouet était une anguille noire et rapide. En quelques minutes, il fut dans le bateau et, allongé sur le dos, il contempla les dieux en tanguant doucement dans le cosmos sans rivages.

Demain. Demain.

Rien dans ses fables les plus délirantes n'aurait pu approcher le lendemain qui se déroulerait pour lui.

Le lendemain soir, au moment où les deux amis arrivèrent sur le chemin situé devant le pont qui descendait en pente douce vers la rivière, ils avaient déjà vidé une demi-bouteille de Bagpiper, et en avaient deux autres à la main. Il était vingt et une heures. Sur la route, c'était un imbroglio de pneus qui crissaient, de klaxons qui claironnaient, de phares qui s'entrechoquaient. Du côté où l'accotement était large, on s'activait dans la rangée de taudis : vente de cigarettes et de gnôle, une passe rapide dans le village de pêcheurs de l'autre côté.

La tête de Bichchoo était comparable à la route envahie de bruits furieux et de lumières explosives. Les vingt-six heures qui venaient de s'écouler avaient été abominables. Sa visite chez lui avait été catastrophique. Il s'y était pointé, affamé, portant le poisson-chat, et avait voulu que ses sœurs le fassent cuire aussitôt. Son exigence péremptoire leur avait déplu. Sur leur trente et un pour aller au cinéma en ville, elles avaient les ongles vernis, les yeux ourlés de khôl. Elles lui avaient demandé d'attendre le retour de leur mère de son travail d'esclave au cabinet du médecin. Il les avait traitées de putains, prêtes à écarter les jambes pour quiconque leur montrerait un film. D'où ce rouge à lèvres brillant.

La plus jeune avait poussé un cri strident qui avait résonné aussi loin que Sailor's Road. En même temps, elle s'était précipitée sur lui avec son parapluie. Avant qu'elle ne puisse le toucher, il lui avait tordu le poignet et l'avait giflée avec le poisson-chat. La plus âgée était intervenue. Bichchoo, bouillant de cette rage à fleur de peau qui le possédait, l'avait poussée tellement fort qu'elle s'était cognée au bord du lit, déchirant son impeccable chemisier blanc.

Au lieu de le calmer, le chœur des pleurs l'avait exaspéré de sorte qu'il s'était remis à les battre, encore et encore, jusqu'à ce qu'elles aient le visage barbouillé de rouge à lèvres, de khôl, de larmes.

Comme elles sanglotaient, recroquevillées dans un coin, il leur avait balancé le poisson-chat avant de s'effondrer sur le sommier en bois, outré qu'une rare visite et une requête insignifiante aient suscité tant d'indifférence. Il s'agissait des sœurs à qui il offrait produits de beauté et vêtements.

Le Professeur, lui, s'était assis par terre et avait entrepris de déboutonner sa braguette. Le scrutant entre des doigts protecteurs, les sœurs avaient hurlé à en faire sauter le toit de tôle et injurié Bichchoo, le sommant d'arrêter la brute sur-le-champ. Plus elles s'époumonaient, plus le Professeur fermait les yeux, plus il était frénétique.

Je devrais l'inciter à vous baiser toutes les deux, s'était énervé Bichchoo. Ça te plairait, mon pote ? avait-il demandé au Professeur qui l'avait regardé, ahuri.

Terrifiées, les filles s'étaient péniblement relevées. Elles savaient que leur frère n'avait aucune limite.

Sans leur laisser le temps de s'enfuir, Bichchoo avait attrapé l'aînée et l'avait jetée sur le lit. Chacun de ses cris lui valut un coup. Il entendit la plus jeune appeler au secours. Mais au milieu de la matinée dans le bidonville, les valides et à moitié valides étaient partis grappiller un salaire. De toute façon, on survivait dans le bidonville en s'évitant : l'intervention chez quelqu'un appelait une ingérence chez soi. Chaque maison était une arène quotidienne de conflits et de violence.

Fais-le, ordonna Bichchoo. Le Professeur resta figé, désarçonné, en proie à une angoisse croissante et à une érection de plus en plus dure. Roulée en boule, la sœur se cachait la tête sous les bras ; sa peau qui apparaissait par la déchirure de son chemisier avait la couleur du chocolat.

Fais-le, vociféra de nouveau Bichchoo, agrippé aux chevilles de sa sœur qu'il obligea à s'allonger sur le dos. Fais-le.

La spirale émotionnelle éclata dans l'énigmatique cerveau du Professeur. Il se raidit. Il trembla. Il ferma les yeux et, avec un puissant grognement, inonda sa main. Puis il s'affaissa et pleura. Ses sanglots étaient plus bruyants que ceux des sœurs.

Abattu par la détresse de son ami, Bichchoo sortit à pas lents et s'assit, le dos contre le mur en briques crues. Son habitude depuis l'enfance. Dès qu'il avait envie de fuir les querelles et la mesquinerie déprimante qui, telle de la fumée, imprégnaient son foyer, il allait s'installer sur la dalle de béton posée sur le caniveau serpentant devant leur entrée et celles de tous les taudis.

Il y restait des heures, dans son short flottant en lambeaux, morose et taciturne – à observer la vie misérable alentour. Tout – les gosses qui jouaient avec des cailloux et des billes, les pathétiques garçons et filles mal fringués malgré leurs efforts qui se baisaient furtivement, les hommes et les femmes effacés et épuisés, les perpétuels nuages d'une poussière suffocante, la fange remplie d'excréments et de déchets du caniveau sous lui, où il fallait verser régulièrement des seaux d'eau pour la faire couler, les taudis aux toits de tôle maintenus par des pierres et des briques, isolés avec des pans de bâche et de plastique bleu –, tout lui disait que la vie, ce n'était pas ça.

C'était la mort. Il s'enfuirait dès que ses jambes pourraient le porter assez loin.

Les gémissements arrachés à plusieurs gorges s'échappant de la bicoque lui firent comprendre qu'il n'avait fugué nulle part. Le docteur autoproclamé était un hasard, de même que le beau couple ; l'argent facile qu'il avait gagné était un mensonge et Champamalini le fruit d'un arbre appartenant à un autre.

Il ne pleurait plus depuis l'âge de six ans. Une volonté farouche l'habitait et l'empêchait de se mêler à son entourage geignard. Son modèle avait été son père. Un mystère. Un nomade. Un homme qui embrassait. Un homme généreux. Un homme qui maniait le couteau. Même quand il s'était décomposé à l'instant de sa mort, il l'avait supporté sans se plaindre. Ses sœurs méritaient le traitement qu'il leur avait infligé, sauf qu'il s'était laissé aller. Il ne s'était pas conduit comme un homme généreux. Quant à son ami bien-aimé, il l'avait humilié devant ses sœurs, poussé à se répandre et à sangloter comme un vieux type incontinent.

Pourquoi ses sœurs n'avaient-elles pas été fichues d'attendre un quart d'heure le temps de lui préparer le poisson ? Il ne voulait rien d'autre d'elles. Rien de plus.

Il avait envie de pleurer aujourd'hui, mais il ne savait comment s'y prendre. Il était accroupi, la mâchoire serrée, les bras autour de ses genoux. Le soleil dardait ses rayons sur l'allée, de sorte que le béton sous lui était en feu. Comme tous les jours dans le bidonville, quelques gosses tentaient de s'amuser entre les cahutes. Il se rendit compte qu'il était l'un d'eux.

Le Professeur sortit, le visage zébré, la chemise salie là où il s'était essuyé les mains. Refusant de regarder son ami, il s'éloigna.

Bichchoo se leva d'un bond et le suivit. Dès qu'ils eurent quitté le bidonville et avant que le Professeur ne s'engage sur la grand-route, Bichchoo le rattrapa, l'obligea à se retourner et l'étreignit de toutes ses forces.

Plus tard, ivres d'urak et s'étant rassasiés dans la gargote d'Antony, ils gagnèrent Sailor's Row où ils étaient les gardiens du fantôme de Frieda et où une splendeur irréelle avait surgi des ruines du docteur autoproclamé. Des équipes d'ouvriers effectuaient les derniers travaux compliqués : ponceurs de pierre, peintres, plombiers, menuisiers, électriciens, carreleurs et la musique des machines résonnait partout. Personne ne prêta attention aux garçons qui traversèrent les pièces sonores, de nouveau émerveillés par la richesse créant d'aussi vastes lieux.

Ils s'assirent sur le mur mitoyen, dont le prix aurait suffi à les nourrir leur vie durant, et décidèrent de demander au beau couple d'augmenter leurs salaires. La gestion d'un fantôme n'était pas une mince affaire et quelques milliers de roupies supplémentaires n'étaient pas cher payé pour garder un bien valant des *crores*.

Demain, on sera plus riches qu'on ne l'a jamais été, déclara Bichchoo. On prendra un nouveau sari pour Champamalini. À ce nom, le Professeur sourit et se caressa les cheveux.

En prévision de l'augmentation, les copains achetèrent du Bagpiper qu'ils burent toute la soirée. Dans la salle de massage lambrissée, ils découvrirent un climatiseur récemment installé et l'air rupin qu'il dispensait les étourdit au point qu'il leur sembla qu'ils étaient propriétaires de cette splendeur.

Ils comprirent soudain à quoi servait la table tapissée de vert. À mesure que le Professeur massait de l'huile de coco sur son corps pareil à un fouet, Bichchoo sentit sa détresse du matin se dissiper. Il pardonna à ses sœurs leur conduite et s'inquiéta pour son imbécile de frère. La hausse de salaire lui permettrait de leur acheter des cadeaux. Notamment un beau stylo à Sparkplug, puisqu'il voulait être un savant.

Quant à sa mère, il l'emmènerait à l'hôpital et exigerait que le médecin la soigne. Au cours des années précédentes, elle avait attrapé toutes les maladies possibles et survécu. La dengue, la typhoïde, la tuberculose. Elle était un sac d'os, décharnée et crevée si bien qu'elle s'endormait souvent une bouchée à moitié mâchée entre les dents. Il lui filerait des pilules de vitamines et un tas de flacons de tonique. Voilà. D'un tonique à la fois rouge et jaune.

Quand il fut tellement lubrifié qu'il aurait pu glisser sur la route à la manière d'une voiture de course, il changea de place avec le Professeur. Ils ne tardèrent pas à être visqueux à ne plus pouvoir s'étreindre s'ils l'avaient essayé. De l'huile de coco s'était répandue partout. En proie à une griserie d'ivrognes, ils s'assirent par terre, barbouillant de taches sombres le bois et les murs blancs. Après quoi, ils maculèrent l'ancien chiffonnier, les stores dorés, la porte et la glace de la salle de bains contiguë.

L'appropriation de privilèges est une question d'audace. Exaltés par leur fraternité, les deux copains – enfants sauvages du bidonville et de la rivière – regardèrent la piscine à l'eau cristalline et surent aussitôt pourquoi on l'avait construite. À peine s'y furent-ils élancés qu'ils comprirent que les riches avaient perçu ce qui avait échappé au reste du monde. Bien qu'elle fût plus petite et moins profonde que la rivière, ils n'avaient jamais rien connu d'aussi agréable. Sous leurs pieds, les carreaux ressemblaient à des assiettes ; Bichchoo pouvait plonger au fond et effleurer avec sa langue la douceur de la céramique.

L'huile de leur peau valsait à la surface de l'eau et, dans la superbe nuit de pleine lune, la piscine s'irisa. Ils avaient le Bagpiper. Ils nagèrent. Ils burent. Ils s'étreignirent. Ils contemplèrent leur superbe résidence et surent qu'un dieu veillait sur tous ses enfants. Ils remercièrent le docteur autoproclamé, le Dr Schulz ainsi que le sublime fantôme de Frieda.

Quand, réveillé par le boucan, le contremaître se pointa en braillant, Bichchoo lui lança qu'il n'avait qu'à les rejoindre ou se fourrer la bouteille de Bagpiper dans le cul et retourner se coucher.

À midi, le cri qui les sortit du sommeil était tellement strident que Bichchoo se crut dans le bidonville. Il se leva, prêt à la bagarre, mais s'aperçut que l'homme et la femme du plus beau couple du monde étaient tout à coup devenus des créatures du taudis. Abasourdi, il regarda leurs traits délicats – lèvres roses, nez aquilin, peau de bébé, regards pleins de douceur – déformés par la rage. L'homme roulait les yeux tandis qu'il braillait en postillonnant. Le visage de la femme était rouge comme une tomate, ses narines avaient la largeur des portes d'un garage, ses yeux jetaient des flammes qui auraient suffi à cuire un poisson.

On eût dit que le contremaître, derrière eux, assistait aux obsèques de sa mère.

L'espace de longues minutes, Bichchoo ne capta pas un mot tant la métamorphose de la beauté en monstruosité l'ahurissait. Puis la nage de la nuit lui revint en mémoire avec la prise de conscience que la ligne de démarcation du privilège ne se dessinait pas avec du sable, elle se délimitait par une clôture de fil barbelé qu'on ne franchissait qu'à ses risques et périls. Quel que soit le charme du sourire des privilégiés de l'autre côté, il ne s'agissait jamais d'une invitation à les rejoindre.

Alors qu'il se creusait la cervelle pour répondre, la femme poussa un hurlement propre à donner une attaque cardiaque. Le Professeur avait baissé son short et, les yeux clos, essayait de se calmer. Les insultes fusant de leur bouche comme autant de coups de feu, l'homme et le contremaître se précipitèrent pour le tabasser. Bichchoo s'interposa avant même qu'ils ne lèvent la main sur lui.

L'instant d'après, il avait sorti son couteau : Si vous le touchez, je vous étripe comme une carangue. Vous nous filez notre thune et on dégage.

L'affreuse femme injuria leur dos tourné jusqu'à ce qu'ils aient passé la porte.

Retournez dans votre caniveau. Quand on est une vermine de la fange, on le reste. Quelle erreur d'avoir permis à la vermine d'entrer dans la maison !

Et Bichchoo de vociférer : Ce que j'aimerais, c'est écorcher ta peau blanche pour en faire un gant avec lequel me caresser tous les jours.

Terrifié par ce que la vermine risquait d'ajouter, l'affreux mari plaqua la main sur la bouche de sa femme.

Après quoi, les amis burent le dernier salaire de leur vie. Non l'urak bas de gamme, mais le Bagpiper ambré. Il ne leur restait que la consolation de la rivière et le bonheur que leur donnait Champamalini.

Il était presque vingt et une heures lorsqu'ils se dirigèrent vers sa bicoque. Bichchoo détaillait au Professeur les mille et une façons dont ils se vengeraient de ceux qui avaient usurpé l'héritage du docteur autoproclamé : Tous les soirs, on chiera dans leur cuisine et on pissera dans leur piscine. On suppliera le fantôme de Farida de brûler leurs poils pubiens. Gonsalves du service des forêts, tu vois qui c'est ? On va lui demander des serpents qu'on fourrera dans leurs placards. Quand elle cherchera un soutif, elle trouvera un cobra. On va mettre des vers dans leur eau pour que leur ventre devienne en permanence un curry qui les forcera à mettre des couches. Qu'est-ce qu'ils s'imaginent, ces chiens ? L'argent, c'est rien. Delhi, c'est rien. Ce qui compte, c'est le cœur. Toi t'en as un, moi aussi.

Les projets de vendetta plurent au Professeur. Il prit la demi-bouteille des mains de son pote et but au goulot. Le vacarme de la route, les lumières lui donnèrent l'impression de jouer d'un instrument de musique dans un film en hindi. Et rien n'était plus génial que la perspective de leur destination.

Ils descendirent en trébuchant, en picolant, en lançant des invectives le chemin jonché de pierres, entravé de ronciers. Ils arrivèrent en bas. Le sable était humide et le canal reliant l'affluent à la rivière débordait presque. À marée basse, il avait à peine trois centimètres de profondeur, à cet instant il en avait soixante. Des gosses y attrapaient leurs premiers poissons dans des bocaux sans couvercle. La lueur bleutée de la lune, levée tôt, se reflétait à la surface de l'eau. Le Professeur déboutonnait déjà sa chemise.

Ils marchèrent sur la berge dans leurs *chappals*[1] en caoutchouc et s'arrêtèrent à cinquante mètres. La cahute au creux de la cavité brasillait comme une luciole. À la lumière de la lampe-tempête, Bichchoo fut étonné de voir une ombre gigantesque se profiler sur le pont de béton. Qu'est-ce qu'il fichait là, cet imbécile ? Cela faisait une heure qu'il aurait dû partir. Bichchoo posa la main sur le Professeur pour l'empêcher de continuer à se déshabiller.

---

1. Sandales.

Ils battirent en retraite dans l'obscurité près des joncs et s'assirent sur des pierres, entourés par l'eau qui clapotait. Les voix du vigile et de sa femme leur parvenaient par intermittence, portées par la brise de la rivière. L'imbécile criait de sa voix fluette. Il semblait saoul, ce qui était inhabituel. On ne tolérait aucune entorse dans la résidence où il travaillait. Bichchoo se rappelait qu'il avait été suspendu une semaine au motif qu'il était arrivé débraillé. Il se brossait même les dents avant son service de nuit.

L'enfoiré va perdre son boulot cette fois et bousiller notre vie pour toujours, fulmina Bichchoo. Le Professeur scrutait l'eau, à l'affût d'un poisson à attraper pour son amour qui l'attendait.

Bichchoo ferma les yeux. Tout s'enclencha dans sa tête à la vitesse d'une grande roue. Ses sœurs stagnaient dans la piscine, sa mère mourait sur la table de massage, son frère instruit passait de l'huile sur le contremaître éventré, le Dr Schulz tordait le visage des abominables époux du côté de leur postérieur, Farida en tunique blanche tombait du mur, son père courait sans avoir de jambes, le Professeur pissait des poissons par son tuyau gonflé, soudain plus grand que lui.

Il ouvrit les yeux pour arrêter la roue qui donnait de la bande, la nausée le saisit avec une telle force qu'il plongea son visage dans l'eau. Soulagé, il l'y laissa le plus longtemps possible. Dès qu'il l'eut sorti, la roue tourna de nouveau. À chaque interruption de la circulation sur la route en surplomb, il se sentait capable de se concentrer sur une pensée, mais des pneus crissaient, des klaxons claironnaient, des voix hurlaient et, tel l'énorme poisson qui lui échappait toujours dans ses rêves, elle se volatilisait. Il savait ce qu'il tentait de formuler. C'était au sujet des torts de sa famille et du couple abominable envers lui, de la manière dont il se ferait justice. Si seulement le bruit dans sa tête et dehors pouvait s'arrêter, rien qu'un instant !

Il balança la demi-bouteille vide de Bagpiper dans les fourrés avant d'en déboucher une autre. Les copains en burent à grands traits comme s'il s'agissait de Coca. Bichchoo était sûr que quelques gorgées supplémentaires de whisky élimineraient le bruit. Ce fut le cas une minute. Il ferma les yeux. Les grenouilles jouèrent alors une symphonie tapageuse, tellement stridente qu'il lui sembla qu'elles étaient devenues colossales. Terrorisé, persuadé qu'elles s'approchaient, il releva les paupières : il en vit une sauter hors de l'eau. Il hurla. Le Professeur se joignit à lui. De quoi le ramener une seconde à la raison. Il parcourut du regard le monde autour de lui – un jeu fortuit de lumière et d'obscurité. Il but davantage. Une vie s'écoula.

Le Professeur lui donna un gros coup de coude. L'ombre gigantesque s'était contractée. Le vigile s'éloignait de la cahute éclairée, continuant à tempêter. Un jour, je tuerai cet intrus, se dit Bichchoo. Comment ose-t-il toucher à ma nana ou lui crier après ? Au fond, je vais le faire maintenant.

Lorsqu'il eut retrouvé l'usage de ses jambes, le vigile avait disparu derrière les buissons mousseux. Il grimpait vers le pont par un raccourci plus escarpé. Les copains s'étaient déshabillés avant d'être arrivés à la cavité humide. Faute de sari à offrir, ils apportaient le cadeau de leur immense amour.

Dès qu'elle les aperçut nus et bourrés, Champamalini glapit avec violence : Foutez le camp ! Il revient dans deux minutes.

Existe-t-il au monde quelque chose de plus splendide que cette femme, pensa Bichchoo. Ses cheveux noirs plaqués sur sa tête, ses seins aux tétons semblables à des baies plaquées sur son buste, ses cuisses à la douceur de galets plaquées sur ses hanches – une véritable beauté. Elle lui appartenait. Il l'aimait. Il l'épouserait. Il adopterait ses enfants. Il buterait cet enfoiré de vigile. Il le buterait parce qu'il l'avait touchée.

Ils vivraient ensemble. Elle, lui, ses enfants. Et le Professeur. Avec une table de massage.

Une famille heureuse. Une famille complète.

Elle le repoussa quand il l'enlaça. Comme elle m'aime, en conclut-il. Oui, on sera fous de bonheur ensemble. Il la coucha par terre, devant la porte constituée de caisses, elle se débattait et l'injuriait, mais à voix basse de crainte de réveiller les enfants. Qui dormaient sur un lit à une place derrière le rideau marron, en lambeaux, au fond de la pièce.

Comme à l'ordinaire, le Professeur attendait patiemment son tour à quelques mètres d'eux.

Champamalini avait beau avoir les muscles et la résilience que la vie exigeait d'elle, l'amour de Bichchoo était trop fort pour être rejeté. Tandis qu'il était sur elle, il représentait tout. Une cape et une épée, la chair et l'âme ; il était le fer et elle le feu, ils se mélangeaient et fusionnaient ; le monde n'avait ni sœurs, ni contremaîtres, ni époux abominables, ni Delhi, ni maris ; il donnait tout et elle prenait tout ; l'univers n'avait pas un seul raccord ; l'univers n'était que symbiose ; l'univers n'était qu'un moment.

Soudain, un cri fut poussé à la porte, suivi d'un autre. En l'espace d'un instant, l'univers fut fracturé. Champamalini se releva au prix d'un gros effort. Se retournant vers la rivière, Bichchoo vit le vigile taper sur l'étrange tête du Professeur avec un seau dont le lait se répandait. D'un bond, il se précipita sur le vigile, lui martela la figure et, quand il s'écroula, lui donna un coup de pied dans l'entrejambe. Le Professeur, nu, couvert de lait et de sang, ramassa le seau qui lui avait fendu le crâne et, tombant à genoux, l'abattit sur la tête du vigile. Quand il le souleva pour recommencer, Champamalini accourut comme une folle et planta sa faucille dans son cou de taureau.

Le corps prostré du vigile fut aspergé par le sang qui coulait en gargouillant du Professeur et le seau qu'il avait lâché dévala la pente. Avant qu'il n'atteigne la rivière, Bichchoo, qui avait arraché la faucille du cou de son ami, taillada la gorge de Champamalini jusqu'à sa colonne vertébrale en poussant un hurlement de bête sauvage. Elle s'effondra, les yeux écarquillés par une violente protestation.

Un énorme camion aux pneus 24 pouces roula en faisant trembler le sol au-dessus d'eux.

La grande roue dans la tête de Bichchoo était incontrôlable. Il enlaça le corps de son ami. Tout ce lait gâché, pensa-t-il. S'il avait imaginé que les choses se passeraient ainsi, il l'aurait laissé être le premier aujourd'hui. Il était tellement excité qu'il commençait à se déboutonner sur la route !

Puis il tendit les bras pour bercer la jolie tête de son amour. Elle se retourna facilement. Elle le fixait de ses somptueux yeux noirs.

Comment as-tu pu lui faire ça ? Il te vénérait. Il ne savait pas comment le dire, quelle importance ? Tu l'as tué pour ce fils de porc. Mon pote valait mille fois des vigiles de résidence tels que lui.

C'est alors que le porc grogna et tenta de se redresser.

Ah, t'as quelque chose à dire, c'est ça ?

Bichchoo se leva, lâchant la tête de la morte. Son corps nu était éclaboussé par le sang de son ami et de sa bien-aimée. Dans la lueur intermittente que la lampe-tempête projetait par la porte ouverte, il repéra la tige métallique que le vigile avait enfoncée dans le sol pour que ses enfants jouent au cerceau avec des pneus de vélo. Écumant d'une fureur meurtrière, il la tira jusqu'à l'extraire avec une motte de terre.

Le porc poussa un autre grognement.

Le gamin du bidonville qui avait une grande roue démente dans la tête et dont l'amour faisait exploser le cœur se souvint d'une scène célèbre où un homme hilare tape dans une balle coincée dans la bouche d'un type gémissant, prostré sur un tapis, et rate son coup.

Tu te rappelles pas ce que tu veux dire, *maaderchod* ? Ta femme répétait que t'oubliais toujours où tu devais la fourrer. Entre les deux trous, t'oubliais lequel était le bon.

Couché sur le dos, le porc au visage ensanglanté essayait de le regarder. Sa mère avait eu raison au Népal. Yama, le dieu de la mort, envoyait bien des coursiers noirs – des *doots*[1] – quand son heure était venue. Si son téléphone avait été chargé, il l'aurait appelée. Ça lui aurait plu de savoir que les dieux n'étaient pas décevants.

Je vais te rafraîchir la mémoire, *maaderchod*, continua le *doot*. On devrait te filer une nouvelle tête, capable de se souvenir. Le grand Dr Schulz t'en donnera une mais faut d'abord qu'on se débarrasse de celle-ci.

Le *doot* se positionna devant la tête du porc à la manière d'un golfeur devant sa balle, fit un swing avec la tige métallique et, exactement comme dans le film, effectua un violent coup de départ. Il y eut un bruit sourd, de la boue gicla, ses bras furent horriblement secoués à la fin du swing. Sous l'effet de l'impact, il s'écroula.

Derrière la cavité humide et sombre, la lumière du monde inondait la nuit. Les grands néons de la capitale faisaient miroiter au loin leurs offres de bonheur idéal. L'une promettait une durée de conversation tellement bon marché qu'on pouvait continuer de parler longtemps après qu'on n'avait plus rien à dire. De l'autre côté du pont, une myriade de roues crissait en route vers d'urgentes destinations, tandis que des hommes se bousculaient pour piéger une vie qui ne serait jamais la leur. Sous eux, la rivière – leur subsistance, leur frontière, leur dieu, leur bienfaitrice pendant des millénaires – était désormais réduite à l'oubli par la simple travée en béton d'un pont.

1. Messagers.

La grande roue n'arrêtait pas de tourner dans la tête du *doot.*

Deux ombres apparurent dans la lueur tremblotante d'une mèche de lampe-tempête. Comme ils ont grandi en quelques jours, constata le *doot.* Comme ils voient. Comme ils comprennent. Après avoir longuement fixé la porte, les enfants retournèrent dans leur lit à une place derrière le rideau marron.

Bichchoo berça encore et encore la tête bringuebalante du Professeur et celle de Champamalini, dans l'espoir qu'au moins l'un des deux ressusciterait. Puis, fou de rage, il ramassa la tige en métal et administra de nouveau un énorme coup dans la tête du porc. La secousse dans ses épaules le projeta une fois de plus à terre. Près du tas de leurs vêtements, il aperçut le Bagpiper, l'attrapa et versa sa consolation dans son ventre. La grande roue accéléra.

Il dévala la pente et entra dans la rivière tel un crocodile indolent. En quelques secondes, l'eau tiède et propre le nettoya du sang de sa misérable vie. Il en sortit les idées claires, plein de compassion.

Ce monde était hostile envers bien des choses, jamais autant qu'envers les orphelins, surtout envers les orphelins de taudis. La privation et l'oppression étaient garanties au quotidien. Viols, rossées, drogues, trottoir et prison : tels étaient les principaux jalons de leur vie. Condamner les gens à un enfer pareil était d'une cruauté inhumaine.

Il remonta la pente, toujours nu. Il s'approcha des corps. Il les examina soigneusement. Il leur chuchota à l'oreille. Une mare de sang et une mare de lait. Il redonna des coups de pied au porc. Un homme abominable, responsable du saccage. La roue tournait.

Il ramassa une grosse pierre près du crâne fracassé de son copain. À deux mains. Quelqu'un klaxonnait d'une manière épileptique au-dessus de Bichchoo. Invectives et colère lui parvinrent. Il pensa : Le pont est trop étroit. Les bouchons qui font du boucan et dérangent en bas, ça n'arrête pas. Il faudrait un nouveau pont pour la cahute.

Sous la lumière chiche de la lampe, il ressemblait à un monstre à quatre pattes. Il poussa le rideau marron d'une épaule : les enfants étaient couchés sous un drap vert qui leur recouvrait la tête, serrés l'un contre l'autre, jambes tendues, immobiles. La fille n'était pas assez grande pour que Bichchoo les distingue l'un de l'autre.

Ils lui seraient reconnaissants de les avoir sauvés d'une vie indigne. Il ne comptait plus le nombre de fois où il avait regretté que sa famille et lui ne soient pas morts avec son père. Soudain, il entendit un vrombissement, de plus en plus puissant juste au-dessus de lui – d'énormes moteurs. Il retint sa respiration. Les camions traversaient le pont ? Il n'y avait pas une minute à perdre.

Avaient-ils poussé ne serait-ce qu'un cri ? Il serait incapable de se le rappeler à cause du fracas assourdissant de l'avion qui le survolait. Il continua de frapper jusqu'à la disparition de la stridence. Il laissa la pierre dans la pulpe sanglante de leurs têtes et, par déférence, les recouvrit intégralement du drap. Sous le torse, leurs corps pas encore formés n'avaient aucune souillure. Vêtus d'un short indigo, ils avaient des jambes frêles comme des joncs.

Il retourna se laver dans la rivière. La tête sous l'eau, il se sentit apaisé. Quand il émergea pour une bouffée d'air, la roue ralentissait. Il n'éprouvait aucune angoisse. Il n'avait rien fait de mal ; on lui avait fait beaucoup de mal. Après s'être séché avec les vêtements du Professeur, il s'accroupit et observa longuement son ami et sa bien-aimée mais plus rien d'eux n'était là.

Il prit la tige en métal – la motte de terre à son extrémité s'était presque effritée –, la jeta dans le ruisseau en se frayant un passage dans les éboulis. Au bout de quelques minutes, il se retrouva sur la route pétaradante et constata avec plaisir que le monde n'avait pas changé. Il fit ce que font les hommes brisés – il rentra chez lui par le chemin le plus long.

Tout le monde dormait, sauf Sparkplug, qui s'efforçait de lire un manuel d'anglais dont il ne comprenait pas complètement les phrases. À voix basse, il réprimanda Bichchoo sur sa conduite exécrable avec ses sœurs. Un homme qui maltraitait ses sœurs maltraiterait les autres femmes du monde.

Bichchoo alla s'asseoir sur la dalle de béton comme à son habitude. La fange du caniveau était compacte et noire. Des chiens galeux cherchaient des déchets dans la venelle. Misérables reliefs de miséreux. Dans la maison voisine, des poulets en cage ébouriffaient leurs plumes.

Lorsque Sparkplug le rejoignit, Bichchoo lui dit : Le docteur autoproclamé affirmait que, deux siècles auparavant, un homme ne devenait un homme qu'après avoir pris la femme d'un autre et tué un autre homme. Tu as fait l'un ou l'autre ?

À en juger par les yeux incendiés de son frère, son expression, Sparkplug comprit qu'il venait de se qualifier. Bichchoo lui décrivit les accidents. Rien n'était sa faute. C'était lui le lésé. On l'avait brutalement privé de l'amour et de l'amitié.

Il ne lui épargna aucun détail, jusqu'au coup de départ avec une tige en métal inspiré par un film. En revanche, il fut incapable d'émerger de la rivière et de retourner dans la cahute. Il n'eut pas la force de soulever de nouveau la pierre. Il ne supporta pas d'entendre de nouveau l'avion le survoler.

Taille-toi là où est partie Farida, lui conseilla Sparkplug. Taille-toi au Mizoram. Aucun policier n'ira aussi loin pour la mort d'un idiot et de deux indigents.

Il insista pour qu'il rentre dormir. Demain, il se débrouillerait pour trouver dix mille roupies qui lui permettraient de filer.

Le lendemain matin, au moment où Bichchoo surgissait du fond de la rivière où les poissons avaient les yeux de Champamalini, Sparkplug avait l'argent. Bichchoo serra dans ses bras sa mère qui, devinant qu'il était destiné à être un nomade comme son père, ne lui posa aucune question. Ses sœurs étaient maussades. Elles commençaient à sentir les hommes dans leur frère.

Alors que Bichchoo avait franchi la porte, Sparkplug lui cria de l'attendre. Il l'accompagnerait à la gare. Ils avaient à peine dépassé le dernier taudis que deux motos virèrent de la rue goudronnée et empruntèrent la piste menant au bidonville. Sparkplug retint par le poignet Bichchoo prêt à se sauver.

Ne jamais fuir, siffla-t-il. Il suffira d'une fois pour que tu le fasses toujours.

Bichchoo savait d'instinct qu'il valait toujours mieux fuir, toujours mieux faire quelque chose plutôt que de tomber entre les pattes des kakis.

Ils ne savent même pas à quoi tu ressembles, insista Sparkplug. Marche comme si tu allais prier au temple pour ta mère.

Bichchoo ignorait cette façon de marcher, mais il sentait ses jambes se dérober sous lui, des haut-le-cœur et une douleur lui tordre les intestins. Il fallait oublier la fuite, reconnut-il. Il avait besoin de s'asseoir. Ou plutôt, de se coucher sur le chemin poussiéreux et de fermer les yeux.

Aucun des quatre hommes sur les deux motos n'était en uniforme kaki. Ils portaient un pantalon noir, une chemise légère et, malgré la météo, des bottes en cuir.

Celui qui conduisait l'Enfield, grand et le teint foncé, avait les joues flasques d'un soiffard et une large ceinture à grosse boucle en métal autour de la taille. Il s'arrêta devant les frères. Bichchoo était sûr que les battements de son cœur étaient plus bruyants que le moteur de la moto.

Tu t'appelles comment ? gronda-t-il.

Ram.

Et toi ?

Shyam[1].

Votre père est balayeur au cinéma ?

Les garçons ne bronchèrent pas. Bichchoo garda les yeux baissés. Il reconnut l'homme qui conduisait la seconde moto. Il avait humilié le Professeur à plusieurs reprises au poste de police.

Vous connaissez un certain Bichchoo ?

La dernière des trois maisons sur la gauche, répondit Bichchoo. Mais je crois qu'il s'est taillé. Tout était vrai.

À peine le sillage de poussière des motos se fut-il estompé dans le bidonville que les garçons piquèrent un sprint. Les policiers ne mirent pas plus de quinze minutes à les rattraper. Les quatorze jours suivants, les kakis – quel que soit le grade – avaient pris leur tour pour tabasser les frères.

Leur renommée se propagea dans l'État où ils devinrent de remarquables objets d'exposition.

Le directeur général de la police vint les interroger et les frapper. Le ministre en chef et son escorte débarquèrent et les dévisagèrent avec gravité. Les familles de hauts fonctionnaires – épouses grassouillettes suantes et gosses sans cœur – s'amenèrent pour leur jeter un regard furtif. Le côté bestial de l'histoire était fascinant. Cinq meurtres d'une infinie brutalité perpétrée par un garçon qui n'avait pas plus de dix-neuf ans. Deux victimes étaient des enfants qui n'avaient pas neuf ans. Des cous tranchés comme des papayes et des têtes fracassées comme des noix de coco. Une sauvagerie incompréhensible et impardonnable.

---

1. *Ram aur Shyam*, comédie dramatique de 1967 réalisée par Tapi Chanakya.

Ce maigre garçon à la peau sombre était un tueur pathologique. Aucun mobile ne lui était nécessaire, même s'il avait volé les dix mille roupies trouvées dans la bicoque. Il lui fallait simplement un corps à qui ôter la vie en le mutilant d'une façon grotesque. La police annonça qu'elle menait une enquête quant à son rôle vraisemblable dans plusieurs meurtres non élucidés commis au cours des dix précédentes années.

Sparkplug fut accusé de complicité dans un quintuple assassinat. Chacune de ses tentatives d'expliquer son statut – celui de savant du futur – déclenchait un nouvel interrogatoire. On tirait sur ses bras jusqu'à ce qu'il les imagine décrochés de ses épaules. On faisait rouler un rondin de bois lisse sur ses jambes de sorte que, si la peau restait intacte, ses muscles soient déchirés. On chatouillait ses parties génitales avec des câbles sous tension et l'anticipation terrifiée de ce qui allait se produire dépassait presque la douleur réelle. Après l'avoir ligoté au dossier d'une chaise, on le mettait tête en bas et on le remplissait d'essence comme s'il était une voiture prête à faire un tour.

Son frère subissait des tortures identiques bien qu'il ait avoué depuis des lustres avoir tué les cinq victimes et beaucoup d'autres.

Ils y passaient alternativement, aussi voyaient-ils à tour de rôle ce qui les attendait. Sparkplug fut étonné de découvrir sa capacité à hurler. Au moment précis où il se croyait à bout de protestations et prêt à mourir en silence, ses cordes vocales explosaient avec un regain de violence.

Les efforts de Bichchoo pour expliquer l'innocence de son frère lui valurent des torgnoles à répétition du gros type baraqué aux joues en forme de prunes flasques : Tu as décidé que tu étais à la fois le policier et le magistrat ? Il sera ce que je dis qu'il est ! Un trafiquant de drogue si je le dis. Un violeur si je le dis. Un enfoiré si je le dis.

Faute de moyens pour se payer un avocat, ils eurent droit à un commis d'office qui se révéla être avant tout un acteur engagé dans le théâtre populaire. Lors de leur première entrevue, il sortait d'une répétition et arborait une épaisse moustache. Il certifia qu'ils seraient pendus.

Les frères crurent que l'exécution était prévue pour l'après-midi même. Fondant en larmes, Sparkplug demanda à voir une dernière fois sa mère et ses sœurs. Ôtant sa moustache, l'avocat rigola comme un *asura* de télévision, leur précisa que ça ne se passerait pas tout de suite, mais en temps utile. Bichchoo affirma avoir agi par légitime défense ; Sparkplug déclara que son statut ne se distinguait pas de celui de l'avocat, il s'était contenté d'écouter l'histoire.

L'avocat remit la grosse moustache en s'esclaffant : Il y a cinq cadavres, patron. Il faut pendre quelqu'un. Deux pour cinq, ça va. Pourquoi vous n'avez pas pris la fuite ?

Jusque dans l'État de Mizoram ?

Hein ? Oui, d'accord, si c'est ce que vous préférez. N'importe où. Au Cachemire ou dans l'ancien royaume de Kashi ou dans la ville de Chikmagalur ? Si vous voulez être un criminel, il faut avoir de l'imagination ou des jambes.

Les yeux rivés sur la moustache, Bichchoo pensa : Si j'en avais une, personne n'oserait m'arrêter.

L'acteur-avocat leur fit signer des documents. Il partit non sans leur avoir assuré qu'il ferait de son mieux, même s'il n'y avait aucun espoir. Dans l'intervalle, ils devraient profiter des journées qui leur restaient.

Quatre ans plus tard, son imbécile de frère jouait à être un arbre. Il exhortait des centaines de garçons à sauver le monde à défaut de se sauver eux-mêmes. Heureusement qu'il est en prison, se dit Bichchoo. Au moins, il est en sécurité. Le monde extérieur l'aurait fait cuire en guise de petit déjeuner.

Madhukar tentait de discuter avec le crooner qui continuait à regarder son public, tandis qu'il entonnait à tue-tête un nouvel air du Pendjab.

Les deux garçons d'Uttarakhand, enfermés pour trafic de stupéfiants – soi-disant arrêtés avec dix kilos de ganja –, bondirent soudain sur scène et dansèrent au milieu des arbres qui oscillaient. Ils portaient de larges shorts à carreaux, l'un avait des cheveux longs. Des acclamations enthousiastes jaillirent de la cour.

Madhukar se précipita pour intervenir. Le garçon chevelu l'attrapa par ses cheveux et le fit tournoyer.

Un slogan fut scandé. *Gobi ! Gobi ! Gobi*[1] *!*

Celui qui se leva avait une tignasse pareille à un chou-fleur. Il était accusé de pyromanie. Agent de sécurité et responsable de l'entretien d'une tour de téléphones mobiles, furieux de ne pas avoir été payé pendant trois mois, il avait mis le feu à une chaise, une table, quatre piles. Le tribunal avait refusé sa libération sous caution parce qu'il venait du Bengale et ne

1. Chou-fleur.

pouvait être présent au procès. Il dansa en levant les jambes et les bras, ce qui enchanta les détenus.

Le crooner chanta encore plus fort. Deux garçons le rejoignirent. D'autres se levèrent où ils étaient et virevoltèrent. Singham s'éclipsa, ainsi que les hauts fonctionnaires, les deux tantines en sari d'*Aid for Justice*. Seules les religieuses restèrent, se signant à une vitesse étourdissante.

Les surveillants se détendirent et commencèrent à tanguer lentement.

Regardant dans la cour depuis le couloir, Babu lança en ricanant à ses acolytes : Voilà ce que devaient faire les *chutiyas* pendant que Babur[1] envahissait l'Inde – danser comme des eunuques.

Le soleil déversait sa torpeur dans un ciel immaculé.

Le plus gros prisonnier – Dominic – gérant d'une briqueterie de blocs de latérite, en prison pour avoir tué sa femme et un ouvrier, se dandina devant la scène et, sourire aux lèvres, secoua avec élégance ses cent quarante-quatre kilos. Ses seins ballottèrent à la manière de ceux d'une danseuse de Bollywood. Le grondement se fit plus fort dans la cour.

Dégoûté, Sparkplug baissa la branche d'arbre à pain de son visage ; Gobi s'empressa de l'attraper et de l'entraîner sur la scène en une danse trépidante et endiablée. Les membres du public avaient pris les chaises en plastique avec lesquelles ils se trémoussaient. Le crooner se courbait comme un arc. Assises

1. (1483-1530) Prince timouride de l'Inde, fondateur de l'Empire moghol.

en groupe, les filles prépubères écarquillaient les yeux, bouche bée.

Bichchoo écarta d'un geste les mains de Samuel qui le massait. Il étira son corps svelte à peau sombre et se dirigea vers le portail.

Ça ne faisait aucun doute, un voisin à un seul testicule du bidonville devait avoir rendu visite à sa mère pendant que son père tranchait des gorges ailleurs.

10

Des maquereaux dans la Maison d'hôtes

Pour sa part, Francis n'avait aucun doute. Il était un salaud de naissance et on le lui rappelait chaque jour de sa vie. Ce qui ne l'importunait pas. Très peu de choses le contrariaient. L'humiliation s'évalue à l'aune de repères – une position et une ambition. Francis était tellement dénué de tout, tellement éloigné des lumières du monde de la prospérité et tellement ancré dans son avilissement que rien ne le perturbait.

Il n'avait jamais interrogé sa mère sur son père, cela n'avait aucune pertinence. Certains n'ont pas de poils ou de dents, lui n'avait pas de père. Si d'aucuns le raillaient à ce sujet, ils n'avaient pas tort. C'était un fait.

Affreusement pauvre, noir comme de la suie, affligé de dents de lapin, c'étaient d'autres faits. Ainsi que ses épaules baraquées et ses cheveux d'une épaisseur qu'aucun salaud au monde n'avait. Il les laissait flotter sur sa nuque si bien que, de dos, on aurait cru une superstar du cinéma indien.

L'avilissement absolu a une sorte de caractéristique. À son paroxysme, il acquiert une dimension spirituelle, au-delà de la dérision. En un sens, l'avilissement absolu est une libération absolue.

Aussi n'était-il guère étonnant que Francis ne souffre pas derrière les barreaux autant qu'on pourrait l'imaginer. Il trimait comme un bourrin toute la journée, faisant office de serviteur fût-ce du détenu le plus minable – or on ne le traitait ni avec mépris ni avec violence. Ce qui était incroyable à double titre car son acte d'accusation l'inculpait d'avoir agressé un enfant. D'autres condamnés pour le même délit étaient l'objet de perpétuels mauvais traitements censés leur rappeler l'impardonnable péché qu'ils avaient commis.

À vingt-deux ans, Francis était derrière les barreaux depuis plus de deux ans. Il ne se voyait pas faire autre chose que ce labeur quotidien.

C'était le chien de la cellule numéro huit. Si la cellule numéro un était le domaine des détenus qui dirigeaient la prison, la cellule numéro huit était devenue ces dernières années un sanctuaire destiné à ceux que les kakis avaient reçu l'ordre de protéger. Surnommés *wips* – d'après VIP –, il s'agissait d'hommes politiques médiocres, de bureaucrates, d'hommes d'affaires et de célébrités.

Leur nombre augmentait en prison, un bon signe de l'époque. Les dieux de la démocratie – car il ne peut y avoir un seul dieu en Hindoustan pour quelque chose d'aussi complexe que la démocratie indienne – exigeaient l'égalité devant la loi. Pour l'heure, des offrandes secondaires apaisaient les dieux, quand même les fourmis de la démocratie attendaient la crucifixion de l'empereur.

Repérer les détenus de la cellule numéro huit, les *wips*, était facile. Ils étaient en général plus âgés, pâles, avec des muscles flasques et des bedaines. Des hommes qui voyaient rarement le soleil et avaient encore moins l'expérience du travail.

De passage en général, ils restaient rarement des mois. Certains, arrivés un soir, étaient partis le lendemain après-midi. Si la loi était assez majestueuse pour les mettre à genoux, elle ne l'était pas suffisamment pour les y maintenir longtemps.

Leur libération si vite obtenue et, surtout, leur incarcération, voilà ce qui sidérait les garçons.

Le nombre des occupants de la Maison d'hôtes – ainsi qu'on appelait la cellule numéro huit – variait entre six et dix. Parmi lesquels quatre habitués – loin d'être des *wips* – sélectionnés pour leur tempérament, dont Francis était le socle. De subtils calculs avaient mené à leur choix. Même s'ils étaient censés amortir le choc pour les *wips*, aucun n'était un lèche-bottes.

L'un d'eux – Ajay – venait de la vallée de Kangra dans la chaîne de l'Himalaya. Le teint clair, il avait un corps qu'aucun entraîneur n'aurait pu sculpter. Il se rasait chaque jour et s'habillait d'une manière impeccable. Il arborait un demi-sourire distant qui suscitait la conversation, non les ordres. Il aimait discuter politique ; quand il voyait un film, il l'analysait pour en trouver le sens.

L'après-midi, il empruntait un journal en hindi et un autre en anglais qu'il passait des heures à tenter de déchiffrer. Il notait des mots et des informations sur un cahier et le soir, lorsque les émissions à la télé étaient insupportables, il les étudiait en remuant lentement ses lèvres.

À vingt-quatre ans, il était incarcéré depuis plus de quatre ans. Il se considérait comme un gentleman.

Verendar, lui, venait des bas-fonds de la ville de Rampur dans l'Uttar Pradesh. Petit, les jambes arquées, l'air d'un gamin des rues, il était grossier. Dès qu'il ouvrait la bouche, il provoquait des frictions. Il abhorrait l'autorité. Il était toujours prêt à se bagarrer avec les kakis, voire avec les *bhais*. Il avait eu des problèmes à l'école et avait décroché, alors que ses frères et sœurs poursuivaient leur scolarité.

On l'avait placé dans la Maison d'hôtes pour le calmer. Ses talents le rendaient inestimable. C'était le meilleur boulanger de la prison. Il avait appris à faire le pain lorsque Singham avait installé une boulangerie et recruté un professionnel de la capitale pour former des volontaires. Verendar avait des mains douées pour le travail.

Mécanicien à onze ans dans la ville de Rampur, il était enduit du sang noir de voitures éventrées pendant que des garçons de son âge, en blanc éblouissant, apprenaient à prendre position pour une technique de lancer au cricket. En prison, il réparait ventilateurs, téléphone, lampes, carreaux de céramique et il fabriquait des serpentins chauffants avec des éclats d'obus éparpillés sur le sol.

À vingt-cinq ans, il était incarcéré depuis plus de cinq ans. Il se considérait comme un rebelle.

Laxman était le plus âgé des non-*wips* qui constituaient le noyau de la Maison d'hôtes. Ses qualités furent lentes à se révéler. Il avait un visage large, une certaine corpulence, une coupe de cheveux militaire et une expression gentille qui n'offensait personne et n'attirait pas l'agressivité. Ses yeux étaient surprenants : beaux, noirs, étoilés de compassion, ourlés de cils de mannequin.

Bien qu'il ait commencé sa vie comme débardeur dans un entrepôt industriel, il avait les gestes posés d'un bijoutier. Pour certains, c'était de la lenteur, non de la précision – conséquence d'un alcoolisme effréné dans sa jeunesse. Sa démarche solennelle lui conférait une allure responsable ; en fait, jusqu'à ce qu'on le connaisse mieux, elle masquait son humour caustique. Il avait donné, aux films de la région impossibles à regarder qu'on leur passait le lundi, le nom de *Khargosh* – celui du premier qu'il avait vu en prison.

À trente-quatre ans, il était incarcéré depuis plus de trois ans. Il se considérait comme un fils prodigue.

D'une façon différente et pourtant similaire, Laxman et Ajay avaient commis une semblable erreur : imaginer que l'argent n'avait pas la même importance que l'amour filial. La leçon avait été dure. Les riches aiment autant l'argent que leurs enfants. Voire davantage.

Dans son choix du quatuor, Singham avait calculé que, si les *wips* avaient besoin de protection, ils n'auraient aucune envie de sangsues accrochées à leurs basques : désagréables tant pour les avocats, les libérations sous caution, les boulots, l'argent. Il fallait un spécimen rare : un bosseur désintéressé doué d'une fierté innée. Un être avec le sens de la réalité – dont il y avait pénurie derrière les barreaux –, prêt à se rabaisser pour effectuer toutes sortes de corvées mais ayant suffisamment de dignité pour ne pas se rabaisser à quémander des faveurs.

La description d'un poste destiné à un saint.

Il fallait aux *wips* un bouclier contre le racket et la violence, quelqu'un pour prendre en charge les travaux manuels de l'existence, comme à l'extérieur de la prison.

Quelqu'un pour laver, récurer, se déplacer et porter pour eux.

Balayer, passer la serpillière, chauffer l'eau, préparer le thé, découper les fruits et la salade, faire bouillir les œufs à la coque et cuire les pâtes, prendre le *pao* et le beurrer, récupérer le déjeuner, le dîner, l'eau potable, les médicaments, repasser les vêtements, se rendre à la boulangerie, chez le tailleur, à la cantine, aller chercher les provisions, les articles de toilette, laver leurs mugs, leurs *thaalis* et leurs vêtements.

Les privilégiés n'ont pas seulement besoin d'être déchargés des corvées. Dormir sur du ciment, même avec un drap supplémentaire, transperce leur dos d'une douleur lancinante. L'unique soulagement est un profond massage quotidien.

Francis était le domestique sacro-saint de la Maison d'hôtes.

Sa journée commençait à cinq heures lors de son réveil par le cliquetis annonçant la distribution des *paos* par les mitrons qui passaient devant les cellules avec le fruit de leur labeur de nuit. Deux *paos* normaux et un sucré par personne, d'une fraîcheur exceptionnelle.

Avant de les mettre dans un paquet en plastique bleu, Francis jetait à la poubelle ceux auxquels personne n'avait touché la veille. Une dizaine atterrissait parfois sur le tas humide de *daal* et de riz du soir – on aurait dit les coupoles de style indo-sarrasin d'un monument construit dans un marais. Chaque jour, plus de mille coupoles se transformaient en déchets sans que les détenus s'en formalisent.

L'argument était immuable. L'État gâchait leur jeunesse. S'attendait-il à ce qu'ils s'en veuillent de gâcher de la farine et de la levure ?

Entre la livraison des *paos* et la course à sept heures pour rapporter le thé de la cuisine, Francis œuvrait à la plus grande cause. Il faisait partie de la demi-douzaine de balayeurs désignés pour nettoyer les locaux. Les trois étages, la cour, le parloir, les cages d'escalier, les couloirs. Les autres fiefs – la boulangerie, l'atelier, la cantine, l'infirmerie, le tailleur et le coiffeur – étaient entretenus par leurs propres patrons.

Les six agents d'entretien recevaient un salaire de quarante roupies par jour, l'État s'en octroyait la moitié destinée à quelque chose d'opaque nommé Fonds des victimes. Au fil des siècles précédents, aucun administrateur indien n'avait agi sans tenir compte des castes, des religions et des classes. Les balayeurs étaient des épaves. Il ne restait que six dents à l'un, l'autre était voûté à force d'avoir balayé, de sorte que Francis le chevelu était un prince parmi eux.

Au terme du dîner Francis, qui avait passé la journée à se taper les corvées dévolues aux hommes et aux femmes, était prêt à apaiser les maux des *wips*. Alors qu'ils regardaient la télévision – chants, danses, nouvelles, cricket –, Francis enduisait d'huile le corps des pairs du Dr Hagg.

De noix de coco ou d'olive : en fonction du *wip*. Les paumes souples, avec la patience d'un astronome observant des étoiles à l'agonie, Francis pétrissait. Infatigable au point que plus d'un *wip* s'endormait tandis qu'il massait sa chair onctueuse à peau douce.

Il ne parlait jamais. On ne percevait un murmure s'échappant de ses lèvres qu'au moment où il se couchait et remontait le drap jusqu'à son menton.

Les quatre non-*wips* dormaient serrés les uns contre les autres, le dernier de la rangée était Francis, adossé au garde-manger collé au mur. C'était le trésor de la pièce. Un assortiment de paquets et de bouteilles en plastique, de sacs en papier, de cartons, de boîtes de conserve décapitées ainsi qu'un alignement de *thaalis* et de gobelets en fer-blanc. Autant de contenants remplis de snacks, de petits gâteaux, de condiments, de fruits, d'oignons, de tomates, de piments verts, de citrons verts, de coriandre, de *ghee*, de *paos*, de sel, d'épices, de pâtes, de feuilles de thé, de sachets de café, de sucre, de lait en poudre et de bien d'autres cadeaux offerts aux *wips* les jours de visite.

L'homme qui gérait ce trésor était Laxman. Malgré sa proposition de donner un coup de main à Francis pour les corvées, dont la lessive, il ne fallait s'attendre à aucune servilité de sa part. C'était le majordome à qui l'on confiait les provisions. Il orchestrait tant les repas que les petits plaisirs. Même le *wip* le plus puissant attendait son tour et sa part.

On affichait sa dignité. Originaires de l'extrême Nord, Ajay et Verendar, qui ne recevaient aucun visiteur et ne contribuaient en rien au garde-manger, la manifestaient en feignant l'indifférence quand ils consommaient leur part de bonnes choses sans trop d'enthousiasme ni trop de dédain.

Laxman s'acquittait de ses devoirs avec la sagesse d'un Salomon. Le principe était clair : ils avaient tous les mêmes droits sur les nouveaux. Mais Laxman comprenait que l'égalité n'était pas de l'arithmétique. Aussi, la répartition qui tenait compte des privilèges en veillant à ne pas créer de tensions était infiniment plus subtile.

À l'aide du manche d'une cuillère, cachée dans la fente d'un couvercle d'une boîte en polystyrène, Laxman découpait méticuleusement chaque pomme, melon, papaye, gâteau, concombre en portions appropriées. Il comptait les biscuits, soupesait les cacahuètes au creux d'une main, faisait des petits tas de grains de raisin.

Le plus important toutefois, c'était le service du thé auquel il procédait deux fois par jour, à dix heures trente, à dix-huit heures trente et, parfois, après le dîner, pendant un film, à vingt-trois heures.

Les garnitures étaient incroyables. Biscuits, toujours. Gâteaux, parfois. Samosas ou galettes de la boulangerie, souvent. Nouilles instantanées que les garçons fourraient dans le *pao*, de temps à autre. Riz soufflé et pois chiches agrémentés d'oignons hachés, de tomates, de citron, de temps à autre. Faute de mieux, il faisait des œufs à la coque ou mettait du lait condensé dans le *pao*.

Même sans ça, les détenus de passage à la Maison d'hôtes l'auraient adoré pour son thé. Il le préparait dans un pot de *ghee* scié en plastique bleu sur un élément chauffant fabriqué en reliant des fils dénudés au gond d'une porte en fer, un bout de bois en guise d'isolant. Il le faisait infuser à merveille avec des feuilles ordinaires, dégageant un arôme qui flottait jusque dans le couloir. Les éléments chauffants avaient beau être strictement interdits, chaque descente aboutissant à leur confiscation, aucun kaki ne refusait le thé de Laxman. Il n'était pas rare non plus qu'un *bhai* passe prendre une tasse et profite de l'occasion pour socialiser avec les *wips*.

Les *wips* ne traitaient pas les *bhais* en égaux, mais en supérieurs. Les *wips* marchaient sur des œufs. Ils savaient qu'ils devaient être parfaits tant en paroles qu'en actes. Ils savaient que leur protection du monde extérieur était nettement insuffisante. Il suffisait d'un garçon pris de rage l'espace d'un instant pour les détruire. Or, chacun d'eux était un baril de poudre prêt à exploser pour se venger du système et du monde.

Au reste, pour chacun d'eux, les *wips* – ces créatures issues de privilèges injustes – représentaient le système et le monde.

Sans oublier l'obligation réaliste de se bâtir une réputation. L'agressivité définit la hiérarchie derrière les barreaux. Rabaisser un *wip* revient à grimper plusieurs barreaux de l'échelle de la domination.

Sauf que les *wips* étaient plus malins que les garçons. Ils les manipulaient en conjuguant l'humilité, la flagornerie et la fascination exercée par les privilèges. Tout en jouant au servile, un *wip* évoquait ses amis puissants, ce qu'il pouvait obtenir. Autant de promesses qu'il tiendrait, contrairement à celles faites à son épouse.

Chaque garçon – fût-il tueur en série – était convaincu que la justice serait rendue un jour, qu'il serait acquitté et renvoyé dans le monde extérieur où tout fonctionnait sur la base des contacts.

Les garçons notaient les coordonnées du *wip* dans leurs minuscules calepins déchirés, rassurés d'avoir noué une relation utile pour leur sortie.

C'était un faux espoir né du désespoir. On n'avait jamais vu un *wip* jeter un coup d'œil en arrière une fois que la grille s'était refermée brutalement derrière lui.

Seul Francis, le taiseux à la chevelure de vedette de cinéma, ne prenait ni numéro de téléphone ni adresse.

Hormis l'espoir sans espoir, il arrivait qu'un *wip* soit divertissant.

Un soir, il y eut du tapage dans le Cloaque à l'étage supérieur – pleurs, cris, coups de sifflet ; dix minutes après, on tapa à la porte métallique de la Maison d'hôtes et on fit entrer un bel homme, au nez chaussé d'épaisses lunettes, au visage ombré d'une barbe. À en juger par sa façon de porter son *chattel*[1] sur ses épaules tel un crucifix, sa souffrance était évidente.

Sa chemise blanche à fines rayures bleues était crasseuse et il avait une voix rauque.

Il n'y avait que six occupants dans la Maison d'hôtes, dont le Dr Hagg, le seul demi-*wip* en résidence. Une atmosphère expansive régnait, on pouvait faire quatre pas après le dîner. Comme on avait baissé deux des quatre cordes à linge qui s'entrecroisaient

1. Une natte.

dans la pièce au-dessus de la tête, se déplacer sans se baisser ni louvoyer était de l'ordre du possible.

C'était un moment d'harmonie. Le Dr Hagg, incarcéré depuis cinq mois à présent, était devenu l'un des garçons : hostile à l'endroit des nouveaux venus, allié aux anciens, railleur envers les kakis, au courant des équations du pouvoir, favorable à la violence.

Peter le Cogneur passait prendre le thé avec lui. Bichchoo discutait de SSSM avec lui. Asambhav l'accueillait à l'infirmerie pour échanger des histoires médicales. Madhukar lui expliquait l'art de la statuaire en polystyrène. Babu lui parlait d'ouverture de cliniques mobiles où l'on ferait des piqûres de testostérone aux hindous. Quant à Mustafa, il lui racontait des histoires à dormir debout.

Même Singham recevait le Dr Hagg. Certains jours, il franchissait plusieurs portes en fer, passait devant la grande masse de l'appareil de détection et montait l'escalier menant au bureau.

Singham y était assis avec la mine d'un homme d'affaires dont l'entreprise était en faillite. S'il n'allait pas jusqu'à lui proposer une tasse de thé, il arborait une expression aimable et parlait philosophie.

Singham n'aimait pas son travail, il aurait préféré être marchand de quatre-saisons. Le mauvais karma qu'il accumulait le préoccupait. Les hommes n'avaient pas le droit de châtier d'autres hommes. De les enfermer. De leur ôter la vie. C'était le domaine des dieux. Leur privilège spécifique : juger et condamner. En empiétant sur le territoire divin, chacun d'eux – policiers, magistrats, avocats, geôliers – s'attirait des représailles.

Combien de garçons d'ici étaient innocents ?

Parmi les coupables, combien avaient été poussés aux faux pas par les hommes qui les avaient condamnés ?

Parmi ceux qui les avaient condamnés, combien étaient coupables de délits qu'ils reprochaient à autrui ?

Singham disait être convaincu que ce qui séparait son innocence de la culpabilité de ses pupilles n'était qu'une erreur, rien de plus. En raison de l'activité qu'il exerçait depuis quinze ans, il craignait davantage les lois des humains que la colère des dieux.

Au moins les lois des dieux étaient-elles universelles. Celles des humains ressemblaient aux humains : arbitraires et perverses. Les dieux voulaient un jugement, les humains, une faute.

Réfléchissez à votre sort, Desai sahib. Avez-vous assassiné les bébés ? Les avez-vous étranglés ou empoisonnés ? Avez-vous ordonné à vos médecins de le faire ? Avez-vous fabriqué les médicaments qui les ont tués ? Avez-vous souhaité qu'une chose pareille arrive ?

Le Dr Hagg avait la physionomie d'un saint.

Ils vous ont incarcéré afin de continuer à sourire et à bien dormir. Quoi qu'ils fassent – battre leur femme, duper leurs serviteurs, maltraiter leurs parents, violenter leurs enfants, baiser des voisins, voler de l'argent, poignarder des collègues, exploiter des amis, frelater de la nourriture, manger des petits lapins, écraser des chiens –, quoi qu'ils fassent, ils ne sont pas des tueurs de bébés.

À mon avis, conclut Singham en regardant la cour martelée par le soleil et les corbeaux figés comme des statues sur le rebord d'une fenêtre de la cuisine. À mon avis, il faudrait laisser à Dieu le travail de Dieu.

Est-ce qu'il ne passe pas sa journée à nous récompenser et à nous punir ? Si tu as tué des bébés dans cette vie ou la précédente, il te fera payer pour ça. Au moins, il ne se trompera pas. Il n'emprisonnera pas un mec pendant cinq ans pour quelque chose qu'il n'a pas fait.

Desai savait que le pas lourd du pragmatisme ne tarderait pas à succéder à l'envol philosophique. Avant son retour dans la Maison d'hôtes, le premier des mouchards de Singham se faufilerait dans son bureau.

Singham était un fasciste. Extrêmement organisé et retors, il avait un mouchard dans chaque cellule, et même plus d'un dans les grandes. La plupart des kakis le haïssaient pour sa fourberie. À chaque crise, il en avait sacrifié deux aux médias ou aux autorités. Quelques-uns étaient pourtant ses oreilles. Les plus anciens détenus se servaient souvent d'eux pour semer des informations et soudoyer des détracteurs.

Singham présumait que Desai, un homme d'argent et de réseau, était son mouchard dans la cellule huit. Il n'avait pas compris que le Dr Hagg était passé de l'autre côté un mois après son arrivée. Son lointain passé – il avait vécu dans une pièce, cuisiné dans un coin, battu le pavé à la recherche d'un boulot, lu dans l'espoir de trouver une porte de sortie de la pauvreté –, son lointain passé s'était rappelé à lui, réveillant son empathie pour ceux qui dormaient à même le sol.

Singham aurait été horrifié d'apprendre que, non seulement Desai était perdu pour lui, mais qu'il se montrait activement hostile envers les *wips* de passage dans la Maison d'hôtes. Il prenait résolument le parti des garçons. Au point de veiller à ce que la petite Guddi vienne le vendredi chargée de plusieurs sacs remplis de bonnes choses, dont du curry de poulet caché dans des boîtes de lait en poudre fermées avec du scotch.

Le quatuor des non-*wips* n'avait jamais aussi bien mangé. Que ce soit en prison ou à l'extérieur. Le Dr Hagg ravitaillait la cellule grâce à son compte à la cantine ; il accumulait des paquets de nouilles instantanées, des plaquettes de beurre Amul, des boîtes d'œufs et de petits gâteaux, des kilos de tomates et d'oignons dans le garde-manger près de Francis.

Les produits de toilette également étaient de meilleure qualité. Il apportait du dentifrice sucré à la menthe, de gros savons de la marque Dove, de l'épais shampoing noir moussant comme des cheveux de présentatrice de télévision. Il y eut bientôt suffisamment de pains de savon Lifebuoy – distribués gratuitement au rythme de deux par personne et par mois – pour ouvrir une échoppe.

La petite Guddi – son porte-bonheur et sa Lakshmi – s'était révélée plus qu'à la hauteur du cataclysme. Elle avait pris le contrôle de l'entreprise qu'elle gérait à sa manière, avec sévérité et détermination. La séparation ne l'avait pas rendue sentimentale. Lors de chacun de ses coups de fil quotidiens sur un numéro invisible, elle lui donnait des nouvelles de la famille et des affaires, d'un ton froid, sans roucouler.

C'est ça le véritable amour, se disait Desai. Comme Dieu, il se manifeste par l'action, non par des mots creux.

Tard cette nuit-là, quand la porte s'ouvrit avec fracas – après la mêlée de l'étage supérieur – et que l'on poussa le beau jeune homme à l'air hagard, les six détenus protestèrent instinctivement. C'était la réaction dans les petites cellules, résister à chaque nouvelle arrivée et à la cession d'un peu de place.

La Maison d'hôtes n'ayant pas assez de résidents, ils devaient trouver une raison. Ajay et Verendar prirent l'initiative :

Ce type semble très malade. Une maladie contagieuse. Il contaminera tout le monde dans une pièce aussi petite. Gardez-le au Cloaque, infesté de tant de germes que ça ne changera rien qu'il y en ait un peu plus.

De fait, le jeune homme avait des plaques irritées autour de la bouche et des narines. Sans compter la lueur démente dans ses yeux.

Le gradé deux étoiles qui supervisait le changement était un vétéran sympathique ouvert au dialogue. Soyez conciliants, plaida-t-il. Vous avez beaucoup de place, ils dorment les uns sur les autres dans le Cloaque.

Arre, sahib, on va tomber malades. Regardez-le. Faut qu'il aille à l'hôpital.

Ce n'est qu'un rhume. Et vous avez un docteur dans votre cellule. Plus d'un. Un homme qui emploie une centaine de médecins.

De son lit contre le mur où il était assis, le Dr Hagg lui décocha un regard glacial.

Il avait appris ce que les anciens savaient. Tout avait changé au cours des dernières années. Les kakis étaient désormais autant à leur merci qu'ils étaient à la leur. Une plainte crédible formulée par un garçon – violence, discrimination ou malversation – pouvait mener à une enquête, aux médias, à la suspension et à la démolition d'une carrière. Ce qui générait une plus grande prudence parmi les gradés que chez les simples kakis.

Ne t'inquiète pas, ne t'inquiète pas, susurra le gradé. J'enverrai Asambhav avec des médicaments. Pour vous tous.

Mettez-le cellule dix, conseilla Laxman.

Ou cellule sept, compléta Ajay.

Vous n'avez qu'à l'envoyer cellule un, renchérit Verendar, dont l'agressivité naturelle prenait le dessus. Ils s'occuperont de lui. Peter *bhai* lui expliquera la vie et Asambhav lui donnera des comprimés pour la nuit.

Et Mustafa l'endormira avec ses histoires, conclut Laxman.

Le jeune homme se mit alors à hurler, tombant à genoux :

Permettez-moi de me réfugier ici, mes frères ! Ne me jetez pas dehors. Au nom de Jésus, le fils de Dieu, ayez pitié. Là-haut, ils me tueront. Je suis innocent. Je n'ai rien fait de mal. J'ai un enfant. J'ai une épouse. J'ai une mère. J'ai une grand-mère.

Un toutou ? lança Laxman.

Francis s'était remis à laver les assiettes du dîner sous le robinet des toilettes consistant en une plate-forme surélevée dans un coin – longue de trois carreaux et large de trois – et dotée d'une cloison *purdah*[1] en brique, haute d'un mètre vingt. Il fallait s'accroupir devant la latrine pour se laver et avoir le pied sûr lorsque le savon et l'huile rendaient la céramique glissante. Pour laver – vêtements ou vaisselle –, on devait s'asseoir sur la marche extérieure et se pencher. L'eau, abondante, jaillissait faute de réducteur de pression, remplacé par un bout de tissu blanc censé réguler le flux.

Dans le secteur des non-*wips*, les normes en matière d'hygiène auraient couvert de honte un brahmane. Chaque jet de pisse devait être suivi d'un seau d'eau. Après chaque repas, on passait la serpillière et pas uniquement trempée d'eau mais imbibée de désinfectant. On soulevait les lits et, tandis qu'un garçon aspergeait l'eau avec un récipient, un autre pulvérisait du phényle avec une bouteille perforée, deux autres récuraient le sol avec des chiffons coincés sous leurs orteils.

Le nettoyage succédait à la vaisselle ; aujourd'hui, il succéderait aux rites d'intronisation.

Jésus vous comblera de sa paix, mes amis ! Montrez de la bonté à un agneau de son troupeau et il vous traitera avec bonté !

Il était à genoux. Les boucles de ses cheveux étaient compactes.

Les garçons se regardèrent. Ils avaient un nez pour les mauvaises nouvelles.

Percevant la diversion, le gradé s'empressa de sortir de même que son escorte de kakis.

---

1. Rideau. Employé le plus souvent pour indiquer la séparation physique.

Les garçons comprirent que cet homme – Joseph Barretto – était un demi-*wip*. Une catégorie dont les membres, à défaut d'avoir un statut personnel dans le monde, étaient intimement reliés à ceux qui en avaient.

À leur entrée en prison, les demi-*wips* adressaient des requêtes enflammées pour obtenir réconfort et protection. Singham protégeait les *wips* pour se protéger lui-même, en revanche le traitement particulier des demi-*wips* s'accompagnait d'une contrepartie. Récupérée sur-le-champ si possible. Sinon, cela figurait dans un grand livre pour un règlement à une date ultérieure.

Les demi-*wips* en bavaient.

Rassurés quant à leur sécurité par la transaction, les demi-*wips* devenaient souvent suffisants. Ils ne percevaient pas l'indice précis, le seul à garantir la sécurité derrière les barreaux. Aucun kaki – pour impressionnante que soit la pile de billets sur sa table – ne peut protéger un centimètre de la peau d'un détenu une fois la porte claquée. Chacun est ramené aux techniques de survie de la préhistoire. Un instinct pur, tant verbal que comportemental.

Espèce d'enfoiré, l'attaqua Verendar. T'es un marlou et on déteste les marlous.

Le bruit avait couru au sujet de Barretto. Issu d'une bonne famille, il gérait un petit hôtel de douze chambres et avait été arrêté pour proxénétisme. Chopé, pour reprendre la formule des journaux, avec deux filles, une bouteille de whisky et une boîte de préservatifs.

Gaandu, renchérit Ajay, tu sais ce qu'il y a de pire qu'un mec qui vit aux crochets d'une femme ? C'est un mec qui vit aux crochets de petites filles.

Maaaaaaaaa !

Le hurlement de bête que lâcha Barretto était certainement parvenu aux oreilles de Jésus puisque même Francis sursauta.

Ajay se pencha et gifla la nuque du type qui beuglait, le faisant basculer à plat ventre. Recommence, siffla-t-il.

Barretto rampa jusqu'au coin, près des bouteilles d'eau potable, s'enfouit la tête dans ses bras, se mit à geindre.

C'est un véritable mensonge. Les policiers essayaient d'extorquer de l'argent. C'est ma copine.

Et l'autre ?

C'est sa sœur.

Quel âge ?

Ma copine ? Dix-huit ans.

Et la sœur ?

Dix-neuf.

Verendar se pencha pour taper brutalement la tête du souteneur avec ses phalanges. Un bruit caverneux retentit.

T'es qu'un morpion dans les poils pubiens de ta mère ! L'une a quatorze ans et l'autre quinze, d'accord ?

Barretto ouvrit la bouche pour brailler, mais se ravisa.

Elle a dix-sept ans et sa sœur dix-huit, je le jure.

Tu baisais les deux ?

Non, non… seulement la sœur.

Les garçons échangèrent un regard avant d'observer le Dr Hagg, qui, juste en remuant les lèvres, suggéra une brimade. Laxman ordonna à l'homme recroquevillé de se déplacer au milieu de la pièce. Les trois non-*wips* l'encerclèrent. Francis continua de rincer les *thaalis* et les pots en plastique. Gajendra – l'autre nouveau venu du Cloaque – attendait pour nettoyer le sol. Originaire du Bihar, une *gamcha* à carreaux autour de sa taille flasque, debout avec un chiffon serré entre ses orteils, il tremblait d'excitation.

Accouche, exigea Ajay, en boxer bleu et maillot de corps rouge. Ses cheveux étaient tondus, ses joues rasées de près, ses muscles saillants et bien réels.

Le bras sur sa tête, Barretto répondit en larmoyant.

Verendar posa un pied sur sa tête, le projeta vers les toilettes comme le pion d'un échiquier. Barretto hurla comme s'il avait reçu un coup de couteau. Pivotant sans desserrer les lèvres, Francis le frappa avec un *thaali* mouillé et le bruit retentit dans le couloir.

Le kaki de service jeta un coup d'œil. On l'appelait Rajni parce qu'il singeait la superstar du sud de l'Inde. Les soirs où il avait un peu picolé, il sortait les clés de sa poche comme s'il s'agissait d'un revolver, accrochait ses pouces à sa ceinture et, les pieds sur le mur, conspuait les garçons.

Un soir, ivre, galvanisé par une énergie démoniaque, il avait marché de long en large dans les couloirs en déclarant être un dangereux adepte du tantrisme issu d'une famille de dangereux adeptes du tantrisme, se targuant d'être capable de dénouer une affaire en une nuit de rituels de sorte que une fois ouverts au tribunal, les dossiers n'étaient plus qu'un tas de cendres.

Les garçons avaient réclamé à cor et cri qu'il soit enrôlé. On ne savait jamais qui se révélerait être l'instrument de secours de Dieu.

Le lendemain matin, Rajni s'était montré calme et taciturne.

Sa légende avait néanmoins persisté, au point que les garçons n'aimaient pas le croiser. Peut-être lui était-il impossible de vaporiser des dépositions de témoins rangées dans un placard lointain, mais ça ne l'empêchait pas de jeter un sort de près à un insolent. Un iota de plus de malveillance officielle, aucun d'eux n'en avait vraiment besoin.

Le *thaali* est tombé, expliqua Laxman.

Il fait du yoga, ajouta Ajay.

Il baise des petites filles, certifia Verendar.

Les yeux de Rajni naviguèrent de l'homme vagissant par terre au Dr Hagg, qui réagit par un regard vide.

Il y a un problème que je dois résoudre ? demanda Rajni.

Qui se sert d'un flingue pour tuer un moustique ? répondit le Dr Hagg.

Rajni accrocha les pouces à ses poches.

Impavide, se tournant à peine, Francis tapa de nouveau le *thaali* sur l'épaule de Barretto, le faisant résonner encore plus fort. Rajni réapparut derrière les barreaux.

Le *thaali* est tombé, répéta Laxman.

Yoga, répéta Ajay.

Il baise des petites filles, répéta Verendar.

C'est l'homme du commissaire, n'est-ce pas ? lança le Dr Hagg.

Je n'ai rien fait, je n'ai rien fait… Je suis innocent, Jésus le sait, proféra d'une voix rauque le maquereau.

Verendar prit un *thaali* et en frappa la tête du maquereau, dont le cri strident secoua le ventilateur.

Le *thaali* est tombé, redit Laxman.

Rajni tendit les bras avec lassitude. Quelqu'un se mit à faire du tintamarre près de la boulangerie. Cela vint par à-coups, comme toujours. Fracas, fracas, fracas, stop. Fracas, fracas, fracas, stop. Et ce, au-delà des protestations des détenus ou des kakis, jusqu'à ce que l'âme du garçon n'ait plus de quoi hurler.

La voix de Mustafa résonna à l'étage supérieur : *Tirchi topi waale ! Oye Oye*[1] *!* Barretto pleura. La morve coula de son nez, son beau visage se décomposa. Verendar s'énerva : Si tu n'arrêtes pas tout de suite, je te brise les dents.

Il leva le *thaali*. Barretto s'écarta en se tortillant frénétiquement.

Rajni, emmène ce con avant qu'on lui casse les jambes, dit Ajay.

Si son associé peut être dans le Cloaque, pourquoi pas lui ? demanda le Dr Hagg.

Gajendra, qui mourait d'envie de faire partie du spectacle, intervint : *Sirjee*[2], cet homme n'est pas un associé. Cet homme est le patron. Ce Barretto l'a impliqué pour se sauver. Il baisait les deux sœurs et les vendait.

---

1. Chanson d'un film d'action intitulé *Tridev* (1989) réalisé par Rajiv Rai. « L'homme au chapeau de travers ! Oye Oye ! »

2. Sir : monsieur et *ji*, suffixe exprimant le respect.

Laxman fixa Gajendra, dont le gros ventre poilu saillait de son marcel blanc ; un sourire timide aux lèvres, Gajendra posa un doigt sur ses lèvres.

Ils l'auraient tué si on ne l'avait pas sorti de là, précisa Rajni.

Nous aussi, si vous ne le faites pas partir d'ici, assura Verendar.

Barretto gémit comme un chien roué de coups et s'agrippa aux jambes du Dr Hagg.

Sauve-moi, s'il te plaît ! Je sais qui tu es. Tu es un célèbre médecin. Un bon médecin. Je sais que tu n'as pas tué les bébés. J'ai prié pour toi. J'ai allumé des cierges à l'église pour toi.

Le Dr Hagg sourit froidement avant d'enlever brutalement les mains de Barretto : Je ne suis pas médecin.

Oui, oui, je sais. Tout comme moi, je ne suis pas un souteneur. Les journalistes écrivent n'importe quoi. Les policiers arrêtent n'importe qui.

Rajni chuchota de sorte que seuls les garçons près de la porte l'entendirent : S'ils parlent anglais, ils s'imaginent ne pas être des maquereaux mais des hommes d'affaires. Une des filles avait quatorze ans.

Tu sais parler hindi ? lança Verendar.

Très peu.

Konkani. Très peu. Chinois ?

Du sol, Barretto lui adressa un vague sourire.

Si tu souris, je te fracasse la tête.

Il baissa les yeux sur ses pieds crasseux et remua les orteils.

Si tu veux rester ici, intervint Laxman, tu devras te taper tout le boulot. Et apprendre le chinois.

Oui, oui, je ferai n'importe quoi. Tout.

Barretto était toujours par terre.

Pas seulement le tien, celui de tout le monde.

Barretto jeta un regard hagard à Rajni.

Je ne demande pas mieux que te ramener là-haut, lui assura Rajni.

Écoute-moi bien, espèce de connard, poursuivit Verendar. Faudra que tu fasses la vaisselle et que tu nettoies le sol trois fois par jour. Chaque nouveau venu doit le faire et, pour les maquereaux, c'est toute leur vie.

Barretto se leva d'un bond, tira la serpillière de sous les pieds de Gajendra et, tombant à genoux, entreprit de frotter frénétiquement le sol. Au bout d'un quart d'heure, Laxman lui assena de violents coups dans le dos pour qu'il s'arrête.

Qu'est-ce que tu cherches à faire, putain ? Le polir jusqu'à ce que ça devienne un diamant ?

À ce jeu-là, on nous arrêtera pour contrebande, enchaîna Verendar.

Une arrestation en plus d'une autre, ça vaut quoi ? voulut savoir Ajay.

On nous fabriquera une cage à singes dans cette cellule, affirma Laxman.

Privé de sa serpillière, vêtu de sa *gamcha* et de son marcel, Gajendra restait planté, à l'affût d'un indice. Petit, sombre, ventripotent, les cheveux mal coupés, sa moustache formant une simple tache sous son nez, il avait, à trente-huit ans, parcouru le pays à la recherche de travail. Du Bihar au Bengale à l'Orissa à l'Uttar Pradesh au Madhya Pradesh au Rajasthan au Gujarat et au Maharashtra. L'envie de participer le tenaillait. De raconter ce qu'il savait sur le maquereau et ses activités. Sur les maquereaux et leurs activités.

Sauf qu'il devait se taire s'il ne voulait pas d'ennuis. Le conflit lui vrillait la tête. On aurait dit qu'une ampoule y clignotait : un flash, du noir, et ainsi de suite.

C'était comme ça depuis son enfance. Au moindre stress, la machine démarrait puis s'enrayait. Parfois, quand le professeur fouettait l'air avec une baguette en bambou ou que son père, pris de boisson, grommelait une question, tout s'arrêtait.

Sa réaction à l'excitation n'était pas moins perverse : l'ouverture de l'ensemble des portes dans sa tête, d'où se déversait la totalité de son contenu. Sa famille avait tôt appris à le cacher au cours de festivités publiques de crainte qu'il ne jacasse et ne couvre la famille de honte.

En prison, il oscillait brutalement entre une paralysie du cerveau et une dangereuse volubilité. Chaque fois qu'on le tabassait, sa machine s'arrêtait des heures. Aucune pensée ayant du sens, ou complète, ne le traversait. Mais dès l'instant où il voyait un tiers se faire bastonner, il débitait des inepties sans pouvoir s'en empêcher.

Dans cette pièce plus que dans aucune autre, l'effort de penser lui faisait mal au crâne. Ça lui plaisait d'être ici. C'était un hôtel en comparaison de la misère noire du Cloaque. Ajay et Verendar avaient beau être rudes, ils n'étaient pas méchants. Laxman, gentil, lui donnait une part de tout, et Francis travaillait sans parler. Le Dr Hagg était super, il apportait des fruits et des gâteries. En revanche, il n'avait jamais été aussi conscient de sa déficience mentale.

Dans le Cloaque, parmi les dizaines d'occupants, il s'était senti assez confiant pour ajouter sa voix au chahut. Ici, il suffisait de murmurer pour être entendu. Et quatre répliques aigres étaient balancées à chaque mot prononcé. Ils étaient intelligents dans la Maison d'hôtes, pleins d'esprit ; certains avaient une culture et des relations qui donnaient le vertige.

Jusqu'à la semaine précédente, il y avait un homme qui dormait avec des tas de gros livres et des lunettes noires. Le soir, Francis massait ses jambes maigres avec de l'huile de bébé Johnson tandis qu'il parlait de célèbres leaders et de vedettes de cinéma comme si c'étaient des amis intimes.

Parfois, quand une chanson passait à la télévision, il regardait l'actrice virevoltante – fantasme de dizaines de millions de personnes – et racontait : Un de mes amis a couché une fois avec elle. À l'en croire, dès qu'elle se démaquillait et se déshabillait, une autre femme surgissait. Elle portait une perruque, ses seins s'enlevaient ; l'ami avait dû fermer les yeux pour la baiser.

À moins que ce ne soit un puissant homme politique dont la moindre décision pouvait transformer la vie de centaines de millions de gens et le type disait : Le jour où il est venu dîner à la maison, je l'ai prévenu qu'il était temps de changer de Premier ministre s'il voulait gagner les prochaines élections.

Après quoi, il soupirait, accablé par cette amitié, et Francis malaxait sa chair.

Gajendra n'était pas le seul, ils étaient tous privés de réactions, incapables de fournir une réponse. Même le Dr Hagg avait du mal à imaginer le rapport entre ce sac d'os et les noms prestigieux. Personne ne le croyait. Certes, il jouissait d'une certaine célébrité mais il ne s'agissait que d'une presse atteinte de paludisme susceptible de donner des frissons à un être ordinaire.

La vérité ou le mensonge n'avaient aucune importance pour Gajendra. Rien que leur possibilité – la simple référence aux noms cosmiques – le pétrifiait.

Pour lui, être un agent de police était une extraordinaire réussite.

Dans son activité actuelle – qu'il exerçait depuis six ans –, il était un souteneur qui vendait des femmes entre cinquante et cent roupies en fonction de l'apparence et de la durée de la passe. Les jours de vaches maigres, il allait jusqu'à vendre pour quinze roupies des branlettes rapides à de pauvres types désespérés. Il ne lui était jamais arrivé d'avoir plus de trois femmes à prostituer. Ils étaient tellement misérables, tous les quatre, qu'ils dormaient sur un sommier en bois dans une masure d'une pièce et mangeaient dans une seule assiette. À l'entrée d'un client, les autres attendaient dehors en fumant une *bidi*[1]. Souvent le client s'asseyait avec eux après et partageait leur *bidi*.

L'un réclamait parfois de récupérer quelques roupies pour le billet du trajet de retour chez lui en bus.

Gajendra nourrissait le fantasme de louer une de ces filles de Mumbai capable d'encaisser jusqu'à cinq

1. Cigarette.

cents roupies pour une heure et presque deux mille pour la nuit. Minces, contrairement à ses femmes, elles avaient le teint clair – caramel en tout cas –, des coupes de cheveux élégantes, des dents blanches. On les faisait bosser dans un appartement de location, où elles se douchaient et se pomponnaient avant et après. Elles avaient confiance en elles. Elles riaient quand bon leur semblait. Elles étaient capables de donner à un homme fort l'impression qu'il était faible et à un faible, celle d'être fort.

Si on avait deux filles de ce genre, on menait une existence de roi, on mangeait du mouton, on buvait du whisky, on se lavait avec du savon crémeux.

Le problème, c'est qu'il fallait trouver l'argent d'un mois d'avance pour obtenir une princesse de Mumbai. Ce qui correspondait à vingt-quatre jours de travail – six étaient perdus à cause des règles. La plus abordable coûtait au minimum quinze mille roupies pour un mois. Il n'existait personne au monde à qui il pouvait emprunter mille roupies, encore moins quinze mille. Soit trente mille pour deux.

Autant chercher à devenir président du pays.

Barretto, lui, était un flambeur. Gajendra mourait d'envie de raconter ce qu'il savait sur lui. Barretto avait un hôtel et une activité de haut niveau. Si ses filles n'étaient pas de Mumbai, elles n'en étaient pas moins jolies et chères. Originaire de la région, il avait l'argent et les contacts pour se les procurer sur place.

Il se spécialisait dans les filles vraiment jeunes, dont certaines à un prix exorbitant pour leur début, c'était ça l'info. Des hommes importants fréquentaient l'hôtel de Barretto. Des hommes acharnés à accumuler les pouvoirs du monde et désireux de les évacuer agréablement. Fonctionnaires, officiers de police, hommes politiques, hommes d'affaires.

Gajendra serait mort comblé si un homme de ce genre avait choisi une de ses femmes, ne serait-ce qu'une fois.

D'après la rumeur, Barretto avait une méthode unique de travail. Il n'achetait ni ne louait aucune femme, il les séduisait. Il repérait ses cibles quand elles étaient encore en classe. Les pères savent que si leurs filles survivent au champ de mines de l'adolescence sans être touchées à la tête, au corps ou au cœur, elles survivront à la lutte pour la vie.

Barretto était le monstre des cauchemars d'un père. Bel homme, beau parleur, propriétaire d'un hôtel, d'une magnifique voiture, d'une grosse moto et sans le moindre scrupule. Les jeunes Indiens, élevés dans l'idée que les choses leur sont dues, ont une vision instrumentalisée du monde. Ils ont droit à tout quelle que soit la manière dont ils en font usage. Cette certitude tétée avec le lait maternel libère leur comportement à l'égard de l'ensemble des femmes du monde.

Barretto était ce genre de jeune.

Il avait l'œil. Il lui suffisait d'apercevoir une fille à un arrêt de bus, dans la rue, marchandant au bazar, agenouillée dans une église ou dans un temple pour deviner qu'elle avait bien des désirs. Son talent de séducteur consistait à deviner lesquels.

S'agissait-il de compliments – de mots creux et pompeux ? D'objets ? Colifichets, babioles, broderies, ornements ? D'un refuge pour fuir l'horreur familiale ? D'étouffement dû aux règles et aux rituels. De divertissements grisants ? D'un simple film et d'une envie de rire ?

Ou du désir le plus irrésistible – la sauvagerie de l'âme en mal de la suavité trompeuse d'une idylle ?

Il fournissait ce qui était désiré et, avant qu'elles ne s'en rendent compte, les filles satisfaisaient d'autres hommes afin de lui plaire. Pour la plupart des clients, c'était de l'ordre du fantasme : la fille à peine déflorée : la prostituée amatrice : pour d'autres raisons que l'argent.

Éros, comme la littérature, se compose de strates. Une simple histoire et un simple accouplement procurent un plaisir limité. Les grands textes et les grands amants recherchent la complexité : replis et idées imprévus : l'obscurité qui projette de la lumière : l'infime détail qui dévoile une épopée : la brèche qui ouvre un univers.

Un grand livre et un grand amour ressemblent à une pomme cannelle. D'innombrables graines s'enchâssent à l'intérieur – d'innombrables histoires –, chacune se targuant d'une chair sucrée odorante et d'un noyau inaltérable. De même que le fruit, la cuirasse de l'apparence se fend en faveur d'innombrables délices granitées.

Aussi était-il inéluctable que Barretto prospère. Ses rivaux – avec leur prostituées louées – ne pouvaient l'égaler ni le faire trébucher, étant donné la distinction de sa clientèle. La lâcheté et la fourberie sauvegardaient également Barretto. Il n'obligeait pas les filles à rester contre leur volonté, c'était le registre de la mafia pour lequel son cœur fragile n'était pas équipé. Le charme et le subterfuge étaient ses armes.

En fait, les filles passaient entre ses mains et quittaient le travail quand elles rompaient avec lui.

Il mimait chaque départ comme si c'était la fin d'un amour à coups de cadeaux d'adieu bon marché et de serments d'indéfectible soutien.

Ensuite, pour la joie démesurée des clients de sa liste restreinte, il séduisait une nouvelle fille plus jeune.

L'âge de quatorze et quinze ans était atroce, même au regard de ses critères monstrueux. Les bannières que les manifestants brandissaient comme des cimeterres n'avaient rien de surprenant. Au demeurant, le refus des sœurs arrêtées de l'accuser d'exploitation représentait le triomphe de son talent en matière de sensiblerie.

C'était un ami, un mentor, insistaient-elles. Les examens médicaux prouvaient le contraire. D'après le Code pénal indien, c'était un hors-la-loi.

Autant de précisions que Gajendra – le vendeur des putains à cinquante roupies – avait saisies confusément tandis qu'il s'efforçait de réconcilier séduction et prostitution. Il y avait réfléchi à en avoir mal au crâne, sans parvenir à comprendre comment une fille pouvait accepter de faire ce travail sinon quand sa vie était en jeu.

L'amour était une idée d'extraterrestre dans ce champ d'activité. L'amour n'était qu'une éjaculation. L'amour était de la thune en liquide en échange d'un soulagement.

C'était pourtant grâce à l'amour que Barretto était devenu proxénète. Gajendra en éprouvait du respect et du ressentiment. Il voulait découvrir son secret. Il voulait le piétiner. Mais il se rendait compte que ce ne serait pas chose aisée. L'homme était capable de séduire ses codétenus. Le salaud se donnait déjà en spectacle par terre.

Maintenant on a deux maquereaux dans notre cellule, commenta Laxman. Un de plus et on sera le plus grand bordel du pays.

Lequel a les meilleures nanas ? demanda Verendar.

Sir*jee*, les miennes me ressemblent, elles sont pauvres et grosses, répondit Gajendra. Lui, il a des filles jeunes, au teint clair, aux aisselles parfumées.

Tu fais un prix pour tes colocataires ? s'enquit Laxman.

Gajendra eut un sourire pavé de ses dents proéminentes : Tu peux avoir les miennes gratos.

Tu veux qu'on chope la vérole, Gajendra ? fit Laxman. On ne veut pas de tes filles, on veut celles de Barretto.

Celui-ci gémit de sa position couchée : Je n'ai pas de filles. Croyez-moi, monsieur, je n'en connais aucune. Je viens d'une famille respectable. Mon père était officier de marine. Il commandait un navire. Il a attaqué le Pakistan.

Une des sœurs s'appelle Sunita, précisa Gajendra. L'autre Anita. L'une a des prunes, l'autre des pommes.

Barretto s'énerva et lança non sans autorité : Je vais te faire la peau, sale menteur !

Ajay se baissa et flanqua une gifle sur le crâne de Barretto, qui poussa un cri. Ajay le frappa de nouveau, il la boucla.

Qu'est-ce que tu es ? lança Ajay.

Je suis ce que vous dites que je suis.

Tu es un marlou.

Je suis un marlou.

Et Gajendra, qu'est-ce qu'il est ?

Un marlou, lui aussi.

Du coup, vous deux, vous êtes quoi ?

Deux marlous.

Deux frères, *chutiya*.

Eh bien, lève-toi et embrasse ton frère.

Barretto se recroquevilla ; Ajay l'encouragea par un coup de pied aux fesses. Alors Barretto étreignit Gajendra comme s'il était lépreux. Ajay le poussa en appuyant le pied sur son dos : Fais comme s'il était Sunita.

Gajendra, le rondouillard, moulé dans son marcel blanc, montrant des aisselles poilues et un grand sourire aux lèvres, serra dans ses bras le beau Barretto.

Le souteneur d'une classe supérieure semblait prêt à fondre en larmes.

Le Dr Hagg intervint : Ton père était un commandant de marine ? Dans ce cas, toi aussi tu es officier. Dorénavant, nous te nommons capitaine Barretto.

Dans l'expectative, Gajendra jeta un regard circulaire. L'effort de comprendre ce qui se passait lui labourait le crâne.

Le Dr Hagg s'adressa à lui : Quant à toi, nous te nommons caporal Gajendra Singh. Vous formerez une unité de forces spéciales et aucune saleté ennemie ne doit franchir nos frontières.

Les deux maquereaux se regardèrent, hésitants.

Dites oui monsieur et saluez ! rugit Laxman.

Oui monsieur, oui monsieur !

Tapant du pied à l'unisson, ils portèrent les doigts à leur front.

Maintenant, en avant marche ! ordonna Laxman. Un deux trois. *Waapis*[1] *!* Un deux trois. *Waapis !*

Le capitaine et le caporal firent des allers-retours dans la pièce, de la télévision à la porte de fer, balançant les bras et avançant à pas comptés, chronométrés par Laxman.

Rodrigues – qui avait remplacé Rajni – les regardait, un sourire triste aux lèvres. Dans ce lieu où la lumière ne s'éteignait jamais, la vie n'était que parodie.

Un deux trois. *Waapis !*

Un deux trois. *Waapis !*

1. Retour.

11

L'Opération Gobargaz

L'empressement à changer du capitaine Barretto fit long feu. Au bout de quatre jours, il fut évident qu'il était incorrigible. Retors et feignant. Au terme du troisième jour – étant donné l'enthousiasme décroissant avec lequel il travaillait –, les garçons exigèrent des comptes.

Il avait passé la journée, quand il ne bossait pas, dans le coin près des bouteilles d'eau – un tissu autour de la tête comme un paysan en hiver –, à renifler d'une façon inquiétante. Quand le Dr Hagg s'était plaint qu'il allait les contaminer, Barretto avait affirmé que son médecin lui avait garanti que la grippe n'était pas contagieuse.

Pendant qu'il travaillait en reniflant, il psalmodiait des psaumes d'un recueil en secouant frénétiquement la tête. Au cours de l'après-midi, Verendar l'avait frappé parce que, debout sur le marchepied des toilettes, il avait craché dans la cuvette. Il avait appelé Jésus en larmoyant et avait eu droit à une autre claque.

Conduis-toi comme un capitaine, Barretto.

Ce jour-là, à midi, il refusa d'aller chercher son déjeuner et ce fut Ajay qui le tabassa.

On dirait que t'es tubard et que t'as la typhoïde, espèce de *chutiya*. Si tu veux mourir, va clamser dans une autre cellule. Si tu veux rester ici, mange comme si tu dînais à l'hôtel Taj et que le *daal* était du curry de poulet.

Ajay faisait souvent allusion à des hôtels. Il s'était formé pour tenir un bar dans un restaurant de plage. Ce qui correspondait à son physique avantageux et son air supérieur. C'était son mentor derrière le comptoir en forme de canoë, Bobby, un garçon fringant originaire du Sikkim, qui l'avait dévoyé.

Le propriétaire du restaurant, Harry Singh – il possédait aussi une boîte de nuit et dix-huit taxis –, avait un fils de neuf ans, Micky. Son obsession. La boîte de nuit portait son nom. Desserts et cocktails de la carte aussi : Micky Mania. Micky Mousse. Licky Micky. Take My Micky. Deux fois par mois, le père accompagnait son fils – sur son trente et un, pantalon long et chaussures en cuir – pour un tour de leur domaine. Employés et jeune employeur se jaugeaient.

Bobby le barman, lui, avait deux obsessions. Les pompes et le téléphone rose. Ayant créé de multiples fausses identités en ligne, il avait initié des rapports intenses. La photo était toujours de lui : en débardeur rouge, il exhibait ses muscles bronzés avec la mer en arrière-plan. L'un de ses pseudos était Micky Singh, un autre Harry Singh.

S'il ne faisait pas de pompes dans le sable, entassé avec art autour du bar, Bobby martelait à une vitesse saccadée soit son téléphone orange, soit le blanc. Au bout du fil de chacun, il y avait plusieurs femmes.

Sa philosophie en matière de sexe virtuel s'articulait en trois rounds comme un match de boxe. Il la détaillait à Ajay. Ne lambine pas. Donne le coup de grâce dès le premier round. Vérifie immédiatement si elle est prête à jouer le jeu. Si elle tient jusqu'au deuxième round, submerge-la. Fais-lui la cour jour et nuit. Complimente-la, chante pour elle, arrache-lui ses secrets. Grise-la avec tes attentions. Si le deuxième round se passe bien, tu peux t'installer dans un interminable troisième round de plaisirs permanents. Le désir sans angoisse. L'excitation que tu choisis.

Même si le deuxième round semblait le plus prometteur, disait Bobby, c'était difficile de prévoir lequel des trois serait le plus génial. Parfois, le frisson arrivait dès le premier round : la révélation d'une possibilité. Les pirouettes d'une fille entrant dans le jeu pouvaient rendre fou. Rien qu'un *ohhh !* en réponse à une question t'enflammait. L'une y parvenait par un simple *oui s'il te plaît* à chaque suggestion.

Le plaisir survenait souvent au troisième round. Dans le long terme, pétri des mêmes bonheurs paisibles de l'union conjugale. Le déballage d'innombrables secrets. La sécurité de la disponibilité. L'assurance de la satiété. À en croire Bobby, la plupart des divas du troisième round étaient des femmes bien mariées en quête d'érotisme. Braises ardentes dans le charbon.

Bobby dépensait une fortune sur ses deux téléphones, des appareils convoités par les serveurs du restaurant. Souvent épuisé au terme de ses chats, il les partageait avec eux, dont Ajay. Ne se privant pas d'en profiter au maximum, ils étaient sidérés par le charme et l'étendue du succès du barman.

Aussi, leur impatience à écouter Bobby, quand il évoqua un plan pour devenir riches, n'avait rien de surprenant. Comme ils buvaient une bière au bord de la mer clapoteuse – après avoir calculé les bouteilles d'alcool, fait les comptes et la vaisselle, balayé le sol, retourné les chaises sur les tables –, Bobby déclara que la montre de Maître Micky valait plus d'un *lakh* de roupies. Ce qu'ils gagnaient en un an.

Quelle heure est-il ? demanda-t-il.

Une heure.

On a commencé à bosser à quelle heure ?

Huit heures.

Qu'est-ce qu'il fait le Micky *baba*[1] en ce moment ?

Il roupille dans son lit.

Qu'est-ce que Micky *baba* fait à huit heures du matin ?

Il roupille dans son lit.

Qu'est-ce qu'oncle Harry fait en ce moment ?

Il baise sa maîtresse.

Qu'est-ce qu'oncle Harry fait à huit heures du matin ?

Il baise sa femme.

Quand est-ce qu'il travaille ?

Jamais.

Qui se tape son boulot ?

Nous.

Ils étaient cinq et, allongés sur le dos, ils buvaient leur bière au goulot en contemplant le ciel. Les

1. Enfant dans ce contexte.

vagues les plus longues déferlaient sur le sable et leur léchaient les pieds. Aucun n'avait trente ans. Le plus âgé, Bobby, avait vingt-six ans ; Ajay, le plus jeune, pas encore vingt.

Vous croyez que les étoiles dirigent notre destinée ? lança Bobby.

Personne ne répondit. Ils ne réfléchissaient pas à ces sujets. Ils étaient tous religieux. Chacun se rendait au temple à des jours différents. Ils demandaient de petites choses. Une augmentation de salaire. La santé pour un parent. Une moto. La destinée était un trop grand mot. La destinée était pour Micky *baba*.

Moi, je le crois, dit Bobby. Regardez cette étoile, celle à droite de la lune près de l'amas stellaire. C'est la mienne et elle se prépare à m'enrichir. Vous savez ce qu'annonce mon thème de naissance : je ne peux pas devenir riche seul. Le véhicule de ma fortune ne démarrera que si d'autres y montent.

Les serveurs étaient comblés. Après une longue journée de travail, ils avaient eu droit aux derniers chats de Bobby. Voilà qu'il mijotait un plan. Bobby n'était pas qu'un charmeur, il était aussi un penseur.

Qu'est-ce qu'oncle Harry aime par-dessus tout ?

L'argent et Micky *baba*.

Qu'est-ce qu'il préfère ?

Les garçons se creusèrent la cervelle. La réponse qui coulait de source n'était peut-être pas la bonne. Ils connaissaient la rapacité de Harry pour la moindre roupie générée par son affaire. Il vérifiait les comptes quotidiennement, examinait chaque addition, prenait soin de contrôler les images des caméras de surveillance. Des garçons avaient été congédiés parce qu'ils avaient accepté l'argent des clients sans écrire un reçu, bu une gorgée de la bière d'un client ou mangé un morceau de son plat.

Sur plus d'une centaine d'employés, à peine dix étaient des locaux. Il se méfiait de la capacité des natifs à mobiliser et à camoufler leurs fautes professionnelles en créant de faux problèmes de communauté et d'identité. Lui qui avait été un étranger – vingt ans auparavant – savait qu'il devait sa réussite au fait de n'avoir eu aucune excuse.

Harry voulait des employés sans moyen d'avoir des excuses. Au fil du temps, son personnel avait fini par représenter toute l'Inde, composé qu'il était par des jeunes du Kerala jusqu'à ceux du Cachemire, sans oublier ceux qu'on embrigadait au Népal, plutôt nombreux. La plupart étaient arrivés au paradis côtier à la poursuite de la promesse d'un plaisir débridé – filles, drogues, alcool. À tout le moins de celle de la compagnie d'amis et de l'absence de censure.

Les jeunes du pays tentaient d'échapper aux critiques moralisatrices. De trouver un refuge où l'esprit serait libre et la chair sans entrave.

Dès que la petite somme d'argent en leur possession était dilapidée, ils se présentaient chez Harry, prêts à être serveurs, hommes de ménage, cuisiniers, uniquement pour prolonger leur incursion dans la liberté et l'exaltation due au soleil, à la mer, au sable et à la décharge électrique suscitée par des êtres superbes qui buvaient et riaient comme si la vie était une charmante comédie. Une tranche d'ananas en équilibre au bord d'une flûte, près d'une ombrelle miniature plantée dans le velouté blanc d'une piña colada, était un aperçu d'un paradis possible. Faire la vaisselle dans un tel environnement, c'était déjà être en état de grâce.

Harry recrutait des garçons d'une extrême discrétion, qu'il faisait travailler comme des esclaves, payait peu, nourrissait bien, à qui il donnait une bière par semaine et dont il gardait un mois de salaire en guise de sécurité. S'ils étaient irréprochables un an, il leur accordait un bonus appréciable, parfois jusqu'à cinquante mille roupies. S'ils commettaient des erreurs, il les pénalisait. S'ils trichaient, il les virait et gardait la « sécurité ». S'ils protestaient, il appelait la police qui venait les chercher pour un interrogatoire. S'ils se rebellaient, il planquait de la marijuana dans leur espace personnel, et demandait à la police de les arrêter et de les coffrer pendant quelques années.

Des cas exceptionnels – bien qu'il y en ait eu quelques-uns. Cette sévérité avait beau le chagriner, il connaissait, en tant qu'employeur, l'importance de l'exemple. Il était sûr d'être compris par les garçons. D'ailleurs, le nombre de ceux qui restaient dépassait celui de ceux qui partaient.

À quoi Harry Singh tenait-il donc le plus ? se demandaient les garçons tandis que la mer grondait à leurs pieds. S'ils étaient Harry, choisiraient-ils l'argent ou Micky *baba* ?

Bon, déclara Bobby, acceptant le pétard qu'on avait allumé pour lui. On veut un monde juste. Pas complètement juste, rien qu'un peu. Micky *baba* a le droit de continuer à avoir sa montre d'un *lakh* de roupies, mais il n'est pas question qu'on reste des lave-vaisselle toute notre vie.

Gogo d'Allahabad – il s'appelait Gopal Goswami et roulait des pétards à la perfection – prit la parole : Qu'est-ce que Kunti[1] dirait à Micky *baba* s'il allait la voir et lui disait : Regarde ce que j'ai, maman. Elle lui dirait : Partage, Micky *baba*, partage équitablement avec les autres.

Les garçons éclatèrent de rire et pédalèrent en l'air. En train de fouiller dans la poubelle, les chiens errants sursautèrent, détalèrent, revinrent l'instant d'après.

Pompant l'extase de la cigarette, Gogo poursuivit : Qu'est-ce que Krishna a dit à Arjuna[2] quand il a voulu épouser Subhadra et que Balarama[3] a refusé ? Enlève-la. Si tu penses qu'elle t'appartient légitimement, enlève-la. Arjuna n'avait d'autre choix que d'obéir à l'ordre du Seigneur de l'univers.

On a le choix ? voulut savoir Bobby.

Si le grand Arjuna ne l'avait pas, comment l'aurions-nous ? fit Gogo.

Ajay écoutait en silence. Il était rempli d'admiration pour les deux garçons. Lui auraient-ils demandé de nager jusqu'en Afrique qu'il aurait plongé aussitôt dans la mer.

Le complot fut peaufiné ce soir-là. Infaillible. Raisonnable : une petite somme d'argent en échange d'un fils inestimable. Le redressement de l'iniquité.

Les cinq – les autres étant Bijoy d'Orissa et Montu de Delhi – se tapèrent dans les mains pour officialiser leur objectif. Ils feraient ce que Bobby ordonnait

1. Protagoniste de l'épopée du *Mahabharata*.
2. *Idem*.
3. *Idem*.

et mourraient plutôt que de se trahir. L'argent serait divisé équitablement.

Bobby se débrouilla ensuite pour tomber malade quatre jours, au cours desquels il mena une enquête sur le quotidien de Micky *baba*.

Le transport scolaire venait chercher l'héritier à sept heures quarante-cinq et repartait de l'école à quatorze heures quarante-cinq. Il y avait un point de rassemblement derrière une grille en fer où les enfants se réunissaient avant de monter dans leur bus, leur voiture ou leur camionnette.

Plusieurs instituteurs surveillaient l'opération et s'efforçaient de maintenir l'ordre, à coups de gesticulations frénétiques, en criant à s'en casser la voix. Il régnait toutefois un tel tohu-bohu pendant vingt minutes que le kidnapping d'une douzaine d'enfants et même de quelques instituteurs était possible.

Bobby était prévoyant. Au fil du temps, il avait acheté quatre cartes SIM à des garçons qui, renonçant au rêve de la côte, rentraient chez eux. Autant de cartes sous de faux noms parce que les garçons n'avaient eu aucun moyen de prouver leur identité. Retirées à deux reprises, elles n'étaient pas localisables ; chaque puce, enveloppée dans une feuille de papier, était cachée dans sa valise. Lecteur assidu de faits divers, il avait compris que les criminels échouaient à cause de leurs portables. On ne pouvait rien entreprendre sans un téléphone, en même temps c'était la bombe à retardement dans la poche de chaque aventurier.

Pour réussir, le propriétaire de la carte SIM ne devait pas être identifiable, sa localisation, une fois activée, être au-dessus de tout soupçon. Et il fallait jeter téléphones et cartes SIM dès qu'ils avaient servi, tels des préservatifs.

Ils avaient repéré une agence de location de voitures dans la capitale et choisi une banale Toyota Innova.

Des journaux étaient collés aux vitres des fenêtres de la pièce que Bobby partageait avec Montu au deuxième étage d'une maison étroite ; un ghettoblaster diffusait des disques de musique vieillotte.

Bobby était prévoyant. Au fil des mois, il s'était procuré des plaquettes d'alprazolam dans différentes pharmacies de différents villages. Le garçonnet serait endormi en tant que Micky *baba* et réveillé au bout de nombreuses années en tant Micky Singh Esquire.

Le plan d'action, simple, s'inspirait d'une centaine de films.

Que tous les pauvres d'Inde ne kidnappent pas un gosse de riche relevait du miracle. La mise en œuvre aurait lieu d'ici un mois.

Gogo devait démissionner, toucher son salaire, disparaître – rentrer officiellement à Allahabad. Deux jours plus tard, Bijoy ferait pareil. Il retournerait en Orissa. Ils quitteraient les chambres qu'ils louaient, diraient au revoir à leurs propriétaires et, au cœur de la nuit, déposeraient leurs sacs dans la chambre de Bobby et de Montu.

Bijoy et Gogo, qui travaillaient à la cuisine, seraient moins faciles à reconnaître. Aussi seraient-ils en première ligne.

Montu savait nouer un turban. Il reçut l'ordre de se faire pousser la barbe. Il conduirait l'Innova.

Ajay avait les nerfs fragiles. Malgré ses muscles, c'était lui qui risquait le plus de craquer. Il fut chargé des coups de téléphone à donner. Il répéta à l'envi le texte écrit à son intention, s'entraînant à parler du fond de sa gorge pour tromper grâce à une voix rocailleuse. Quand ils se retrouvaient le soir sur la plage pour fumer, il criait son texte à la mer infinie.

Bobby serait la taupe. C'était le préféré de Harry, pour son physique, son charme, son efficacité. S'il avait confiance en un employé pour bien gérer le bar et le restaurant, c'était en ce garçon du Sikkim. Il était capable de diriger le personnel, de supporter la pression et ses comptes étaient parfaits au centime près.

Harry était au courant de la vie déchaînée de Bobby sur Internet, et savait qu'il la partageait avec les garçons. Il n'en avait cure. En fait, mieux valait contrôler l'instabilité de leurs hormones de cette façon inoffensive. Harry aimait vraiment bien Bobby, au point de le taquiner sur les attributs de sa dernière conquête en date.

La relation était la clé de voûte du plan. Lors de la disparition du petit garçon et du coup de téléphone pour réclamer l'argent, Bobby s'arrangerait pour être près de son patron. Il le réconforterait, le conseillerait, l'empêcherait d'appeler la police – de crainte que les kidnappeurs paniquent et commettent des horreurs. Puis il se porterait volontaire pour remettre la rançon et ramener Micky *baba*.

Bobby intitula le plan Opération Gobargaz.

L'idée lui était venue de chaînes d'informations, des images de caméras espionnes qu'elles montraient en permanence sur des méfaits grotesques ou réels, étiquetés opérations militaires clandestines. Il expliqua le nom à son gang. Tous étaient assimilés à *gobar* – la bouse de vache. La merde de la société. Mais une fois agrégé et traité avec intelligence, le *gobar* produisait du gaz à haute valeur ajoutée. La merde transmutée en fric. L'Opération Gobargaz.

Jusqu'à Gobargaz, les semaines furent tendues. Ajay avait envie de se rétracter plusieurs fois par jour. Au fond de lui, il était convaincu de l'échec de l'opération. Fils d'un employé de la Poste, rien dans son éducation ne lui avait enseigné que l'argent était aussi facile à gagner. Les autres éprouvaient les mêmes appréhensions. Ce qui les incitait à continuer, c'était l'audace de Bobby, le chef, qui n'avait apparemment aucun doute.

À dire vrai, Bobby en avait mais il savait que sa vulnérabilité détruirait ses associés. Pour eux, il incarnait la certitude. Si l'un d'entre eux avait mis l'entreprise en question, il l'aurait volontiers annulée.

Personne ne le fit. Aussi cinq semaines plus tard, lors d'un dernier briefing, Gogo reçut-il l'ordre de s'amener au point de rassemblement de l'école. S'il tombait sur un instituteur, il devait annoncer un grave accident survenu aux parents et son obligation d'emmener leur fils séance tenante à l'hôpital.

Bijoy attendrait à l'arrière de l'Innova avec un verre de milk-shake à la fraise enrichi de six comprimés d'alprazolam. Au bout des vingt kilomètres jusqu'à la piaule de Bobby et de Montu, Micky *baba* ne serait plus qu'un ballot comateux.

Ajay, depuis le bar du restaurant, devrait alors se rendre à la capitale. Du jardin public situé en face de la rivière, il passerait deux coups de fil de sa voix de gorge en se servant des cartes du vieux téléphone de Bobby. Le premier au restaurant où Bobby décrocherait et serait épouvanté. Il donnerait à Ajay le numéro du mobile de son patron, avant d'appeler ce dernier.

Pendant ce temps, Ajay mâcherait la carte SIM avec ses dents vigoureuses et enfouirait la pâte dans une plate-bande. Quant au téléphone – ne valant que sept cents roupies –, il le lancerait de manière qu'il décrive un arc gracieux en tombant dans la rivière.

Le prochain arrêt d'Ajay serait le nouveau centre commercial. Il emprunterait l'escalier roulant et se faufilerait au milieu de la foule des jeunes Indiens exaltés qui aspiraient fiévreusement l'air purifié, se bousculaient sur du chrome, du verre, du granit, s'envoyaient des SIM sans reprendre leur souffle pendant qu'ils dressaient de longues listes des marques sublimes à acquérir au fil du temps.

D'une banquette métallique au milieu du foyer, dominé par le beau motif de la voûte céleste du centre commercial, il téléphonerait à Harry Singh avec la seconde carte SIM. De sa voix de gorge.

Quelle valeur avait la vie de son fils pour M. Singh ?

Inestimable, n'est-ce pas ?

À tel point qu'on le lui vendrait avec une remise exceptionnelle. Il pourrait récupérer son fils pour seulement vingt-cinq *lakhs* de roupies. Maintenant, écoute bien. Voici ce qu'il devait faire. Le train pour Mumbai partait à neuf heures. À huit heures cinquante, il devait monter dans le quatrième wagon après la locomotive et laisser le sac devant le siège numéro quatre puis sortir sans jeter un regard en arrière. Quand il serait de nouveau dans sa voiture, son téléphone sonnerait. Le téléphone lui dirait où aller chercher son fils acheté au rabais.

Au cas où le père se rendrait à la police pour réduire le coût, il récupérerait son fils en vingt-cinq morceaux et pourrait passer le restant de ses jours à faire le puzzle.

Le gaz réintégré dans le *gobar*, comme disait Gogo. Une opération militaire en ordre inverse.

Abandonnant la beauté de la voûte du foyer, Ajay devait se rendre aux toilettes et remettre ses dents vigoureuses au travail. Puis uriner et tirer la chasse pour envoyer la carte mâchée dans les entrailles de la Terre. Puis descendre en ascenseur jusqu'au parking souterrain, trouver le SUV le plus massif, poser le portable à sept cents roupies sous une roue avant. Quand le SUV aurait démarré, réduisant en miettes le téléphone, il devrait ramasser les gros morceaux et les mettre sous les pneus d'autres voitures. Les petits, il lui restait à les piétiner jusqu'à ce que ça devienne du chutney.

À ce moment-là, il aurait le droit de boire un virgin mojito avant de prendre un bus et de retourner lentement au restaurant.

Montu rendrait l'Innova louée. Après quoi, il surveillerait la gare, s'emparerait du butin, s'éclipserait. Son second, Bijoy, se tiendrait sur le quai, à l'affût du moindre piège. En cas d'alerte, Bijoy le signalerait à Montu qui continuerait à marcher dans le wagon – sac sur l'épaule comme n'importe quel voyageur pauvre. Si tout se passait bien, Bijoy monterait dans le train d'où Montu descendrait et, appelant oncle Harry, il lui fournirait les indications pour retrouver son fils.

Il enlèverait la carte SIM qu'il grignoterait comme une carotte et jetterait sur une couchette supérieure. L'appareil – après s'être dépêché d'atteindre le bout du train –, il le balancerait dans le dernier wagon. La carte SIM et le téléphone continueraient de conserve jusqu'au tohu-bohu de Mumbai.

Dans le scénario final, Harry devait envoyer Bobby retrouver son fils. Ou remettre l'argent. Bobby s'engageait à exécuter parfaitement l'un ou l'autre. La livraison ou la récupération.

Montu emporterait l'argent à Delhi, sans que Bijoy et Gogo le perdent de vue. Bobby suivrait quelques semaines plus tard, Ajay encore plus tard. Les films leur avaient appris que la précipitation après un délit était l'échec assuré. Ils seraient imperturbables. Des hommes de glace. Ils avaient fait le vœu de ne pas dépenser une roupie de la rançon jusqu'à ce que six mois se soient écoulés.

La merde transmutée en fric. L'Opération Gobargaz.

Chacun avait un projet pour ses cinq *lakhs*. Ajay comptait en donner la moitié à sa sœur aînée qui, à vingt-cinq ans, avait été abandonnée par son mari alcoolique et se retrouvait à la merci de ses parents qui la fustigeaient d'avoir échoué à sauver son mariage. L'autre moitié lui servirait à financer une formation dans la gestion hôtelière à Chandigarh. Il voulait travailler dans un véritable hôtel avec des règles, une réception, des uniformes impeccables, de beaux menus s'ouvrant comme des livres. Il savait qu'il avait le physique, il ne lui manquait que le diplôme et l'anglais.

Pour l'heure, il continuait à répéter son texte d'une voix de gorge.

À quatorze heures trente devant l'école, retenant son souffle avant d'exploser comme une bombe, Gogo envoya un message à Bobby et à Ajay pour leur dire de commencer le compte à rebours. Ensuite, ils ne devaient communiquer entre eux que par un code. X : Renoncer immédiatement. Y : Se retrouver chez Bobby et Montu. Z : C'est parti. Dix, neuf, huit, sept…

Il reçut deux Z.

Fort de deux millénaires de ruse brahmanique dans ses gènes, Gogo avait la duplicité dans le sang. Il bondit dans un maelström d'enfants et réclama son protégé aux instituteurs. Dans leur uniforme bleu et blanc, les gosses ressemblaient à des insectes atteints de démence – ils s'égosillaient, vociféraient, se bousculaient, se tapaient, mangeaient, buvaient, crachaient, les doigts dans le nez, les oreilles, les fesses. Je serais prêt à tous les abandonner pour vingt-cinq mille roupies, pensa Gogo.

La jolie institutrice au clou de nez étincelant lui remit Micky *baba* avec un sourire éblouissant et un regard inquiet : J'espère que ses parents n'ont pas été trop gravement blessés. Gogo eut envie d'embrasser ses lèvres roses pour la rassurer.

Dans l'Innova, le garçon, conscient depuis longtemps de son empire, traita les kidnappeurs comme ses factotums, exigea qu'ils règlent la climatisation à la bonne température et la radio sur la bonne chaîne de musique et qu'ils appellent son père. Il refusa de boire le milk-shake à la fraise non sans émettre un reniflement de mépris.

Gogo et Bijoy furent obligés de lui boucher le nez et de le forcer à l'avaler.

Au moment où Montu le porta dans l'escalier, c'était un poids mort. Gogo envoya un Z par texto à Ajay. Le jeune homme de vingt ans tremblait de peur au bar du restaurant ; depuis le début de la matinée, il avait déjà foncé six fois aux toilettes. Des vagues de nausée l'obligeaient à s'asseoir toutes les cinq minutes. N'eût été le sourire froid de Bobby, Ajay aurait fondu en larmes.

Il n'était pas préparé à ça. Sa famille et son village vivaient paisiblement en suivant des règles incontestées. L'équation était simple. On faisait ce qui était juste et bien, on avait droit à ce qui était juste et bien : dans cette vie ou dans l'autre. Son père et son grand-père mourraient simultanément s'ils entendaient parler de l'Opération Gobargaz.

Lorsqu'un Z apparut sur son téléphone, Ajay le montra à Bobby qui lui tapa sur l'épaule. Ajay hésita dans l'espoir que le chef lui déclare en riant que c'était une blague. Peine perdue : Rugis comme un tigre pour qu'il chie la thune comme de la diarrhée, lui intima-t-il.

Il mit une heure à arriver au parc du bord de la rivière dans la capitale. Il dut changer de bus et marcher. La tête pensante ne voulait à aucun prix qu'il laisse de traces.

Le parc était loin d'être désert en ce début de soirée. De vilains amoureux illégitimes s'étaient échappés de leurs bureaux pour profiter d'un rapide rendez-vous avant de retrouver leur aigre conjoint dans un foyer austère. Aucun des bancs en ciment n'était libre ; des corps s'adossaient sur chaque arbre à large tronc.

En proie à la panique, Ajay estima que c'était un signe. Il décida d'attendre un endroit sûr d'où passer son coup de fil. Il vérifiait sans arrêt son cadran tant il souhaitait l'apparition d'un X. À un moment donné, il dut s'asseoir par terre pour contrôler ses intestins. Une ombre balaya l'herbe et s'abîma dans l'eau. Des perruches se livraient à de bruyantes incursions dans les arbres. Des silhouettes se séparèrent et s'estompèrent.

Ajay savait que tout le monde l'avait vu et que personne ne l'oublierait.

Il alla s'installer sur un banc sous un arbre de pluie dans un coin proche de la rivière. L'eau, stagnante, coulait lentement. Il sortit l'arsenal de sa poche boutonnée. Un portable en plastique bleu bas de gamme et une carte SIM pailletée d'or enveloppée dans du papier. Il soupesa l'appareil. Sombrerait-il ou flotterait-il ? Il l'ouvrit à l'arrière pour insérer la carte. Un enfant qui courait derrière un ballon le regarda ; sa mère ne tarda pas à arriver dans son sillage. Ajay s'affola, rangea le téléphone démonté, contempla la rivière.

Et si Bobby ne décrochait pas au restaurant ?

Et si Harry Singh reconnaissait sa voix ?

Comment pourraient-ils renoncer à l'opération maintenant que Micky *baba* était kidnappé ? Et s'il ne le donnait pas, ce coup de téléphone ? Est-ce que la police les laisserait partir ?

Est-ce qu'au moins elle le laisserait partir, lui ?

D'ailleurs, il ne voulait pas de l'argent. Ils pourraient garder sa part. Ç'aurait dû être une blague, un fantasme sur la plage. À vrai dire, comment pouvaient-ils enlever Micky *baba* ?

La mère et l'enfant s'éloignèrent, mais d'autres promeneurs du même genre apparurent.

Seul l'espace d'un instant, Ajay introduisit la carte SIM et sentit le téléphone vibrer. Il guetta le X sur le sien. Ses intestins se contractèrent, tandis que sa tête l'élançait atrocement. Il pensa à Bobby et aux autres qui comptaient sur lui et exécutaient courageusement leur part du plan. Les doigts tremblants, il tapa le numéro du restaurant. Ça, c'était simple : il n'avait qu'à parler à Bobby.

La sonnerie retentit longtemps et tellement fort qu'il lui sembla qu'elle parvenait au poste de police. Il s'apprêtait à raccrocher – soulagé que tout soit annulé – lorsqu'on répondit d'un ton bourru. Ajay eut alors un trou de mémoire, comme s'il avait débranché son cerveau. Il oublia où il était et ce qu'il devait faire. La voix devint impatiente, Ajay coupa non sans maladresse.

Pourquoi oncle Harry avait-il répondu ? Où était Bobby ? Quelque chose avait mal tourné. Pourquoi ne lui avait-on pas envoyé de X ou de Y ?

Que faire ? Qui appeler ? Où aller ?

Ses narines se dilatèrent, il eut envie de pleurer. Il jeta un coup d'œil circulaire. Le jardin public s'était rempli de gens âgés et d'enfants qui le dévisageaient. Tous seraient capables de le reconnaître, les yeux bandés. Il se maudit de porter une chemise bleu vif.

Fuyant les regards scrutateurs, il se dirigea vers l'urinoir près du portail. Vide, heureusement. Juste avant de retirer la carte SIM du téléphone, il envisagea de rappeler le restaurant. Peut-être s'agissait-il d'une coïncidence. Peut-être oncle Harry n'était-il là que par hasard. Peut-être que Bobby attendait désespérément son coup de fil. Il changea d'avis et glissa la carte entre ses dents. Renonçant à l'idée du parterre, il jeta les bouts mâchonnés dans le magma fétide de la latrine et, vu le manque d'eau, les noya dans le jet vacillant de sa pisse.

Il descendit précipitamment les marches de pierre menant à la rivière stagnante. Il s'assura d'un regard que personne ne s'intéressait à lui. Au lieu d'un lancer exceptionnel, il se baissa en faisant mine de vérifier ses lacets de chaussures et laissa doucement tomber le téléphone dans l'eau comme si c'était une offrande. Une position qu'il garda un certain temps au cas où quelqu'un l'observerait. Puis il se redressa et fila.

Dans le bus qui le ramenait au restaurant, sur un siège près d'une fenêtre ouverte par où s'engouffrait la brise marine qui lui remplissait les poumons et l'ébouriffait, entouré du bavardage d'hommes, de femmes, d'enfants, tandis que les ultimes filaments orange striaient le ciel d'un gris indigo, que les lumières blanches et jaunes s'allumaient dans les hameaux, les villages, au large de la mer où voguaient les derniers bateaux, que les cloches carillonnaient dans les temples où les dieux aidaient des prêtres misérables à exploiter les miséreux, Ajay se calma et fut envahi par un certain optimisme.

Tout irait bien. Malgré leurs intentions, ils n'avaient finalement rien commis d'horrible. Même s'ils avaient enlevé Micky *baba*, ils ne lui avaient rien fait de mal – il en était convaincu. Et comme il n'avait pas passé le coup de fil pour la rançon, rien d'illégal n'avait été fait.

Même si oncle Harry allait sûrement être en colère, il comprendrait et pardonnerait. Ils avaient trimé pour lui. Harry, qui était arrivé de Jalandhar vingt ans auparavant, était parti de rien. Le désespoir de l'ambition ne lui était pas étranger. Ils avaient trébuché bêtement – ça arrive quand on est jeune –, mais ils avaient battu en retraite et s'étaient repentis. Harry accepterait les serments de se racheter une conduite, retiendrait un mois de salaire, leur tirerait les oreilles et tout redeviendrait comme avant.

Se retrouver de nouveau sur le sable à boire de la bière au milieu de la nuit, voilà qui semblait l'apogée de la félicité. En quoi l'argent améliorerait ça ? Harry le leur pardonnerait et Ajay serait son esclave pour toujours et encore plus.

La rapidité et la brutalité avec lesquelles le sous-inspecteur en civil le frappa lui arracha des larmes, l'étrangla, lui coupa le souffle. Le sous-inspecteur qui avait un gros ventre, des lèvres épaisses, continua de le gifler jusqu'à ce qu'il tombe par terre, où il le roua de coups avec ses chaussures en cuir. Et ce, sans un mot alors que les pleurs et la terreur étouffaient trop Ajay pour qu'il parvienne à formuler quoi que ce soit. Trois autres hommes en vêtements quelconques, au visage d'une telle dureté qu'on aurait pu y casser une noix de coco, se tenaient à proximité, le défiant de protester.

Debout devant le bar, oncle Harry parlait doucement à un autre flic bien habillé – chemise rentrée dans un pantalon sombre, retenu par une ceinture brillante. On avait expliqué à Ajay comment identifier les grades des policiers sans uniforme. Les sous-inspecteurs et leurs inférieurs laissaient flotter leur chemise sur leur pantalon, contrairement aux inspecteurs et à leurs supérieurs. Une puissance de feu trop importante pour de pauvres barmen et serveurs. Un seul agent aurait suffi à leur faire mordre la poussière.

Entre ses sanglots, Ajay s'efforça de supplier oncle Harry d'accorder son pardon, de se montrer indulgent, évoquant son père arthritique qui avait servi l'Inde avec dévouement en déposant des lettres qu'il pleuve ou qu'il vente, sa sœur répudiée, sa mère surmenée, son travail pénible dans le restaurant, le fait qu'il n'avait de sa vie ni menti ni volé une roupie, la profondeur de sa gentillesse et celle d'oncle Harry, la profondeur de son affection pour Micky *baba* et, enfin, l'appel pour la rançon qu'il n'avait pas passé.

Sauf que les yeux d'oncle Harry jouaient aux billes.

Au commissariat, on les tabassa d'abord à tour de rôle dans des pièces contiguës afin que l'écho des plaintes multiplie la terreur. Puis par deux. Puis ensemble. Pendant une semaine. Les raclées n'avaient pas pour but d'obtenir des aveux, mais de les punir. Leur capitulation avait été gênante, pareille à l'effondrement sous le crachin d'un nouveau barrage. Dès la première volée de coups, chacun avait avoué le plan lamentable.

Au fond, l'Opération Gobargaz avait échoué dès la première étape. Gopal Goswami – Gogo, le puits de science de la célèbre ville d'Allahabad –, au cours de son kidnapping extravagant, avait laissé tomber son téléphone dans le maelström de l'école qui se vidait. Bien avant leur arrivée dans la piaule de Montu et de Bobby, Gogo était sûr d'avoir laissé une piste aussi vaste que le Gange. Il n'avait rien dit dans l'espoir que la foule des gosses détraqués l'avait piétiné ou que l'un d'entre eux l'avait ramassé et rapporté chez lui avec l'intention de ne jamais le révéler.

En Inde, d'une façon générale, on garde ce qu'on a trouvé en rendant grâce au dieu pour ce privilège.

Au bout d'une heure, le téléphone était aux mains de la police. Une demi-heure plus tard, Bobby gémissait à même le sol du restaurant où se trouvaient Harry et les policiers. Vingt minutes plus tard, Gogo et Bijoy miaulaient comme des chats écrasés et six flics armés de 9 mm défonçaient la porte de leur studio.

Ils embarquèrent Micky *baba*, profondément endormi, barbouillé de milk-shake à la fraise.

Montu ramassa le sac de la rançon sur la couchette numéro quatre dans le wagon numéro quatre – même si Bijoy n'était pas là – et le découvrit rempli de cailloux. On commença à le tabasser à la gare et pendant le trajet jusqu'au poste de police. Il hurla encore et encore, et ne s'arrêta que sous les verrous – où il se rendit compte qu'on battait les autres.

Chaque fois qu'on les emmenait à l'hôpital, ils devaient affirmer au médecin qu'ils étaient en pleine forme.

Le pouls ?

Normal.

La tension ?

Normale.

Battements de cœur ?

Normaux.

D'autres problèmes ? Non, docteur.

Hormis les muscles déchirés, les contusions, le pénis électrocuté, le trou du cul élargi. Non, docteur… rien du tout.

Des médecins aussi jeunes qu'eux, supportant difficilement leur internat dans cet hôpital décrépit. Des médecins dont les parents avaient dépensé des millions pour qu'ils puissent devenir des mécaniciens d'organes. Qui rêvaient de cliniques de chrome et de verre, de patients à qui soutirer de l'argent, de voitures plus longues que des couloirs, d'appartements de la taille d'un terrain de golf où des climatiseurs soufflaient un air parfumé à la lavande et d'épouses au teint lisse – dénichées par des parents prévoyants – portant des saris le jour et des négligés la nuit. Qui considéraient les garçons comme d'irrécupérables criminels et ne songeaient qu'à s'en débarrasser rapidement dans les bras de la loi. Loin de leurs yeux, loin de leur activité, loin de leur vie.

Quand le magistrat à la vue basse et à la moustache clairsemée, apparemment incapable de juger sa belle-mère, allongea de quatre jours leur garde à vue, les garçons eurent envie de pleurer comme des gosses. Le gardien de la justice leur demanda s'ils allaient bien. Oui, milord, très bien, répondirent-ils.

Les hommes au visage de pierre qui se tenaient près d'eux approuvèrent d'un hochement de tête.

Normal. Normal. Normal.

Hormis les corps déchiquetés, les rêves torpillés, les jeunesses anéanties.

Le soulagement les submergea lorsque le magistrat les plaça en détention provisoire. En l'espace de quatorze jours avec les policiers, ils avaient saisi que tout était préférable à être au même endroit qu'eux. Des atrocités inconnues les attendaient sûrement derrière les barreaux, mais elles ne pouvaient être pires.

En prison, ils seraient des animaux parmi des animaux. Chez les flics, ils étaient des animaux parmi des bouchers.

On enferma les cinq jeunes en quête de fortune dans différentes cellules. Ils eurent beau rester amis, chacun se retrouva dans un nouveau réseau de relations avec de nouveaux rêves à imaginer et à partager – de même qu'ils s'étaient retrouvés sur le sable sous les étoiles au bord de la mer et de son chant à imaginer une destinée inexistante.

Ajay eut droit à la Maison d'hôtes. Au fil des années, il fit la connaissance de Francis, de Laxman, de Verendar et d'innombrables *wips* de passage qui possédaient une véritable destinée et pour qui le séjour derrière les barreaux n'était qu'un accroc dans le tissu de leur vie fastueuse.

En quatre ans, le père et la sœur d'Ajay vinrent le voir une fois. Les collines de Himachal étaient à trois jours de trajet et l'argent rare mieux employé à payer un avocat. À la fin du long voyage, on leur accorda vingt minutes avec lui, en grande partie insupportables. La sœur d'Ajay sanglota en se mordant la lèvre inférieure, mais il était déjà gelé, claquemuré dans la carapace qu'acquiert n'importe quel survivant de la prison. Ruminant son rôle dans la débâcle, son père ne prononça pas un mot.

Le postier savait que son fils était un garçon bien – enfant, il partageait sa nourriture avec les chiens errants –, de sorte que ce terrible malheur était un retour du bâton karmique pour une autre faute. Il la connaissait. Il avait traité sa tante – la sœur vieille fille de son père qui l'avait élevé avec dévotion – avec indifférence et dureté lors de son agonie. Ses devoirs de postier lui avaient servi de prétexte pour ne pas lui rendre visite ; au début, il lui avait envoyé quelques centaines de roupies puis il avait cessé de répondre à ses demandes.

À sa mort, il n'avait pas pris la peine d'assister à ses obsèques. Il n'était même pas allé au temple de son village pour une prière.

Ajay leur demanda de ne pas revenir, ce qui les soulagea. L'émotion est un match de tennis qui se joue à condition qu'il y ait quelqu'un de l'autre côté du filet. Sinon, on tape dans quelques balles et on ne ressent que du vide. En revanche, la sentimentalité est du squash qui se joue seul. Sans personne. On peut frapper dans la petite balle toute la journée, faire rebondir ses sensations contre un mur.

Jouer avec langueur ou fureur.

Derrière les barreaux, on pratiquait la sentimentalité et on occultait l'émotion.

Ajay n'était plus le gamin tremblant dans le parc au bord de la rivière. À vingt-quatre ans désormais, ses intestins sous contrôle, il était capable de tabasser le capitaine Barretto la journée et dormir paisiblement la nuit. En l'occurrence, il le frappait afin qu'il termine son magma de *daal* et de riz, non sans renifler bruyamment sa morve et ses larmes.

Ajay s'adressa à lui en anglais : Tu es un épouvantail chrétien, on va s'occuper de toi.

Le Dr Hagg leva les yeux, se gratta la tête, tandis que la grosse figure de Laxman se fendait d'un sourire plus large que le cul d'une vedette de cinéma de Mumbai des années soixante.

12
Le martyre de saint Francis

Au royaume d'airain, les détenus mettent du temps à trouver la note juste, que ce soit en paroles ou en actions – et ils sont cassés avant d'y parvenir. Il faut une certaine intelligence de la vie pour deviner cette note. Aucune origine sociale, aucune éducation n'apporte la moindre aide.

Le capitaine Barretto avait la finesse d'un buffle.

Ce soir-là, le caporal Gajendra Singh prévint Laxman que le capitaine n'avait pas pris de bain ni changé de sous-vêtements en deux jours. Chaque cellule avait un code d'hygiène établi par le groupe dominant. Dans la Maison d'hôtes, c'était un bain quotidien et un changement de vêtements.

Laxman, Ajay, Verendar et Francis étaient les officiants névrotiques de la purification corporelle. Par gêne et par peur, les *wips* de passage la respectaient.

Le quatuor attendit que les unités de choc aient terminé l'appel de la journée – à dix-huit heures trente –, que le claquement des portes se soit estompé pour attraper le capitaine par la nuque et le jeter dans les toilettes. Il eut beau se plaindre de risquer de mourir en attrapant la grippe, il ferma la porte et le jaillissement de l'eau remplissant un seau se fit entendre, suivi par un geyser. Ça s'arrêta. Et recommença.

Il nous prend pour des *chutiyas*, commenta le Dr Hagg.

Laxman donna une petite tape à Gajendra. Le caporal monta les marches à pas feutrés et, s'agrippant à la porte en métal et contreplaqué, il se dressa sur la pointe des pieds, et jeta des regards furtifs. Les éclaboussures continuèrent. De son perchoir, le caporal cria : Sir*jee*, le capitaine nettoie la salle d'eau, y se lave pas.

Barretto laissa échapper un cri perçant. Sans un mot, le hurlement fou d'un animal blessé.

Dès sa sortie, il fonça sur le caporal. L'humilité l'avait abandonné. Il se prenait pour un *wip*. Gajendra, ce type, était un marlou du caniveau même pas digne d'être un domestique chez lui. Feindre la déférence envers des bandits était une chose, que cet imbécile l'humilie dépassait les bornes.

Espèce de taré, recommence et j'aurai ta peau ! beugla le capitaine. C'est clair ? Tu n'es pas au Bihar, ici c'est mon État. Et je m'appelle Joseph Barretto. Pendant cinq cents ans, mes ancêtres ont fait de la sauce Vindaloo avec les couilles de types de ton genre. Je donnerai l'ordre qu'on te jette à la mer avec ton pénis qui sortira de ton cul comme un mât et tu flotteras jusqu'à Zanzibar. N'oublie jamais qui tu es.

Personne ne vint au secours du caporal.

Il existe un seuil infranchissable derrière les barreaux, fût-ce par le plus abject des détenus. Percevoir où il se niche n'est pas chose aisée. La caste, la religion, une épouse, une sœur, une petite amie, la nourriture, la vocation, la nature du crime, la couleur d'une peau – l'origine d'un seuil fatal peut être n'importe quoi. Alors la logique et l'instinct de survie disparaissent. La barbarie l'emporte. Dans un moment pareil, un nabot est capable d'étriper un *bhai* avec un bout de verre.

Après le dîner, quand le calme était revenu – un concours de danse effrénée passait à la télévision, montrant un jeune couple du Gujarat dansant le flamenco, tandis qu'un nain faisait des saltos arrière entre leurs corps virevoltants – et que Francis massait les jambes maigres du Dr Hagg, Papa apparut à la porte comme tous les soirs. Papa était un as de la boulangerie qui, en même temps que sept potes, se mettait au travail à vingt-trois heures pour préparer des *paos* frais en vue de la distribution du lendemain matin.

Verendar l'avait aidé jusqu'à son exclusion de la boulangerie parce qu'il avait brûlé le *pao* d'une nuit après une discussion avec le kaki Rajni sur les qualités des Indiennes du Nord et du Sud.

Papa ! Francis *ka* Papa[1] ! chantonna Laxman, comme il le faisait chaque fois qu'il apercevait le boulanger. Pourquoi ne pas emmener le capitaine Barretto dans ta cellule ? Il est spécialisé dans les mineures.

Papa était un bel homme de trente-cinq ans, à larges épaules et à forte mâchoire. Personne ne connaissait son véritable nom. Tout le monde savait ce qu'il avait

1. Le papa de Francis.

fait, c'était le rôle joué par Francis dans son forfait qui restait mystérieux.

Car Francis ne parlait pas, il se contentait de trimer. Quand on l'interrogeait, il découvrait timidement ses dents de cheval en une réponse énigmatique. Seul Laxman connaissait la vérité puisque le soir, une fois ses tâches terminées, Francis s'installait, le drap sur les oreilles et, penché vers Laxman – couvert de la même manière –, chuchotait. On ne voyait que la magnifique chevelure du jeune bâtard et la coupe courte du majordome.

Leurs voix s'entendaient à peine, un battement d'ailes de papillon. Même la télévision éteinte, même couché près d'eux, personne ne captait le moindre mot. Ils parlaient une heure, voire davantage, se régalant de temps en temps de petits gâteaux, de chips, de cacahuètes, qu'ils mangeaient en faisant le moins de bruit possible.

Laxman savait que la vie avait maltraité Francis depuis sa naissance sans père. Laxman savait aussi que Francis serait le dernier à se plaindre de son lot. Jamais Francis ne l'aurait imaginé, mais depuis les deux ans qu'ils partageaient une cellule, il avait transformé Laxman. Celui-ci avait renoncé à se lamenter sur son sort, juré de s'abstenir d'alcool et d'assumer l'entière responsabilité de sa femme et de son fils. Du dieu unique de Francis, Laxman n'avait appris qu'une leçon : le pardon.

Jour après jour, Laxman voyait que le jeune homme ne manifestait aucune aigreur envers Papa. Il admirait la sérénité du bâtard.

À une époque, Papa gérait une gargote au bord d'une route baptisée Food Palace, où il y avait quatre bancs en bois, six chaises, deux grandes tables et deux petites. Dans des placards vitrés s'entassaient bocaux de biscuits en vrac, paquets de nouilles instantanées, boîtes d'œufs et piles de *paos*. Comme n'importe quelle bicoque, le Food Palace avait quelques bouteilles d'alcool local en réserve ainsi que des sacs d'oignons et de pommes de terre.

Papa régnait sur la cuisine et préparait omelettes, *masala*, thé, *daal*, *bhaajis*[1], curry de poisson et riz. Francis hachait, nettoyait, lavait, récurait et servait les clients. De temps à autre, un migrant donnait un coup de main pour un repas, mais c'était surtout l'affaire de deux hommes.

Un personnel suffisant. Le Food Palace, une des six gargotes proches de la gare routière, ne recevait que quelques clients. Les moments d'affluence, pour peu qu'il y en eût, étaient les heures de pointe : le matin au départ des gens, le soir à leur retour.

Si les gargotes avaient de la chance, les bus partiraient en retard, tomberaient en panne ou n'auraient pas assez d'usagers. Comme dans l'Inde entière, la frustration serait alors combattue à coups de verres de thé et d'en-cas, quels qu'ils soient. Si les gargotes avaient de la chance, les hommes rentreraient crevés et vaincus. Incapables de faire face sans fortifiant à des parents, des épouses, des enfants – en proie au besoin désespéré d'un hiatus où ils pourraient être brièvement des animaux sans attaches, sans devoirs, n'ayant à répondre de rien. Vivant l'instant présent à la manière de bêtes sauvages dans la forêt – comblés, en harmonie avec les arbres et le ciel.

1. Beignets.

Si les gargotes avaient de la chance, il pleuvrait des cordes.

Si elles avaient de la chance, le soleil darderait ses rayons impitoyables.

Si elles avaient de la chance, il y aurait une élection par mois.

Si elles n'avaient pas de chance, il y aurait encore plus de congés que d'ordinaire.

Si elles n'avaient pas de chance, il y aurait une émeute et leurs possessions seraient rasées.

Si elles n'avaient pas de chance, les hommes renonceraient à leur chant de liberté au profit des rites de la domesticité.

Francis ne pensait pas à la chance. Si étrange que cela paraisse, ceux qui en ont eu sont les seuls à s'en préoccuper. Elle ne tracasse pas ceux qui n'ont jamais bénéficié de sa présence grisante. Il ne s'agit que d'un autre genre d'entités destinées à un autre genre de personnes – aussi éloignées et fictives que des égéries de cinéma.

Son épaisse chevelure retenue par un élastique, Francis trimait autant que Papa le lui demandait. Papa lui montrait de mille manières qu'il l'aimait. Il ne le traitait jamais en esclave, que ce soit dans ses paroles ou dans ses actes, mais en ami. Rien ne les séparait quand ils travaillaient et ils mangeaient dans la même assiette. Le soir, au moment où la perspective de traînards s'estompait, ils se prélassaient sur les bancs et buvaient.

La plupart des jours, Papa ne rentrait pas dîner chez lui, préférant le faire dans la gargote avec son employé et compagnon.

Papa lui racontait beaucoup de choses sur sa famille. Sur son épouse qui travaillait dans la cuisine de maisons de riches propriétaires d'une carrière et de petits politiciens. Elle rapportait souvent des plats exquis, avait de gros seins et était toujours trop épuisée pour remplir son devoir conjugal.

Bien qu'il eût trois enfants – une fille de douze ans, une autre de huit ans, un fils de six ans –, il ne parlait que de l'aînée. Il voulait que Mithu soit une danseuse classique. Il dépensait la moindre roupie qu'il pouvait épargner pour un gourou de *bharatnatyam*[1]. Elle avait le corps et les yeux qu'il fallait pour ça. C'était déjà une beauté.

Papa affirmait l'avoir élevée. Il l'avait nourrie, lavée, habillée et emmenée à l'école, sa mère n'étant jamais là à cause de son travail. Il n'avait jamais été aussi proche de ses deux autres enfants parce qu'il avait créé le Food Palace à leur naissance et que Mithu était assez grande pour s'en occuper.

Encore maintenant, Mithu dormait avec lui, les plus jeunes dormaient avec leur mère.

La réaction de Francis à ces histoires était impossible à deviner. Il s'exprimait peu, en murmurant, et ne révélait rien. Si on l'avait connu – ce qui n'était le cas de personne –, on aurait su qu'il n'avait aucun point de repère. Il se débrouillait seul depuis l'âge de quatre ans ; il avait toujours dormi seul à même le sol, après s'être nourri du riz et du curry que lui laissait sa mère dans un petit *degchi* en inox – le couvercle

1. Une forme majeure de danse classique indienne, l'une des plus anciennes.

maintenu par une pierre – sur un rebord sous la poutre de la masure qu'il atteignait en se mettant debout sur la cantine contenant toutes leurs possessions.

Aux yeux de Francis, sa mère était à peine plus qu'une colocataire dont les allées et venues suivaient un horaire imprécis. Elle préparait rapidement des plats copieux – parfois prévus pour deux ou trois jours d'affilée – et elle était toujours crevée, voire somnolente. Sa fatigue et sa tristesse n'avaient rien d'inhabituel. Les femmes du bidonville étaient plus ou moins comme elle.

Mère et fils se parlaient peu. Lorsqu'elle le serrait dans ses bras, il lui semblait qu'elle cherchait un réconfort qu'il était heureux de lui donner.

Il n'avait jamais le sentiment qu'elle – ou n'importe qui d'autre – lui était redevable de quoi que ce soit.

Persuadé au contraire qu'il devait faire davantage que se contenter de l'étreindre, il lavait les vêtements – ceux de sa mère et les siens – et faisait le ménage dans la bicoque.

Elle ne lui ordonnait que trois choses. Rentrer à la maison avant la tombée de la nuit. N'aller nulle part avec un homme, connu ou inconnu. Ne pas rater un jour de classe.

L'école primaire publique était à quinze minutes de marche, derrière un tas d'ordures fumantes – passées au peigne fin en quête de trucs utiles – et il s'y rendait seul tous les jours. En classe, il n'ouvrait pas la bouche, obéissait aux instituteurs. Il n'avait pas appris ...nd-chose, voire rien.

...usieurs dimanches au cours de l'année, sa mère ...enait à l'église d'une blancheur éblouissante ...ur une éminence près du terrain de foot. Il n'aimait pas ces excursions. La maison de Dieu l'effrayait. La haute toiture, l'intérieur froid, l'écho de la voix du prêtre sévère, le fils de Dieu cloué sur une grande croix, sa mère marmonnant avec insistance, le chuchotement des fidèles comme si parler était blasphématoire.

Il grandit. Il fut expulsé de l'école en raison de ses échecs répétés et ce qui lui avait tant déplu se mit à l'attirer. Souvent, quand il n'avait rien à faire ou après des heures de fouilles improductives, il allait s'asseoir sur les bancs en bois lisse, regardait le crucifix injuste, se sentait protégé.

Il avait le sentiment que c'était l'homme sur la croix – tellement triste et tellement beau avec ses cheveux semblables aux siens – qui lui avait donné Papa. Ce que Papa lui donnait en échange était incomparable. Nourriture, argent, amitié. Il se sentait lié à quelqu'un pour la première fois de sa vie. Souvent, lorsqu'il avait trop bu avec Papa, il dormait au Food Palace, où il collait deux bancs et posait la tête sur une serviette pliée.

Un soir de la deuxième semaine de septembre, une pluie diluvienne martelait le monde avec tant de virulence qu'il valait mieux foncer pour se mettre à l'abri. La clientèle n'avait pas afflué au Food Palace dans la journée et l'eau s'écoulait par plusieurs trous du toit. Chaque fois que Francis, à l'aide d'une baguette en bambou, remettait une tuile, une autre fuyait. Il fallut disposer des pots et des casseroles pour éviter l'inondation.

Pour s'amuser, Papa et Francis ingurgitèrent du café sucré bien chaud, des *bhaajis* aux pommes de terre, des nouilles instantanées agrémentées d'oignons, de haricots, de coriandre. Ils tentèrent aussi de regarder un ODI ou match de cricket d'un jour entre l'Inde et le Sri Lanka sur la vieille télé, mais il pleuvait apparemment dans le poste. Ils ne distinguaient pas la balle et ne tardèrent pas à ne plus reconnaître les joueurs, ni même les équipes.

Étant donné l'absence vraisemblable de clients, Papa et Francis picolèrent. De l'eau rougie par la terre rugissait dans l'allée devant le Food Palace. Le bruit de la circulation et des moteurs des bus leur parvenait par saccades assourdies. Les lumières de la nuit étaient aussi floues et vacillantes que les joueurs sur l'écran.

Après le troisième verre, Papa demanda : Qu'est-ce que tu préfères dans la vie ?

Francis fut déconcerté.

Il n'avait jamais évalué les cadeaux du monde. Il répondit comme à toutes les questions, par un sourire timide. Papa reposa sa question. En réalité, ce qu'il préférait, c'était un Coca frais accompagné d'un *pao* avec omelette noyé dans de la sauce tomate. Il avait cependant compris que Papa n'attendait pas ce genre de réponse.

Papa ajouta : Est-ce que tu as jamais ?

D'un geste, il indiqua : Baisé.

Jamais, bien sûr. Pour Francis, c'était du domaine des nombreuses choses inaccessibles. Certes, on ne s'en privait pas dans les taudis autour de lui ; il l'entendait, il l'entrevoyait, mais cela s'arrêtait là. Il ne s'attendait pas à ce que ça lui arrive.

Tu le feras un jour, lui assura Papa en riant. Alors, tu seras l'égal de l'homme le plus riche du monde. Tout changera. Tes pensées, où tu iras, comment tu dors.

Comment je dors ?

Tu commenceras à dormir sur le ventre.

L'hyperbole fit sourire Francis. Pas un habitant du bidonville ne semblait avoir trouvé quoi que ce soit qui l'aurait hissé au rang de l'homme le plus riche du monde.

À vingt-deux heures, la pluie cessa subitement comme si on avait tourné une poignée. La végétation émit aussitôt de la vapeur tandis que l'eau rougie du caniveau mugissait davantage. Francis était ivre. Contrairement à Papa, qui en descendait quelques-uns chaque jour, il buvait rarement. L'un et l'autre étaient torse nu, leur peau – celle de Francis bien plus sombre – luisait d'humidité. Si l'alcool n'avait pas réussi à délier la langue du bâtard, il avait plaqué un sourire langoureux sur son visage. Il y avait des assiettes sales partout, preuves des heures passées à casser la croûte.

Le regard limpide, Papa déclara : Francis, tu es mon frère. J'ai trois frères, mais tu es mon seul véritable frère.

Francis n'ouvrit pas la bouche. Papa parla plus fort : N'est-ce pas ? Dis que tu l'es. Je ne peux pas être ton véritable frère si tu ne dis pas que tu es le mien.

Je suis ton frère, dit Francis.

Et Papa d'ajouter : Ce n'est pas mon Food Palace, c'est notre Food Palace. Le tien et le mien. Cette table est à nous. Cette assiette est à nous. Ces œufs sont à nous. À toi et à moi.

Ces œufs sont à nous, répéta Francis.

Tu sais ce que font les véritables frères ? demanda Papa. Ils partagent tout. Ce qu'ils mangent et ce qu'ils boivent, leurs joies et leurs chagrins, leurs vêtements et leur argent, leurs rêves et leurs peurs, leurs femmes et leurs enfants. Tout.

Ces œufs sont à nous, répéta de nouveau Francis.

Papa reprit : Tu as des joies, tu as de quoi manger, tu as des vêtements, tu as des rêves… et tout ça, c'est aussi à moi. Mais est-ce que tu as une femme ? Est-ce que tu as des enfants ?

Un grand sourire aux lèvres, Francis secoua tristement la tête.

Tu te trompes, le corrigea Papa. Ma femme et mes enfants t'appartiennent. Nous sommes frères. Comme tu es mon frère, tu dormiras dans ma maison et dans mon lit aujourd'hui.

Il était minuit quand ils arrivèrent chez Papa, ils durent donc marcher sur la pointe des pieds. C'était un appartement minuscule, au premier étage d'un de ces affreux et innombrables cubes en béton qui surgissaient comme autant de mauvaises herbes entre les villages et dans les villages – la corruption d'un nouveau fonctionnalisme au sein d'un vieil expansionnisme à l'agonie. De plus en plus de gens désiraient les cubes. Le toit ne fuyait pas ; la tuyauterie courait dans les murs et empêchait les insectes de grignoter le sol, les portes, les fenêtres qui, étant en fer, ne gonflaient pas et ne pourrissaient pas comme du bois.

Papa l'avait choisi pour l'intimité. Il avait refusé la ferme familiale, le piège d'être coincé entre ses frères et sœurs et ses parents dans une baraque délabrée située sur deux mille cinq cents mètres carrés. L'idée moderne d'espace personnel l'habitait. L'ingérence lui déplaisait, être examiné à la loupe lui déplaisait.

Un verrou mal en point fermait la porte extérieure, Papa introduisit un doigt dans la gâche et le dégagea. Une petite pièce encombrée de meubles dépareillés – des chaises, une table, un canapé, un placard de toilette. Une ampoule Zerowatt rougeoyait à côté d'un calendrier représentant un Shiva exubérant, à cheval sur un étalon cabré, brandissant une épée.

Le beau Papa pilota en silence son frère à travers l'entassement des meubles jusqu'à la porte en face, recouverte d'un épais rideau qui pendait à quelques centimètres du sol carrelé. Papa l'écarta afin de laisser entrer une lueur spectrale diffusée par l'ampoule Zerowatt, mais l'obscurité resta opaque un certain temps.

La pièce était une boîte d'allumettes. Il y avait une fenêtre aux volets clos derrière un lit haut – ni à une place ni à deux – coincé à droite dans un coin. Un ventilateur fixé près du plafond brassait l'air à une vitesse folle.

On apercevait plusieurs formes dans le désordre du sommeil sur l'étrange lit. Un matelas mince recouvert d'un drap était étendu par terre où un corps était roulé en boule à la manière d'un fœtus. Sans le moindre bruit, Papa se déshabilla et fit signe à son frère de l'imiter. Comme Francis hésitait, Papa, plaquant sa bouche sur son oreille, siffla : Nous sommes frères !

Francis ôta son jean et sa chemise. Son slip était moulant. Papa portait un ample caleçon. L'air brassé le rafraîchit aussitôt.

Papa lui prit la main et le poussa pour qu'il s'étende près du fœtus, tandis que lui-même s'allongeait de l'autre côté. Le fœtus se retourna sur le dos et, dépliant ses jambes, resta immobile comme un cadavre.

Francis eut l'impression que le souffle avait abandonné son corps. Les yeux grands ouverts, il posa les mains sur son torse pour y maintenir son cœur. Au bout d'une éternité, il y eut du mouvement près de lui et il essaya de regarder sans bouger la tête. Il faisait sombre dans la pièce, en revanche la lumière de l'ampoule s'infiltrait sous le rideau et permettait de distinguer des silhouettes au niveau du sol.

Les cheveux du fœtus tombaient sur ses épaules; le drap s'enlevait lentement de son corps. Le fœtus était vêtu d'une robe; celle-ci se remontait peu à peu. Au-dessus des cuisses. Du nombril. Les seins du fœtus n'étaient pas encore des seins. Le fœtus ne remuait pas, le vêtement était le seul à bouger. Francis ne respirait plus.

C'était son frère qui dansait avec la robe. Ses doigts couraient, se tordaient, sautaient, s'enfonçaient. Si Mithu savait danser le *bharatnatyam*, le fœtus ne savait que se pelotonner.

Les ombres s'allongeaient sur le corps de Papa. De nouvelles odeurs flottaient dans l'air.

Francis était tellement tendu qu'il lui sembla que sa peau risquait de se déchirer.

Une paluche tomba sur sa main. Ses doigts furent attirés vers des endroits où ils n'étaient jamais allés. Pourquoi la peur était-elle aussi mouillée? Pourquoi le plaisir était-il aussi mouillé? Au bout d'un moment,

Francis ne sut plus si son frère manipulait ses doigts ou s'ils s'activaient seuls.

La main du fœtus était petite. Une paluche la plaçait sur la peau brûlante de Francis. Comment tant de mains invisibles pouvaient-elles produire une telle chaleur ?

Papa était l'architecte de la nuit. Pendant que le ventilateur fendait l'air, il fendait l'obscurité en fragments de plus en plus obscurs.

Une petite voix intérieure souffla à Francis : J'irai à l'église demain. Puis une petite main la réduisit au silence.

Le fœtus avait abandonné ses deux menottes aux frères qui, à leur tour, lui avaient donné les leurs. À présent, ils étaient couchés sur le côté, le fœtus en sandwich entre eux. Francis sentit de longs cheveux qui ne lui appartenaient pas lui effleurer le visage. Les mains n'étaient pas les seules entités subversives du monde sans lumière.

Il effleura du nez une peau douce. Il huma un souffle chaud. Sûr d'être dans un rêve, il se laissa aller.

Le hurlement qui déchiqueta son rêve en lambeaux ralluma les lampes du monde. Il ne perçut pas ce que l'épouse de Papa avait vu en baissant les yeux du perchoir de son lit, uniquement ce qu'il découvrit.

Arrachée à l'obscurité, la pièce était bien plus minuscule qu'il l'avait imaginé et la femme hurlante avait l'air d'une géante terrifiante. Il ne capta pas un traître mot de ce qu'elle disait. Il ne discerna que ses yeux fous, sa bouche ouverte et le vrombissement des lames du ventilateur qui fondait sur lui.

Dès lors, tout ne fut que brouillard.

Du coin de l'œil, il distingua le fœtus, tellement nu et tellement petit qu'il fut sous le choc.

Papa exécutait une danse frénétique, alternant menaces et suppliques jusqu'à ce qu'il finisse par tomber à genoux et par demander grâce en sanglotant.

La géante enragée gifla Francis. Il ne put que tendre son autre joue.

Quelle église lui ouvrirait ses portes maintenant ?

Quel homme triste sur une croix lui accorderait une miette de compassion ?

Les policiers le battirent tant que sa peau sombre vira au rouge. Ils le tirèrent tant par ses longs cheveux dans la pièce qu'il crut que son cuir chevelu allait se détacher et leur rester entre les mains. Malgré les gémissements qu'il poussait quand la douleur le transperçait, il ne chercha aucun répit. Il avait mal agi, on lui ferait du mal – ce n'était pas à lui de calculer les proportions.

Ils rossèrent Papa davantage encore. Il brailla, implora, clama son innocence. Sa seule faute, c'était d'avoir eu confiance en un garçon des taudis. De lui avoir procuré le gîte et le couvert.

La fraternité ne tient pas face à un sous-inspecteur déchaîné. La fraternité ne tient pas face à une électrocution de testicules.

Plus tard, Papa demanderait pardon à son frère : la douleur avait été insupportable.

Lorsque la mère de Francis vint le voir au poste de police, l'inspecteur lui reprocha violemment d'avoir élevé un garçon pareil. Fatiguée comme à l'ordinaire, elle ne comprit pas l'accusation. Elle connaissait l'homme qui l'avait engrossée. Elle avait gardé sa semence en raison de ses qualités : bienveillance, générosité, assiduité. C'était un employé à l'office du logement où elle était femme de ménage. Il avait des cheveux épais et des dents robustes.

Pendant trois ans, il avait été un protecteur taciturne et avait subvenu à ses besoins. Elle lui avait été fidèle. Puis il avait réussi un examen pour un poste dans une banque et était parti dans le Nord. Elle ne l'avait jamais revu et il n'avait jamais vu son fils. La semence s'était avérée. Pas un seul jour, Francis ne lui avait créé de problème. Il ne lui avait jamais posé une question qui l'aurait fait balbutier.

Autant d'éléments qu'elle ne parvenait pas à préciser au policier parce qu'il lui hurlait que son fils était une brute. Aucune petite fille de la ville n'était en sécurité à cause de lui. Elle avait envie que son quartier misérable vienne témoigner pour son fils. Sauf que, en matière de vérité, tout le monde sait qu'un bidonville n'est jamais à la hauteur ne serait-ce que d'un seul policier.

Elle se promit – son fils ne lui demandant rien – de l'extirper de la fange de la loi, quoi qu'il en coûte. Ce soir-là, assise en tailleur sous l'ampoule nue qui pendait très bas dans sa chambre, elle écrivit méticuleusement le nom des hommes et des femmes pour lesquels elle avait travaillé ou qu'elle connaissait.

Une liste longue, elle avait quarante et un ans. Certains d'entre eux – l'un d'eux – lui tendraient la main et l'aideraient à progresser sur la corde raide de la justice.

La Maison d'hôtes était saturée d'air chaud et d'aversion tandis que Papa et Barretto se jaugeaient à travers les barreaux. Évaluer les péchés de tels hommes relevait de l'impossible. On les traitait comme des animaux qui attaquaient dès qu'ils avaient faim. Loin d'essayer de leur apprendre à contrôler une faim dévastatrice, on se bornait à espérer qu'aucun innocent ne serait dans les parages quand ce désir impie les tarauderait.

Francis *ka* Papa, lança Laxman, le capitaine Barretto est ton vrai frère. Emmène-le avec toi.

Papa garda le silence. On le trouvait beau jusqu'à ce qu'on connaisse son histoire. Alors sa dépravation apparaissait – dans le pli au coin de sa bouche et l'humidité de ses yeux. Papa parlait rarement. En se rendant à la boulangerie le soir, il s'arrêtait pour échanger des regards avec Francis entre les barreaux, avant d'être tourné en ridicule par Laxman et de repartir.

Il lui arrivait de préparer des œufs ou des nouilles instantanées en pleine nuit qu'il faisait livrer dans la cellule. Comme pour le reste, Francis ne disait rien contre lui ou sur lui.

Dès le départ de Papa et l'installation des détenus pour regarder la première partie du film du mardi, le capitaine se cacha sous son drap et se mit à geindre. Pas aussi fort qu'auparavant, faiblement à la manière d'un chat miaulant derrière un mur. Les garçons se regardèrent – Gajendra, dans l'espoir d'une réaction – puis ils s'intéressèrent de nouveau au film.

Il s'agissait d'*Aradhana*, le blockbuster de la fin des années soixante, où le premier Rajesh Khanna allait mourir. Le lendemain soir, ils feraient la connaissance du second, un pilote souriant également. À une époque de gratification immédiate, le diffuseur national comprenait la valeur du teasing.

Par principe, les manifestations de chagrin étaient brutalement jugulées dans la prison. C'était le royaume de la débâcle. Chaque garçon avait une partition de lamentations longue comme un bras fourré sous son caleçon. Où il devait la garder pour la gérer en son for intérieur.

Les auteurs d'homélies qui affirment qu'un chagrin se partage sont des imbéciles. Sans doute font-ils allusion à des contretemps, sujets de conversations assommantes. Le vrai chagrin se multiplie s'il s'exhale avec négligence. Faute d'être bridé, c'est un nuage noir qui ne cesse de gonfler et qui engloutit tout s'il est libéré, accompagné d'apitoiement sur son sort.

Le vrai chagrin opacifie le monde. Il aveugle les autres. Il pèse sur les autres. Il n'a aucune qualité rédemptrice.

Derrière les barreaux, les détenus s'efforçaient de refouler leur nuage noir. Aucun n'avait envie d'être plus paumé qu'il ne l'était déjà.

À l'arrêt de la télévision, le miaulement de Barretto continua. Dans son coin, le Dr Hagg lisait un ouvrage sur la façon de devenir un millionnaire grâce à la Bourse. Au bout de quelques phrases, il fermait les yeux et apprenait le conseil par cœur. En face de lui, le long du mur d'où on ne pouvait le voir de la porte, Verendar, des fils électriques blancs sortant de ses oreilles, regardait le dernier film d'action de Hollywood sur son portable.

Ajay était assis à côté de lui, le dos droit, un cahier sur la table de ses genoux croisés. Même au repos, ses biceps étaient magnifiques tandis qu'il recopiait soigneusement des mots et leur signification d'un

Oxford English Dictionary. Le soir, il demandait à Verendar d'ouvrir ce dictionnaire au hasard et, dans les deux pages, il choisissait cinq mots à copier et à retenir. Pour chacun, il imaginait une situation. Sa préférée était : *Ta vénusté fait pleurer mon cœur*. À ce moment-là, la jeune fille l'enlaçait.

Pour Barretto, il avait trouvé *épouvantail*.

Près d'Ajay, leur drap tiré jusqu'aux oreilles, Laxman et Francis froissaient à peine l'air de leurs murmures. Laxman confiait à Francis une information vitale. Il venait de parler à sa mère : les nouvelles ne pouvaient être meilleures pour Francis et pires pour lui. La *devi*[1] avait annoncé que Francis devrait présenter une demande de libération conditionnelle à la haute cour de justice et qu'il l'obtiendrait.

Le mardi soir, entre dix-huit et dix-neuf heures, la déesse Yellamma s'exprimait par l'intermédiaire de la mère de Laxman. Lorsque la *devi* prenait possession d'elle, cette femme analphabète changeait de voix et rugissait en hindi – une langue qu'elle ignorait. Des gens venaient à cette heure-là de la ville et de villages, en quête de réponses à leurs difficultés.

La mère – la déesse – ne se trompait jamais. Des douzaines de détenus acquittés, condamnés ou libérés sous caution en témoignaient. Yellamma avait libéré Francis, en revanche Laxman n'en avait pas fini avec son incarcération. De même qu'Ajay et que Verendar. Elle avait conseillé au Dr Hagg de se rendre à la Cour suprême de Delhi.

---

1. Déesse mère aux mille noms, la plus ancienne divinité du panthéon hindou.

On racontait souvent que la mère – la déesse – avait aussi le pouvoir d'influencer le cours des événements. Juste avant que Yellamma ne quitte le corps de la mère de Laxman, celle-ci pouvait souffler trois fois les cendres du feu propitiatoire allumé pour la *devi* et faire une invocation pour l'action. Si c'était accompli sept mardis de suite, l'avenir fléchirait à la manière d'une pousse de bambou. Les résultats n'étaient toutefois pas vérifiés. La prophétie était incontestable, tandis qu'une certaine ambiguïté entourait l'intervention.

Francis prit la nouvelle de son imminente libération comme le reste. Avec impassibilité. Puis ils recommencèrent à chuchoter sur des plats et des préparations culinaires. Essayés ou pas.

13

La *devi* abandonne Laxman

La mère de Laxman tenait à donner de l'espoir à son fils, mais la *devi* ne mentait pas.

La mère avait conscience d'avoir été injuste envers son fils. Elle l'avait poussé à décrocher en cinquième et à faire un travail rémunéré alors qu'il n'avait pas encore quatorze ans.

Son père était débardeur dans un dépôt d'alcools qui fournissait l'État. Les millions de bouteilles qu'il avait portées lui avaient cassé le dos ; les milliers qu'il avait bues lui avaient esquinté le foie. Lorsque Laxman fut adolescent, son père ne parvenait plus à travailler que deux jours par semaine. À la demande insistante de sa mère, Laxman le remplaça les autres jours.

Du camion à la remise à la fourgonnette au Tempo au magasin : à quelques variations près, c'était l'immuable routine du transport des caisses. Entre les heures de travail intense s'étiraient d'interminables heures de néant pendant lesquelles les débardeurs buvaient.

Laxman n'était pas le seul adolescent à charger et à boire en un cycle régulier. Ils étaient trois et, honnêtement, ils préféraient ça à être dans une école aux salles humides, maculées de lichen, aux bancs durs et froids, à l'avalanche d'informations indigestes qui ricochaient sur les murs et ne rimaient pas à grand-chose.

Si Laxman[1] portait le nom du frère le plus éminent qu'aucun dieu eût connu, ses deux compagnons étaient des dieux à part entière. Vishnou et Ganesh. Le trio passait le plus clair de la journée, allongé au soleil, à discuter de films, de cricket, de la taille des seins de différentes stars et du goût de différents alcools. Entre la fauche et le piston, il n'existait aucune gnôle qu'ils n'avaient testée.

Leur activité universitaire consistait à trouver l'équation entre un tour de poitrine, sa forme et le goût. Ils en avaient tiré quelques conclusions. Des petits seins correspondaient au vin. Volumineux et flasques, à la bière. Gros et fermes, au rhum. Des mamelons foncés couleur prune, au whisky. Couleur cerise, à la vodka. Des mamelons sans poitrine, à la tequila. Quant au champagne – qu'ils avaient essayé une fois –, c'était un soutien-gorge sans seins.

De simples bavardages. Ils s'y connaissaient en matière d'alcool mais ils n'avaient aucune expérience des femmes. En réalité, elles les intimidaient et ils s'en méfiaient. Leur plaisir de prédilection se résumait à

1. Dérivé de Lakshmana, personnage mythique du *Ramayana*, frère de Rama.

un curry aux crevettes et à du rhum. Lorsque la tante de Laxman dénicha une jeune fille en bonne santé qu'il devait épouser, il était déjà alcoolique à dix-neuf ans. Sa femme lui plaisait. Intelligente, douce, elle ne se disputait pas avec sa mère et ne méprisait pas son père. Et elle ne le condamnait pas de trop boire. La plupart des nuits, elle le massait avec de l'huile de coco pour soulager sa douleur entre ses épaules et parlait des enfants qu'ils auraient.

À vingt-trois ans, il était deux fois père. Cela faisait des lustres à présent qu'il travaillait la plupart du temps – une charge lourde –, tandis que son père travaillait quand ça lui chantait, pour un salaire journalier. Et pourtant, la vie n'avait jamais été aussi précaire.

Son frère cadet avait réussi à entrer au lycée. Sa prochaine étape serait un institut technique où il pourrait acquérir la compétence d'un électricien. Détestant l'alcool et le travail manuel, il s'imaginait être la réponse aux problèmes financiers de la famille. Pour l'heure, il était le principal problème car il exigeait une motocyclette et le dernier portable en date.

Avant que Laxman eût trente ans, ses enfants allaient en classe et son père travaillait une fois par semaine s'il parvenait à se lever. Il faisait quatre-vingts ans alors qu'il en avait cinquante ; selon le médecin, son foie fonctionnait désormais à la manière d'un bureau du gouvernement. Il était là, mais incapable de faire quoi que ce soit. S'il n'arrêtait pas de boire sur-le-champ, il devait commencer à ramasser du bois pour ses obsèques.

Un mardi, à la tombée du jour, la mère de Laxman eut sa première visitation. Elle priait, assise en lotus par terre devant sa collection de dieux disposés sur une cantine poussée contre le mur, quand elle se mit à gémir. Les membres de la famille s'inclinaient devant cet autel chaque fois qu'ils sortaient de la maison ou y rentraient. Deux bâtonnets d'encens couleur rouille émettaient deux filets mouvants d'une fumée suave.

Entendant cette plainte, l'épouse de Laxman se précipita et trouva sa belle-mère qui oscillait en murmurant d'une voix rauque dans une langue étrangère. Son visage d'ordinaire bovin affichait une expression de fureur. La jeune femme appela les autres à cor et à cri. En l'espace d'un instant, l'évidence s'imposa : une transe. Ce furent les voisins, accourus en masse au bout de quelques minutes, qui l'expliquèrent. La déesse Yellamma – l'espérance des humbles et des déchus – avait décidé de bénir leur communauté de sa présence et d'habiter le corps de la mère de Laxman. Pour une raison quelconque – les voies des dieux sont impénétrables –, elle avait choisi de parler en hindi.

Pour le vérifier, on posa une question. De sa voix tonitruante, la déesse confirma qu'il s'agissait bien d'elle.

Ils se prosternèrent, effleurant le sol du front.

Pendant l'heure suivante, Yellamma répondit à ce qu'on lui demanda. Lors de l'interruption de la transe, comme le prouvait l'effondrement du corps, la déesse disparut et la belle-mère réapparut.

Deux autres mardis passèrent avant que le groupe ne puisse plus retenir son souffle et ne relaie l'information. La déesse était là pour rester. Elle donnait aux plus misérables de ses fidèles une heure par semaine.

La situation de la maison s'améliora grâce aux petites offrandes des croyants : fruits, lait, plats cuisinés, riz, céréales, légumes crus, miches de pain, coupons de tissus, pièces de monnaie. Chaque mardi, les membres de la famille espéraient qu'il y aurait plus d'argent et moins de pommes vertes, sans jamais le formuler. Même entre eux. Il ne faut jamais jauger ni mettre à l'épreuve la grâce infinie de Yellamma.

De sorte que, malgré la déesse, ils n'avaient pas de quoi faire face aux frais des enfants, aux médicaments du père ; et la moto, sans essence dans ses entrailles, n'était qu'une bicyclette.

En règle générale – une loi universelle de la prouesse spirituelle –, les membres de la famille ne devaient rien demander. La moindre action égoïste amoindrit les pouvoirs divins tant des prêtres que des humains. Un jour pourtant, Laxman obligea sa femme à s'enquérir de leur avenir.

La déesse déclara qu'elle voyait des champs desséchés, des cieux sans pluie, des vautours chauves, des arbres dénudés, des étangs à la surface argentée par des cadavres de poissons.

Le mardi suivant, Laxman, en proie à la terreur, poussa sa femme à implorer la déesse.

Qu'y avait-il à faire ? Quel était l'*upai* – l'antidote ?

Les humains savent que le destin joue aux dés. Il s'amuse avec la chance et ne crée jamais un jeu où l'espoir n'a pas de place.

Le paysage de mort n'était assurément pas une donnée, dit la déesse. Au cours des deux prochaines années, la route bifurquerait et il devrait choisir avec sagacité. Comme les routes des humains pouvaient bifurquer quatre fois en un jour, Laxman réclama un marqueur.

Ce serait un enfant, tonna la déesse par le truchement de sa mère. Un enfant avait la clé de son destin.

L'homme pour qui il trimait – celui pour qui son père avait trimé – était un négociant marwari de Kolkata qui avait déménagé sur la côte trente ans auparavant, emportant sa part d'un héritage familial, après avoir été ostracisé par sa communauté parce qu'il avait épousé une musulmane, originaire de l'Assam. L'amour avait résisté et l'argent s'était décuplé. Outre la gestion de son négoce d'alcools, il avait monté une entreprise de transport – camions et bateaux – et possédait des immeubles, des cinémas, des petits hôtels.

Comme il était un mythe pour sa communauté, sa générosité en matière de salaires et de dons était incommensurable. Plusieurs œuvres caritatives, au profit des orphelins, des vaches, de l'entretien des temples, survivaient grâce à lui. En l'occurrence, ce qui l'avait rendu compatissant aurait aussi bien pu le rendre cruel.

Il s'était courageusement sacrifié à l'autel de l'amour, mais le destin l'avait privé de son fruit. Au prix d'énormes difficultés, il avait eu un enfant sur le tard, un garçon handicapé tant intellectuellement que physiquement.

Si Laxman et ses deux copains ne lézardaient plus au soleil comme au temps de leur adolescence, ils picolaient le soir chez Bosco. Désormais, les uns et les autres étaient pourvus de femmes, d'enfants, de bedaines. Films et cricket étaient toujours les sujets de leurs discussions, en revanche le débat politique avait remplacé l'analyse des seins.

La pauvreté étant toujours là, à l'affût d'un bouc émissaire pour leur sort misérable, ils étaient devenus fascistes et fanatiques ; influencés par une propagande insidieuse, ils estimaient que la démocratie était une idée absurde et que les musulmans n'étaient que des traîtres bichonnés.

Il fallait à l'Inde un roi avec un cerveau et de gros biceps qui cravacherait les fonctionnaires pour qu'ils ouvrent les dossiers, construisent les routes, obligent les musulmans à redevenir hindous – ce qu'ils étaient avant d'être séduits au point de se convertir à autre chose – à moins de s'en débarrasser une bonne fois pour toutes. Alors le lait coulerait dans les robinets, les voitures arriveraient devant chaque pas de porte et seraient revendiquées avec élégance, tout le monde aurait deux diplômes, un travail de haut niveau, un canapé moelleux où se pelotonnerait un beau labrador.

Le Pakistan serait atomisé, l'Amérique se prosternerait aux pieds de l'Inde, des rouges-gorges chanteraient des *bhajans*[1] immémoriaux dans des cages dorées. Et on rebaptiserait le Lord's Cricket Ground *Deen Dayal*[2] *Akhada*.

L'alcool produit fantasmes et amitiés. Les deux s'épanouissaient le soir chez Bosco.

1. Hymnes.
2. Deen Dayal (1916-1968), homme politique, humaniste.

Un dénommé Mani les rejoignait parfois. Sa présence limitait considérablement les conneries. Plus âgé qu'eux – la quarantaine –, il était réservé. Tandis qu'ils s'esclaffaient et se tapaient dans les mains, il souriait rarement, riait encore moins.

En matière de politique, il les trouvait stupides. Un roi générait une dynastie, des courtisans, des reines. Un roi était enclin au caprice et à la décadence. Ce qu'il nous fallait, c'étaient les lois d'airain et un général inflexible ; une discipline militaire imposée par un militaire. Quant aux musulmans, on les avait manipulés à la perfection. Leur suppression déclencherait une révolte ; mieux valait le cocktail de liberté, de pauvreté et d'analphabétisme qui les contraindrait à mijoter éternellement dans leur jus. Mani lisait les journaux, regardait les nouvelles à la télévision. Il avait voyagé. Il était allé à Delhi, à Mumbai, à Kolkata. Il avait vu le Taj Mahal. Il avait assisté au tournage d'un film dans un studio. Il buvait du cognac avec de l'eau tiède même l'été.

Mani comptait beaucoup aux yeux des trois copains pour une autre raison. C'était un privilégié parce qu'il était le principal chauffeur de leur patron. Le négociant avait une flotte de voitures et un peloton de chauffeurs que Mani gérait.

Pendant deux décennies, il n'avait conduit que le patron et le bien le plus précieux de celui-ci, son épouse. Puis un bien encore plus précieux apparut et Mani fut assigné à la tâche. Lorsque, au fil du temps, le manque d'autonomie de l'enfant fut incontestable, le statut de Mani – déjà important – devint essentiel. Dès que le garçon était ailleurs qu'à la maison – à l'école, au jardin public, à la plage ou au marché –, Mani devait être avec lui, s'occuper de ses membres qu'il ne coordonnait pas et de son esprit dérangé.

Évaluer la confiance que le négociant avait dans son chauffeur était impossible. Voici pourquoi les trois débardeurs se méfièrent la première fois que Mani émit une hypothèse.

À quel point l'amour est-il aveugle et injuste ?

Le garçon n'était capable ni d'agir ni de donner. De rien. On pouvait supposer que passer sa vie dans un des orphelinats financés par son père ne changerait pas grand-chose pour lui. Le sahib dépensait des sommes folles pour son fils et fétichisait le moindre de ses désirs. Si le garçon avait soudain envie du *golgappa* [1] d'un certain magasin de la capitale, on envoyait une voiture pour en rapporter une centaine. S'il se réveillait à minuit et exigeait d'aller à la plage, c'était le branle-bas de combat dans toute la maison pour organiser la sortie.

En revanche, lui, Mani, qui travaillait jour et nuit depuis qu'il avait dix-neuf ans, ne se contentait pas de conduire, il nettoyait, transportait, servait de coursier pour le sahib, la memsahib et le descendant, mais s'il voulait une hausse de salaire de mille roupies, eh bien, il devait implorer lamentablement et longtemps.

Pour un sahib, celui-ci était un homme bien, mais est-ce que ça l'emportait sur l'injustice de la situation ? Mani avait passé moins de temps avec sa femme qu'à s'occuper des caprices de la memsahib, tels

---

1. En-cas salé à base de pain azyme, d'oignons, de chutney, de pommes de terre.

que chercher des rideaux en dentelle et des pousses de badamier sauvage. Il avait moins pris soin de ses propres enfants que du *chota*[1] sahib à moitié taré. Pour obtenir quoi en fin de compte ? Un modeste salaire et l'exigence toujours renouvelée d'une indéfectible loyauté.

Est-ce qu'ils estimaient qu'on les traitait avec justice ? Ils trimaient honnêtement depuis des années pour enrichir de plus en plus le sahib. Qu'avaient-ils reçu en échange ? S'ils se cassaient le dos à cause d'une caisse de whisky de plus, leurs enfants auraient-ils le droit de demander au sahib ne serait-ce qu'un *lakh* de roupies à titre de réparation ?

C'était la vérité. Le sahib les traitait bien. Il se traitait bien. Eux, ils traitaient bien le sahib, mais se maltraitaient. Ça ne rimait à rien de s'en prendre à la nature ou au monde, c'était leur faute. Le monde était un magnifique verger attendant d'être pillé. On pouvait le piller pour d'autres ou pour soi. À moins de s'allonger sous les arbres et d'attendre que les fruits tombent dans sa bouche. À eux de déterminer à quelle catégorie ils appartenaient.

Et voici l'important. Combien de fruits considéraient-ils avoir cueillis chez le sahib ? Sa famille et lui pouvaient-ils en venir à bout en un siècle ? D'autre part, combien leur en avait-on donné ? Est-ce que ça leur permettrait de durer ne serait-ce que cent jours ?

En réalité, aucun sahib au monde ne s'intéresserait à une équation qui ne serait complètement à son profit. S'il s'agissait d'une sorte d'aveuglement, les

1. Petit.

débardeurs et les chauffeurs avaient le droit d'en tenir compte. Comme la vie de leurs femmes et de leurs enfants en dépendait, c'était même un devoir.

Le sahib ne comprenait pas l'équation travail et rétribution, mais il comprendrait sûrement celle de l'enfant en échange d'argent.

Au cours des mois où Mani leur précisa son point de vue, ils furent convaincus de la justesse du plan. Laxman y voyait un signe puisque sa mère – la déesse – avait prophétisé qu'un enfant provoquerait un changement dans sa destinée.

Tous les soirs, les trois hommes se mettaient à la place du sahib et calculaient les sommes qu'ils seraient prêts à donner pour la vie de leur enfant. Leurs estimations variaient de cent à deux cents pour cent de ce qu'ils possédaient. Ils mendieraient et emprunteraient à leurs connaissances et à des inconnus.

Que demandaient-ils ? Moins d'un pour cent de la fortune du sahib. Rien que cinquante *lakhs* de roupies. Vingt pour Mani et dix pour chacun d'eux.

Le fruit d'un arbre – d'un seul arbre – pour soulager la misère de leurs femmes et de leurs enfants. Le butin du reste du verger revenait au sahib.

La veille du raid, Mani expliqua clairement qu'il ne le faisait que pour eux trois, ses compagnons de beuveries. Sa loyauté envers son maître ne souffrait aucune transgression. Fruits ou pas, s'ils touchaient à un cheveu du garçon, il les livrerait personnellement aux policiers et leur briserait les dents avant.

La possibilité des deux – la police et faire du mal au garçon – effarait les trois hommes. Ils avaient pris ça pour une simple manœuvre, une correction innocente de l'équation, la cueillette légitime de fruits.

Ils ne se l'avouèrent pas, mais chacun aurait volontiers renoncé aux fruits si l'opération se révélait litigieuse.

Le jour fut fixé à un mois plus tard : un vendredi, parce que le sahib rentrait déjeuner et passait le reste de la journée avec son fils. Le plan était d'une grande simplicité. Quand Mani partirait de l'école avec le petit garçon, les trois débardeurs tendraient une embuscade à sa voiture près de la cocoteraie, juste après la station d'essence. Ils attacheraient les mains de Mani et le bâillonneraient, mais le laisseraient libre de marcher jusqu'à la pompe.

Ils n'utiliseraient aucun téléphone. Ils auraient recours à une technique d'une époque plus ancienne. Un mot écrit et placé dans la poche de Mani.

L'argent devrait être déposé dans deux sacs en plastique en billets de mille roupies. Trente dans l'un, vingt dans l'autre. Mani devrait l'apporter. Il attendrait seul avec la rançon dans sa voiture devant la cocoteraie à dix-huit heures et suivrait la première Honda City noire qui le dépasserait en faisant des appels de phares. Un écart quelconque au scénario et le garçon serait renvoyé dans deux sacs en plastique.

Trente morceaux dans l'un, vingt dans l'autre.

Il fut convenu que Mani cacherait l'argent avant de venir récupérer le garçon.

Le mois suivant, les débardeurs ne communiquèrent plus avec le chauffeur. Obéissant aux ordres, ils ne burent pas une goutte d'alcool au cours des vingt-quatre heures précédant le kidnapping. Le jour dit, Laxman avait de telles nausées à cause de sa frayeur qu'il eut du mal à sortir du lit.

Il resta longtemps agenouillé devant la panoplie de dieux de sa mère, les implorant pour la réussite de l'entreprise non sans insister sur sa nature honorable. En échange de la bénédiction de Hanuman, il promit de renoncer à l'alcool et aux rapports sexuels pendant un mois entier. Sur le seuil de la maison, il eut honte de la mesquinerie de sa proposition. Il rentra, enleva ses sandales, s'engagea pour six mois.

Les amis se retrouvèrent au marché et furent rassurés de voir qu'ils bégayaient tous les trois. Laxman cherchait désespérément un signe indiquant qu'il fallait laisser tomber. Un chat traversant leur route. Un appel de sa mère, voire de la *devi*. Une soudaine maladie grave. Une chute libre comme au cinéma. Le mieux serait un coup de téléphone urgent de Mani pour mettre un terme au plan. Ce serait génial. Après quoi, ils pourraient boire à la victoire de ce qu'ils avaient failli accomplir.

Rien ne se produisit. Nulle part ailleurs que chez Bosco, on ne trouvait de traitement pour les nerfs. Trois verres chacun et leur point de vue se modifia complètement

Ce n'était pas un véritable kidnapping. On leur remettait l'enfant. Et quelques heures plus tard – dès qu'ils auraient récupéré leur infime portion des fruits d'un seul arbre – ils le rendraient. Un acte dû au désespoir, non à la cupidité. Pour le bien de leurs enfants malheureux et de leurs femmes malheureuses.

Comme preuve de leurs bonnes intentions, ils vidèrent leurs poches et achetèrent deux barres chocolatées, deux paquets de chips et une cannette de Coca pour le petit garçon.

Ils empruntèrent une voiture à un ami qui gérait un magasin d'appareils électriques dans la capitale. Une petite Suzuki Alto blanche aux sièges recouverts de fausse peau de tigre qui chatouillait le postérieur. Pleins de courage à l'idée du succès imminent de leur raid sur le verger, les trois débardeurs rigolèrent en s'imaginant à califourchon sur un tigre. À la cocoteraie, ils s'assirent sur le bas-côté de la route et jouèrent aux cartes.

Ils discutèrent aussi de ce qu'ils comptaient faire avec l'argent.

C'était une énorme somme. Pour sceller leur amitié, ils mettraient en commun un *lakh* et achèteraient une voiture aux sièges tendus de peaux d'animaux, équipée d'un appareil à musique tonitruant. Ils passèrent ensuite un certain temps à imaginer un usage équitable du reste. La suggestion de Laxman de s'en servir en fonction des besoins fut rejetée comme émotionnelle et peu pratique.

L'amitié glissa sur cette fine couche de glace de sentimentalité avant de sombrer.

Le plan de Ganesh les fit longtemps rire. Il allait acheter dix mille roupies de litchis, s'enfermer dans une pièce et les dévorer. Sans en donner un seul ni à ses amis, ni à sa femme, ni à ses enfants.

Au moment où Mani arrêta la Mercedes noire, les amis étaient de très bonne humeur. Leur gaieté consterna le chauffeur qui se reprocha d'avoir choisi des imbéciles pareils. Le garçonnet, en uniforme bleu et blanc, une gourde rouge pendu à son cou, n'opposa aucune résistance quand on le fit descendre. Il avait l'habitude d'être traité comme un paquet toute la journée et toute l'année. La façon dont il laissait pendre sa mâchoire et rouler ses yeux en disait long.

Ils l'installèrent sur la banquette arrière de la voiture jouet, Vishnu s'assit à côté de lui. Laxman et Ganesh attachèrent les poignets de Mani, fourrèrent le mot dans sa poche et le bâillonnèrent avec du scotch. Mani ne prononça pas un mot. Trop occupés à jongler avec leur future fortune dans leur tête, les débardeurs ne le remarquèrent pas.

Comme prévu, ils prirent la direction de Serpent Hill, situé à quinze kilomètres, en haut d'une éminence avec une vue panoramique sur la mer. Dans leur enfance, le lieu était connu pour ses serpents – pythons, cobras, vipères – et de nombreuses histoires circulaient sur des morsures mortelles.

On en avait tellement peur que des couples s'y rendaient pour des rendez-vous illicites. Jeunes, Laxman et ses amis y allaient à vélo avec l'espoir d'y voir un cobra dressé prêt à mordre les fesses d'un homme nu couché sur une femme nue. C'était un coin oublié désormais – une halte avec vue – sur une piste étroite menant à un petit village de pêcheurs posé sur une langue de terre qui s'avançait dans la mer.

Le garçon kidnappé, qui prenait cela pour une excursion, était enchanté d'être assis sur le toit de la voiture, tandis que les trois ravisseurs le bourraient de chips, de chocolat, de Coca. Une brise généreuse soufflait de la mer, des nuages gris empêchaient le soleil de brûler. La vaste étendue d'eau ressemblait à une peinture, les copains montrèrent des bateaux immobiles à l'enfant en lui racontant des histoires qu'il comprenait – du moins en avaient-ils l'impression.

Ganesh avait apporté trois bouteilles de bière – la bière n'est pas de l'alcool –, aussi les amis les descendirent-ils et le bonheur leur réchauffa-t-il les os. Le garçonnet se mit à baragouiner avec amour, de quoi dissiper les derniers reliquats d'anxiété.

Laxman en vint à se dire que, s'ils ramenaient son fils au sahib maintenant, il les embrasserait et les récompenserait avec trente *lakhs*. Un rien de temps suffirait à ce que leurs bonnes intentions soient évidentes.

Une moto solitaire chargée d'une famille de quatre grimpa en ahanant le versant depuis le village de pêcheurs et dévala la pente de l'autre côté. Les kidnappeurs ne furent pas inquiétés. La famille les avait regardés sans les voir comme font les gens qui se croisent.

Le garçon s'assoupit. Ils le soulevèrent doucement du toit et l'allongèrent sur la banquette arrière. Vishnu ôta sa chemise, la roula pour en faire un oreiller qu'il glissa sous sa tête.

Plus de deux heures s'étaient écoulées, le soleil s'éclipsait vers la mer. Mani devait arriver d'une minute à l'autre. Ganesh proposa de chercher des serpents. Ils s'écartèrent de la route, enlevant des branches mortes, explorant des trous dans le sol ou dans les arbres. Laxman avertit que, s'ils en trouvaient un, il ne fallait pas le regarder dans les yeux. Le plus important, c'était de ne pas courir mais de reculer lentement ; personne ne pouvait semer un serpent furieux, ajouta Vishnu. Certains serpents étaient capables de voler sur une petite distance, cela lui permettait toutefois de frapper un homme entre les yeux, affirma Ganesh.

Ils devinrent tellement tendus qu'ils sursautaient au moindre bruit. Au bout d'une heure, ils n'avaient rien découvert tandis que la mer absorbait un soleil rouge sang. C'était un bon signe qu'ils n'aient rien aperçu, la preuve que le plan se passait bien, commenta Ganesh. Laxman se rappela la déesse : un enfant était la clé de sa destinée.

Soudain, ils entendirent un ronronnement de moteur. Ils revinrent précipitamment sur leurs pas. De la place où était garée la voiture, ils avaient une vue jusqu'au pied de la pente où le ruban de la route décrivait plusieurs virages avant de disparaître derrière une falaise de latérite. Rien n'était encore visible. Ils n'eurent pas le cœur de perturber le garçon toujours endormi. Mani le ramènerait à la maison comme ça. Ainsi, il se réveillerait dans les bras de ses parents.

Le bruit de moteur s'intensifia et ils aperçurent un léger tourbillon de poussière sur la route. Laxman fut le premier à comprendre que quelque chose clochait. Le ronron était désormais un vrombissement et le tourbillon un nuage. S'il s'agissait de Mani, il déboulait à la manière d'un homme politique entouré d'un cortège de cascadeurs. L'estomac labouré de crampes, Laxman s'appuya sur la voiture pour éviter de s'effondrer.

Au moment où la mer engloutissait le soleil, il devint évident qu'une flottille de jeeps de la police roulait sur les chapeaux de roue dans leur direction. Ganesh agonit d'injures la mère de Mani, lui promettant une centaine d'imprégnations prohibées, avant de sauter dans la voiture et de mettre le contact. Laxman se glissa sur la banquette arrière et posa la tête du garçon sur ses genoux. Assis sur le siège du passager, Vishnu entonna en sanglotant le *Hanuman Chalisa* :

Jai Hanuman gyan gun saga jai Kapish tihun log ujagar[1]…

Alors qu'ils dévalaient stupidement la côte menant au village de pêcheurs, Laxman s'écria : Qu'est-ce que tu vas faire, imbécile ? Nager dans l'océan ? Demi-tour ! Dépasse-les avant qu'ils ne s'aperçoivent que c'est nous !

Un coup de maître. Ganesh s'exécuta et appuya sur la pédale. Les quatre jeeps couvertes de poussière les croisèrent, filant en sens inverse ; Mani ne se rendit compte de la ruse qu'après. Feindre la surprise était désormais caduc. Les sirènes hurlèrent, la flottille braqua et redémarra avec un regain d'énergie vengeresse. Laxman serrait contre lui le petit demeuré, réveillé, pour qu'il ne panique pas.

Juste avant le virage de la falaise de latérite derrière laquelle le ruban disparaîtrait, un *flop* sourd couvrit le bruit du moteur : les pare-brise avant et arrière se fissurèrent de toiles d'araignées. Vishnu et Laxman virevoltèrent et faillirent s'évanouir.

Comme dans un film, un homme, penché à l'extérieur de la première jeep, son bras droit tendu, les visait avec un gros pistolet noir.

1. Hymne de dévotion de quarante versets au dieu Hanuman : Gloire à toi, ô Hanuman, océan de la connaissance et de la vertu ! Gloire au seigneur des singes…

– *Maachod*[1] ! brailla Vishnu. Ils vont nous tuer !

Laxman poussa instinctivement la tête du garçon vers le bas, tandis que l'air vibrait autour de son oreille gauche, qu'un autre trou forait la toile d'araignée.

Affolé, Ganesh se baissa également en freinant et la voiture, projetée au-dessus d'un bloc de pierre et de la route, s'immobilisa dans un bouquet de lauriers.

Mani prit le garçon, indemne, dans ses bras. Les policiers – en civil, chaussés de gros souliers en cuir – passèrent aussitôt à tabac les trois débardeurs. Une succession habituelle de gifles décérébrantes et d'atroces coups de pied qui les envoya au tapis. Ils ne posèrent pas de questions.

Les trois amis jetèrent des coups d'œil désespérés à Mani, dans l'espoir que cela faisait plus ou moins partie du plan. La police était aussi dans le coup. La comédie allait se conclure. Ils seraient pleins aux as, le garçon diminué serait sain et sauf et le sahib ignorerait le fin fond de l'histoire. Sauf qu'aucune expression dans le regard de Mani n'indiquait qu'il avait partagé une table ou un fantasme avec eux. Il avait les mêmes yeux que les hommes qui les battaient – durs, figés, lourds de jugement –, les toisant du haut d'un perchoir moral surgi de nulle part.

Quand les débardeurs furent transférés des locaux de la garde à vue à la prison, le sahib avait récompensé Mani. Son histoire exaltante avait paru dans les journaux, accompagnée de photos de lui, debout près de la Mercedes. Sans oublier la télévision qui vantait les bons et loyaux services de l'employé exemplaire.

1. Variante de *maaderchod* : enculé, fumier, ordure.

Les efforts des débardeurs pour impliquer le chauffeur ne leur valurent que des coups ou des rires. Ils pleurèrent comme des enfants lorsque, des semaines plus tard, le sahib leur rendit visite pour comprendre la raison de cette odieuse entreprise.

Là, ils ne tentèrent même pas d'accuser Mani qu'ils commençaient à croire innocent. C'était eux, par désespoir, qui avaient imaginé le kidnapping et qui avaient entraîné le chauffeur à y participer.

Ils supplièrent le sahib de le leur pardonner. Ils exposèrent les privations et malheurs qui les avaient poussés à commettre une faute pareille. Ils rappelèrent les longues années de leur travail acharné. Sans leurs salaires, leurs enfants mourraient de faim et vireraient à la délinquance. Ils jurèrent de lui être éternellement fidèles et d'être ses esclaves s'il trouvait un peu de pitié pour eux dans son cœur débordant de générosité.

Le négociant fut ému. Il comprenait le manque et la perte. En raison de la tragédie de son fils diminué, il était doué d'empathie, une qualité que l'argent supprime ordinairement. Il parla de faire preuve de compassion à sa femme ; elle se montra inflexible. Les débardeurs avaient franchi une ligne qui effaçait toutes les autres.

Comme des balles avaient été tirées – que ce fût par les policiers n'avait aucune importance –, l'affaire des débardeurs se présentait mal. Selon les avocats, qui passaient d'une expression d'espoir à celle du désespoir à la vitesse de l'éclair, l'existence d'un enfant, handicapé par-dessus le marché, aggravait la situation.

Il faut être réduit à rien, à part le physique, pour comprendre la domination de l'esprit. Le code qui ouvre aux perspectives spirituelles se niche quelque part dans un corps vulnérable et avili.

Le corps est sans aucun doute l'arbre le plus magnifique dans la forêt de l'esprit, mais il ne peut survivre à la combustion de l'esprit. L'esprit peut toutefois survivre à la dégradation et à l'annihilation de l'arbre.

En l'espace d'une année derrière les barreaux, Laxman comprit que la *devi* avait ordonné cette calamité pour le sauver de la décomposition. À mesure que l'alcool s'évacuait par ses pores et que l'abstinence le faisait trembler, un calme s'emparait lentement de lui.

Son amitié avec Francis le poussa à réfléchir à des sujets qui ne lui avaient jamais traversé l'esprit. La maladie de son père, la vie harassante de sa mère, la dévotion laborieuse de sa femme, ses enfants qui riaient librement et ne réclamaient jamais rien.

Il avait beau avoir un univers, contrairement à Francis, il avait fait bien peu de choses pour l'améliorer. Et si Francis ne se plaignait jamais, personne au monde n'en avait le droit.

Tard dans la nuit, allongé sous son drap rêche, éclairé par la sempiternelle lumière blanche, Laxman fixait le plafond et découvrait des sentiments pour sa famille qu'il ignorait éprouver. Il avait envie de les réconforter. Des gâteries. Un nouveau sari et un chemisier. Un déodorant extraordinaire. Une séance au cinéma. Une pizza dans un super magasin. Il voulait quelque chose qu'il n'avait jamais imaginé : les voir rayonner de plaisir.

L'idée des années gâchées le laminait. Même s'il se mêlait aux détenus, partageait leurs plaisanteries et leurs corvées, il se sentait différent.

La plupart étaient pulvérisés ou se sentaient provoqués. La plupart sortiraient de ce royaume d'airain soit complètement détruits, soit pleins de ressentiment. La plupart n'apporteraient rien au monde pour le restant de leurs jours ou l'alourdiraient d'un énorme désespoir. Ce n'était pas son cas. Il se préparait, il se soignait.

Au sortir de la prison, il serait tel qu'il aurait dû être.

Il se mit à écrire des lettres à sa famille. L'acte d'écrire lui faisait l'effet d'une route en lacet qui le propulsait au tréfonds de son être. Malgré une scolarité à problèmes – il était débardeur depuis son adolescence –, il possédait suffisamment de vocabulaire pour aller loin et exhumer des émotions étranges et inconnues.

Il découvrit que le mot écrit est le débardeur le plus costaud du monde, capable de porter n'importe quel fardeau. Le poids des regrets et de la tristesse. Le poids des désirs et des aspirations. Le poids d'un profond sentiment de solitude. Et le poids insoutenable de l'amour non réciproque qui, faute d'être déchargé, peut écraser la planète et le cosmos.

Des mots existent pour chaque fardeau.

Le seul défi, c'est de les trouver.

Alors que Laxman trouvait les siens, une légèreté d'être le gagnait. Outre celui de Francis, il devint le confident et le mentor de nombreux garçons malheureux. Ganesh et Vishnu, qui menaient des vies discrètes dans différentes cellules, comprirent que leur ami se distinguait des autres.

De compagnon de beuveries, il était métamorphosé en source de consolation. Il réconfortait non seulement par ses paroles, mais par son attitude. Il était devenu un modéré. Quand il se lavait, nettoyait, partageait, écoutait, une rigueur sereine émanait de lui. Les mots qu'il écrivait à sa famille, ceux qui le délestaient de ses fardeaux, lui procuraient un apaisement lumineux.

Ce Laxman mystique avait toutefois ses limites ; le riche souteneur le mettait à l'épreuve. La paisible scène de minuit dans la Maison d'hôtes – le Dr Hagg cherchant sa voie dans les livres pour faire vraiment fortune ; Ajay plongé dans l'*Oxford English Dictionary* ; les ronflements de Gajendra, le maquereau pauvre ; la conversation sur des ailes de papillon de Laxman et de Francis – risquait l'explosion à cause des miaulements du capitaine Barretto résonnant telle la plainte stridente d'une bombe larguée.

Gajendra était couché près du capitaine. Par terre, à côté des toilettes, sur un mince *durrie*, sans oreiller. Son gros ventre noir se soulevait sous son maillot de corps blanc. Un léger souffle s'exhalait par sa bouche ouverte. Repoussant son drap, le capitaine se leva soudain d'un bond.

Le capitaine était en crise. Les cheveux en bataille, les yeux injectés de sang, il tendit les bras et se signa à plusieurs reprises avant de psalmodier à haute voix : *Notre Père qui es aux cieux, que Ton nom soit sanctifié…* Ce faisant, il marcha d'un pas lourd dans les sillons entre les lits, écartant les serviettes tendues chaque soir sur des cordes qui s'entrecroisaient dans la cellule.

Comme les codétenus l'observaient avec méfiance, il haussa le ton. La prière une fois terminée, il leva les bras pour importuner le crucifié.

Seigneur Jésus, sauve-moi ! Délivre-moi du mal ! Délivre-moi du péché ! Je ne ferai rien de mal ! Je n'ai rien fait de mal ! Montre-moi le chemin ! Éclaire-moi, Seigneur Jésus ! Je ne suis pas digne de toi ! Je suis digne de toi ! Enseigne-moi la vertu, Seigneur ! Montre-moi la vérité ! Je prie pour ta miséricorde, Seigneur ! Accorde-moi la libération sous caution, Seigneur Jésus ! Accorde-moi la libération sous caution !

Accorde-moi la libération sous caaauutiioon !

Ses exhortations au fils de Dieu retentirent dans le couloir et réveillèrent Rodrigues. Il regarda par les barreaux. En onze ans, il avait vu nombre d'hystériques. Pourtant, il ne parvenait toujours pas à deviner, à l'arrivée d'un détenu, lequel se révélerait fait de sable, lequel de métal. Les barreaux étaient le test ultime de l'étoffe dans laquelle ils étaient taillés, leur vraie nature. Rien ne donnait un avantage : ni la taille, ni l'éducation, ni la richesse.

Chaque fois que Rodrigues aimait bien un nouveau venu, il espérait qu'il serait en sable. Le sable ruisselle, se répand, glisse dans des moules ; le sable souffre, il est piétiné, mais il survit. Le métal dirige ou périt ; il n'est pas agréable de le voir martelé.

Outre le métal et le sable, il y avait la peluche. Les imbéciles et les brasseurs de vent, incapables de s'adapter ou de gagner, tel ce demi-*wip* – souteneur aisé de fillettes –, n'étaient que peluche.

L'insupportable capitaine remarqua que le Dr Hagg le fusillait du regard au-dessus de son livre pour millionnaires. D'une voix encore plus haut perchée, il brailla : Seigneur Jésus, je prie pour le Dr Desai ! Je prie pour son âme !

Pardonne-lui ses péchés, Seigneur ! Pardonne-lui d'avoir tué les enfants ! Renvoie-le chez lui, Seigneur Jésus ! Accorde-lui la libération sous caution ! Accorde-lui la libération sous caaauutiioon !

Avant que le Dr Hagg ne réagisse, le capitaine s'était retourné et faisait face aux quatre garçons alignés contre le mur du fond. Ils le scrutaient comme on scrute un chien qui bave.

Seigneur Jésus, je prie pour Verendar ! Et je prie pour Ajay ! Et je prie pour Laxman ! Et je prie pour Francis ! Pardonne leurs péchés ! Bénis-les ! Donne-leur la paix dans le cœur ! Accorde-leur la libération sous caution ! Accorde-leur la libération sous caution !

Accorde-nous à tous la libération sous caaauutiioon !

Puis, se dévissant le cou, il fit une grimace au caporal qui le fixait avec étonnement.

Et je prie pour Gajendra, Seigneur Jésus ! Donne-lui quelque chose ! Donne-lui n'importe quoi ! Donne-lui des vêtements et un peu de bon sens !

Le caporal eut un grand sourire.

Va dormir, sale *maaderchod*, s'énerva Verendar, dont la jouissance culminait : des lance-roquettes détruisaient des pétroliers et faisaient sauter des terroristes islamistes.

Levant derechef les bras, le capitaine reprit : Jésus est le Seigneur. Le Seigneur te sauvera !

Avant qu'il ne baisse les bras, Ajay, qui s'était levé d'un bond, lui tapait sur la tête avec son dictionnaire. Rodrigues pivota et retourna s'asseoir. Verendar retira les écouteurs de ses oreilles et rejoignit Ajay. Sans un mot, ils le passèrent à tabac.

Barretto se recroquevilla par terre dans la position fœtale de n'importe quelle victime. Tenaillé par l'envie de s'y associer, Gajendra regardait tour à tour les visages, à l'affût d'un signal. Une fois de plus, les prières furent remplacées par le miaulement qui s'amplifiait et diminuait au rythme des coups.

Laxman empêcha les garçons de continuer.

Le Dr Hagg eut l'air déçu. Il se délectait de la rossée de l'idiot. Il prenait plaisir à assister à une scène de violence, comme les timorés et les impuissants. Le sang rugit dans ses oreilles, une honte cuisante le gagna au souvenir de sa propre dégelée – par les mains de Peter le Cogneur. Le pantalon souillé et la puanteur. Le spectacle de la terreur infligée à un autre lui procura une étrange excitation, presque sexuelle.

Mais sa stature l'obligeait à montrer de la maturité, alors lui aussi exigea de la retenue.

Ajay plaqua son visage aux barreaux et appela Rodrigues pour qu'il veille à ce que le souteneur soit sorti de leur cellule le lendemain matin, sinon ils l'estropieraient. De sa chaise en plastique, Rodrigues répondit que le type connaîtrait le même sort dans n'importe quelle cellule.

À ce moment précis, quelqu'un se mit à faire du boucan à l'étage supérieur. Ce fut d'abord trois coups puis la voix de Mustafa retentit : *O gorey gorey o bankey chorre kabhi meri galli aaya karo*[1]... Une volée d'injures suivit. Enfin, le silence.

Lorsque les garçons retournèrent à leur place, le capitaine éclata en sanglots. Accroupi, les mains jointes, de grosses larmes ruisselant sur son visage, il implora leur pardon à voix basse et supplia de ne pas être chassé.

J'en mourrai. Je suis malade. Ils me tueront. Mes enfants périront. Je me taperai tout le boulot. Je laverai vos caleçons. J'ai prié le Seigneur Jésus pour vous. Vous m'avez entendu. Ne me chassez pas, s'il vous plaît. Ayez pitié de moi, mes frères, s'il vous plaît.

Ajay se pencha au-dessus de Laxman et de Francis pour attraper une grenade dans le garde-manger. Il la jeta de toutes ses forces sur Barretto, qui se baissa en criant. Le fruit s'écrasa sur la paroi des toilettes et vola en éclats.

Nettoie et ne prononce pas un mot de plus. Pas un seul, ordonna Ajay, s'efforçant l'instant d'après de comprendre *oculaire*. Cela voulait-il dire yeux ou lunettes ? L'oculaire de son père était-elle mauvaise ou son père avait-il besoin d'une nouvelle paire d'oculaires ? Une douleur lancinante lui martelait la tête. Il ne songeait qu'à tuer le souteneur.

À genoux, le capitaine ramassait lentement les grains translucides. Il y en avait partout. Collés au grand seau en plastique où ils gardaient les eaux usées, sur les sacs en plastique du coin de la pièce où ils rangeaient leurs chaussures, sur le sol carrelé et sur les

1. Hé, joli garçon à la peau claire, viens donc dans ma rue de temps en temps... Paroles d'une chanson d'un film des années cinquante.

lits. Un sourire carnassier aux lèvres, Gajendra désignait du doigt les pépins brillants qui avaient échappé à Barretto.

Laxman, qui le regardait nettoyer, déclara : Je crois que le moment est venu de remettre de l'ordre dans les grades. Barretto, tu es rétrogradé avec effet immédiat du grade de capitaine à celui de caporal ! Quant à toi, Gajendra, tu es dans la foulée promu du rang de caporal à celui de capitaine.

L'armée de la Maison d'hôtes s'écria de conserve : Capitaine Gajendra *zindabad !* Capitaine Gajendra *tum aage badho hum tumhare saath hain*[1] !

Après une pause le chœur reprit : Caporal Barretto, *tum lage raho ! Mehanat mein tumhari shaan hai*[2] !

Sa *gamcha* à carreaux violets autour de son imposant ventre poilu, ses grosses cuisses serrées l'une contre l'autre, le nouveau capitaine se leva et exécuta le salut militaire.

Le lendemain, Barretto se faufila dans l'infirmerie d'Asambhav, où il se plaignit amèrement d'une myriade de maux. Il profita de son transport à l'hôpital public pour activer ses contacts afin qu'on le transfère au refuge de Madhukar et de Sparkplug.

Asambhav dit aux garçons de la Maison d'hôtes que Barretto, terrifié par Ajay et Verendar, craignait pour sa vie.

Mais le capitaine Gajendra savait qu'il était mortifié de servir comme caporal sous ses ordres.

---

1. Longue vie au capitaine Gajendra ! Allez de l'avant, capitaine Gajendra, nous sommes avec vous !

2. Ne lâchez rien, caporal Barretto ! Votre honneur réside dans votre travail acharné !

14

Contes d'amants perdus

Un mois après que Pal l'ancien avait clandestinement rendu visite à la maisonnée Rajput pour une réunion au sommet, sa famille fit une simple requête à Sambhav, qui en fut effondré. Bade Papa voulait qu'il aille deux semaines à Dehradun afin de s'occuper de sa belle-sœur. Son frère devait entreprendre un voyage professionnel et elle était à son neuvième mois de grossesse. Sambhav suggéra beaucoup d'autres cousins, proposa même de s'y rendre et de la ramener à la ferme.

L'idée d'être séparé un jour d'Aranya était intolérable ; deux semaines, c'était une vie. Si impossible que cela paraisse, ses sentiments s'étaient intensifiés et approfondis depuis leur mariage. Il ne se sentait vivant qu'auprès d'elle. Le village se doutait de quelque chose, mais aucun des clans ne s'était manifesté par un coup d'éclat jusqu'à présent.

Sambhav certifia à Aranya que les aînés avaient accepté l'inéluctable. L'Inde nouvelle se voyait partout, régie par de nouvelles lois – sur la liberté et le choix – bien plus importantes que les minables dogmes de castes et de clans. De toute façon, celles qu'ils respectaient étaient bien plus essentielles que celles de l'État. Même un imbécile qui cisaille les barbelés dans les champs sait qu'on ne sépare pas un couple de grues Antigone : ce serait les tuer.

Sambhav était certain que dans quelques mois – une fois les familles convaincues qu'il ne s'agissait pas d'un caprice éphémère – le sujet serait abordé ouvertement dans les deux maisons et un calendrier de formalités serait fixé. Le mois où elle aurait dix-huit ans, ils se marieraient de nouveau pour sacrifier aux conventions et aux apparences.

Aranya ne partageait pas son optimisme. Forte de son instinct féminin, elle percevait l'ambiguïté des propos des hommes où l'espace entre les mots est une trappe menant à l'enfer. Elle savait que les hommes, et les femmes qui les imitaient, ne pensaient pas ce qu'ils disaient.

Une duplicité à son paroxysme quand ils s'adressent aux jeunes filles. Aucun homme ne parle à une jeune fille sans un mobile caché : contrôle, exploitation, manipulation.

La fille qui n'apprend pas vite à sauter intelligemment d'un mot à l'autre sans basculer dans les brèches est condamnée à sombrer.

Aranya craignait son père, son frère, ses oncles. Elle craignait et se méfiait des hommes hormis Sambhav. Elle se demandait tous les jours ce qu'elle avait fait pour mériter un homme aussi sublime. Et elle avait aussi peur pour lui. Elle ne voulait pas que l'amour profond qu'il lui vouait cache le marécage sous leurs pieds.

Plus d'une fois, elle avait suggéré qu'ils s'enfuient. Du district et de l'État et partent dans le Sud lointain, ou dans les montagnes du Nord, ou dans les plis opaques de l'Est. Les gardiens de son nom et du sien se lanceraient à leur recherche. Non dans le but de les ramener au bercail mais pour illustrer les périls inhérents à une passion illégitime. L'orgueil d'un clan est onéreux, seul compte le prix du sang pour lui.

Pourquoi devraient-ils craindre cette poursuite ? Le pays était tellement immense que des communautés entières et des tribus pouvaient se volatiliser à l'insu de tous. C'était monnaie courante. S'ils ne désiraient qu'être ensemble, ils trouveraient une centaine de fissures où se faufiler et disparaître à jamais.

Pour Sambhav, c'était de la lâcheté. Comment cacher un amour tel que le leur ? Est-ce que même l'essayer serait possible ? En fait, il ne songeait qu'au moment où il pourrait l'afficher. Il voulait que son rayonnement éblouisse les hommes de son clan et de celui d'Aranya. Que les six futures générations de leurs familles respectives racontent un millier de fois l'histoire de leur amour.

Il ne niait pas qu'il y aurait de la résistance : ultime sursaut d'un préjugé, à son sens, avant le triomphe de la modernité. Son imagination romanesque était modelée par le film culte de l'époque où le héros triomphe de l'hostilité de la famille de sa bien-aimée grâce à son ardeur, non en raison de son agressivité.

Aranya fut très mal à l'aise d'apprendre qu'il devait s'absenter deux semaines. Le calme autour d'elle était inquiétant. Le village bruissait de commérages, tandis que les membres de sa famille vaquaient à leurs occupations comme si de rien n'était. L'angoisse lui tordait l'estomac au point qu'elle parvenait à peine à garder ce qu'elle avalait. À chacun de ses rendez-vous avec Sambhav, elle s'attendait à ce qu'ils tombent dans un guet-apens et, quand il se couchait sur elle, la jeune fille éprouvait moins de plaisir que la sensation d'un malheur imminent.

Pour juguler sa tristesse, Sambhav feignait d'être joyeux et de traiter son déplacement à la légère. Par ailleurs, il s'efforça de deviner l'état d'esprit des siens en accompagnant Bade Papa au village voisin pour une foire aux bestiaux. Comme ils se frayaient un chemin dans la foule d'hommes bruyants qui testaient les flancs, examinaient les dents de bovins dociles, posaient des questions sur leur âge et pedigree, l'amoureux n'eut pas l'impression que son père adoptif lui en voulait.

Ils burent du thé dans l'échoppe installée en lisière du terrain – les narines chatouillées par l'odeur âcre des animaux – en discutant de projets pour la ferme, de l'intérêt de consacrer davantage d'hectares à la canne à sucre, de la possibilité d'acheter un nouveau tracteur, des nouvelles graines de légumes que le gouvernement privilégiait sur le marché et de la corruption de l'agent de développement qu'il fallait dénoncer.

Ils n'échangèrent aucun mot dur. Au cours du trajet de retour à moto, il n'y eut qu'une allusion à sa prochaine visite à Dehradun mais de l'ordre du soupir inspiré par cette pénible responsabilité. Papa le félicita : il était le seul jeune du clan à qui on pouvait confier une pareille corvée. Son père, absent en permanence, avait sûrement fait quelque chose de remarquable pour avoir un fils aussi exceptionnel.

Plus tard, il testa ses mères pour voir si elles pressentaient quelque chose. Il les interrogea sur son père qui combattait contre les insurgés bodos dans l'Est et eut l'audace d'évoquer les Pal en rapport au litige foncier qui durait depuis des décennies. Les mères ne révélèrent rien, toujours aussi satisfaites dans l'infrastructure étriquée de leur vie.

Rassuré, Sambhav partit sans réticence pour Dehradun. Sa *bhabhi*[1] était tellement grosse qu'il en conclut qu'elle allait mettre bas une portée. Vêtue d'un épais caftan, elle déambulait, les bras autour de son ventre. Son visage était rougi – devenu presque beau alors qu'il était laid – par la vie qui s'épanouissait en elle. Ses seins gonflés comme des chopes de bière mouillaient souvent ses vêtements par des fuites. Sambhav évitait de regarder sa silhouette massive.

Il dormait sur une banquette en bois dans la minuscule pièce à vivre surchargée. Sa *bhabhi* lui avait timidement proposé l'autre côté du lit double de sa chambre exiguë, ce qu'il avait refusé. Être près d'une autre femme était une abomination pour lui d'autant que celle-ci l'était à un point extrême.

Avec sa gentillesse habituelle, il s'efforça de lui faciliter la vie. Il cuisinait, faisait la vaisselle, les courses au marché. Il lui rappelait de prendre ses vitamines et insistait pour qu'elle boive un verre de vin le soir. À deux reprises, il l'emmena chez le médecin en

1. Belle-sœur.

rickshaw et patienta dehors le temps de l'auscultation.

On n'attendait pas ça de lui. On l'avait expédié là-bas en guise d'assurance contre une crise. Il le faisait néanmoins car accomplir son devoir atténuait la souffrance de la séparation.

Au terme de la journée, une fois la *bhabhi* hissée sur son lit, où elle s'allongeait en biais afin de pouvoir regarder la télé, il s'installait à la table de la salle à manger et écrivait à sa bien-aimée. Comme il en allait de nombreux amants, la lettre n'était pas destinée à être postée mais à être remise en main propre. Une manière de figer la vérité d'un instant pour que celle-ci soit décongelée puis goûtée par l'absente adorée.

Il avait une épaisse liasse de papier ministre et reprenait chaque soir le texte de la veille. Un mélange sublime et exaspérant de banalités et de fulgurances, où la poésie se conjuguait aux descriptions ainsi qu'aux déclarations, le passé au présent et au futur.

Les cent quarante feuilles de papier ministre, écrites au stylo bille Parker, rangées dans une pochette en plastique, devenaient ses compagnes. Toujours à son chevet ou dans son cartable marron, à portée de main.

Sa *bhabhi* ne mit pas son fruit au monde sous la surveillance de Sambhav. Dès le matin du retour de son frère, il l'embrassa et se précipita à la gare routière. Il n'avait pas la patience d'attendre le bon train. Il traverserait la plaine du Gange, passant d'une ville à l'autre, nuit et jour, pour rejoindre sa bien-aimée.

Il arriva à son village avant l'aube, s'étant fait prendre en autostop depuis la ville par le chauffeur de la camionnette des journaux. Les oiseaux s'égosillaient, les premières lumières s'allumaient dans les maisons. Dans son état d'exaltation, il fit un détour par le temple, espérant presque qu'Aranya le guetterait devant le banian.

Le prêtre, accroupi, se lavait tandis que son jeune fils l'arrosait en actionnant une pompe. Quand il vit Sambhav, il cessa de se tapoter la peau, se mit debout : Viens écouter le *Bhagavad-Gita* ce soir quand les choses seront réglées.

Si étrange que soit le propos, Sambhav ne s'y appesantit pas. À la première clarté du jour, il eut envie de passer devant la maison des Pal avec l'espoir de l'y apercevoir. Il longea d'un pas rapide le *bundh* où il avait gravé son nom. De l'eau coulait dans le chenal boueux, les aigrettes patrouillaient ; une fois parvenu au bosquet de lantanas, il se baissa afin de distinguer la maison à deux étages. Aucune activité n'était perceptible, aucune lampe allumée, aucune porte ouverte ou fermée.

Les deux chiens compromis traversèrent les champs en bondissant et en aboyant joyeusement. Allez chercher votre maîtresse ! leur ordonna-t-il, leur caressant le cou. Ils ne bougèrent pas, satisfaits de gambader. Puis ils l'escortèrent jusqu'à la sortie de la propriété des Pal.

Les membres de sa famille, réveillés, l'accueillirent avec enthousiasme. Bade Papa le porta aux nues, comme son unique véritable fils, la seule béquille fiable de sa vieillesse. Les deux mères, aux petits soins, voulurent des détails sur son voyage et sur l'état de la *bhabhi*. Elles lui souhaitèrent des beaux-frères aussi attentionnés qu'il venait de l'être et une épouse infiniment plus jolie que la *bhabhi*. Ma parole, elles comparent un buffle à une biche, pensa Sambhav.

Bade Papa interrompit les deux mères avec une fausse sévérité. Des beaux-frères ? Une épouse ? Avaient-elles perdu la tête ? Le garçon avait des montagnes à gravir avant qu'on ne lui passe la corde au cou.

Il s'organisait pour qu'il fasse son droit à l'université de Lucknow et, dans cinq ans, il déciderait s'il préférait entrer dans la fonction publique ou être stagiaire chez un avocat. Pour sa part, il estimait que l'administration était à l'agonie et que Sambhav s'en sortirait mieux en tant qu'avocat.

Dans ce pays, les avocats sont les seules personnes qui n'ont besoin ni de règles, ni de moralité, ni d'idéologie, ajouta Bade Papa. Ils peuvent agir à leur guise, changer de parti chaque jour, être courtisés par les gens bien et les salauds, être craints par la police et les médias, percevoir des honoraires astronomiques sans donner la moindre garantie de succès. Et être respectés malgré tout. Si leur carrière d'avocats échoue, ils ont la possibilité de devenir politiciens et de réussir encore mieux.

Bien sûr, opina Badi Mama. On le mariera une fois qu'il sera Premier ministre.

Non, vous pouvez le faire dès qu'il aura terminé son droit, mais je suis sûr qu'il souhaitera gagner sa vie d'abord. Les garçons modernes veulent subvenir aux besoins de leur femme avec leur argent. Cherchez donc une fille qui aura dix-neuf ans dans six ans.

La tournure de la conversation dérouta Sambhav. Son mariage, ses études de droit, l'administration… D'où est-ce que ça venait si tôt le matin ?

D'ordinaire, il aurait été accueilli par quelques grommellements, quelques questions ineptes, du lait et des *paranthas* chauds. Rien de plus.

Pourquoi Bade Papa repoussait-il si loin l'horizon de son mariage alors qu'il n'avait eu de cesse, les semaines précédentes, de se moquer de Sambhav devenu une jument folâtre qu'il fallait attacher le plus vite possible ?

Il chercha sa *chachi* qu'il trouva dans la cuisine. Elle sortit par la porte à l'instant où il entrait. Le reste de la matinée, il n'arriva pas à la voir seule, fût-ce un moment.

Au cours de l'après-midi, il se promena devant la propriété des Pal en espérant qu'Aranya le remarquerait. Elle aurait dû l'attendre puisqu'il lui avait précisé la date de son retour. Mais on était en avril, il faisait une chaleur torride, rien ne bougeait dans les champs ni dans les venelles du village.

Il arriva au temple avant la disparition des derniers rayons de soleil. Il s'attarda à l'ombre du banian, à l'affût de la minute magique où elle apparaîtrait – incandescente, une seule natte épaisse sur son buste, le goujon de nez étincelant, son *attar* capiteux flottant, ses yeux brillants d'anticipation et de promesse.

À mesure que le temps s'écoulait, que presque tout le village faisait ses circumambulations et que l'heure de la prière s'était muée en heure d'amende honorable, le cœur de Sambhav battit avec une sauvagerie croissante. Une crainte irrationnelle mettait ses nerfs à vif, tandis que d'horribles scénarios se présentaient à lui. Il avait du mal à maîtriser son angoisse. Il devait absolument savoir si elle allait bien. Mais comment ?

Depuis qu'il était amoureux, il s'était résolument tenu à l'écart de la société. Aussi n'avait-il personne à qui s'adresser pour demander une information ou de l'aide.

Il fallait que quelqu'un se rende chez elle sur-le-champ. Elle était peut-être gravement malade. Non qu'il craigne d'y aller, sauf que cela risquait de saboter une situation sous contrôle, de rendre la position de sa bien-aimée intenable au sein de sa famille, de les obliger à une confrontation prématurée.

Ce serait stupide de créer de nouvelles lignes de faille au moment où le temps abolissait lentement les anciennes.

Quand il fut évident qu'elle ne viendrait pas, il entra prier dans le vieux temple ; agenouillé à l'intérieur du cône en pierre où des chauves-souris pendouillaient, le front au pied du lingam sacré, il rappela à Shiva son rôle de témoin de leur mariage. Il invoqua la protection du dieu ascétique sur ce que le dieu ascétique avait béni.

Pour prouver sa ferveur, il s'engagea à faire pénitence. Il ne mangerait ni sucre ni confiseries tant qu'il ne verrait pas Aranya.

Voilà qui se révélerait un vœu terrible – une énorme gageure. Il n'aurait jamais imaginé le fil des événements, même dans le pire de ses cauchemars.

Aranya était introuvable. Quand elle n'émergea pas au bout de trois jours, il s'affola et posa des questions dans le village. Au propriétaire du *kirana*[1], aux professeurs de son école, au tailleur musulman des

1. Magasin d'alimentation générale.

environs du village, au meunier, même au chauffeur qui conduisait l'autocar en ville. Personne ne l'avait vue. Personne n'avait entendu quoi que ce soit à son sujet.

De quoi alimenter une rumeur, et pousser les villageois à s'interroger sur le mélodrame qui mûrissait en leur sein.

Sambhav décida de prendre au piège la sœur et le frère d'Aranya, sauf qu'ils étaient eux aussi introuvables. En désespoir de cause, il eut l'imprudence de s'approcher de la porte d'entrée de sa maison en plein jour et ne trouva que les chiens renégats qui remuaient la queue. Le grand employé muet, dont la famille travaillait pour les Pal depuis des générations, indiqua par gestes que personne n'était là.

Quand Sambhav insista pour connaître leur destination – écrivant ses questions dans la poussière avec un bâton –, le muet posa le coude sur son entrejambe et agita son énorme avant-bras en désignant de l'autre main le chemin qui sortait de la propriété.

Le prêtre fut sibyllin d'une manière suspecte.

Non content de se prétendre ignorant, il pontifia : Ce que fait le Seigneur, il le fait pour le mieux. Nous mettons souvent longtemps à le percevoir.

Après avoir attrapé le fils du prêtre dans le bouquet de manguiers, Sambhav le menaça de lui casser le nez s'il ne lui disait pas la vérité. Le fils répondit que les Pal s'étaient peut-être rendus à Nainital. D'après le frère d'Aranya, ils avaient quelque chose d'important à y faire.

Sambhav en conclut qu'ils étaient sans doute allés passer des vacances. Aranya lui avait répété qu'elle rêvait de faire du bateau sur le lac d'altitude, avec lui, au clair de lune. Il était convaincu qu'elle reviendrait bientôt. Il savait qu'elle n'avait aucun moyen de lui envoyer un message. Voilà qui lui remonta le moral ; il pensa qu'ils avaient dû associer leurs vacances à un pèlerinage aux temples de Shiva de Jageshwar, vieux d'un millénaire. Elle lui avait confié son désir d'y prier parmi les imposants déodars, pour remercier Shiva à la gorge bleue d'être le témoin et le protecteur de leur union.

Pendant mon absence, elle a montré plus de courage que je n'en aurai jamais, se dit-il. Elle a abordé le sujet de notre amour avec ses parents, les convainquant de sa beauté et de sa nécessité. Ils sont partis ensemble pour assimiler calmement cette nouvelle et prier pour notre avenir. À son retour, elle se moquerait de mes peurs et de ses victoires de sa voix de chanteuse de *thumri*.

Au terme de plusieurs jours, il n'y avait toujours aucun signe des Pal. Sambhav continua de tenter d'obtenir des informations de sa famille. En vain. Il finit par apprendre qu'un ancien des Pal avait rendu visite à Bade Papa quelques mois plus tôt. On ignorait ce dont ils avaient discuté. Même sa vieille confidente – sa *chachi* – n'avait pas desserré les lèvres. La famille lui préparait une grande surprise, c'était une possibilité, l'autre… l'autre était inenvisageable.

Un soir qu'il jouait avec Sheru dans le jardin, Pappu se précipita vers lui et lui annonça qu'ils étaient revenus. Fébrile, Sambhav eut envie de se ruer chez elle, mais il opta pour la seconde solution, bien meilleure. Il courut jusqu'au banian, certain qu'elle le ferait aussi en un rien de temps.

Au dernier carillon des cloches, au départ du dernier fidèle, au moment où le prêtre avait fermé pour la nuit la maison de Dieu, Sambhav s'esquiva dans l'obscurité, rentra chez lui, se cadenassa dans sa chambre et pleura. Non en sanglots cathartiques, ni en gémissant, mais en un flot de larmes silencieuses. En proie à une douleur funèbre à en être indéchiffrable.

À la fin de la journée du lendemain, il fut évident qu'Aranya n'était pas là.

À la fin de la semaine, il sembla qu'elle avait disparu à la manière du pigeon d'un prestidigitateur. Aucune demande officielle d'autorisation d'absence n'avait été déposée à l'établissement scolaire.

Son frère et sa sœur n'avaient rien à dire hormis : *Didi* est partie et ne reviendra jamais.

Son père et sa mère étaient inaccessibles. Chaque fois qu'il les voyait au temple, ils avaient un visage marmoréen.

Au bout d'un mois, les conjectures proliférèrent au village. Pour les vieux et les futés, on l'avait expédiée chez son oncle au Bihar. L'oncle était un législateur qui avait son armée privée. Chaque fois qu'elle sortait de la maison, elle était entourée de trois *lathmars* – des gardes du corps –, et le moindre homme qui la regardait avait les yeux crevés. Il faudrait recruter un bataillon pour la ramener.

Pour les jeunes et les gentils, on l'avait mariée à un homme de l'Indian Air Force. Son mari était un pilote de chasse moustachu, armé d'un pistolet. Elle nageait dans le bonheur. Les cheveux courts, les lèvres fardées de rouge, elle fréquentait le mess des officiers et leur serrait la main.

Pour les gens mariés et malveillants, on l'avait emmenée à Kolkata et prostituée. Malgré les gros efforts des parents pour la faire passer pour une vierge, les madames à l'œil d'aigle et aux doigts expérimentés avaient découvert la vérité et baissé son prix. À présent, n'importe quel villageois pouvait l'avoir pour moins cher qu'une chèvre achetée en prévision d'un festin.

Sans oublier ceux qui l'avaient aperçue. Le fils du *patwari*[1], de retour d'un voyage à Delhi, affirma l'avoir vue, manchote, mendier à un feu rouge. Quand il l'avait appelée, elle s'était enfuie en laissant tomber ses pièces, en agitant énergiquement le bras qui lui restait. Son visage, intact, était toujours aussi beau.

On devait la faire mendier la journée et la prostituer la nuit, suggéra quelqu'un.

Pour ceux qui lançaient les hypothèses les plus morbides, elle avait été tuée. Poussée d'une falaise de l'Himalaya ou noyée avec une pierre attachée à la cheville. Étant donné les nouvelles lois et les médias, mieux valait le faire à distance. Le recours aux anciennes pratiques du village, pendre ou poignarder pour que tout le monde comprenne la leçon sur-le-champ, n'était plus possible. La discrétion était préférable.

Sambhav était sous le choc. La valse des conjectures n'était qu'une vague se brisant sur les rochers. Il était sûr que sa bien-aimée était vivante et qu'elle lui appartiendrait à jamais. Il essaya de se rendre chez les Pal, mais le père d'Aranya – flanqué du géant muet

1. Fonctionnaire qui enregistre les transactions financières.

armé d'une faux – l'arrêta devant le boqueteau et lui interdit de s'approcher.

Je ne suis pas assez idiot pour te tuer et passer le restant de mes jours à me battre contre tes stupides parents, poursuivit-il. Si tu reviens ou essaies de la chercher, je la tuerai. Pour l'instant, elle n'est morte que pour toi ; sinon, elle le sera pour tout le monde et pour toujours.

Sambhav savait qu'il était sérieux. Les membres de sa famille auraient agi de la même façon pour leur fille. Ils vivaient en fonction d'un code qui les rendait redoutables. Sans lui, ils n'étaient rien. Son grand amour pour sa famille avait viré à un profond dégoût. Il n'adressait plus la parole à personne. Aucune supplication de ses mères ne parvenait à le sortir du silence.

Il restait enfermé dans sa chambre, désormais verrouillée en permanence. Les initiales SA étaient peintes en vert sur la porte et les meubles – lit, chaise, table, placard, cantine. Les poèmes destinés à sa bien-aimée étaient collés sur les murs et il gardait sous son oreiller les lettres d'Aranya. Près de son lit, il y avait le dossier contenant la missive de cent quarante pages rédigée à Dehradun et jamais remise en main propre. Le tissu brillant du parapluie rose fermé, rangé dans un coin, renvoyait la lumière. Des photos d'Aranya tapissaient l'intérieur du placard qu'il ouvrait quand il était dans sa chambre de façon à la voir quel que soit l'endroit où il s'y trouvait.

Les heures interminables qu'il passait dans son sanctuaire étaient consacrées à la rêverie. Il vivait et revivait les moments avec elle sans comprendre comment un homme, privé de ce qui donnait sens à sa vie, pouvait continuer à respirer. Il était furieux de se nourrir, de se laver, de s'habiller. Il était furieux de se réveiller le matin et d'être vivant.

Il avait le sentiment d'avoir trahi sa bien-aimée. De ne pas avoir été à sa hauteur. Son amour eût-il été vrai qu'il devrait être mort à présent ou avoir tué quelqu'un – le géant muet ou le père – ou s'être estompé au point d'être un fantôme.

Il l'ignorait mais c'était précisément ce qu'il était devenu pour les autres. Sa famille oscillait entre l'inquiétude à son sujet et le cynisme envers son mélodrame. Les mères s'évertuaient à l'entourer de soins, persuadées que leur amour et leur dévouement compenseraient la perte de la jeune fille.

Son véritable père – qui, logé dans des baraquements en bambous, enlevait les sangsues de ses jambes toute la sainte journée et se débattait dans une moiteur et une végétation d'une densité inimaginable – estimait que son fils méritait une correction. Dans une vie où l'oppression était implacable, ce truc d'écervelé appelé amour était la plus abominable sangsue susceptible de s'accrocher à un homme. Faute de vigilance, elle vous vidait de votre sang sans que vous vous en rendiez compte. Il fallait l'arracher de sa chair – supportant la douleur et la plaie – le plus vite possible.

Bade Papa, un littéraire, qui aimait vraiment Sambhav et qui ne croyait pas que la violence rendait plus sage, pensait qu'un nouvel amour incandescent lui ferait oublier celui-ci. Il avait été jeune. Il avait assez lu pour savoir qu'il y a une période dans la vie d'un homme, entre seize et vingt-six ans, où les hormones de la concupiscence et les fantasmes du sentiment – la biologie pure et dure et la culture anticonventionnelle – se conjuguent pour créer l'objet idéal du désir.

Pourfendre l'objet en question ne sert qu'à le nimber d'une plus grande auréole. La seule manière de le supplanter, c'est d'en trouver un autre, similaire.

Aussi fit-on passer le mot parmi les cercles concentriques de la caste, au nord, au sud, à l'est. Le garçon était un excellent parti. Beau et futur avocat. La famille, brillante, se composait de propriétaires fonciers, de professeurs, de fonctionnaires. La jeune fille devait avoir entre quinze et vingt et un ans ; elle devait être cultivée, talentueuse, simple et ravissante. Sauf qu'au moment même où les langues du clan se déliaient pour des oreilles proches ou lointaines, le parti disparut du jour au lendemain.

Il s'en alla un matin avant l'aube en prévenant Pappu qu'il serait absent un certain temps. Une fois arrivé à Nainital, il trouva une chambre dans un hôtel délabré situé au-dessus du lac. Cet hôtel portait le nom d'Oak Haven, et son état correspondait à l'état d'esprit de Sambhav.

Tout s'y désintégrait : le bois, les tapis, les meubles, les photos. Une odeur de fantômes enlisés y flottait, celle d'hommes et de femmes blancs morts avant d'avoir pu retrouver leur peuple, de leurs rêves inaccomplis et de rires refoulés.

Ainsi que le savent les initiés, les fantômes ont des souvenirs immuables mais aucune mobilité. Infiniment moins libres et infiniment plus accablés que les hommes, ils sont condamnés à vivre sur le lieu de leur abandon. Ils ont beau souffrir en permanence pour ceux qu'ils aiment, ils sont réduits à l'impuissance. Ils détériorent les demeures de leurs larmes brûlantes, voilà pourquoi les résidences mélancoliques sont toujours plus tristes que les êtres affligés. Elles sont terrassées par un tourment que même le temps n'apaise pas.

Le vieillard qui tenait l'hôtel avait tout du gardien de fantômes. À peine vit-il Sambhav qu'il pensa : Ce jeune homme ne va pas tarder à en devenir un. Il décida de le traiter avec bonté – une attitude qui, en Inde, n'a plus rien de naturel –, de sorte que dès le premier soir Sambhav, qui n'avait confié un mot de son amour à personne, mit son cœur à nu.

Le vieillard l'avait amadoué avec une histoire.

Dans cette maison – splendide naguère grâce au soleil et à l'arôme de pains – vivait une famille anglaise, dont la fille, Anne, était tellement jolie, avait tellement de roses dans les joues qu'elle illuminait l'école et l'église dès qu'elle y entrait ; Mangu, son ami d'enfance, était le fils du cuisinier. Ils jouaient dans l'office et le jardin, chassaient les papillons et les singes sur les versants de la montagne. Ils ramassaient des pommes de pin, regardaient des nuages en forme de lapin caracoler dans le ciel bleu, s'emmitouflaient dans le polaire des brumes du milieu de matinée.

Leur amitié n'inquiétait pas les parents. Dans ce monde, il existe des murs connus de tous, même des enfants. Le mur entre maîtres et domestiques, entre une fille blanche et un garçon basané, entre riches et pauvres, entre chrétiens et hindous était plus haut qu'un déodar dans l'Inde coloniale. Aucune émotion ne pouvait le franchir d'un battement d'ailes de papillon, aucune passion le sauter au galop.

Quand Mangu eut quinze ans – les membres vigoureux et la peau vibrante comme ses ancêtres –, il découvrit que le mur était un piège. Une illusion d'optique. Si on le voyait des deux côtés – en fait, un seul suffisait –, le mur se mettrait à exister, dans toute sa hauteur. En revanche, si on ne l'apercevait d'aucun côté, il s'écroulerait et disparaîtrait.

Anne et Mangu savaient qu'il existait bel et bien aux yeux de leurs familles, quels que soient leurs efforts pour les en dissuader. Tandis qu'il s'estompait, la passion s'épanouissait aussi exubérante que les rhododendrons en avril. La journée, ils gravissaient à la hâte des sentiers de chèvres pour trouver refuge derrière des déodars sculpturaux. La nuit, flottant comme une apparition, il montait l'escalier en haut duquel elle l'attendait, le souffle court, pour incendier les ténèbres de son amour fou.

Une lutte sourde s'amorça. Les parents d'Anne voyaient le mur qu'ils construisaient jour après jour, avec l'aide du cuisinier terrifié et de sa femme, contrairement aux amoureux qui l'abaissaient jour après jour. Le père Andrew fut enrôlé pour tenter de dessiller les yeux de la jeune fille. Mais le dilemme inhérent à son ministère le tarauda : imposer la loi des hommes ou prôner celle de Dieu.

Aucun prêtre ne peut faire les deux en même temps, aussi le père Andrew s'en sortit-il plutôt mal.

À ce stade de l'histoire, le vieillard tira sa cagoule sur son visage et alla préparer du thé dans la cuisine délabrée. Sambhav lui cria de ne pas mettre de sucre dans le sien.

Il revint dix minutes plus tard en portant deux verres rainurés et une bouilloire en inox bosselée, au manche entouré de chiffons sales, un bouchon en papier dans le bec. Il remplit les verres à ras bord, versa dans le sien du sucre d'un cornet en papier journal, brancha la bouilloire avant de la placer entre ses jambes sous la couverture. Le thé était fort, épicé au gingembre.

Tu connais le principe de l'amour, reprit-il en soufflant sur le thé. Contrairement à l'opinion générale, les ressources d'amour sur terre ne sont pas plus illimitées que l'eau ou que l'oxygène. Chaque fois que deux amants en absorbent beaucoup, ils en privent leur entourage. Plus deux amants s'aiment, moins l'amour circule. Voilà pourquoi le grand amour est toujours une île cernée par un océan de haine et de ressentiment.

Sambhav pensa : Le Seigneur ascétique m'a fait rencontrer ce vieil homme. C'est un signe.

Le conteur remplit une deuxième fois leurs verres avant de continuer : Le père d'Anne était le receveur des postes du district. Sevré d'amour jusqu'au tarissement, cet homme bien était devenu ivre de rage, plein de cruauté et de ruse – ses rejetons dénaturés. Il exigea que le père de Mangu quitte son service, veillant à ce qu'il ne trouve pas de travail dans les environs. Il en parla à l'administrateur du district et le fit engager par une école snob de l'autre rive du lac. Si le père travailla dans la cuisine, le fils eut droit à une place d'assistant dans le laboratoire scientifique, une manière de le tenir fermement à l'écart.

Un sombre nuage de désespoir envahit les jeunes amoureux. Les roses délaissèrent les joues d'Anne, tandis que Mangu manipulait des éprouvettes en proie à l'espoir fou de découvrir un explosif susceptible de faire sauter la montagne.

Pendant ce temps, le receveur était serein. Sa fille ne s'approchant pas de lui – elle restait dans sa chambre ou dans la cuisine –, il ne remarqua pas la disparition des roses. Aussi n'est-il guère surprenant que leur réapparition, quelques mois plus tard, lui échappât.

Le temps de l'amour est, pour la plupart des gens, le plus créatif de leur vie. Et comme on ne peut empêcher le soleil de briller, on ne peut empêcher un amour authentique de s'accomplir.

Anne et Mangu se revoyaient à l'heure des morts. Vers vingt-trois heures, Mangu partait en barque de la pointe éloignée du lac en forme de haricot, ramait jusqu'à l'autre rive, mouillait à l'ombre de la jetée, devant l'ensemble d'immeubles. Allongé sur une couverture étalée au fond de l'embarcation, il devenait invisible. Il contemplait les étoiles, innombrables et proches, et se persuadait de sa destinée. Promenant le regard sur les versants mélancoliques qui l'entouraient – manteau noir semé de bijoux répartis au hasard –, il se demandait si la destinée s'avançait vers lui en sautant avec légèreté sur les sentiers sinueux.

Quand elle venait – si elle venait –, il faisait glisser le bateau sans bruit vers le milieu du lac où il tanguait sous l'effet de leur amour jusqu'à lasser les étoiles filantes. Il couchait la jeune fille sur lui afin que la couverture rêche ne la meurtrisse pas ; la lune embrasait sa peau incandescente.

Un *chowkidar*[1] qui, sur la route ceinturant le lac, espionnait le bateau spectral en concluait que l'esprit des noyés revendiquait son moment. Lorsque le jeune homme la ramenait au rivage, elle s'agrippait à lui comme si c'était la dernière fois. Puis elle se fondait dans la nuit déclinante et retrouvait la fille jeune et mariée du jardinier, dont l'époux appréciait les amours clandestines.

Juché sur sa chaise, le vieillard ressemblait à un singe cacochyme perché sur une branche. Sambhav l'écoutait, la gorge serrée, songeant à son histoire. Pour la première fois, il eut envie de la raconter dans le moindre détail enivrant : de revendiquer la première place pour son amour. Être dans une maison pareille en compagnie d'un homme pareil qui lui racontait une histoire pareille, cela lui confirmait que sa vie et son amour avaient du sens.

La bouilloire était vide, le vieil homme avait roulé une chique de tabac et de citron vert sur sa paume flétrie qu'il coinça sous sa lèvre inférieure. Le sobre Sambhav avait refusé sa proposition d'en partager. Il ne souhaitait que connaître la fin du conte. Recèlerait-il un augure à son intention ?

Le problème avec l'amour, poursuivit le vieillard d'un ton un peu incohérent dû à sa lèvre inférieure distendue, c'est qu'il n'est pas mémorable. Les amours et les mariages heureux sont peut-être une bonne chose pour le couple, mais ils sont assommants pour les autres. Ils font des livres de comptes, non d'histoires ; or personne ne lit les livres de comptes.

---

1. Gardien, veilleur de nuit.

L'amour est comme Dieu. On le prend pour un dû jusqu'à son échec. Alors, on a conscience de la profondeur de son pouvoir et de sa beauté.

Sambhav eut la sensation qu'on lui plantait un poignard dans le cœur.

Le jardinier trahit sa fille et les amoureux, c'était prévisible. Quand il apprit les rendez-vous nocturnes, il fut dévoré d'envie. Comment le fils du cuisinier pouvait-il se taper la fille du sahib ? Une femme occulte son ego pour donner des ailes à un amour, en revanche un homme occulte l'amour pour donner des ailes à son ego.

Le receveur des postes eut du mal à y croire. Puis il le découvrit un soir. La descente irréelle jusqu'au lac, le bateau glissant sur l'eau noire comme de l'encre, la dernière étreinte passionnée. Ce fut le coup de grâce : il lui fallait absolument réintégrer sa peau de Blanc. Le jardinier loyal – le félon – fut engagé pour exécuter un plan.

Une semaine plus tard, Mangu poussa sa barque dans l'eau à vingt-trois heures, le cœur en fête. L'avenir serait ce qu'il serait, mais le présent était un chant d'extase. Sa vie l'attendait à une centaine de coups de rames, la nuit était un voile obscur préservant l'intimité.

À ceci près que le jardinier avait bien travaillé. Avec la précision qu'il mettait à planter des rosiers dans une plate-bande, il avait foré six trous dans le cèdre rouge. Deux à la proue, deux à la poupe, deux au milieu. Il avait eu un geste pour son vieux rival de la cuisine en les bouchant avec de la pâte. Le poisson aurait droit à l'apéritif puis il profiterait du plat principal au fil des semaines.

Le petit bateau sombra à pic, au milieu du lac. La lune, un croissant, tenait davantage de l'œuvre d'art que de l'astre de lumière. Comme la plupart des montagnards, Mangu ne savait pas nager. Il bascula, remonta, agita les bras et poussa des cris en direction des versants. Apercevant la danse des formes, le *chowkidar* détourna le visage. Il savait que les esprits sont aussi doués pour séduire que pour effrayer.

Deux jours s'écoulèrent avant qu'Anne n'apprenne la mort de son amour. On récupéra le bateau, pas le corps. Son chagrin ne laissa pas de place aux questions de conspiration ou d'accident. Elle n'éclata pas de colère, son père en fut soulagé. Elle retourna dans sa chambre et se mura dans le silence. Son père se félicita : les amours adolescentes ne tiennent décidément pas la route.

Deux soirs plus tard, Anne – dont la beauté incendiait les ténèbres – rama seule au milieu du lac et, attachant une pierre à chacune de ses chevilles, en berçant une autre plus grosse comme un nourrisson, bascula dans l'eau à l'endroit précis où son pauvre amoureux était tombé. Il l'attendait ; elle ne remonta jamais.

Les plongeurs convoqués depuis Bareilly eurent beau fouiller l'eau opaque, ils ne trouvèrent rien. Les familles finirent par organiser des services religieux séparés.

L'histoire des amants se propagea dans les collines. Les mythes se multiplièrent. L'un prétendit qu'un plongeur avait vu les corps enlacés dans les joncs, intacts, un sourire radieux aux lèvres. N'osant les perturber, il s'était éloigné à la nage. Un autre affirma qu'on n'avait trouvé aucun corps puisqu'il n'y avait aucun noyé. Les amants avaient coulé un bateau et s'étaient tranquillement échappés.

Un garde forestier les avait vus détaler sans bruit en suivant des pistes d'animaux aux alentours de Gethia. Un récit que beaucoup contestaient. Ils certifiaient avoir distingué les jeunes amants s'amuser dans l'eau chaque fois que la lune ne dessinait qu'une fine courbe.

Le receveur des postes au cœur brisé quitta l'Inde et retourna dans le Somerset. Il donna la maison au jardinier qui ne pouvait y trouver le sommeil, ne serait-ce qu'une nuit. Grincements et gémissements se répercutaient dans la nuit et il se réveillait souvent en sursaut, trempé, couvert de mauvaises herbes. Il en perdait la tête, si bien qu'il remit la maison à la fille et au gendre qu'il avait trahis avant de se réfugier dans son village proche d'Almora. Le cuisinier renonça à la cuisine et aménagea un bateau. À la grande surprise des touristes, il interpellait l'eau quand ils arrivaient au milieu du lac.

Sambhav, abasourdi, se taisait. S'il s'agissait d'un signe, quel sens avait-il ?

C'est une bonne ou une mauvaise histoire ? demanda le vieillard.

Après une longue pause, Sambhav répondit : C'est une histoire triste.

Toutes les bonnes histoires le sont.

Elle est vraie ? voulut savoir Sambhav.

Toutes les histoires le sont, seuls ceux qui les écoutent les interprètent mal, déclara le vieillard.

Sambhav garda le silence, l'esprit mobilisé par son histoire.

C'est une bonne histoire, mon ami, reprit le vieillard. Vivre ou mourir ne signifie rien. En amour, la seule mauvaise histoire est celle de la séparation. Anne et Mangu étaient au fond du lac, mais ils étaient ensemble, ce qui veut dire que c'est une bonne histoire.

D'une voix monocorde, Sambhav ajouta : Alors, je vais te raconter la mienne.

Le vieillard resta accroupi sur sa chaise tandis que Sambhav cherchait ses mots. Ce n'était pas facile. Il n'en existait pas pour exprimer ce qu'il ressentait. La culture populaire avait fait de l'amour un mot vulgaire, le désir un autre encore plus vulgaire. Comme si la moindre émotion provenait d'un écran, photocopie délavée d'autres photocopies délavées.

Il comprit qu'une profonde émotion est trop écrasante pour être exprimée par une chaîne de mots insignifiants. Elle ne se révèle que dans l'action. La chaîne de mots n'exhume que ce qui est léger, la peluche et l'écume. Cela ne correspond qu'à un art superficiel et artificiel. Les grandes histoires d'amour et de chagrin sont impossibles à raconter. Elles se vivent.

Aussi Sambhav raconta-t-il la sienne sans lyrisme. Une fois qu'il eut terminé, le vieillard lui assura qu'elle contenait le germe de la grandeur, mais qu'elle se trouvait à un mauvais tour et qu'il devait faire tout ce qui était en son pouvoir pour la rectifier. Quels que soient les moyens – tromperie, vol, pyromanie, assassinat. S'il devait mettre le feu au monde, qu'il le fasse.

Il n'y avait qu'une victoire en amour : l'union.

Il n'y avait qu'un échec en amour : la séparation.

Il n'y avait qu'une victoire dans la vie : l'amour.

Quant aux échecs de la vie, ils survenaient perpétuellement et ne se comptaient pas.

Les propos du vieillard changeraient la conception de la vie de Sambhav. Ils motiveraient chacun de ses actes.

Oui, c'était un signe.

Les mois suivants, il passa Nainital au peigne fin. Il parcourut la place noire de monde dans la journée, de l'arrêt de bus aux immeubles, devant lesquels les garçons jouaient au cricket sur un sol ingrat, scrutant fébrilement les jeunes mariés vulgaires et les familles bavardes, cacophoniques, dont les enfants s'égaillaient.

À chaque pas, il espérait apercevoir la natte sur le buste d'Aranya, ou entendre sa voix de chanteuse de *thumri*, si mélodieuse. Il se lançait de petits paris. Si je fais dix pas les yeux fermés, elle sera là. Si je marche à reculons en récitant le mantra *Gayatri*, je tomberai sur elle. Si je jeûne vingt-quatre heures, elle m'attendra au bord du lac.

Le soir, il mangeait et buvait avec le vieil homme en lui parlant d'Aranya. Il en parlait avec une éloquence pleine de vénération et, si l'attention de son interlocuteur vacillait, il s'interrompait. Le vieillard pensait que la femme décrite par Sambhav ne pouvait être cachée dans cette ville de montagne. Il participa aux recherches, marchant sur ses jambes arquées pour relayer l'information de l'arrivée possible d'une beauté étrangère.

Quelques vagues pistes poussèrent Sambhav à monter dans des bus grinçants pour se rendre à Ranikhet et à Mukteshwar. Il déambula des jours dans les bazars indolents. À défaut de la trouver, il apprit quelque chose en ce qui le concernait.

Contrairement à ce qu'il imaginait depuis toujours, vivre ailleurs que dans le cocon familial et familier lui convenait. Il aimait se balader inconnu dans des lieux inconnus. Rien d'autre ne comptait que sa quête. Il devait la retrouver même si cela l'obligeait à faire le chemin des montagnes au littoral le restant de ses jours.

Quand il décida de rentrer au village, les touristes capricieux avaient reflué dans les plaines et les pluies torrentielles s'étaient abattues, parant les montagnes d'un vert luxuriant. Le vieillard lui serra la main et, lui enjoignant de revenir avec sa reine récupérée, ajouta que son choix de l'hôtel Oak Haven – un temple dédié à l'amour, parmi la centaine d'autres disponibles – était un heureux présage.

Il précisa qu'il était le petit-fils de la jeune fille trahie et du gendre – l'arrière-petit-fils du perfide jardinier. Son ancêtre par ses actes avait jeté une malédiction sur les membres de la famille qui n'avaient jamais connu l'amour, seulement le mariage et les enfants. Ils n'étaient qu'usines. Eût-il possédé un amour comme Sambhav, il aurait traversé les mers pour le retrouver.

À son retour au village, Sambhav fut déstabilisé de le retrouver tel qu'il l'avait laissé. À lui qui se sentait métamorphosé par son périple – par l'histoire et ses recherches –, le village paraissait enlisé dans ses rythmes immuables. La plupart des gens ne semblaient pas avoir remarqué son absence. Quant à Aranya, il n'y avait aucun signe de sa présence. Personne ne savait rien et personne n'était intéressé. On l'avait déjà oubliée.

Il n'interrogea pas sa famille. Il la punit par un silence absolu. Ses mères pleurèrent et le supplièrent de prononcer un mot, de ne pas briser leur cœur vieillissant. Leurs larmes ne le touchèrent pas. Il n'avait conscience d'aucun autre sentiment que de celui qu'il éprouvait pour Aranya.

Bade Papa lui infligea plusieurs harangues passionnées. Il cita les textes anciens sur la futilité du désir, l'illusion de l'attachement et la nécessité de la maîtrise de soi. De grands rois avaient été détruits par une passion. Dasaratha tout comme Ravana[1] avaient semé le malheur sur leur peuple faute d'avoir perçu les pièges de la séduction. La valeur consiste à sacrifier son égoïsme au bien commun. Le dévouement de ses mères et leur détresse méritaient un minimum de compassion.

Sambhav eut envie de lui répondre par un vers de Rumi : *Par-delà le bien et le mal, il y a un champ. Je t'y retrouverai.*

Mais qu'est-ce qu'un poète persan soufi, comparé à une épopée ?

Son vrai père – rentré pour une courte permission : miné par les sangsues, épuisé par une guerre d'usure avec ses propres compatriotes, consterné que son fils soit devenu un amant plutôt qu'un officier – se bornait à le tabasser avec sa ceinture de service, dont la boucle métallique tintait sur le sol à chaque coup.

Sambhav se protégeait la tête des bras sans dire un mot. Cet homme était aussi bête que le reste du

1. Personnages royaux du *Ramayana*.

monde. Il voyait en l'amour un plaisir à accueillir ou à rejeter, pendant qu'on réalisait les véritables buts de la vie. Richesse et grades en toc – lesquels, dans le cas de ce crétin, consistaient en quelques rubans blancs cousus sur sa manche verte.

Il avait envie d'expliquer à l'homme haletant qui le fouettait tel un bœuf avançant dans un sillon que le seigneur qu'il vénérait quotidiennement – Rama – avait vécu et édicté des lois éternelles au nom de l'amour d'une femme.

Comme les autres, ce militaire prenait l'histoire par le mauvais bout ; il se fourrait le doigt dans l'œil jusqu'à le faire ressortir par son cul.

Sambhav ne permettait pas à ses mères de soigner ses zébrures et il n'acceptait pas les onguents tièdes qu'elles laissaient devant sa porte. Sa peau déchiquetée, constellée de cloques, l'aidait d'une manière étrange. Lorsqu'il restait dans sa chambre verrouillée avec les objets lui rappelant Aranya, il lui semblait que la douleur fulgurante de son corps était l'écho de la douleur fulgurante de son âme.

Tous les jours et la plupart des soirs, il passait devant les champs des Pal. Au cours d'instants fantasmés, il imaginait l'apparition d'Aranya à une fenêtre ou sur le *bundh*. Mais ce qu'il espérait vraiment, c'était un indice – le nom d'une ville ou d'un village. Peine perdue. Il ne distinguait que les Pal qui labouraient, allaient au temple, se baladaient à moto dans le village. Ils le dévisageaient avec les yeux fixes d'un serpentaire.

Durant les six mois suivants, il y eut deux pistes. Jaipur et Patna. Dès qu'il mit le pied dans les gares, il s'enfonça au bazar et dans les rues. Il marcha jusqu'à l'épuisement avant de prendre un rickshaw. Il attendit devant des cinémas, des universités pour filles, des arrêts de bus, des temples. Il parcourut des allées résidentielles, des centres commerciaux, des couloirs d'hôpitaux et des parcs à l'abandon.

Dans sa ville de montagne, il avait cru que la foule était la conséquence directe d'une idée très urbaine des vacances. Là, il se rendit compte que le monde était simplement trop peuplé.

Où qu'il se tourne, des groupes d'hommes, de femmes, d'enfants s'agitaient. Il les haïssait. Ils ressemblaient à sa famille et aux Pal, ennemis de l'amour tous autant qu'ils étaient. Ils envahissaient le paysage, obscurcissaient sa vue, ce qui l'empêchait davantage encore de la retrouver.

Il ne chercha pas un hôtel comme à Nainital. C'était une perte de temps de s'enfermer dans ces villes surpeuplées. Il bivouaqua à la gare, se liant d'amitié avec des marchands. Le soir, il déroulait son sac de couchage à un endroit d'où il pouvait voir les allées et venues des voyageurs.

Il trouva cette vie précaire – s'accroupir près d'inconnus le long de la voie ferrée, se laver avec eux à des pompes manuelles et sous des tuyaux aériens, manger sans arrêt des *aloo-puris*[1] recyclés, dormir n'importe quand sans être dérangé par d'éventuels coups de pied de piétons – plus facile qu'il n'y paraissait. Quelle libération, de renoncer aux faux-semblants, aux conventions, aux habitudes ! Comme pour la

1. Beignets de pommes de terre épicés.

douleur ressentie quand son père le battait, l'inconfort du quai correspondait à sa détresse intérieure.

Il s'attarda un mois dans chacune des deux villes même si, à la fin de la première semaine, il savait qu'elle n'était pas là. Il ne captait pas son parfum dans l'air. Il n'entendait aucun écho de son rire argentin. Il ne sentait pas les feuilles des arbres bouger sous son pouls. Les amants sont les seuls à avoir cette intuition. Que ce soit dans une pièce ou dans une foule grouillante, ils perçoivent la présence de l'être aimé. Il resta parce que cela lui permettait de demeurer parmi des inconnus.

Un an plus tard, une nouvelle comédie se joua autour de lui. On lui demanda de rencontrer deux hommes mûrs débarqués de Meerut. Son indifférence envers sa famille avait atteint un tel stade que cela lui était égal de s'adresser à ses membres par monosyllabes. Conformément à l'habitude des figures d'autorité, celles-ci considérèrent sa réaction comme une capitulation : la fin d'une bouderie monstrueuse. Quelques minutes après le début de la réunion, Sambhav comprit de quoi il s'agissait. Il sortit de la pièce, démarra sa moto et disparut.

S'il n'y eut pas d'épreuve de force à son retour le soir, Bade Papa, flanqué de ses deux mères, l'informa d'une voix monocorde que l'heure de son mariage avait sonné. Ils avaient toléré son caprice de mettre en suspens les projets d'études de droit comme son refus d'essayer l'armée ; à présent, il ne lui restait que deux possibilités. Soit il jaugeait les filles proposées et en choisissait une, soit il se conduisait mal et ce seraient eux qui en choisiraient une à leur goût. Une fois la parole donnée, il n'y aurait pas de retour en arrière.

Sambhav répondit qu'il ne se marierait pas – ajoutant tout bas qu'il était déjà marié – et, sans laisser le temps à quiconque de réagir, battit en retraite dans la place forte de sa chambre. Au fil des semaines, une succession d'entremetteurs défila. Munis de photos, de thèmes astraux, ils étaient accompagnés de *pandits*[1] qui comparaient les horoscopes et esquissaient les contours de l'avenir.

Le nombre des jeunes filles – ravissantes et douées, compatibles avec le thème astral de Sambhav – était incroyable. On le prévenait de l'arrivée du groupe. Il les croisait parfois, mais le plus clair du temps il se débrouillait pour les éviter. Aucun problème. Les anciens étaient là pour examiner photos et thèmes. Après chaque visite, on laissait un paquet de photos de studio devant la porte du jeune homme ; il les prenait le soir, les regardait, les remettait où il les avait trouvées. Sa destinée était l'étoile Polaire ; ils lui proposaient des lampes à pétrole.

De temps à autre, les émissaires – aux idées modernes – insistaient pour le rencontrer. Ils s'attardaient. Quand Sambhav coupait le moteur de sa moto et rentrait, ils le bousculaient afin de le coincer dans le salon. Faisant l'idiot, l'indifférent, il ne desserrait pas les dents, ni ne souriait. Ce que les émissaires ne considéraient pas comme un signe défavorable. Lors d'une première entrevue, les gens ne voient que ce qu'ils ont envie de voir. On le prenait pour un jeune

1. Érudits de la caste des brahmanes.

homme timide, respectueux et modeste avec ça, comme autrefois.

Son Bade Papa, lui, connaissait la musique. Un soir, après une manifestation de condescendance silencieuse à l'endroit d'un groupe venu de Kolkata, le substitut paternel le suivit et lui déclara à travers la porte : Ne pousse pas notre amour à bout. Ton père nous reproche déjà de faire de toi un blanc-bec. Rappelle-toi que certaines choses ne sont pas négociables. Nous ne te laisserons pas salir notre nom de famille, ni celui de la jeune fille. Nous te fouetterons jusqu'au *mandap*[1] si nécessaire.

Sambhav ne dit rien bien qu'il sût que chaque mot était pensé. Sa famille ressemblait aux Pal, elle était capable de lui faire subir le même sort que celui qu'ils avaient infligé à leur fille.

La troisième semaine du mois de novembre de cette année-là, une nouvelle effervescence régna dans la maisonnée. Sambhav allait à l'université de la région. Enfin une activité ! Il avait refusé les études de droit à Lucknow parce qu'il tenait à ne pas s'éloigner des dernières coordonnées d'Aranya. Une information le conduisant à son amour échapperait un jour aux Pal quand il longerait leur propriété avec son gros chien, sans jamais s'approcher tant il était conscient de ce dont ils menaçaient leur fille.

Ses journées à l'université étaient désertiques. Il avait beau assister aux cours, il n'entendait rien de ce que disaient les enseignants. Tantôt leur voix paraissait provenir de trop loin, tantôt ils lui semblaient parler

1. Tente de mariage.

une langue étrangère. Quand il regardait autour de lui, il ne s'identifiait à personne. Il ne comprenait ni le sens ni le but de la vie des autres.

Ses camarades le considéraient comme un excentrique. La gentillesse qui émanait de lui ne se manifestait d'aucune façon. Ni communication ni association. Sa réponse à n'importe quelle proposition – regarder un film ou un match de hockey ou des filles à la faculté de Sarojini Devi – était négative. C'est alors qu'on changea son prénom pour Asambhav : impossible.

Il ne cessait de graver les initiales SA sur les arbres, les bureaux, les murs. Se servant de la peinture pour tissu de sa mère, il avait inscrit la syllabe – première note de la gamme indienne – sur ses chemises. Les lettres morcelaient même le phare de sa moto.

Il ne s'animait que lorsqu'il entendait parler d'un voyant. Une photocopie de son thème astral dans sa poche, il s'accroupissait au bord de la route ou faisait cinquante kilomètres pour qu'on le lui déchiffre. Il n'avait qu'une question. Les diseurs de bonne aventure perçoivent les êtres avec autant de maestria qu'ils interprètent la configuration des étoiles. Aucune pilule ne remonte le moral des déprimés aussi bien que ces artistes de l'espoir. L'Inde en a une profusion – dans la moindre rue, le moindre foyer – car l'Inde est prodigue en malheurs. Ceux qui condamnent ces artistes n'ont qu'à condamner les analgésiques.

Asambhav posait la même question de cent manières différentes jusqu'à obtenir la réponse souhaitée. Quels que soient les retards, les traumas, l'hostilité des astres, les amants seraient un jour réunis.

Rien n'est parfait ici-bas, hormis le chant du soufi, aussi devait-il être prêt à se réaliser au milieu des bouleversements.

Son union ressemblerait à une luciole dans la nuit. Parfois incandescente, parfois noyée dans les ténèbres, mais toujours vivante, jamais vraiment éteinte.

Aucune configuration des astres, même la pire, n'était irrémédiable. L'amant désespéré faisait ce qu'on lui suggérait. Il donnait du pain d'épice aux vaches le matin et des graines de moutarde aux oiseaux l'après-midi. Il faisait une offrande *prasad*[1] à Hanuman le mardi et une d'alcool à Bhairon[2] Baba le dimanche. Et le lundi, il versait un litre de lait sur le *Shivling*.

À part cela, il effectua le pèlerinage de *Vaishno Devi*[3] – gravissant la montagne parmi des fidèles psalmodiant fébrilement jusqu'à la grotte humide où chaque croyant n'avait qu'une minute pour formuler sa supplique. Il se rendit aussi au sanctuaire soufi d'Ajmer Sharif animé par la foi de millions de gens et déposa un tchador au sanctuaire du grand saint.

Au Temple d'or d'Amritsar, il passa la journée assis sur le marbre froid, à écouter en transe la cadence mélodieuse du *Gurbani*[4], pensant : Voici sans doute le lieu le plus paisible du monde, et ce dieu peut

---

1. Nourriture offerte à une divinité qui est ensuite consommée dans la conviction que le dieu ou la déesse l'a bénie.

2. Aussi appelée Bhairava, signifiant terrible ou affreux, manifestation violente de Shiva associée à l'anéantissement.

3. Manifestation de la déesse mère Devi.

4. Discours des gourous dans la religion des sikhs.

sûrement écouter la totalité des prières qu'on lui adresse.

À Sarnath, il éprouva un peu la même chose mais il se demanda si le Bouddha croyait aux retrouvailles d'un amour perdu ou s'il préférait vous apprendre à accepter sa perte. À une date ultérieure – décidé à ne frustrer aucun dieu –, il s'agenouillerait et se signerait dans la basilique Saint-François à Goa.

Ses conversations avec les dieux furent brutalement interrompues fin novembre quand sa *chachi* lui annonça, un sourire gêné aux lèvres, que son sort était scellé. Elle avait vingt ans, elle était jolie et titulaire d'une licence. Elle avait un frère plus jeune. Sa famille était propriétaire de vingt hectares et d'une station d'essence. Un de ses oncles avait été un législateur de l'État.

Asambhav lança à sa *chachi* qu'il fallait qu'elle y mette le holà. Il était déjà marié. La *chachi* répondit que c'était trop tard. Les familles s'étaient étreintes. On avait reçu des corbeilles de fruits et de *mithais*. À tous égards, le mariage était conclu.

Il coinça ses deux mères qui confirmèrent la fin des discussions. Dans six semaines, une délégation arriverait de Muzaffarnagar pour le consacrer ; à ce moment-là, ils fixeraient la date de la cérémonie. Asambhav fondit en larmes, ses mères aussi.

Quand il prit Bade Papa à part quatre jours plus tard, il eut droit à une algarade inattendue : Il est grand temps que tu sortes de cette chambre et te conduises en homme. Si tu es un amant aussi passionné, tu aurais dû t'en prendre aux Pal, les plier à ta volonté ou être tué. Cette jeune fille est bien, elle vient d'une bonne famille. Épouse-la, fais des enfants, continue ta vie.

L'homme de lettres n'était pas différent de son frère, l'homme de violence.

Six semaines plus tard, on l'avertit que la délégation arrivait le lendemain matin. On avait disposé un ensemble de vêtements neufs et des chaussures en cuir noir sur la table devant sa chambre. On apprécierait qu'il se rase de près et sourie gentiment. L'agitation des préparatifs régnait. Il avait vu des photos de la jeune fille dans différentes tenues, du sari à la robe. Des allures différentes destinées à des personnes différentes. Quel que soit le critère, elle était ravissante ; mais il n'existait plus un neurone dans l'éponge qu'était devenu l'esprit d'Asambhav pour une autre femme qu'Aranya.

Il revêtit la tenue et s'inspecta dans la glace. Ses yeux étaient enchâssés dans un cercle violet. Il avait oublié la dernière fois où il avait dormi une nuit entière. Il vit qu'Aranya posait un regard embué et interrogateur sur lui. Non seulement il n'avait pas réussi à la sauver de sa famille, mais il n'avait même pas réussi à convaincre la sienne de la réalité de leur amour. Par-dessus le marché, habillé de neuf, il jouait avec la possibilité d'une autre femme.

Il sortit d'un pas raide de la maison et sauta sur sa Royal Enfield. La bête rugit, fit vibrer l'air pendant des kilomètres ; Sheru courut en bondissant près de lui jusqu'à ce qu'il ait franchi la limite de la propriété. Tandis que le faisceau du phare de la moto tressautait sur la piste à la manière d'un lapin pris de folie, il avait la tête en feu.

Qu'avait-il fait pour mériter ça ?

Il avait été un bon fils non seulement pour un père mais pour deux ainsi que pour deux mères. À la différence des autres jeunes gens, ni la cigarette ni l'alcool n'avaient projeté leur ombre sur lui. À la différence des autres jeunes gens, il n'avait jamais eu d'embrouilles avec une fille. Il s'était attelé à toutes les tâches dans les champs ou au marché. Il avait toujours accepté d'endosser une responsabilité du clan. Qui était allé s'occuper de la *bhabhi* enceinte ?

Quant aux dieux ! Quel garçon montrait une dévotion semblable à la sienne ? Jour après jour, il avait jeûné, prié, fait des offrandes. Et même si se tremper une fois dans sa vie suffit pour obtenir le salut, il s'était immergé dans le Gange au moins deux fois par an.

Qu'avait-il cherché en échange de son obéissance et de sa piété ? Une bénédiction. Une bénédiction accordée à la pureté et à la fidélité.

Les dieux avaient détourné le visage.

Autour de lui, vauriens et vagabonds bénéficiaient d'une chance insolente alors qu'on refusait d'exaucer son unique désir, né d'un amour profond.

Dès qu'il se fut engagé sur la route, le sentiment de l'effroyable injustice se transmit de son corps à la machine qui vrombit encore plus fort. L'artère était à cette heure-là encombrée par des camions surchargés. À la poursuite d'une heure limite et de la mort, des phares déchiraient l'obscurité. Asambhav et son Enfield – ne formant plus qu'un – les provoquèrent. Il était temps de provoquer les dieux. L'océan d'histoires sur lequel flotte l'Inde lui avait enseigné que, faute de réussir à plaire aux dieux d'une manière honorable, l'homme doit les importuner par des actes qui s'imposent.

Un homme ne peut rien donner de plus aux dieux que sa propre vie. Et une chose est sûre : même un dieu est tenu de justifier l'extinction de chaque être vivant.

L'homme-machine fila et dépassa de gigantesques pneus brûlants, se faufila entre des béhémoths lancés à tombeau ouvert, roula d'une manière provocante devant leur masse hurlante, les défiant de l'écraser. La nuit n'était que fracas, flambées éblouissantes.

Asambhav voyait Aranya le jour de leur mariage. Sa tresse posée sur son cœur telle la colonne d'un amour infini. Il entendait son souffle tiède au creux de son épaule, sa voix – musique obsédante par-delà le sens des paroles. Il sentait la chaleur de sa peau, tellement douce, tellement veloutée et pourtant tellement collante.

Asambhav arracha son casque et le jeta par-dessus son épaule. Celui-ci rebondit jusque dans les buissons. Le vent cingla le visage d'Asambhav, qui se sentit plein de courage et de détachement, comparable à un chevalier du Moyen Âge galopant pour affronter l'injustice. Le vers d'un des poèmes préférés de sa scolarité – *Haldighati Ka Yudh*[1] – lui traversa l'esprit. Il était Rana Pratap l'implacable. L'Enfield était Chetak, le cheval le plus farouche de l'histoire du monde. Il

1. Épopée sur la bataille de Haldighati du 18 juin 1576 entre les forces de l'empereur Akbar et celles de Pratap Singh, roi de Mehar, au Rajasthan, qui luttait contre l'expansionnisme des Moghols.

accéléra davantage, se coucha sur sa machine musclée. Ses yeux ruisselaient de larmes. Les armées de l'empereur Akbar se ruaient vers lui en hurlant. Il les vaincrait ou périrait. Il sauverait son honneur. Il sauverait sa femme.

C'était aux dieux de jouer à présent. Ils pouvaient lui rendre justice ou lui prendre la vie.

La voiture qu'il finit par percuter était une petite Maruti bleue, dont le conducteur aurait des cauchemars durant le restant de ses jours à propos d'une lumière aveuglante fonçant sur lui comme une fusée. Au dernier moment, le conducteur donna un coup de volant en tentant d'éviter l'homme-machine. C'est ce qui lui sauva la vie, quand la lourde Enfield heurta la portière de la voiture, froissant le métal comme du papier d'alu et expédiant l'amant-guerrier dans les airs, au-dessus de la voiture, au loin.

La nuit d'hiver retentit du crissement des pneus et du hurlement des klaxons.

15

Les Frères Fantôme

Mustafa le Fou – descendant aux yeux bleus d'un conquérant d'Asie centrale – tirailla sur la barbiche de son menton pointu et prit la parole : Dans mon village, personne ne conduit une moto aussi rapidement que moi. Personne. Mais un soir où je revenais de Jammu après avoir vu un film, quelque chose m'a dépassé à toute allure.

Son public fut aussitôt captivé. Une histoire de Mustafa pouvait prendre n'importe quelle direction.

Le crépuscule tombait derrière les barreaux. Ces quarante-cinq minutes entre la fin de la promenade et le début du compte à rebours de dix-huit heures n'étaient libres que pour l'élite – les deux dizaines de détenus vivant dans l'étroite zone entre le bétail et leurs gardiens.

Un groupe privilégié pour différentes raisons : Asambhav, Verendar et Madhukar étaient des rouages de l'administration. Le Dr Hagg avait un statut et de l'argent à l'extérieur. Peter le Cogneur et Babu étaient des *bhais* et des gardiens du royaume d'airain.

Bichchoo et Godwin avaient une aptitude hystérique à la violence. Laxman était sobre. Ajay se tenait bien – son usage de grands mots d'anglais le prouvait. Et Mustafa avait une imagination d'une splendide extravagance.

Les misérables croupissaient à l'autre extrémité. Des vingtaines de garçons qui n'avaient jamais le droit de prendre l'air dans la cour pavée. Certains, selon les kakis, ne le méritaient pas – des larves qu'il valait mieux laisser dans leur coin. D'autres, en revanche – la plupart dans le Cloaque –, choisissaient de rester à l'intérieur, pétrifiés par ce qui les attendait à l'extérieur.

Ils ne savaient pas qui les agresserait pour exiger de l'argent ou du travail, qui se bornerait à les battre en guise de divertissement. Pour eux, les portes blindées représentaient une protection bienvenue. Quand ils étaient forcés de s'aventurer dehors, ils se repliaient sur eux-mêmes, baissaient les yeux sur le sol fissuré, frôlaient les murs, gardaient les kakis à portée de regard tandis qu'ils se précipitaient sur les talons des cafards.

Rien n'était sécurisant pour les misérables. Une rossée ne durait que quelques secondes. On les tabassait lorsqu'ils récupéraient leur ration, qu'ils se rendaient à l'infirmerie, qu'ils faisaient la queue pour une audience ou qu'ils signaient un mandat bancaire. Certains alors qu'ils allaient retrouver leurs visiteurs : les cris perçants des mères découvrant leur fils en sang, les vêtements en lambeaux, se répercutaient dans les couloirs.

Le gouffre entre l'élite et les misérables correspondait à celui creusé entre propriétaires fonciers et paysans.

Vers dix-sept heures quinze, presque toutes les portes étaient fermées et les couloirs aussi déserts qu'une travée d'église un lundi. L'élite déambulait comme sur une scène. Ses membres n'avaient que trois choses à faire. Descendre à la cantine et obtenir de Ganesh une tasse de thé et des *pakoras*, marcher dans les couloirs et se pencher entre les barreaux pour se pavaner en face de leurs disciples ou se rendre à l'infirmerie et se prélasser dans le domaine d'Asambhav.

Le local médical se trouvait théoriquement au rez-de-chaussée, mais étant donné l'élévation du terrain, il était au premier étage à trois mètres et demi du sol. Sa vue en faisait un objet de convoitise, d'autant que c'était la seule pièce aérée du bâtiment. Malgré ses barreaux, la grande fenêtre derrière le petit bureau en bois où le préparateur et Asambhav étaient assis donnait sur un panorama embrassant les hauts murs, la ville tentaculaire, la mer jusqu'à la capitale. Quand les jours raccourcissaient, on apercevait des gerbes de lumière qui en jaillissaient et s'infiltraient dans l'eau ; quand ils s'allongeaient, c'était le soleil à l'agonie qui ensanglantait le ciel.

L'intérêt de l'infirmerie ne résidait pas dans son aération ou dans sa vue, mais dans sa fonction de tunnel spatio-temporel susceptible de vous envoyer dans le monde extérieur le jour de votre choix. On pouvait détailler un mal – battements de cœur désordonnés, crampes d'estomac, carie, douleur au rectum – et Asambhav vous inscrivait pour un transport au centre de santé, voire à l'hôpital de l'État. On pouvait aussi souffrir de ces maux l'un après l'autre, et d'un trait de stylo il vous inscrivait pour une prise en charge de tous ces maux l'un après l'autre.

Parfois, un grand bus aux sièges rembourrés n'emmenait qu'un patient qui, tel un potentat, s'étalait sur trois places, flanqué de deux surveillants. La plupart du temps, au demeurant, une dizaine de garçons entourés de deux dizaines de kakis appareillaient comme pour un pique-nique. Habillés pour impressionner.

On sortait les chemises bien coupées, les pantalons et les jeans délavés des housses en plastique suspendues à des clous dans chaque cellule et on les emportait à l'atelier de couture pour être repassés. On cirait les chaussures en cuir. On nettoyait avec des chiffons humides les baskets branchées – Adidas, Nike, Reebok. On huilait les cheveux, on les façonnait en pics, on les bouclait. On se rasait les joues de près et on les tapotait avec des crèmes et de l'eau de Cologne. Autant de préparatifs examinés dans des tessons de miroirs illicites.

S'il n'y veillait pas, un médecin risquait de tomber éperdument amoureux.

Par deux ou trois – escortés de leurs surveillants –, les détenus parcouraient à pas lents le labyrinthe délabré de l'hôpital non sans créer une certaine sensation. Le crime n'a pas moins d'aura que le pouvoir. Les garçons doublaient les files d'attente des estropiés et des pleurnicheurs et, feignant des malaises physiques, raflaient comprimés, pommades, aiguilles hypodermiques. Ils plaisantaient avec les préparateurs et les infirmières, exigeant des médecins un respect auquel peu d'autres avaient droit.

Ce que les toubibs surmenés pensaient des criminels était difficile à imaginer. Au retour à la maison le soir, racontaient-ils à leur épouse : Rani, j'ai fourré le doigt dans le cul d'un assassin ? Est-ce que ça semblait mieux que de dire : Rani, j'ai fourré le doigt dans le cul de la secrétaire du proviseur ?

L'hôpital est une ruine moderne. Les villes indiennes en ont toutes. Un projet génial et tentaculaire de béton suscité par le besoin d'affirmer confiance et grandeur. Alimenté par la quête d'un politicien de prendre position et de laisser une trace. Une ombre, de nombreuses ombres s'étaient inéluctablement interposées entre le fantasme et sa réalisation. Les nobles idéaux de la science et de la médecine, de niveaux d'hygiène, de traitement et de recherche s'étaient rapidement réduits à ceux de l'adaptation et à la survie.

Une atmosphère de quai de gare régnait dans plusieurs ailes de l'hôpital : patients accroupis par terre, remue-ménage intense, vente frénétique d'échantillons de sang et d'urine.

Dans les salles et les cabines individuelles, les médecins étaient littéralement plaqués au mur lorsqu'un afflux de patients se précipitait sur eux, au mépris des convenances. Alors même qu'un médecin palpait les parties intimes d'un malade, d'autres se déboutonnaient ou débitaient leurs symptômes. Dans certaines salles, celles réservées à l'orthopédie par exemple, trois ou quatre médecins s'occupaient simultanément de la horde ; le chaos de membres cassés et de radiographies était tel qu'on avait du mal à savoir qui auscultait, tandis que les ordonnances volaient comme des confettis.

Chaque médecin méritait une médaille d'or et une bouteille de bon whisky par jour.

Si on s'y promenait à l'instar des garçons en mal d'air libre, cela ménageait des surprises. Un long couloir déserté – il n'en manquait pas – tournait soudain et on passait sous une porte battante qui s'ouvrait sur un vaste jardin intérieur semblable à celui d'un monastère européen du Moyen Âge.

Rien d'autre ne décrivait ces jardins intérieurs qu'un abandon total. Quelques plantes desséchées. De la poussière accumulée à la place de l'herbe. Un tas de meubles en métal rouillé. Deux étages d'un immeuble s'élevaient de part et d'autre, dotés de vérandas dans un état lamentable, au plâtre détérioré par la pluie ; des plantes grimpantes fanées pendaient le long des piliers telles des guirlandes de décennies précédentes.

Les jardins étaient obsédants. Ils évoquaient une quête de beauté vite abandonnée. Les vestiges les plus déprimants étaient les débris de fontaines en marbre – certaines avec des statues grecques – dont pas un filet d'eau ne coulait depuis des lustres. Des ruines qui n'étaient pourtant pas anciennes. L'entreprise – l'hôpital et des jardins – ne datait que d'une vingtaine d'années.

L'histoire se répétait partout dans le pays.

Un élan inspiré et grandiose, un but, une volonté collective de construction et d'engagement qui cède la place à l'inertie en un rien de temps. On éprouve lors d'une fondation un sentiment de conquête et de victoire, le frisson de la nouveauté ; en revanche, la corvée de l'entretien ne suscite que l'ennui d'une efficacité répétitive.

Ce principe de pavoiser sans se préoccuper de la maintenance était aussi à l'œuvre derrière les barreaux. Quelques années plus tôt, une bibliothèque avait été inaugurée, meublée de chaises, de tables et d'un placard abîmé. Un détenu avait été promu bibliothécaire. Sauf qu'il n'y avait aucun livre. Les seuls documents consistaient en magazines féminins, don des bonnes œuvres d'épouses de fonctionnaires. Ainsi, les garçons pouvaient apprendre à se maquiller, à broder au point de croix et à palper leurs seins à la recherche de boules suspectes.

Dans une salle informatique, une douzaine de machines se faisaient face tels des bodhisattvas en colloque. Onze étaient recouvertes de plastique, en cas de mousson. Il y avait bien un informaticien mais aussi des coupures d'électricité. Les garçons n'y avaient accès qu'à condition d'obtenir la permission de trois fonctionnaires différents. La plupart des bodhisattvas étaient destinés à mourir avant d'avoir prononcé une phrase.

Au fond, derrière le premier mur de l'enceinte, il y avait un jardin potager censé procurer des légumes frais aux déprimés et aux malades. Mais le dernier sous-directeur de la prison n'aimait que les gombos et quand le chancre eut dévasté les plantations d'une saison, le projet fut abandonné. D'une fenêtre de l'étage supérieur, on voyait les plates-bandes négligées, envahies de mauvaises herbes, pleurer le souvenir des gombos.

Depuis l'heure magique de l'indépendance et le premier lever de drapeau de l'époque, l'histoire de ce peuple se déroulait perpétuellement sur un mode tropical. Des sursauts d'énergie et d'invention auxquels succédait une interminable inertie. À jamais une terre de fondateurs, de proclamateurs, de pavoiseurs, essentiellement en paix avec l'idée du renoncement et de l'inaction.

En fin de compte, le climat est de la philosophie. Le climat est un tempérament.

Lors de leur retour dans le grand bus, les détenus étaient d'une humeur semblable à celle d'invités à un mariage après la cérémonie. On se déboutonnait, on desserrait les cols et les chemises, on délaçait les chaussures. Chaque garçon prenait une dernière bouchée d'un en-cas, une dernière gorgée de Coca, une dernière bouffée de cigarette. Du premier au dernier rang, ils étaient avachis. Si l'un des *bhais* – Peter ou Babu – était présent, ses acolytes l'entouraient et flattaient son ego.

Aucun *bhai* ne tombait malade dans l'isolement. Et le Cogneur et le dévot ne tombaient jamais malades en même temps.

Longtemps avant le virage sur la route, derrière lequel rouillaient de vieux bateaux, les sarcasmes et les rires se modulaient d'une note désespérée. Une ombre s'abattait dans l'autobus. L'univers d'arbres en fleurs, où la mer pétrissait le rivage en dents de scie, où les oiseaux chamarraient l'air soyeux ; l'univers de filles et de garçons débridés sur des motos étincelantes, de marchands de plats délicieux, de familles heureuses-malheureuses déambulant sur le bas-côté ; l'univers de cloches d'église et de psalmodies de temples, de magasins rutilants, de voitures éblouissantes, de panneaux publicitaires attirants, de musique tonitruante, de cinémas climatisés, de restaurants odorants ; l'univers de jeunes filles et de femmes de toutes les couleurs et de toutes les silhouettes propres à enflammer l'imagination, dont les vêtements et les coiffures illuminaient l'obscurité la plus profonde – cet univers était sur le point de disparaître.

Ils seraient bientôt ensevelis dans le royaume d'airain.

Les lois humaines les priveraient de ce qui leur était donné par les lois divines.

Les pique-niqueurs laissèrent échapper une ultime salve de bruits tandis qu'on les comptait à leur entrée derrière les barreaux, puis chacun se mura dans son silence.

Pendant ce temps, Asambhav tapait sur l'ordinateur de son bureau la liste finale des détenus qui participeraient au pique-nique du lendemain. Il les plaçait dans des cases et leur attribuait différents véhicules, dont un petit camion – une sorte de transport de troupes de la Seconde Guerre mondiale – où l'on montait par une échelle à l'arrière. Des bancs en bois étaient disposés le long de la carrosserie. Seul le hayon procurait une vue. Si on se mettait Asambhav à dos, chaque trajet dans l'autre monde s'effectuait dans ce tas de ferraille.

Des copies des listes étaient remises aux gradés à deux ou trois étoiles – pour information et pour les dossiers – et, surtout, au responsable de l'escorte dont la fonction consistait à affecter deux kakis à chaque garçon. Au royaume d'airain, on appelait Colonel Gomantak cet homme qui, bien que n'étant pas officier, était une institution. Grand et mince, il arborait une moustache de commandant et maintenait depuis de longues années l'équilibre précaire entre la confiance de ses supérieurs et l'amour des détenus.

Quand un homme s'élève au-dessus de sa condition, il éprouve d'ordinaire de l'aversion envers les subalternes, ses anciens compagnons. Il s'identifie à ses nouveaux collègues et cherche l'approbation de ses supérieurs. Rare est l'homme qui souffre pour ceux qu'il a laissés derrière lui. Il comprend le mensonge des règles arbitraires que forgent les humains pour se hisser et écraser les autres. Il sait qu'il pourrait facilement en élaborer qui feraient de son patron son factotum.

Colonel Gomantak était ce genre d'homme. S'il s'inclinait jusqu'à terre et distribuait des saluts comme autant de pièces à des noces de village chaque fois qu'il apercevait un supérieur, il buvait et mangeait avec les agents de police. S'il portait l'uniforme du bourreau, il prenait le parti des garçons.

Il avait perdu son fils de vingt-deux ans à cause de la drogue. Ce fils n'était pas un toxico, plutôt un dealer occasionnel de sachets contre de l'argent de poche. La position de son père lui fournissait une certaine protection. À la suite d'une rivalité pour une fille avec le fils d'un autre kaki, on l'avait remis entre les mains de la brigade des stupéfiants.

Dans la législation indienne, la drogue n'est pas considérée comme un plaisir occasionnel autorisé aux jeunes et aux malheureux – un instant d'évasion et d'apaisement – mais comme un outrage scandaleux contre l'ordre moral de l'univers.

Malgré les protestations et les efforts de Colonel Gomantak, le garçon était fichu. À l'intérieur de cette même prison, le colonel avait dû se fier aux misérables pour garder la tête de son fils hors de l'eau. Au bout de deux ans et demi, le garçon avait toutefois perdu le moral. Le tribunal de première instance avait refusé sa demande de libération conditionnelle, le tribunal de grande instance aussi, et la Cour suprême était tellement majestueuse, tellement suprême, tellement lointaine, présidée par des hommes tellement éminents qu'ils n'étaient proches que de Dieu et qui parlaient d'une voix tonitruante de sujets tellement essentiels – impôts, autorisations, préférences sexuelles – que la liberté d'un gamin isolé, alpagué en train de vendre de la marijuana, ne pouvait être prise en compte.

Le garçon comprit alors que l'affaire mettrait cinq ou six ans à être conclue. S'il était reconnu coupable, il en aurait pour quatre à six ans supplémentaires. Avec une sagesse rare chez un être aussi jeune, il avait décidé que cela n'en valait pas la peine. À sa sortie, son père et lui seraient souillés à jamais. Chaque fois qu'il rencontrerait quelqu'un, il lui faudrait laborieusement expliquer son innocence et voir l'interlocuteur esquisser un sourire d'ennui compatissant teinté de scepticisme.

Le garçon avait pensé aux Frères Fantôme. Leur histoire était célèbre dans les chroniques de la prison. Les Frères Fantôme n'étaient pas de véritables frères, mais des amis originaires du même État de Madhya Pradesh. Ils étaient partis ensemble de leur village enclavé où les tigres rôdent, où les banians s'avancent pour contempler la mer et sentir le sable.

Instruits, avec quelques années d'études supérieures à leur actif, ils avaient pendant quelque temps fait le tour des villes proches pour postuler à des emplois de cols blancs dont ils avaient lu l'annonce dans les journaux. Sans succès.

En désespoir de cause, ils étaient devenus des vendeurs au porte-à-porte d'appareils électroménagers pour une société basée à Delhi. Au bout de six mois, l'échec était total. Chaque porte s'était révélée un mur de pierre et chaque femme à la voix stridente répondant à la sonnette avait été biberonnée au vitriol. Ils assuraient en plaisantant que leur boulot les avait immunisés contre le mariage. La moindre rencontre avec une femme dans l'obscurité leur ratatinait les testicules.

Ils n'étaient pas les seuls dans cette galère. Ils étaient une dizaine à se pointer le matin au dépôt pour récupérer les échantillons. Tous les jours, le *lala*[1] propriétaire de l'agence de distribution les réprimandait d'être mal rasés, mal habillés, mal chaussés.

Moi, vous acheter une cuillère ? J'appellerais la police si vous apparaissiez à ma porte.

Il leur reprochait quotidiennement leur manque de succès : J'aurais mieux fait de recruter un troupeau de vaches ! Au moins, j'aurais eu des bouses pour la cuisine de ma mère.

Il gardait une caution pour chaque employé. On savait qu'il en déduisait quelques centaines de roupies à leur départ – au motif d'éraflures sur des appareils colportés :

---

1. Monsieur.

Vous leur vendiez le grille-pain ou vous leur avez donné des coups sur la tête avec ?

Quand un des vendeurs jetait l'éponge, son insulte de prédilection était : Espèce d'abruti, tu aurais dû continuer à labourer les champs ! Au moins, les récoltes et les buffles, t'as pas besoin de leur parler.

Ce fut un de ces employés humiliés qui avait assuré aux Frères Fantôme que ce n'était pas partout pareil en Inde. Dans la grande ville, on travaillait avec dignité et personne ne vous injuriait parce que vous étiez un fils de paysan. Ils avaient la malchance d'être enlisés dans le nombril du pays. Il leur suffirait de partir n'importe où pour trouver ce qu'ils cherchaient. Au Sud, il y avait des eaux insondables, au Nord, des montagnes plus hautes que le firmament et des opportunités partout. Il leur avait décrit le littoral touristique où fleurissaient libertés et plaisirs dont ils ne pouvaient rêver, et où le soleil, loin d'abrutir, dispensait un bonheur chaleureux.

Ils furent arrêtés deux semaines après leur arrivée dans ce pays de cocagne. Faute d'argent, ils sommeillaient sur la plage, ivres d'alcool bas de gamme quand les policiers les avaient récupérés. On les avait sommés de se reconnaître coupables du viol d'une fillette de onze ans qui venait de se produire. Il s'agissait d'une touriste endormie dans sa chambre où ses agresseurs s'étaient faufilés pendant que ses parents étaient sortis se promener.

Les médias hurlèrent d'une indignation propre à tétaniser les cervelles de l'administration. Une justice immédiate était exigée pour ce crime odieux. Il y eut de petits défilés destinés aux caméras de la télévision, mille bougies allumées.

Des manifestants aux visages déformés donnèrent de la voix. Était-ce la fin de la civilisation ? Des présentateurs de télévision apoplectiques clamèrent leur assentiment. Oui ! Oui ! Oui !

Vu l'acide qu'on lui versait dessus, on aurait cru que le violeur était le ministre en chef en personne.

Pour calmer la conscience outragée des gens bien et élégants, il fallait réagir. Ce que firent les policiers : ils battirent méthodiquement les deux amis jusqu'à ce qu'ils soient prêts à avouer le viol de leur mère. Deux agents durent les soutenir quand on les exhiba devant la presse. Les manifestants braillèrent. N'était-ce pas le visage véritable du crime bestial ? Banal, innocent, quelconque ? Les présentateurs de télévision clamèrent : Oui ! Oui ! Oui !

La malheureuse gamine reconnut qu'elle était incapable de se rappeler le visage des violeurs parce qu'ils portaient des masques. Ce fut alors qu'un ancien chroniqueur judiciaire, inspiré par les héros des bandes dessinées de Lee Falk, les surnomma les Frères Fantôme. Au cours des six mois suivants, on leur attribua tous les crimes non résolus. Le bruit circulait qu'ils se déplaçaient dans le noir à la manière d'un cobra dans du charbon. Ils étaient plus insaisissables qu'une anguille dans de l'huile. Ils étaient capables de déverrouiller des portes en soufflant dans des serrures.

Pas une seule histoire imprimée ne faisait justice à leur histoire. À propos du village, de la ville, de la vente d'articles électroménagers. Même le *lala* aurait rigolé. Ils étaient des péquenauds qui avaient des rêves raffinés. Qui croyaient en Dieu et au bien. Ils n'auraient pu attaquer un melon, même si on l'avait découpé à leur intention.

Les Frères Fantôme n'avaient bien sûr aucune idée du service qu'ils rendaient à la société en tombant pour un crime qui leur était étranger. Ils étaient devenus un réceptacle inestimable pour une catharsis de masse. Chacun pouvait projeter sur eux ses fantasmes et ses peurs.

On ne laissa pas le temps aux douleurs infligées par la police de s'atténuer ; dès l'entrée des frères en prison, les détenus prirent le relais. Même parmi les déchus, il n'existe pas d'enfer assez abominable pour les violeurs d'une gamine de onze ans. C'est le dixième cercle que Dante n'a pas décrit. Ils furent soumis à un esclavage et à une violence absolus. Laver, récurer, cuisiner, masser. Sans oublier que tout le monde était autorisé à les tabasser – et personne ne s'en privait. Les sals, les banians, les champs et les forêts de leur enfance leur parurent de l'ordre du rêve. Chaque fois qu'ils tentaient de s'expliquer, ils déclenchaient une violence plus atroce.

Il fallut six mois au superbe détecteur de conneries des garçons pour les alerter à la vérité. La cruauté cessa sur-le-champ, tandis que portes et cœurs s'ouvraient. Les Frères Fantôme récupérèrent peu à peu une estime d'eux-mêmes. Ils eurent droit à un avocat commis d'office. Vieux et bienveillant, il portait une prothèse auditive. Il avait beau croire en leur innocence, il les prévint qu'il ne parviendrait pas à les faire sortir. La loi stipulait clairement que, une fois qu'on était arrêté, on était coupable jusqu'à la preuve de son innocence.

Peut-être dans quelques années. Ou dans quelques années de plus.

Ils ne furent acquittés qu'au bout de quatre ans et demi. Des pans de l'affaire se détachèrent comme les fragments d'une statue d'argile. Un doigt par-ci, une oreille par-là. Mais il n'était pas question de les relâcher avant que la figurine ne soit plus qu'un tas de boue. Aucune preuve ne tenait la route. Aucun échantillon de sperme ou d'ADN, aucune déposition de témoin oculaire, aucune conduite post-crime. Rien.

Ils n'étaient coupables que d'être jeunes, inconnus, et d'avoir dormi sur le sable.

Leurs familles vinrent les voir deux fois pendant cette période. La souillure de l'accusation fut plus intolérable pour les Frères Fantôme que ce dont ils avaient souffert de la part de la police.

Les enfants prometteurs finissent par bousiller infiniment plus leurs familles que ceux qui ne le sont pas. Les paysans avaient rêvé de costumes anglais et d'emplois de cols blancs. Leur investissement dans le «meilleur des mondes». À présent ils avaient les moqueries et la pitié de ceux qui, restés modestes, s'étaient abstenus de progresser.

Le jour où elle les libéra, la magistrate avait l'air distraite comme si elle devait réfléchir à des verdicts plus importants. Ce tribunal pour enfants d'où n'émanait même pas la majesté de la loi ressemblait au bureau d'un principal de collège. Les Frères Fantôme auraient pu être deux élèves qu'on avait traînés là parce qu'ils avaient balancé de la craie sur un professeur – et avaient écopé de quatre ans et demi de détention à cause de ça.

Le vieil avocat, enchanté, tendit sa bonne oreille et secoua la main de ses clients qui ne le payaient pas. Mais les Frères Fantôme n'exprimèrent rien. Rester dans le royaume d'airain leur convenait. Ils avaient des amis, des habitudes, le gîte et le couvert, sans compter le sentiment de sécurité. Le monde extérieur ne leur inspirait pas confiance. On les avait fourvoyés. On les avait annihilés. Lors de leur sortie, ils eurent droit à de grandes étreintes, à de chaleureuses poignées de main, tandis qu'on leur tendait leurs affaires rassemblées dans des sacs en plastique aux poignées dures.

Personne ne les attendait dehors. Pas de caméras sur trépied, ni de hurlements poussés, ni de questions marinées dans des toxines.

Messieurs les Frères Fantôme – symboles de l'innocence bafouée –, quel effet cela fait de n'avoir violé personne ?

Devant le portail de la prison, un minuscule temple recouvert de carreaux de salle de bains abritait une gamme de divinités dont le Sai Baba de Shirdi[1]. Madhukar le génie le remplacerait plus tard par un de ses marbres imparfaits – version miniature du temple qu'il avait érigé sur le tertre controversé. Laissant leurs sacs dehors, les frères entrèrent et tombèrent à genoux. Malgré leurs efforts de concentration et le nombre de prières qu'ils marmonnèrent, aucun éclair de paix ne les foudroya.

1. (1838-1918) Gourou indien, fakir et yogi, un des saints les plus populaires, qui enseigna dans la ville de Shirdi dans l'État de Maharashtra.

Plus de deux mois s'étaient écoulés quand la nouvelle plana dans le royaume d'airain avant d'y exploser telle une bombe à fragmentation. Les Frères Fantôme étaient morts. Ils s'étaient pendus à un majestueux laurier indien.

À leur retour au village, leur acquittement n'avait eu aucune importance. Ils étaient coupables même si la police n'avait pas, du fait de son incompétence, rassemblé de preuves. Tout le monde avait lu les journaux. Il n'y avait pas de fumée sans feu. Ils n'avaient peut-être pas violé la fille de onze ans, mais ils en avaient sûrement violé d'autres. Sinon pourquoi les policiers s'en seraient pris à eux ? Et pourquoi les médias ?

Ils avaient laissé une lettre écrite à quatre mains. Un petit mot. Ils étaient innocents et désolés. Leurs familles ne méritaient pas une ignominie pareille. En réalité, ils étaient vierges mais un homme n'avait aucun moyen de le montrer, encore moins d'être cru. Rien n'était désormais réparable pour eux dans cette vie.

Ils avaient décidé d'avancer et de parier sur l'autre monde.

Il y eut un bel article dans le journal local avec une photo des frères suspendus telles des marionnettes – l'un trente centimètres au-dessous de l'autre – et une autre de leurs familles braillant, bouches ouvertes, mains levées. On ne leur accorda qu'un entrefilet dans la presse de la côte, si infime qu'il aurait fallu être payé pour le trouver et le lire.

Ils avaient eu raison, c'était l'opinion générale au royaume d'airain. Ils avaient fait preuve de courage et de considération. En se supprimant, ils avaient supprimé le destin ainsi que ses malveillances et libéré leurs familles de stigmates invalidants.

L'histoire eut une profonde résonance dans l'esprit du fils de Colonel Gomantak. S'il n'avait pas de majestueux laurier indien à sa portée, il avait le poignard du détenu : la poignée arrachée d'un gobelet en métal, qui, aiguisée sur du ciment, coupait jusqu'à l'os. Un soir, la tête pleine de fumées de bang et de pensées de son merveilleux père, il s'installa au coin des minuscules toilettes comme on le fait sur la couchette de train, les pieds contre le mur d'en face et, en état de ravissement silencieux, il s'ouvrit les veines.

Les premiers rhapsodes du matin, réveillés à cinq heures – *aum swami namoh namah* –, le trouvèrent sous la forme d'une œuvre d'art de sang coagulé, un sourire heureux aux lèvres. Il avait laissé deux lettres dans le sac en plastique violet suspendu au mur, au-dessus de son lit. Dans les deux, il évoquait les Frères Fantôme. L'une était adressée à son père, l'autre au commissaire de police.

La première, remarquable, commençait par une soupe sentimentale mais se terminait par une plainte éloquente. Il n'était ni un drogué ni un dealer. C'était une erreur fortuite, une farce due à un moment de camaraderie. Mais la vie derrière les barreaux l'avait rendu serein en matière d'injustice personnelle. Où qu'il se tourne, la disparité lui montrait son visage lézardé et, dans certains cas, il était trop malheureux pour être supportable.

Il savait maintenant qu'on ne pouvait juger la destinée. Ses règles dépassaient l'entendement. Ses codes étaient énigmatiques. La seule manière de vaincre une destinée portée à vous démolir consistait à se dégager de son chemin périlleux.

Même ici, dans la poubelle du monde, certains croyaient que le destin ferait un jour un salto arrière et leur accorderait une part de la chance qu'il avait procurée à tant d'autres qui ne la méritaient pas. Lui, en revanche, ne se berçait pas d'illusions. Vivre ici – écouter l'histoire des Frères Fantôme et une centaine d'autres aussi fatidiques – lui avait appris que le destin choisissait peut-être ses victimes d'une manière fantasque mais qu'une fois qu'il vous avait aligné contre le mur, il ne vous accordait pas un sursis de dernière minute.

Comme les frères, il allait duper le destin et arracher la chape de plomb humiliante qui s'était abattue sur son père.

La seconde lettre, adressée au commissaire, était encore plus extraordinaire; la longueur était sa première caractéristique. On eût dit un livre à cause des feuilles pliées en deux, maintenues par de multiples nœuds d'une ficelle en nylon. Elle n'était destinée à être révélée qu'à un petit groupe d'officiers de police. Les magistrats et les politiciens eurent beau en entendre parler, ils n'exigèrent pas de la lire. Le fardeau de l'administration du monde enseigne qu'être au courant de tout n'est pas souhaitable.

Le fils condamné de Colonel Gomantak avait noté les éléments des examens médico-légaux de vingt-deux garçons qu'il estimait avoir été accusés à tort. Il citait des passages de procès-verbaux et des lacunes dans des ordonnances de tribunaux, relevait des incohérences, des mensonges, nommait des témoins en position de falsifier le rapport de police.

Il était allé plus loin, pataugeant dans le marécage de la misère humaine qui se trouve derrière la façade de la légalité. Les FIR, IPC, CrPC[1] ; les détentions préventives ; les procès-verbaux. Le triste domaine où les humains n'enfreignent pas les lois des hommes mais sont victimes de leurs usages.

Dans le sous-sol placardé, il avait découvert les histoires vraies. Et il l'avait formulé sans l'hélium de phrases exaltées : la conscience de la société est le plus grand bien de tous. Il avait exhumé et raconté les histoires d'enfances atroces, de faim, d'analphabétisme, de maladie, d'humiliation. D'enfants à qui on avait fait beaucoup de mal avant qu'ils n'apprennent à en faire. Il décrivait un nombre énorme de déchets humains entassés aux confins de la conscience sociétale. Parents matraqués, pères chômeurs, femmes brisées, enfants tellement malheureux qu'il était immoral de s'attendre à ce qu'ils aient de la morale.

Le petit groupe des officiers qui lut ce document exceptionnel en fut affligé. Aucun n'avait envie d'avoir cette idée des personnes administrées.

C'était inacceptable. Leur emploi mettait pour ainsi dire perpétuellement à l'épreuve leur capacité à la pondération et au fair-play, leur aptitude à faire respecter la majesté de la loi. Aussi était-ce d'une lamentable fourberie de balancer les éléments de la vie de certains hommes dans l'équation. Non

1. First Information Report, Indian Penal Code, Criminal Procedure Code.

seulement leur comportement professionnel en était perturbé, mais l'introduction de détails intimes était susceptible d'entraver l'administration d'une justice objective.

La loi, c'était la grandeur. Les détails personnels créaient un désordre irrémédiable.

Si la loi s'inspirait des règles de la littérature, l'anarchie était garantie.

De toute façon, de quel droit ce garçon – un trafiquant de drogue, un raté, la honte d'un père exemplaire – les sermonnait-il ?

Sans en discuter, chacun d'eux savait qu'il fallait enterrer ce document absurde. Ce serait une catastrophe s'il tombait entre les mains d'une masse critique de fonctionnaires qui se sentiraient tenus de s'y intéresser. Entre celles des médias, ce serait bien sûr le point de départ d'un cirque. Tous les soirs, un clown s'emparerait du fouet du maître de manège et ferait exploser l'écran par une grosse farce.

Le document ne fut jamais détruit. C'est une évidence. La bureaucratie éprouve une étrange vénération pour le papier, davantage que les écrivains ou que les ecclésiastiques. La bureaucratie comprend que c'est une arme, un bouclier, une condamnation, une justification et, surtout, qu'il est protéiforme – mutable en fonction des époques si bien que personne ne peut prédire sa forme ou son utilité. Il est donc possible de cacher des documents, de les déplacer, jamais de les supprimer.

L'œuvre du garçon ne fut jamais diffusée. En revanche, le dossier de ses histoires hiberne quelque part dans l'obscurité poussiéreuse d'un bureau de la côte, attendant le moment – s'il se produit un jour – qu'une main empreinte de compassion ou de colère tombe dessus et la fasse surgir dans une sorte d'hystérie galvanisée.

Pendant ce temps, Colonel Gomantak – en réalité, un modeste sergent à trois galons – était resté à sa demande au royaume d'airain où son fils unique avait fait de lui-même une œuvre d'art macabre. Il surveillait avec zèle l'escorte déployée pour emmener les garçons dans le monde extérieur, jusqu'aux tribunaux et aux hôpitaux. Le colonel qui percevait l'âme de son fils dans ces garçons faisait son possible pour leur accorder un instant supplémentaire, un soupçon fugace de vie et d'amour.

Aux perdus, il autorisait les retrouvailles avec la famille au détour d'un couloir isolé s'ouvrant sur un jardin en ruine : l'étreinte d'un père, les larmes d'une mère, la main d'une sœur.

Aux vaincus, il apportait le soutien d'une épouse aimante dans la pièce close du service de radiologie quand les opérateurs des rayons X étaient partis déjeuner.

Aux malheureux et aux amoureux, il procurait l'habitacle d'une voiture au fond du parking jouxtant le service de médecine légale, sous l'arbre à bois noir où une bête à deux dos pouvait brièvement se déchaîner avec une joie sauvage.

Les deux complices dans leur compassion envers les garçons – Asambhav et le colonel – pratiquaient le *modus operandi* qui fonctionnait depuis des millénaires pour des hommes dont le courage n'était pas l'égal de leur empathie. Excessivement obséquieux envers les autorités, ils obtenaient, grâce à cette servilité, des moyens d'aider les subalternes.

Des deux, Asambhav était le plus écartelé. En raison de sa beauté et de son accès aux bureaux, on aurait cru qu'il était un employé de l'établissement. C'était faux. À tous égards, il était l'un des détenus et il était là pour eux. Sa liberté de mouvement lui servait à leur être utile. Pas uniquement pour les excursions dans le monde extérieur mais aussi pour s'isoler à l'intérieur.

En tant que majordome du local médical, il représentait la seule oasis pour les malheureux dont le cerveau qui s'égarait avait besoin d'être remis en place ainsi que pour ceux dont le cerveau se ratatinait comme un pruneau et qu'il fallait secouer.

Ils venaient de toutes les cellules mendier un comprimé. Asambhav rassemblait soigneusement des plaquettes des services de psychiatrie et de psychologie comportementale et les gardait en vue d'une distribution adaptée. Il les donnait comme un maître des biscuits à ses chiens. Non pour humilier – pour gérer.

Pour les garçons agressifs à en avoir des spasmes, il y avait la Nitrocine. Ils avalaient une ou deux pilules qu'ils accompagnaient d'un ou deux joints et ils s'embarquaient alors vers un pays aux rayons de soleil agréables, aux magistrats souriants, aux policiers qui chantent. À leur retour, ils étaient de nouveau des bombes à retardement. Asambhav leur filait un autre comprimé avant qu'ils n'explosent.

Il y avait ceux qui se recroquevillaient sous leur drap rêche, trop faibles pour manger, boire, dormir ou parler. Aucune lumière blanche éternelle ne perçait leur humeur noire. Asambhav leur donnait du somnifère Zolfresh afin qu'il leur pousse des ailes irisées de papillon qui les faisaient voltiger dans des jardins en fleurs et des vergers. Quand leurs ailes tombaient, il ne restait rien en eux. Même pas la colère.

D'autres détenus se pointaient en portant leur mélancolie sur la tête comme les coolies des paquets sur un quai de gare. Ils cherchaient une pièce magique susceptible de leur procurer non un bonheur pour la vie, mais le vertige d'un instant. La domination du monde pour un battement de cœur. Asambhav leur tendait des anti-inflammatoires Spasmo Proxyvon et des calmants par quatre ou six ; ils les avalaient, assis dos au mur, en vidant force tasses de thé et en écartant leurs paupières pour lutter contre l'embuscade du sommeil jusqu'à ce que leur bagage soit devenu une bénédiction et qu'au lieu d'être des coolies ils soient de joyeux danseurs tournoyant au son d'une musique sur une scène magnifique.

Asambhav – le plus grand amant du monde – secourait davantage d'âmes brisées que le prêtre de n'importe quel pays.

C'était dans son domaine avec vue par la fenêtre, au crépuscule, avant le dernier claquement des portes que l'élite du royaume d'airain écoutait captivée Mustafa le Fou.

Le descendant d'un excès médiéval dont les histoires pouvaient prendre n'importe quelle direction déclara : Dans mon village, personne ne conduit une moto aussi rapidement que moi. Personne. Mais un soir où je revenais de Jammu après avoir vu un film quelque chose m'a dépassé à toute allure et j'ai dit : Fils du chien de ma mère, tu veux montrer à Mustafa ton trou du cul de connard. Je vais te donner une leçon.

Rodrigues et Oontth s'arrêtèrent et se penchèrent à la porte. Une histoire racontée par Mustafa était impayable.

J'ai serré la Jamaha entre mes cuisses comme on le fait avec une gosse de dix-huit ans et j'ai accéléré, reprit Mustafa.

Godwin, qui assistait depuis peu Ganesh à la cantine et était arrivé avec des verres de thé, balaya l'assistance d'un regard interrogateur. Un grand sourire aux lèvres, le Cogneur précisa : La Yamaha.

Mustafa poursuivit : La Jamaha a décollé comme une flèche de l'arc d'Arjuna, mais le mec filait, on aurait dit une balle du pistolet de James Bond. J'ai alors décidé que je préférais mourir plutôt que de perdre et j'ai accéléré jusqu'à ce que *phatak*[1] ! l'aiguille du compteur de vitesse saute. La route était plongée dans l'obscurité, la lune traçait un demi-cercle, les arbres défilaient comme poursuivis par des bûcherons puis j'ai vu une tache devant moi, alors j'ai enfoncé les talons dans le métal pour que la Jamaha se prenne pour un cheval et galope plus vite parce que l'accélérateur allait rendre l'âme et elle s'est fait avoir, le vent sur mon visage avait à présent la force d'un ouragan au Bangladesh, j'avais les joues baignées de larmes comme si mon *ammi*[2] était morte, puis la Jamaha et moi on a été près de la tache, alors j'ai tourné ma figure ruisselante pour voir qui était

1. Juron.
2. Mère.

ce fils de *shaitan*[1] qui avait osé s'attaquer à Mustafa et j'ai failli avoir une crise cardiaque, alors ma Jamaha s'est envolée de la route et s'est écrasée dans les racines suspendues d'un banian qui m'ont sauvé la vie en m'attrapant comme un filet un acrobate qui tombe de son fil.

Les yeux brillants, à bout de souffle, Mustafa était perché au bord du tabouret en bois. Le maillot de corps blanc et un caleçon bleu révélaient son beau corps musclé à la perfection. Son public en short ou caleçon était vautré autour de lui. Quatre détenus, dont le Dr Hagg et Ajay, étaient installés sur le divan d'examen Rexine vert. Asambhav était assis dans son fauteuil, Peter à califourchon sur le coin de la table. Laxman et Bichchoo se tenaient près de la fenêtre. Godwin et Madhukar s'adossaient au placard. Les kakis étaient postés devant la porte ouverte.

C'était qui ce *maachod* ? voulut savoir Peter.

Pas un homme ni une machine, Peter *bhai* ! C'était le rayé qui courait sur la route comme s'il participait aux Jeux olympiques. La réparation de la moto m'a coûté trois mille roupies et valu sept points de suture dans l'aisselle.

Il leva son bras gauche et écarta les poils.

Le minuscule Godwin, qui ne mesurait qu'un mètre cinquante, avait de grands yeux noirs et un teint parfait, demanda : C'est vrai qu'un rhino court plus vite qu'un tigre ?

1. Diable, Satan.

Tripotant sa barbichette, Mustafa répondit : Comment je le saurais, *chutiya* ? J'ai l'air d'organiser des courses d'animaux sauvages ?

Un grand sourire aux lèvres, Peter intervint : Raconte à sahib Desai la nuit où la *churail* t'a attaqué !

Le Dr Hagg avait une position qu'il n'adoptait plus depuis vingt ans. Accroupi, les bras autour de ses genoux relevés, il ne portait qu'un caleçon à carreaux. La peau nue du garçon à côté de lui effleurait la sienne. Chaque muscle du docteur était relâché, détendu.

Au fil des mois, il lui semblait avancer sur un chemin tortueux le ramenant à une vérité sur lui-même, fondamentale, perdue au cours de son ascension vers la réussite. Il aimait la compagnie des garçons. Pour une raison mystérieuse, ils lui paraissaient plus réels que la majorité de ceux qu'il avait connus récemment. Bien sûr, sa petite femme lui manquait terriblement et l'ignominie de ce qui lui était arrivé le taraudait, mais il sentait qu'une leçon lui était donnée et que, à la fin de cette épreuve, il aurait récupéré une force qui lui faisait défaut depuis des lustres.

Je suis sûr que sahib Desai ne croit pas aux *churails*, affirma Mustafa. Il est médecin. Il doit appeler ça un trouble cérébral.

On avait une *churail* dans notre village du Bihar, le contredit le Dr Hagg. Elle vivait dans un figuier près du terrain de crémation et chantait des chansons de Lata Mangeshkar[1] pour piéger des hommes dès que la lune était basse. On verrouillait nos portes et on se

1. (1929-2022) Chanteuse, compositrice et productrice indienne.

bouchait les oreilles. Si j'entends une chanson de Lata Mangeshkar, j'ai des fuites urinaires.

Elle était comment, ta *churail* ? demanda Mustafa.

Je ne l'ai jamais vue, je l'ai seulement entendue. Ceux qui l'ont vue ont perdu le contrôle de leur langue. Ils sont devenus incohérents.

Ajay prit la parole : On en avait une aux environs de notre village qui vivait dans un bosquet de chênes de Banister. Elle pompait la cervelle des enfants, c'était sa drogue. Elle ne les tuait pas mais, quand ils sortaient de ses griffes, ils avaient une oreille percée et la tête vide. Cela a duré des décennies de sorte qu'une génération entière des villages environnants – de quoi remplir l'asile d'Agra – est devenue idiote.

Le bel Ajay dans son short moulant s'exprimait avec modération, comme un serveur snob articulant un menu.

Les villages ont alors mis l'argent en commun pour engager un maître tantrique de l'Andhra Pradesh, poursuivit-il. Il était grand et gros. Il avait la peau sombre, des yeux semblables à des charbons ardents, une voix pareille à un coup de tonnerre. Beaucoup de gens croyaient que la *churail* s'enfuirait des montagnes dès qu'elle le verrait.

Ta *churail* portait des *ghungroos*[1] ? lança Mustafa.

Je n'en suis pas certain, répondit Ajay. En revanche, ses pieds étaient tournés du mauvais côté.

C'est comme si tu disais que les éléphants ont des trompes, commenta Mustafa.

---

1. Bracelets de cheville.

Arre, chaque *churail* a ses préférences, intervint l'artiste Madhukar. Est-ce que les femmes s'habillent de la même façon et ont la même apparence ?

Peter *bhai*, les *churails* chrétiennes, elles portent des robes ? enchaîna Mustafa.

On parle d'épouses ? voulut savoir Peter.

Ou de mères ? ajouta sombrement Godwin.

Vous avez envie que je termine mon histoire, ou quoi ? fit Ajay.

Il vous reste huit minutes pour les finir, vos histoires, annonça Rodrigues.

Le maître tantrique s'est mis à rassembler les ingrédients pour le *havan*[1], reprit Ajay. Deux jeunes assistants, petits, minces, le teint foncé, l'accompagnaient. Malgré le froid mordant, ils ne portaient qu'un dhoti rouge, un maillot de corps blanc et, le soir, ils enveloppaient leurs épaules d'un châle. Les assistants veillaient à ce que leur grand chilom en forme de cobra soit toujours bourré pour leur gourou. Les villageois leur procuraient ce dont ils avaient besoin : *ghee*, fruits, bouses de vache, un coq vivant et un gros récipient en cuivre rempli de haricots mungos.

Ahh, voici ce que j'appelle une histoire, se réjouit Mustafa.

La première nuit sans lune, poursuivit Ajay, le maître tantrique et ses assistants ont préparé un feu à la lisière du bosquet d'arbres et, tandis que le soleil se couchait, ils ont commencé leur *havan*. Ils avaient enjoint aux villageois de rester chez eux quoi qu'ils

1. Offrandes de nourriture ou autres qu'on fait brûler sur un feu consacré.

entendent ou voient. Si le maître sortait en courant du bosquet d'arbres, personne ne devait le suivre. Les litanies ont résonné dans la vallée avec autant de puissance qu'un fracas de cataracte, sans interruption, car les hommes se relayaient. Au cœur de la nuit noire, les villageois ne distinguaient qu'une lueur incandescente près des chênes noueux. À l'approche de minuit, des cris intermittents ont retenti, poussés par une créature – ni homme ni bête – qu'on éviscérait. Les villageois serraient leurs enfants dans la citadelle de leurs bras et remontaient les couvertures.

J'ai vu quelque chose comme ça, dit Mustafa. Je sais ce qui va se passer.

Le Cogneur s'énerva : Enlève ton doigt de tes fesses et fourre-le dans ta bouche, Mustafa.

Ajay continua : Depuis leurs maisons, les villageois virent les flammes du *havan* monter de plus en plus haut jusqu'à ce que soudain, avec un ronflement bruyant, elles forment une tour massive atteignant le ciel.

Tout le monde s'est recroquevillé sous l'effet de la terreur ; à ce moment précis, un boum tonitruant a éclaté, la terre a tremblé et le même abominable cri a retenti, plus fort et plus longtemps, déchirant le silence de la nuit. Comme ils se bouchaient les oreilles, ils ont aperçu le gros maître surgir des arbres comme un taureau furieux et piquer un sprint devant le village, sans regarder à droite ni à gauche, le grand récipient en cuivre dans les mains. Il a dévalé le versant de la montagne, ne cherchant aucun chemin.

Avant de disparaître dans les fourrés, il s'est donné un grand coup d'épaule et un truc a survolé sa tête puis s'est fondu dans les ténèbres. Personne ne l'a suivi ainsi qu'il l'avait ordonné. À leur retour un peu plus tard, ses assistants qui saignaient du nez étaient trop faibles pour parler.

Le lendemain, ils ont remis aux villageois un crâne luisant en leur expliquant quoi faire : le remplir une fois par semaine d'un délicieux *khichdi*[1] et le laisser en lisière du bosquet d'arbres où le bûcher avait brûlé. La *churail* le prendrait pour une cervelle d'enfant, le viderait et serait satisfaite. Leur éminent maître n'était pas parvenu à chasser la goule, il avait néanmoins réussi à la priver de ses sens si bien qu'elle ne pouvait plus ni voir, ni entendre, ni sentir, ni goûter. Elle se tiendrait à distance tant qu'ils respecteraient le rituel hebdomadaire du crâne rempli de *khichdi*. Ce que les villageois font encore maintenant, le lundi, à la chute du jour.

Qu'est-ce qui est arrivé au maître ? demanda Rodrigues.

Personne ne l'a jamais revu. On a récupéré le récipient en bronze qu'il avait jeté par-dessus son épaule pendant qu'il courait dans un hameau au fond de la vallée, deux kilomètres plus loin.

Le silence tomba un instant. Bichchoo le rompit :

Et les haricots mungos, qu'est-ce qu'ils sont devenus ?

Des *ladoos* – des *motichur ladoos*[2], précisa Peter.

---

1. Plat à base de riz et de *daal* (légumineuses tels les lentilles, les haricots mungos, les petits pois) considéré comme réconfortant.

2. Boules de farine de pois chiches sucrée et d'amandes frites dans du *ghee*.

Bichchoo jeta un regard hésitant autour de lui.

Peter le gifla : *Chutiya*, tu peux foutre en l'air n'importe quelle histoire ! Si je te raconte celle de Jésus-Christ, je sais que tu me demanderas quels meubles fabriquait son père.

C'est l'heure ! L'appel ! ordonna Rodrigues.

Derrière lui, les membres de l'unité de choc se rassemblaient. Le ciel avait viré au bleu-gris et le reflet des lumières de la capitale étincelait à la surface des eaux qui s'assombrissaient. Sur la cime des arbres dressés de l'autre côté des hauts murs, les corbeaux s'entretenaient bruyamment pour la dernière fois de la journée.

Peter déclara : Dépêche-toi de raconter ton histoire à sahib Desai, Mustafa. Celle d'Ajay était un film hindi, la tienne est un film anglais.

Mustafa caressa sa barbichette en forme de poignard : Celle d'Ajay n'est pas une histoire, c'est un fantasme. A-t-il vu la *churail* ? Voilà la question. Non. Il en a entendu parler. Le monde grouille de gens qui vous disent avoir appris telle ou telle chose, que ceci est arrivé à Untel et cela à Untel, qu'une connaissance a trouvé un *crore* de roupies sur la route, qu'une autre a vu un homme voler d'arbre en arbre, qu'une autre encore a rencontré Allah au bazar. Moi, je t'ai raconté qu'un type que je connaissais a fait la course avec un tigre sur sa Jamaha ?

Ils souriaient tous. Vite, Mustafa ! le pressa Peter.

C'était une de ces nuits d'orage et de ténèbres où même les crapauds ont peur de coasser. On était trois à rentrer après avoir vu la dernière séance d'un film. On était vraiment bourrés. On marchait sur la voie ferrée, défiant un train de nous rattraper – un jour je vous décrirai comment je suis tombé sous un train lancé à pleine vitesse et comment j'ai survécu la figure enduite de merde. Alors qu'on s'approchait du grand pipal près du pont, on a entendu un bébé pleurer. Mes amis ont pensé qu'on avait abandonné un nourrisson à cet endroit, c'était très fréquent. Mais j'ai compris aussitôt qu'il s'agissait d'une créature d'un autre monde. Vous savez, le bruit des pleurs d'un bébé, c'est venh-venh-venh ; là, c'était owwvenh-owwvenh-owwvenh. J'ai dit à mes potes de ne pas bouger, de la boucler. L'instant d'après, on a vu la *churail* s'avancer sur les rails. Ses yeux étaient des braises palpitantes et les larmes sortaient par son nez. Mes potes ont braillé comme des gosses sur un manège avant de tomber dans les pommes, de la pisse sur les jambes. Je me suis dit : Mustafa *mian*[1], si tu n'agis pas illico, elle va vous sucer le sang à tous les trois et vous laisser aussi peu vivants qu'une mue de serpent.

Les nouveaux gradés deux étoiles, campés devant l'appareil de détection, crièrent : Appel ! Dans le local médical, les détenus remuèrent les pieds mais aucun ne se leva.

À présent, elle était aussi loin de moi que Rodrigues, continua Mustafa. Elle a ouvert une bouche pareille à une gueule de crocodile – une mâchoire repliée comme un couvercle de boîte en fer-blanc. Ses dents avaient la longueur des doigts de Madhukar et sa langue aurait pu me lécher si j'avais été à deux mètres d'elle. Bien sûr, elle avait des pattes de

1. Mon prince, mon seigneur.

singe tordues du mauvais côté. Je me suis déshabillé, plus rapidement que Bichchoo quand il extorque de la thune, et, tombant nu à genoux, j'ai crié l'*azaan*[1]. La *churail* a hurlé, elle a essayé de se boucher les oreilles. Trop tard. Quand la première *kalimah*[2] l'a touchée, elle a reculé de dix mètres et s'est cognée au pipal. Quand j'ai récité la deuxième, elle a été précipitée sur le pont. À la troisième, elle a été projetée, gémissante, en l'air. À ce moment-là, la police des chemins de fer s'est pointée et on m'a mis en garde à vue. Le lendemain, un homme politique a affirmé que j'essayais de séduire des jeunes filles hindoues en courant nu. On a échappé de peu à une émeute à caractère communautaire. Mais la police, les hindous, le *basti*[3] savaient la vérité parce qu'ils connaissaient la *churail* et ils m'étaient reconnaissants de l'avoir bannie à jamais.

1. Appel à la prière.
2. Profession de foi de l'islam.
3. Bidonville.

16

Nadia la Pêche et Godwin le Solitaire

Ce soir-là, Godwin rêva que sa mère était une *churail*. Alors qu'elle s'apprêtait à planter ses serres dans son cœur, il se réveilla et s'aperçut que le rongeur, un habitué de leur cellule, venait de marcher sur son torse. Godwin chassa à coups de pantoufle la bestiole qui détala par la porte et disparut dans le couloir.

Godwin attrapa une montre en plastique sans bracelet sous son oreiller déchiré. Un calme absolu régnait dans le royaume d'airain à trois heures trente. Il se redressa contre le mur et jeta un regard circulaire. Des corps jonchaient le sol à la manière de poupées brisées – les membres ont tendance à s'étaler.

Malgré la vitesse à laquelle le ventilateur brassait l'air, ils étaient en nage. Draps tordus comme des cordes, maillots de corps roulés sous les aisselles. Godwin épongea avec une serviette rêche sa figure d'adolescent. Sans le moindre poil. Sans un soupçon d'acné.

Comment avait-il échoué ici ? Dans une cellule avec dix-sept garçons à demi nus dont aucun n'aurait croisé son chemin dans le cours normal de sa vie ? Il observa les murs écaillés d'un jaune délavé ; là où des sacs en plastique ou des vêtements suspendus ne les masquaient pas, ils renseignaient sur les fantasmes et espoirs récents. Des documents similaires se trouvaient sous la dernière couche. Et d'autres sous l'avant-dernière.

Le chef-d'œuvre de la pièce couvrait le mur en face de lui. Un grand Shiva faisait pénitence, le Gange coulait de ses cheveux ondulés – l'eau cascadait et se transformait en femme. Un dessin exécuté habilement au fusain, ponctué de rouge et de bleu. La bouche du dieu était ferme et expressive ; le cobra à son cou se déroulait en tirant une langue fourchue ; la peau de bête autour de sa taille était striée et hachurée ; le *damaru*[1] dans sa main scandait la pulsation de l'univers.

Godwin aimait Shiva bien qu'il fût chrétien. Il savait que cette image avait survécu à de nombreuses couches. Quel peintre aurait osé effacer quoi que ce soit d'un coup de pinceau ? Il en scruta les bords pour trouver une date. Il n'y en avait pas, mais il y avait une signature : *Dukhi Bhakt*. Un triste dévot.

C'est vrai de nous tous, pensa Godwin. Certes, dans mon cas, le dieu en croix est perpétuellement triste. Il se demanda s'il préférait que son dieu soit triste ou enjoué. Un effort qu'il abandonna rapidement. Les dieux étaient ce qu'ils étaient, comme les êtres humains.

1. Petit tambour à deux peaux en forme de sablier.

Un petit croquis de Ganesh se trouvait près de Shiva. Ce qui semblait approprié en matière d'échelle – le père et le fils – mais ce n'était pas le même artiste. La qualité du dessin du fils était inférieure. Un ventre pas assez volumineux, une trompe trop longue. Personne ne le revendiquait, fût-ce par un nom de plume.

Il y avait plus de dieux sur le même mur. À la droite de Shiva, une page déchirée d'un livre d'enfants représentait la Madone et le divin enfant en couleurs criardes. Fermant les yeux, Godwin se signa. Non par réflexe car il évitait toute manifestation de piété quand il était avec d'autres, mais par une sorte de dépendance.

Au royaume d'airain, on adoptait sa posture de survie dès le début. Il n'y en avait que deux. La faiblesse était la plus populaire : une vie de sécurité en tant qu'esclave d'un ou de plusieurs patrons. Sinon, c'était la force : la peur et l'obéissance de la part des quémandeurs associées à la perspective d'une violence brutale.

Le minuscule Godwin, quarante-neuf kilos, aux membres de fille, avait dès son deuxième jour d'incarcération lacéré le visage de Bangla avec un crayon taillé, sa manière d'annoncer sa posture de prédilection.

Bangla, qui n'était pas tant un *bhai* qu'une brute à grosses fesses, n'avait vu en Godwin qu'un garçon nubile comme une fille. Cet imbécile ne calculait que l'arithmétique de la taille. En l'occurrence, il eut la chance de s'en tirer avec onze points de suture.

Godwin tenait sa taille et son caractère de son père. La mère lui avait légué sa beauté : traits fins, lèvres charnues, teint lisse. Rien hormis l'échange de consentements prononcés à l'église n'unissait le père et la mère. Elle méritait un homme de fière allure, capable d'assimiler son rayonnement, tandis qu'il lui fallait une femme quelconque, peu à même de révéler ses défaillances.

La prétention d'être issu de vieilles familles est souvent source d'assurance – à moins que ces ombres ne soient si écrasantes qu'elles rendent fou. Salvador D'Penna avait un arbre généalogique rempli d'oiseaux au plumage de paon.

Magistrats, prêtres, médecins, officiers, percepteurs. Encore maintenant, certains individus brillaient dans le prestigieux Occident. Au Portugal et en Australie. Le socle de la maison familiale – Casa de Flores – dépassait un homme de bonne taille.

Pourtant, Salvador ne faisait rien d'autre de la journée que de vérifier les récépissés et les comptes d'appareils sanitaires vendus dans des magasins de l'État. Quatre-vingts robinets. Dix-neuf douches. Quatorze W.-C. en deux blocs. Onze monoblocs. Sept à suspension murale. Trois urinoirs. Deux baignoires. Un bidet.

C'était un sikh braillard de Delhi qui gérait la distribution. Chaque fois qu'il s'approchait du box de la comptabilité, il lançait : Moi, je reste à la surface mais toi, tu es au fond du trou. *Hai na ?* Pas vrai ?

Sur quoi il s'esclaffait bruyamment en tapant sur le dos tendu du comptable.

Maussade, Salvador D'Penna calculait les éléments improbables qui avaient gâché sa vie. Combien d'Indiens mesuraient moins d'un mètre cinquante-huit ? Combien d'Indiens avaient été riches pendant trois cents ans et étaient devenus pauvres ? Combien d'Indiens possédaient une propriété d'un hectare avec une maison de quatorze pièces sans avoir l'argent pour poser des rideaux ne serait-ce que dans quatre d'entre elles ? Combien d'Indiens savaient bien parler anglais mais gagnaient leur vie en pointant des cuvettes de W.-C. ? Quelles étaient les possibilités qu'un catholique romain tel que lui – ils étaient moins de un pour cent en Inde – puisse être mené à la baguette par une grande gueule, un *sardarji* – ils étaient moins de deux pour cent en Inde ?

Il y avait pire au demeurant : quelles étaient les chances pour qu'un homme de son intégrité se retrouve avec une épouse qui n'était pas vierge ?

Un affreux doute avait germé en lui au retour du festin des noces, tant il avait du mal à croire qu'il venait d'épouser Nadia au teint de pêche, une femme d'une telle beauté qu'elle érotisait même l'église dès qu'elle y entrait. Le soupçon l'avait saisi lorsqu'il n'avait trouvé aucune résistance lors de sa maladroite pénétration jusqu'au terme vite atteint et à son gémissement. Le doute s'était approfondi alors que, se dégageant des volants blancs de la robe, il avait senti qu'une main d'une douceur ensorcelante s'approchait de lui. L'impuissance avec laquelle il avait réagi à cette capture l'envahissait chaque jour malgré l'intensification de sa suspicion au rythme des gémissements.

Au bout de trois semaines, incapable de supporter le tourment, il décida de mener son enquête. En pleine nuit, tandis qu'elle dormait dans le désordre le plus total – autre manifestation de sa moralité –, il sortit une lampe torche et entreprit un examen clinique.

Nadia la Pêche était allongée sur le dos – une position d'homme –, bras et jambes écartés, prête à recevoir. Était-ce nécessaire d'aller plus loin ? Quelques mouvements habiles suffirent à remonter la jupe jusqu'à sa taille. Lorsque la lumière crue éclaira le haut de ses cuisses, il perdit son professionnalisme sous l'effet d'un désir fulgurant.

Le teint de sa femme, fruit d'un unique coup de pinceau trempé dans du caramel, était d'une perfection rehaussée par une pellicule de sueur. Les yeux glissaient sans encombre des hauteurs jusqu'à la forêt soigneusement élaguée puis dans les plis de la vallée où la promesse d'un étang magique scintillait comme la rosée matinale sur une feuille.

Penché au-dessus d'elle, son bas de pyjama baissé, la lampe de poche dans sa main gauche, Salvador fixa sans ciller à la manière d'un sniper l'ombre noire sous l'étang. Sa colère accéléra sa jouissance et, haletant de dégoût, il essuya sa main sur la jupe étalée.

Le regard clinique se remit aussitôt en marche.

Doucement, il lui écarta davantage les jambes. La preuve de la dépravation de la Pêche lui sauta au visage. La façon dont elle était rasée, facilitant et invitant à la pénétration. L'incroyable noirceur de ses pétales et leur apparence quelque peu froissée. La manière dont sa lèvre d'amour s'ouvrait sans aucun message de rejet.

La lampe trembla dans sa main. Même si c'était inutile, il décida de chercher une ultime preuve. De ses doigts chapardeurs, il souleva le haut blanc flottant. Le buste massif s'étalait, désinvolte, utilisé avec excès. Et les aréoles dissipaient ce qui subsistait de doute. Loin d'être teintes de rose par des questions candides, elles étaient colorées en marron par des réponses expertes.

Il sursauta. Il crut un instant que, réveillée, elle le regardait. Mais quand il braqua la lampe il se rendit compte qu'elle était plongée dans le sommeil, une infime sueur sur son sublime visage. Sous la lumière intense, il remarqua pour la première fois sa bouche pulpeuse. Utilisée avec excès elle aussi. Douce et plissée au lieu d'avoir la fraîcheur et la fermeté d'un fruit intact.

Un orage éclata en lui. À l'évidence, il avait été trompé. Malgré son célibat, on lui avait fourgué une femme souillée. Même le plus minable des époux avait le droit de s'attendre à être sinon le seul, du moins le premier homme de la vie de son épouse.

Il promena le faisceau lumineux le long de la silhouette endormie et, soudain, sa beauté et sa dépravation ne firent qu'une seule et même chose. Il vit les mains d'autres hommes sur elle. D'autres corps d'hommes sans visage, mais vigoureux et musclés. Ils avaient des prétentions sur elle qu'il ne pourrait jamais avoir.

Il ferma les yeux pour lutter contre l'afflux d'images qui, de plus en plus crues, déformaient la figure de sa femme sous l'effet du plaisir. Il le frappa avec toute la force de ses petits poings ; chaque fois qu'il tapait la chair, elle gémissait : c'était de la perversion. Il hurla la souffrance de son âme.

Tout à coup, on le repoussa violemment. Il tomba du lit surélevé. Il ouvrit les yeux. Il ne faisait plus noir.

Les lumières étaient allumées, sa femme refugiée dans un coin se protégeait avec un oreiller. Des ecchymoses apparaissaient à travers les larmes qui coulaient sur ses joues, comme de sombres nuages derrière un rideau de pluie.

Au fil du temps, Salvador D'Penna découvrit à son grand désespoir que son épouse n'avait pas eu qu'un écart de conduite ou été la victime d'un moment de tentation qu'il aurait appris à pardonner. C'était une femme adultère chevronnée, une pécheresse rusée.

L'attention méticuleuse de son épouse au moindre de ses besoins – vêtements impeccables, chaussures cirées, gamelles de déjeuner exquises ; l'eau prête pour son bain, le thé chaud ; une nouvelle bouteille d'eau de Cologne achetée avant que l'ancienne ne soit vide ; les jambes repliées et écartées la nuit – était autant de soins scrupuleux qui exprimaient un sentiment de culpabilité. Plus elle persévérait, plus son infidélité croissante taraudait le mari.

Comme il en allait des délinquants les plus intelligents, prendre Nadia en flagrant délit relevait de l'impossible. Et elle était trop endurcie pour passer aux aveux, malgré ses efforts pour les lui arracher. Au début, il la battait régulièrement ; elle pleurait et implorait pitié sans se défendre pour autant, sans reconnaître quoi que ce soit. Ce n'était pas facile pour lui, ses bras lui faisaient mal au point que taper sur la calculatrice devenait douloureux.

Alors il tenta d'être aussi fourbe qu'elle et se livra à de grandes démonstrations d'amour. Il l'étreignait, l'embrassait, la qualifiait d'ange, de rose, de la femme la plus ravissante du monde, de musique de son âme.

Il lui offrait des fleurs, l'emmenait au cinéma et au restaurant Antony, dîner de crevettes grandes comme une main accompagnées de porto. Il parlait de leur union bénie par les dieux et qu'ils étaient nés pour tout partager et tout se pardonner. Il ne jouait pas uniquement la comédie, la plupart de ses déclarations correspondaient à ce qu'il ressentait. Leur objectif était toutefois d'atteindre une strate générant des confidences intimes susceptibles de mettre des vérités à nu. Hélas, le but ne se concrétisa jamais.

Quelle que soit la manière dont il posait la question – sur un ton câlin ou exaspéré ; s'il la présentait comme une faveur ou comme un droit ; s'il promettait le paradis ou menaçait d'une catastrophe –, quels que soient ses efforts, la Pêche refusait d'assumer sa véritable nature. Elle certifiait n'avoir jamais connu d'autre homme. Et n'en avoir aucune envie. Il y avait bien eu un jeune de son village qui lui avait fait la cour et une fois, rien qu'une fois, elle était montée sur sa moto pour aller en ville.

Et une fois, rien qu'une fois, elle avait pris un café avec lui dans le troquet près du tribunal. Voilà tout.

Sur la moto, vos corps se touchaient, n'est-ce pas ?

Non, j'étais assise très en arrière. J'avais conscience du risque.

Impossible. Une moto cahote. Une moto freine. Une moto fait des embardées. On est obligé de toucher, de s'accrocher à quelque chose.

Évidemment, mais ce n'est pas vraiment se toucher, c'est accidentel. Ce n'est rien. Il ne m'intéressait pas, Salvador. Je voulais simplement qu'il m'emmène en ville.

Comment a-t-il pu ne pas effleurer ta main quand vous avez pris un café ?

Il ne l'a pas fait. Je te l'ai répété cent fois, il ne l'a pas fait parce que je n'en avais pas envie.

Mais il a essayé ?

Salvador ?

N'est-ce pas ?

Oui, mais j'ai repoussé sa main.

Il était comment ?

Je te l'ai dit : très quelconque et très moche. Ce n'était qu'un stupide villageois.

N'empêche qu'il était grand, non ?

Qu'est-ce qui est grand ? Non, il ne l'était pas. Ce n'était qu'un villageois très quelconque et très moche.

Plus grand que moi ?

Oh, Salvador… oui, plus grand que toi. Et alors ? Quelle importance ?

Elle lui donnait la becquée, voilà ce qu'elle faisait. Si laborieux que ce soit, cela pourrait donner des résultats. Salvador comprit qu'il lui faudrait souffler le chaud et le froid jusqu'à ce qu'elle finisse par trébucher et s'épancher.

Aussi, après les crevettes et les roses, lui flanquait-il une raclée. À la manière d'un bon enquêteur, il cherchait à obtenir les aveux et traquait les preuves. La nuit, dans la salle de bains, il fouillait dans ses sous-vêtements de la journée, à l'affût de traces, touchant du bout des doigts des taches humides et humant des plis en quête d'une odeur étrangère.

Plus tard, il s'adonna à un examen médical. D'abord, de temps à autre et en cachette quand elle était dans les bras de Morphée. Il ne savait jamais vraiment ce qu'il cherchait, mais il était sûr que chaque délit laissait des traces. Certains jours, il lui semblait avoir détecté quelque chose de gonflé, de rouge ou de blanchâtre. Certaines nuits, la nature de la fatigue de Nadia éveillait ses soupçons : elle dormait avant qu'il n'ait terminé ses investigations dans la salle de bains.

Il lui arrivait d'essayer de la prendre sur le fait. Il rentrait précipitamment à Casa de Flores à l'heure du déjeuner, persuadé qu'elle serait absente ou dans un état d'abandon adultère. Sauf qu'elle était infiniment trop astucieuse pour lui, son instinct et son expérience lui permettaient de prévoir l'heure de ses inspections surprises.

Les doutes de Salvador furent confirmés le jour où Nadia lui annonça qu'elle devait voir un gynécologue. Une démangeaison et un ballonnement la gênaient. Il eut beau feindre l'indifférence, il téléphona le soir même au médecin.

C'est une simple infection fongique, précisa ce dernier.

Qu'est-ce qui en est la cause ?

Beaucoup de choses.

Par exemple ?

Une grossesse.

Et ?

Trop de douches vaginales.

Et ?

Abus d'antibiotiques.

Et ?

Un diabète non contrôlé.

Et ?

Eh bien, parfois, un système immunitaire défaillant.

Et ?

De mauvaises habitudes alimentaires, trop de sucre.

Et ?

Même le stress ou l'insomnie peuvent provoquer ça.

Quoi d'autre, docteur ?

Hummmm… quoi d'autre ? Parfois un déséquilibre hormonal lors du cycle menstruel.

Salvador eut envie de crier : Dis-moi la vérité, espèce d'enfoiré malhonnête. Une idée le traversa : Si c'était le médecin ? Bel homme, attentif aux autres, il connaissait parfaitement les parties intimes des femmes. En outre, il éludait résolument ses questions !

Et un contact sexuel, docteur ?

Un silence tomba à l'autre bout du fil puis le perfide médecin répondit : Oui, c'est possible, mais c'est plutôt rare et peu probable.

Salvador eut la sensation qu'on lui avait planté une hache dans le cœur. Même si ce n'était pas le médecin, ce dernier devait être le confident de Nadia. Sans doute s'occupait-il des complications dues à son mode de vie. Peut-être était-il un amant précédent réduit au rôle d'assistant dans le domaine médical.

Une nouvelle inquiétude le poignarda. L'infection fongique n'existait pas, il s'agissait peut-être d'une ruse pour rendre visite à son amant. Ou de quelque chose de bien plus grave, n'importe laquelle des majuscules redoutées – MST, VIH ou SIDA. Puis il se rappela : le docteur n'avait-il pas fait allusion à une grossesse ?

Il écumait d'une telle rage qu'il se dirigea vers un nouveau bar, où personne ne le connaissait, où il but trois verres de whisky soda. Des images délirantes défilaient dans sa tête. Si seulement il avait le courage d'affronter le médecin ! D'entrer dans sa clinique, de le regarder au fond des yeux, de le menacer d'une voix de baryton qui le ferait bafouiller. Si seulement il avait le courage – et la force – de plaquer sa femme contre le mur, de la prendre par la gorge et d'exiger qu'elle déballe ses vérités.

Après les raclées régulières des premières années, il avait géré plus prudemment sa violence. Il n'était pas devenu non violent, mais, à cause de l'indignation de sa famille et de la communauté, la Pêche avait beau ne pas s'être plainte, le bruit avait circulé.

On l'avait réprimandé, cajolé, conseillé, menacé ; on lui avait démontré haut et fort la loi et ses redoutables châtiments ; on avait cité de nombreux exemples de maris dépérissant en prison. De quoi faire voler en éclats son fragile tempérament. Il avait réagi avec une morosité mesquine, malgré l'envie qui le tenaillait de flanquer ces gens à la porte afin de pouvoir s'occuper de son épouse infidèle.

Tandis qu'il buvait le whisky râpeux, les larmes lui montèrent aux yeux. Le sel ne tarda pas à lui piquer les narines. Il aurait voulu baisser la tête et sangloter, hurler au monde de laisser sa femme tranquille.

Quand il rentra chez lui ce soir-là, elle était plus belle que jamais. Comme si ça ne suffisait pas à attiser ses soupçons, la salle à manger plongée dans l'obscurité y contribua. Elle avait disposé un bouquet de roses d'un rouge sensuel au centre de la table massive en acajou, où ils s'asseyaient – lui, gauchement, à un bout, et elle à sa droite –, une bouteille de porto et une grosse bougie dont la flamme dansait sur le vin et les fleurs.

Une attitude de pécheresse. Expansive, sournoise, rivalisant de gestes onctueux. Un sourire faussement timide aux lèvres, elle déclara : J'ai quelque chose à te dire.

L'espace d'un instant, il crut qu'elle allait enfin révéler ses turpitudes. Il s'empressa de vider un verre de porto sans attendre de porter un toast à sa beauté.

Tu devines ? demanda la Pêche.

Il comprit qu'il n'y aurait pas d'aveux, rien qu'un deuxième round de manipulations. Il vida un autre verre et patienta. Les derniers couverts en argent de ses ancêtres projetaient un éclat terne. La lame du couteau était émoussée, en revanche les dents d'une longueur exceptionnelle de la fourchette étaient chargées d'une promesse maléfique. La délicatesse de sa gorge – à la peau sans défaut dont les veines palpitaient dans la lueur vacillante –, cette gorge réclamait l'attention.

Tu ne veux pas ?

Il détacha son regard de la gorge : Je ne peux pas.

Elle repoussa sa chaise et se tapota doucement le ventre : Je vais devenir mère.

Des mots qu'il n'oublierait jamais. Pour lui, un nouveau niveau de l'audace était atteint. Elle n'avait pas dit : Tu vas devenir père. Elle n'avait pas dit : Nous allons devenir parents. Elle avait dit : Je vais devenir mère.

Qu'est-ce que cela signifiait ? Quel autre sens est-ce que cela pouvait avoir ?

Le garçon à qui elle donna naissance ne ressemblait vraiment pas à Salvador. Chaque fois que quelqu'un l'affirmait, il pensait : Soit il est aveugle, soit il est de mèche avec elle. Il connaissait l'intelligence de la Pêche, elle n'avait sûrement pas de mal à convaincre des imbéciles d'une ressemblance, même à les encourager à en parler.

Si Nadia espérait que l'apparition d'un fils adoucirait son mari, elle ne pouvait se tromper davantage. La présence de l'enfant tourmentait Salvador. En l'absence de la Pêche, il scrutait le bébé en quête d'indices de son origine.

Il trouvait souvent qu'il n'avait même pas l'air d'un garçon, tout en lui évoquait le charme de sa mère.

Il le prenait parfois dans ses bras, l'emmenait dans la salle de bains et, devant la glace, approchait son visage du sien. Il comparait méticuleusement leurs nez, leurs yeux, la forme de leurs bouches. Il tournait la tête de l'enfant à gauche et à droite pour examiner les oreilles, la mâchoire.

De temps à autre, il avait un coup au cœur parce qu'il lui semblait remarquer un de ses traits, mais il s'empressait de chasser cette pensée d'une sensiblerie stupide.

C'était au bureau que l'imagination de Salvador se débridait alors qu'il s'efforçait d'identifier le père. Le médecin était sur la liste restreinte, ainsi que le garçon du village qui avait emmené une fois sa femme prendre un café. Il avait découvert qu'il travaillait dans une agence de sécurité de Mumbai et qu'il était marié. Mais depuis quand le mariage mettait-il un terme à la fornication ? Et combien de temps faut-il pour semer une graine ? Une journée ? Une demi-journée ? Une demi-heure ! D'autant qu'il était peut-être modeste vigile, mais beau. Et qu'un amour d'enfance était éternel.

Il y en avait quelques autres dans sa ligne de mire.

Hari, le *sarpanch*[1] du bout du chemin. Un jeune hindou fervent aux cheveux épais et aux grosses cuisses, dont le rire tonitruant faisait penser à une agression sexuelle. Nadia gloussait dès qu'il se pointait.

Oswald, le mari de Darcia, qui travaillait dans un hôtel chic près de la plage. Tiré à quatre épingles, il racontait des histoires passionnantes sur les riches et les puissants. Leurs réunions, les substances dont ils abusaient, les femmes qui batifolaient avec eux. Même si beaucoup de ces histoires dépassaient l'entendement, elles remplissaient leur objectif : la Pêche les écoutait, les yeux grands ouverts. Le salopard la regardait bien sûr en les débitant et, chaque fois qu'il faisait allusion à une femme superbe, il ajoutait : Presque aussi jolie que Nadia.

L'enfoiré.

Un autre candidat était Mark, le cousin de Nadia, un propre-à-rien qui n'avait pas terminé ses études mais avait toujours de l'argent parce qu'il faisait des affaires avec le législateur de la région. Au cours des deux années de fonction de celui-ci, Mark avait acquis une jeep et une paillote sur la principale plage touristique. Les cheveux longs, les muscles saillants, bronzé en permanence, il arborait des tatouages. Il étreignait et touchait Nadia avec une insouciance dépassant de

1. Homme à la tête d'un *gram panchayat* ou gouvernement local élu pour cinq ans.

loin une affection entre cousins. En outre, Salvador savait que dans la famille de la Pêche, deux générations plus tôt, il y avait eu un scandale impliquant des cousins.

Dans le cube en contreplaqué où il pointait robinets et carreaux, les chiffres se brouillaient, se transformant en visages de prédateurs.

Le directeur de banque aux doigts baladeurs. L'oncle de Nadia, un fonctionnaire à Bangalore, avec ses livres et ses cigares. Le fils du voisin, toujours à l'école, mais grossièrement concupiscent. Ah, et le fils du boulanger, chanteur dans l'orchestre, qui passait devant chez elle un jour sur deux. Le bijoutier de la ville aux mains douces et à la voix grasse. Et que penser du vieil épicier qui, bien que marié trois fois, n'avait pas les yeux dans sa poche ? Ou du sous-inspecteur élancé qu'ils avaient rencontré à la fête du village qu'on entendait toujours sur sa moto Royal Enfield avant de le voir ?

Salvador D'Penna avait l'impression de perdre la tête. Son épouse était cernée par les menaces et les tentations. Il décida de se rendre à l'église, ce qu'il ne faisait plus depuis la naissance de l'enfant, pour demander paix et miséricorde.

Un échec. Plusieurs fois par jour, il avait pris l'habitude de fermer les yeux et de comparer les traits de l'enfant à ceux d'un des hommes de la vie de la Pêche. En l'occurrence, il bascula dans une détresse absolue lorsqu'il se rendit compte que le nez de son fils était la copie conforme de celui du père Ralph. Vu la beauté du prêtre et l'assiduité de Nadia à l'église, c'était la conclusion blasphématoire d'un mystère.

Il sanglota dans son whisky ce soir-là. Comment un homme pouvait-il garder son épouse si même les hommes de Dieu la détournaient du droit chemin ?

Ses cauchemars empirèrent quelques semaines plus tard. Le *sardarji* jeta un œil dans son cagibi et s'esclaffa : Tu es profond, *hai na*, mais je suis grand et fort, *hai na*. Regardant alors dans les yeux de son patron, Salvador y vit son enfant.

Était-ce possible ? Nadia ne l'avait rencontré qu'une fois à une réception du bureau. Certes un seul coup d'œil suffit aux libertins et quoi de mieux en matière de tromperie ? Pendant qu'il tapait des chiffres dans son réduit, le *sardarji* se précipitait chez lui et s'appropriait sa couche. Qu'il soit toujours absent l'après-midi n'avait rien de surprenant. Il faisait sans doute une sieste après coup, ses longs cheveux éparpillés sur l'oreiller. Qu'il se moque à ce point de sa taille n'avait rien de surprenant.

Il pensa à la masse poilue du *sardar* – son gros ventre, son affreux pénis – étalée sur la beauté de la Pêche – et, saisi de haut-le-cœur, il parvint à peine à courir jusqu'aux toilettes pour vomir tripes et boyaux.

Lorsque le fils commença à marcher et à gazouiller, Salvador était au bord de la dépression. D'atroces images de sa femme le tourmentaient qu'il soit éveillé ou endormi. Il ne pouvait voir un homme sans être terrifié. L'ancienne association de chaud-froid avait fait long feu. Il n'était plus question de gentillesse envers Nadia, il ne restait que l'inquisition.

Bien qu'il n'en eût pas les moyens, il recruta une maigre fille d'Orissa pour qu'elle surveille les faits et gestes de la Pêche à la Casa de Flores. Elle s'appelait

Pinky. Elle avait douze ans et était la fille d'un travailleur migrant. Comme à l'ordinaire, sa femme le prit de vitesse.

En l'espace de dix jours, il s'aperçut que Nadia s'occupait de la fille ; elle lui donnait ses vieux vêtements, ses bijoux fantaisie ; elle lui apprenait à se laver, à se soigner ; elle insistait pour qu'elle se nourrisse bien et l'autorisait à regarder la télévision à côté d'elle. Il comprit que Pinky ne lui dirait rien.

Il était désormais convaincu que la petite traîtresse, postée devant la chambre de la Pêche, protégeait ses ébats illicites.

L'intensité des examens médicaux s'était accrue. Au fil du temps, il avait remplacé la stratégie de la surprise par celle de la minutie. Sa quête de vérité avait bousculé la dissimulation. La nuit, elle s'allongeait sur le dos, nue, et il rampait sur elle tel un gnome à la recherche de truffes. Il la manipulait comme une poupée de chiffon, passant au crible chaque centimètre de sa peau.

Il n'éteignait pas la lampe, mais pour scruter les plus sombres recoins – véritables scènes de crime – il allumait sa nouvelle lampe torche, une énorme bestiole à quatre piles, avec support, dont le faisceau éclairait la lune. Dans sa folie, il s'était procuré une loupe dans le magasin de l'école de Kumar et, au soupçon d'un bleu ou d'une égratignure, il s'en servait, la bougeant pour une mise au point comme une caméra.

Puis l'interrogatoire commençait. Le nombre de fois où elle se cognait à des meubles ou des plantes lui semblait incroyable, voire risible. Ainsi que celui où ses vêtements l'égratignaient ou l'éraflaient.

Les jours où l'enfant l'avait épuisée, Nadia s'endormait pendant les investigations. Salvador persévérait et terminait ses travaux soit en pleurant de désespoir, soit avec un bref soulagement fiévreux.

La Pêche s'était épaissie au fil des années et, bien qu'elle fût toujours d'une beauté exceptionnelle, elle n'était plus menue. Lui, en revanche, était devenu plus léger, plus petit. La conscience de son corps chétif le rendait affreusement malheureux, chaque fois qu'il grimpait sur elle, de ce qui lui manquait pour égaler et mater sa magnificence.

Pendant ce temps, l'enfant se comportait comme un adulte. Calme, discret, pensif. Certainement pas le *sardar*, en conclut Salvador. Probablement le père Ralph. Privé de l'attention de son père cinglé et de sa mère traumatisée, il jouait seul dans le jardin négligé, il ramassait des sapotilles tombées et leur donnait des coups de bâton. On trouvait les fruits battus en train de pourrir partout dans la maison.

Non, pas le prêtre, pensa alors Salvador. Le sous-inspecteur. Sûrement. Personne d'autre ne serait aussi cruel sans raison.

En effet, la cruauté était naturelle chez le petit Godwin. Son lieu de prédilection : une fourmilière au pied du jacquier. Accroupi devant, il brandissait un marteau déniché dans le magasin et, avec calme, avec précision, il tendait une embuscade à la file de fourmis en marche. C'était une colonie de grosses fourmis rouges – translucides et vénéneuses – que le garçon pulvérisait une par une, en laissant certaines enfouies dans le sol, d'autres étalées sur le métal.

Une activité à laquelle il s'adonnait des heures durant, anéantissant des bataillons entiers. Il n'en revenait pas qu'elles continuent à sortir. Ce défilé de vie aveugle n'en finissait pas.

Plus âgé, il tirerait des leçons du jeu de massacre. La première : ne suivre personne qui suit quelqu'un. La deuxième : un lourd marteau est plus meurtrier qu'un millier de petits coups. Enfin : la vie n'a rien de sacré, sa source inépuisable, abondante, déborde en permanence, tandis que sa valeur et sa signification ne dépendent que de celui qui manie le marteau.

Godwin avait sept ans quand Nadia la Pêche s'immola. Elle le fit le matin après une nuit d'interminables examens médicaux, associés à un usage intensif de la loupe et de l'énorme lampe torche. Son mari était parti au bureau et son fils à l'école, Pinky n'était pas encore arrivée.

Elle planifia son décès avec autant de prudence et de souci du détail que ceux qui avaient empêché son mari de la prendre en flagrant délit. Pour que la maison ne brûle pas en même temps qu'elle, Nadia emporta le pétrole dans la salle de bains aux murs en latérite et au sol dallé. À l'aide d'un tuyau, elle aspergea les murs d'eau, imprégnant la porte, les fenêtres, les poutres en bois jusqu'à qu'ils soient sombres. Puis elle s'agenouilla au milieu de la pièce comme à l'église avant de vider le bidon sur sa tête.

D'après le rapport de la police, elle était morte sans avoir bougé. Aucune gesticulation n'avait été perceptible dans la pièce en flammes comme on le voit dans des films. Il fallut enrouler le corps dans un épais couvre-lit pour l'emporter à la morgue. Il était calciné comme un poulet sur la broche, auquel il ressemblait. Le fils n'eut pas le droit de la voir. Quant au mari, il regarda le cadavre carbonisé sans le voir, se demandant quel récent péché l'avait poussée à une expiation aussi extrême.

Salvador D'Penna lut son ultime lettre avec une suspicion identique. Ses protestations d'innocence, sa plainte d'avoir échoué à gagner sa confiance, ses regrets de laisser son fils orphelin de mère, son aveu d'avoir perdu la force de supporter une humiliation supplémentaire – autant d'éléments qui lui parurent composer une scène finale et élaborée destinée à le tromper.

Il ne souhaita même pas savoir comment ses sœurs avaient disposé des restes – il pleura à l'enterrement et à la messe, sur lui et les années d'infidélité, non pour elle.

Pour elle, il demanda : Seigneur, soyez miséricordieux et ayez pitié de Nadia car elle a beaucoup péché.

Salvador ne travestit pas davantage la vérité pour son fils, à qui il affirma que sa mère avait payé le prix du péché. Il ne devait pas la pleurer. Il devait prier pour sa délivrance et l'oublier.

Il est difficile de savoir ce que le garçon comprit, mais il ne parla jamais de sa mère devant son père. Et l'un et l'autre passèrent les années comme s'il n'y avait jamais eu personne d'autre qu'eux deux à Casa de Flores.

Ce qui subsistait d'elle, qu'ils ne parvinrent pas à éradiquer de leurs narines – malgré le nombre de pesticides aspergés et de bougies brûlées –, c'était l'odeur âcre qu'elle avait laissée en se brûlant vive. Certains jours, tels son anniversaire ou celui de son mariage, celle-ci se renforçait au point d'imprégner les pièces et de forcer le père et le fils à fuir la maison.

Par ailleurs, délivré de la grande beauté de sa femme et du trauma de son infidélité, Salvador trouva bien vite la paix, dans les chiffres des appareils sanitaires, ses promenades dans le village, son whisky et la télévision. Il ne tarda pas à oublier sa féroce suspicion sur la paternité de son fils et à le considérer comme légitime à défaut d'être désiré.

Physiquement, ce dernier était un curieux mélange de ses parents : beau comme sa mère, frêle comme son père. Par ailleurs, ironiquement, il ressemblait au père des années précédentes : observateur, suspicieux, maussade et plutôt taiseux. Bagarreur, il pratiquait peu sa religion.

À l'école, c'était un solitaire. Élève médiocre faute de s'intéresser à ses études, il évitait le sport à cause de sa carrure fragile. Il avait tendance à être violent pour peu qu'un garçon aborde le sujet de sa mère.

Dont l'histoire avait filtré dans l'école quand il était en cinquième et, comme les enfants sont pires en matière de ragots que les adultes, les garçons plus lubriques que les hommes, elle se répandit comme de la mauvaise herbe sous la mousson.

L'un se procura une photo de la Pêche, laquelle propulsa les imaginations dans des orbites scabreuses. Godwin assomma deux garçons à coups de batte de cricket. Ce qui mit fin aux commérages.

Il en devint encore plus solitaire. Ses pairs le fuyaient et il n'y avait personne à Casa de Flores. Passer des journées sans échanger une parole avec qui que ce soit chez lui ou à l'école n'avait rien d'inhabituel. Il continuait à parcourir le jardin avec son marteau, anéantissant la moindre forme de vie qui croisait son chemin. Fourmis, scarabées, sauterelles, araignées, papillons, mille-pattes, impossibles de les exterminer : il y en avait toujours d'autres le lendemain.

Salvador n'accordait aucune attention à la conduite de son fils, il était trop occupé à jouir d'une tranquillité qui s'était dérobée à lui pendant des années, d'autant que la bizarrerie du garçon était inéluctable en raison de la nature de sa mère. Il réglait les frais de scolarité au deuxième rappel, sinon il donnait à Godwin un peu d'argent de poche, sûr qu'il se débrouillerait.

Maria, la jeune femme qui faisait la cuisine et le ménage, voyait le garçon livré à lui-même, mais elle n'avait pas d'empathie à lui offrir : elle était sans mari, et mère de trois enfants qui, âgés de moins de dix ans, se gardaient les uns les autres pendant qu'elle trimait afin de les nourrir et de conserver leur toit.

Elle avait bien demandé au maître la permission de les emmener à Casa de Flores : ainsi elle travaillerait sereinement et ses enfants seraient des compagnons de jeux pour Godwin. Salvador avait rejeté la suggestion, au motif que ses mômes mangeraient les provisions de la cuisine, faucheraient ce qu'ils pourraient dans la maison et se croiraient les égaux de son fils.

Godwin n'avait évidemment pas une image grandiose de lui-même. C'était difficile de s'en forger une dans cette maison décrépite où quatre pièces étaient habitables, douze délabrées, où des câbles d'amarrage maintenaient les meubles, où des seaux et des bassines récupéraient l'eau de fuites quand il pleuvait à verse, où peu de visiteurs se présentaient – ceux qui venaient étaient des membres gênés du clan.

Il avait conscience de quelques faits. Ils n'étaient pas riches. Son père n'avait pas d'amis. Il n'était pas censé se souvenir de sa mère. Son père n'aimait pas lui parler. Il était le seul garçon de sa classe à laver ses vêtements et ceux de son père. Et il était incapable de pleurer.

Il avait quelques idées. Il aimait sa mère, mais il savait que c'était une femme dépravée. Il haïssait son père, mais il savait que c'était un homme bien. Il avait envie que Maria lui parle, mais il ne savait comment le lui demander.

Ah, un autre fait ! Personne ne l'embrassait depuis la mort de sa mère. La première fois que quelqu'un s'y risquerait serait aussi la dernière.

Il avait dix-huit ans. Il était entre le lycée et l'université, ses membres n'étaient pas encore ceux d'un homme. Son teint n'avait aucun défaut, sa lèvre supérieure aucune ombre. Les deux années précédentes, il s'était découvert une passion pour le cinéma. Cela occupait son temps et lui permettait de rester hors de chez lui. L'argent sur lequel il mettait la main – pris ou fauché à son père –, il le remettait scrupuleusement à la billetterie.

Il voyait tous les films qui sortaient dans la capitale. Le multiplex était aussi chic et du monde moderne que sa maison était vieille et de l'ancien monde. Il y avait trois écrans. Godwin voyait souvent trois films d'affilée.

Dans l'obscurité, il cessait d'être un enfant abandonné, privé de câlins. Dans l'obscurité, il n'était pas le fils d'une femme souillée et d'un homme efféminé. Dans l'obscurité, il n'était ni frêle, ni imberbe, ni muet. Dans l'obscurité, il était l'homme de l'écran qui faisait progresser l'histoire avec des mots de feu et des poings d'acier.

À la lueur de l'écran, il n'était pas seul.

Il l'était le reste du temps. Fût-ce dans le multiplex. Pendant qu'il faisait la queue pour acheter un billet ou un paquet de pop-corn. Pendant qu'il sortait dans la foule et s'éloignait du bâtiment illuminé, s'enfonçant dans les ténèbres des arbres vigilants et des voitures en attente.

Il était seul quand il buvait de la vodka au bar Galaxy, parmi d'autres solitaires assis dans une rangée de tables en bois, tellement étroite que ce devait être un couloir à l'origine. Seul quand il mangeait un curry de poisson et du riz sur les tables en bois stratifié Sunmica au Gopal Lunch Home. Seul quand il se hissait dans le dernier bus qui roulait en trépidant sur une voie déserte vers la chute du jour.

Souvent, lorsqu'il était tard – plus de bus –, il rentrait à pied au village. À peine sept kilomètres qu'il parcourait en un peu plus d'une heure. Il n'était pas pressé. En fait, il s'efforçait d'arriver après minuit afin de ne pas tomber sur l'homme avec qui il cohabitait.

Le soir, de dix-huit à vingt-trois heures, Salvador, vautré sur un canapé en osier abîmé de sa chambre, en pyjama et maillot de corps blancs, s'abrutissait de whisky et de télévision. Puis il rampait jusqu'à son grand lit où il s'écroulait à plat ventre, comme une croix dessinée sur le drap blanc.

Le chemin emprunté par Godwin longeait en grande partie la rivière et il parlait à l'eau en regardant ses multiples reflets attraper l'argent de la lune. Parfois, lorsqu'il avait volé quelques billets à son père, il achetait un litre de vodka, remplissait ses poches de cacahuètes et, marchant plus lentement que d'ordinaire, arrivait ivre à la Casa de Flores au petit matin, à une heure où même les chiens du village dormaient et où aucun grincement de porte ne pouvait réveiller Salvador en croix.

Sa chambre était son seul refuge. Pourtant, il n'y avait aucune empreinte de lui, aucune décoration, aucune personnalité. Rien n'ornait les murs blancs, maculés. Rien sur l'étagère en bois près de la fenêtre, hormis une vieille balle de tennis et un porte-stylo vide. Les meubles réduits à l'essentiel consistaient en une chaise, une table, un lit double. Un rideau vert, crasseux, ne couvrait pas la fenêtre en entier, une pile de manuels scolaires mouillés s'entassait sur son rebord. Sur les dalles fissurées du sol, un seau et deux petits bidons récupéraient l'eau des fuites. Le ventilateur marchait à une vitesse insensée, prêt à décoller tel un hélicoptère. L'unique ampoule était de l'autre côté du lit, aucune importance puisque Godwin ne lisait pas.

Il se bornait à fixer les poutres jusqu'à ce que le sommeil le gagne.

Ses nuits d'insomnie, il parcourait la maison. En une sorte de retour en arrière sinistre, il tenait la monstrueuse lampe torche que son père avait utilisée pour ses examens cliniques dans sa main gauche, une sandale en cuir marron dans la droite, et il entrait sur la pointe des pieds dans la cuisine tel un chasseur dans la forêt.

Immobile au cœur des ténèbres, il écoutait les bruissements de la nuit, une myriade de grattements de pattes sur le sol, une centaine de tremblements d'antennes. Quand la tension culminait, il allumait la monstrueuse lampe torche et, dès que le canon de lumière éclairait les cafards, il s'attelait à la tâche.

Les coups étaient administrés sur des rythmes différents à la manière des riffs d'un musicien, mais sans émotion ni frénésie. Parfois, lorsqu'il avait fini, il éteignait la lampe et se figeait. À peine les bruissements se faisaient-ils de nouveau entendre et sentait-il des frôlements à ses pieds qu'il rallumait le monstre et rejouait la musique des claquements de cuir. Même s'il le faisait toute la nuit durant, ils continueraient à venir.

Incontrôlable à l'évidence, essentiellement malfaisante, la vie fusait avec excès. Il fallait l'écraser. Il était content d'apporter sa pierre, voire davantage. Quand il allait se coucher, les bras perclus de douleurs, il éprouvait un sentiment d'accomplissement que rien d'autre ne suscitait en lui.

À l'arrivée de Maria le lendemain matin, le sol était un tapis de cadavres marron suintants. Elle le récurait, le balayait, en proie à des nausées. Si la perversité n'épargnait aucune maison, la Casa de Flores semblait la plus atteinte. L'ignominie y régnait et ses deux occupants exsudaient une énergie refoulant la moindre interaction.

Pendant des jours, elle n'échangeait pas un mot avec le père ou le fils.

L'unique présence chaleureuse de la maison était une femme décédée dont la photo maculée de taches d'humidité était accrochée dans la sombre salle à manger où personne ne prenait un repas depuis des lustres. Après plus d'une décennie, l'odeur de sa chair brûlée subsistait ; parfois, fatiguée du ménage inutile, Maria s'asseyait sur une chaise et, regardant la photo, s'efforçait de concilier les histoires qu'elle avait entendues sur la défunte avec son exceptionnelle beauté.

Elle voulait croire que la Pêche était une victime. Comme elle. Comme toutes les femmes.

Maria n'allait jamais à l'église sans prier pour le garçon.

Aussi n'est-il guère étonnant qu'elle ait été la moins choquée du village lorsque les nouvelles le concernant parurent dans les journaux. Les autres, surtout les médias, n'en revenaient pas. Comment un orphelin aussi beau, issu d'une famille aux ancêtres tellement illustres, avait-il pu commettre un acte pareil ? C'était encore plus incroyable en raison de la façon dont la police racontait l'histoire – un coup monté, bien sûr.

Plus d'un an auparavant, il y avait eu un meurtre célèbre dans la banlieue de la capitale. Un graphiste célibataire de trente-six ans qui flirtait avec la mode et la publicité, sans ennemis ni véritable aisance, ni enjeux litigieux en politique ou en affaires – un homme apprécié dans le quartier pour sa bienveillance et sa générosité –, avait été trouvé dans son petit appartement, cinq fourchettes et neuf couteaux plantés dans le corps. D'après l'autopsie, qui serait un sujet de conversation des mois durant, le cadavre avait été lardé de cent vingt coups de couteau. Aucun organe n'était intact.

Manifestant un sang-froid effarant, l'assassin avait pris une douche chaude et s'était aspergé de l'eau de Cologne du mort avant de décamper. Il avait aussi rasé ses poils pubiens, laissant un trésor de pistes génétiques sous la forme de boucles. Elles appartenaient à un homme, déclara le chef de la police en les humant. Un très jeune homme, précisa le sous-inspecteur en palpant leur noirceur virile.

Si l'affaire *ek-so-bees* – l'affaire cent vingt – flamboya brièvement comme une comète dans le cercle des nouvelles nationales, elle explosa comme une météorite à l'échelle de l'État. Malgré le scandale – hurlements des médias, défilés d'élèves, complaintes éclairées aux chandelles –, les policiers ne firent aucune découverte majeure. Ils parlèrent aux clients, aux membres de la famille, aux amis du défunt, comparèrent des empreintes digitales et vérifièrent des poils pubiens. Peine perdue.

Comme le graphiste vivait seul depuis des années, c'était difficile de savoir s'il manquait de l'argent ou des objets. On retrouva sa petite Maruti et son portable quelques kilomètres plus loin sur la route. Aucun ne livra quoi que ce soit. Les données enregistrées du téléphone suggérèrent que le graphiste avait d'étranges relations, mais, une fois vérifié, le bornage de leurs appareils révéla que celles-ci ne s'étaient pas trouvées à proximité de l'appartement de la victime.

Un mystère n'a d'intérêt qu'alimenté par des indices. À cause de l'absence totale de pistes, l'affaire finit par s'effacer. L'officier chargé de l'enquête – un inspecteur de la section des homicides – attacha les dossiers avec un lacet de chaussure avant de les balancer en haut d'une *almirah* en métal bourrée d'affaires classées où ils atterrirent dans un nuage de poussière et sombrèrent dans le coma.

Plus d'un an après, la police arrêta Godwin, l'accusant de vol.

Un banquier de Mumbai, dont l'oncle était le législateur de la région, avait acheté une demeure vieille de deux cents ans qu'il avait complètement restaurée. Des sols en marbre et en céramique et des murs de texture très haut de gamme. L'ancien style du toit avait été conservé mais son bois avait été renouvelé. On avait agrandi la piscine en vue d'importantes réceptions et construit un abri où mettre une table de billard, abri qui, par ailleurs, était flanqué de deux pièces destinées au sauna et au massage. L'herbe des pelouses était manucurée, les arbres élagués avaient belle allure. Le soir, des spots invisibles disséminés dans le terrain créaient un climat d'aventure fastueuse.

Les villageois regardaient par-dessus les murs, envieux et écœurés. Haïssant ce qu'ils découvraient puisqu'ils ne pourraient jamais l'avoir, ils ne songeaient qu'à terrasser les nouveaux venus avec leurs armes fiables et rouillées par la tradition et la culture.

Les propriétaires venaient rarement mais, quand ils débarquaient, c'était une invasion. Une cavalcade de taxis où résonnaient des rires bruyants, bourrés de personnages aux lunettes noires, de valises luxueuses, de domestiques zélés. L'espace de deux jours, les villageois entendaient les éclaboussures de la piscine, la musique et les gloussements joyeux émis par des

Indiens qui, pour l'instant, avaient échappé à la misère et à la frustration.

Lors d'une de ces invasions, tard le soir, au bord de la piscine à jets d'eau où les intoxications parvenaient à divers degrés de griserie, deux portables sophistiqués furent perdus. Un tollé s'éleva le lendemain matin. Pour les riches et les jeunes, c'était de l'ordre d'une privation physique, aussi intense que de se réveiller avec une main sans doigts.

L'après-midi, la panique était montée en flèche. Une traque acharnée n'avait rien donné ; les serviteurs clamaient leur innocence. Il était temps de faire appel aux certitudes de l'État indien.

Dans le pays, deux accélérateurs attirent l'attention sur un forfait. Son atrocité n'est pas le plus important ; c'est l'identité de celui qui veut sa résolution, qui l'est. L'auteur d'une douzaine de meurtres commis dans un bidonville reste introuvable, en revanche le portefeuille volé de l'épouse du ministre délégué au Budget est retrouvé au bout de vingt-quatre heures, deux villes plus loin.

La police se pointa dès qu'un coup de téléphone fut donné à l'oncle législateur. Le sous-inspecteur et deux agents emmenèrent les domestiques derrière le local de service ; quarante minutes plus tard, ils avaient une piste sérieuse. Un cuisinier et un serveur avaient aperçu le garçon morose du bas de la route, à l'haleine puant la vodka, rôder près du mur, au fond de la propriété.

Godwin se retrouva au poste de police, identifié et accusé, le soir même. Fidèle à sa nature, il fut aussi maussade que laconique. Comme il n'avait pas de billet oblitéré pour prouver son alibi, il proposa de raconter l'histoire du film qu'il avait vu avant de rentrer chez lui. L'adjoint du sous-inspecteur le gifla : *Chutiya*, si l'intrigue d'un film était un alibi, tous les assassins d'Inde seraient libres.

Salvador D'Penna mit deux jours à se rendre compte de l'absence de son fils. Godwin ne fit pas appeler son père, lequel avait l'habitude de ne pas le croiser plusieurs jours d'affilée. Au commissariat, le père et le fils ne s'adressèrent pas la parole. Le père déclara aux policiers que la conduite de son fils le révulsait et rentra chez lui.

L'adjoint du sous-inspecteur dit alors à Godwin : Donne-moi le nom de ton vrai père. On va le convoquer.

Salvador ne demanda pas la libération conditionnelle pour son fils qui fut placé en détention provisoire. Le père estimait qu'il aurait tort d'être sentimental à un moment pareil. Après tout, c'était le fils de sa mère et la vulnérabilité à la tentation de celle-ci était inscrite dans ses gènes. La punition tombait à point. Un court séjour en prison corrigerait la fibre morale du garçon.

Incarcéré en raison du principe qui le poussait à écraser fourmis et cafards, Godwin en conclut que l'univers ne s'intéressait pas au fonctionnement de la justice. C'était une obsession des humains, leur hypocrisie la plus élaborée qui leur renvoyait une image positive d'eux-mêmes. Ils ne pouvaient porter plus belle couronne pour masquer la cupidité, la concupiscence, la bigoterie et la cruauté.

La religion comprend l'apathie de l'univers. Aucun prêtre ou imam ou *pandit* ne promettent une justice à court terme. Le paradis et le purgatoire ne se profilent qu'au terme d'une très longue attente. Aucune pression ne s'exerce sur les systèmes de prestations actuels.

La religion comprend aussi que malgré leurs discours les humains ne s'intéressent à la justice que pour eux-mêmes. Ils ignorent la preuve accablante de l'injustice d'un monde mais ils sont convaincus que justice leur sera rendue.

La religion comprend les humains mieux que la science. Celle-ci nous démontre que nous sommes un délicieux cocktail de produits chimiques. La religion sait que les humains ne sont qu'un composé d'espoir et de peur, des émotions extrêmement personnelles.

Même s'il n'avait pas volé les portables, Godwin accepta calmement la punition. En peu de temps, les détenus perçurent qu'il n'y avait aucun avantage à tirer de la beauté, de la jeunesse ou de la fragilité du jeune homme.

À ce moment-là, dans la cellule dix-sept, un certain Bangla de Kolkata dominait nouveaux venus et faibles qui faisaient ses courses, son ménage et le massaient avec de l'huile de coco. Bangla effectuait vingt-cinq *surya namaskars*[1] le matin et cent pompes le soir. Sa tenue consistait en un maillot de corps rouge agrémenté de liserés noirs. Il était en prison parce qu'il avait agressé trois serveurs d'un restaurant de la plage. Grand, il arborait une crête iroquoise et la moustache

1. Salutations au soleil, yoga.

en croc d'un brigand. Son apparence comme sa réputation forçaient les nouveaux venus à se soumettre sans protester.

Dès son deuxième jour, Godwin lui troua la joue avec un crayon taillé et faillit l'énucléer. Il fallut expédier Bangla à l'hôpital en jeep. Quand il revint au bout d'une semaine, sa magnifique moustache avait disparu de son visage recousu de multiples points de suture.

Quelques jours plus tard, il rasa sa crête et devint anonyme. On le changea de cellule, mettant un étage entre son assaillant et lui. Le jeune voleur fut puni par une interdiction d'achats à la cantine et de parloirs hebdomadaires. Ce qui ne changea rien pour lui puisque ni les uns ni les autres n'existaient dans sa vie.

Godwin possédait désormais la seule chose qui comptait au royaume d'airain : un minimum de respect envers son tempérament belliqueux, davantage relevait de l'impossible vu l'insignifiance de son délit. Il n'était qu'un voleur de téléphones. En revanche, et ce fut une grâce en ce qui le concernait – installé dans la sphère intermédiaire du royaume –, il se fit des amis pour la première fois de sa vie.

La sphère intermédiaire est la zone à visibilité réduite située entre les *bhais* et les factotums. Cette catégorie existe dans toutes les cellules. Ses membres ne sont auréolés ni du prestige d'un meurtre et de la mafia ni de l'infamie du viol et de l'attentat à la pudeur. La plupart – voleurs, kidnappeurs, narcotrafiquants, vagabonds – ne méritent pas plus l'obéissance que le mépris.

Les assassins sont les brahmanes du royaume d'airain, mais ils ne sont pas tous dignes du *dais*[1]. Conformément aux préceptes de la *Gita*, on doit vénérer celui qui remplit son devoir avec une inébranlable sérénité et par principe. Le tueur professionnel.

Une haute distinction est accordée à celui qui tue un personnage d'envergure. Être jugé digne d'être un roi implique l'assassinat d'un roi, non de fantassins. Tuer pour des raisons futiles – gains, acquisition de patrimoine, haine – ne situe qu'un demi-échelon plus haut qu'un voleur ou qu'un dealer.

Il est facile de classer les membres des sphères supérieures et inférieures. Les premiers en fonction de leur passé violent, les autres de leurs récits d'oppression subie.

D'ordinaire – un écho perturbant du monde extérieur –, être de basse caste condamne à la sphère inférieure : de la même manière que la basse classe, le manque d'instruction, l'insuffisance physique, un arrière-plan de travail manuel, la couleur de peau ou la nature de votre dieu. En revanche, contrairement au monde extérieur, il est possible de se propulser dans la sphère supérieure en affichant une seule caractéristique – le génie de la violence.

La sociologie de la sphère intermédiaire est aussi complexe que celle de la classe moyenne indienne. On peut y entrer par le truchement de l'éducation, de la caste ou du milieu social. Ainsi que par l'aisance en anglais et la catégorie du crime.

1. Scène, estrade.

Les habitants de cette sphère se définissent par une telle aversion pour le risque qu'ils se prosternent devant les sultans tout en traitant leurs inférieurs comme de la vermine. Ils font bien davantage souffrir la sphère inférieure que ceux de la supérieure. Si bien que nombre de parasites de la sphère inférieure recherchent le patronage de la supérieure pour se protéger de l'intermédiaire.

Si la sphère inférieure vit dans le silence et la loyauté morose, l'intermédiaire prospère par la ruse et la fluctuation d'allégeances.

Après l'agression au crayon, Godwin se trouva comme submergé par un torrent d'amitiés. Il en avait tellement peu l'habitude qu'il resta sur son quant-à-soi au début avant de lâcher peu à peu prise à mesure qu'il découvrait les plaisirs de la conversation et celui du repas, du bang, des chiques illégaux pris en commun.

Dans l'intervalle, Salvador n'avait pas levé le petit doigt pour tirer son fils de ce mauvais pas. Hébété par les énormes quantités de whisky qu'il ingurgitait, il l'avait apparemment oublié. Il fallut une longue tirade de Maria un dimanche pour sortir le père de son ivresse.

Dès le lendemain, il prit contact avec un vieil avocat, un ami de son père, célèbre auparavant comme fondateur de groupes de défense de libertés civiques. Les groupes étaient démantelés depuis des lustres et lui – autrefois une grosse épine dans le pied du pouvoir –, un homme oublié. De jeunes gens dont le père buvait les moindres paroles qu'il prononçait en public connaissaient à peine son nom.

Son bureau était un château de papier. Une petite pièce compartimentée par de grandes étagères bourrées de livres de droit, de manuels de référence, d'ouvrages d'histoire et de romans. Sans compter les dossiers pleins à craquer attachés par des ficelles qui traînaient à côté de piles de vieux magazines et de journaux.

Il y avait quatre grandes photos au mur, bombées et décolorées dans leur cadre, de Gandhi, de Nehru, d'Ambedkar[1] et de Bhagat Singh. La sagesse et la vision, l'égalité et la révolution. Le tout enduit d'une poussière que le ventilateur de plafond plutôt lent ne parvenait pas à dissiper. Seule dans son château érudit, la légende oubliée ressemblait à une cigogne – élancée, mince, voûtée – quand elle se leva derrière son immense bureau en bois.

Son dentier, posé sur la table, maintenait des feuilles volantes. Une chroniqueuse d'un journal du dimanche en aurait fait la principale métaphore de son article.

Salvador se sentit autant diminué en sa présence qu'en face de son patron, le *sardar* provocant. À peine eut-il bafouillé l'histoire de son fils que la vieille cigogne, écarquillant les yeux, se mit à tapoter son dentier sur la table. De longues minutes s'écoulèrent au cours desquelles le père fulmina contre Maria et son sens du devoir mal placé. Il fit mine de partir. Il reviendrait quand l'avocat serait disponible.

---

1. (1891-1956) Bhimrao Ambedkar, principal rédacteur de la Constitution de l'Inde, leader des intouchables, initiateur du renouveau du bouddhisme.

Asseyez-vous ! beugla la vieille cigogne, si fort que les poutres tremblèrent.

Après avoir rincé son dentier dans un verre d'eau, il le remit dans sa bouche et poursuivit : Asseyez-vous, vous devez comprendre ce qui est arrivé à votre fils. Voilà le sens de la démocratie en Inde. Le droit d'aller en prison. Si tu voles un téléphone, on t'enferme. Si tu voles un opérateur de télécommunications, tu vas prononcer un discours à Harvard. Si tu tues un homme, la police te traque. Si tu assassines quelques centaines d'hommes, on envoie des policiers te protéger. Si tu manifestes contre les assassinats, on envoie des policiers t'arrêter. Selvy, il est temps que vous appreniez à votre fils l'injustice de la loi indienne. Elle est progressive et conquérante. N'oubliez pas que la loi est majestueuse, ses objectifs ne peuvent être ni triviaux ni dissuasifs. Ils doivent être édifiants. Ils doivent récompenser l'ambition et punir la mesquinerie. Si c'est le chemin que votre fils a choisi, il doit voir grand, tant pour les escroqueries que pour les tueries. Les gens l'admireront et le suivront. Ils le considéreront comme un homme qui veut établir la grandeur de l'Inde. Ils le défendront avec éloquence. Il n'aura rien à ajouter.

Ils diront : Comment labourer sans embrocher le ver ? Ils diront : Il faut abattre une montagne pour construire une grande demeure. Ils diront : La terre ne tremble-t-elle pas quand de gros arbres tombent ? Ils diront : Un incendie dans un train ne brûle-t-il pas les voyageurs ? Ils diront : On ne fait pas d'omelette sans casser des œufs.

Ils le respecteront et sauront qu'il est irréprochable.

Tout en déclamant, la vieille cigogne balançait les bras et le chat dans la gorge bondissait frénétiquement.

Salvador ne comprenait pas un traître mot. Était-ce Godwin ou la loi qui déplaisait à l'avocat ? Il était tellement tendu que sa vessie l'élançait. Puis la voix du vieux cinglé devint encore plus tonitruante, à mesure que les souvenirs de ses luttes du passé lui revenaient en mémoire. Terrifié, Salvador poussa un faible gémissement et s'enfonça dans le grand fauteuil.

Lorsque la cigogne rencontra Godwin derrière les barreaux, elle sentit qu'elle avait sans doute exagéré sa comédie avec Salvador. À en juger par sa longue expérience, ce jeune homme frêle et imberbe avait quelque chose d'étrange et de profond. Sa vie aurait une envergure qui dépasserait de loin le vol de téléphones. Il n'expliqua rien. Il ne s'indigna pas d'avoir été jeté en prison.

Sur un ton aussi monocorde que s'il indiquait l'heure, Godwin déclara n'avoir pas commis de larcin. Sinon, il parut indifférent au sort qu'on lui réservait. Il ne regardait personne en face – ni les kakis ni l'avocat –, et s'il posait les yeux sur eux, il ne les voyait pas.

La cigogne n'avait pas fait fortune, non faute de comprendre la criminalité, mais faute d'accepter la fonction du droit. Elle s'efforçait de prouver que le droit était concerné par la vérité, alors que le moindre juriste stagiaire sait qu'il ne l'est que par l'illusion de la vérité. De même que les fantasmes constituent le fonds de commerce du cinéma, les histoires forment celui des tribunaux. Dans les deux cas, il existe des formules : clichés, morceaux de bravoure, coups de théâtre. Dans les deux cas, les faits n'ont d'importance que s'ils insufflent plus d'animation au récit.

Dans les deux cas, la réussite est affaire d'illusion, non de vérité.

Car la vérité est indigeste, autant pour les juges que pour les jurés. Ainsi que pour les jurys braillards.

La cigogne partit convaincue non seulement que le garçon obtiendrait sa libération conditionnelle, mais que c'était loin d'être sa dernière entrevue avec lui. Elle percevait la convergence. Les aspérités du droit correspondaient parfaitement à celles de Godwin.

17

Ram Bharose et le meurtre *ek-so-bees*

La torpeur habituelle régnait dans la cellule dix-sept où les garçons en caleçon et en short, vautrés sous des ventilateurs, se calmaient et attendaient que le jour passe. Aucun effort n'était possible. Que ce soit au billard carambole, aux cartes, ou pour masser, rouler des joints, préparer du thé. Et ce que diffusait la télévision offensait même les misérables.

C'était l'heure des journaux. Commandés individuellement par certains garçons, ils arrivaient à dix heures, apportés par Aslam le sodomite. Mais on les gardait pour les lire à cette heure de léthargie, les feuilles étaient séparées et distribuées : aucun rédacteur en chef n'aurait imaginé possible la manière dont le journal était dévoré.

Le clou de la journée dans toutes les langues, c'était la résolution de l'abominable affaire *ek-so-bees*. Les deux semaines précédentes, il y avait eu des avancées dans plusieurs vieilles affaires. Conséquence d'un scandale dans l'Assemblée de l'État où le gouvernement avait été acculé en raison de la détérioration du maintien de l'ordre et de l'incapacité de la police à résoudre d'horribles crimes. L'un cité à titre d'exemple était celui intitulé l'affaire *ek-so-bees.*

La police avait arrêté l'assassin. Il s'agissait d'un maçon de dix-neuf ans de Madhepura au Bihar qui était passé aux aveux. Il s'appelait Ram Bharose et travaillait à la construction d'une maison du voisinage. Il savait que la victime vivait seule et portait des vêtements élégants. La nuit fatale, un Ram Bharose bourré avait fait irruption dans l'appartement du graphiste afin d'y voler l'argent qu'il voulait envoyer chez lui pour le mariage de sa sœur. Au cours de la bagarre qui avait éclaté, le maçon s'était déchaîné avec la coutellerie.

Des photos de l'assassin étaient dans tous les journaux. On l'avait exhibé à une conférence de presse destinée aux médias. Petit, le teint foncé, maigre, il avait de grands yeux vitreux. L'agent qui le tenait par la main – comme un amant – était corpulent, rougeaud et avait une bedaine impressionnante.

D'une voix suave, la commissaire avait demandé au meurtrier de décrire ce qu'il avait fait.

J'ai tué, avait chuchoté le monstre, les yeux baissés. Avant que la presse ne puisse crier ses questions, on l'avait fait sortir précipitamment. Trop jolie pour exercer cette profession, la commissaire au teint éclatant et aux lèvres pulpeuses s'était chargée de répondre aux questions.

Les journalistes avaient été très intelligents.

Qui avait conduit la voiture de la victime ? L'homme savait-il conduire ?

Et le portable, pourquoi l'avait-on emporté et pourquoi n'avait-il fourni aucun lien avec Bharose ?

Pourquoi n'avait-on pas précisé plus tôt qu'aucun argent n'avait été volé ?

Cet homme était-il assez costaud pour une attaque aussi sauvage ?

Comment se faisait-il que la police l'ait déniché comme l'assassin au bout d'un an ?

La charmante commissaire avait alors présenté un homme qui s'exprimait avec l'assurance morne d'un mauvais médecin. Vêtu d'une saharienne, chaussé de sandales en cuir noir, il arborait une moustache en trait de crayon et remuait la bouche même quand il ne parlait pas à force de mâcher du *paan masala*[1]. Cet homme, l'entrepreneur qui avait recruté Bharose, confirma que le maçon avait disparu depuis plusieurs heures la nuit du meurtre et, quand il avait fini par se pointer, il dégageait une odeur bizarre – d'alcool et d'eau de Cologne – et ses cheveux étaient mouillés comme s'il venait d'avoir pris un bain.

Les journalistes étaient très intelligents.

Qu'est-ce que faisait l'entrepreneur à cette heure-là dans la baraque des ouvriers ?

Il était venu les prévenir d'un changement dans le plan de construction pour le lendemain. Voilà pourquoi il devait parler au maçon. En l'occurrence, Ram Bharose n'était pas en état de comprendre quoi que ce soit et il n'était pas venu travailler le lendemain. L'entrepreneur n'y avait pas attaché d'importance – les journaliers ne sont pas plus fiables que les

1. Chique à base de feuilles de bétel, de noix et de chaux.

maris séducteurs –, pas plus qu'au fait que le maçon ait cessé de lui réclamer un prêt pour le mariage de sa sœur. Le souvenir ne lui était revenu en mémoire qu'au moment des questions que l'inspecteur lui avait récemment posées.

L'entrepreneur croyait-il ce garçon chétif capable d'une telle abomination ?

L'entrepreneur rigola : Si l'homme le plus grand du monde ne lève rien de plus lourd qu'un stylo au cours de sa vie, il sera plus faible que le plus petit qui porte des briques toute la sainte journée. Et n'oubliez pas *majboori ka naam*[1] du Mahatma Gandhi. Le désespoir accouche d'actions spectaculaires.

Et les poils pubiens ?

C'est en cours. On devrait bientôt avoir la concordance ADN. De toute façon, le maçon a avoué. La cause est entendue.

Posant sa feuille de journal, Godwin s'adressa à Aslam, qui dormait auprès de lui : Ce Bihari est innocent. Regarde-le, il ne serait pas fichu de découper une papaye en cent vingt morceaux.

Aslam répondit : Si les assassins se reconnaissaient à leur apparence comme les policiers, les chiens donneraient du lait et les vaches galoperaient aussi vite que des chevaux.

Godwin esquissa un de ses rares sourires : Peu importe la façon dont tu tournes la tête, tu ne vois pas tes oreilles alors qu'elles sont près de tes yeux. C'est ça le problème de la police.

1. Faire de nécessité vertu.

La semaine suivante, le carnage *ek-so-bees* fut le sujet de toutes les conversations. Chacun avait son avis. La majorité estimait que le maçon était le pigeon exhumé pour clarifier les dossiers. D'autres, à l'instar d'Aslam, considéraient qu'une photo ne révélait en rien les aptitudes d'un être.

Hitler – le tueur en série, une institution du royaume d'airain – intervint pour affirmer que le véritable Hitler était petit.

Ce qui était discuté en détail, c'était la nature stupéfiante du meurtre qui établissait de nouveaux critères de brutalité. La plupart des assassins, dont Bichchoo, qui avait massacré quatre personnes, trouvaient que la violence avait été poussée trop loin. Même les Indiens et les Pakistanais rendent les corps après avoir terminé de se bombarder respectivement. La mort est nimbée d'une certaine dignité.

Et que signifiaient les fourchettes ? Est-ce qu'il voulait se taper le cadavre à son petit déjeuner ?

Peter le Cogneur raconta que, dans un célèbre film de Hollywood, un homme très élégant avait fait ça. Une serviette coincée dans son cou, des couverts rutilants dans les mains, il avait mis de la musique stridente et entrepris de découper sa victime sur son assiette. Le foie – il avait commencé par le foie. Peut-être que ce Ram Bharose lui ressemblait. Quelqu'un avait lu les éléments de l'autopsie ? Est-ce que le foie du mort manquait ?

Le lendemain et le surlendemain, des dizaines de détenus téléchargèrent le film et, en le regardant, ils furent convaincus d'avoir résolu l'affaire. Quand ils y pensaient désormais, ils ne voyaient plus un petit

Bihari chétif, mais un bel Anglais au grand front et aux yeux perçants.

Une semaine plus tard, le royaume vibra à l'arrivée du maçon. Les garçons se bousculèrent pour apercevoir l'homme. Les photos ne lui rendaient pas justice. Il avait des traits fins, des cheveux épais et une peau embellie par des années au soleil. En revanche, au bout de vingt-quatre heures, détenus et kakis avaient compris qu'il n'était qu'une tragique marionnette.

Si chaque être est diminué de corps et d'esprit à l'entrée en prison, Ram Bharose était un mollusque. Recroquevillé dans un coin, la tête enfouie dans ses bras même si personne ne le battait, il ouvrait de grands yeux pleins d'incompréhension quand on l'interrogeait.

Le cinquième jour, Peter le Cogneur le convoqua dans la suite présidentielle où, entouré de sa cour, il lui demanda de cracher la vérité. Lorsque le garçon refusa de le regarder, Peter posa sa paluche sur son épaule qu'il serra. La vérité, fiston, la vérité, répéta-t-il doucement. On est là pour t'aider.

Des larmes jaillirent des yeux du maçon, ses narines se remplirent de morve.

La vérité se révéla banale. Sur demande, l'entrepreneur l'avait livré à la police. On l'avait tellement torturé au poste qu'il avait voulu mourir. Le pire : le pétrole versé dans son anus ; l'inspecteur avait dit qu'il exploserait comme une bombe quand ils frotteraient une allumette dans son trou. Après quoi, ils jetteraient ses morceaux dans la mer, tellement loin qu'aucun habitant du Bihar ne réussirait à le retrouver.

Il avait avoué le meurtre. Il avait décrit chaque coup de couteau. On avait exigé qu'il avoue aussi pour les fourchettes. Et il avait appris qu'il avait rasé ses poils pubiens après le carnage. Il était sûr d'être le seul homme de son clan à avoir fait une chose pareille.

Un avocat était venu le voir. Jeune, le visage mangé par une barbe noire, il lui avait ordonné de ne pas avoir peur et de dire la vérité : on l'avait nommé pour le protéger. Se prélassant dans un fauteuil, l'inspecteur était intervenu : Ne t'inquiète pas pour ça. Il a beau avoir tué un homme, il ne mentira jamais.

Sur ce, les deux – l'avocat et l'inspecteur – s'étaient esclaffés comme les acteurs à la télé. Ram Bharose avait su qu'il n'avait d'autre choix que la vérité.

On l'avait présenté à une magistrate. Il y avait des photographes et des caméras de télévision partout. Les policiers avaient dû se forcer un passage parmi eux. On lui avait posé des questions en criant, il n'en avait pas compris une seule. Sinon, pour la première fois de sa vie, il avait senti ce que c'était d'être important. D'avoir un nom. Il n'arrêtait pas de penser : Quelle histoire j'aurai à raconter à mon retour au pays, mais qui me croira ?

La magistrate ressemblait à sa mère – sauf qu'elle portait des lunettes à verres épais –, il fondit en larmes dès qu'elle lui lança un coup d'œil. Elle le gronda puis exigea la vérité. Voyant que l'inspecteur le regardait, il déballa tout. Il avait donné des coups de couteau avec frénésie. Il avait besoin d'argent. Il était saoul. Il avait rasé ses poils pubiens.

Sa mère avait voulu savoir s'il parlait librement, sans aucune pression. Il avait sangloté sous le poids de la vérité. Au moment où ses canaux s'étaient dégagés pour laisser passer sa voix, sa mère était passée à d'autres enfants qui, les muscles déchirés, étaient impatients de lâcher la vérité.

Le Cogneur tapota le dos du maçon et lui dit de ne pas désespérer. Ils l'aideraient. Lui-même prendrait contact avec des avocats et des amis dans les médias. Les faits finiraient par s'imposer. Les poils pubiens suffiraient à prouver son innocence.

Caressant sa barbichette, Mustafa lança : Un homme a combien de poils pubiens, Peter *bhai* ?

Autant que de soldats dans l'armée d'Akbar, répondit le Cogneur. Un empereur et cent mille soldats.

Si tu enlèves mille soldats et les fais entrer secrètement dans l'armée ennemie, ne seront-ils pas toujours les soldats d'Akbar ? enchaîna Mustafa.

Hummm… est-ce qu'ils iraient aussi loin ? Si ce genre de magouille d'autopsie était découverte, ça déclencherait un tollé. Des médecins seraient impliqués, des démissions réclamées.

Ram Bharose, qui est-ce ? lança Asambhav. Le plus grand maçon d'Inde ! Qui le révélerait ? Les médias ? Le système judiciaire ? Mère Teresa ? Qui ?

Ils assurèrent au jeune maçon qu'il fêterait la prochaine fête de *Diwali* avec sa famille au Bihar. À peine fut-il sorti que Peter déclara : Il en a pour dix ans.

Au bout d'une semaine, les garçons l'avaient oublié. Il appartenait bien à la sphère inférieure.

Ce fut vers cette période que Godwin se permit quelque chose qui ne lui ressemblait guère. À l'heure de la torpeur de l'après-midi où même la musique du fer s'assourdissait, une conversation somnolente s'était engagée au sujet d'un article agressif sur l'acte d'accusation du maçon.

Le journaliste soutenait que l'arrestation de Ram Bharose correspondait à la xénophobie de la police et de l'administration. Les garçons de la région étaient tumultueux, ceux d'ailleurs des délinquants endurcis. Les garçons de la région se laissaient embarquer à flirter avec les stupéfiants, ceux d'ailleurs faisaient partie de mafias à la tête de cartels organisés. Les filles de la région se laissaient entraîner à vendre leur corps.

Celles d'ailleurs étaient nées prostituées.

Et le journaliste concluait que dans l'Inde entière l'administration devait se montrer impitoyable envers tous – les personnes d'ici ou d'ailleurs –, une dureté universelle préférable à la bigoterie. Le pouvoir contre le peuple, c'était une pathologie ancrée avec un antidote connu. Le peuple contre le peuple, en revanche, c'était une garantie de conflit.

Issu de l'Andhra Pradesh, Aslam était d'accord avec la conclusion du journaliste mais pas avec les faits qu'il défendait. Aslam était convaincu de la culpabilité du maçon. Il était du parti de ceux qui décrètent que l'apparence a peu de rapport avec la réalité. Il aimait montrer le nombre de détenus qui, malgré leur physique effrayant d'armoires à glace, n'avaient aucun courage. La plupart d'entre eux étaient des criminels par hasard qui avaient fait un faux pas et franchi la ligne rouge sans s'en rendre compte.

Aslam affirmait avoir connu des garçons comme Ram Bharose. Un air paumé et une attitude servile, mais à la première occasion ils vous plantent un couteau dans le dos. À son avis, le maçon avait davantage de vols et d'assassinats cachés à son actif.

D'une voix expirante sous le souffle bruyant du ventilateur, Godwin, allongé en chien de fusil, sa bouche à quelques centimètres de l'oreille d'Aslam, chuchota : Tu es un imbécile. Si tu travaillais dans la police, le moindre honnête homme serait incarcéré et le moindre filou en liberté. Ce Bharose est incapable de tuer une papaye, je te le répète. Je connais la vérité. Et rien de ce qu'on raconte n'a de rapport avec elle.

L'air lourd endormait Aslam, qui fut persuadé d'avoir mal entendu. Quoi ? fit-il, s'obligeant à ouvrir les yeux.

Regarde-moi. J'ai l'air de quelqu'un capable de tuer avec une fourchette et un couteau ?

Des conneries de ce genre avaient beau circuler constamment au royaume d'airain, Aslam perçut que ce n'en était pas quand il dévisagea son ami.

Alors ? insista Godwin.

Putain de bordel de merde, s'énerva Aslam.

Godwin plia ses genoux jusqu'à ce que son corps d'enfant – mince et à moitié nu – paraisse encore plus petit qu'il ne l'était. Aslam posa la main sur lui : Dis-moi que tu mens, souffla-t-il.

Laisse-moi dormir, lui intima Godwin. La prochaine fois, n'oublie pas que l'apparence est trompeuse.

Aslam mit plusieurs jours à lui faire lâcher l'histoire et, même à ce moment-là, il eut du mal à y croire.

La nuit fatidique, Godwin était sorti du multiplex à plus de vingt-trois heures ; il longeait à pied la rivière chantante lorsqu'une petite voiture s'était arrêtée à son niveau ; un homme mûr, distingué, en était descendu et lui avait demandé du feu. Godwin avait tendu la cigarette qu'il fumait à l'homme, qui en avait collé l'extrémité à celle coincée dans sa bouche.

Tandis qu'ils s'attardaient – à la manière d'inconnus partageant un moment de plaisir –, le conducteur dit à Godwin que ce n'était pas prudent de marcher ici à une heure pareille. Godwin lui répliqua que c'était son habitude. L'homme distingué enchaîna qu'il tentait de forcer le destin. De quoi intriguer Godwin. Ils s'appuyèrent à la voiture, tirant sur leur cigarette. La nuit était d'un noir d'encre, la lune une virgule et aucune lueur argentée ne se reflétait sur la rivière.

Trente ans auparavant, à cette heure précise, la fille de dix-neuf ans d'un professeur avait retrouvé son amant ici, raconta le conducteur. Le garçon de vingt-quatre ans était le fils d'un homme politique connu pour son intégrité. Trois ans plus tôt, assis dans le salon VIP, le garçon avait remarqué la fille à la tête du groupe de son école lors du défilé du Jour de la République. Sa beauté l'avait aussitôt ensorcelé – des membres solides, un visage rayonnant, le teint cuivré – lorsqu'elle s'était tournée vers lui après avoir planté le drapeau.

En moins d'une semaine, se servant de la fonction de son père, il s'était pointé à l'école et avait demandé au directeur une force opérationnelle pour une plantation d'arbres.

Avant qu'une centaine de tecks ait été plantée, le garçon et la fille étaient fous amoureux. Ils se voyaient tous les jours et faisaient l'amour n'importe où. Il avait dû organiser deux avortements pour elle, mais elle ne lui en voulait pas. Il y a toujours un prix à payer pour la passion ; avoir peur, c'est ne jamais connaître la passion. Le garçon la rassurait : Un bel arbre ne cesse de donner des fruits, ils avaient le temps d'avoir des enfants légitimes.

Le professeur avait beau être conscient que sa fille marchait dans un champ de mines, il ne s'en mêlait pas. Il estimait être l'homme libéral que son éducation – tant en histoire qu'en littérature – lui avait appris à être. Au demeurant, il espérait et redoutait que sa fille épouse le pouvoir et l'aisance. Sa culture – en matière de faits et de fiction – le laissait pessimiste sur la réussite de ce genre d'unions.

L'homme politique, connu pour sa probité, sa fermeté, son respect des traditions, préférait fermer les yeux. Les politiciens ont cette tendance : ne s'occuper d'un problème que s'ils ne peuvent faire autrement. Son fils mûrirait et ne serait plus esclave de ses hormones. S'il était à la traîne dans ce domaine, le filet du mariage – déjà en voie d'être tressé – le piégerait.

L'un et l'autre se produisirent. La passion du garçon décrut et il tomba dans le filet du clan. À mesure que son ardeur refroidissait, il tenta de s'éloigner en invoquant la désapprobation de sa famille. Mais la fille du défilé n'était pas prête à être traitée comme une traînée. La promesse de voitures, de vacances, de maisons, d'enfants, de domestiques et d'amour éternel résonnait dans ses oreilles.

Elle se présenta chez l'homme politique, jour après jour, réclamant justice. Le bruit courut. Polie à cette époque, la presse y fit allusion sans autre commentaire. Le père finit par la rencontrer et par reconnaître, non sans tristesse, qu'elle avait raison. Il suggéra que les amants se séparent pendant six mois pour évaluer la force de leur engagement. S'ils étaient toujours déterminés au terme de cette séparation, ils auraient sa bénédiction.

Cinq mois plus tard – à l'endroit précis où ils fumaient –, la fille du défilé fut retrouvée sur la berge, boursouflée et molle, ses jolies lèvres grignotées par les poissons. L'autopsie révéla qu'on l'avait sodomisée et étranglée avant de la jeter à l'eau. Le politicien assista à la crémation, versa une larme puis annonça qu'on remuerait ciel et terre pour traduire l'agresseur en justice.

En l'espace de deux semaines, un cantonnier originaire de l'État d'Oriya – il répandait du goudron bouillant – fut arrêté et mis en examen pour viol et meurtre.

Six mois plus tard, on maria le garçon. Les festivités durèrent cinq jours. Outre quelques vedettes de cinéma de Mumbai, le ministre de l'Intérieur et le président du *Lok Sabha*[1] assistèrent à la cérémonie.

Quelques mois plus tard, on découvrit un jeune homme au bord de la rivière, la tête dans l'eau et émasculé. La police ne mit la main sur aucun suspect. Elle ne repéra aucun ouvrier. Moins d'un an après, un peu plus en contrebas de la rivière, à l'évacuation de l'égout fluvial, on trouva un autre jeune homme, pantalon baissé, sans testicules, la tête dans l'eau.

Puis un vieux couple du village situé à l'embouchure de la rivière signala un étrange incident. Un soir où ils rentraient de la capitale sur un scooter plutôt

1. Parlement.

lambin – la route était déserte, la rivière fuligineuse –, ils furent stupéfaits de voir une jeune fille marcher sur l'eau en balançant les bras.

Sous le choc, sa femme plantait ses ongles dans ses épaules ; le vieil homme accéléra. Il eut beau rouler pleins gaz, il n'arriva pas à dépasser la fille. À l'endroit où le pont enjambe la rivière, la fille tourna la tête pour les saluer et ses lèvres, dévorées, découvraient ses dents, tandis que les trous noirs de l'enfer remplaçaient ses yeux et son nez.

Les époux hurlèrent de terreur et le scooter, donnant de la bande, percuta un panneau.

On évoqua ensuite des apparitions régulières. Certains l'avaient vue brandir un drapeau, d'autres nager dans la rivière, d'autres planter de jeunes arbres. La plupart l'aperçurent en train de marcher sur l'eau.

Le mystère des assassinats était résolu, mais la menace sur les jeunes gens perdurait. On fit venir des maîtres tantriques de l'Assam et on décréta une *puja*[1] de onze jours pour apaiser l'esprit furieux. Ce ne fut qu'en partie efficace. S'il n'y eut plus de cadavres dans l'eau, un jeune homme avait un accident dans cet endroit tous les mois.

Godwin affirma à l'homme que c'était la première fois qu'il entendait cette histoire. Allumant une nouvelle cigarette, le conteur fit observer que c'était sans doute à cause de sa jeunesse ou parce qu'il ne venait pas des villages voisins ou qu'il ne parlait pas aux gens du coin.

C'est vrai pour les trois, pensa Godwin.

---

1. Rites d'offrandes et de prières.

L'homme ajouta qu'ils devraient partir car minuit – l'heure de l'apparition de la femme de l'eau – approchait. Or ils étaient des hommes et jeunes. Il proposa un verre chez lui, à proximité.

L'appartement de l'homme distingué était lumineux, propre, rempli de beaux objets. L'antithèse de la Casa de Flores. Les posters et photographies encadrés des murs semblaient sortis tout droit d'un film anglais. Beaucoup représentaient des nus. Une armée de bouteilles d'alcool pareilles à celles d'un bar s'alignait sur le plateau en marbre d'une table haute. Il y avait deux rideaux superposés : le premier impeccable et transparent, le second opaque et lourd.

Godwin comprit en quelques minutes qu'il n'existait ni épouse ni famille. L'homme vivait seul, cette élégance était son œuvre. Avec fierté, il lui fit visiter l'appartement, ouvrant même la porte de la salle de bains rutilante, avec céramiques et cosmétiques. Un grand poste de télévision, plat comme une vitre, était fixé au mur de la chambre. À Casa de Flores, celui de la chambre de son père ressemblait à une boîte dont le dos avait la longueur d'un chat. L'homme distingué appuya sur le bouton d'une télécommande ; de la musique résonna dans l'appartement depuis des lieux invisibles.

Godwin se sentit léger comme jamais auparavant. Ils se mirent à boire. Son hôte préparait dans des verres à pied des mélanges qui se descendaient sans aucune difficulté. Il lui parla de son travail, de mode, d'art, de cinéma et de la musique du corps humain.

L'homme lui montra de somptueux volumes remplis d'images qui enflammaient les sens. Dans certains, des hommes et des femmes vêtus de cuir, munis de lances, s'infligeaient respectivement des blessures. L'homme avait une voix douce et un sourire chaleureux.

Presque tout ce que cela signifiait échappait à Godwin, mais c'était grisant. Charmé, il révéla son histoire. Pendant son récit – qu'il découvrait lui-même pour la première fois –, l'homme distingué émit des bruits d'empathie et de stupéfaction, lui tapota les bras. À chaque interruption de la narration pour la préparation de nouveaux cocktails, l'homme distingué assurait : Nous sommes frères. C'est le destin.

En trouvant des mots pour sa narration, Godwin s'apitoya sur son sort.

Sa libertine de mère et son père dément l'avaient détruit. Il n'aurait jamais une vie semblable à celle de l'homme distingué : entouré de beaux objets et en quête de raffinement. Il n'avait jamais vu d'autres livres que ses manuels scolaires, ni entendu une musique qu'il pouvait identifier. En comparaison des bouteilles disposées sur le plateau en marbre, ce qu'il buvait d'ordinaire était de la piquette. En fait, cet homme était le premier ami de sa vie, la première personne qui l'avait traité avec gentillesse.

Sans s'en rendre compte, Godwin versa des larmes. L'homme distingué sortit son mouchoir avec lequel il essuya doucement les joues parfaites du garçon. Il enfouit ensuite sa tête dans ses bras, lui caressa les cheveux et murmura des paroles réconfortantes. Personne n'avait étreint Godwin depuis la mort de sa mère ; la sensation lui plut, cela ne l'empêcha pas d'être mal à l'aise. Se dégageant, il s'approcha des bouteilles et attendit son hôte.

Il fut bientôt tellement ivre qu'il eut envie de raconter de nouveau son histoire pour en éprouver encore davantage la tristesse. À ce moment-là, l'homme distingué se leva car il devait se rendre dans la salle de bains. Il avait oublié de faire quelque chose d'important. À mi-chemin, il se retourna et lança : J'espère que tu le fais aussi… pour éviter les infections ? Bien sûr que non. L'homme fut consterné. Même maintenant, un eczéma mortel pouvait répandre son chancre sous la forêt. Il devait le faire sur-le-champ.

Dans la salle de bains, il donna au garçon un rasoir neuf, de la crème moussante, un flacon d'huile pour bébé afin d'apaiser la peau quand il aurait terminé. Godwin, n'ayant gardé que sa chemise, resta debout, et l'homme à genoux appliqua la mousse et le rasa avec une douceur maternelle.

Tandis que les boucles noires atterrissaient dans une poubelle, Godwin fut envahi par une sensation de propreté très agréable. Ce ne fut que lorsque son hôte commença à le masser avec de l'huile que le jeune homme le repoussa, et récupéra ses vêtements.

Ils se remirent à picoler. Le garçon éprouvait quelque chose de nouveau : l'estime de soi. En revanche, l'homme distingué était devenu nerveux. Il ne cessait de se lever du canapé, d'arpenter la pièce, de poser des questions sur les filles que Godwin avait fréquentées. Chaque fois que le garçon déclarait son ignorance, l'homme exagérait sa stupéfaction.

Ils finirent par être tellement saouls qu'ils entrèrent dans la chambre et s'écroulèrent sur le lit. Ils partagèrent une cigarette mais s'endormirent au bout de quelques minutes, les innombrables lampes toujours allumées, la musique se déversant toujours.

Cette nuit-là, Godwin vit son père brutaliser sa mère. Ce qui était resté si longtemps refoulé – les souvenirs de son enfance – revint en force. Salvador D'Penna, vêtu de cuir clouté, une gigantesque lampe torche dans une main, une grosse loupe dans l'autre, braquait les deux entre les jambes écartées de sa ravissante femme, fouillant comme un forcené.

De la porte, le petit Godwin regardait sa mère souffrir en silence. Elle fixait son fils sans le voir néanmoins puisqu'il se tenait dans le noir. Son marteau serré dans sa menotte, taraudé par l'envie de tuer son père, il avait trop peur pour bouger. Je devrais aller chercher un couteau dans la cuisine. Je peux l'achever avec, pensait-il, tandis que Salvador prenait un énorme rasoir et rasait la vulve de sa mère, non seulement les poils mais aussi la peau, d'où des larmes coulèrent en même temps que le sang le long de ses cuisses.

Incapable de supporter sa douleur, Godwin tourna la tête. Il sentit alors qu'on baissait son pantalon, qu'une main s'emparait de ses parties génitales lisses puis qu'un souffle tiède lui effleurait le cou. Alors que la terreur le figeait, un truc chaud et rond – le phallus de Salvador – s'introduisit dans ses fesses. Il comprit qu'il allait être avili comme sa mère.

Saisi d'une panique folle, il attaqua, écrasant l'objet qu'il tenait sur le visage derrière lui ; ce faisant, il tomba par terre avec un bruit sourd ; le cendrier en verre qu'il avait à la main roula sous le lit. Il leva les yeux : l'homme distingué, nu, lui tendait les bras malgré le sang qui ruisselait de son nez. Godwin se mit péniblement débout, s'empêtra dans son pantalon.

L'homme distingué criait qu'il l'aimait. Son érection remuait comme la queue d'un chien. Après s'être libéré de son pantalon d'un coup de pied, Godwin se rua dans le salon. L'hôte l'y suivit sans cesser de miauler son amour, le sang coulant dans son cou.

Le garçon fonça dans la cuisine. Là, sur le comptoir de granit sombre, il y avait un magnifique support en bois où divers couteaux de cuisine à manche noir s'alignaient tels des soldats penchés. Il attrapa le plus gros et, en proie à la fureur refoulée de son enfance, virevolta, l'enfonça dans le ventre de l'amant qui s'approchait.

Il y eut un halètement et un gargouillis mais l'homme était suffisamment près pour l'enlacer. Je t'aime, insista-t-il. Faute de place pour retirer le couteau, Godwin le repoussa avec une force qui le fit trébucher et, avant qu'il ne retrouve son équilibre, le garçon avait pris un autre couteau sur le support qu'il lui planta dans le torse.

Il avait alors franchi la ligne au-delà de laquelle la vie n'est qu'une feuille morte. Aux couteaux de cuisine succédèrent les couverts, couteaux et fourchettes.

Même si l'homme distingué ne bougeait plus depuis un certain temps, le garçon ne s'arrêta que lorsque la tempête de son cerveau se calma. En dépit de sa frénésie, le chaos était limité. Le sang qui ne s'était pas répandu loin du cadavre se coagulait sur le carrelage gris texturé.

Godwin gagna la salle de bains. Il se regarda dans la grande glace. Comme ses parties génitales étaient pures ! Une nervosité fébrile le submergea tandis qu'il s'observait. Il dut s'asseoir sur le siège des W.-C., fermer les yeux jusqu'à ce que le tremblement cesse. Il ôta ensuite sa chemise et resta longtemps sous la douche.

En partant, il repéra le portable et les clés de voiture de l'homme distingué. Il les ramassa sans réfléchir. Il savait plus ou moins conduire. Dès qu'il eut parcouru une courte distance à l'heure sépulcrale précédant le point du jour, il abandonna le véhicule.

Il n'avait pas davantage d'usage pour le téléphone. Il n'avait personne à appeler.

Il marcha au bord de la rivière en guettant l'apparition. Soudain, il comprit qu'elle devait avoir disparu dans la nuit : un jeune homme était mort, elle avait sa vengeance.

Au cours des semaines suivantes, il assista à l'hystérie publique poussant les policiers dans d'absurdes directions. Ils cherchaient une vengeance, un vol, une vendetta ou un chagrin d'amour. Ils étaient obsédés par le mobile, comme si la vie était un film. L'idée du hasard – d'un accident – semblait leur échapper.

Aslam demanda s'il avait été indispensable de tuer l'homme distingué.

C'est arrivé, voilà tout, répondit Godwin. Et ça n'avait pas vraiment d'importance. Quand la vie a franchi une ligne – que ce soit une fourmi, un cafard ou un être humain –, c'est normal d'y mettre fin. Il aimait bien l'homme distingué. C'était la première fois que ça lui arrivait. Sa maison lui avait plu. Si seulement il n'avait pas fourré son pénis dans son postérieur !

Aslam qui avait pratiqué la sodomie pendant plusieurs années pour gagner sa vie déclara avec un faible sourire que ce n'était pas un péché de forniquer. À quoi d'autre servaient ces organes ? Godwin rétorqua que c'était à chacun de le décider, il en savait quelque chose.

Et les portables, il les avait fauchés ? voulut savoir Aslam.

Godwin flanqua une claque sur l'oreille du sodomite. Il avait l'air d'un voleur ? Comme des gens possèdent des téléphones, sa famille avait été propriétaire d'immenses demeures et de champs pendant trois cents ans.

Même une mauvaise histoire mérite d'être colportée, or celle-ci était fabuleuse. Malgré sa promesse de garder le secret, Aslam s'amusa à piquer la curiosité autour de lui. Il se moquait des garçons. En effet, Ram Bharose n'était pas le tueur *ek-so-bees*, mais se doutaient-ils que le véritable assassin se trouvait parmi eux en ce moment ? Il leur demandait de deviner son nom, des dizaines étaient suggérées.

On ne tarda pas à voir le maçon bihari faire le tour des détenus et les supplier de lui donner le nom de l'homme dont il portait la croix.

Pendant ce temps, la grenouille du secret avait tellement gonflé dans la gorge d'Aslam qu'il mourait d'envie de la vomir. Étant donné sa valeur, le sodomite et vendeur de journaux pouvait le divulguer soit à Babu soit au Cogneur.

Même si Peter était le *bhai* qu'il préférait, il choisirait le dévot avec l'instinct du survivant. Pour le privilège. C'était une sorte d'assurance.

Le fief de Babu se trouvait à l'étage au-dessus de celui de Peter. Une grande pièce d'angle, la seule dotée de deux hautes fenêtres montrant des pans du ciel. Il n'y avait que deux lits d'où on avait la vue et Babu les occupait. Dix-sept détenus y avaient logé, mais depuis son arrivée Babu veillait à ce qu'ils ne soient jamais plus de douze.

Cinq parmi ceux-ci étaient ses acolytes : volleyeurs vigoureux et principaux participants à la construction du temple en une nuit. Contrairement à Madhukar, ils n'étaient pas désabusés. Au lieu d'ébranler leur ferveur, l'incarcération l'avait auréolée d'un halo. Ces garçons dominaient l'étage, un signe de tête du leader suffisait à déchaîner leur violence. Ils aimaient arborer un air sportif : preuve de leur virilité. Le matin ils faisaient du yoga en débardeur branché, l'après-midi ils jouaient au volley chaussés de baskets branchées.

Les autres à avoir droit de cité dans la cellule étaient des sous-fifres qui nettoyaient, faisaient les coursiers, massaient et chantaient les louanges du leader. En échange, ils étaient protégés.

Le matin où Aslam délivra la grenouille de sa gorge, Babu seul – ce qui était inhabituel –, assis en tailleur au milieu de son lit double, se prélassait au soleil tel un guerrier recevant des bénédictions avant une bataille. Hormis quelques formes endormies sous des draps, la cellule était vide.

Les leaders ont chacun leur style. Le Cogneur tapait dans le dos, était jovial, ne jugeait pas, tenait à la camaraderie. Babu, lui, se montrait distant, grave, d'une grande rigueur morale. L'attitude suscitait respect des convenances et vénération. Après tout, c'était un politicien de la religion.

Babu n'avait pas une bonne opinion du sodomite. Outre son islam – une souillure –, il y avait son physique. Trapu, le teint foncé, le nez épaté, un éternel sourire aux lèvres, il portait en permanence un short flottant et un maillot de corps violet qui jurait avec sa peau. Sans compter son goût pour les ragots. Le bruit courait qu'Aslam insultait systématiquement le démagogue hindou plein d'avenir que Babu vénérait.

Je vais me le faire, avait-on entendu le sodomite répéter, je me fiche de ses agents de sécurité. Je vais avaler six balles comme des comprimés d'aspirine et les tirer par ma bite.

En présence de Babu, Aslam était un agneau. Il se faufila jusqu'au *bhai* se prélassant au soleil et déplia le journal hindi : Le meurtre *ek-so-bees*, ce n'était pas Ram Bharose, certifia-t-il. Je sais qui c'est. Un chrétien.

Le dévot releva lentement les paupières – il était trop altier pour montrer de la surprise – puis haussa un sourcil. Le sodomite obséquieux lança un regard circulaire, baissa la voix.

Babu ne prononça pas une parole et son expression resta grave le temps du récit agrémenté de détails. À la fin, il tendit les jambes, croisa les mains derrière sa tête et, se penchant au niveau de la taille, effectua des tractions obliques. Il marqua une pause au bout d'une vingtaine : Ces carnivores commettent un massacre et ils arrêtent nos frères, conclut-il.

Continuer la conversation ne rimait à rien. Aslam s'éclipsa ; Babu se remit à ses tractions. Informe sous un drap, Bangla effleura du bout d'un doigt la balafre de sa joue tandis que la possibilité d'une vengeance lui coupait le souffle.

L'information est une monnaie d'échange dans le monde entier. En tirer profit exige de l'habileté. Le sodomite vendit la sienne contre de la protection. Le dévot la classa pour s'en servir dans un discours. Et le dormeur apeuré la confia à son avocat pour qu'elle soit exploitée.

Les initiés savent que, même si les forces de police sombraient dans un sommeil perpétuel, elles n'en résolvaient pas moins la moitié des affaires. Par envie, concurrence, haine, vengeance, l'information afflue vers la police comme vers les journalistes. Il suffit que le flic astucieux ou le pisse-copie malin comprennent comment l'utiliser à bon escient. En l'occurrence, les kakis sortirent leurs ciseaux sans desserrer les lèvres. Les poils pubiens de Godwin furent envoyés au laboratoire médico-légal, ses doigts trempés une fois de plus dans de l'encre noire.

Quand Salvador D'Penna apprit la mise en examen de son fils pour l'effroyable meurtre *ek-so-bees*, il déclara : Je l'ai su depuis le jour où je l'ai ramenée à la maison. Un arbre pourri engendre toujours des fruits pourris.

À la cigogne, il intima : Ne faites rien. Il faut qu'il expie. Défendre un pécheur est immoral, pas vrai ?

Maria alluma des cierges à l'église et dit au *Padre* : Ce gamin. Je l'ai toujours su : un malfaisant. On aurait aussi dû arrêter son père.

Derrière les barreaux, Godwin ne se départit pas de son calme. Il avait purgé une peine pour un délit qu'il n'avait pas commis. C'était acceptable de le faire pour celui qu'il avait perpétré. Sans compter le pas de géant que la nouvelle accusation lui procura pour une nouvelle stature. Taillader Bangla lui avait procuré un standing, il était désormais un objet d'admiration et inspirait la crainte.

Aslam veilla à ce qu'on le change et de cellule et d'étage.

Bangla – informateur hors pair – obtint d'être transféré dans l'établissement beaucoup plus petit d'une autre ville où il put refaire pousser sa moustache et créer un nouveau mythe.

Ram Bharose resta sur place – ignoré et oublié –, attendant que la roue de la justice tournant à sa lenteur habituelle atteigne le tribunal pour que la magistrate puisse annoncer officiellement qu'il n'était pas un assassin et n'avait poignardé personne, ni une fois ni cent vingt fois.

18

Aarti et la sœur disparue

Asambhav mit deux mois à se tenir debout, et deux supplémentaires à remarcher. De ses quatre semaines à l'hôpital, la première ne lui laissa aucune trace puisqu'il était dans le coma. La Royal Enfield, fracassée, était irréparable, de même que la Maruti. À la vue des débris, la police constata qu'ils auraient tous dû mourir.

Harcelé par Bade Papa, le jeune médecin des urgences avait affirmé : On ne peut pas le sauver, il va mourir. Partez.

Bade Papa joignit l'assistant personnel du magistrat du district, un frère de caste, et le meilleur de ce que le gouvernement pouvait accomplir ne tarda pas à être organisé. Asambhav eut une chambre individuelle, où n'importe qui eut le droit de camper. Ses deux mères s'y installèrent avec Pappu. On casa un fourneau dans un coin et les provisions – lait et légumes frais – arrivèrent du village.

Le cinquième jour, tandis qu'Asambhav nageait dans des profondeurs insondables, son père débarqua et s'indigna comme un militaire. Quel idiot il avait été d'abandonner son fils à son frère qui avait gâté le garçon par une affection mal à propos et une éducation de mauvais aloi. Au lieu d'en faire un homme, il en avait fait un *majnu*[1]. À cause de ses romans stupides.

Bade Papa tenta de rabattre le caquet à son jeune frère. Défiler en uniforme empesé et rutilant n'était en rien l'acmé de la condition humaine. La disparition des uniformes, voilà qui serait le véritable aboutissement du progrès. Il devrait être fier de son fils qui, préférant les livres aux bombes, était sensible à des valeurs plus élevées que la violence.

Peine perdue. Le militaire arpenta la pièce dans ses lourds godillots noirs, fulminant contre l'amour, tandis que la cocotte-minute posée dans le coin sifflait que le *daal* était prêt.

L'amour n'existe pas, vociféra-t-il. Ce n'est qu'une invention de la littérature. Tu crois que toi et moi, nous sommes le fruit de l'amour ? Tu crois que ces deux geignardes sont le fruit de l'amour ? Quant à ce Pappu, je ne sais même pas ce qui lui a donné naissance et pour quelle raison ?

Accroupi près de la cocotte musicale, l'ouvrier agricole sourit de ses dents tachées.

Ce n'est pas parce que nous ne le sommes pas que ça n'existe pas, protesta Bade Papa.

Bien sûr que ça n'existe pas ! Et ça n'a jamais existé. Nous devons notre naissance à l'entêtement du pénis, ce dont souffre l'imbécile couché ici. Les animaux en souffrent. Simplement ils ne sont pas en guerre contre

---

1. Détraqué, fou.

leur corps. On ne peut s'empêcher d'être des animaux sous la ceinture, mais au-dessus on veut être des saints et des penseurs. Aussi avons-nous des romanciers qui créent ce canular nommé amour. Il ne s'agit que de l'entêtement du pénis, les animaux ont de la chance de ne pas avoir de romanciers.

Les deux mères, assises, se tenaient la tête entre les mains. Pourquoi les hommes ne savaient-ils jamais comment réagir en temps de crise ? Ne crie pas, je t'en prie, suppliaient-elles. Tu veux tuer le garçon ?

Le militaire pivota, claqua ses godillots avant de répondre d'un ton sinistre : Maintenant que tu le dis, ce n'est peut-être pas une mauvaise idée ! C'est parfois l'unique traitement pour l'obstination du pénis. De toute façon, il est à mi-chemin : Yama s'est emparé de ses bras pendant que tu essaies de t'agripper à ses jambes.

Et les deux femmes de psalmodier *Ram Ram Ram Ram Ram Ram*…

D'ailleurs, tu crois qu'on m'entendrait si je ne hurlais pas pour couvrir le braillement de cette cocotte ? Pourquoi est-ce que vous avez converti l'hôpital en une bicoque de village ? Comment se fait-il que vous ayez oublié d'emmener les buffles et de les attacher à la cheville de mon fils ?

Après une journée de diatribes, le père annonça qu'il partait retrouver son régiment. Bade Papa le prévint que les médecins avaient de l'espoir. Sambhav reprendrait bientôt connaissance ; il avait bougé les pieds. Cela vaudrait peut-être la peine de rester un jour de plus. Le militaire déclara qu'il avait des choses à faire. Son régiment avait besoin de lui, son pays aussi. Son fils était une source d'embarras. Quand il sortirait du coma, il serait amnésique comme cela arrivait souvent dans les films hindis des années soixante. Il ne se souviendrait pas qu'il avait un père, ce qui serait parfait.

Et les mères de psalmodier *Ram Ram Ram Ram Ram Ram*…

Le père sur le départ regarda l'ouvrier agricole : Pappu, si ça arrive tu n'auras qu'à feindre qu'il est ton frère et il pourra vivre avec toi derrière l'étable, conclut-il.

Pappu eut un grand sourire, les femmes se bouchèrent les oreilles.

Asambhav ouvrit les yeux quelques jours plus tard mais il revint à lui si lentement que, l'espace de quelques jours, Pappu espéra qu'il avait perdu la mémoire. Bade Papa et les mères furent toutefois déçus de se rendre compte qu'il avait émergé dans le même état d'esprit que la nuit fatidique de son départ. Son chagrin était intact. Il semblait être au fond d'un abîme d'insondable désespoir.

Couché immobile, les membres encapsulés dans des coques blanches et dures, la peau desséchée – une humiliation de tubes et de sécrétions –, il avait conscience d'avoir été délaissé par les dieux qu'il avait vénérés. Rien ne les inciterait à prendre en considération sa situation difficile. Ni sa pureté. Ni sa fidélité. Ni son calvaire.

Il avait misé sa vie pour en changer le scénario. Il s'était fié aux leçons du mythe : le geste ultime mortifie les dieux et modifie l'ordre du monde. Or pas une feuille d'arbre n'avait bougé en sa faveur.

Il passait sa journée à regarder tourner le ventilateur auquel il s'identifiait : C'est moi. Le tourbillon permanent de mon amour me laisse en rade ici.

La prière était partie intégrante de sa vie depuis toujours. Ses mères l'en avaient abreuvé. Il connaissait le son des cloches des temples et des hymnes depuis son premier instant conscient. Il n'avait jamais mangé avant de prier, jamais prié avant de s'être lavé. À six ans, il récitait le mantra *Gayatri* et le *Hanuman Chalisa*. À force de dévotion et de piété, il éprouvait le sentiment dangereux d'être vertueux.

Maintenant, il ne songeait qu'à tout désavouer avec autant d'intensité. Prières et foi dans les dieux. Le manque d'imagination l'empêchait de nier leur existence, il savait simplement que ni la supplication ni l'émotion ne les touchaient. Ils avaient écrit le scénario et refusaient des modifications. Ils avaient le même point faible que les artistes : une croyance arrogante dans la valeur de leurs créations.

Quatre jours après qu'il avait repris connaissance, il ordonna aux mères de rentrer à la maison. Il ne supportait plus d'entendre une invocation de plus à Ram.

Un dieu peut incendier une île et massacrer un million d'hommes au nom de son amour, confia-t-il à Pappu. En revanche, nous sommes censés enterrer silencieusement le nôtre comme une carcasse de chien.

Pappu fut sa bouée de sauvetage au cours des mois suivants. On le ramena sur un brancard chez lui. Il voulut à tout prix qu'on l'installe dans sa chambre, où il passait la journée sans bouger – le parapluie rose à côté de lui – sauf quand Pappu l'emmenait aux toilettes.

Sa détresse ne lui faisait pas perdre de vue sa quête. Il envoyait quotidiennement Pappu humer l'air au village. Rien. Pour son maître maudit, le garçon explora les coulisses du travail agricole sans plus de succès. C'était la même information mystérieuse. Elle était partie un matin avec sa famille qui était revenue sans elle.

Même lorsque les mois devinrent des années, aucun membre de sa famille ne prononça son nom. Un regard glacial était la réponse à la moindre question à son sujet.

Je crois qu'elle est morte, en conclut Pappu.

Ne sois pas stupide, le rembarra Asambhav. Ils l'ont cachée quelque part. Ils s'imaginent que je vais me lasser d'attendre, épouser une jolie fille et l'oublier. Les gens médiocres sont convaincus qu'on leur ressemble. Les Pal ne tiennent qu'à leurs buffles et à leurs terres ; si leurs femmes pouvaient accoucher de veaux, ils édifieraient un nouveau temple en l'honneur des dieux.

Les Pal ne sont pas les seuls, commenta timidement Pappu.

Je sais. On réagirait de la même façon ici. Le reste du village aussi, mais je ne suis pas comme eux. Si elle est vivante, je la trouverai. Si elle est morte, je les tuerai un par un. Ils comprendront alors qu'amour est un mot aussi grandiose que Dieu et que ses bénédictions ou sa vengeance ne sont pas moins puissantes.

Oui, on les tuera un par un, acquiesça Pappu. C'est toi qui donneras le premier coup, moi le second.

Comme auparavant à Dehradun, Asambhav écrivait une lettre par jour à sa bien-aimée. Cette fois, chacune était glissée dans une enveloppe qu'il fermait. Pappu les rangeait dans un petit attaché-case muni d'un cadenas. Aucune lettre n'avait moins de huit pages, beaucoup en avaient plus de vingt.

Dans ses lettres, il n'évoquait pas sa course sur la route pour défier la mort. Ni l'accident, ni le coma, ni ses larmes et souffrances quotidiennes. Ni les efforts de Pappu, ni les gémissements des mères. Ni son rejet des dieux. Ni qu'il avait fourré dans un tiroir les deux minuscules statuettes en cuivre de Balgopal[1] qui jusque-là étaient toujours près de son lit.

Il ne faisait allusion qu'à sa douleur et au souvenir qu'il gardait d'elle. Il décrivait chaque moment qu'ils avaient passé ensemble, infusant la moindre rencontre d'une beauté qu'aucune réalité n'aurait pu contenir. Il célébrait ses qualités, de sa voix mélodieuse à son nombril creux. Il parlait de l'avenir et de leur vie commune comme si c'était un chemin sans obstacle ni barricade.

Un inconnu lisant ces lettres n'aurait pu imaginer un jeune homme aux os brisés, privé de son amour, en proie à un profond désespoir, couché impuissant et seul, dans une chambre à l'arrière d'une ferme.

Une fois son épître du jour terminée, Asambhav lisait. La littérature approuvait son état d'âme, lui semblait-il. L'émotion n'était la cible d'aucun mépris et qu'on soit martyr pour autre chose que la religion ou la nation lui convenait. Immobilisé dans sa carapace de plâtre – son grand chien à son chevet –, il en

1. Krishna enfant.

vint à se considérer comme le personnage d'un livre sublime et à réfléchir au livre sublime qu'il écrirait.

Un soir, Bade Papa entra dans sa chambre et fit signe à Pappu de sortir. Sheru, oreilles dressées, resta immobile. Le jeune homme et le vieil homme se dévisagèrent avec méfiance. Deux décennies de profonde affection ne suffirent pas à combler le gouffre qui les séparait désormais.

Bade Papa prit la parole : Tu dois apprendre à pardonner, c'est la plus importante leçon de la vie.

Le neveu qui était plus qu'un fils lança : Tu l'as fait ? L'homme à l'uniforme vert olive l'a fait ? Si ça avait été le cas, je n'aurais pas les os brisés comme du bambou broyé.

Nous devons répondre de beaucoup de choses, reconnut Bade Papa, je suis désolé. Nous nous sommes laissé mener par notre ego comme les bovins par leur anneau nasal.

Asambhav eut un regard dur. Les deux hommes étaient des ordures indignes de confiance. Leur ego n'était pas leur anneau nasal, mais le fouet avec lequel ils battaient bêtes et hommes. Que complotaient-ils maintenant ? Quelle que soit leur machination, il était sûr que les hommes de la famille Pal en étaient complices.

Tu devrais t'en aller, lança Asambhav à son oncle. Nous ne sommes plus rien l'un pour l'autre.

C'est à cause de ton chagrin que tu parles ainsi, je ne t'en veux pas. Tu ne peux pas pleurer éternellement, personne n'a vu tous ses désirs exaucés au cours de sa vie. Peut-être qu'elle ne t'était pas destinée, ces spéculations dépassent les capacités humaines. Je n'ai pas de bonnes nouvelles à t'annoncer : ils l'ont envoyée dans un lieu d'où elle ne reviendra jamais.

Ils l'ont tuée ? C'est ce qu'ils t'ont dit ?

Non, je te rapporte ce que j'ai appris. Ils l'ont mariée très loin ; elle est morte pour eux.

Elle ne peut pas en épouser un autre, elle m'a déjà épousé. S'ils l'ont tuée, ils ont signé leur arrêt de mort. Ça, je te le promets.

Bade Papa baissa son visage ridé : Regarde dans quel état tu es. Regarde à quoi t'a réduit cette obsession. Crois-moi, mon fils, il est temps de te secouer. Rien ne dure ici-bas, même pas la vie et l'amour. Ta Badi Mama et moi, nous avons rencontré une jeune fille d'une exquise beauté, d'un caractère charmant. Elle sera un baume pour tes blessures et une fleur qui parfumera tes journées.

Ôtant l'oreiller de sous sa tête, Asambhav le plaqua sur sa figure et ses oreilles. La blancheur du plâtre ainsi que celle des draps et de l'oreiller lui donnèrent l'allure d'un spectre.

Il enleva l'oreiller au bout de quelques instants : Ne t'humilie pas, ne m'humilie pas. Une seule femme au monde m'est destinée. Si je suis un poids dans cette maison, n'hésite pas à me jeter sur la place du village. Rappelle-toi simplement que mon amour et ma vie se termineront en même temps ici-bas.

Pappu revint, convaincu que la détresse de son jeune maître aurait empiré. Il fut stupéfait de découvrir qu'il faisait tournoyer le parapluie rose au-dessus de sa tête, en esquissant lentement un sourire.

Tu attends la pluie ? demanda-t-il.

Non, le soleil.

Asambhav ne se souvenait pas de la dernière fois où il avait été aussi heureux. La nouvelle était grisante. Il avait beau se répéter qu'elle était vivante, il craignait en permanence qu'elle ait été tuée. La savoir en vie, c'était savoir qu'ils seraient réunis, peu importait celui à qui on l'avait mariée et où on l'avait expédiée… à un Chinois en Afrique ou à un Africain en Chine.

Pour la première fois depuis son accident, il interrogea Pappu sur sa santé : Le médecin a dit que je remarcherais normalement ?

Guru*ji*, il a assuré que tu courrais comme un poulet.

Dès lors, tout le monde s'étonna des progrès du patient. Il passa de son inertie dans un lit – nourri et lavé à l'éponge – à de multiples questions sur l'état de ses os et les nutriments à absorber pour accélérer sa guérison. À cette fin, il rétablit la communication avec ses mères. Son vieil oncle en déduisit que son discours philosophique avait porté.

Avec un immense soulagement, Asambhav se rapprocha de nouveau de ses dieux et reprit sa routine de purifications. Laver ses cheveux et son visage au réveil. Épousseter et nettoyer les images divines. Préparer le *tilak*[1] de pâte de bois de santal. Classer les hymnes aux diverses divinités. Faire le *bhog*[2] de halva. Arroser le basilic sacré et en mâcher une feuille.

Qu'est-ce qui lui était passé par la tête ?

Renoncer aux dieux même s'ils vous avaient abandonné était d'une terrible arrogance. Ce n'était pas à lui de décider jusqu'à quel point ils pouvaient le

1. Marque porte-bonheur sur le front.
2. Offrande aux dieux.

mettre à l'épreuve. À lui en revanche de ne pas être pris en défaut.

En l'espace de quelques semaines, avec l'aide de Pappu et de béquilles, il parcourut la pièce en trébuchant. S'il avait du mal à croire que ses membres récupéreraient leur vigueur, il ne tarda pas à repousser le bras de son domestique et à maîtriser les tremblements qui le faisaient vaciller dès qu'il tentait de se lever.

Lorsqu'on scia le plâtre, il perdit de nouveau confiance. Ses robustes jambes de coureur semblaient atrophiées. Sa mère lui assura que les massages à l'huile de moutarde régleraient ce problème. Aussi les réclama-t-il avec une avidité frisant la vulgarité. Les mères, Pappu et d'autres serviteurs furent enrôlés pour cette tâche quotidienne.

Par ailleurs, Asambhav commença à garder un dossier de photos sur son portable. Un jour, elle verrait son équipée. Un jour, la souffrance générerait une incommensurable gratification.

Les humains – même ceux qui ne se prosternent pas devant une idée de Dieu – considèrent leur vie comme un scénario de film. Ils prennent leurs tribulations pour des renversements de situation. Ils croient qu'au bon moment les événements et les gens se mettront en place pour leur accorder ce qui leur est dû. Et l'art, dans sa vanité, les persuade que leur rédemption sera toujours possible.

Voilà pourquoi l'art est toujours vaincu par la vie. Il lui manque l'estomac en béton et l'œil polaire. Il cherche le réconfort d'une vérité ripolinée. Son désir de plaire est son péché le plus grave. Il devient non l'effroyable et magnifique reflet de la vie, mais un produit exposé sur une étagère. Il montre aux hommes ce qu'ils meurent d'envie de voir, non ce qui existe.

La vie se fiche de la consolation ou de l'approbation. Elle évolue à son rythme capricieux. La vie aime l'accident. L'art traque la coïncidence.

La vie prend plaisir à dédaigner l'espoir. L'art veut à tout prix créer l'espoir.

L'art ne bat la vie à plate couture que de temps en temps. Quand il trouve le courage de brandir la terreur de la vérité avec le cœur inébranlable d'un martyr.

Dès qu'il put se déplacer, Asambhav – l'enfant de l'art – s'attendit à avoir des nouvelles de sa bien-aimée. Il était prêt : pour elle et pour de nouvelles épreuves. Sauf que rien ne se produisit. Chaque jour Pappu passait au peigne fin le village d'où il revenait les mains vides.

Asambhav fréquenta de nouveau le temple, sans résultat. Même s'il y voyait parfois les jeunes frère et sœur d'Aranya, ceux-ci l'ignoraient. Ils n'avaient pas peur de lui, ils le regardaient avec gentillesse. Ce qu'ils redoutaient provenait manifestement d'ailleurs.

Ce frère, qu'il avait tabassé longtemps auparavant, était devenu dégingandé, renfrogné et laid comme on peut l'être à l'adolescence. La sœur en revanche s'était épanouie avec une intensité dans le regard susceptible de rendre une femme plus puissante que belle.

Asambhav la trouva vulgaire. Elle avait une sorte de rudesse très éloignée de la grâce éthérée d'Aranya. Cette femme ne pouvait tomber sur un homme un soir de pluie et faire de la vie de ce dernier un chant obsédant.

Comme le souvenir de l'accident délaissait son corps et l'euphorie de la savoir vivante son esprit, un souci d'une nouvelle nature le tracassa. Devaient-ils leur malheur à sa passivité ?

En quoi lancer sa moto dans une voiture irréprochable était héroïque ? En quoi l'apitoiement sur soi était-il vertueux ?

Un homme maître de son esprit et de son cœur se serait emparé de ce qu'il estimait lui appartenir. Il aurait affronté la famille, la tradition, la caste, la religion, la loi et l'État. L'un de ceux-ci transcendait-il l'idée de l'amour, fût-ce collectivement ?

Il n'avait pas succombé, c'était son unique consolation. Bien mince toutefois, car il restait privé de sa bien-aimée et sa bien-aimée – dans une situation atroce – privée de lui. Elle était héroïque alors qu'il n'avait souffert que de son absence. Elle en avait souffert aussi, sans compter le rejet de sa famille qui l'avait arrachée au nid et catapultée chez des indésirables. Où elle se morfondait, attendant d'être sauvée par son amant inepte.

Asambhav décida d'être héroïque, sans savoir par où commencer. Il ne voyait pas où le mènerait une confrontation avec ses pères. Ils ignoraient où elle se trouvait et la probabilité qu'ils fassent irruption chez les Pal était nulle.

Il pouvait y aller seul, accompagné de Sheru et de Bijli, mais le géant muet et quelques autres lui fractureraient le crâne comme une coquille d'œuf avant qu'il n'ait prononcé une phrase. En outre, ils continueraient de battre les chiens longtemps après qu'ils auraient poussé leur ultime gémissement.

Une mort honorable qui laisserait néanmoins sa bien-aimée en rade, piégée dans d'horribles limbes.

Quant à une tentative de sincérité – je la chérirai –, ils la tourneraient en dérision avant de lui flanquer une rossée d'où il sortirait dans un état pire qu'après son accident. Pour ces hommes – les Pal et les membres de sa famille –, montrer de l'indulgence revenait à franchir la frontière qui les séparait des faibles et des vaincus.

La plupart des gens ont du mal à remplir leur vie, pourtant si brève, c'est d'une ironie mélancolique. Celle d'Asambhav bascula dans une sorte de transe tandis qu'il guettait un signe qui lui indiquerait quelle action entreprendre. Il se bornait à suivre un circuit – université, maison, temple, village – grâce auquel il passait sa journée.

Le soir, pour meubler son temps libre, il s'asseyait des heures en tailleur à la jonction entre l'ancien et le nouveau temple, là où le banian déployait sa myriade de doigts. Une grosse pierre lisse en bas du mur lui servait de confortable dossier. Les bons jours, la cour se remplissait jusqu'à lui, sinon il était seul en compagnie de quelques solitaires en quête d'une miette du divin.

De sa position, il distinguait l'intérieur du sanctuaire des deux édifices. Il apprit ainsi à classer les fidèles.

Les ritualistes qui venaient pour la forme, simplement s'assurer que l'univers gardait le cap.

Les chercheurs concentrés qui, mus par une volonté de séduction élaborée, accomplissaient les rituels avec ardeur et précision. Oblations, sonneries de cloche, *parikramas*, psalmodies. S'ils priaient dans le nouveau temple, ils s'agenouillaient dans l'ancien. Oui, le diplôme serait décroché, l'emploi obtenu, le mariage finalisé.

Les paniqués, dont la crise était perceptible dans les marmonnements fébriles, les interminables prostrations. La mort et la destruction avaient déjà glissé un pied dans leur porte. Ils imploraient avec la même ferveur dans les deux sanctuaires. Au retour chez lui, Asambhav disait à Pappu : Tu ferais bien d'aller vérifier ce qui se passe dans la famille Tiwari.

Enfin, ceux qui, tels que lui, se réfugiaient dans la maison de Dieu pour fuir les déceptions du monde de Dieu.

Un soir de la fin juillet, tandis que grondements et perturbations envahissaient le ciel sombre, Asambhav, assis devant le mur, revivait l'instant où il avait bousculé sa bien-aimée pour la première fois. Sa beauté, sa voix, son reproche, le parapluie, sa main agrippée à la sienne et la dernière volte-face avant qu'elle ne se fonde dans l'obscurité aqueuse.

Pendant ce temps, les feuilles au-dessus de lui entonnèrent une musique, celle des grosses gouttes. Il ne bougea pas. La pluie ne s'était pas encore frayé un chemin dans les frondaisons. Au loin, le carillon des cloches faiblit et les psalmodies s'estompèrent.

Il ne bougea pas, même quand les torrents se déversèrent. Il laissa l'eau couler jusqu'à son *langot*, la pièce d'étoffe des lutteurs qu'il continuait de porter. Son extase s'intensifia. Il ferma les yeux. Il était en harmonie avec le Grand Tout. Elle était en lui. Lorsqu'il ouvrit les yeux, le rideau de pluie était d'une telle épaisseur qu'il floutait les fidèles et la danse des lumières jaunes.

C'est alors qu'il la vit.

Dans la nuit inondée, vêtue du *salwar-kameez* qui moulait sa frêle silhouette. Les cercles des joncs cliquetaient sur ses beaux bras. L'unique tresse de sa lourde chevelure ondulait le long de sa colonne vertébrale. Un éclat d'argent se devinait à ses oreilles et autour de son cou. Comme elle franchissait le portail, il distingua les sandales dorées sans brides dont l'odeur l'avait pénétré tant d'années auparavant.

Asambhav crut halluciner. Ce qui n'avait rien d'extraordinaire vu le nombre de fois où il se réveillait après avoir rêvé d'elle d'une manière saisissante. Pour s'éclaircir les idées, il s'ébroua comme un chien trempé puis il se leva, s'élança.

Il ne l'aperçut pas quand il franchit le portail de l'enceinte, mais il connaissait le chemin qu'elle emprunterait. Faute de s'être arrêté pour mettre ses sandales, il courut pieds nus dans la boue visqueuse.

Il la discerna une fois le bouquet de manguiers dépassé ; elle marchait d'un pas vif sur le sentier menant à travers champs à la propriété des Pal. Sous le déluge, c'était une apparition luttant contre les éléments. Asambhav avait le souffle coupé et ce n'était pas à cause de la course.

De quel miracle s'agissait-il ? Il l'appela en hurlant. Le fracas des cordes de pluie noya ses cris. Les cailloux et les échardes lui arrachèrent des grimaces, mais il ne ralentit pas. Il aurait sacrifié un membre pour entendre sa voix.

À peine sur le chemin, il piqua un sprint à une vitesse dangereuse pour son corps récemment guéri. Il l'enlèverait avant qu'elle n'arrive au domaine des Pal. Avant la fin de la nuit, ils auraient disparu dans l'immensité d'un pays dont les frontières qui touchent mers, montagnes et marécages sont pourtant cartographiées avec ambiguïté.

Aucun de ceux qu'ils avaient connus ne les reverrait.

Le roi et la reine des grues Antigone passeraient leur vie dans un royaume destiné à deux personnes.

Le vent cingla son visage de trombes d'eau. Il courait, plié en deux, se protégeant les yeux de ses mains. Un éclair illumina soudain le monde : il l'avait déjà rejointe. L'attrapant par l'épaule, il s'écria : *Jaan*[1] !

Dès qu'elle se retourna, il comprit que la vie n'était que mensonge. Aucune récompense, rien que des châtiments. L'amour et la loyauté flagellés à égalité avec la tromperie et la déconvenue.

Il s'accroupit dans la boue, décidé à ne plus bouger. Malgré les martèlements dans sa poitrine en mal d'oxygène, son cœur avait cessé de battre. Il ne voulait que se vautrer dans les rizières et sombrer à jamais dans le sol détrempé. Il n'avait plus qu'un désir, celui de se muer en épi produit par un sol insensible.

Être vidé de sentiments pour toujours.

La sœur s'appelait Aarti ; elle posa la main sur sa tête mouillée pour montrer qu'elle le reconnaissait et l'interrogeait ; elle n'en revenait pas que ses rêves aient fini par se réaliser.

1. Chérie.

Aarti était tombée amoureuse de lui bien avant la crise. D'année en année, l'acide de la jalousie avait corrodé son affection pour sa sœur. Aranya ne méritait pas un homme d'une telle beauté, d'une telle constance. À sa place, Aarti n'aurait ni hésité ni tremblé, n'aurait jamais accepté la situation. Elle n'aurait pas eu la docilité d'Aranya ; elle aurait espéré un miracle. Elle aurait affronté les membres du clan Pal, les aurait soumis à sa volonté ou péri.

Si seulement il l'avait regardée une fois comme il dévorait sa sœur des yeux ! Comment était-il possible qu'un joli nez soit plus important que d'autres qualités ?

La souffrance de son cœur était incommensurable. Elle en devenait silencieuse et maussade. La mère pensait : Comment ai-je pu donner naissance à deux filles ? Un cœur de femme est trop complexe, il n'y a pas d'antidote à sa douleur.

Aarti en vint à imaginer l'élimination accidentelle de sa sœur. Elle contractait une horrible infection, tel le choléra, et ses entrailles se liquéfiaient. Un chien enragé la mordait et elle mourait, la bave aux lèvres. Elle descendait du bus et un camion la percutait.

Puis elle réduisit l'échelle. Aranya chopait la varicelle, une maladie qui lui criblait le visage d'autant d'ornières que celles des venelles du village. Elle avait une attaque comme leur oncle de Shahjahanpur, de sorte qu'une moitié de sa figure devenait aussi statique qu'une montagne, son sourire un rictus, sa voix un gémissement. Elle tombait dans de l'eau bouillante, sa peau se ridait comme un raisin sec.

Au fil du temps, elle perdit espoir. L'homme paraissait obsédé et intègre au point qu'il était improbable qu'une maladie ou un défigurement le décourage. Peut-être qu'il ne la regarde même pas, se disait-elle. Il voit dans sa tête une image jamais dégradée. Aarti devint alors une complice passionnée de ses parents pour les séparer, sa sœur et lui.

Rien ne se produisit comme prévu. Aarti supposait que Sambhav éprouverait un énorme chagrin un certain temps puis que cela passerait comme tout et que l'appel de la vie reprendrait le dessus au bout de six mois ou d'un an. Elle avait vu ses parents se remettre de la perte de leurs propres parents en l'espace d'une petite semaine.

Sauf que l'homme se révéla phénoménal. À en croire les histoires qu'elle entendait au village et dans l'établissement scolaire, il avait perdu la tête au cours de la quête de son amour disparu. Il parcourait le pays à sa recherche.

Le temps ne changea rien. L'espoir d'Aarti de se profiler dans son horizon s'amenuisait tandis qu'Asambhav se coupait lentement du monde, voire de sa famille.

Le bruit courut qu'il se préparait à massacrer les Pal avant de se tuer. Plusieurs dîners au sommet eurent lieu chez les Pal pour faire le point sur la menace. Ils convinrent qu'il était exclu de vivre dans la peur. Ils n'attendraient pas que le loup franchisse leur porte, ils le pourchasseraient. L'oncle éminent conseilla la prudence. Ils ne devaient laisser aucune trace.

Il fallait passer un contrat avec quelqu'un de Ghazipur. On chargea un jeune homme de prendre les dispositions.

À la nouvelle de l'accident presque fatal de Sambhav, les membres du clan Pal furent exaspérés par l'inefficacité avec laquelle le boulot avait été exécuté. Le garçon était dans le coma mais vivant. Un assassin digne de ce nom lui aurait fracassé au moins deux fois la tête. Acculée, leur recrue reconnut d'un air penaud qu'elle n'y était pour rien car il était encore en train de négocier.

La famille fut médusée. L'idée d'un amant exprimant sa rage par une tentative de suicide leur plut.

Aarti était brisée. Elle avait envie de le rejoindre, de passer la main sur ses os cassés, de lui dire qu'il avait tort d'être obsédé par sa sœur. Aranya n'était pas digne de son amour infiniment trop noble pour son romantisme superficiel. Elle l'avait diminué, elle avait fait de lui un fugitif. Le moment était venu pour lui de reconnaître que son engouement pour Aranya n'était que la porte menant à Aarti. Aranya était partie. C'était Aarti qui ferait honneur à son amour.

Pour agir, elle avait besoin d'un signe qui lui garantirait qu'elle ne serait pas humiliée. Malheureusement, ce qui transpirait n'était pas réjouissant. L'accident n'avait rien changé. L'ardeur d'Asambhav pour la disparue n'avait pas faibli.

Pappu décrivait un homme malade d'amour. Au cours des années précédentes, Aarti lui avait écrit un millier de lettres qu'elle avait déchirées. Il fallait trouver les mots justes, rédiger la phrase idéale susceptible d'exploser entre ses mains comme une grenade et de détruire la chimère où il était piégé. Il la verrait alors, elle en était persuadée.

Puis elle l'aperçut un soir, au temple, en jean noir et chemise blanche, et ses jambes se dérobèrent sous elle si bien qu'elle dut s'asseoir. Il était plus beau que jamais. Chaque fois qu'elle le regardait, il la regardait. Quelque chose avait changé. Aarti se mit à vivre pour ses visites au temple pour lesquelles elle s'habillait avec la même élégance que pour un mariage.

Elle passait de l'espoir au désespoir à une rapidité inquiétante. Les jours où il n'était pas là, elle basculait dans une spirale infernale, refusait de se nourrir, évitait la moindre discussion ; ceux où elle le surprenait en train de la regarder, elle babillait comme une gamine, virevoltant autour de sa mère.

Aarti s'efforçait de semer son frère, mais les consignes de son père étaient strictes. On ne devait jamais la laisser sans chaperon dans un lieu public : une fille dévoyée suffisait comme épreuve.

Aarti s'efforçait d'entraîner son frère et d'en faire un complice, mais d'une part il était toujours piqué au vif par le souvenir de la rossée que Sambhav lui avait administrée, de l'autre il savait désormais que l'honneur de la famille se nichait entre les jambes des femmes du clan. Bien qu'il n'eût pas encore dix-sept ans, il claironnait qu'il égorgerait au moindre faux pas la sœur qui lui restait.

Ce fut par hasard qu'Aarti partit seule le soir où le ciel s'assombrit, devint bas et lourd. Le père et le muet étaient allés en ville, tandis que le frère avait dû aider à rentrer le bétail. À son arrivée au temple, la pluie déchiquetait les feuilles et barattait la boue.

En accomplissant le rite destiné au dieu, elle s'abîma les yeux pour distinguer l'endroit sous l'arbre dans l'obscurité. Impossible d'avoir une certitude. Tout semblait être lui et tout semblait être un banian. L'instant d'après, comme si on avait tourné un bouton, la pluie se mua en déluge. Personne ne pouvait être dehors, là-bas.

Aarti fut horriblement déçue. Quel soir idéal pour le destin ! La météo, le temple désert, le frère absent. L'intuition que le sort lui ouvrait le bras l'avait guidée. À présent, il ne lui restait une fois de plus qu'à se dépêcher de rentrer à la maison avec la perspective redoutée d'y retrouver une famille en colère. Elle n'utilisa même pas son parapluie – la pluie battante correspondait à sa détresse.

Aarti n'entendit pas qu'il la suivait. Ni qu'il l'appelait. La nuit vibrait de sonorités foudroyantes et de fureur torrentielle. Les rizières s'étiraient au cœur des ténèbres, apparaissant et disparaissant au gré des éclairs. Elle se sentait seule au monde, marchant au bord d'un précipice, le cœur tellement lourd qu'il l'invitait à la chute.

Quand il lui toucha l'épaule et qu'elle entendit *Jaan*, elle se retourna et comprit que la vie accordait des récompenses à la mesure de ce qu'on y investissait.

Son cœur tambourina avec plus de force que la pluie ; elle aurait aimé que l'instant se fige pour l'éternité. Lui à genoux devant elle, sa *jaan*. Elle aurait aimé basculer dans une étreinte intemporelle. Elle aurait aimé qu'ils fusionnent et forment un seul arbre pendant mille ans.

L'instant passa aussi vite qu'il était arrivé.

Avant qu'elle ne prononce un mot, avant qu'elle ne s'agenouille et ne le serre contre elle, il courut dans les champs détrempés. En proie au délire, elle tenta de le suivre, mais à peine avait-elle fait une douzaine de pas – la boue aspirant ses pieds – qu'Asambhav s'était évanoui dans la nuit agitée.

Affolée, elle chercha ses traces. En vain. Elle pria pour que la foudre déchire la sombre coupole du ciel. Sans succès. Sa chance avait tourné, son amour était parti.

Son frère la frappa lorsqu'elle revint à la maison, elle réagit en le frappant en retour. Il entreprit de l'amocher – son œil droit gonfla. Cela lui était égal. Son esprit était en ébullition. Que signifiait la rencontre ? Pourquoi l'avait-il suivie avec tant de ferveur avant de fuir si précipitamment ? Est-ce que l'idée de tromper Aranya le tourmentait ? D'autant plus que son nouvel – et véritable – amour était la sœur de son ancien – et faux – amour ?

Un traumatisme pareil correspondrait à sa personnalité.

Elle décida de lui faciliter les choses. Le sommeil étant hors d'atteinte, les coups la faisant souffrir, elle lui écrivit une lettre qui n'avait rien de commun avec les missives passionnées qu'elle avait écrites et déchirées durant des années. La fureur bestiale de son frère avait touché une veine philosophique en elle.

Aarti expliqua à Asambhav qu'elle connaissait sa passion pour sa sœur, mais que celle-ci était partie et que la vie devait continuer. Ce n'était pas à elle de douter de la profondeur de l'amour de sa sœur pour lui, en revanche elle savait qu'à la place d'Aranya elle n'aurait pas laissé quiconque ou quoi que ce soit empêcher leur union. Si ce qu'elle lui révélait le surprenait – le choquait –, elle tenait à ce qu'il comprenne que ces émotions bouillonnaient en elle depuis des années.

Non qu'elle l'eût découvert à cause du départ de sa sœur, elle s'était simplement autorisée à exprimer ses sentiments maintenant qu'elle ne craignait plus l'inconvenance d'empiéter sur le territoire d'Aranya. Il ne devait pas imaginer qu'il y avait quoi que ce soit de sacrilège. Au fil du temps, les dieux avaient épousé des sœurs, des rois avaient épousé des sœurs, des hommes du commun avaient épousé des sœurs. Une telle démarche ne violait aucune loi.

Une dernière chose, ce qui s'était passé avec Aranya ne se reproduirait pas. Ni humiliation ni vendettas sanguinaires. Dès qu'il prononcerait le mot, elle s'en irait avec lui. Pour la destination qu'il choisirait. Quand elle se donnerait à lui, les Pal lui sortiraient de l'esprit pour toujours.

Pendant qu'elle écrivait cette lettre plongée dans un calme formidable, Asambhav traversait péniblement les champs dans l'obscurité sans savoir où il allait ou à qui appartenaient les récoltes qu'il piétinait. Son cœur était déserté. La boue éclaboussait ses vêtements puis s'éliminait, mais il serrait les dents. Les pieds écorchés et les orteils recroquevillés en griffes, il hurlait dans la pluie avec une fureur plus primitive que l'orage.

La semaine suivante, il fut cloué au lit par une fièvre qui refusait de baisser. Un médecin débarqua de la ville pour évaluer son état. Sa famille savait que sa détérioration physique ne provenait que de la fragilité de son cœur. Incapable de comprendre la cause du dernier épisode, Bade Papa ravala son orgueil et se rendit chez les Pal.

Il n'y trouva aucune consolation. Les Pal n'avaient rien à dire sur leur fille aînée. Sa visite eut toutefois un impact sur la plus jeune qui sombrait dans le désespoir depuis des jours. Un néant absolu avait succédé à la magie de la nuit de la tempête. Il n'était pas venu au temple. Il n'avait envoyé aucun signe. Convaincue de la vérité de ce moment où il l'avait appelée et s'était agenouillé à ses pieds, elle n'était pas prête à accepter le mensonge. Malgré les multiples interprétations qu'elle s'efforçait de donner à ce vide, ça n'en restait pas moins un vide.

L'apparition invraisemblable de Bade Papa l'extirpa de sa stupeur. Cela ne pouvait avoir qu'une signification. Une nouvelle tentative de construire une passerelle. Asambhav avait disparu parce qu'il y travaillait. C'était tout lui – aborder les choses d'une manière définitive. Courtiser était un rituel superficiel et inutile, seule la gravité du mariage était digne de leur union.

Un espoir ultime que son frère confirma ; lorsqu'elle l'interrogea sur la raison de la visite de Bade Papa, il répondit : Pour demander ta main, quoi d'autre ?

Une claque cruelle qui la propulsa à un sommet d'où la chute n'en finirait pas.

Le jour où Asambhav se rendit au temple, ce fut avec inquiétude. La nuit où il s'était trompé de bien-aimée le hantait. Sa bourde était-elle irréparable ? Que penserait Aranya ? Draguer sa sœur en son absence ?

Aarti le lui avait certainement raconté à présent ainsi qu'à tous les Pal – hommes et femmes. Ils devaient rire et ses parents pousser des soupirs de soulagement d'avoir, dès le début, rejeté un homme pareil.

Tôt le lundi matin, il faisait encore sombre, il alla verser du lait sur les *Shivlings*. Il balaya du regard les deux temples pour s'assurer qu'Aarti n'était pas là. Néons et guirlandes électriques illuminaient déjà le nouveau, tandis que l'ancien bafouait le temps avec une seule ampoule jaune. Même les épouses d'âge mûr n'étaient pas encore arrivées.

Sitôt qu'il eut terminé, il retourna à son carré de mur caché par les racines du banian. Il ferma les yeux avant de psalmodier. Onze fois l'hymne *Hanuman Chalisa*. Onze fois l'hymne *Shiv Chalisa*. Trente et une fois le mantra *Gayatri*. Enfin, cent une fois, une invocation pour sa bien-aimée.

Les cloches du temple sonnèrent, les oiseaux animèrent le matin de leurs chants. Quand il releva les paupières, elle se tenait au milieu des racines. Les yeux baissés, elle portait un *dupatta* couleur moutarde sur la tête. La terreur le saisit. Quelle que soit l'évolution de la situation, ce ne pourrait être dans le bon sens. Ils se dévisagèrent. Ni l'un ni l'autre ne parvint à concevoir la phase d'approche.

Elle finit par prendre la parole : J'ai attendu.

J'ai fait une erreur cette nuit-là. Je te prie de m'excuser, dit-il.

Un élan d'amour fou la fit vibrer. En ce siècle décadent, comment était-il possible qu'il soit aussi honnête ?

Si c'était une erreur, elle était belle, commenta-t-elle.

La sensation d'être piégé dans une affreuse intimité s'empara de lui. On ne pouvait les voir du pavillon. Il ne pensait qu'à se sauver pour qu'on ne le remarque pas ici, seul avec une jeune fille.

Il n'y avait qu'une question qui l'intéressait.

Il s'éloigna de l'arbre : Des nouvelles ?

Eh bien, ton Bade Papa est passé.

Ah bon ? Quand ? Pourquoi ?

Il y a quelques jours. À toi de me dire pourquoi.

Aucune idée. Je n'étais pas au courant.

Eh bien, mon petit doigt m'a dit que ça concernait un mariage.

L'esprit d'Asambhav s'enflamma. Y avait-il un rapprochement ? Les familles avaient-elles succombé à la puissance de l'amour de leurs enfants ? Avait-il surmonté toutes les épreuves que les dieux lui avaient imposées ?

Tenaillé par l'envie de courir chez lui, il lança : Il faut que j'y aille.

Elle releva le visage, un sourire éperdu aux lèvres, heureuse comme jamais.

Il toucha de son front les pieds de chaque dieu avant de se sauver. Pour la première fois depuis des années, il tomba dans les bras de Badi Mama et la serra de toutes ses forces.

Pourquoi ne m'as-tu rien dit ?

De quoi parles-tu ?

À peine eut-il découvert l'histoire qu'il redevint inaccessible. Quelle imbécile, cette fille ! Hormis son Aranya, les Pal étaient-ils plus idiots les uns que les autres ?

Les deux autres fois où il la croisa au temple, il l'ignora.

Aarti demanda à son frère : Tu aurais des rapports sexuels avec une femme que tu vas épouser ?

Je n'épouserais jamais une femme qui aurait des rapports sexuels avec moi avant le mariage.

Même si tu l'aimais ?

Je n'aimerais jamais une femme qui accepterait de coucher avant le mariage.

Voilà qui rassura Aarti. Cela expliquait le comportement distant de son bien-aimé. Les hommes ne souhaitaient pas souiller les femmes qu'ils aimaient et épousaient en parole ou en action. Aranya n'avait donc pas menti lorsqu'elle clamait sa virginité alors que sa mère la battait pour obtenir la vérité.

Si tu ne l'es pas, avait hurlé la mère, il vaudrait mieux que tu le refermes avec de la colle avant que ton père te tue.

Aarti réfréna son enthousiasme et devint sainte-nitouche. Elle ne chercha plus à s'adresser à Asambhav quand elle le rencontrait au temple. Elle ne laissait même pas ses yeux exprimer son amour. Sa froideur n'apporta qu'un soulagement partiel à Asambhav. Lui avait-elle pardonné son offense ou guettait-elle l'occasion de dénoncer sa conduite ? Il s'interrogeait.

19

Un mystère nommé Aranya

Comme les mois passaient sans incident, le soulagement d'Asambhav s'installait, tandis qu'Aarti commençait à s'énerver. Si on avait engagé des pourparlers pour un mariage, cela devrait se manifester d'une manière ou d'une autre.

Elle savait que sa famille n'estimait pas nécessaire de lui demander son consentement, mais un mot faisait sûrement partie de l'ordre des choses. À l'instar du commun des mortels dans une situation pareille, elle ne voulait pas poser la question de crainte de ne pouvoir supporter la réponse.

Curieusement, une affinité inédite la rapprochait des mères. Elle leur adressait un sourire timide quand elle les croisait et elles lui rendaient son sourire. Les rares fois où elle les aidait au temple à manier la pompe ou à retrouver leurs sandales, elle sentait un lien que seule la famille suscite.

Au cours des années d'errance d'Asambhav au cœur brisé, le monde moderne s'était imposé au village avec une agressivité inconnue jusque-là. Pendant un siècle, le changement avait été semblable au clapotis des vagues de la mer qui s'avancent, se retirent, déposent des débris et en emportent. À présent, c'était un tsunami.

De petites motos rapides, des jeans moulants, et l'univers en perpétuelle expansion de la télévision câblée, du téléphone portable changeaient les choses de fond en comble. La tradition ne jetait plus un pont vers le passé, le pays des ancêtres. C'était désormais un licou qui étranglait les possibilités de progrès et de plaisir, particulièrement serré autour du cou des filles.

C'était un exode vers les villes. Varanasi, Lucknow, Allahabad, Mumbai, Delhi. Pour y faire n'importe quoi. Étudier, trimer ou devenir un rouage de cette extraordinaire machine à sensations improbables.

Malgré sa jeunesse, Asambhav était devenu une relique. Ses camarades étaient partis et il n'était sur le radar de personne – ni les vieux ni les jeunes. Son histoire, basée sur une ancienne idée de l'amour, ennuyait. La constance, la fidélité, la chasteté – cela ne correspondait en rien à l'idée de l'amour comme étant transactionnel, éphémère, agréable, varié. Une idée réaliste, le contraire de la fumisterie, qui faisait fureur.

Les jeunes du village avaient une liaison. Beaucoup en avaient plus d'une. Ils s'envoyaient frénétiquement des textos où ils déclaraient des émotions authentiques ou empruntées, dans leurs propres mots ou ceux des autres. D'heure en heure, ils prenaient et échangeaient des photos que la génération précédente n'avait pas vues, ne serait-ce qu'une fois dans sa vie.

Dans la campagne indienne, l'amour n'avait connu semblable libération en cinq mille ans. Aucun réformateur de la sublime lignée qui ponctuait l'histoire du subcontinent n'avait produit un impact comparable à celui de l'invention des SMS. Les remparts en pierre des classes, castes, communautés, religions se lézardaient comme des murs de sable. Quelque part au creux d'une colline, un temple s'érigeait en l'honneur du Dieu Portable.

De temps à autre, les vieux parvenaient à resserrer les rangs et à riposter, faisant couler du sang, anéantissant amour et vie. Mais il ne s'agissait que d'ultimes sursauts d'un ordre dont l'heure avait sonné.

Asambhav était passé entre les mailles du filet.

Sa piété n'avait pas suffi à ce qu'il oublie son amour et sa révolte n'avait pas eu cette violence qui pousse à tuer ou à être tué.

Il était tombé dans le plus vieux piège de l'amour. La croyance en l'empathie. L'illusion que les proches pouvaient ressentir un tant soit peu ce qui brûlait le cœur de l'amant.

Objet de pitié et oublié – son histoire, une blague –, Asambhav avait repris la lutte traditionnelle, son pagne bien serré, pour garrotter le moindre frisson de désir illégitime. Il n'avait rien perdu de ses talents ; une férocité suicidaire le rendait redoutable.

Il insistait pour combattre de plus lourds que lui, des lutteurs l'étaient parfois deux fois plus. Certains jours, il avait tellement de boue dans la bouche qu'il se disait qu'un arbre pousserait en lui.

Son gourou renonça à le modérer. Il savait que l'imprudence en sport surgit de profondeurs obscures. Il percevait que le jeune homme courtisait la douleur physique pour étouffer une douleur intérieure. Il cherchait la pénitence.

Le temps que lui laissaient les rituels de l'*akhada*, Asambhav s'enfermait dans sa chambre pour écrire à sa bien-aimée. Une fois par semaine, il se rendait en ville où, pendant six heures, il occupait un box dans un cybercafé. L'idée lui était venue récemment. L'autre miracle – le téléphone portable – ne l'intéressait pas, en revanche il avait appris qu'Internet était une pieuvre aux innombrables tentacules.

D'une manière ou d'une autre, quelque part, une minuscule ventouse l'aspirerait.

Avec l'aide du jeune qui tenait le café – un garçon maigre et boutonneux qui avait suivi une formation en informatique à Allahabad et semblait épuisé à force de disparaître dans un cube fermé à clé –, il s'efforçait de retrouver une trace d'Aranya. Il balança les amorces de son prénom, celui de sa sœur, le nom de tous les Pal, celui de ses amis et de son école. Sans succès. Il traîna dans les forums de discussion en posant des questions ridicules. Il chercha de nouveaux éléments datant de l'époque de sa disparition.

À un moment donné, il proposa au boutonneux cinq mille roupies s'il réussissait à la localiser. Pendant des semaines, le garçon garda un dossier rempli d'une centaine de photos de filles et de femmes de quatorze à quarante ans. Asambhav l'épluchait minutieusement, priant avant chaque clic.

Au bout de onze semaines, après avoir vu un millier de filles, il entoura le cou du garçon de ses mains puissantes : Tu n'es qu'un crétin, tu ne serais pas fichu de trouver ta femme si elle était assise sur tes genoux ! l'invectiva-t-il. Et arrête de te branler, sinon tu vas en crever.

Le souffle coupé, le gamin fila au fond du cybercafé et brailla : Trouve-la toi-même, espèce de cinglé, et je te filerai cinq mille roupies.

Sur ce, il franchit la porte en courant comme si un bulldog lui reniflait les fesses.

Aarti demeurait dans un état second. Le retour à la lutte d'Asambhav et son intensité silencieuse l'étourdirent d'amour. Elle évaluait mal une chose : le moment où une attitude directe remplacerait la timidité. Aarti débordait de mots. Elle sentait qu'elle le noierait sous un verbiage diluvien le jour où elle aurait l'occasion de lui parler.

Sauf que, chaque fois qu'elle tombait sur lui, il avait l'expression sévère d'un homme loin d'être disposé à écouter une femme bavarde.

Puis elle apprit son départ pour Lucknow. Il avait traîné un bon bout de temps après avoir décroché son diplôme. Il comptait faire du droit, ce qui lui prendrait au moins trois ans. Les filles de cette ville célèbre avaient la réputation d'être jolies. On racontait qu'elles embrasaient un villageois d'un simple haussement de sourcils.

Ce soir-là, paniquée, elle affronta sa mère. Pourquoi est-ce que rien n'avançait ? Savaient-ils qu'il partait étudier le droit ? Voulaient-ils qu'elle devienne une femme délaissée avant même d'avoir été étreinte ?

Sa mère la calma d'une gifle. Mères et filles sont destinées à se consoler et à se décevoir, non sans violence. Pendant les heures suivantes, elles s'invectivèrent et pleurèrent ensemble. La mère percevait la souffrance de son enfant, mais elle n'avait aucune aide à lui proposer. Encore et encore, elle lui répéta qu'il n'y avait eu aucune demande en mariage.

Tu sais à quel clan ils appartiennent ; tu sais qui nous sommes.

Aarti affirma que, si on refusait qu'elle l'épouse, elle n'aurait plus envie de vivre. Son père n'aurait qu'à marier son cadavre à l'homme de son choix. Et l'union produirait un tas de bébés Pal morts pour la gloire du clan Pal.

La mère la supplia d'entendre raison. Il n'y avait pas de demande en mariage. Elle s'était piégée dans un fantasme. Souhaitait-elle gâcher sa vie pour un homme qui ne s'intéressait pas à elle ?

Et si c'était le contraire ?

Alors, nous verrons.

La mère n'en revenait pas de son destin. Deux filles sacrifiées à l'autel du même homme. Un homme inaccessible à l'amour et au mariage. Elle avait vu ce que les Pal de sexe masculin avaient fait à sa fille aînée ; si elle n'arrivait pas à maîtriser ce nouveau coup du sort, elle avait peu d'espoir pour la cadette.

Dès qu'elle eut séché ses larmes, Aarti pensa qu'on lui cachait quelque chose. Son frère n'avait pas menti, il y avait eu une demande en mariage : Asambhav éprouvait pour elle les sentiments qu'elle sentait dans ses os. Une fois de plus, sa famille asphyxiait l'amour.

Asambhav supposait qu'elle l'avait rejeté. Elle jugeait son père capable de l'avoir laissé entendre cela. Ces hommes parlaient d'honneur et de moralité, mais la duplicité leur était aussi naturelle que le vol pour un oiseau. Sa vie durant, elle les avait vus y recourir les uns avec les autres, avec les domestiques, les enfants et sur la place du village.

Elle avait eu la bêtise d'empirer les choses par sa fausse timidité et son silence qui avaient confirmé à Asambhav qu'elle le refusait.

Le bonheur la fit frissonner, la galvanisa. La situation était récupérable. Bientôt, il connaîtrait la vérité. Bientôt, ils vivraient dans la vérité. Depuis toujours, elle était prête à expulser ses parents de l'avenir. À présent, ils s'en étaient expulsés d'eux-mêmes.

Sortant la lettre qu'elle lui avait écrite la nuit de la rencontre magique, Aarti la lut. Avec une éloquence d'une exceptionnelle musicalité, elle tenait compte du rejet de tous.

Parents, clan, village, société.

Deux jours s'écoulèrent avant qu'elle ne le croise au temple. Elle se dirigea vers lui d'une façon tellement décidée qu'il recula dans le mur. Elle lui fourra la lettre pliée dans la main et s'éloigna.

Asambhav crut perdre la raison. À quoi rimait cette lettre ? Il la relut à plusieurs reprises pour voir s'il s'agissait d'une farce ou d'un message codé d'Aranya. Il était convaincu d'avoir terriblement offensé un dieu, sans savoir lequel. Un dieu qui, pour reprendre une expression populaire, avait fait de sa vie un *falooda*[1], l'avait réduite en lambeaux.

Il ne pensait plus à une autre femme depuis qu'il avait percuté Aranya lors de la nuit pluvieuse. Au nom de Dieu, à quoi pensait sa sœur ?

Il mit une semaine à rassembler ses idées. Une semaine qu'Aarti passa dans une horrible angoisse, se rendant deux fois par jour au temple. Sans succès. Enfin un soir, avant que l'ombre du banian n'ait englouti le bâtiment, il fut là. Non à sa place habituelle devant le mur, dans la cour près de l'ancien sanctuaire de Shiva. Assis sur une marche en pierre, il faisait tournoyer une baguette de bambou.

Comme elle s'approchait, il se pencha et écrivit sur le sol à l'aide de la baguette.

Dans un mélange d'hindi et d'anglais : J'aime Aranya. Uniquement Aranya.

Aarti s'écroula sur les dalles. Elle se crut morte. Il se leva et s'éloigna. Combien de temps resta-t-elle ainsi ? Elle n'en eut aucune idée après coup. Personne ne s'occupa d'elle. Des suppliants effondrés n'étaient pas inhabituels dans l'ancienne structure qui procurait une solitude où l'on pouvait s'humilier.

Quand Aarti revint à elle, le nouveau temple grouillait de dévots et résonnait des psalmodies atonales des prêtres. Sitôt qu'elle se fut péniblement relevée, elle regarda de nouveau l'épitaphe. Sous celle-ci, elle remarqua ce qui lui avait échappé :

1. Dessert à base de lait, de sirop de rose, de perles de tapioca et de vermicelles. Son usage métaphorique décrit une vie réduite en lambeaux, allusion aux vermicelles.

Pardonne-moi. En hindi.

Ce soir-là, elle pleura dans le giron de sa mère jusqu'à tremper son sari. J'ai envie de mourir, répéta-t-elle. Je n'ai plus qu'une envie, mourir. La mère n'essaya pas de la raisonner. Les mères savent que leurs enfants se confient à elles quand ils sont arrivés au bout de toute logique. Quand homme et Dieu les ont abandonnés.

Le père interrogea la mère sur la cause de l'hystérie ; elle resta dans le vague. Elle était sûre qu'il deviendrait fou furieux. La compassion ne rimait à rien pour lui. Il ne comprenait que les lois d'airain du monde, dont il était un des arbitres.

Égarée dans sa douleur, Aarti voulut blesser sa mère qu'elle accusa de détruire trois existences. D'une voix douce, la mère la supplia de garder espoir. C'était de la vanité de ressentir un trop grand désespoir, une injure envers des millions d'êtres accablés par les coups du sort quotidiens.

Ta peine n'est pas plus douloureuse que celle d'un homme incapable de nourrir ses enfants, précisa la mère.

Si ! affirma la fille.

Ta peine n'est pas plus douloureuse que celle des parents qui voient mourir leur enfant.

Si !

Tu ne penses pas ce que tu dis.

Cela continua tard dans la nuit, jusqu'à ce que la mère et la fille soient exténuées. Le lendemain matin, Aarti se réveilla avec une volonté non ébranlée, au contraire. Comment qualifierait-on un amour qui céderait aussi facilement ? Mise à l'épreuve, sa sœur avait échoué, ce ne serait pas son cas.

Par ailleurs, Asambhav dormit bien pour la première fois depuis des lustres. La frénésie de remuer la boue s'était apaisée. Il n'aimait qu'une femme, une vérité qu'il avait gravée dans le sol et qui avait forcé son passage jusqu'au fin fond de la terre, il en était certain.

Une nouvelle semaine s'écoula avant qu'Aarti ne tombe sur celui qu'elle aimait au temple. Il eut beau essayer de détourner le regard, elle y vissa le sien et, tombant à genoux, écrivit une apocalypse à l'aide d'un caillou.

Aranya est heureuse et mariée. Elle a un enfant. Elle ne peut pas être à toi.

Eût-il été capable de bouger qu'il aurait battu à mort la fille agenouillée. Au moment où le sang circula de nouveau dans ses veines, elle était partie. Il passa les heures suivantes à gratter les mots jusqu'à créer des sillons dans la terre.

Vers minuit, son chagrin s'était mué en allégresse. Elle était vivante. Cela seul comptait. Le mariage était une duperie. Il connaissait son amour. Il connaissait les Pal. Il trouverait une solution. Il ne croyait pas à l'existence de l'enfant. La fille blessée tentait simplement de retourner le couteau dans la plaie.

Le lendemain, il se rendit au temple où il écrivit sa riposte à côté des sillons.

Son mariage est mensonge. Mon amour est vérité.

Des larmes de rage montèrent aux yeux d'Aarti. Comment pouvait-il tellement aimer sa sœur et si peu l'aimer ? Comment pouvait-il faire une confiance aveugle à une femme qui avait disparu de sa vie sans une explication ? L'acide qui mijotait en elle finit par corroder la serrure dont Asambhav s'évertuait à trouver la clé depuis des années.

Un mois plus tard, un message l'attendait dans la poussière.

Dans un mois, tu seras confronté au mensonge et tu sauras la vérité.

Si son projet était de le perturber, elle y réussit. Asambhav passa cette période à lutter de plus en plus longtemps à l'*akhada*. Il était écartelé entre anticipation et anxiété ; au fil du temps, la peur l'emporta. Si la résolution du mystère d'Aranya signifiait la fin de l'espoir, il n'en voulait pas.

Asambhav était prêt à vivre dans les limbes de l'ignorance – où toutes les constructions mentales étaient possibles – pendant les quarante années suivantes, mais il ne survivrait pas vingt-quatre heures avec la certitude de l'avoir perdue.

L'ardeur d'Aarti l'affolait. Il craignait qu'elle fasse n'importe quoi pour qu'il l'aime. Il regrettait de s'y être mal pris avec elle. L'amour sans la ruse est voué à l'échec. Les avertissements des classiques sont justes. Les amours qui croient que l'amour suffit ont sombré et se sont enlisés.

Les humains se réjouissent d'admirer la beauté quand elle est extérieure : dans leurs créations : dans la création de Dieu : arbres, rivières, animaux à rayures sublimes. En revanche, ils ne tolèrent pas la beauté intérieure : l'amour. Contempler l'extase qu'il procure à un autre ronge comme de l'acide la plupart des êtres.

Il prit la décision de partir. Peut-être son absence apaiserait-elle la malveillance de la fille. Il lui suffirait de retrouver la raison une journée pour qu'elle comprenne l'absurdité de son obsession.

Lucknow se présentait comme le choix évident, mais l'idée de l'agressivité de la grande ville lui retournait l'estomac. Il y avait des membres du clan dans des agglomérations moins importantes. Gorakhpur, Bareilly, Barabanki et Shahjahanpur. Un cousin dans la lointaine Amritsar. Peut-être qu'il y visiterait le Temple d'or et implorerait les gourous pour le don de son amour.

En préparant sa valise, il réfléchit à ses choix. Après quoi, il conclut qu'il pouvait disparaître sans aller nulle part. Il intima à Pappu de faire circuler l'information qu'il allait passer un mois à Amritsar.

Il le prévint : Ne laisse pas tes yeux démentir les mots que tu prononces.

Nous sommes doués pour la comédie dans la famille, le rassura Pappu. Le cousin de mon père jouait un des *dacoïts* dans le film *Sholay*. Il nous terrorisait au milieu de la nuit en produisant de tels bruits de sabots de chevaux ou de coups de feu avec sa bouche qu'on se croyait attaqués.

Asambhav s'enferma de nouveau dans sa chambre et sombra dans le gouffre du manque. La souffrance de ne pas avoir Aranya le faisait pleurer. Pour la première fois de sa vie, il picola. Un placard de la chambre de sa mère était rempli de bouteilles de rhum vieux. De l'armée. Chaque fois que son père revenait, il en apportait six. Son père en tenait un compte précis écrit à la craie à l'intérieur du placard, mais son épouse n'avait pas le cœur de s'opposer à leur fils.

Asambhav buvait le rhum mélangé à de l'eau qu'il trouvait agréable au palais. Il en aimait le goût légèrement sucré ainsi que sa faculté de le plonger dans l'hébétude. Puis quelque chose changea et l'alcool l'énerva. Tandis qu'il s'enivrait, il arpentait la pièce en tapant sur les armoires et les murs, fendant le contreplaqué, écaillant le plâtre, se blessant les phalanges.

Les choses empirèrent. Il se mit à gémir. Il faisait les cent pas en donnant des coups de poing puis il s'accroupissait soudain et, le visage enfoui dans ses mains, il hurlait tel un animal de la forêt.

La première fois, les chiens aboyèrent avec violence, les mères et quelques domestiques accoururent ; d'un coup d'épaule, ils forcèrent la porte, cassant le verrou. Le jeune maître était sur ses talons, le visage décomposé, de la morve coulait de son nez, de la bave de sa bouche. Le regarder était une épreuve.

Dans son incohérence, il accusait les dieux : autant de potentats assoiffés de pouvoir qui dispensaient avec négligence récompenses et punitions, exactement comme les hommes, sans la moindre énergie pour des enquêtes et des jugements équitables.

Vous écoutez les supplications de parents cruels et non celles d'un amour profond. Vous permettez à la haine de s'épanouir et laissez l'amour périr.

Le moment aurait pu sembler vaudevillesque, n'eût été son réalisme saisissant. La famille n'osa interrompre Asambhav, qui n'essaya pas de se camoufler. Son angoisse était tellement insoutenable que rien d'autre n'existait. Sitôt qu'il se fut écroulé d'épuisement, tout le monde battit en retraite sans prononcer une parole.

On répara le verrou le lendemain.

Bade Papa prévint les mères : Nous avons perdu notre fils, il souffre d'une maladie incurable.

Il songea à interdire l'accès au rhum à l'amant insensé puis il se ravisa. On ignorait quelle forme plus grave le chagrin risquait de prendre.

Les hurlements de bête devinrent habituels. Ils commençaient dès que le rhum avait coulé au-delà du tolérable, et se répercutaient dans la maison. Au lieu de se précipiter dans la chambre à l'arrière, les membres de la famille fermaient leur porte pour ne pas les entendre. Pappu avait la consigne de rester près de son maître et de l'empêcher de se faire du mal.

Le jeune domestique génétiquement doué pour la comédie avait joué le jeu. Peu s'en souciaient, mais il avait fait passer le mot du départ d'Asambhav pour Amritsar où il comptait rester longtemps.

Aarti en fut consternée. Elle voulait qu'il connaisse la vérité. Qu'il voie la vérité. Et la vérité se dirigeait vers eux.

Il aurait dû t'emmener avec lui, dit-elle à Pappu. Tu vas devoir être au courant des mauvaises nouvelles et les lui annoncer.

Pappu lui expliqua : Dans ma famille, on sait comment transformer une mauvaise nouvelle en bonne nouvelle.

Aarti pensa : Voilà ce que je vais faire. Peu importe si c'est le cheval qui hait le cavalier ou bien le cavalier qui hait le cheval, dès lors qu'ils n'arrivent pas à avancer à l'unisson.

Lorsque Aranya revint au village après plus de six ans d'absence, une seule information l'intéressait. Aarti la lui révéla avant qu'elle ne lui pose la question.

Il était parti à Amritsar et, à en croire la rumeur, il n'en reviendrait pas. Par-dessus le marché, si les autres avaient grandi, trouvé des emplois, lui vivait toujours aux crochets de ses parents. Il n'avait pas fréquenté la faculté de droit, il ne s'était pas engagé dans l'armée, il n'avait pas honnêtement gagné son pain ne serait-ce qu'une journée. Aranya ne se rendait pas compte de sa chance de lui avoir échappé !

Les parents mirent beaucoup de temps à accepter le retour d'Aranya au motif du mariage de sa cousine. Pendant six ans, aucune occasion – fête ou enterrement – n'avait fourni une raison suffisante pour qu'on l'y autorise. Son père avait d'ailleurs prévenu sa mère : Même si je meurs, il n'est pas question qu'elle revienne ici. Elle n'aura qu'à se rendre au temple de Kashi à Varanasi et se tremper dans le Gange où flotteront mes cendres et repartir.

Aarti avait joué un rôle clé, elle avait convaincu son père qu'il était temps d'accueillir de nouveau Aranya au bercail. Elle l'avait convaincu de l'extinction des flammes d'antan. Aranya était passée à autre chose, elle se rappelait cette période avec la perplexité que ressent la maturité pour l'adolescence.

Le père acquiesça après avoir mené discrètement son enquête. Cela faisait des semaines qu'on ne voyait plus le jeune homme. Le bruit courait qu'il avait quitté le village pour le Pendjab.

Aranya eut du mal à croire la fable de sa sœur. Les amants ont un radar. Ils perçoivent si leur bien-aimé est – physiquement et émotionnellement – proche ou loin. Pendant les six années et quelques d'un néant total, Aranya n'avait jamais senti qu'Asambhav était séparé d'elle. Maintenant, elle sentait sa présence dans les venelles familières du village, le temple, les champs alentour.

Si ce qui lui était arrivé ne l'avait pas transformée, qu'est-ce qui aurait pu changer Asambhav ? Dans sa mémoire, il était indéracinable, tel un arbre.

Les conspirateurs invétérés se prennent les pieds dans le tapis. Aarti ne se satisfaisait pas d'avoir désabusé sa sœur, elle voulait piétiner les dernières braises d'espoir chez son amant. Il lui fallait un témoin en qui Asambhav aurait confiance. Quand il rentrerait d'Amritsar, cette personne lui prouverait qu'Aranya n'était vraiment plus libre.

Elle choisit de faire cet honneur à Pappu. Elle le convoqua ; à son arrivée chez les Pal, on lui offrit des confiseries devant la cuisine puis on lui demanda de se rendre de l'autre côté de la maison.

Dans le jardin – en ébullition –, on lui présenta Aranya et ses deux enfants. Le fils d'un an était dans ses bras et piquait une crise. La fille de quatre ans était mignonne dans son *salwar-kameez* à paillettes, avec ses cheveux courts. De l'argent brillait à ses oreilles ; elle tirait sur la queue d'un chien.

Pappu génétiquement doué pour la comédie en perdit sa langue. Les mains jointes, il ne cessait de se courber pour la saluer. Elle lui parlait, lui précisant les prénoms de ses enfants, mais il n'entendait rien. Il y avait une tempête sous son crâne et une seule pensée : elle est plus belle que jamais, elle vient de tuer mon maître.

Au retour de Pappu, Asambhav avait déjà bu beaucoup de rhum. Assis dans son lit, le parapluie rose ouvert au-dessus de lui, il écoutait Mohammed Rafi chanter la douleur éternelle de l'amour. Une telle fureur s'empara du serviteur qu'il dut se tenir à quatre pour ne pas prendre la bouteille de liquide sombre et la vider dans son propre gosier. L'envie le taraudait de retourner chez les Pal afin de mettre le feu à la maison, au bétail, aux chiens. Sans oublier Aranya et ses enfants.

Il s'était hâté de rentrer, le souffle court à cause de la nouvelle. À présent, il ne songeait qu'à protéger son maître : qu'il apprenne la vérité était inutile. Son cœur brisé ne pouvait l'être davantage. Cette femme n'avait qu'à partir en emmenant ses maudits enfants. Pappu n'en revenait pas qu'elle ait sereinement joué le rôle de mère et d'épouse tandis que son maître dépérissait. Elle n'était pas digne de son amour.

L'entrevue sans un mot avec Aranya avait frustré Aarti. Le rustaud avait-il assimilé l'importance de ce qu'on lui présentait, elle en doutait, de même que de sa capacité à être un reporter crédible. Ses manigances ne rimeraient à rien si Asambhav n'était pas anéanti par la trahison de sa bien-aimée.

La jeune folle d'amour conçut un nouveau plan.

Elle convainquit sa sœur que la bienséance exigeait une visite à la famille d'Asambhav afin que celle-ci bénisse ses enfants. C'était normal de le demander, fût-ce à ses ennemis. Il fallait être une mère bien froide pour ne pas se soucier des énergies nocives susceptibles d'être dirigées vers sa progéniture. Aarti veillerait à ce qu'aucun membre du clan Pal ne découvre cette visite.

Bade Papa et les deux mères furent stupéfaits de voir Aranya et ses deux enfants au seuil de leur maison. Ils la firent entrer et la reçurent comme il se doit avec du thé et des banalités. Chacun réfléchissait fébrilement à l'avantage à tirer de cet événement inattendu. Les trois arrivèrent à la même conclusion : c'était enfin l'occasion de crever l'abcès de l'obsession grotesque de leur fils.

Quand ils lui demandèrent si elle souhaitait rencontrer Asambhav, elle pâlit puis reprit des couleurs et rougit. Elle marmonna qu'elle le croyait à Amritsar, ce qu'ils ne comprirent pas.

Bade Papa attribua sa réticence au fait qu'elle avait tourné la page. Elle était l'épouse d'un autre, dont la semence avait rempli son ventre. Il tenait néanmoins à ce qu'Asambhav le voie. Qu'il sache qu'une porte s'était fermée dans sa vie qui ne s'ouvrirait plus jamais et aussi à ce qu'elle découvre la déchéance de son ex-amant de façon qu'elle disparaisse à jamais.

Aranya eut du mal à marcher lorsque Bade Papa l'invita à le suivre. Ils poussèrent la porte de la chambre sombre, malodorante, où, couché à demi nu sur son lit, Asambhav faisait tourner le parapluie rose au-dessus de sa tête et répétait les paroles mélancoliques de la chanson qui passait sur le lecteur. Aucun tableau n'aurait pu être plus accablant.

Suhaani raat dhal chuki naa jaane tum kabh aaoge.
Jahan ki rut badal chuki naa jaane tum kabh aaoge[1].

Dès qu'elle l'aperçut, Aranya s'effondra en douceur. Asambhav se redressa pour regarder la soudaine bousculade à la porte ; il se préparait à l'invective

---

1. « La douce nuit est passée, je ne sais quand tu reviendras », chanson extraite de *Dulari*, un film indien de 1949.

quand il remarqua la silhouette prostrée. Une seule ampoule jaune au-dessus de sa table de travail au coin de la pièce éclairait la pièce et le rhum lui brouillait la vue.

Tandis qu'il se concentrait, ses mains s'immobilisèrent et il baissa doucement le parapluie, le ferma, le posa sur son oreiller.

Avec précaution, il balança ses jambes hors du lit et, à croupetons, comme s'il traquait une bestiole dans un sous-bois, il s'avança jusqu'à la porte. Là, il s'agenouilla, se dévissant le cou pour jeter un coup d'œil. Puis il se rassit sur les talons, prit sa tête entre ses mains et poussa un hurlement bestial qui glaça le sang des occupants de la maison et déclencha les aboiements frénétiques des chiens.

Presque instinctivement – sensibles à la gravité primitive du moment où ils n'avaient pas leur place –, les autres se retirèrent et fermèrent la porte. Les pleurs de la petite fille et du bébé s'entendirent en bruit de fond, au milieu du vacarme des chiens.

Asambhav continuait de brailler à la manière d'une pleureuse professionnelle aux obsèques d'un village. Les larmes coulaient dans la barbe de quatre jours qui mangeait ses joues. À peine furent-ils seuls que la jeune femme murmura de sa voix de chanteuse de *thumri* : *Jaan ! Meri jaan.*

Vie. Ma vie.

Elle tendit la main, il s'en empara afin de l'attirer à lui ; l'exaltation ne dura qu'un instant, mais elle fut d'une puissance inoubliable.

La réunion fut d'une telle intensité qu'Asambhav ne trouva aucun mot pour la décrire. Les cinq jours suivants s'écoulèrent en une effervescence de rendez-vous, brefs ou longs. Recruté vingt-quatre heures sur vingt-quatre, Pappu joua le rôle d'éclaireur et de messager. Il rôdait près de la propriété des Pal et, si Aranya pouvait s'éclipser dix minutes, il prévenait son maître.

Certaines retrouvailles ne consistaient qu'en une étreinte silencieuse d'une minute, devant un mur, derrière un arbre, à l'intérieur du vieux sanctuaire de Shiva – chacune tenait pourtant du ravissement. De temps à autre, Aranya parvenait à se rendre chez lui, où ils pleuraient autant qu'ils faisaient l'amour.

Dès l'instant où Aranya était dans ses bras, les milliers de pages qu'il avait écrites pour elle et planquées n'avaient plus de raison d'être. Il lui montra la cachette. Elle voulut s'y plonger sur-le-champ. Il lui fit remarquer qu'elle pourrait les lire quand elle serait vieille. C'étaient les vestiges de leur amour, le présent en était la réalité. Une réalité inouïe – si bien que l'instant la contenait à peine.

La nuit, il l'attendait derrière les lantanas avec un *durrie* et une couette. À minuit passé, elle sortait furtivement ; à quatre heures, elle rentrait. Pappu restait planté comme une sentinelle, accompagné de Sheru, à l'extrémité du *bundh*. Aucun mot d'amour ne pouvait rivaliser avec les promesses de leurs corps nus dans l'obscurité, sous l'immensité du firmament.

L'un ne cessait de demander pardon à l'autre de lui avoir fait tant de peine. Il n'est plus grand élan vers l'altruisme que l'amour à l'acmé du don.

Aranya se reprochait la façon dont elle l'avait plongé dans la souffrance ; Asambhav se repentait de l'avoir abandonnée aux manipulations de leurs familles. Il avait été stupide de n'avoir pas perçu la raison pour laquelle on l'avait expédié à Dehradun. Non, ripostait-elle alors ; c'est elle qui avait été une poule mouillée de s'être laissé forcer la main.

Lors de son arrivée chez sa *bhabhi*, dont les seins fuyaient comme un robinet défectueux, les Pal montaient dans un train à destination de Delhi. Aranya savait que des parents à eux y habitaient, mais personne n'avait parlé de leur rendre visite. Elle avait eu des pressentiments au cours du voyage à cause des deux cantines remplies de vêtements, dont onze saris en soie *banarasi* prévus par sa mère pour son trousseau, lui avait susurré Aarti.

Son père était d'une humeur morose tandis que sa mère fustigeait la médiocrité du village et chantait les louanges du vaste monde. Elle décrivit les deux déterminants de l'évolution et de l'ampleur d'une vie, pour une jeune fille : l'un tenait de la loterie, l'autre du calcul ; le premier était le père qui l'avait engendrée, le second l'homme qu'elle épousait. Un bon mariage avait transformé des filles insignifiantes en reines éblouissantes.

De tout ce qu'une femme faisait dans sa vie – y compris la maternité –, rien n'exigeait plus de sagesse et d'aptitude que le choix d'un mari.

Aranya avait gardé le silence, écœurée par ces platitudes : sermon d'une mal-aimée à une adorée. Comme le train s'approchait de Delhi en cahotant, elle avait remarqué davantage de postérieurs en train de déféquer le long de la voie ferrée qu'il n'y avait d'habitants dans son village et, derrière eux, les maisons en briques crues coiffées de bâches bleues et noires, maintenues par des pierres, et des réservoirs d'eau d'où surgissaient des antennes de télé semblables aux derniers cheveux d'une vieille femme, et elle comprit qu'on la conduisait en enfer. Elle fut saisie d'une épouvante qui s'accompagna de terribles nausées.

L'homme à qui on la présenta portait des vêtements ajustés et des chaussures perforées en cuir marron. Il avait une barbe bien taillée – tirée au cordeau au niveau du cou –, une moustache épaisse, des cheveux sur les oreilles. Sa mère le trouva beau. Son père déclara : Il est la fierté de notre caste et son salaire est plus important que celui du magistrat du district. Son frère commenta : Il a les biceps d'un type qui fréquente une salle de sport. Sa sœur constata : Il prononce des phrases complètes en anglais. Son oncle chez qui ils séjournaient, organisateur de la rencontre, conclut : Si j'avais une autre fille, je la lui aurais donnée.

Dès le départ de l'homme et de ses parents, Aranya annonça qu'elle ne l'épouserait pas. La famille se lança dans une discussion mais, avant que le premier argument eût été débattu, la père prit sa fille par la main et l'entraîna dans la chambre.

D'une voix coupante, semblable à une lame de boucher, il déclara qu'il n'était pas un de ces pères malavisés du monde moderne qui permettaient à leurs filles de voltiger comme des papillons si bien que des garçons dévergondés pouvaient leur arracher les ailes. Il avait été jeune, il connaissait la vulgarité des mains d'un garçon. Il connaissait le plaisir qu'ils prenaient à défigurer la beauté.

L'honneur de leur famille, de leur clan, de leur caste, de leur religion et de leurs ancêtres depuis la nuit des temps était investi en elle. À un moment donné, le père n'était plus en mesure de protéger les ailes de sa fille, il avait le devoir de la mettre – ainsi que l'honneur collectif qu'elle portait en elle – sous bonne garde. Et la fille celui d'alléger le poids de cette douloureuse transition.

Il prononça ce petit discours avec moins d'émotion que celle qu'il montrait au quotidien en discutant des récoltes avec ses frères.

À peine eut-elle ouvert la bouche qu'il la lui referma : Écoute-moi bien. Je te tuerai et t'abandonnerai dans le caniveau devant cet immeuble quitte à passer le reste de ma vie en prison, mais je ne te permettrai pas de salir le nom de mes ancêtres.

Ne voyant pas la peur dans les yeux d'Aranya, il ajouta : Après t'avoir tuée, je tronçonnerai le garçon en morceaux tellement petits qu'il faudra convoquer des cordonniers pour le recoudre afin de pouvoir l'incinérer, garde bien ça en tête !

Il sortit et annonça : Elle est prête s'il l'est.

Le barbu avait dit oui avant d'avoir franchi la porte. Parmi les chances susceptibles d'échoir à un Indien, aucune ne surpasse l'heureux hasard d'obtenir une jolie femme à la suite de négociations complexes entre familles et castes. Le pays abonde en enfoirés possédant des femmes exceptionnelles qui, dans l'absolu, ne leur auraient pas jeté le moindre coup d'œil. Les images qui traversaient déjà la tête du barbu lui auraient valu d'être coffré sur-le-champ.

Le mariage fut célébré trois jours plus tard dans la maison de l'oncle, dont les chaises et tables du séjour avaient été entassées sur le balcon. Le *havan kund* fut disposé au milieu de la pièce sur un tas de sable et les copeaux de bois, humides, dégagèrent de tels nuages de fumée que les invités se ruèrent à l'extérieur, tandis que le *pandit* et le couple finissaient de prononcer les vœux sans témoins, les yeux pleins de larmes.

Pourtant personne ne considéra que la cérémonie avait été bâclée. Samarth devait se présenter au travail dans dix jours et partirait ensuite pendant quatre mois, telle était la raison invoquée pour la précipitation. Quand les astres sont à ce point favorables – selon le *pandit* –, pourquoi retarder les choses ?

Les deux côtés en avaient fait des tonnes à propos de cette hâte. Le père Pal avait assuré qu'il rêvait de festivités d'un mois pour un millier d'invités. Le père de Samarth avait renchéri, il avait souhaité davantage encore pour son fils unique. Samarth avait dit qu'il voulait qu'on le marie aussitôt, ils n'avaient qu'à continuer de fêter ça le restant de leurs jours.

En l'occurrence, dix-sept personnes assistèrent à la cérémonie du mariage et trente-six s'attablèrent pour le dîner de noces. Le père de la nouvelle mariée tendit un paquet de dix *lakhs* de roupies au père du nouveau marié, à titre de compensation pour l'absence de festivités. L'homme claironna son refus tandis qu'il acceptait et remettait la somme à sa femme.

Au moment où Aranya s'apprêtait à partir, son père la prit à part : Ton mari est un homme bien. Son honneur est désormais entre tes mains. Si j'apprends que tu as été en contact avec le garçon, je l'étriperai, je ferai une guirlande de ses intestins que je t'enverrai. Aucun homme mort ou vif n'existe désormais pour toi dans le monde hormis celui que tu viens d'épouser.

Sur ce, il l'embrassa et conclut : Puissiez-vous prospérer et être heureux votre vie durant.

Sous le poids de son lourd sari et des ornements, Aranya se contenta d'un : Père.

On avait réservé une chambre dans une maison d'hôtes à proximité, appelée Rockwood. Moderne, climatisée, meublée d'un mini-réfrigérateur, équipée d'un sol stratifié et d'une baignoire en céramique. Le lit était décoré de guirlandes de jasmin et de soucis.

Au lieu de brûler de l'encens, on avait aspergé la chambre de déodorant. Au départ des derniers accompagnants, la mariée était tellement épuisée qu'elle s'écroula sur le lit dans ses beaux atours et s'endormit avant que son mari n'ait déboutonné son pantalon.

Samarth avait de l'expérience. Il avait abordé assez de rivages, fréquenté suffisamment de femmes pour savoir qu'imposer un rapport sexuel était rarement une manœuvre intelligente. Même quand on payait, mieux valait donner l'impression que l'argent n'existait pas.

Il posa doucement une main sur l'épaule d'Aranya pour la réveiller : afin de commencer le plus mystérieux des voyages : deux corps s'explorant sans carte.

Elle poussa un faible gémissement et se roula en boule. Un fœtus en robe de mariée, étincelant d'or, drapé d'écarlate. Le rouge à lèvres s'écaillait sur sa bouche entrouverte.

Après avoir attendu un quart d'heure, Samarth palpa lentement le corps de son épouse comme on le fait d'un fruit à l'étalage. Il fut déçu de découvrir qu'elle était toujours une jeune fille qui ne s'était pas encore épanouie – valeur insurpassable pour ses amis, alors que lui-même préférait une vraie femme.

Il chercha l'authenticité de sa peau dans des recoins secrets. Il se retourna et la trouva dans les mollets d'Aranya, dont le sari s'était relevé. Déjà la broderie hâtive du *mehndi*[1] sur ses pieds avait viré au marron terne. Au-dessus, la langueur des minces *payals* d'or se détachait sur l'incroyable blancheur de mollets charnus. Il y colla la bouche et le nez, un premier contact avec son épouse et, au terme de quelques minutes dans cette position, il sombra dans un profond sommeil.

À son réveil, il était seul dans le lit. Des bruits provenaient de la salle de bains d'où elle sortit habillée de pied en cap, les cheveux tirés en arrière, le nombril masqué par son sari en soie. À part sauter sur elle, il n'y avait aucun moyen d'amorcer un échange.

Même dans un mariage, même dans la place forte d'une chambre fermée à clé, même sans prononcer une parole désagréable, une femme est capable de dresser un mur. Impénétrable et infranchissable. Une leçon plutôt dure que Samarth fut bien obligé d'apprendre dès la première semaine de leur union conjugale. Lors de son départ sept jours plus tard pour rejoindre son bateau à Mumbai, le mariage n'était pas encore consommé.

Les premiers jours, elle avait étiré les soirées avec la famille jusqu'à tomber de fatigue. Et Samarth n'avait eu d'autre choix que de toucher les mollets

1. Art du dessin fait au henné sur la peau.

ou une partie du ventre d'Aranya. Bien qu'il lui eût offert des nuisettes bordées de dentelle, avec de vastes échancrures aux aisselles, elle s'endormait en sari.

Comme la colère de Samarth devenait évidente le cinquième jour, elle lui avait confié sa peur dans sa voix envoûtante. Il avait répondu qu'il comprenait sauf qu'il ne lui restait que quarante-huit heures. Elle avait riposté que, s'il voulait d'elle comme une pute, qu'il ne s'en prive pas, en revanche, s'il voulait d'elle comme une épouse, deux jours ne suffiraient pas à la mettre à l'aise.

Il l'aurait volontiers prise comme une pute, mais les hommes ne sont que gentillesse et hypocrisie au début d'une relation. En partie par amour-propre. Il tenait à ce que la jeune fille le désire et lui tende les bras en même temps qu'il lui tendait les siens.

Elle avait ajouté que quatre mois, ce n'était pas si long. Elle serait probablement prête pour lui à son retour.

En vérité, Aranya ne le serait jamais. Elle apprendrait à le supporter, tandis qu'il apprendrait à la posséder sans distinguer le moindre amour dans ses yeux.

De même que les Indiens sont tiraillés entre l'espoir et le désespoir, Aranya fustigeait les dieux de lui avoir attribué un mari qu'elle n'aimait pas et les remerciait d'avoir attribué à celui-ci un métier qui le forçait à s'absenter. Du troisième étage d'un affreux immeuble de la ville côtière où elle habitait, Aranya regardait la baie aux reflets scintillants, imaginant la tempête qui ferait sombrer le navire de son mari.

L'équipage survivait, hormis un officier en second qui dormait après son quart, à qui il serait donné de fusionner avec le monde des poissons.

Samarth, lui, revenait toujours. Impatient de la pilonner dans le lit. La barbe qu'il rasait avant de monter à bord avait repoussé quand il l'étreignait et l'écorchait. Son haleine empuantie d'alcool souillait l'air et donnait la nausée à Aranya.

Pendant ce temps, elle ne pensait qu'au beau garçon. À ses joues imberbes, à son haleine fleurant la cardamome, à son toucher satiné. À la musique de ses paroles quand il décrivait leur avenir où chaque tâche du quotidien – des courses à la cuisine – se muait en un sublime acte d'amour.

Elle rusait pour s'enquérir de l'état d'Asambhav lorsqu'elle parlait à sa sœur et à son frère. D'abord, ils gardèrent le silence, puis ils lui conseillèrent de l'oublier. Il avait tourné la page. Son mariage avait été décidé avec une jeune fille d'Agra, d'une beauté à couper le souffle qui le disputait à celle du Taj Mahal et d'une richesse hallucinante. Du toit de la demeure familiale, on voyait l'imposant mausolée. Chaque fois qu'Aranya se redressait dans son lit la nuit pour se languir, elle ferait bien de se rappeler qu'à ce moment précis, c'était ce à quoi il s'adonnait avec sa jolie fiancée – une contemplation nimbée de romantisme.

Autant de récits auxquels Aranya refusait de croire. Elle connaissait son homme. Il ne renoncerait jamais. Un jour, on frapperait à la porte, elle ouvrirait, il la serrerait dans ses bras et l'emmènerait. Personne ne les retrouverait. Que leurs familles s'entre-tuent, grand bien leur fasse ! Quant au marin, il n'avait qu'à offrir sa barbe et sa mauvaise haleine à d'autres femmes en Inde ou ailleurs dans le monde.

Vint le jour où Aranya se découvrit enceinte. Elle attendit un miracle. Elle s'imagina que le bébé insufflerait du sens à sa vie. Il n'en fut rien. Si la petite fille dévorait ses heures et son énergie, elle se sentait toujours aussi vide. Abandonnée, en réalité. Seule, vulnérable, à l'affût d'une délivrance, sans savoir où celle-ci apparaîtrait.

À plusieurs reprises, elle demanda la permission à sa mère de rentrer à la maison. Pour une semaine. Pour deux jours. Pour deux heures. La réponse ne changeait pas. Ils lui rendraient visite. Si elle tentait de mettre les pieds au village, son père les tuerait, le garçon et elle, avant de se tuer.

Tout n'était pas insupportable avec le marin. Son absence pendant des mois, voilà ce qu'il y avait de mieux. Quand il rentrait, il lui rapportait des cadeaux féminins – parfums capiteux, lingerie arachnéenne – et débordait d'histoires pittoresques racontées avec une éloquence pleine de tendresse.

À chacun de ses retours, il imaginait une métamorphose spectaculaire de sa femme – un fantasme habituel des voyageurs –; chaque fois, il mettait plusieurs jours à assimiler la déception. Elle se montrait gentille, polie, comme le sont des connaissances, sans qu'il y ait la moindre possibilité d'intimité ou de désir.

Au bout d'une semaine, il débouchait le whisky, laissait pousser sa barbe, remplissait son devoir conjugal. C'était atroce pour elle, détestable pour lui. Elle protestait et il murmurait des mots tendres, c'était bref en général. Elle retomba enceinte. Cela finit mal, par une fausse couche au cinquième mois – le sang coula sur ses cuisses pendant qu'elle faisait la cuisine. Elle dut se rendre à l'hôpital, une serviette roulée entre les jambes, un doigt de sa fille dans la main.

Le médecin la garda quatre jours. Les infirmières traitèrent gentiment la petite fille, lui donnèrent des bonbons. Personne ne vint les voir. D'une part Aranya n'avait pas essayé de rencontrer ses voisins, de l'autre elle ne se confiait pas à sa famille.

Son mari, en mer, ne serait au courant que deux mois plus tard. La première chose qu'il trouva à dire: Tu as tué mon fils ! Comment se peut-il que rien n'ait déclenché ça ?

Il posa discrètement des questions au gardien et aux voisins. Est-ce qu'on lui rendait visite ? Personne, même pas une ombre. De quoi le soulager. Comme tous les maris, il avait envie de croire que ce qu'elle était avec lui la personnifiait : un poisson froid et solitaire.

C'est ton amertume qui a dû corroder le bébé, lui affirma-t-il.

Le médecin, un homme frêle et bienveillant d'Orissa, avait fait une remarque semblable : Le stress et le chagrin sont peut-être à l'origine de la fausse couche. Vous devez apprendre à être heureuse. Nous avons beaucoup d'enfants dans ce pays parce que les femmes ont appris à être heureuses.

Au retour chez elle le cinquième jour avec sa fille qui rechignait car elle préférait l'agitation de l'hôpital, Aranya comprit la profondeur de sa solitude. Le seul être au monde qui tenait à elle n'avait pas réussi à la retrouver. Était-ce si difficile d'arracher une information à un membre de sa famille ? Peut-être son frère et sa sœur avaient-ils raison et, assis sur une terrasse aérée, cet être contemplait-il le Taj Mahal, une femme d'une beauté comparable à celle du monument sur ses genoux.

Quelle bêtise d'avoir cru que l'amour était plus fort que le destin !

Ses journées devinrent plus longues, plus vides. Si on lui demandait ce qu'elle avait fait la veille ou la semaine précédente, elle avait un trou de mémoire. Non par indifférence envers sa fille, mais faute de ressentir l'émotion profonde qui rend les mères poètes. Lorsqu'elle regardait sa fille, elle lui semblait étrangère et davantage issue du marin que d'elle. Aranya la considérait comme un substitut que l'homme laissait derrière lui pendant qu'il voguait d'un port à l'autre. Les mères se plaignent tôt de leurs maris à leurs filles, une forme de contestation de l'injustice qui relie les femmes depuis la nuit des temps. Or Aranya ne parlait jamais de son mari à sa fille.

Au cours de ces années, son père vint la voir deux fois. Sans rester la nuit. Il lui offrit cadeaux et argent, joua avec l'enfant, puis repartit. Il ne lui demanda pas si elle était heureuse, mais si elle allait bien. Avant qu'elle ne puisse répondre, il enchaîna : Tant mieux. Voilà ce qu'une femme doit souhaiter : aller bien.

Il ne lui communiqua aucune information sur le village.

À la porte, il conclut : Tu as été une bonne épouse. Maintenant donne-lui un fils.

Le marin s'y attela en exerçant avec frénésie son droit légitime. La mère d'Aranya, qui arriva pour l'occasion, fut bouleversée par l'état de sa fille. Apparemment indifférente au nourrisson, à la petite fille, à son mari et à sa mère. Les yeux éteints, elle vaquait à ses occupations à la manière d'une domestique.

La mère lui dit : Vivre, c'est avoir des problèmes. Même les grands dieux ont dû en subir beaucoup lorsqu'ils sont descendus sur terre.

Quand est-ce que je peux rentrer chez moi ? lança la fille.

Tu es chez toi. C'est ici chez toi.

Samarth expliqua à sa belle-mère que sa femme était toujours malheureuse. Rien de ce qu'il faisait ne lui plaisait. La belle-mère lui assura qu'il se trompait, sa fille avait toujours été silencieuse. Il ne s'en rendait pas compte mais elle gardait au fond de son cœur le bonheur qu'il lui apportait.

Il suggéra qu'Aranya et les enfants aillent passer quelques semaines au village. Cela faisait cinq ans qu'elle n'y était pas retournée. La belle-mère certifia que la période ne pouvait être pire : les pluies étaient un supplice cette année et, outre une épidémie de paludisme, une nouvelle maladie nommée dengue sévissait au village.

Un hiver terrible succéda à la mousson diluvienne, puis un été torride brûla les feuilles des arbres. Au moment où Aarti mettait en œuvre sa stratégie pour guérir Asambhav en lui révélant la vérité sur Aranya et ses enfants, il fallut apaiser les soupçons de Samarth sur l'impossibilité de son épouse de se rendre dans son village.

Le père Pal se convainquit qu'un amour d'adolescence ne pouvait franchir les obstacles dressés par six années de séparation, un mari, deux enfants. Si stupide que soit sa fille, elle devait avoir perçu la différence entre un bel homme plein d'expérience qui avait arpenté les ports d'Afrique et d'Europe et un jeune villageois qui n'était pas allé plus loin qu'Amritsar en train.

Le souvenir de sa jeunesse naïve lui arrachait sûrement des larmes d'humiliation.

Aranya était revenue au village le cœur glacé, vide d'espoir. Elle s'était représenté une centaine de fois par jour son bien-aimé sur la terrasse d'Agra, contemplant la beauté et enlaçant la beauté.

Sans Aarti, elle serait repartie, le cœur plus glacé que jamais. À présent, elle brûlait d'un feu qui incendiait sa peau, avait-elle l'impression. Chaque fois qu'elle le retrouvait – une minute ou une heure –, elle était prête à être réduite en cendres.

Dans ses bras, elle se sentait comblée.

Dans ceux de son mari, elle se sentait violée.

À l'approche de l'heure du départ, la glace s'insinua de nouveau dans ses veines. L'avenir risquait d'être pire que le passé. Comment allait-elle respirer sans le voir tous les jours ? Que faire avec son mari ? Sa fille ? Son fils ?

Comment gérer la sève de bonheur qui enfiévrait ses pores ?

Malheureuse, elle finissait par croire que son coma était préférable. Jamais elle n'aurait dû revenir au village ; elle aurait dû rester lovée sous la carapace insensible forgée par ses enfants, par le néant. Cette fringale serait insatiable.

Asambhav, lui, ne désespérait pas. Un revirement miraculeux s'était produit de sorte que la lumière inondait son monde. Il était résolu à s'accrocher à l'allégresse. Il voyait dans le retour d'Aranya et leur ardeur inaltérée le signe de l'inéluctabilité de leur union.

Lorsqu'elle était allongée sur lui et que son souffle lui effleurait le visage, il promettait : Nous ne serons jamais séparés. Nous avons marché dans le feu, c'est ainsi que Dieu forge l'airain de l'amour.

Comme elle ne lui répondait pas, il continua : Tes enfants seront mes enfants. Tout ce qui possède un soupçon de toi dans le monde, je l'aimerai.

L'haleine d'Aranya était merveilleuse. Fermant les yeux, il la huma qui lui frôlait les lèvres. Il fut grisé. Il ferait n'importe quoi pour la garder éternellement sur son visage.

Comme elle ne lui répondait pas, il poursuivit : Ne t'inquiète pas au sujet de ton mari. Les dieux t'ont rendue à moi ; les dieux l'éloigneront de toi. J'ai montré sa photo au *shastriji*[1], il a dit : Cet homme ne restera pas longtemps avec Aranya.

Il y a huit ans, le *shastriji* t'avait prédit que rien ne pouvait se mettre en travers de notre amour, qu'il serait inscrit jusqu'à la fin des temps, protesta-t-elle.

Tu sais que le *shastriji* ne se trompe jamais.

---

1. Gourou qui enseigne les *shastras* ou préceptes.

20

Sous le chapiteau de Shabnam Bandookbaaz

Une fois l'agitation suscitée par les révélations de Godwin retombée, seuls deux hommes continuèrent à manifester de l'empathie à l'égard du maçon incarcéré à tort, en raison d'affinités géographiques. Comme Ram Bharose, ils étaient originaires de l'Est : l'Assam, le Bengale et le Bihar avaient été leurs terrains de jeu. On les surnommait le danseur et le nain, en réalité l'un était jongleur, l'autre clown. Selon les critères du royaume d'airain, ils étaient vieux, cela ne les avait pas préservés pour autant des mauvais traitements.

À leur arrivée au Cloaque, ils avaient été victimes de Bichchoo. C'était la période où le garçon était retourné en enfer à la recherche de bonnes affaires. Le Cloaque n'avait jamais eu autant de détenus, presque plus de quatre-vingt-dix. Galvanisé par le nouveau zèle envers le progrès, quelqu'un avait peut-être le même genre d'objectifs pour les arrestations que d'autres pour la construction de routes ou l'ouverture de comptes bancaires.

Une fois par an, l'inspecteur général de la police enfilait son uniforme et énumérait à voix haute les chiffres d'un catalogue à des journalistes assommés d'ennui. Assassinats, cambriolages, viols, kidnappings, agressions, accidents, mises en examen, arrestations, affaires élucidées.

Une ambiguïté tourmentait les forces de police et déconcertait les journalistes. Un maintien de l'ordre efficace, qu'est-ce que c'était : davantage de mises en examen ou moins ? Un sujet tellement vertigineux que, par consentement tacite, personne ne l'abordait. Aux chefs de décider individuellement ce qu'ils préféraient et, en fonction de ces préférences, les forces de police augmentaient le chiffre ou le diminuaient. Les journalistes les imitaient et citaient le même chiffre en guise d'argument pour ou contre.

À ce moment-là, c'était l'augmentation qui primait.

Chaque jour, de nouveaux détenus arrivaient avec leur mince literie sous l'aisselle, *thaalis* et gobelets à la main. La peur leur nivelait le visage, ils bougeaient à peine comme si leurs membres étaient ligotés.

De son poste d'observation devant la fenêtre – voie royale de la fraude –, Bichchoo les scrutait comme un acheteur des bestiaux à un marché de village. Une trentaine de centimètres le séparait du galetas suivant, sinon c'était un océan de corps à l'odeur de fauve drossés contre les murs et léchant les marches des toilettes. Le ciment n'apparaissait même pas entre les *durries* crasseux.

Le tableau était d'un surréalisme halluciné – des déchets anatomiques balancés dans la pièce.

La plupart du temps, des visages inexpressifs émergeaient de l'enchevêtrement de membres tandis que les garçons passaient du sommeil à la veille. Chacun s'efforçait de garder l'anonymat. Ils avaient peur que, pour une raison quelconque – beauté ou laideur, richesse ou pauvreté, vantardise ou servilité –, l'œil de Bichchoo se pose sur eux.

Le *bhai* en herbe avait à la fois l'œil et le nez. Il sentait la peur et repérait la richesse. En un instant, il passait au crible les garçons qui entraient. Celui-ci pour le racket. Celui-là pour la contrebande. Celui-ci pour le boulot. Mieux valait laisser celui-là tranquille. Quand il vit le duo de Jogen da et d'Atoum Bumb, il sut que le rôle de ces deux-là serait de les amuser. Ils étaient époustouflants, ne serait-ce que par leur apparence.

On voyait que Jogen da, un homme de grande taille, avait été beau avec les traits fins d'un aristocrate. Atoum Bumb, en revanche, était un nain, aux jambes et au torse épais, doté d'une grosse tête carrée de paysan.

Ils sortaient tout droit d'une BD apocalyptique griffonnée avec une mauvaise plume. Vignettes pleines de mélancolie : visages mal rasés à la peau flasque, cheveux clairsemés, vêtements miteux maculés de taches : types fouillant les ordures d'une ruelle obscure. Artistes au-delà des feux de la rampe.

Qui n'entendaient plus les acclamations du public depuis des lustres.

Dès qu'il apprit qu'ils venaient du cirque, Bichchoo les baptisa les Gémeaux. Chaque fois qu'il les appelait, il s'esclaffait.

Votre mère, elle vous distinguait comment ? leur lançait-il.

D'accord, lequel de vous est le plus grand ?

Il fit dégager de la place pour les jumeaux dans la rangée en face de la sienne, au milieu de la cellule. Un couchage leur suffit, déclara-t-il. Le petit n'a qu'à dormir entre les jambes du grand.

Plus que l'âge, c'est la peur qui transforme les muscles en spaghettis. En son temps, Jogen da avait été un homme d'une force incroyable, capable de porter deux filles sur ses épaules en marchant sur la piste, tandis qu'une kyrielle d'objets s'envolait de ses doigts et s'y reposait. Même maintenant, à soixante-huit ans, il aurait pu broyer Bichchoo dans ses paluches mais la terreur le laminait.

Quatorze jours de garde à vue – quatorze jours de coups – l'avaient vidé du courage qui l'avait distingué sa vie durant.

Le courage de lancer des poignards étincelants, de se hisser à vingt mètres du sol par la force de ses dents ou d'effectuer des tours avec des aras aux becs susceptibles de déchiqueter la peau jusqu'aux os, jour après jour devant une foule déchaînée de centaines de personnes, sans relâcher sa concentration, conscient que les applaudissements du monde ne le sauveraient pas d'une fraction de seconde de défaillance – eh bien, ce courage, sa force, la dignité de ses dons, il avait été dépouillé de tout cela par l'adjoint d'un sous-inspecteur qui n'avait rien fait de plus habile de toute sa vie que de manger une omelette avec des couverts jetables.

À présent, Jogen da – auparavant Jogen le Jongleur, Jogen le Maître, Jogen *Jabda*[1] – joignait les mains et se courbait quand il s'adressait à Bichchoo.

Atoum Bumb l'imitait avec toutefois davantage de facilité. En tant que demi-portion, il avait survécu à force de servilité, de ruse, de menaces de violences. Étant plus proche de la terre que la plupart des hommes, il rampait toute la journée mais, si on l'y poussait – en pleine nuit –, il pouvait planter un couteau dans des testicules. En quarante-cinq ans, on en était venu à lui témoigner un respect méfiant dans de multiples chapiteaux. Son nom de scène – qui était devenu son unique nom – correspondait à sa taille et à son tempérament.

L'agressivité de Bichchoo était anecdotique, Bumb n'aurait aucun problème à la juguler. Sauf que, pour l'heure, le nain était furieux contre deux hommes – Abdul Qadir et Biren Burman –, les propriétaires du grand chapiteau où Jogen et lui avaient exécuté leurs numéros.

C'était le refus obstiné d'évoluer de ces deux hommes qui les avait ruinés. Non seulement ruinés, mais déshonorés. D'une façon qui faisait d'eux les derniers des derniers, même derrière les barreaux.

Conscients de l'animus de Bumb, Qadir et Burman s'étaient débrouillés pour ne pas être dans le Cloaque. C'était impossible de faire comprendre aux imbéciles la difficulté de poursuivre leur activité. Personne ne venait voir des nabots ou des défilés d'oiseaux. Sans les filles, il n'y aurait rien. Ni mâts dressés, ni cliquetis

1. La Mâchoire.

de portillons, ni nourriture pour les hommes ou les animaux.

En l'espace de nombreuses années, les animaux avaient posé problème. Désormais, c'était au tour des filles. Pendant des décennies avant et après l'indépendance, les animaux et les filles avaient été les piliers de l'entreprise. Les premiers pour la prouesse et l'admiration, les deuxièmes pour la séduction et Éros. Les hommes emmenaient leurs familles qui regardaient bouche bée les tigres et les éléphants, tandis qu'ils bandaient à force de fixer les filles en justaucorps moulant, à la souplesse élastique, dont les cambrures et les contorsions ravageaient l'imagination.

Un chapiteau monté suscitait un enthousiasme passionné dans toutes les villes.

Une artiste – Rubber Dolly ou Flying Sunita[1] – enflammait systématiquement les fantasmes des hommes de l'agglomération. Ils se pointaient aux deuxièmes représentations. Ils griffonnaient des lettres qu'ils remettaient aux huissiers. Ils déposaient des cadeaux. Dolly était formée à parcourir la foule du regard en esquissant un sourire complice, que chaque homme prenait pour lui. Le propriétaire du cirque la faisait garder jour et nuit puis, au moment précis où la digue du désir menaçait de se rompre, le monde de Dolly – son mystère, sa magie, sa sensualité – disparaissait un matin, laissant dans le sol des ornières et des déjections d'animaux.

Un âge d'or au cours duquel Jogen da et Atoum Bumb étaient en apprentissage. Lorsque Jogen s'était

1. Dolly en caoutchouc ou Sunita qui vole.

enfui du Haut-Assam, son pays natal, à l'âge de neuf ans, Jawaharlal Nehru était vivant et les Indiens croyaient avoir conquis le monde, alors que même ceux qui mangeaient suffisamment avaient la diarrhée.

Le petit Jogen avait fugué à cause de son père qui, toujours en colère, toujours saoul, lui flanquait systématiquement plusieurs raclées par semaine, ainsi qu'à ses quatre frère et sœurs et à sa mère. Jogen mettrait longtemps à comprendre la souffrance de son père. Douze ans après, il rentrerait chez lui – jeune homme vigoureux, avec une moustache effilée comme un sabre dont il se glorifiait et une épaisse liasse de billets dans sa poche – et découvrirait la gloire perdue de Subrata, son père.

À l'époque où l'on rejetait les Britanniques, les stades du pays retentissaient de cris acclamant Subrata, Subrata ! tandis que le père de Jogen encore dans les limbes démarrait sur le flanc gauche à la manière d'un guépard pour attraper la longue passe. Subrata galvanisait les spectateurs non seulement par sa vitesse et son adresse, mais par son physique de star. Les journalistes adoraient écrire des articles élogieux sur lui ; les femmes assistaient aux matchs pour sentir vibrer en elles le battement de ses jambes et la caresse lointaine de ses cheveux flottants.

Des années plus tard, on comparerait son potentiel aux footballeurs Chuni Goswami et Jarnail Singh. Choisi à dix-sept ans pour faire partie de l'équipe junior d'Inde, il avait voyagé dans une dizaine de pays asiatiques et entendu son nom acclamé dans différentes langues.

Subrata s'endormait et se réveillait avec une seule action en tête, rien d'autre ne comptait. Le ballon en cuir est catapulté depuis le milieu de terrain avec un bruit sourd et il fonce le long de la ligne de marquage, survole le gazon en surveillant du coin de l'œil la trajectoire pour déclencher le piège au moment idéal – cuir sur cuir –, puis il pivote, arque son pied gauche et le ballon fend l'air en une boucle imparable pour trouver la tête aéroportée de son camarade puis ricocher dans le filet, tandis qu'un tonnerre d'applaudissements fait vibrer le ciel.

Subrata ! Subrata !

À vingt ans, il avait reçu sa lettre de convocation pour l'équipe nationale. Le soir même, fou de joie, il avait enfourché sa bicyclette et s'était cassé le genou droit. Par une ironie du sort, la nuit n'était même pas d'un noir d'encre. En fait, Subrata regardait la pleine lune qui éclairait le goudron, imaginant qu'il l'avait projetée dans le ciel en suivant l'action qui se déroulait dans sa tête. Il était rentré dans une vache endormie au milieu de la route. L'association l'envoya par avion à Mumbai, où le Dr Shetty, le meilleur orthopédiste d'Inde, l'opéra.

Tu peux marcher, mais plus de football à part avec tes fils dans le jardin, avait-il décrété.

On avait publié des papiers remplis d'émotion dans les journaux. L'association avait soutenu Subrata en lui versant une allocation mensuelle pendant un an. Après quoi, le secrétaire lui avait procuré un poste de coach sportif dans une école dirigée par des missionnaires dans le district de Sibsagar. Au fil du temps, on l'avait oublié ; de nouveaux guépards trépignaient déjà sur la ligne de marquage.

Le champion déchu avait coupé ses cheveux et ne souriait plus. En outre, il se révélait mauvais professeur. Les enfants ne l'intéressaient pas, ils manquaient de talent à un point incroyable. Ce sont leurs dons qui font vivre les joueurs, non l'hypocrisie. Il ne supportait pas d'écouter les parents aisés déblatérer sur le potentiel de leurs garçons patauds.

Même si votre Boltu aux genoux cagneux s'entraînait tous les jours de sa vie, il ne parviendrait même pas à balayer les stades où l'on m'a sacré ! mourait-il d'envie de crier à leurs visages empâtés.

En moins de trois ans – sa légende s'estompait vite – l'école le vira. Il ne protesta pas. Il était soulagé. Se trouver à proximité d'un terrain de football était au-dessus de ses forces. Voir le gardien du stade tracer les lignes avec de la chaux avant un match déclenchait une émotion violente à lui donner envie de se taper la tête contre les murs.

Il découvrit que l'alcool était son seul secours.

Les parents s'étaient occupés de son mariage. Son épouse n'était pas jolie mais, fonctionnaire de troisième division au ministère de la Santé, elle nourrissait la famille. Pendant un certain temps, il ne travailla pas et fit des bébés. Ensuite, sa femme, grâce à une recherche méticuleuse – ils avaient deux enfants et risquaient de basculer dans la misère –, lui trouva un emploi dans une entreprise de construction. Il devait gérer les stocks du magasin : un travail monotone dans un hangar sans fenêtres, sans terrain ni ballon en vue, ce dont Subrata était reconnaissant.

La journée, il comptait les arrivées et sorties de sacs de ciment, de poutrelles, de chevrons, de planches, de tuyaux, de peintures, de carreaux, de robinets, de cuves. Le soir, il buvait et battait quelquefois sa femme quand elle le lui reprochait. Elle ne comprenait pas qu'il s'efforçait de noyer l'enchaînement dans sa tête.

Ses gènes de sportif ne tardèrent pas à lui attirer des ennuis. Les bons sportifs ont un problème avec la malhonnêteté. Ils respectent les règles sans lesquelles aucun sport n'existerait. Un sportif n'atteint l'extase que s'il bat honnêtement un autre sportif.

Dans les affaires, c'est le règne du profit au détriment de l'honneur et des règles. Voilà pourquoi aucune entreprise de sport n'est jamais dirigée par un sportif.

La gestion du hangar impliquait que Subrata jongle avec les stocks. Il devait déchirer les sacs de ciment et les alléger. Se tromper dans les mesures des tuyaux et poutrelles. Se tromper dans le compte des carreaux et robinets.

C'était une entreprise nationale dont les sièges de Kolkata et de Mumbai avaient des salles de réunion meublées de tables d'une valeur dépassant le salaire annuel d'un chef de chantier. Sur le terrain, les hommes savaient qu'ils n'intéressaient pas le conseil d'administration. S'ils ne lui dérobaient pas ce qu'ils pouvaient, ils n'avaient qu'à s'en prendre à eux-mêmes ; leur échec se répercuterait sur leur femme et leurs gosses.

Subrata – l'imbécile – continuait d'imaginer qu'il jouait un match et que son équipe serait vaincue s'il s'écartait du droit chemin. Or c'était l'inverse. Son équipe – chefs de chantier, manutentionnaires, transporteurs et agents de sécurité – ne pouvait gagner que s'il s'écartait du droit chemin. Leurs jérémiades quotidiennes le poussaient à déboucher une bouteille l'après-midi.

Dès lors, ce ne fut qu'une question de temps avant que les réalistes du monde ne le flanquent à la porte.

Subrata n'aurait plus jamais d'emploi. Il y aurait des tentatives avortées dans le microentrepreneuriat. La vente de fruits, l'installation d'un stand de thé, la vente à la criée de journaux à la petite gare. Il s'apaisait – et retrouvait sa virilité – en battant régulièrement sa femme et ses enfants, dont l'aîné, le beau Jogen, était celui qui recevait le plus de coups.

Les rudiments d'arithmétique ou d'histoire-géo qu'apprenait Jogen à son école publique ne lui permettaient pas de comprendre le monde ou son pays. Les trois professeurs qui enseignaient six matières à six classes paraissaient aussi miteux que son père et adoptaient la même stratégie pour montrer leur estime. Aussi Jogen était-il rossé chez lui et à l'école.

À un moment ou à un autre, les enfants considèrent que leur père est un monstre. Il semblait à Jogen que le sien n'avait cessé de l'être. Les parents d'Ijaz, son meilleur ami, avaient franchi la frontière du Pakistan oriental. Ils avaient la peau sombre comme du bambou pourri et faisaient des travaux dans des maisons – jardinage, cuisine, ménage. Ijaz était persuadé que son père était encore plus abominable que celui de Jogen. Sans attendre la moindre provocation, il fouettait son fils avant le dîner. Le postérieur d'Ijaz était toujours sensible.

Un cirque arriva dans leur ville. Un chapiteau à deux mâts appelé Ding-a-Ling. Où se côtoyaient un tigre, un éléphant, deux chameaux, quatre chevaux, quatre loulous de Poméranie, une autruche de la taille d'un homme, quatre trapézistes, un jongleur, trois clowns, un cascadeur à moto, deux équilibristes dont les roues se disloquaient jusqu'à ce qu'il ne reste que le guidon. Le clou du spectacle consistait en deux contorsionnistes qui, avec un surcroît de souplesse, s'entortillaient sur elles-mêmes et s'enroulaient l'une sur l'autre au point de paraître indissociables.

Sous le chapiteau – les yeux leur sortaient de la tête –, Ijaz décida qu'il serait clown à l'avenir tandis que Jogen était sûr de voltiger sur le trapèze. Ils faisaient l'école buissonnière et rôdaient autour de la tente, regardaient par les fentes de la toile. Même fragmentés, les animaux et les artistes étaient aussi enthousiasmants qu'en costume sous les projecteurs. L'odeur de musc des animaux, de leurs excréments, des feux de cuisson et de diesel était grisante.

L'essentiel, c'était que ce cirque comptait des enfants dans ses rangs. Ils accompagnaient les clowns, à qui ils donnaient des coups de férule sur les fesses avec des bruits tonitruants, et les cyclistes, formant une tour sur leurs épaules tandis que ceux-ci pédalaient à reculons. L'un d'eux apparaissait avec les loulous de Poméranie qu'il imitait, allant jusqu'à aboyer. Jogen et Ijaz en avaient discuté. S'ils échouaient aux autres numéros, ils deviendraient des chiens.

Ils essayèrent vaillamment d'obtenir un entretien. Avant la première représentation de la journée du cirque, ils abordèrent à l'entrée l'homme immense qui semblait plus petit sans son imposant turban, dont la moustache avait la taille d'une queue de chat. Il leur demanda de lui montrer ce qu'ils pouvaient faire. Ils s'étaient préparés. Ils firent le poirier, la roue, jouèrent à saute-mouton, puis Ijaz, fourrant un doigt dans sa bouche, péta et Jogen se tordit longtemps de rire.

Après avoir applaudi, l'homme tordit sa queue de chat et leur dit de revenir d'ici une semaine, une fois qu'ils auraient maîtrisé le saut périlleux. Dans la foulée, il leur demanda s'ils avaient des sœurs. Ils répondirent : Non, pas une seule.

Les garçons s'entraînèrent avec frénésie sur un tas de literie. Ils se firent mal à la tête et au cou ; ils tombèrent parfois sur le dos si brutalement qu'ils en eurent le souffle coupé et se crurent morts. Au bout d'une semaine, ils réussissaient le salto plus ou moins bien mais, quand ils retournèrent au cirque, celui-ci s'était volatilisé et la maidan, jonchée de détritus, était de nouveau une pâture pour le bétail.

Leurs questions désespérées révélèrent nombre de destinations possibles. Shillong. Guwahati. Tezpur. Siliguri. Imphal. Darjeeling. Tinsukia. Bongaigaon. Haflong. Kohima. Mokokchung. Dimapur. Agartala. Et encore plus loin : Kolkata, Jalpaiguri, Kalimpong, Asansol et Dhanbad.

Chaque nom était une énigme aussi mystérieuse que le Pakistan. Jogen eut une idée. Pourquoi ne pas aller interroger les voyageurs à la gare ? Il s'agissait d'un grand cirque.

Quelqu'un le saurait certainement.

Des jours durant, ils arpentèrent l'unique quai en harcelant les voyageurs : Vous savez où on peut trouver le cirque ? Ils eurent droit à une variété de réactions et à leur première leçon de survie. La plupart des gens ne répondirent pas ; d'aucuns les rabrouèrent ; certains voulurent davantage de détails ; d'autres dirent que le monde entier était un cirque ; plusieurs, obscènes, leur proposèrent un tour aux toilettes ; quelques-uns, cruels, menacèrent de prévenir la police.

Ils apprirent rapidement à éviter les groupes de jeunes gens, les familles avec de petits enfants, les vendeurs et les coolies. Le meilleur choix leur semblait toujours être un jeune célibataire au visage empreint de tristesse qui, assis sur sa valise, fixait la voie ferrée. Mais ce fut un vieil homme aux mèches plaquées sur son crâne dégarni et aux yeux ensoleillés de bonté qui leur donna une réponse.

Oui, il connaissait le cirque. En fait, il le rejoignait. Le train partait à vingt et une heures. Ils devaient emporter leurs vêtements et leurs économies.

Dans l'esprit de Jogen, les jours suivants formaient un brouillard de visages disparates, de bruits étranges, d'odeurs inhabituelles. Ils voyagèrent dans un wagon bondé, assis par terre, dormant et se réveillant en cycles aléatoires tandis que le train traversait en cahotant, avec fracas, une campagne plongée dans le coma et des gares en effervescence.

Apparemment, personne ne sortait du train et de plus en plus de gens continuaient d'y monter. Pour aller se soulager, il fallait marcher sur des corps ; souvent, il y avait même des gens endormis sur des cantines dans les toilettes.

Des particules éparses de charbon leur entraient dans les yeux, les oreilles, le nez, la bouche. Les garçons, main dans la main, se parlaient peu. Le vieil homme leur donnait des *aloo-puris*, des œufs durs et des *kulads*[1] de thé. La fois où ils lui demandèrent où ils allaient, il leur répondit en souriant gentiment : Au cirque. Les garçons ne pensaient pas à la famille qu'ils avaient abandonnée. Ils imaginaient des corps acrobatiques qui volaient dans l'air, des animaux qui effectuaient des cabrioles de danseurs, des clowns au nez en forme de ballon qui déclenchaient les fous rires des spectateurs.

Un seul souvenir se grava dans la mémoire de Jogen. Celui d'un jeune homme assis les jambes croisées sur une couchette supérieure, modulant des chansons tristes sur l'amour perdu d'une voix qui résonnait dans le wagon et interrompait les conversations. Il serait ému aux larmes chaque fois qu'il entendrait ces chansons diffusées à la radio, tant elles lui rappelaient le premier voyage de sa vie.

Il faisait nuit quand le vieil homme les réveilla. Le train ralentit avant de s'arrêter avec des bruits de ferraille. Il les bouscula pour qu'ils enjambent les corps vautrés. Le quai était illuminé malgré l'absence d'animation, à part deux marchands qui s'escrimaient à vendre du thé et des samosas. Des gens gisaient à même le sol, agrippés à leurs affaires. Le vieil homme trouva un endroit près d'un poteau en fer où ils s'endormirent aussitôt.

Le lendemain matin, il les emmena à une pompe manuelle au bout du quai. Il tira longuement de l'eau afin qu'ils se récurent jusqu'à ce que leur peau brille. Ensuite, il fouilla dans leurs ballots et leur fit mettre les vêtements les plus convenables qu'il pût trouver.

---

1. Bols.

La ville, un agglomérat de maisonnettes, de petits immeubles, d'échoppes disparates, commençait à la gare. Ils montèrent dans une tonga. La cloche du harnais du cheval tintinnabulait tandis qu'il trottait dans les ruelles. Les garçons ignoraient où ils se trouvaient.

Soudain, le paysage urbain changea. On respirait bien mieux. Les maisons étaient de grands bungalows à l'ombre de vieux arbres, dotées de portails où s'adossaient des *chowkidars*. Un peu plus loin, ils arrivèrent devant des baraques qui s'étalaient derrière des bouquets de manguiers, au-delà desquels apparut un vaste champ où se dressait le chapiteau magique.

Ijaz et Jogen se serrèrent l'un contre l'autre, tiraillés entre l'excitation et l'appréhension.

Ce n'était pas le Ding-a-Ling, ce fut leur première déconvenue, et aucun gigantesque huissier à moustache en queue de chat ne se porterait garant de leur enthousiasme. Lorsqu'ils protestèrent, leur accompagnateur les rassura : Il s'agit du Grand Roman Circus, vous allez bientôt travailler pour le meilleur homme du pays.

Dans la tente où il les fit entrer, il n'y avait pas d'homme mais une belle femme allongée sur un lit de camp, dont l'une des longues jambes était nue. Ses cheveux noirs tombaient en une cascade de boucles ; elle enfournait des quartiers d'orange épluchés dans sa bouche ronde et rouge ; un diamant étincelait comme une enseigne lumineuse sur sa narine gauche. Elle haussa un sourcil, le vieil homme lui raconta l'histoire des garçons. Elle s'exprima une deuxième fois avec un sourcil, l'homme les poussa vers le lit de camp.

Jogen sentit sa sueur et son parfum. Le sourcil donna un ordre, le vieil homme entreprit de déshabiller les garçons qui ne s'y opposèrent pas. Ils restèrent pétrifiés, les bras ballants. Elle tendit une main et soupesa leurs parties génitales. Elle enleva sa main, la renifla, la frotta sur le couvre-lit.

Le sourcil intima aux garçons de se retourner. Sa main douce effleura leur colonne vertébrale et se posa sur leur postérieur. Les garçons avaient le souffle coupé. Jamais ils n'avaient éprouvé pareilles sensations. Elle huma de nouveau sa main avant de la refrotter sur le lit. Le sourcil parla de nouveau, les garçons furent rhabillés puis conduits à l'extérieur de la tente.

Le soir, on les y ramena. Au lieu de la jolie femme, un homme était assis sur une chaise haute entre deux miroirs allongés qui créaient l'illusion d'une infinie multiplicité. Les garçons eurent du mal à rester concentrés bien que ce fût conforme aux prodiges auxquels ils s'attendaient.

Ni la lumière chétive ni le chaos d'images ne dissimulaient la petite taille de l'homme. Presque un nain. En revanche, il avait la voix tonitruante d'un géant, tellement vibrante qu'elle s'échappait littéralement de la tente.

Il les harangua : Vous savez ce qu'est le cirque ? Le cirque est un paradis ou une prison en fonction des lunettes que l'on porte. Le cirque ne fait pas partie du monde et le monde ne fait pas partie du cirque. Le monde rend visite au cirque et le cirque change le monde pour ça. Si vous vous engagez dans un cirque, il faut renoncer au monde. Le chapiteau est votre bureau, votre foyer, votre *masjid*[1], votre église, votre père et votre mère, votre femme, votre enfant, votre amante, votre gouvernement, votre police, votre hôpital, votre champ de crémation et votre cimetière.

Pour les garçons abasourdis, ces paroles étaient plus aberrantes que les mains de la femme. La voix de baryton faisait trembler l'air autour de leurs oreilles, alors qu'ils s'efforçaient de traquer les innombrables nains.

Ceux-ci marquèrent une pause – ce qui immobilisa la toile flottante. Personne ne bougea. Les garçons comprirent que ce n'était pas terminé.

L'instant d'après, les nains ajoutèrent avec la force d'un coup de tonnerre : Et souvenez-vous que le chapiteau est comme un dieu. Il n'a qu'un objectif. Il existe pour éblouir, pour susciter l'admiration, pour montrer aux gens qu'il y a des pouvoirs infiniment plus grands que ceux qu'ils ont. Vous avez envie d'être pareils à Dieu ? Vous avez envie qu'un halo de lumière vous auréole ? Vous avez envie que les gens ordinaires vous applaudissent tous les jours de votre vie ?

Les garçons hochèrent la tête sans savoir auquel des milliers de nains vociférateurs ils répondaient.

Outre l'occasion de devenir semblables à Dieu, on leur annonça qu'ils seraient payés dix roupies par mois et auraient dix jours de congé au bout de six mois. Ils devaient faire tout ce qu'on leur demandait, quelle que soit la personne qui le leur demandait, et s'ils n'étaient pas à la hauteur de la tâche de devenir semblables à Dieu, ils seraient jetés dehors comme des ringards.

---

1. Mosquée.

À leur réveil le lendemain, ils découvrirent que le gentil vieillard était parti et, avant qu'ils ne puissent se renseigner sur lui, le chapiteau et les efforts exigés les avaient dévorés de la tête aux pieds. Ils n'appartenaient plus au monde. Ils n'étaient plus rien sinon des garçons qui nettoyaient, lavaient, astiquaient, trimballaient, portaient les déjections d'animaux, les lavaient, épluchaient, coupaient et servaient. Dans le capharnaüm magique, ils étaient les porte-drapeaux des corvées les plus ingrates. Les autres, après leurs routines de transport d'excréments et de manutention, avaient leur moment dans le grand chapiteau pour glaner quelques applaudissements.

Ils apprirent que le nom du nain multiforme était Iqbal Awaaz. Son épouse, la jolie femme qui les avait soupesés, s'appelait Shabnam Bandookbaaz.

Au fil du temps, ils découvrirent leur secret. Le Grand Roman Circus avait été créé par le père de Shabnam, un as du trapèze au même titre que le frère aîné de Shabnam. Surnommés les Aigles volants, ces trois-là faisaient des sauts périlleux, voltigeaient, se balançaient les uns avec les autres en des figures étourdissantes.

Le clou de leur prestation – le finale du spectacle – consistait en trois enchaînements où chaque membre de la famille était jeté à tour de rôle dans le vide. Ce numéro sans filet s'appelait les Mains de l'Amour. Le chapiteau – public et personnel – retenait son souffle dès que, une fois le filet enlevé, les projecteurs les éclairaient tous les trois sur leurs perches et que les barres horizontales se mettaient à bouger.

Un soir que Shabnam balançait son frère en un double saut périlleux pour que son père le rattrape, la marche du temps ralentit une fraction de seconde et les doigts douloureux de son père effleurèrent à peine ceux de son fils cependant qu'il voltigeait d'un côté et que son fils chutait de l'autre.

Ni le père ni la fille ne remontèrent sur un trapèze et ils ne discutèrent pas une seule fois de la mystification du temps.

On finit par recruter de nouveaux voltigeurs et Shabnam – d'une telle beauté qu'elle aurait rempli le chapiteau uniquement en restant sur la scène – se reconvertit en tireuse d'élite. Elle avait beau viser parfaitement, son père – qui avait perdu le goût du risque – conçut un numéro.

Sur un poney au trot, elle se servait d'un pistolet à silex, si vieux qu'il n'entrait plus dans aucun système de licences, et ne tirait plus rien. La séquence était chorégraphiée pour qu'un clown presque nain, Iqbal, chevauche un poney de l'autre côté de la piste avec un ananas fixé sur sa tête grimée. Ils faisaient des tours de piste puis Shabnam, le pistolet à silex calé sur l'épaule, visait le fruit. Au bon moment, la tireuse appuyait sur la détente, envoyait une pluie d'étincelles et une puissante déflagration explosait sous la scène ; presque instantanément, le clown actionnait la ficelle allant du milieu de l'ananas soigneusement découpé et recomposé jusqu'à son col relevé, ce qui fragmentait l'ananas en mille morceaux.

Se dressant alors sur la selle, Shabnam Bandookbaaz tournait autour de la piste au petit galop, recevait les applaudissements, et le presque nain pris de panique tombait du poney, léchait les morceaux d'ananas, hurlait de terreur d'une voix qui transperçait les oreilles au-delà du chapiteau.

Quant au père, il se fit clown. Une façon de supporter le chagrin, c'est de le mettre en scène. L'avilissement et l'anonymat l'emplirent de la souffrance douce-amère de la rédemption. Il devint le cliché du clown triste. Il inventa un double numéro avec Iqbal au cours duquel ils se poursuivaient en se donnant des coups de bâton et en créant un chaos sous le chapiteau. L'homme âgé avec ses sauts et ses cabrioles, Iqbal avec sa voix tonitruante.

Si le père avait choisi l'absurdité pour effacer de son esprit la dérobade de ses doigts, sa fille sublime tentait de trouver l'oubli dans l'acte d'amour. L'un après l'autre, elle aima le dompteur du tigre, le jongleur, le nouveau trapéziste, le funambule, l'acrobate sur cycle et Kong le colosse. Ensuite, elle essaya le directeur et le magasinier. Aucun d'eux ne parvint à la sortir d'elle-même.

Chaque idylle durait une semaine et s'achevait par l'acte sexuel. La vénération des hommes, leur servilité l'assommaient. Ils louaient sa beauté, lui embrassaient les pieds, pleuraient de gratitude qu'elle leur accorde son amour, la suppliaient de leur ordonner de décrocher les étoiles. Sur quoi, ils s'écroulaient en elle et sur elle avec une faiblesse qui l'écœurait.

Elle en vint à croire qu'il ne pouvait y avoir de plaisir pour une femme avec un homme. Ni la possibilité de s'abîmer dans ce qu'on appelait l'amour.

Puis un soir, le dernier numéro terminé, défoncée à la ganja, elle alla chercher son père grimé dans la minuscule tente de son associé le clown. Elle entra, c'était à peine éclairé ; un homme se retourna ; c'était le presque nain qui avait à moitié enlevé son pyjama bariolé. Comme elle le regardait, le corps de celui-ci s'exprima en montrant un désir grossier qui la fit défaillir. La voix du nain n'était pas l'unique attribut qu'il avait disproportionné.

En moins de deux, il l'avait attrapée, jetée sur le fauteuil en bois comme une serviette mouillée et, tandis qu'elle tentait de se dégager, il avait baissé son jodhpur avant de la projeter à une altitude plus vertigineuse qu'un trapèze aurait pu le faire. Des gémissements s'échappèrent de la bouche de Shabnam, aussitôt couverts par les braillements triomphants d'Iqbal qui firent trembler le campement et déchaînèrent les animaux.

Pour la première fois depuis la nuit fatale, Shabnam oublia la dérobade du temps.

Lorsque le presque nain eut fini, il s'effondra dans le fauteuil, tapota la joue brûlante de Shabnam et lui confia son étonnement qu'elle soit aussi bonne. D'après son expérience, les jolies femmes n'avaient rien à donner sinon une beauté insipide d'une certaine valeur dans la comédie sociale, mais qui n'en avait plus aucune une fois les portes closes.

Shabnam ne pensait qu'à ce qu'il avait déverrouillé. Assis, jambes tendues, il la poussa pour qu'elle s'agenouille ; elle pencha la tête, éperdue de gratitude, son esclave pour l'éternité.

Iqbal Awaaz et Shabnam Bandookbaaz héritèrent du Grand Roman Circus à la mort du père de la jeune femme. Au fil du temps, leur amour se mua en légende. Sa grandeur et sa profondeur leur permettaient de s'accommoder de la moindre complication, des cirques où ils vivaient, des régions du monde qu'ils traversaient. Sûrs de leur engagement réciproque, ils prenaient les risques de leur choix ; elle continua néanmoins à tirer sur l'ananas découpé et à faire tomber le fruit de la tête de son mari qui continua à lui procurer l'oubli qu'elle désirait tant.

Dès qu'il apprit cette histoire, Jogen cessa de se tracasser. Il sentait que ce genre de personnes comprendrait les aspirations d'un jeune fugueur.

La plupart des matins, le jeune Jogen se faufilait dans le chapiteau déserté avant le début des répétitions. Des rais de lumière filtraient à travers la toile, sondant l'obscurité. Il faisait la roue et le poirier à de multiples reprises autour de la vaste piste, salué par des acclamations lorsqu'il se redressait sur la pointe des pieds et levait les bras. Jogen était convaincu qu'il se retrouverait un jour dans le chapiteau non pas ainsi, à la marge, mais sous les feux de la rampe, dans une salle comble où éclaterait un tonnerre d'applaudissements.

En attendant, il y avait des excréments à nettoyer, des travées à balayer, des chaises à déplier, des légumes à hacher, de la vaisselle à laver, des cuivres à astiquer, des costumes à repasser. Un asservissement auquel il ne réfléchirait que plus tard, non sans s'apitoyer sur lui-même. Pour l'heure il se bornait à s'atteler à la tâche, persuadé à juste titre qu'elle lui ouvrait la voie du chapiteau. Il pensait rarement à sa famille. Il les reverrait un jour ou l'autre. En ce moment, il s'agissait de conquérir une magie.

Les mois devinrent une année, puis deux, au cours desquelles les deux fugueurs découvrirent l'ennui et l'euphorie de démonter et d'emballer une ville de tentes, de se déplacer et d'aider à la recréer ailleurs.

Jogen raffolait de l'excitation inhérente à la découverte. La nouveauté du paysage, des bâtiments, des bazars. La diversité des vêtements, des dialectes, des cuisines. Le frisson d'anticipation qui parcourait la ville à la vue des roulottes et des cages. La possibilité d'éblouir un autre groupe de gens.

Le dernier sprint pour organiser le premier spectacle semblait toujours voué à l'échec. On tirait des câbles, on arrimait des poteaux, on attachait des cordes, on martelait des planches, on aménageait des entrées, on suspendait des chapelets de lumières – aucune organisation ne structurait la frénésie régnante. Tout le monde s'y collait. Personne n'en était dispensé.

La voix tonitruante d'Iqbal Awaaz s'entendait au-dessus du vacarme, cajolant ou insultant sa bizarre famille, tandis que Shabnam repérait les traînards avec son œil de tireuse d'élite. Puis, comme par miracle, une demi-heure après la première sirène – les gens se bousculaient et pouffaient de rire dans la queue du tourniquet – le Grand Roman était pomponné, prêt à ensorceler. Chaque visage était grimé pour correspondre à son rôle, chaque animal étrillé et calmé, chaque artiste entraîné au maximum.

Alors Iqbal entrait en piste sur Pyaari, son chameau, se dressait sur sa bosse et, souhaitant une bienvenue retentissante, déclenchait les applaudissements délirants.

Jogen adorait ce prélude. En fait, il adorait le moindre instant de la représentation de cent soixante minutes, dont il s'efforçait de capter à la dérobée le plus de matière possible. Il se portait volontaire en permanence pour enlever les excréments pendant le spectacle afin d'être partie prenante de l'énergie du public. Que son travail fût décuplé ces jours-là lui était égal, puisque sa joie l'était davantage encore.

En revanche, Ijaz ne s'en sortait pas bien. Les corvées perpétuelles le frustraient. La nuit, quand ils étaient couchés sur leur paillasse commune, la puanteur des animaux dans les narines, à bout de forces, il murmurait avant de sombrer dans le sommeil : Personne ne devient un joueur de cricket en huilant des battes.

Un jour, Ijaz disparut. Après le dernier spectacle, ils se lancèrent dans une recherche effrénée et recommencèrent le lendemain. Malgré le chaos apparent, les sièges, poteaux, cages, tentes, personnes et oiseaux étaient scrupuleusement répertoriés. Les enfants en particulier étaient sous étroite surveillance, tous n'avaient pas fugué et ceux qui étaient confiés au cirque ne l'étaient pas systématiquement pour de bon.

Le soir, Awaaz et Bandookbaaz réunirent une commission d'enquête. Ce fut pendant sa déposition que Jogen eut l'audace d'exprimer la vérité, ce qui changea sa vie. S'il ne savait pas où était allé Ijaz, il connaissait la raison de son départ. Awaaz lâcha un coup de tonnerre interrogatif. Gardant son sang-froid, Jogen précisa : Il disait que personne ne devenait un joueur de cricket en huilant des battes.

Ce n'était pas la première fois dans l'histoire de l'humanité que l'éloquence l'emportait sur la prudence.

Il raconta ensuite l'histoire de son ami et la sienne. Ils s'étaient enfuis de chez eux non pour se remplir le ventre, mais pour nourrir leur âme.

Ijaz était parti parce qu'on lui avait évidé le cœur.

La tireuse d'élite – destructrice de milliers d'ananas – examina le garçon. En deux ans, les prémices d'une beauté virile s'étaient développées en lui. Des membres déjà vigoureux, une mâchoire ferme, des cheveux épais et noirs autour des oreilles. Il se tenait droit, les épaules redressées et il avait de bonnes dents bien blanches.

Le physique des hommes ne l'intéressait guère – elle qui avait trouvé un bonheur permanent grâce à une demi-portion. En revanche, un bel artiste était précieux pour leur activité. Dans les petites villes où le Grand Roman plantait son chapiteau, les hommes n'étaient pas les seuls à venir en quête de griserie. Au prétexte d'une sortie familiale, les filles et les femmes – surmenées et confinées, souvent à peine conscientes de leurs pulsions – étaient aussi attirées par la possibilité de frôler Éros.

On entreprit de former Jogen. Ses corvées quotidiennes demeurèrent – un peu remaniées –, sauf qu'on y ajouta plusieurs heures d'entraînement. Comme il révéla de remarquables dispositions, celles-ci s'intensifièrent.

Le tuteur, Mandal Master, ou Master*ji*, s'occupait des enfants. Malgré sa vieillesse – sa dernière prestation en public remontait à douze ans –, il était toujours musclé et capable de tenir par la cheville un garçon de neuf ans, tête en bas, pour se faire comprendre.

Master*ji* était celui qui détectait la vocation d'un enfant. Était-il doué pour voltiger sur le trapèze, monter sur un cycle, gambader avec des animaux, être grimé en clown, jongler, cracher du feu ou se contorsionner en des formes inhumaines.

Comme n'importe quel bon professeur, Master*ji* incarnait à parts égales la compassion et la cruauté. Il portait le même genre de dhoti blanc et court que le Mahatma Ghandi, ce qui lui permettait de démontrer la flexibilité de ses membres. Calée le long d'un côté, une baguette sifflait à la manière d'un oiseau dans la fièvre de la mousson pendant les heures d'entraînement. Les pupilles avaient la peau zébrée.

La bienveillance de Master*ji* se manifestait sous forme de bonbons aux couleurs vives et de l'huile dont il massait les membres douloureux des enfants, moins pour apaiser les conséquences des bastonnades que pour lubrifier les articulations et les assouplir. De ses mains fermes et visqueuses, Mandal Master tordait, tournait le corps des enfants hurlant de douleur.

À onze ans, Jogen était le plus âgé de la nichée des dix novices de Master*ji*, la plus jeune étant une fillette qui n'avait pas encore six ans. Seuls deux parmi eux avaient des parents qui faisaient un numéro dans le Grand Roman. Les autres étaient des enfants abandonnés. Des familles pauvres en avaient confié quelques-uns au cirque ; d'autres, comme Jogen, étaient des fugueurs vendus pour cinquante roupies, voire moins. Avant de devenir artistes salariés – pour peu qu'ils y parviennent –, ils auraient remboursé plus de cent fois le prix de leur acquisition.

Jogen, le plus assidu, était celui qui se plaignait le moins ; il lui manquait toutefois ce mélange de vulnérabilité et de charme qui fait d'un élève un favori. Master*ji* le traitait essentiellement avec brutalité. La baguette sifflait toujours à proximité de sa peau, mais c'était moins pénible que les perpétuelles réprimandes.

Le garçon était un âne, aucun cirque n'avait créé un numéro pour un âne.

L'homme qui l'avait vendu à Iqbal Awaaz devrait être jeté en prison pour escroquerie.

Il était un master*ji* – non un magicien capable de transformer un handicapé en acrobate.

La seule chose que la flexion des membres de ce garçon pouvait produire, c'était des gosses de son lit conjugal.

Même s'il arrivait à lui apprendre à danser avec un ours, est-ce que l'ours accepterait de danser avec lui ?

Si Dieu l'avait créé pour nettoyer la merde, le Master*ji* devait-il tenter de le changer ?

Il y avait bien un antidote pour la raideur d'un corps, aucun pour la laideur.

Les insultes marquaient Jogen au fer rouge, elles surpassaient son épuisement physique et l'empêchaient de dormir. Des années d'applaudissements seraient nécessaires pour qu'il se croie doué, *a fortiori* exceptionnel. Au fil du temps, il serait reconnaissant envers les cruautés de son entraîneur, imaginant avec une nostalgie déplacée que la cruauté de Master*ji* avait taillé un diamant dans la pierre.

À la vérité, Jogen avait toujours eu ce qu'il fallait. Le talent et la détermination. Il n'avait nullement besoin des invectives de Master*ji* pour le stimuler. En revanche, le maître lui avait involontairement appris à comprendre les femmes. Ce qui lui serait d'une grande utilité des années durant jusqu'à ce que, par un retournement de situation, il soit condamné au royaume d'airain.

Jogen remarquait que Mandal Master consacrait le plus clair de son temps et de son attention aux filles. Les garçons s'attelaient à leurs exercices, lui s'occupait des filles dont il tordait et modelait lentement les membres de ses mains fermes. Il enfonçait les doigts dans leur peau – imbibée d'huile – de l'intérieur des cuisses, de la taille, sous les aisselles, sous les fesses à peine visibles, tout en leur faisant exécuter de grands écarts, des sauts périlleux et en les projetant en l'air.

Parmi les sept filles, le maître en entraînait une avec un zèle particulier. C'était la plus âgée, elle avait dix ans et sa silhouette se formait. Les deux années suivantes montreraient si son corps lui permettrait de devenir une acrobate ou la contraindrait à se contenter de numéros de jonglerie ou avec des animaux.

Originaire du Népal, elle s'appelait Sundari et avait un teint crémeux. Elle avait six ans quand le cirque l'avait achetée pour cent roupies et, sous bonne garde, mise à travailler pour les femmes dans leurs quartiers, surveillée par l'œil d'aigle de Shabnam Bandookbaaz. À sept ans, on l'avait confiée à Master*ji*.

Pendant quelques années, celui-ci l'avait dirigée en veillant à ne franchir aucune ligne. À présent, toutefois, à presque onze ans, elle jouait avec son maître comme avec un *ektara*[1] et l'électrisait à chacun de ses

1. Instrument de musique à une corde.

mouvements. Sa façon de se déhancher ou d'écarter les cuisses l'ébranlait tellement qu'un gémissement lui échappait souvent.

Certains jours, Sundari, suspendue aux anneaux, coinçait entre ses jambes le visage de Master*ji* et, comme il se contorsionnait, elle lançait un sourire triomphant aux enfants ricaneurs.

Master*ji* savait qu'il devait être prudent. Il suffisait d'un geste déplacé pour que la belle Bandookbaaz lui explose la tête comme un ananas. Si conscient qu'il soit des manigances de Sundari, il était incapable de se défendre. Une fois, pour l'humilier, elle l'obligea à masser la plante de ses pieds, les appuyant presque sur son visage.

Ces comportements dégoûtaient Jogen, aussi bien l'impérieux besoin de Mandal Master que les grossières manipulations de Sundari. Il comprit qu'une femme – voire une petite fille – pouvait facilement priver d'assurance et de dignité un homme d'envergure, doué de multiples talents.

Aussi décida-t-il d'attacher fermement son sous-vêtement et de ne jamais approcher une fille du grand cirque. Une promesse qu'il ne tiendrait pas – mais il veillait à se limiter aux flirts et liaisons amoureuses. Au premier soupçon de manipulation, il s'éclipsait.

Quand son tour viendrait d'être Master*ji*, il essaierait de ne pas avoir de filles à former et, s'il y était obligé, il ne poserait pas un doigt sur leur corps huilé.

21

La sublime ascension de Jogen *Jabda*

Dès le début de sa formation, la progression de Jogen vers la piste magique fut rapide. Son premier numéro – qu'il mit neuf mois à parfaire – se concentra sur ses dents. Après une observation attentive de son corps, Mandal Master décida que le garçon commencerait avec sa mâchoire.

Comme un cheval, fit-il observer, tapotant sur les incisives de Jogen et attrapant les molaires entre son pouce et son index, c'est l'unique chance que Dieu t'a donnée.

On accrochait un petit bout de bois enveloppé de tissu à une chaîne en fer. Le garçon montait sur un tabouret, le prenait dans sa bouche et tentait de s'y suspendre. Au début, cela paraissait impossible. Master*ji* le tenait par la taille, on éloignait le tabouret, puis il réduisait peu à peu le soutien de ses bras. Jogen sentait le poids de son corps se transvaser sur ses mâchoires ; une panique l'envahissait à mesure que le maître enlevait ses bras, que la pression s'imposait à ses dents et que sa mâchoire s'ouvrait. Il tombait.

Peuh ! De la frime, rien dans le ventre ! explosait le maître. Demande à Awaaz de te faire une place au guichet, ce n'est pas fait pour toi.

Jogen repositionnait calmement le tabouret. Il y remontait. Il remettait maladroitement le bout de bois mouillé de salive dans sa bouche et s'efforçait de l'enserrer entre ses dents afin que la mâchoire supporte le poids. Fermant les yeux et rassemblant ses forces, il pliait les genoux pour vérifier la tension. Le bout de bois exerçait une pression. De plus en plus. Le cou se rejetait en arrière. Les dents risquaient de tout déchiqueter. Les mains du maître saisissaient sa taille. On balançait des coups de pied dans le tabouret. Il restait en l'air sur les bras de Mandal. La panique s'exacerbait tandis qu'il imaginait le moment où il les enlèverait. En un éclair, ils disparaissaient, le bout de bois jaillissait de sa bouche et il mordait la poussière.

Voici ce qu'il exécutait plus d'une centaine de fois le matin, une telle douleur transperçait ses dents qu'il était incapable de mâcher. Des semaines durant, il avala du riz sans mordre le moindre grain. Lui qui parlait déjà peu ne prononça plus une parole. Il répondait par gestes, veillant à ne pas bouger son visage pour éviter un surcroît de souffrance. Le soir, il faisait chauffer des pierres plates dans la cuisine en guise de cataplasme pour sa mâchoire.

Le matin, il se réveillait avec des ulcérations buccales et une enclume dans la tête. Il prenait chaque fois la résolution de demander au maître de ne pas l'entraîner à être un chien et de l'inscrire à des numéros plus respectables. Mais dès qu'il apercevait le maître hargneux et sa baguette, son courage se volatilisait.

Une fois, en l'absence de Sundari et des filles qui l'auraient humilié, il finit par s'exprimer. La réponse le pulvérisa.

Ce n'est pas assez bien pour toi ? Je vais voir avec Awaaz si nous pouvons faire de toi un Monsieur Loyal. Ou peut-être te mettre dans le nouveau numéro prévu – tu fourres tes testicules dans la gueule du tigre qui les lèche comme de la crème glacée.

Sept semaines plus tard, Jogen découvrit que ses dents parvenaient à le garder en suspension une fraction de seconde. Il cria victoire. Jour après jour, les secondes se muèrent en minute. L'exultation de la réussite s'incrusta en lui, de sorte qu'il s'entraîna en dehors des heures fixées par Master*ji*. Et bien que la douleur se fût désormais propagée de la mâchoire et la tête à son cou – qu'il massait le soir avec de l'huile de moutarde chaude –, il savait que c'était pour atteindre son but.

L'égalité entre les humains n'existe pas et aucune partie de l'un n'a son équivalent chez l'autre. Cette vérité, attestée autour de lui, devint sienne. Au bout du cinquième mois, sa mâchoire était sans pareille. Le sixième mois, il se hissait à quinze mètres au-dessus du sol grâce à elle. Le huitième, il tournoyait suspendu à elle comme un danseur sur un orteil.

Le Master*ji* fut obligé d'ôter ses mains de Sundari et de concéder que le garçon était une pépite.

On mit sur pied une démonstration : un test. Bandookbaaz, Awaaz et une douzaine d'autres personnes regardèrent le garçon se hisser à six mètres avec ses dents. Un test répété trois fois, à la troisième Jogen virevoltait, les bras tendus, tel un ventilateur de plafond. Master*ji* reçut l'ordre de lui préparer un costume pour la piste.

Dix jours plus tard, debout derrière le rideau, il s'efforçait de contrôler sa vessie. Son numéro était prévu après celui des clowns en voiture. Les éléments de leur véhicule se détachaient pendant qu'ils poursuivaient une fille autour de la piste. Les lumières baisseraient. Jogen entrerait et s'élèverait lentement, accroché par ses dents, éclairé par les projecteurs, sous les regards du public fasciné par sa mâchoire d'airain, et la piste serait nettoyée pour le prochain numéro.

Alors que la voiture des clowns grinçait et pétaradait, Jogen défaillait sous le coup de l'appréhension. Il était persuadé que son urine coulerait lors de son ascension et que ses entrailles se liquéfiaient. Secouant la tête pour s'éclaircir les idées, il se répéta à voix haute la séquence à exécuter. Son visage lui faisait un étrange effet, moite, retouché en rose par l'artiste du maquillage.

Il y eut un roulement de tambour hystérique puis un choc de cymbales au moment où les derniers morceaux de la voiture tombaient et où les clowns sortaient de la piste en se bastonnant. La foule hurla ses acclamations.

Soudain, la merveilleuse maîtresse de leur existence se dressa près de lui ; approchant son beau visage du sien, elle l'encouragea : Va briller. Ta vie commence aujourd'hui. À partir de maintenant, le temps passé ici prendra tout son sens.

Son odeur entêtante de sueur, mêlée au parfum qui l'avait enivré la première fois qu'elle avait soupesé ses parties génitales d'enfant, l'exalta et le rassura. Elle posa une main dans son dos, le poussa ; il s'élança ; le liseré argenté de son costume noir chatoya.

Son entrée sur la piste noyée d'obscurité s'accompagna d'un saut suivi d'un salto, tandis que le halo se déplaçait avec lui. Une vague d'applaudissements fracassante accueillit son corps bondissant et ondulant. Saisi de l'allégresse qu'on éprouve face à la pluie par un été torride, il ne songea plus qu'à s'exhiber et à ensorceler les spectateurs en adoration.

Il aurait voulu avoir des bras assez longs pour les étreindre.

L'idée d'échec s'était dissipée. Ce qui comptait désormais, c'était que la réussite soit éclatante.

Le bout de bois enveloppé de tissu dans sa bouche, il prit son essor. Il fixait le point culminant du chapiteau, sans que ce soit utile car il sentait que l'énergie du public le galvanisait, le poussait à gagner de la hauteur. Il tournoya autour de l'axe soudé à sa mâchoire. Des halètements se firent entendre sous lui. De plus en plus vite. Aucune douleur. Ni dans les dents. Ni dans la mâchoire. Ni dans le cou. Tout se passait au mieux.

À peine eut-il atterri qu'il réalisa une série improvisée de saltos arrière et de roues conclue par une efflorescence de bras tendus. Son cœur débordait d'amour. En cet instant, il était convaincu que la bonté régnait dans un monde merveilleux. Avec une grâce qui deviendrait son signe distinctif, il garda la pose jusqu'au paroxysme des applaudissements puis, en une succession de glissades et de demi-tours, il sortit de la piste, déclenchant une nouvelle salve d'acclamations.

Jogen ne comprit qu'il avait été envoûté qu'une fois revenu dans la normalité. La piste, le public, les projecteurs : autant de charmes d'un chaman qui avaient transmué son indignité et l'avaient revêtue d'un incomparable prestige.

Il avait eu raison.

De s'enfuir de chez lui. D'avoir fait confiance au vieil homme à la gare. D'avoir nettoyé les excréments et lavé des casseroles. De ne pas avoir succombé au désespoir d'Ijaz. D'avoir supporté la baguette et les invectives de Mandal Master. D'avoir mis le bout de bois dans sa bouche.

Ce fut la soirée la plus inoubliable de sa vie. Les membres du campement l'étreignirent et le félicitèrent. Artistes, animateurs, propriétaires, manœuvres.

La belle Bandookbaaz plaqua son visage entre ses seins musqués, de quoi l'exalter. Elle affirma que le poids de ses testicules ne l'avait pas trompée.

Awaaz lui fit boire une goutte de rhum vieux et, tandis qu'il le recrachait, le presque nain monta sur une chaise et proclama que le garçon était dorénavant Jogen *Jabda*, Jogen la Mâchoire. Puis il lui remit un bonus de vingt roupies pour célébrer ses débuts. Ce qui déclencha une avalanche, chacun mit aussitôt la main à la poche : cinq roupies, deux roupies, une roupie.

Lorsqu'il fit le compte tard dans la nuit – défroissant et lissant chaque billet avec ses ongles –, Jogen découvrit, médusé, qu'on lui avait donné cent trois roupies. Bien des années s'écouleraient avant qu'il n'ait de nouveau autant d'argent.

Jogen ne resta pas longtemps Jogen *Jabda*. Les vétérans lui avaient déjà expliqué qu'être catalogué signait à la fois la réussite et l'échec de la plupart des artistes. Une spécialisation vous mettait en vedette mais vous rendait vulnérable à long terme. Un meilleur artiste ou un plus jeune risquait de vous remplacer ; le numéro lui-même pouvait ne plus plaire au public, tomber en désuétude.

En outre, malgré le succès que la mâchoire lui procurait, c'était assommant. Il ne s'agissait que d'un exploit d'endurance. Sans adresse ni talent artistique. Pas plus que le gigantesque Pathan qui s'occupait des chevaux. N'importe quel imbécile disposant de suffisamment de temps était capable d'apprendre à se hisser par la bouche.

Le numéro ne comprenait aucun échange avec le public. Ni contact visuel, ni jeu, ni style à afficher. Et ce serait toujours un bouche-trou, jamais le clou d'une représentation. À moins qu'il ne soit exécuté par une fille comme Sundari en robe blanche et collant couleur chair.

Par ailleurs, Jogen *Jabda* se rendit compte qu'une mandibule ne pourrait supporter longtemps une punition pareille. Une année de trop et il se retrouverait avec une mâchoire qui ne parviendrait plus à manger ou à parler, encore moins à lui permettre de gagner sa vie.

Heureusement pour lui, il devint d'une beauté exceptionnelle à quinze ans. Pour le Grand Roman, c'était du gaspillage de le laisser se balancer en l'air sans qu'on voie son visage. Un artiste plus laid pourrait le remplacer avec peu de perte. Aussi, quand Jogen réclama d'avoir le droit d'essayer d'autres numéros, l'acceptation ne tarda pas à venir.

À cette période, l'obsession de Mandal Master n'était plus entre ses mains. Sundari avait grossi et ses seins avaient poussé, ce qui l'éliminait des numéros d'élite tant de haute voltige que d'acrobatie. En revanche, elle était plus jolie si bien qu'on prit la décision de la placer comme assistante dans la cage des lions afin d'épicer la férocité d'un peu de sensualité.

L'un des deux vieux lions du Grand Roman était tellement galeux qu'on aurait dit un tapis élimé. Le dompteur, une recrue récente, était un jeune et beau sikh, originaire du Pendjab.

À l'affiche, c'était le roi de Bhikhiwind. Coiffé d'un turban jaune qui contrastait avec son uniforme écarlate soutaché d'or, il travaillait avec un fouet et une chaise, obligeant les vieux félins à sauter sur des tabourets et à décrire des cercles dans la cage. Pour le finale, il les faisait sortir de la piste avec des pas de danse *banghra*[1] en levant les bras, accompagné de roulements de tambour.

Partager sa cage avec la jeune Népalaise déplaisait au roi ; cela l'inquiétait à la fois pour les animaux et pour lui-même. En tant que Pendjabi, il estimait qu'aucun animal – fût-ce le grand félin – ne pouvait éclipser une jolie femme. Mais Awaaz était convaincu qu'il fallait du charme dans la cage.

Les fauves étaient d'une léthargie assommante. Ils s'écroulaient parfois au pied des tabourets dans un état de torpeur absolue et refusaient de bouger.

Quant à Sundari, outre sa terreur, elle était persuadée que son impossibilité de trouver un numéro l'avait

1. Danse folklorique originaire du Pendjab.

condamnée à servir de pitance aux lions. La première fois qu'on l'emmena dans la cage, on dut la porter car ses genoux fléchissaient.

Sa terreur et sa beauté rendirent le roi chevaleresque. Il lui expliqua que les félins, bien nourris et paresseux, risquaient plus de s'endormir que d'attaquer qui que ce soit. Hélas, les mots sèment davantage la peur qu'ils ne donnent du courage. D'autant que ses amis lui répétaient qu'elle était folle ne serait-ce que de réfléchir à cette proposition. L'un suggéra que c'était une ruse pour protéger leur atout essentiel : le roi. Si les lions se déchaînaient, ils s'en prendraient d'abord à elle, le morceau le plus accessible et le plus savoureux.

L'idée de la fuite s'imposa à Sundari. Même si elle s'y résolvait – ce que personne n'osait –, elle n'avait nulle part où aller. Elle ignorait le nom de son village comme celui de ses parents. Sauf que mourir au bord de la route était préférable à être dévorée par un lion ; le scénario le moins épouvantable était malgré tout atroce. Elle risquait de hurler ou d'uriner pendant la représentation. Chaque fois qu'un fauve bâillait, elle se sentait défaillir.

Jogen vint à son secours. Devenir la Mâchoire lui avait insufflé une nouvelle assurance. Parmi sa classe de stagiaires, il était le seul à avoir progressé au point d'avoir son tour. Il était déjà salué par des milliers d'applaudissements.

Deux heures avant le spectacle, il emmena Sundari à l'entrée où les tourniquets étaient enchaînés, où la billetterie était encore fermée. Il lui offrit un bâtonnet de barbe à papa plus énorme que sa jolie tête. Il la fit asseoir dans l'herbe clairsemée et la regarda manger.

Dès que la confiserie eut disparu en quelques bouchées, il lui demanda où elle était passée.

Sundari tira sa langue piquetée de bouts collants.

Le jeune Jogen à qui la souffrance avait insufflé une certaine sagesse pontifia : La peur, c'est comme de la barbe à papa – énorme tant que tu n'y as pas mordu, elle se dégonfle très vite et laisse souvent un goût agréable.

Il lui conseilla de réclamer une chaise où se mettre debout à l'intérieur de la cage : S'ils voulaient d'elle pour la séduction qu'ils y mettent le paquet. Même le grand félin se dérobait devant ce qui le dépassait. En cas de crise, elle n'aurait qu'à agiter les pieds de la chaise en face de la gueule du lion qui, faute de décider quel pied attaquer en premier, se figerait dans une sorte de transe.

Enfin, Jogen lui donna une pièce de dix *paisas*[1], bénite par un fakir, lui certifia-t-il. Ça la protégerait. Tout fut confirmé – la chaise, la pièce, le baratin –, au point que le numéro enthousiasma le public. Il finit par être connu comme le spectacle de *Three Singhs One Sundari*[2].

En revanche Jogen n'eut pas Sundari. Ce fut le roi. Lui, il eut droit à la loyauté indéfectible de Sundari – ce qui lui apporterait une épouse un jour – et à une réputation de maturité, rare pour quelqu'un de si jeune. Peu après, il se mit en quête de nouveaux numéros avec la bénédiction de Bandookbaaz et d'Awaaz.

---

1. Centième de roupie.
2. Trois singhs une Sundari : singh, titre des membres de certaines castes de guerriers, notamment les sikhs.

L'essentiel de l'acrobatie au sol n'était qu'un point de départ. Tous le possédaient, même les clowns et les écuyers. Il devait maîtriser quelque chose qui serait susceptible de créer une véritable sensation.

Ce ne fut pas facile. Le truc de la mâchoire avait englouti des années cruciales : ses os et ses muscles étaient déjà développés. Il pouvait faire des sauts périlleux, mais il avait du mal à entourer son cou avec ses chevilles et à rouler comme un ballon. L'acrobatie aérienne lui posait le même problème : grand et costaud, il avait les cuisses de footballeur de son père. Il pouvait être porteur au trapèze, mais pas voltigeur.

La corde raide ne l'attirait pas : l'artiste devait tout intérioriser, se concentrer sur l'équilibre et la chute à éviter. Jogen, lui, aimait le panache, autant que son père avec son sprint sur le flanc gauche, le tir en boulet de canon, les applaudissements faisant vibrer l'air.

Il y avait les animaux. Jogen était désormais l'enfant prodige du Grand Roman, si bien que chacun se réjouissait de le guider.

Mais quelle que soit l'excellence du dompteur, Jogen savait que l'animal était la vedette d'un numéro de dressage ; sans lui, un dompteur n'avait pas plus d'utilité qu'un parapluie dans un immeuble. Il avait entendu des histoires au sujet de relations intenses entre des hommes et leurs fauves, dont beaucoup finissaient mal lorsque l'animal mourait ou devenait handicapé et que l'homme ne parvenait pas à forger un lien avec un autre.

Jogen avait l'intuition qu'il lui fallait maîtriser un numéro en solo qu'il pourrait effectuer même sans les accessoires du cirque.

Il devait miser sur ses atouts. Son physique et son flair. Il était capable de terminer ne serait-ce qu'une roue, avec un panache qui lui valait des acclamations. Il était allé plusieurs fois au cinéma et Dev Anand, la star débonnaire, était son modèle. Il avait adopté une démarche chaloupée, penchait la tête, tendait les bras et ses yeux pétillaient avec un naturel plein de charme.

Il décida de jongler. La mise en scène d'un homme avec une poignée d'objets tenant dans une sacoche. Il découvrit presque aussitôt qu'il avait des mains douées pour ça. Une fois le lancer acquis – essentiellement la hauteur et la vitesse – ainsi que la patience d'attendre que la balle retombe sans l'attraper, Jogen ne s'arrêta plus. Il s'exerça toute la journée et passa rapidement de trois balles, à quatre, puis cinq.

Il se mit alors à travailler d'autres variantes que la simple cascade. Lancer les bras croisés, attraper sous le poignet, un revers au-dessus de la boucle de l'épaule, un lancer à gauche et à droite avec réception au milieu. Chacune créait d'extraordinaires figures. Le public était fasciné. Les mains de Jogen bougeaient avec rapidité et précision à la manière d'une machine compliquée.

La prochaine étape fut de passer à autre chose que des balles. Il jongla avec des chaussures, des chapeaux, des verres, des bananes, des pommes, des navets. Il fut bientôt metteur en scène. Des paniers de fruits et de légumes étaient posés au bord de la piste et il incitait la foule à crier ses préférences. Une cacophonie en résultait.

Avec un instinct de démagogue, il choisissait une jolie fille, un adorable bambin ou un vieil homme, une personne susceptible de plaire, qui se levait, sous des bravos, et formulait la préférence.

Aubergines et pommes.

Jogen le Jongleur s'inclinait, saluait d'un grand geste, prenait ce qu'on lui avait désigné et jonglait. L'œil avait du mal à suivre le tandem du fruit et du légume tandis que les mains bougeaient de plus en plus vite et que les figures devenaient ahurissantes. Le joueur de tambour battait la mesure. Puis, soudain, sans rupture de rythme, en une séquence fluide, Jogen lançait à la personne choisie l'ensemble qu'il faisait littéralement flotter vers elle.

La salle explosait. Il saluait déjà, chaloupant à droite et à gauche, la tête penchée.

Au bout de deux ans, Jogen devint frustré ; il avait besoin de nouveauté. Davantage que le monde, les grands artistes ont besoin de s'éblouir eux-mêmes. Jogen savait qu'un bateleur pouvait s'en sortir en se répétant inlassablement, sûr que, dans plusieurs mois, une nouvelle ville et un nouveau public donneraient un nouveau départ au numéro. L'idée l'ennuyait.

Un jour, il jongla avec des couteaux. Il en emprunta quelques-uns, lestés, au lanceur de poignards, Abdul ; et, recouvrant les lames de chiffons, il s'exerça. En quelques mois, il avait déchiré les chiffons et s'était écorché les mains. Awaaz lui conseilla d'arrêter. Le droit à l'erreur était infime. S'abîmer les mains à ce stade, c'était renoncer à une carrière.

La belle Bandookbaaz le découragea de la même manière. Le jeu n'en valait pas la chandelle, il ne battrait pas des records de vente. Rien de comparable comme clou du spectacle à un triple saut périlleux sur le trapèze, à un ours sur une moto, à un coup de canon ou à une pyramide humaine se déplaçant sur le fil.

La sagesse du cirque est universelle : la mort est préférable à l'infirmité. S'il tenait tellement à repousser les limites, il n'avait qu'à jongler avec des tranches de viande dans la cage aux lions ou se fourrer la tête dans la gueule de l'un des deux fauves. Son amie Sundari nettoierait.

Jogen ne discuta pas. Il se laissa pousser une moustache spectaculaire. Quand il ne jonglait pas, il la huilait et en tordait les extrémités. Il la raidissait et l'effilait sur ses joues jusqu'à ce qu'elle ait le tranchant d'un sabre. Quelques mois plus tard, il passa une audition devant le couple de patrons.

Bandookbaaz et Awaaz ne virent pas un garçon, mais un homme élégant d'une vingtaine d'années avec le panache moustachu d'un chevalier du Moyen Âge ; et ils furent subjugués par les couteaux, qui décollaient et plongeaient dans la lumière étincelante.

Un an suffit pour que Jogen le Jongleur de la mort apparaisse sur les posters du Grand Roman. La première fois qu'il s'y aperçut, il eut le vertige. L'artiste l'avait représenté dans le coin droit, en dessous des filles du trapèze, près du roi, de Sundari et des lions. Le bas de ses jambes était coupé et les extrémités de la moustache s'étiraient jusqu'au bord de l'affiche. Son visage était néanmoins proéminent. Grand, beau, penché en arrière, les yeux rivés sur les couteaux aéroportés, plus longs et plus affûtés qu'en réalité. La pointe de l'un était dangereusement proche de l'entrejambe de la voltigeuse Monica : le genre de vulgarité que l'artiste introduisait pour titiller le public.

À vingt-deux ans, Jogen roula trois reproductions de l'affiche dans un tube, prit ses économies et rentra chez lui. S'il connaissait désormais le monde, ses deux journées dans deux trains furent remplies d'espérance et de terreur. Il avait hâte d'éblouir sa famille; en même temps, il craignait de ne pas la trouver là où il l'avait laissée.

Jogen était incapable d'imaginer sa réaction si tel avait été le cas. Il n'avait pas passé ces treize années à les regretter en broyant du noir; pourtant, chaque soir en s'endormant, il avait imaginé le plaisir qu'il leur procurerait le jour de son retour, une fois qu'il aurait réussi dans la vie.

Il ne se représentait la réussite qu'associée au plaisir.

Rien n'avait changé à la gare: ni l'étal du vendeur ambulant, ni le kiosque à journaux, ni le guichet, ni les trois coolies dans leur tenue rouge, ni le mendiant manchot, ni même les chiens errants. Il y avait juste davantage de monde et de marchands

Jogen mourait d'envie de crier, d'attraper quelqu'un et de clamer son identité. Le petit Jogen, naguère sans présent ni avenir, devenu le Jongleur de la mort et la coqueluche de milliers de spectateurs. Il ne passait pourtant pas inaperçu. Les gens tournaient la tête à la vue de son physique, de sa moustache, de son allure d'étranger.

Il resta planté sur le quai assez longtemps pour que le flot de voyageurs diminue. Puis il s'approcha de l'étal, prit deux œufs dans le carton trempé, demanda au marchand : Lequel vas-tu cuire pour moi ? Sans attendre la réponse, il les lança en l'air.

En l'espace d'une minute, il fut le centre d'une foule de plus en plus dense.

Le vendeur l'interpella : Hé, magicien, tu les laisses tomber, tu les paies.

Si je laisse tomber un de ceux-là, ou bien celui-ci ?

Sur ces mots, Jogen prit un autre œuf dans le carton et jongla avec les trois. Il eut droit aux applaudissements spontanés de la foule. Le sang battit à tout rompre aux tempes de Jogen, qui exécuta différentes figures. Les gens de la gare l'entouraient maintenant ; nombre de ceux qui s'étaient éloignés du quai revenaient sur leurs pas.

Combien d'entre vous aiment leur omelette avec des oignons ? s'enquit Jogen.

La foule vociféra sa préférence.

Voilà pourquoi il s'était enfui pour s'engager dans un cirque. Sans même un regard en coin, il attrapa un oignon dans le panier de l'étal et lui fit suivre la piste des œufs voltigeurs. La foule était en délire. Le vendeur de billets ferma le guichet et vint en grossir les rangs. Le chef de gare s'interrogeait : cet homme ne pouvait être un saltimbanque, il avait de l'allure.

Combien d'entre vous veulent une tomate dans leur omelette ? poursuivit Jogen.

Une tomate ! brailla la foule.

Les œufs, l'oignon et la tomate volèrent et retombèrent plus rapidement que l'œil ne parvenait à les suivre.

Et Jogen d'ajouter : J'ai faim, je dois manger.

Avant que le marchand ne réagisse, il avait cassé un œuf sur la *tava*[1] plate couverte de gras. Fais-le cuire, lui intima Jogen. À peine le marchand avait-il sorti une spatule que le jongleur sans ralentir l'essor des objets cassa un autre œuf près du premier. La foule applaudit en rythme.

Comment est-ce que je m'appelle ? demanda Jogen, tortillant sa moustache en forme de sabre.

Œuf, oignon, tomate, tortillon.

Œuf, oignon, tomate, tortillon.

Jaadugar[2] *!* brailla un garçon.

D'un coup de pied, Jogen envoya le tube posé sur sa valise dans la foule et ordonna : Ouvrez ça !

La foule se rassembla derrière l'homme qui déroula le poster et s'exclama à plusieurs reprises d'une voix entrecoupée : Jogen le Jongleur ! Cirque ! Couteaux ! Grand Roman ! Jongleur de la mort ! Sans aucun doute, l'homme du poster était l'homme devant eux. Qui les croirait quand ils rentreraient chez eux ?

Comment est-ce que je m'appelle ? Jogen le Jongleur !

Comment est-ce que je m'appelle ? Jogen le Jongleur !

Comment est-ce que je m'appelle ? Jogen le Jongleur !

L'œuf, l'oignon et la tomate volèrent tandis qu'il tortillait sa moustache et que la foule psalmodiait. Puis, d'un geste fluide, il cassa l'œuf volant sur la poêle qui grésillait et fourra l'oignon et la tomate dans la main de l'homme tenant le poster. Il le lui retira et l'enroula de nouveau. Le public explosa.

1. Genre de poêle plate.
2. Magicien.

Jogen flanqua deux pièces sur l'étal, pencha la tête, leva un bras et déclara : Mange cette omelette de trois œufs et n'oublie pas que Jogen le Jongleur te l'a offerte.

Une mise en scène grisante.

Alors, qui m'emmène chez moi ? enchaîna-t-il.

Moi ! s'écria d'une voix la foule.

L'un s'empara de sa valise. D'autres se chargèrent de son sac en toile et du tube de posters.

D'abord, au temple, dit Jogen.

Au temple ! répéta la foule.

Jogen en gardait un souvenir d'enfance. Le temple était construit sur un socle en pierre non taillée, à proximité du pipal. Les chiens et la vache qui dormaient dans la cour. Le prêtre chétif aux yeux fuyants. L'arôme suave de l'*agarbatti*[1] et les *misris*[2] *prasad* à la noix de coco qu'il adorait. Sa mère agenouillée, priant, paupières closes, suppliante. Grand et glorieux jongleur de tout, balance-moi une fortune.

Qu'est-ce qu'on va apporter à la *devi* ? Des pommes ? demanda Jogen en se dirigeant vers la sortie.

Des pommes pour la *devi* ! entonna la foule.

Le jongleur posa une pièce avant de prendre quatre pommes dans le panier du marchand de fruits. Celui-ci recouvrit ses produits d'une *gamcha*, l'attacha soigneusement et, laissant le panier dans la billetterie, rejoignit la foule.

---

1. Encens.
2. Sucre candi.

Jetant une pomme vers le ciel, Jogen dit : Une pomme pour la *devi*.

Une pomme pour la *devi* ! cria la foule.

Une autre ? continua Jogen, envoyant une deuxième à la poursuite de la première.

Une autre ! cria la foule.

Une autre ?

Une autre !

Une autre ?

Une autre !

Les pommes dansèrent dans l'air, effleurant les mains du jongleur tels des oiseaux, apparaissant au-dessus de la foule – qui avançait et psalmodiait – puis disparaissant. Les fruits flottèrent dans les ruelles indolentes, ce qui poussait les gens à sortir des maisons et des magasins et à rejoindre le cortège.

On raconterait jusqu'à la fin des temps l'histoire du jour où Jogen le Jongleur était descendu du train.

La cour du temple était déjà bondée. Le bruit avait couru, précédant l'arrivée de l'homme. On lui ouvrit la voie. Lorsqu'on raconterait l'histoire, le jongleur serait un géant et sa moustache aurait trente centimètres de long. À peine eut-il gravi les six marches de pierre qu'il s'agenouilla avec souplesse devant la déesse cuirassée et déposa les quatre pommes à ses pieds noirs.

La foule rugit pour le jongleur et pour les dieux.

Il se leva, se retourna, sa mère était là, en larmes comme une mère. Elle faisait plus vieille que son âge ; elle tomba dans ses bras.

Jogen ! hurla-t-elle. Le Jongleur ! cria la foule.

Il ne resta pas les deux mois qu'il avait prévus. La famille s'était terriblement dégradée au cours de ses treize ans d'absence. Le regard de l'homme ne coïncidait pas avec celui de l'enfant. Il ne parvenait pas à retrouver ce que son père avait d'impressionnant.

Il découvrit un homme anéanti. Pas rasé, les yeux rouges, vieux avant d'avoir cinquante ans. Chauve et édenté, il avait un furoncle incurable sur la cuisse. Assis, son dhoti tiré entre ses jambes, il passait des doigts apaisants sur l'éruption courroucée toute la journée.

Subrata ne buvait plus. On l'avait prévenu qu'il mourrait s'il le faisait. En réalité, il était abstinent parce que sa femme, même si elle continuait à avoir un emploi au service de santé qui assurait leur subsistance, n'avait pas de roupies pour son alcool. Il ne gagnait rien depuis des années. Il était toujours colérique. Le troisième soir du retour de Jogen, il se mit à hurler contre sa femme et à la battre avec une baguette en bambou huilée qu'il conservait à cet effet.

Jogen, furieux, attrapa les poignets de son père et sentit qu'ils n'étaient plus que des os. La baguette tomba par terre. Le vieillard se débattit. Il abreuva d'insultes sa femme et son fils, ses yeux chassieux étaient pleins d'apitoiement sur lui-même, de la salive coulait de ses lèvres craquelées :

Ce n'est qu'une putain du gouvernement et toi qu'un clown de cirque. Tu sais qui j'étais ? Tu me montres une affiche où tu vends tes tours de magicien ! Tu as une idée des centaines de journaux qui ont chanté mes louanges ?

La colère de Jogen se dissipa. Il lâcha son père. Le vieillard s'effondra. Sa pantoufle en caoutchouc se redressa de son pied, tel le drapeau rouge d'un juge de touche. Sa femme se précipita vers lui, mais il lui tapa sur les mains pour la repousser. Il sanglotait. Le fils se baissa pour prendre dans ses bras le champion de football, un poids plume. Le père ne résista pas. Jogen le porta à l'intérieur et l'allongea sur son lit aux draps froissés. Le père ne lâcha pas l'avant-bras du fils, qui patienta le temps que la poigne se desserre et que la main décharnée retombe. Il sortit, en proie à une émotion qu'il n'avait jamais ressentie.

Son père n'était lui aussi qu'un fugueur.

Dans sa fratrie, on avait marié ses sœurs avant l'âge de quinze ans, et son frère travaillait en tant qu'électricien sur des chantiers. Ils furent très heureux de retrouver Jogen, qui les enchanta avec ses talents. Une foule se rassemblait le soir devant leur maison, réclamant un spectacle.

Désormais, Subrata disait : Tu as eu raison de t'enfuir, tous mes enfants auraient dû t'imiter.

Avec l'argent qu'il avait apporté, Jogen répara le toit de la maison délabrée. Deux petites pièces à l'arrière – dont les tuiles étaient tombées et dont les chevrons avaient servi de bois de chauffage – furent restaurées. Il acheta un vélo Atlas à Subrata, le transforma en bicyclette pour femme afin que l'infirme puisse s'en servir facilement.

À ses sœurs et à sa mère, il offrit des vêtements et des produits de beauté, rien ne lui avait jamais fait autant plaisir. Au fil des journées qui s'écoulaient lentement dans la torpeur, Subrata et Jogen finirent par se parler comme doivent le faire un père et son fils, si tant est que la sagesse doit être transmise. Le jongleur découvrit la célébrité de son père dont l'éclipse tragique l'attrista. Il comprit l'origine de son exceptionnelle coordination œil-main et remarqua, sur les photos au grain grossier des journaux, qu'il avait la même beauté virile que son père.

Sa mère, il se contentait de la serrer dans ses bras. Plus exactement, elle le faisait dès qu'elle le pouvait. La joie que cela lui apportait fut une révélation. Il y prit goût. Il en vint à considérer l'étreinte comme la manifestation de chaque sentiment important : affection, chagrin, amitié, culpabilité, inquiétude, loyauté, regret, amour.

Un apprentissage qui le prépara pour la femme que Sundari introduirait dans sa vie.

Au terme de quatre semaines, malgré la découverte des émotions en famille, une agitation vibrionna en lui, semblable à une mouche piégée dans un verre. Tout lui manquait : l'effervescence du campement, les gens doués, les animaux, l'odeur de sueur et de déjections, le brouhaha enivrant lié à l'afflux de spectateurs, le volume de la musique, la boule dans le ventre lors du décompte avant son entrée dans l'arène, l'extase de la course, de la roue, des sauts périlleux avant et arrière sur la piste chauffée à blanc – le centre du monde – et sa frénésie lorsqu'il jonglait et que les spectateurs l'acclamaient.

Sa mère poussa des cris de douleur quand il lui annonça son devoir. Elle mourrait si elle le perdait une seconde fois. Il tenta d'expliquer : son ambition et son avenir. Il était revenu pour de bon ; désormais, il n'était qu'un soldat tenu de reprendre son service. Même son père protesta. L'idée de la célébrité ne le convainquait pas. Les citadins continuaient de venir chez eux pour le voir, n'était-ce pas suffisant ?

De combien d'applaudissements avait besoin un homme ?

Quelques nuits plus tard, Jogen se réveilla d'un cauchemar.

Il n'avait pas rattrapé deux couteaux qui tombaient – les poignards de la mort – et ils avaient coupé net ses poignets. Il ne pourrait plus jamais jongler. Une chaleur fétide régnait dans la maison. Il entendait le ronflement de son père couvrant le grincement du ventilateur. Les rideaux étaient tirés pour laisser entrer l'air nocturne. La lune inondait la pièce par la grille en fer rouillé.

Il partit sans rien d'autre que les vêtements qu'il portait. Il avait retrouvé une famille perdue et profité de son affection. Il ne voulait pas en gâcher la beauté par des disputes. Il répondait à l'appel du chapiteau ; seul un artiste perçoit le chant de la piste dans son sang.

Il laissa une lettre. Il ne s'enfuyait pas.

Au cours des quarante années suivantes, il fit ce que font les hommes.

Accroupi en train de masser les jambes de Bichchoo avec des mains légèrement huilées – l'âge au service de la jeunesse au royaume des jeunes –, il pensa : Mes vingt-deux premières années m'ont paru deux cents ans, les quarante suivantes ont filé comme quatre mois. Où est passée ma vie ?

Chaque jour était gravé dans sa mémoire jusqu'à la nuit où il avait fui la maison familiale pour la seconde fois, après avoir découvert la passerelle de bonheur reliant la famille à l'ambition. Dans le train, il avait regardé le jour gommer l'encre de la nuit ; on aurait dit des images truquées conçues pour les enfants, une campagne grise se déroulait au fur et mesure. Arbres, champs, bétail et paysans à la charrue. Masures isolées ou groupées. Dans certains lieux, le tracé irrégulier d'une route, la bosse d'un pont, la vitesse d'un véhicule puis, soudain, un éléphant solitaire à la démarche majestueuse, un minuscule maître endormi sur son dos massif.

Une brise fraîche, presque froide, s'engouffra par la fenêtre à guillotine. La vie était riche de possibilités, à donner le vertige. Un horizon tellement vaste et lointain qu'il semblait illimité.

Comment son père avait-il pu si mal finir ? Avait-il si peu réussi au cours d'une si longue vie ?

À l'âge de son géniteur, le jongleur serait comblé sur tous les plans. En matière de moyens financiers et de statut. Il suffisait de voir où il en était à vingt-deux ans. Alors qu'il était parti de rien à neuf ans.

Le jeune Bichchoo gifla le vieil homme parce qu'il était distrait. Appuie plus fort sur les mollets. Adossé au mur, des écouteurs dans les oreilles, le fléau du Cloaque regardait un film d'arts martiaux réalisé à Hong Kong en mâchant des cacahuètes. Dans un coin, Atoum Bumb faisait chauffer de l'eau d'un bidon en plastique. Bichchoo aimait boire un café à minuit pendant qu'il se divertissait.

Un remous de corps brisés se débattant pour exhaler leurs rêves dans l'air fétide. Si seulement les ampoules blanches s'éteignaient ne serait-ce qu'un instant, les rêves surgiraient et prendraient vie, déchaînant de violentes émotions dans le couloir, à la manière d'une comédie romantique.

Cela faisait deux semaines que Jogen ne se rasait pas, de sorte que les derniers poils de sa moustache disparaissaient dans une barbe grise striée de blanc, comme des fleurs envahies de mauvaises herbes. Il n'y avait pas de miroir ; s'il avait emprunté le tesson que Bichchoo gardait sous son lit, il aurait reconnu le visage de son père, le raté.

Il regarda les barreaux de la fenêtre et pensa à ceux du train en sens inverse. Des barreaux verticaux pour interdire la sortie, des barreaux horizontaux pour interdire l'entrée. Quel était le motif universel ? Quel sens avait-il ?

Quelle signification pouvait-on donner à tout ?

À son père à vélo, percutant une vache par une nuit de clair de lune ?

À sa découverte à neuf ans du cirque Ding-a-Ling ?

À sa solidarité avec Ijaz et le vieil homme à la gare ?

Au poids de ses testicules dans la paume de Shabnam Bandookbaaz ?

À l'obsession de Mandal Master pour Sundari et à la solidité d'airain de sa propre mâchoire ?

À tout ce qui lui était arrivé par hasard – comme tout arrive aux autres par hasard ?

Avait-il imaginé qu'il se retrouverait derrière les barreaux dans sa vieillesse, en train de masser les membres d'un gamin de vingt-deux ans ?

Non, rien n'avait de sens. En revanche, un auteur cinglé et magistral existait sûrement là-haut et il tapait sur un clavier un scénario auquel il était impossible d'échapper. Le vieux jongleur était convaincu que celui-ci – ou celle-ci ? – était opiomane, tant l'histoire de chaque vie semblait à la fois extravagante et innocente.

C'est la raison pour laquelle le jongleur pensait qu'on ne pouvait changer quoi que ce soit. Nous devons accepter que l'histoire de notre vie soit un élément du scénario le plus hermétique et le plus parfait jamais écrit. Si nous modifions une partie de notre vie, les autres sont réécrites.

Si Subrata ne se brise pas le genou, il n'épouse pas ma mère qui ne me donne pas naissance, mon père ne me bat pas, je ne fugue pas, je ne deviens pas jongleur, je n'aide pas Sundari, je ne rencontre pas Pushpa, je ne quitte pas le Grand Roman, je n'ai pas trois enfants, Pushpa et moi ne fondons pas notre cirque Grand Himalayan, nous ne gagnons pas des masses de fric au cours des douze années suivantes en nous déplaçant dans les petites villes de l'Est, nos enfants ne fréquentent pas de bonnes écoles, le Grand Himalayan n'est pas ruiné en une nuit à cause d'une émeute entre hindous et musulmans où le chapiteau a brûlé et où la plupart des animaux sont étripés par les hindous parce que Salim est le dompteur et par les musulmans parce que Jogen en est le propriétaire, le Grand Himalayan ou ce qu'il en reste n'est pas acheté par Papa Kurien du Continental Circus, je ne rencontre pas Atoum Bumb mon frère d'âme, Atoum Bumb ne casse pas une brique sur la tête de Papa Kurien quand il le découvre en train d'essayer de violenter Pushpa, Atoum Bumb, Pushpa et moi on ne s'enfuit pas du Continental Circus du jour au lendemain, je n'envoie pas mes enfants vivre chez ma mère, je n'envoie pas ma Pushpa vivre avec mes enfants, Atoum Bumb et moi on ne se pointe pas au Maharashtra à la recherche d'un nouveau cirque, je ne rencontre pas Abdul Qadir et Biren Burman du New Apollo Circus, je ne passe pas du statut d'artiste vedette à celui de dresseur d'oiseaux de la taille de chiens à celui de Master*ji* d'enfants qui ne sont plus des enfants, je ne me retrouve pas comme Mandal Master obligé d'entraîner des Sundari auxquelles je prête une attention particulière, je ne vieillis pas, je ne suis pas un lâche qui détourne le regard quand Q et B convoquent les Sundari dans leur tente pour les conseiller, je ne confie pas à mon merveilleux ami Atoum Bumb que mon cœur est brisé que j'ai envie de m'enfuir que je souhaite ne jamais entraîner des filles jeunes, ne jamais être proche d'elles, ne jamais voir dans leurs yeux la certitude que je suis corrompu, je ne confie pas au merveilleux Atoum Bumb que je me bagarre, que j'ai glissé sur la pente savonneuse sans jamais chuter, mais que je crains que Q et B ne se vautrent avec jubilation dans la souille, je ne garde pas le silence, Atoum Bumb non plus, Aarti ne s'enfuit pas à Mumbai pour rejoindre son amant, Q et B n'envoient pas des hommes chargés de la ramener, Aarti ne va pas chanter comme une chanteuse classique au poste de police, il n'y a pas une descente de trente-trois policiers accompagnés de trente-trois travailleurs sociaux et de trente-trois journalistes dans le New Apollo Circus, je ne suis pas arrêté parce que je suis le Master*ji* ni Atoum Bumb parce qu'il est mon ami, je ne me retrouve pas derrière les barreaux, je ne passe pas la journée couché par terre ni la nuit à masser les membres d'un gamin de vingt-deux ans.

Si seulement Subrata ne s'était pas cassé le genou sur une vache endormie au milieu de la route… Les autres pistes qu'il essayait n'avaient pas plus d'issues.

Si seulement Jogen n'avait pas fait la connaissance d'Ijaz et partagé des rêves avec lui…

Si seulement Ijaz et lui n'étaient pas tombés sur le vieil homme à la gare…

Si seulement si seulement si seulement…

Quel que soit le soin avec lequel il coupait et recollait les séquences de sa vie, il ne parvenait pas à trouver de séquençage qui évincerait le chagrin sans évincer, également, les réjouissances.

S'il voulait épouser Pushpa, la ravissante funambule ; s'il voulait éduquer ses enfants qu'il aimait – aider ses filles à décrocher une licence de sciences et un master – ; s'il voulait s'occuper de ses parents qu'il adorait ; s'il voulait diriger son cirque, la réussite de sa vie ; s'il voulait l'amitié d'Atoum Bumb, son frère d'âme ; s'il voulait construire une maison pour sa famille avec un W.-C. équipé d'une chasse d'eau ; s'il voulait tout cela, il lui fallait en finir avec l'imposition au sein du New Apollo Circus de la tâche impossible imposée à des fillettes – qui n'en étaient plus – de plier des membres raides, tandis que Q et B les convoquaient dans leur tente pour discuter de leur avenir.

S'il voulait tout ce qu'il avait voulu dans sa vie, il était inéluctable qu'il se retrouve derrière les barreaux.

22

La passion de Bumb

Pour Jogen et Atoum, la moralité était un mystère. Ils se considéraient comme des types bien. Chacun voyait l'autre comme l'homme le plus estimable qu'il avait eu l'occasion de connaître. Ils trimaient pour faire marcher le chapiteau et les tourniquets. Ils donnaient leurs gains à leurs familles.

Depuis leur retraite en tant qu'artistes, ils travaillaient au noir. Avant le début du spectacle, ils délestaient les nombreux spectateurs attendant l'ouverture. En fonction de leur profil ou de la saison, ils prévoyaient un lancer de ballons ou un jeu de quitte ou double ou un stand de limonade. De temps à autre, ils jouaient un vieux tour. Atoum vendait des samosas épicés et Jogen, à côté de lui, des sorbets parfumés à la rose.

Ils partageaient la moindre roupie et l'envoyaient à leurs familles. Leur sens du devoir ne souffrait aucune concession. Pour eux, il était inconcevable de dépenser ce qu'ils gagnaient. À la limite, ils s'autorisaient un repas dans un restaurant commercial ou un film dans un cinéma deux fois par an.

Ils n'avaient qu'une addiction, qui ne leur coûtait rien.

Ils suivaient les matchs de cricket à la radio, à la télévision et dans les journaux. Des discussions au sujet du batteur et du lanceur pouvaient durer des mois. Si étrange que cela paraisse, Jogen était un fan de l'équipe indienne tandis qu'Atoum soutenait celle des Caraïbes. Il avait changé d'allégeance lors d'un match de *test cricket*[1] en 1983 à Kanpur, après avoir vu les insulaires battre l'Inde à plate couture. Pour deux raisons, dont aucune n'avait le moindre rapport avec les prouesses en matière de cricket.

Les commentaires racistes contre eux qu'il avait entendus dans la tribune étaient à l'origine de la première. Il s'était bagarré avec un type crachant du *paan* qui riait et racontait que les Antillais étaient physiquement supérieurs parce qu'ils étaient à une étape intermédiaire entre les gorilles et les humains.

Quand Atoum lui avait intimé de fermer sa gueule d'imbécile, l'homme avait riposté : Ton autre portion, elle est où ? Ta mère n'a permis qu'à ta demi-portion d'assister au match ?

Atoum avait sauté sur le grossier personnage, mais ses copains s'étaient interposés et l'avaient chassé à coups de pied. Et le type hilare de renchérir : Fais gaffe, mon pénis est plus grand que toi.

La seconde raison, c'était sa rencontre avec le grand Malcom Marshall. Le match était terminé. Marshall avait brûlé le terrain, éliminé les batteurs indiens et marqué plus de *home runs* qu'aucun des joueurs de

1. Forme de cricket disputé au niveau international.

l'équipe indienne. Le crépuscule était tombé, Atoum s'attardait dans le stade désert. C'était le premier et le dernier *test cricket* qu'il verrait. Deux semaines auparavant, le propriétaire du cirque l'avait envoyé se produire à l'anniversaire du fils de l'administrateur du club de la région.

Atoum était un clown acrobate, membre du cirque depuis l'âge de cinq ans. Il ne savait rien de sa famille. Dans son intérêt, on l'avait orienté vers la seule vocation qu'il pouvait avoir.

Atoum avait tellement amusé les enfants que le père l'avait récompensé avec un billet pour le match. Le propriétaire du cirque, originaire du Kerala, qui traitait Atoum comme un fils, lui avait permis d'y assister. C'était terminé à présent – l'effervescence et l'humiliation – et il traînait devant l'entrée du stade avant de retourner au campement.

Il n'avait nulle part ailleurs où aller. Il ne connaissait personne en dehors des forains ; il n'avait jamais mis les pieds seul dans un marché ou un cinéma.

Ni vu ni connu, il lançait des galets à la manière des lanceurs rapides antillais. Après chaque coup, il bondissait et s'écriait : Sortez le batteur ! Puis il pivotait lentement et s'inclinait sous les applaudissements assourdissants de la foule. À l'instant où il lançait une balle courbée vers l'extérieur particulièrement rapide, il entendit une voix : Un peu plus de profil, mon grand, et tiens la couture plus haut.

Il virevolta : Marshall !

Le lanceur rapide était escorté par un Indien. Il portait toujours sa tenue blanche maculée. Il était venu chercher une affaire oubliée.

Montre-moi la balle, enchaîna-t-il.

Atoum lui tendit la pierre qu'il serrait dans sa main gauche.

Voici comment il faut la tenir, précisa Marshall, l'entourant de ses doigts.

L'Indien avait beau traduire, il voulait manifestement emmener le champion. Les badauds sont plus nombreux que des mouches en Inde. La voiture, une Ambassador, s'était rapprochée. Vas-y, lance, intima Marshall. Atoum s'exécuta.

Pas mal, mon grand. Tu as envie d'être un meneur ?

Je suis un bouffon, répondit Atoum.

C'est mieux que d'être lanceur. Ça ne me déplairait pas de faire rire certains batteurs.

Il lui tapota la tête : Ne pense jamais à la taille, mon grand. C'est le cœur qui compte. Tout le monde m'avait dit que j'étais trop petit pour être un lanceur.

L'Indien jeta une roupie à Atoum et il y eut un coup de klaxon. Une fraction de seconde plus tard, Marshall était parti.

C'est ainsi qu'Atoum Bumb devint un soutien inconditionnel des Antillais. Jogen et lui discutaient de leurs équipes dans la journée ; le soir, ils jouaient pour du beurre un match à deux manches de *book cricket*[1]. On pouvait choisir les joueurs de n'importe quelle époque. Marshall ne fut jamais exclu de l'équipe des Antillais.

À la mort de Marshall en 1999, le cirque d'Atoum s'était installé à Jhansi. Il pleura et jeûna vingt-quatre

1. Appelé ainsi parce que cela se joue à l'intérieur avec un livre, un stylo et un carnet pour les scores.

heures, avant d'aller prier pour lui son dieu chrétien dans une église.

La mort absurde de Marshall à quarante et un ans fit réfléchir Atoum et Jogen sur les principes de cause et d'effet, de récompense et de punition. Pourquoi de médiocres batteurs et lanceurs continuaient-ils à vivre tandis que de sublimes champions périssaient dans la fleur de l'âge ?

Le mystère de la morale ne concernait pas personnellement les deux amis. Ils n'avaient pas le sentiment d'être lésés. De même que les gens de peu du monde entier, ils étaient en paix avec l'équation de leur existence. C'était la situation dans son ensemble qui les tourmentait.

À la vérité, l'élite est plus taraudée par ce qu'elle considère comme son dû que les êtres du bas de l'échelle qui regardent en haut et, voyant la courbe du ciel, savent que soleil et pluie seront répartis à parts égales. Du sommet, en revanche, il suffit que les gens aperçoivent des parcelles de terrain pour être persuadés qu'ils doivent faire main basse sur la totalité avant les autres.

Jogen et Atoum s'interrogeaient sur les hommes au pouvoir dans la lointaine Dilli[1], où ils concevaient et promulguaient des lois qui chamboulaient la vie de milliers de gens dans le pays. On les avait privés d'animaux quelques années plus tôt. Une piste sans ceux-ci, ça rimait à quoi ? Un homme sur un cycle pouvait-il enthousiasmer une foule comme un ours lippu ? Une femme faisant la roue pouvait-elle rivaliser

1. Delhi.

avec le rugissement d'un tigre ? Est-ce qu'un défilé de machines sous le chapiteau suscitait l'admiration des enfants ?

Le travail en commun du tandem homme-animal pour se nourrir l'un l'autre, était-ce mal ? N'en était-il pas ainsi depuis la nuit des temps ? Si les créatures muettes de Dieu inquiétaient tellement, pourquoi cette impitoyable destruction de la nature ?

Jogen et Atoum avaient constaté la vitesse de la dévastation. Au retour sur place, dix ans après, en fonction des pérégrinations cycliques du cirque, ils voyaient une forêt de béton là où une forêt respirait naguère. Un contraste criant avec le campement où des humains nourrissaient encore les animaux avant de se nourrir.

Le départ des animaux avait brisé le cœur du cirque.

Même le plus élémentaire binôme de survie – l'humain et l'animal : le reptilien et le simien vendant des prodiges pour un repas – avait été proscrit par des hommes qui roulaient à tombeau ouvert en voiture et s'amusaient avec des machines hors de prix.

Ces hommes ou leurs semblables avaient amputé le cirque. Ils avaient décrété que des enfants affamés n'avaient pas le droit de gagner leur vie. Que des gamins sans abri n'avaient pas le droit d'avoir le cirque pour toit. Que des enfants analphabètes n'avaient pas le droit d'apprendre la langue du divertissement.

Ils avaient claironné : Examinez nos lois. Elles sont sublimes. Mangez-les pour apaiser votre faim et faites-en votre domicile.

Peut-on faire pousser du riz sans le repiquer ?

Peut-on maîtriser les contorsions du corps et les voltiges sans commencer dès l'enfance ?

Jogen et Atoum auraient-ils connu un autre sort que celui des mendiants ou des maçons s'ils n'avaient adopté le campement – et été adoptés par lui – à neuf et cinq ans ?

Malgré l'aversion que leur inspirait Q et B, ils les admiraient. Les deux amis connaissaient les obstacles à surmonter pour continuer. C'était dur même à l'époque de Bandookbaaz et d'Awaaz. L'ampleur des représentations, la périodicité des déracinements et enracinements, la faible marge d'erreur, le spectre permanent de la mort et de la maladie – tant des humains que des animaux –, la formation des enfants et des femmes, les aléas climatiques, les taxes, le harcèlement des fonctionnaires locaux, la multiplication des salles de cinéma et, au terme de tous ces efforts, rien sinon les maigres économies des pauvres gens.

Les chapiteaux disparaissaient à l'époque du divertissement permanent. Les artistes ne parlaient plus d'un nouveau numéro à couper le souffle mais de la misère et de la mort d'un célèbre collègue de plus.

Jogen et Atoum savaient que, malgré leur incroyable talent, ils avaient moins de valeur qu'une prostituée âgée et qu'ils entraînaient des enfants pour une carrière déjà vouée à l'extinction.

Avant de devenir instructeurs d'une activité naufragée, Jogen le grand jongleur et Atoum le clown avaient passé huit ans à monter des numéros avec des aras.

La juridiction des magnifiques lois avait des limites. Elles ne s'appliquaient pas aux oiseaux ou aux animaux dont l'origine n'était pas similaire à la nôtre. Nous allions sauver la totalité des oiseaux indiens et en peupler le monde quand bien même nous exploitions et liquidions le reste.

Ganté, le duo avait appris à méticuleusement dresser les superbes oiseaux à défiler, à se lisser les plumes, à se percher sur des bicyclettes miniatures et à choisir des cartes. Être l'accessoire d'un oiseau, quelle chute vertigineuse ! Le beau Jogen à la grâce chaloupée, aux mains prodigieuses, dragué par les jolies femmes des villes de l'Inde entière, passait désormais ses journées à ausculter les fientes d'oiseaux haut de gamme pour s'assurer qu'ils étaient en bonne santé.

Atoum, à la même enseigne, offrait souvent les boulettes humides comme bonbons, roulant les yeux avec drôlerie. Atoum qui, en son temps, avec un visage grimé et un pantalon en train de tomber, parvenait à faire sourire des tantes revêches et rire des morts.

Puis les oiseaux resplendissants disparurent aussi : ils coûtaient trop cher, tombaient trop facilement malades, personne ne s'intéressait vraiment à leurs petits tours. Mieux valait garder un magicien sortant des pigeons de son pantalon, ou une ravissante Ukrainienne dont les hanches en vol suscitaient le désir du public, ou un brillant acrobate africain au jeu de muscles fluide rappelant celui des fauves.

On parlait même de recruter des chanteurs d'airs populaires hindis qui, accompagnés de danseurs en costume de coucou, effectueraient des numéros inspirés par des films sur un mode endiablé autour de la piste.

Il s'agit toujours de divertissement, expliqua Q. Si on nous interdit de montrer des animaux se comportant comme des humains, nous n'avons qu'à montrer des humains qui se conduisent comme des animaux.

Avec le départ des perroquets aras, Jogen n'eut d'autre choix que d'accepter ce qu'il avait décidé de ne jamais faire. Le jongleur n'avait pas oublié l'abjection de Mandal Master en présence de Sundari. Ayant compris en grandissant le pouvoir implacable des femmes, le dégoût du garçon s'était mué en épouvante. Il avait vu Mandal Master, sous l'emprise de Sundari, devenir aussi impuissant qu'un singe sur une corde. Jogen – l'amoureux de la jolie Pushpa, l'indifférent à une centaine de battements de cils – était résolu à ne jamais se retrouver dans cette position.

Ce qui se révéla nettement plus éprouvant qu'il le craignait.

Contrairement à l'époque de son stage où les filles, plus jeunes, n'étaient pas encore formées, les lois sublimes avaient décrété qu'elles devaient avoir au minimum quatorze ans. Si quelques-unes continuaient à avoir un ou deux ans de moins, elles étaient néanmoins au seuil de la féminité, pétries d'une timidité frémissante. La séduction qu'elles exerçaient, qui s'élevait à la manière de la vapeur d'un marais, provenait de la tension entre la prise de conscience du pouvoir de leur corps et leur chasteté.

Jogen touchait une peau de fille d'une main tremblante. Là où Mandal Master s'était attardé, Master Jogen se hâtait. Fléchir des membres dénudés, toucher des ventres, serrer des épaules, tenir des bas de dos, plonger les yeux dans les leurs pour leur apprendre la danse – c'était trop pour lui. La prémonition d'une catastrophe l'habitait – l'instant d'une communion où, démuni, il dévalerait une pente illimitée.

Atoum Bumb s'en sortait beaucoup mieux. En tant qu'assistant du maître, il se dépêchait d'attraper ce qu'il pouvait. Sa taille lui procurait une étrange immunité et en faisait un partenaire idéal pour l'entraînement. Lui aussi était prudent. Respectueux des consignes de son ami. Au moins un soir par semaine, après un match pour du beurre de cricket angoissant, Jogen le sermonnait sur son âge et celui des filles, lui rappelait leurs épouses, la colère éventuelle de Q et de B, les lois du pays, l'état des prisons indiennes, le coût des avocats.

Atoum, qui emmagasinait les sensations de la journée pour les savourer la nuit, avait envie de hurler : Est-ce ma faute ? Me suis-je créé nain ? Me suis-je créé lubrique ? Suis-je responsable des filles qui fourrent ma tête entre leurs cuisses ? Qu'est-ce que tu veux que je fasse ? Est-ce que je peux recréer mon corps et ses désirs, ou encore ces filles qui m'allument ? Tu ne cesses de marteler une loi humaine alors que je suis piégé dans le moule divin ! Sais-tu que je me tourne et me retourne la nuit à force de haïr mon corps pour la violence de sa frustration ?

Pourtant, Atoum restait silencieux. Il savait que ses arguments étaient valables mais que le verdict de Jogen était encore plus légitime. Il espérait que le temps figerait son sang. Une fille ne serait alors plus qu'un corps à entraîner. Sauf que les filles acquéraient chaque année davantage de pouvoir. Leurs corps posaient des questions qu'aucun homme n'était capable d'ignorer, leurs regards provocants coupaient le souffle d'un homme.

Tulsi était l'incarnation de ces filles. Yeux verts, cheveux noirs, elle mangeait avec une lenteur délibérée qui interrompait les conversations. Quand elle mettait un morceau dans sa grande bouche – quand elle le mâchait tranquillement –, on avait l'impression d'être entre ses dents. Ses membres étaient empreints de langueur, notamment lors des virevoltes et sauts périlleux. Elle s'arrêtait en plein milieu d'un enchaînement complexe et disait d'une voix traînante : Je crois que j'ai besoin de toi pour ça.

Tulsi n'était pas destinée au cirque. Tulsi eut rapidement trop de seins, trop de hanches, une conscience d'elle-même trop exacerbée pour se fourvoyer dans les exercices d'une gymnastique insensée. Elle n'était pas faite pour recevoir des applaudissements indifférents, mais pour devenir l'objet d'une intense adoration.

En sa présence, Atoum et Jogen étaient vulnérables. À dix-sept ans, elle se jouait d'eux. Pendant qu'ils tentaient de la former, elle les coinçait dans ses aisselles et ses cuisses. Pour se protéger, Jogen avait recours au *Hanuman Chalisa* – l'arme intemporelle contre les envoûtements en tout genre. Il récitait silencieusement les versets exaltants sitôt que Tulsi se trémoussait. Une stratégie partiellement couronnée de succès ; Jogen avait les nerfs à fleur de peau à la fin de chaque séance.

Pour sa part, Atoum avait renoncé à lutter contre le torrent de sensations que la fille déclenchait. Il était heureux de suivre le courant. Jogen lui avait ordonné de déployer le *Hanuman Chalisa*, mais Atoum ne pensait pas à Dieu en face de Tulsi. En réalité, il ne pensait à rien, il se sentait juste infiniment plus vivant.

Quoi qu'il en soit, Jogen Master et l'assistant Atoum n'étaient que des divertissements secondaires pour Tulsi.

Dans sa tête, elle était l'égale de leurs patrons, Q et B. Dès qu'elle fut épanouie, ceux-ci la convoquèrent pour les discussions du soir. Les autres filles en furent irritées, à peine au demeurant, car elles savaient que Tulsi était différente et que, même si elle daignait se produire sur la piste, sa vie se passerait ailleurs.

Le maître et l'assistant n'avaient aucun moyen de vérifier quelles discussions se déroulaient dans la tente des propriétaires, mais les possibilités étaient tellement tétanisantes qu'ils n'en parlaient pas.

D'autres chuchotaient. Alcool, marijuana, *mujra*[1] nue. Ils faisaient des choses que seuls les forains se permettaient. Elle les laissait dans un tel état d'épuisement qu'ils ne bougeaient plus jusqu'au matin.

Les soirs où Tulsi se rendait chez Q et B pour les discussions, Jogen et Atoum jouaient leurs matchs pour du beurre, plongés dans un silence morose – le carnet qu'ils feuilletaient était le seul bruit. Ceux qui marquaient six courses ne déclenchaient pas des cris de joie, la victoire et la défaite étaient accueillies sans sarcasmes ni acclamations. Après le match, ils patrouillaient, muets, dans la ravine proche de la tente imperméable de Q et B, jusqu'à ce que la beauté

1. Danse sensuelle, traditionnelle, d'ordinaire effectuée par des prostituées.

émerge plus resplendissante que la lune, sans être souillée par le seigneur ni par le serf.

Elle n'esquissait pas de mouvements furtifs. Elle regardait directement ses deux entraîneurs. Une fois, elle tendit avec indolence sa main pour leur montrer une bague en or, qu'elle n'avait pas au doigt auparavant.

Pendant les cours, Atoum essaya à plusieurs reprises de la sermonner sur la moralité et l'art d'éviter les loups, mais elle le dévisagea, un sourire lent à éclore aux lèvres, roulant ses yeux verts, jusqu'à ce qu'il ait honte de ses paroles creuses.

Atoum déclara à Jogen : C'est une mauvaise femme, je ne la prendrais jamais pour épouse.

C'est une femme bien qui déprave les hommes, répondit Jogen. Si tu l'épousais, tu serais heureux de lui vernir les ongles toute la journée.

Atoum pensa à Marshall mort à quarante et un ans et conclut que, si un grand talent était éphémère, quelle valeur avaient la beauté ou le désir. Quand rien n'avait de sens, ce n'était pas la peine de se tracasser pour quoi que ce soit. Qu'elle fasse la roue sur le pénis de Q et de B et fourre ses seins dans leur bouche vicieuse, quelle importance !

Il discernait déjà les rides, qui s'accumulaient sous sa peau, ou l'affaissement de son buste. Les hommes se détourneraient d'elle un jour et ses yeux verts étincelants ne seraient que moisissure. Elle comprendrait alors que le rire ultime de la vanité n'était rien sinon un cri de désespoir.

Il souffrait cependant, au point de prendre en grippe les propriétaires dont il admirait auparavant la détermination à continuer coûte que coûte. Il n'arrêtait pas de les fustiger pour leur immoralité.

Jogen, le fugueur, qui de jongleur virtuose était passé au statut de trieur de fientes d'aras péruviens, lui disait : Personne ne sait qui se sert de qui. Quand tu cueilles une mangue sur un arbre, tu délestes l'arbre d'un poids ou tu lui voles un fruit ? Quand la pluie tombe sur un rocher, le rocher disloque la pluie ou la pluie érode le rocher ?

Jongleur, ne me noie pas avec ta foutaise philosophique ! s'exclama Atoum. C'est de cette façon qu'on occulte l'injustice du monde. Ils la baisent parce qu'ils la possèdent, tu le sais. Si c'était ta fille, comment tu réagirais ?

Je les tuerais à mains nues.

Exactement ! Tes mangues et rochers, on s'en fiche. D'ailleurs pourquoi tu ne les tues pas maintenant, ces enfoirés ?

Ils étaient couchés sur des lits de camp dans leur tente minuscule. L'air était imprégné d'odeurs de transpiration, de vêtements crasseux, d'exhalaisons. Les rabats étaient relevés pour laisser entrer la brise et un rayon de lune.

Allongé sur le dos, Jogen montrait un profil encore beau. À la lumière du jour, c'était un vieil homme à la peau parcheminée, aux cheveux clairsemés et ternes.

Ce n'est pas mon rôle, c'est celui de son père, répondit Jogen. Dans la balance des concessions qu'il accorde à sa fille, il peut inclure celles qu'elle leur accorde. Il n'aura plus qu'à faire les comptes avec eux. Et s'il doit leur prendre la vie, qu'il le fasse. Toi et moi, on ne figure pas dans ce tableau. Un manguier offre-t-il le fruit d'un autre manguier ?

Jongleur, tu prononces encore une fois mangue et je me lève sur mon pieu pour te pisser dessus ! Si elle avait un père qui se souciait d'elle, Tulsi ne serait pas ici. Nous n'avons donc aucune responsabilité ?

Tu es peut-être une demi-portion, mais tu es un salaud à part entière, s'énerva Jogen. Tu l'as regardée comme un père, toutes ces années ? Si elle débarquait ici vêtue de la lumière des étoiles, tu te conduirais comme son père ? Si tous les hommes étaient les pères de toutes les filles, à quoi ressemblerait le monde ? Une fille n'a qu'un père, le seul en mesure de jouer un rôle qui ne soit pas dévoyé. Ce que ni toi ni moi ne sommes pour elle.

Le nain se leva d'un bond et salua : Jongleur, les philosophes de comptoir de ton genre sauvent le monde.

Allonge-toi sur le ventre, Atoum Bumb, et enfonce bien ton cerveau et ton zizi dans le lit pour que les deux arrivent à dormir. La fille n'a besoin de personne. Crois-moi, Q et B ne font pas le poids contre elle.

Ce qui s'avéra.

Un jour – quelques mois plus tard –, Tulsi disparut. Elle ne se présenta pas à l'entraînement du matin. On ne la trouva nulle part dans le campement. Q et B déployèrent un zèle inédit.

Tous les employés furent mobilisés pour la traque ; Q et B prirent la tête du peloton chargé de passer au crible chaque recoin et chaque cage. Ils beuglaient des consignes et, hormis un examen de la gueule du lion Changez[1], la moindre possibilité fut examinée.

1. *Changez* signifie « ferme et solide » en hindi.

La vérification de ses affaires révéla qu'elle avait laissé ses costumes mais emporté ses effets personnels. Un cataclysme pour les deux propriétaires – en effet, cela excluait l'enlèvement. Elle était partie de son plein gré ! Ç'aurait été tellement mieux si on avait trouvé son beau fémur coincé dans la gorge de Changez !

Les interrogatoires commencèrent. Ni le jongleur ni le nain n'avaient quoi que ce soit à signaler. Leur état de choc était complexe. Si contents qu'ils fussent qu'elle ait échappé aux griffes du duo, la perspective de longues heures d'entraînement quotidien sans sa présence ensorcelante était déprimante. Pour Atoum, la plupart des journées n'avaient de sens que lorsque l'haleine tiède de la jeune femme lui effleurait le visage ; et il y avait l'autre couteau dans la plaie : l'idée de sa beauté d'albâtre dans les pattes d'un inconnu.

Les deux entraîneurs proclamèrent la nécessité impérieuse d'appeler la police.

Q et B considérèrent l'étrange couple en se disant : Voilà pourquoi des hommes tels que nous seront toujours propriétaires et des hommes tels qu'eux nettoieront toujours la fiente d'oiseaux péruviens.

Une des jeunes filles qui s'entraînaient à la voltige – Susan – fournit enfin un indice. Quand ils avaient planté la tente à Kolhapur quelques mois auparavant, un homme au premier rang n'avait cessé d'attirer les yeux verts pendant une semaine. Cheveux ondulés, lunettes de protection sur la tête, visage aussi ciselé que le baratin de Monsieur Loyal, il tenait un mouchoir à la main avec lequel il épongeait sa sueur. Quiconque y eût prêté attention aurait remarqué qu'il entrait dans le chapiteau juste avant le début de l'intermède de Tulsi et partait dès qu'il était terminé.

Peu après, l'un des placeurs avait remis une lettre scellée à Tulsi. À l'intérieur, il y avait un poème en hindi et une carte SIM. Le poème célébrait ses yeux verts, ses cheveux noirs et la façon dont la Terre tournait autour de ses membres virevoltants. Tulsi avait suffisamment l'expérience de la lubricité pour comprendre qu'il s'agissait d'amour. Ce soir-là, elle glissa avec des doigts tremblants la carte SIM dans un téléphone emprunté et, à l'abri d'une tente formée par un drap épais, elle composa le numéro indiqué.

L'homme s'exprima en hindi : Tu ne me connais pas et je ne te connais pas, il me semble pourtant avoir trouvé la compagne du voyage de ma vie.

Il prononça ces paroles d'une célèbre chanson de film d'une voix rocailleuse empreinte de sincérité. Tulsi eut un orgasme instantané. Elle éteignit le téléphone.

Le lendemain, elle fut accablée de ne pas le voir au premier rang ; ses pas perdirent leur légèreté, ses yeux leur lumière. Le soir, elle emprunta le téléphone, s'abrita sous le drap, composa le numéro.

Il déclama : Avec la couleur des fleurs et la plume de mon cœur, je te fais chaque jour une révélation. Comment te dire, comment t'expliquer les infinis tourments où tu me plonges ?

De nouveau, les paroles d'une célèbre chanson de film. De nouveau, une voix rocailleuse empreinte de sincérité. De nouveau, l'orgasme instantané. De nouveau, l'instinct d'éteindre le téléphone.

Le lendemain, il n'était pas là non plus. Mais lorsqu'elle l'appela le soir, il l'émut une fois de plus avec les paroles immortelles d'une chanson connue, mais elle perdit une fois de plus sa langue. Soudain, les mots avaient une vie comme jamais auparavant. Jusqu'à présent, ils n'avaient servi qu'à accompagner les mouvements de son cœur. Ceux qu'elle employait n'avaient aucune importance, sa présence suffisait à asservir les hommes.

À présent, l'idée de dire des bêtises la terrifiait. Les vers par lesquels il s'exprimait s'envolaient comme des oiseaux à grandes ailes. Ses propres mots – qu'elle s'exerçait à moduler sur plusieurs tons – semblaient aptères, sans une plume d'éloquence. Au fil des jours, il continua de bouleverser Tulsi qui finit par être convaincue qu'elle ne devait jamais parler. Après tout, il était tombé amoureux de ce qu'il avait vu : s'il l'entendait, le charme serait rompu.

Ses journées se résumèrent alors aux quelques instants sous le drap pendant lesquels elle entendait sa voix. Le reste se muait en brouillard. Tulsi avait beau continuer à se rendre dans la tente de Q et B lorsqu'ils la convoquaient, son comportement était celui d'une lionne droguée, juchée sur un tabouret. Aucun homme de pouvoir n'a des antennes ; le pressentiment est l'apanage des démunis. Les propriétaires qui la considéraient comme une subalterne étaient incapables d'imaginer qu'elle avait une vie intérieure ou de déchiffrer ses sautes d'humeur.

C'était pareil pour le jongleur et le nain. Des hommes, eux aussi, dont les relations de la jeune fille avec d'autres hommes plus puissants étaient l'unique système de référence.

Tulsi fut pleine d'appréhension le jour où l'on démonta les mâts à Kolhapur et où l'on chargea le campement dans des camions. Dans sa profession, il était difficile de croire que la magie d'un lieu puisse circuler ailleurs. Le dicton du cirque était: *Aaj ka maza aaj ka saza, dono khatam hua jab barah baja !* Les divertissements et tortures d'aujourd'hui cessent les uns et les autres à minuit.

Mais à son infini soulagement, la voix l'avait accompagnée dans les *ghats*[1], les forêts, les villes et les villages. Si incroyable que cela paraisse, elle connaissait les destinations de Tulsi et cela lui procurait un sentiment de sécurité qu'elle n'avait jamais éprouvé. Pour la première fois de sa vie, elle pensa à des choses banales. Un foyer. Des lits et des rideaux, une cuisine et une salle de bains, des casseroles et des poêles, des fontaines à eau et des climatiseurs, un réfrigérateur, un poste de télévision, une peinture sur le mur, une sonnette pour visiteurs qui faisait *ding dong*, un journal devant la porte à côté d'une bouteille de lait frais et peut-être un loulou de Poméranie d'une blancheur éblouissante qui n'exécutait aucun tour mais jappait deux fois par jour. Elle ajouta une moto et un bébé qu'elle appela Hrithik.

Son exaltation s'était dissipée lorsqu'elle avait discuté de ses projets domestiques avec son amie intime. Susan était originaire du Kerala et les trois générations qui la précédaient avaient produit vingt-sept artistes de cirque. Agile, le teint mat, elle volait sur le trapèze

1. Escaliers sur les rives d'un fleuve.

avec un sourire éclatant et était en passe de devenir une star.

Tulsi méritait qu'on lui barbouille le visage avec de la bouse d'éléphant, s'était agacée Susan.

Elle s'installait dans une maison avec un homme qu'elle n'avait jamais rencontré ? À qui elle n'avait jamais adressé la parole ? Qu'elle n'avait même pas vraiment vu dans la lumière tamisée du chapiteau ?

Comment savait-elle qu'il n'était pas un assassin ou un maquereau ? Qui l'épouserait ici et la vendrait à Mumbai ? Où son entraînement se révélerait d'une valeur inestimable ! Elle pourrait y lever les jambes toute la journée.

C'était dramatiser ? D'accord, mais l'invasion du pays par des Roméo de portables, n'était-ce pas une réalité ? Rien ne coûtait moins cher dans le subcontinent que les mots, n'était-ce pas une réalité ? Tout le monde en avait à revendre. On pouvait gager n'importe quoi, promettre n'importe quoi. Si les paroles hypocrites étaient une monnaie, nous serions le peuple le plus riche du monde. La seule façon de survivre en Inde consistait à tenir compte de l'action et à ignorer les mots.

À quoi Tulsi avait-elle passé ses nuits ? À écouter des mots plagiés et à mouiller sa culotte. Si les femmes des trois générations de la famille de Susan avaient réagi de la sorte aux multiples soupirants qui leur couraient après, elles auraient été, de toute l'Inde, la plus grande famille de libertines et non d'artistes.

En voyant disparaître son foyer, Tulsi avait fondu en larmes. Le cœur serré, Susan prit la jolie tête de son amie entre ses mains.

Personne ne t'a expliqué comment rêver ? avait-elle demandé doucement. C'est la première chose qu'on nous apprend dans notre famille. Le rêve adéquat, voilà la clé du bonheur. Nous le maintenons dans trois cercles : le cercle de la piste, le cercle du chapiteau, le cercle de la clôture. Le monde extérieur n'est pas le nôtre. Il vient nous voir, nous allons le voir, ça s'arrête là. Tu te crois capable de passer du statut où, sous les projecteurs, tu fais délirer le public à celui où tu préparerais des *rotis* dans une cuisine confinée ? Tu te fais des illusions. C'est normal d'éprouver l'envie de fonder une famille. Nous n'aurions pas enfanté trois générations d'artistes sans elle. En temps utile, trouve-toi un homme du cirque, un type bien qui comprend ton activité et épouse-le.

Mais je l'aime, avait riposté Tulsi.

L'amour ! Qu'est-ce que l'amour ? Nous vendons des tours de magie aux gens, le cinéma nous vend des émotions et des rêves factices. L'amour est un mensonge. Il n'existait pas avant le cinéma, il n'y avait que le désir et la famille. La baise et les enfants. L'amour est l'outil de marketing le plus efficace que le cinéma ait inventé. Sans ça, il n'y aurait pas de films. Tout le monde retournerait au cirque.

Je ne peux pas vivre sans lui, avait assuré Tulsi.

Tu penses que les mecs te laisseront partir ? Tu sais combien ton oncle leur a réclamé pour toi ? Depuis combien de temps est-ce qu'ils te nourrissent, t'habillent, t'entraînent ? Dans quel but ? Pour que tu épouses une voix désincarnée et passes ta vie à lui préparer des *rotis* ? Tu crois les manipuler – c'est peut-être vrai –, mais garde-toi de sous-estimer un propriétaire de chapiteau. Il contrôle l'homme et l'animal, et il est les deux. Essaie donc de courir après cette chose nommée amour, tu verras les griffes et canines de ces deux mecs.

Tulsi s'était dégagée de son amie.

Jeena yahan marna yahan[1], ne l'oublie jamais, avait conclu Susan.

Je ne pleurerai plus et je ne me confierai plus, avait décidé Tulsi.

Plusieurs mois plus tard, elle avait disparu.

Les propriétaires félicitèrent Susan, elle était exemplaire en matière de loyauté familiale. En revanche, ils ignoraient comment faire progresser la traque. Les enquêtes à l'arrêt du bus et à la gare ne donnèrent rien. Le *sardar* de la station de taxis déclara qu'il n'avait pas vu de jolie femme depuis son départ du Pendjab neuf ans plus tôt. L'homme de Kolhapur employé par Q et B suivit les patrouilles de la police sans rien trouver. Un des vieux dresseurs de chevaux fut envoyé à Darjeeling chez l'oncle qui avait vendu la fille de son défunt frère. L'oncle jura qu'il l'enchaînerait et la ramènerait si elle osait se présenter sur le pas de sa porte.

Autant de démarches effectuées dans la plus grande discrétion. La jeune fille avait dix-neuf ans. Les villes foisonnaient d'associations de femmes en colère brandissant l'indignation à la manière d'une bombe à fragmentation qui anéantissait régulièrement la police et l'État. Si Tulsi tombait entre leurs mains, elles araseraient le cirque à la manière d'un bulldozer. Les

1. Vivre ici, mourir ici.

nombreuses années passées à s'occuper d'une orpheline ne compteraient pas. Q et B auraient de la chance s'ils parvenaient à prononcer un mot avant d'être piétinés.

Ils pensèrent recruter un détective. Un homme à chapeau, à la voix rauque, comme dans les films, mais personne n'en avait jamais vu, ni ne savait où en trouver.

En fin de compte, ce fut Atoum Bumb qui fit avancer les choses. Bouleversé par la disparition de la lumière de sa vie, il avait fébrilement cherché un indice, lequel lui apparut en pleine nuit dans un rêve : son téléphone sonna et, quand il décrocha, Tulsi lui demanda tout bas de lui apprendre à faire des *rotis* parfaitement rondes pour son amant. Il hurla : Jamais ! Et il se réveilla hors d'haleine.

Jogen émergea du sommeil : Un cauchemar ? lança-t-il. Rendors-toi, la vraie vie est pire.

Le matin, Atoum alla voir Susan et l'interrogea sur le téléphone dont s'était servie la fugueuse. Il fallut quatre jours pour que le placeur et son portable soient accusés. Le superbe garçon, originaire d'Alwar – doté d'un corps balourd qui ne se pliait à aucune contorsion –, reconnut que Tulsi l'avait engagé pour localiser son amant au premier rang. Il lui avait ensuite prêté son téléphone.

Q et B le tabassèrent en tandem. Ils se le renvoyèrent à coups de pied comme un ballon de foot. Quelqu'un devait payer pour le fiasco. D'autant que l'imbécile avait peut-être posé ses mains avides sur elle. Les limiers – Atoum et Susan – regardèrent la scène avec une sombre satisfaction. Le garçon poussa les simulacres de gémissements d'un adulte, mais il était évident qu'il n'avait rien d'autre à offrir que le portable à l'intérieur duquel palpitait le numéro composé par Tulsi.

Sauf qu'il n'y eut aucune réponse malgré les innombrables appels. Atoum, visiblement le plus malheureux, fut celui à qui on laissa prendre une initiative. Confiant dans sa taille – il s'en servait et ça marchait toujours –, il se rendit chez un avocat dont il avait remarqué la plaque en ville.

Le cabinet se révéla être un château de papier, rempli de livres, de manuels de référence, de romans, de vieux magazines et de dossiers entourés de ficelles. Des photos de Gandhi, de Nehru, d'Ambedkar et de Bhagat Singh tapissaient le mur. Tout était nappé de poussière. L'avocat, grand, maigre, voûté, ressemblait à une cigogne ; son dentier maintenait les feuilles volantes sur la table.

Cela plut beaucoup à Atoum. Il savait que les excentriques étaient les seuls à garder espoir dans la vie. Tandis qu'il racontait l'histoire de Tulsi, la vieille cigogne tapota avec impatience son dentier sur ta table. Son visage ne tarda pas à s'assombrir sous l'effet de la colère.

Sans s'interrompre, le clown à la retraite sauta de la chaise et s'éloigna de la table, de sorte qu'il ne perdit pas l'avantage de sa taille.

Soudain, la cigogne lança d'une voix de baryton impressionnante : Quel est le nom de votre cirque ?

Le même que le mien.

Qui est ?

Atoum Bumb.

Atoum Bumb ! s'exclama la vieille cigogne. Atoum Bumb !

Il fut pris d'un fou rire – comme un homme qui se serait longtemps retenu de rire – jusqu'à faire trembler les chevrons d'où tombèrent les araignées.

Une fois calmé, il expliqua : C'est la raison pour laquelle je vis dans ce pays. Il est cruel, sale, hypocrite ; l'inégalité, l'injustice y règnent et il fait de la vase de son ancienne philosophie mais il a le sens de l'humour. Monsieur Atoum Bumb, je vais vous aider de toutes les manières à ma disposition. Vous êtes le client le plus respectable à avoir franchi ma porte depuis une éternité.

La vieille cigogne avait fourré son dentier dans sa bouche et déclamait en levant ses longs bras. Le chat dans sa gorge bondissait comme un acrobate. Atoum avait du mal à comprendre les paroles de ce cinglé dont la voix tonitruante émettait des sons qui se chevauchaient.

Est-ce qu'il piquait une crise de rage ou est-ce qu'il pensait ce qu'il disait ? Plongeant les yeux dans ceux du vieux fou, le nain constata qu'il était ailleurs, bien loin. Peut-être revivait-il les souvenirs d'autres clients.

Bumb bondit de nouveau sur la chaise dans l'espoir d'apaiser l'enragé. Quand ce fut enfin le cas, celui-ci se métamorphosa de fond en comble. Son visage n'afficha plus la moindre expression amusée. Il s'assit, enleva son dentier, chaussa ses lunettes et se mit à lire des documents tapés à la machine. Tassé dans le grand siège, le nain patienta. Longtemps. La cigogne n'arrêtait pas de prendre de nouvelles feuilles et de les parcourir.

Le nain s'endormit. Il se réveilla en sursaut, sans savoir où il se trouvait, en nage, dans le noir. Puis cela lui revint d'un coup. Où était l'avocat cinglé ? En face de lui, la chaise était vide. Les lampes étaient éteintes, le ventilateur ne marchait plus. Un rayon de soleil couchant s'infiltrait par deux fenêtres à barreaux. Un gecko s'accrochait au mur.

Atoum appela timidement.

Puis fort, l'écho se répercuta dans la pièce.

La porte était verrouillée de l'extérieur. Il ouvrit brutalement la fenêtre et cria par le grillage. Le cabinet se trouvait au premier étage – l'un des nombreux bureaux le long de la véranda. À plus de dix-huit heures, ceux-ci – apparemment déjà comateux lors de son arrivée – étaient sans doute fermés. Il s'époumona. On l'entendrait sûrement dans la rue.

Atoum sauta sur l'appui de la fenêtre et brailla davantage. Le châssis lui correspondait comme fait sur mesure. Il pensa : Je ressemble au chimpanzé de mon premier cirque. Il secoua la grille, tapa dessus, poussa des cris, découvrit ses dents comme l'aurait fait le singe. L'instant d'après, il roulait les yeux, se grattait et, sentant le sang du chimpanzé circuler en lui, il éprouvait sa tristesse. Continuant à perdre son identité, il releva sa tête carrée et hurla comme un loup.

Lorsqu'il ouvrit les paupières après avoir longtemps hurlé, il vit que le grand avocat décharné le regardait. Il sauta du rebord, se rajusta.

Après avoir ouvert la porte, l'avocat lui demanda : Qu'est-ce que vous faites ici ? Pourquoi êtes-vous revenu ?

Vous m'avez enfermé.

Moi, je vous ai enfermé ?

Je dormais et vous êtes sorti en m'enfermant.

Vous dormiez ici ? Écoutez, monsieur Bumb, je pensais vous aider, mais je vais peut-être changer d'avis. Il est possible que votre nom et votre taille m'aient induit en erreur.

Le monde est fou, le singe ressent-il la même chose que moi ? s'interrogea Atoum.

Vous êtes resté silencieux une éternité, alors je me suis endormi, expliqua-t-il.

Si vous voulez récupérer la jeune fille, monsieur Bumb, je vous prie de revenir avec vos chefs. J'ai décidé de ne pas tenter quoi que ce soit sans honoraires.

Ne m'en veuillez pas, patron. C'était une erreur. Regardez, je vais vous montrer comment marcher sur les mains.

Sur ces mots, il bascula tête en bas et avança dans la pièce, aussi stable que sur ses pieds.

Monsieur Bumb ! tonna le baryton.

Je vais revenir avec les propriétaires, le rassura Atoum en sortant du cabinet sur les mains, la chemise relevée sur son torse. Il s'arrêta sur le seuil et lança, avec un sourire inversé : Merci et *bon appétit** !

Une figure de style qu'il tenait d'un acrobate français travaillant dans le deuxième cirque.

Sous l'effet d'une montée d'adrénaline, ce qui ne lui arrivait plus depuis bien des années, le nain parcourut la véranda sur les mains, descendit l'escalier et continua dans la rue tandis que les gens s'interpellaient avec enthousiasme. Le désagrément des gravillons sur ses paumes se volatilisa. Avant qu'il n'ait atteint la grand-route, certains étaient sortis de leurs boutiques et restaurants, d'autres regardaient par la fenêtre ou la porte, tapant dans leurs mains, l'applaudissant. Une merveilleuse sensation.

Le chimpanzé éprouvait-il la même chose sur la piste ? se demanda-t-il plus tard.

Le lendemain, il retourna chez l'avocat avec Q et B. Et Jogen. L'accord fut conclu. Les yeux écarquillés, Atoum resta assis bien droit sur sa chaise. La cigogne ne lui lança pas un seul regard ; elle essayait toujours de déterminer si c'était une insulte qu'il lui ait montré son cul à l'envers.

Quoi qu'il advienne, pas de police, intima Q.

Officiellement s'entend, précisa B.

Pas de police, confirma la cigogne, un vétéran d'une centaine de litiges d'intérêt public contre l'État.

Le soir même, Sunil Sawant – de la section des homicides – fonça sur sa Royal Enfield pétaradante jusqu'à la maison de la cigogne. L'avocat le rembarra : Puis-je t'offrir un mégaphone pour que tu annonces ton arrivée au village ?

La cigogne n'aimait pas que les deux personnes qui coexistaient en lui – le guerrier en public et le négociateur en privé – se confrontent, fût-ce dans l'intimité de son foyer.

Sawant ne se formalisa pas, c'était mauvais pour les affaires. L'indignation était un luxe réservé aux gens robotisés, à ceux qui n'avaient aucun véritable intérêt dans quoi que ce soit.

L'affaire fut conclue avec du rhum vieux. La spécialité de Sawant avait beau être l'art du faux pas, il pouvait tirer d'autres ficelles.

Pas de police, dit l'avocat.

Pas de police, acquiesça le policier.

23

Tulsi a un tour dans son sac

En trois semaines, le sous-inspecteur Sawant connaissait l'adresse de la fille – il avait localisé son portable et s'était servi de son réseau. Une conférence eut lieu dans le mausolée de papier de la cigogne. Elle était à Mumbai. Elle partageait la vie d'un jeune homme. Son mari ou son maquereau ? Ce n'était pas clair.

Q et B, soutenus par Jogen et Atoum, estimèrent qu'ils devaient envoyer un détachement pour la récupérer.

La cigogne n'était pas de cet avis. Bien qu'elle ne fût pas apôtre de la prudence, les choses risquaient de mal tourner. Il leur fallait recueillir davantage d'informations : si elle était vraiment mariée, ce n'était pas à eux de s'en mêler ; si elle se prostituait volontairement, ils n'avaient pas plus de qualifications pour agir.

Si on l'y contraignait, ils devaient être astucieux dans la préparation de son enlèvement. Les mafieux toléraient mal l'interruption de leurs activités, et les amuser en marchant sur les mains n'aurait aucune efficacité.

Voilà qui contraria Q et B. Ils croyaient être la mafia.

Ils sortirent dans la véranda pour s'entretenir. Ils bouillaient d'indignation. Elle leur appartenait. Comment la loi pouvait-elle s'interposer ? Où était la loi quand son oncle s'apprêtait à la prostituer alors qu'elle avait huit ans ? Une affreuse orpheline sous-alimentée ! N'avaient-ils pas pris soin d'elle ? N'en avaient-ils pas fait une beauté éblouissante qui paralysait le cœur ?

Seraient-ils cyniques qu'ils auraient réclamé le remboursement de leur investissement.

Sauf qu'ils ne l'étaient pas. Ils s'exprimaient comme des parents : Rendez-nous celle que nous aimons.

Par-dessus le marché, cet avocat suggérait qu'elle était une putain par choix. On pouvait compter sur le nain pour avoir déniché un imbécile qui ne mettait pas son dentier dans sa bouche et avait un chat dans la gorge. Plus maigre et plus long, il aurait été un tuyau avec deux trous à chaque extrémité.

Manifestement, elle était captive. L'amour était un appât. Rien de moins ne l'aurait incitée à partir.

Fallait-il mettre plus d'argent dans l'opération ? Oui. Non parce qu'elle leur appartenait mais parce qu'ils éprouvaient des sentiments.

Ils rentrèrent.

Atoum était assis très droit, comme en classe.

Jogen se demandait si on avait déjà jonglé avec des dentiers.

Un accord fut conclu.

Pas de police, exigea Q.

Pas de police, accepta l'avocat.

Trois semaines plus tard, après minuit, trois Scorpio noires s'arrêtèrent dans le campement. Leurs vitres étaient tellement teintées que les occupants devaient se chercher à l'intérieur. Cinq hommes en descendirent, portant un sac. Q et B les attendaient, ils les firent entrer dans leur tente. Au bout de quelques minutes, B sortit avec les hommes et ouvrit le chemin. Ils marchèrent en file indienne, se bousculant chaque fois qu'un cri d'animal déchirait la nuit.

Bordel de merde ! s'exclama l'un d'eux, on dirait qu'ils n'ont rien bouffé depuis un mois.

Lorsqu'elle reprit connaissance une heure plus tard, Q et B la scrutèrent avec une intensité scientifique. Elle poussa un tel hurlement qu'ils durent la bâillonner.

Qadir le musulman lança : Putain, pourquoi elle braille ?

Biren le Bengali répondit : C'est ce qu'on fait quand on se réveille d'une anesthésie.

C'est pour ça que les opérations se passent dans des pièces isolées ?

Oui.

Q sortit un poignard acheté à Moradabad. Son fourreau était en velours bleu constellé de paillettes, sa lame était recourbée jusqu'à la pointe. Il l'appuya sur le superbe cou de Tulsi avant de porter un doigt à ses lèvres.

À peine le Bengali eut il ôté sa main que la fille fit la moue : Vous en avez mis du temps, pourquoi ?

Q et B eurent l'impression d'avoir reçu un appel du paradis confirmant leur billet d'entrée.

Jogen fut le seul à ne pas être convaincu par l'histoire de Tulsi ; même Atoum, le limier, n'arriva pas à la soupçonner.

Elle raconta qu'on l'avait chloroformée et kidnappée – exactement de la même manière que pour la ramener – quand, par curiosité, elle était allée retrouver l'homme qui l'avait contactée. À son réveil, elle ne savait pas où elle était. Un grand lit trônait dans la pièce aux immenses rideaux tirés sur des fenêtres hermétiquement fermées. Les seuls bruits à les traverser étaient des coups de klaxon. Il y avait un petit frigo dans un coin, rempli de Coca-Cola, et, sur le mur, un poste de télé aux chaînes plus nombreuses que les animaux du cirque. La salle de bains était équipée d'une baignoire, de savons doux, d'huiles parfumées et d'un ventilateur d'évacuation qui soufflait plus fort qu'un ouragan.

Le pire était arrivé, en effet. Ils ne devaient poser aucune question. Elle avait été déshabillée et battue… par un homme et deux femmes. Elle montra les marques sur ses cuisses et sa taille.

Q, B et Atoum furent épouvantés ; Jogen ne repéra pas les marques.

Après les coups, un homme massif était apparu. Il s'appelait Khamba. Il avait une tête aussi grosse qu'une boîte à chaussures, des épaules plus larges qu'une armoire, une bouche assez grande pour gober une pomme. Il s'était déshabillé et elle évanouie. Sûre de mourir, elle avait pensé qu'on devrait suturer les deux parties de son corps pour l'incinérer. Mais Khamba ne l'avait pas embrochée, il s'était borné à la fouetter avec sa trique.

Non ! s'exclama Q. Non ! s'exclama B. Non ! s'exclama Atoum.

Les membres du quatuor étaient tellement captivés que, si Changez avait passé la tête dans la tente, ils ne s'en seraient pas aperçus.

Elle avait supplié en sanglotant qu'on l'emmène chez son amant.

Je croyais que tu y étais allée par curiosité, intervint Jogen.

Tulsi fusilla de ses yeux verts flamboyants le jongleur qui ne songea plus qu'à retirer sa question et à tomber à ses pieds.

Je leur ai menti pour les apitoyer, expliqua-t-elle. Je leur ai dit qu'il m'avait épousée au temple. Dès qu'il a entendu ça, Khamba s'est arrêté de me taper sur la tête comme si j'étais un clou et a éclaté de rire. Les trois autres aussi.

Quand il a retrouvé son souffle, Khamba m'a demandé : Est-ce qu'il t'a sorti : « Avec la couleur des fleurs et la plume de mon cœur, je te fais chaque jour une révélation ; comment te dire, comment t'expliquer les infinis tourments où tu me plonges ? »

Sur ce, ils ont recommencé à se tordre de rire.

Atoum pensa alors : Comment puis-je me lamenter sur mon sort ? Si même une sublime beauté n'assure pas la bonne fortune.

Tulsi poursuivit : Une fois qu'il a retrouvé son sérieux, Khamba a ajouté : Si on réunissait les prêtres qui l'avaient marié, ils pourraient envahir le Bhoutan. Gandhi*ji* était né pour le jeûne, lui pour l'idylle. Certains jours, il épousait une femme le matin, une autre le soir. Autant d'innombrables épouses qui faisaient le bonheur d'innombrables hommes de la ville.

Ses ravisseurs étaient partis non sans lui avoir recommandé de donner du bonheur, ce serait le seul moyen de rester heureuse. Chaque coup frappé à sa porte serait une occasion de faire de cette vallée de larmes que nous appelons terre un lieu enchanté.

Tout avait commencé ainsi.

La plupart des hommes qui venaient se révélèrent polis. Elle pleurait devant chacun, leur racontait une histoire et chacun était ému. Chacun assurait n'avoir jamais vu une femme aussi belle, encore moins avoir le privilège de rester seul dans une pièce avec elle. Certains, en adoration, lui baisaient le bout des doigts. D'autres, par dévotion, lui léchaient les orteils. Elle s'occupait d'eux sans jamais se souiller. Elle effectuait des tours pour eux : elle nouait les chevilles autour de son cou et se cambrait, elle écartait les jambes jusqu'à ce qu'elles forment une ligne droite en grand écart, elle avançait vers le mur en faisant des saltos arrière. Les hommes écarquillaient les yeux.

C'était comme être en piste : donner du plaisir sans se donner.

La journée, elle regardait la télévision ; le soir, elle s'offrait à la vénération d'hommes étranges. Certes, quelques-uns étaient déplaisants mais elle avait intuitivement capté la façon de les manipuler.

Si Tulsi connaissait depuis toujours le pouvoir des tours d'acrobatie, elle avait été sidérée par celui encore plus grand du récit. Elle inventait chaque jour une histoire à son propre sujet ; dans certains de ces récits, le destin était si capricieux, si tempétueux qu'elle s'en émouvait elle-même. Ses fables humanisaient et apprivoisaient les hommes en quête d'un soulagement bestial.

Tulsi avait découvert que les hommes croient en n'importe quoi pour peu que ce soit raconté d'une voix sincère en posant une main sur leur corps.

Elle avait compris qu'il était possible d'exiger la justice, contrairement à la pitié qu'il fallait apprendre à susciter.

L'homme qui l'avait poursuivie, celui-là même qu'elle était allée retrouver – par curiosité –, elle ne l'avait jamais revu.

Le quatuor fut à la fois médusé et malheureux qu'une telle beauté ait tant souffert. La roue et la séduction en piste, c'était terminé. On lui trouverait un emploi respectant sa dignité.

Q le musulman s'adressa à Atoum Bumb : On te doit une fière chandelle, petit homme, pour avoir trouvé l'avocat cinglé.

Jogen, lui, dit à son ami : Il suffit de lâcher un élément quand on jongle pour que les autres tombent. Eh bien, la vie semble parfois n'être qu'une jonglerie.

Le pressentiment de Jogen se révéla fondé. Treize jours plus tard, après le dîner, il y eut une imposante descente de police dans le New Apollo Circus. Des flics en uniforme et d'autres en civil, des fonctionnaires du service d'aide à l'enfance et d'autres du service de protection de la faune, sans compter de nombreux photographes, journalistes et quelques représentantes de groupes féministes tellement agressives que même Changez trembla de peur.

Le sous-inspecteur Sawant était là. Il aboyait des ordres, donnait des coups de pied aux acrobates, se ruait dans les tentes et les cages. Quand il n'était pas compromis, il devenait un lion parmi les humains.

Le moindre recoin fut fouillé. On mit en rangs les employés, de l'aide-cuisinier au Monsieur Loyal, les femmes séparées des hommes. On conduisit les enfants – garçons et filles – sous le chapiteau. Les fonctionnaires du service de protection de la faune parcoururent les cages, braquant le faisceau des lampes électriques sur des gueules d'animaux.

Q et B furent emmenés dans leur tente et interrogés. Une plainte grave avait été déposée à Mumbai, sur une femme retenue prisonnière. Or, alors que la police enquêtait, on l'avait prévenue que des lois sur la protection de l'enfance étaient ici bafouées, ainsi que celles sur les animaux. Étaient-ils disposés à chanter un duo ou fallait-il les installer chacun dans une tente ?

B le Bengali explosa d'une juste colère : ils avaient sauvé de captivité la fille dont les policiers parlaient. Elle faisait partie de leur famille. Elle n'était pas mineure. Elle avait le droit d'être où elle le souhaitait. En l'occurrence, ici même.

Quant à la plainte déposée à Mumbai, la police ferait bien de cesser d'obéir aveuglément à la mafia. À la vérité, des trafiquants avaient enlevé la fille et l'avaient mise au turbin dans une pièce fermée à clé ! Les policiers savaient-ils seulement qui l'avait torturée ? Khamba, la brute !

Saaley[1] *Bangali*, tu me racontes une sornette de plus, s'énerva l'inspecteur, et je te tabasse jusqu'à ce que tu deviennes un singe dans ton cirque.

---

1. Mot signifiant à l'origine beau-frère, devenu un terme d'argot injurieux.

Le sous-inspecteur Sawant s'adressa alors à Q : Et toi, *saaley musaltey*[1], je te ferai subir le même sort pour que tu sois son partenaire.

Inspecteur sahib, on essaie de vous duper. La fille est ici. Parlez-lui. Les choses se clarifieront, susurra B.

Tulsi arriva, escortée par deux femmes en sari qui croisèrent les bras, foudroyant d'un regard méprisant tant les policiers que les propriétaires. Les flics s'arrêtèrent aussitôt de plastronner et adoptèrent une attitude réceptive.

Tu connais ces hommes ? demanda l'inspecteur à Tulsi.

Oui.

Tu travailles pour eux ?

Non.

Q et B tressaillirent et ne firent pas mine de protester.

Des singes, rien de moins, les apostropha Sawant. Taisez-vous.

Qu'est-ce que tu fais ici ? voulut savoir l'inspecteur.

Je suis prisonnière, répondit Tulsi.

Les propriétaires se répandirent de conserve en invectives.

Sawant gifla Q avec une telle violence qu'il s'effondra. B battit en retraite en tremblant et ravala la bordée d'injures qui l'étranglait.

L'une des deux femmes s'avança, les bras croisés sur sa poitrine, et lança : Comment peut-elle parler librement devant des hommes qui l'ont torturée ?

---

1. Musulman.

Q venait de se remettre péniblement debout. Sawant lui flanqua une nouvelle claque pour montrer qu'il ne représentait une menace pour personne. Cette fois, Q resta par terre. B plaquait ses coudes sur ses oreilles.

On nous a recommandé d'écouter la vérité de la bouche de la fille, expliqua l'inspecteur. C'est ce que nous faisons.

Si vous le frappez encore une fois, on ne coopérera pas, le prévint la femme.

Sawant interrogea Q : Est-ce que j'ai frappé ton ami ?

Les yeux mouillés, Q répondit : Non.

Sawant lui tendit la main pour l'aider à se relever.

Tulsi se mit alors à raconter son histoire. D'une voix pleine de mélancolie, elle décrivit son enfance passée dans la servitude d'un entraînement d'acrobate. L'emploi du temps rigoureux, le régime minable, la douloureuse torsion de ses membres, la discipline impitoyable. L'absence de la moindre famille, le manque d'amour et – précisa-t-elle en baissant le ton – les prédations régulières des hommes. Leurs yeux qui la déshabillaient, leurs doigts rampants, leurs convocations à des discussions privées, après le coucher du soleil, une fois le dîner terminé.

Et ? insista doucement l'une des femmes.

Oui, dit Tulsi.

Oui ? répéta l'inspecteur, aussi doucement que la femme.

Oui, confirma Tulsi.

Non ! s'exclama Sawant. Oui, certifia Tulsi.

Les femmes se déployèrent près d'elle à la manière d'ailes protectrices. L'inspecteur et le sous-inspecteur croisèrent les bras.

Pendant ce temps, Q et B, accroupis, la tête entre les mains, essayèrent à plusieurs reprises de croiser le regard de Tulsi, de la mettre au défi de persister dans l'horreur qu'elle déchaînait, mais l'expression de vérité dans les yeux verts flamboyants qui les fixaient les contraignait à détourner les leurs.

La jeune fille ajouta qu'elle avait dix-neuf ans quand elle avait réussi à s'enfuir à Mumbai, sauf que là aussi des brutes l'avaient capturée. Au moment où elle allait s'échapper, ces hommes avaient envoyé des bandits la récupérer.

À dix-neuf ans, elle avait le sentiment d'avoir vécu une vie de souffrances. Chaque fois qu'elle voyait sous le chapiteau des familles rire, s'enthousiasmer, se tenir par la main, elle savait qu'elles venaient d'une autre planète où les gens s'aimaient et s'entraidaient. La sienne était une terre de viols et d'exploitation. Elle s'était crue capable de se frayer un chemin jusqu'à cette autre planète ; à présent, elle comprenait qu'elle était maudite à jamais.

Sur ces mots, son visage se décomposa et elle fondit en larmes. Les femmes l'enlacèrent, elle tomba dans leurs bras.

Pourquoi les mensonges d'une jolie femme sont-ils convaincants ? pensa l'inspecteur. Si la fille prononce le mot, je les flanque en prison, même les éléphants.

Rien n'est vrai, contesta faiblement B le Bengali.

Les femmes découvrirent leurs dents comme pour le mordre.

Tu as dit quelque chose ? voulut savoir l'inspecteur.

B murmura : Demandez au Master*ji*, il vous détaillera la façon dont nous avons pris soin d'elle. Nos efforts et l'argent que nous avons investi pour la sauver.

Tulsi poussa un gémissement d'hystérique si bien que les femmes reculèrent brusquement et que Q et B s'aplatirent sur le sol.

Oui, demandez-lui ! Demandez à l'assassin de vous révéler qui a commis le meurtre ! Demandez-le aussi au nain ! Qui a la moitié d'un corps mais huit paires de mains ! Demandez à chacun de reconnaître l'innocence de l'autre.

Puis, levant la tête, elle hurla encore et encore comme si on lui arrachait le cœur de la poitrine.

Q et B, terrifiés, frissonnèrent. Qui est cette personne ? s'interrogèrent-ils. On ne la connaissait pas, c'est ça ? C'est la conséquence de ce qu'on lui a fait ?

On écarta le rabat de la tente, un sous-inspecteur adjoint passa la tête : Nous avons trouvé douze enfants, deux n'ont pas l'air d'avoir plus de dix ans.

Les animaux rugissaient à l'extérieur, une cacophonie.

L'inspecteur reprit la parole : J'espère que vous aimez le *lepo*[1] frit, les gars. Vous ne mangerez peut-être rien de meilleur pendant le restant de vos jours.

L'envie de pleurer tenaillait Q et B. Ils auraient voulu se jeter aux pieds des personnes présentes, implorer leur pardon pour ce qu'ils avaient fait et ce

1. Sole.

qu'ils n'avaient pas fait. Ils n'étaient pas de méchants bougres, leurs bonnes actions rempliraient un livre. On s'occupait bien des enfants ; on les préparait avec patience pour une vie d'honnête labeur ; cela valait sûrement mieux que de les laisser devenir mendiants et voleurs. Cette fille était la prunelle de leurs yeux. Existait-il sur terre un homme né d'une femme libre de désir charnel ? Tout n'avait été que concorde et merveilleuse harmonie. Ce qu'ils entendaient à présent leur était étranger, venait d'un lieu maléfique.

Il est temps que ces mecs récoltent ce qu'ils ont semé, décida Tulsi. Ils me prenaient pour leur joli jouet, maintenant ils rampent.

Elle émit un gémissement interminable, montant sa voix dans les aigus à la fin pour garder le tempo.

Les femmes se dirent : C'est génial. Un véritable démantèlement à court terme. Les médias pousseront des cris d'orfraie. Quel décor ! Quelle galerie de personnages !

Elles durcirent leur regard et entourèrent la fille comme des mères poules.

L'inspecteur constata : Les hommes sont des salauds et les femmes des garces, mais les animaux, qu'est-ce qu'ils ont fait pour souffrir comme ça ?

Sawant réfléchissait : La vie n'est pas logique et n'a aucun sens. Même si je vivais mille ans, je n'y comprendrais rien. Heureusement que l'homme ne lit pas dans les pensées d'autrui, dans ce cas la vie serait anéantie. Chacun serait perdu dans le dédale de tromperies sévissant à l'intérieur du crâne de l'autre. On ne pourrait plus faire confiance. Ces hommes ignorent qu'ils m'ont payé pour ramener la fille qui ne sait pas que je suis à l'origine du kidnapping pour la récupérer. À présent, elle et eux attendent de moi que je rende justice – malgré la sincérité avec laquelle ils mentent. Je suis le seul type bien ici, je suis resté fidèle à mon *dharma*[1]. En tant que complice de l'avocat, j'ai aidé ces hommes ; en tant qu'officier de police, je vais les arrêter et les accuser.

En fin de compte, tout se termina dans la pagaille.

Une fois la brèche creusée, les termites de l'État s'infiltrèrent dans le New Apollo Circus. L'organisation fut inculpée en vertu des lois relatives à la protection animale, au travail des enfants et à l'exploitation sexuelle. Les services de prévention de l'incendie et de la pollution ouvrirent des enquêtes de non-conformité ainsi que l'administration fiscale pour non-règlement de la taxe sur les spectacles.

Q le musulman et B le Bengali n'étaient pas présents puisque, après quatorze jours de garde à vue, ils échouèrent derrière les barreaux. Le jongleur Jogen et Atoum Bumb furent leurs compagnons de voyage.

Tulsi fit une déposition détaillée devant le magistrat qui mettait tout le monde en examen. Une déposition brève mais qui dura longtemps car elle s'effondrait presque à chaque phrase. Elle ne précisa pas qui était un violeur, qui un agresseur, qui un exploiteur. Pour simplifier les choses, la police les inculpa tous – de tout. Dans ses premiers rapports, il y avait un mélange tellement vertigineux de nombres et de

1. Base morale ou religieuse qui soutient le monde, principe de vie.

lettres d'alphabet qu'on aurait dit une formule d'Einstein sur l'espace-temps et la moralité.

Il reviendrait à la majesté de la justice indienne de les déchiffrer au fil des années.

Les dames aux bras croisés fourrèrent une fusée porteuse dans le cul des médias. Des journalistes rédigèrent des histoires émouvantes sur la vie de Tulsi ; la souffrance, le courage, l'innocence, la beauté. Des lecteurs écrivirent en proposant des emplois de nounou, de réceptionniste, de pizzaiola. Un homme extraordinaire s'offrit même comme mari potentiel, joignant sa photo pour avoir son approbation.

Les propriétaires et leurs hommes de main eurent aussi droit à des articles dans la presse. Le quatuor, un modèle d'infamie. Quatre vieux monstres harcelant une jeune fille vulnérable. Il ne servait à rien d'exagérer dans ces récits merveilleusement implicites.

Q, le musulman rapace.

B, le Bengali larmoyant.

Jogen, le mentor avunculaire et exploiteur.

Et Atoum, la preuve en chair et en os de la corruption d'un corps rabougri.

Au moment où les hurlements des médias s'étaient tus, les gens auraient applaudi si ces quatre-là avaient été pendus nus à des poteaux électriques, leurs parties génitales dans la bouche.

Même la cigogne refusa de leur prêter main-forte. L'avocat les avait aidés en croyant qu'ils essayaient de sauver une fille kidnappée. C'était la seconde fois en deux ans qu'il avait conseillé un homme qui s'était révélé méprisable. Le jeune Godwin ou le nain

Atoum – des apparences trompeuses chez l'un et l'autre. Il expliqua aux médias qu'il était désormais du côté de la jeune fille.

Le rôle de Sawant dans le deuxième enlèvement ne fut pas examiné.

Heureusement pour le quatuor, les autres enfants ne les désavouèrent pas. Les dames qui tentèrent de les amener à dire la vérité assurèrent qu'ils se taisaient par peur. Les policiers ne s'y intéressaient plus, ils étaient passés à autre chose. Il n'y avait plus d'avantages politiques ou financiers à gagner et rien ne les incitait à passer des heures à cajoler des enfants pour qu'ils fassent des déclarations.

Sawant savait que l'affaire ne tiendrait pas devant un tribunal. La fille baratinait comme une marchande ambulante, changeant de boniment et de ton pour plaire au public. Il y avait trop d'incohérences. De toute façon, l'audience aurait lieu dans des lustres.

Sawant estimait avoir fait honneur à sa vocation. Ces hommes ne s'en tireraient pas, ils paieraient pour leurs demi-péchés en passant de nombreuses années derrière les barreaux. Ils ne seraient cependant pas reconnus coupables parce qu'ils n'avaient commis que des demi-péchés.

Ils seraient punis et exemptés à égalité. Qu'espérer de mieux pour un officier de police ?

Des quatre accusés, ce fut Jogen qui souffrit le plus.

Les propriétaires avaient la peau dure. De gestionnaires d'argent et d'êtres humains. Les deux exigent qu'on franchisse des lignes rouges et qu'on étouffe des sentiments. Les deux exigent qu'on comprenne la cruauté du monde. Ils encaissèrent la catastrophe et commencèrent à ourdir leur riposte.

Le nain était à l'autre bout de l'échelle. Demi-portion dominée par la cupidité et les autres, Bumb n'avait jamais nourri d'espoir ou d'idées de grandeur. Il avait toujours été sur la défensive pour s'adapter et survivre. Les semonces des médias et les rapports de police ne le rabaissaient pas, il pataugeait depuis l'enfance dans une mousson d'insultes.

Déjà à deux reprises, quand ils s'étaient retrouvés en garde à vue, Bumb s'était élancé comme un missile dans les testicules des propriétaires qui s'étaient écroulés en hurlant. Ses invectives avaient retenti à l'extérieur du bâtiment.

Le jongleur, lui, n'avait pas cédé à la colère. Il avait passé sa vie en quête de respectabilité, c'était sa faille. Non parce qu'il avait fugué, mais avec détermination dès que ses dons lui avaient valu d'être acclamé. L'épouse et les enfants avaient renforcé ce besoin. Une maison dotée de salles de bains dans une charmante localité. Des rideaux, de la vaisselle, des couverts. De bonnes écoles de missionnaires avec des religieuses pieuses. Une télévision et un scooter. L'université pour le fils et les filles.

Il s'en était tenu à la morale conventionnelle. Contrairement à nombre d'artistes dans son domaine, il n'avait pris ni deuxième épouse ni maîtresse, même lorsque Pushpa avait abandonné la vie nomade pour rester à la maison afin que les enfants puissent être éduqués. Il n'avait pas profité de son exceptionnelle beauté et des possibilités qu'elle lui offrait, une ville après l'autre.

Il se considérait comme un homme intègre menant une vie intègre.

Le coup administré par les médias et la police fut mortel. À son sens – il dépendait du regard des autres pour l'image qu'il se faisait de lui-même –, les efforts de sa vie étaient réduits à néant.

Des jours durant, il fut incapable de prévenir sa famille. Qu'allait-elle penser ? Surtout ses filles qui l'adoraient, dont l'une faisait des études de dentiste.

Jogen était tourmenté à en devenir pratiquement muet si bien qu'Atoum crut qu'il risquait d'avoir une attaque. Aussi tenta-t-il de relativiser leur situation.

Tulsi les avait tous ridiculisés ! Ces deux imbéciles pleins d'eux-mêmes s'imaginaient qu'ils la sauvaient. Roulés par la cigogne, battus par les flics. Mais il y avait un bon côté, ils auraient enfin la réponse à une question dont ils avaient souvent discuté : qu'éprouvaient les animaux en cage ? Sans oublier qu'il n'était désormais plus nécessaire de psalmodier le *Hanuman Chalisa*, ils étaient au-delà de la tentation.

Jogen n'eut même pas l'énergie de sourire. Les choses restèrent ainsi jusqu'à ce que son fils Aveek se présente trois semaines plus tard dans la salle des visiteurs, sonore, meublée de lits d'hôpitaux en métal, et l'étreigne avec ardeur, sans réserve. Il traita son père comme une victime de mensonges et lui raconta des histoires d'autres injustices se déroulant dans le pays. Certaines qu'il avait puisées dans les informations, d'autres qu'il inventait.

Ce qui était arrivé à son père n'avait rien d'exceptionnel, il n'avait simplement pas eu de chance. Ses sœurs le savaient, sa mère le savait, tout le monde le savait. Ils iraient en justice. Jogen serait bientôt de nouveau un homme libre.

Atoum était sidéré. Il croyait que les femmes n'étaient pas faites du même ignoble bois que les hommes. Or, voilà que cette fille était une provocatrice. Les propriétaires s'étaient peut-être livrés à des pratiques déloyales sous leur tente bien fermée, mais lui – la demi-portion –, qu'avait-il fait ? Il avait adoré la jeune fille. Il avait déniché la cigogne cinglée pour la sauver. Quant à Jogen, de quoi était-il coupable ? D'avoir marmonné le *Chalisa* chaque fois qu'elle s'approchait de lui ?

Et ce jeune Aveek, d'où venait-il pour arriver à cet état de grâce ?

Les êtres humains étaient incompréhensibles.

Après la visite de son fils, Jogen retrouva sa sérénité : être exonéré par sa famille, c'était l'être par le monde. Le reste relevait de l'épreuve, il en avait connu au long de sa vie. Il n'y avait là rien de menaçant.

Bichchoo, qui avait terminé de regarder le film d'arts martiaux, flanqua des coups de pied dans les mains du jongleur qui le massait. Le café d'Atoum était bon ; il sentit la chape du sommeil lui tomber dessus.

À une heure du matin, la télévision était éteinte. Quelqu'un faisait chanter le fer à l'étage inférieur. Des odeurs fétides saturaient l'air du Cloaque. La lumière blanche était statique. Les garçons gisaient comme autant de cadavres après un combat. Certains chuchotaient dans leur téléphone sous les draps.

Bichchoo se rappela soudain la femme au bord de la rivière aux murmures. Champamalini – la guirlande de fleurs parfumées. Sa beauté généreuse, solide. Malgré ses efforts, les souvenirs de l'amour et de l'amitié sans pareils du professeur ne cessaient de se muer en images du carnage. Pourtant, comme tous les soirs, il essaya de la maintenir nue et vivante sous lui mais elle mourait avant même qu'il ne commence à lui faire l'amour. Sa tête ne restait pas entre ses bras – elle s'écartait systématiquement –, tandis que ses merveilleux yeux noirs refusaient de le regarder.

Paniqué, il se redressa. Il détestait s'endormir. Il détestait la vue du lait et le bruit des avions. Il détestait les films où jouaient des enfants.

D'un geste, il appela Atoum. Le nain alla pousser du coude un détenu recroquevillé en position fœtale : Ram Bharose, qui se leva aussitôt et se précipita. Bichchoo portait toujours deux caleçons serrés sous son short ; il en sortit une brique noire qu'il tendit au lugubre maçon qui en prit un petit morceau et le pétrit dans ses mains.

Après avoir tiré à plusieurs reprises sur le joint de façon qu'une brume occulte la femme et la rivière, Bichchoo considéra les trois hommes assis à ses pieds. Des innocents, il le savait. Derrière les barreaux, il avait découvert que c'étaient toujours eux les plus faibles.

Il en avait conclu que le monde était divisé en deux types de personnes : les téméraires et les craintifs. Les lions et les agneaux. Dès qu'ils risquaient d'avoir peur, les agneaux se regroupaient pour maîtriser les lions.

Chaque fois que Bichchoo assistait à la fièvre d'une élection à la télévision, il comprenait qu'il s'agissait du rassemblement d'agneaux bêlants qui défendaient leur monde où régnaient l'angoisse et la peur. Tout ce que les agneaux faisaient – la moindre loi qu'ils adoptaient, la moindre règle qu'ils promulguaient – n'avait qu'un but : la protection de leurs êtres timorés. Le principe de la faiblesse non de la force organisait le monde ; on dénigrait le courage et le rugissement, on chantait les louanges du bêlement.

C'était le plus grand triomphe des faibles : la consécration du bêlement. Aucune compétence ni aucune qualité de cœur ou d'esprit n'avait autant d'importance.

Pour gouverner les hommes, il fallait être passé maître en bêlement. On portait sur le trône et on déifiait les meilleurs ; chaque agneau considérait le bêlement d'un chef comme l'amplification du sien, plutôt minable.

Au demeurant, Bichchoo savait que, sans les protections dont ils s'entouraient, les chefs qu'il voyait fulminer à la télévision compteraient pour du beurre. Dans la rue, la forêt, la prison – où le bêlement n'avait pas plus de valeur qu'un poing –, ils retomberaient vite à leur véritable valeur. À l'instar des trois mecs à son service, de pitoyables agneaux dont la gentillesse n'était que le fruit de la peur.

Saisi d'une fureur lunatique, Bichchoo tira violemment sur le joint presque terminé et indiqua au maçon de lui en préparer un autre.

Montre-moi ce que tu sais faire, jongleur, intima-t-il ensuite.

Jogen le regarda sans le voir. Ses yeux d'insomniaque étaient sertis dans des cernes noirs. Sa barbe grise qui s'était épaissie masquait la célèbre animation de son visage. Il avait l'air d'un vieillard.

Ce que tu faisais au cirque, précisa avec hargne le garçon.

Jogen parcourut la pièce du regard avant de prendre le gobelet en inox de Bumb et le sien. Il les lança. Les objets grossiers décrivirent inlassablement des cercles à la manière d'oiseaux tournoyant sur un manège. Le jongleur regarda le nain. Atoum attrapa un autre gobelet, le jeta : l'objet se mit aussitôt à poursuivre les autres.

À peine eut-il fourré le nouveau joint dans sa bouche que Bichchoo frappa l'air de ses poings. Les gobelets volèrent plus vite. La lumière blanche se refléta dans l'inox si bien qu'on aurait dit qu'une douzaine d'objets volaient au lieu de trois. Quelques garçons se redressèrent et eurent l'impression de s'être réveillés au pays des merveilles. Puis ils captèrent le rythme et leurs applaudissements résonnèrent dans le Cloaque. D'autres garçons sortirent du sommeil, époustouflés.

Ram Bharose pensa : C'est magique, je n'ai jamais vu quelque chose de pareil quand j'étais dehors. Sans s'en rendre compte, il tapait dans ses mains. Pour la première fois depuis son arrestation pour un meurtre qu'il n'avait pas commis, il oublia son chagrin.

Atoum saisit un autre gobelet qu'il envoya en l'air où il disparut dans l'acier flottant comme une pierre jetée dans l'eau.

Les garçons acclamèrent bruyamment.

Jogen le Jongleur se déplaça avec fougue le long des couchages comme il le faisait en lisière de la piste. Il était sous les feux de la rampe, le public l'applaudissait. Ayant abandonné leur poste, les kakis du couloir s'étaient agglutinés derrière les barreaux. Les détenus d'autres cellules, au-dessus et en dessous, avaient compris le sens de ce qui se passait et s'étaient mis à taper des mains à l'unisson. Le tempo se répercuta dans les étages.

Réveillé en sursaut, l'officier de service se précipita dans le Cloaque prêt à exploser, mais l'homme plein de grâce qui oscillait sous des objets volants l'ensorcela.

Bichchoo se leva – maigre, sombre, à demi nu – et, balançant les bras, suivit le jongleur à son rythme. Tous les garçons du Cloaque, debout, battaient la mesure.

Bumb avait beau avoir vu Jogen en action un millier de fois, il était captivé. Son ami n'était plus un criminel ni un pédophile. Ni le factotum d'un jeune mafieux. Il était Jogen, le jongleur des posters qui lançait les poignards de la mort et transperçait le cœur des jeunes filles et des matrones.

Comme il était beau, glissant de son pas de patineur, tête droite, sourire aux lèvres, ses doigts animés d'une fluidité artistique.

Galvanisé par l'enthousiasme, le nain se plaça devant le grand jongleur, se pencha en avant et commença à marcher sur les mains.

Le Cloaque hurla son approbation. Les garçons écartèrent leurs *durries* pour faire de la place ; l'un tapa une cuillère sur un *thaali* en métal afin de perfectionner l'accompagnement ; d'autres l'imitèrent.

Les kakis appelèrent au calme, bien qu'ils n'aient aucune envie que le spectacle s'arrête.

Dans un vacarme assourdissant d'applaudissements et de tapes sur des tambours en inox, l'étrange trio – le jeune meurtrier maigre et nerveux, le nain tête en bas, le jongleur exceptionnel et son arc d'acier en mouvement – continua d'aller et venir entre les couchages en proie au ravissement, avec un naturel incomparable.

24

Bobo se dépasse

La facture pour la fête foraine arriva le lendemain : le décalage fut brutal.

Les garçons se rendormaient après l'appel matinal lorsque la nouvelle de l'évasion de Hitler accompagné de Michael et de Rakesh se répandit dans les étages. Chaque détenu aussitôt complètement réveillé s'évertua à nettoyer ses empreintes digitales.

La contrebande vitale, à dissimuler absolument, était celle des téléphones portables omniprésents au royaume d'airain. Leur utilisation créait un sentiment de fraternité car personne n'était trop pauvre pour en emprunter un. Il y avait deux moyens de les faire entrer clandestinement : par les kakis qui en tiraient un bonus ou par les visiteurs qui les cachaient dans des ballots de fruits et de vêtements.

La plupart des appareils étaient bas de gamme, de l'ordre d'un millier de roupies, mais si vous étiez aussi riche que le Dr Hagg, on vous en proposait un de dix mille roupies, voire plus, dès la première semaine. Bien sûr, les cartes SIM étaient en supplément.

Un garçon grassouillet au teint clair gérait le trafic dans la cellule numéro deux. On l'appelait Bobo, il avait presque quatre ans de prison à son actif. Il était poursuivi en justice pour avoir tiré sur sa petite amie. Chaque nouveau détenu adorait entendre parler de l'affaire.

La petite amie était une tantine qui avait dix-sept ans de plus que lui. Elle habitait deux étages au-dessus de ses parents dans le même immeuble ; son mari, dans les forces paramilitaires, était absent le plus clair du temps ; Bobo avait quatorze ans quand elle avait commencé à le rendre fou. Elle le convoquait dans son appartement – pour prendre ou livrer quelque chose – et mettait tout en œuvre pour l'exciter.

Elle apparaissait, son sari attaché tellement bas que deux poils sortaient subrepticement, à moins qu'elle ne laisse les boutons de son *kameez* ouverts de sorte que le garçon était ébloui par la blancheur de son soutien-gorge ou qu'elle ne porte un caftan dont les larges emmanchures révélaient les secrets subtils de la moiteur de ses aisselles. Sans oublier ses lèvres d'un rouge vif que l'anticipation humectait.

Chaque incursion chez tantine laissait Bobo dans un état fiévreux. Du perchoir de la fenêtre, il ne cessait d'observer ses mouvements. Il s'arrangeait pour tomber sur elle dans l'escalier, le parking, le débit de lait, l'épicerie et le jardin communautaire avec l'espoir qu'elle l'invite dans son appartement. En sa présence, Bobo arrivait à peine à respirer et quand elle restait près de lui, exsudant un parfum capiteux de poudre et de sueur, il avait le vertige. Elle avait une façon de se tenir, la main sur la hanche, qui lui donnait envie de se jeter à ses genoux en haletant comme un chien.

Lorsque ses camarades de classe commencèrent à draguer des filles, il resta à l'écart : ces gamines gloussaient, étaient cruelles, leur corps manquait de maturité. Dès qu'il verrouillait sa porte et fermait les yeux, il ne voyait aucune d'elles : tantine encore et toujours meublait l'écran de ses fantasmes.

Quand il eut dix-sept ans, tantine le retrouvait en jupe et chemise de nuit. Le soutien-gorge avait disparu, ses tétons foncés apparaissaient sous le tissu. Les cuisses s'écartaient avec lenteur, autorisant un coup d'œil sur d'impossibles secrets. Il se dévissait si désespérément le cou qu'elle crut qu'il finirait par tomber à terre.

Bobo n'avait plus de vie, il ne pouvait penser à rien d'autre.

Ses notes de plus en plus mauvaises ne préoccupaient pas son père : personne n'avait jamais gagné de l'argent en passant des examens. Il dirigeait une entreprise de construction en plein essor ; son fils en hériterait et la développerait en temps voulu.

Un jour, tantine écarta ses belles cuisses. Bobo fut incapable de cligner des yeux. De parler. Tantine bougeait les jambes avec nonchalance, à la manière d'un soufflet, de sorte que les parties intimes s'embrassaient puis s'éloignaient. Le garçon, qui avait imaginé la scène une myriade de fois, se mit dans l'embarras par un spasme, sans bouger un muscle.

Elle lui tendit une serviette pour qu'il s'en ceigne la taille et lava son pantalon.

Dès lors, ils furent des amoureux. Il lui offrait des cadeaux tous les jours. D'abord des fleurs et des chocolats, ou du beau papier à lettres, ou de charmantes tasses à café, ou des figurines en céramique, ou des romans à l'eau de rose. Puis il prit suffisamment confiance pour lui acheter des vêtements. Bon marché dans les surplus d'export à proximité de l'arrêt de bus – jupes, robes, blouses et caftans.

Il ne s'agissait pas d'une lubie. Ce qu'elle portait était capital pour la survie de son amour. Tantine ne le laissait pas la toucher – c'était ça le problème. Ils parlaient des heures durant, mangeaient et buvaient, regardaient des films, écoutaient de la musique, en revanche le contact physique était exclu. Elle offrait – selon ses propres termes – des aperçus provocants d'elle-même.

De quoi créer une névrose, c'était inéluctable. L'obsession de Bobo s'intensifiait, le besoin de la toucher le consumait. Aussi lui apportait-il des cadeaux de prix. Montres, saris de soie, sandales de marque, lingerie fine. Il y eut ensuite un téléphone portable, un iPod. Une centrifugeuse italienne. Autant de présents qu'elle acceptait avec joie, s'empressant d'actionner le soufflet avec un abandon calculé.

Le clair-obscur de peau et de poils rendait fou le jeune homme.

L'argent de sa générosité provenait évidemment de son père qui, corpulent, le teint clair comme son fils, était un homme rusé, dur à la tâche. Il se rachetait de tout – son travail acharné, la négligence envers sa famille – par des dons excessifs à son fils bien-aimé.

Un jour, il découvrit que ses largesses volaient deux étages plus haut. Furieux, il voulut aller défoncer la porte de tantine. Son épouse l'en empêcha, lui rappelant l'arsenal légal à disposition d'une femme en colère. Il suffirait qu'elle dépose plainte pour qu'il soit fichu.

Le père prit la décision d'envoyer son fils dans un internat du Sud profond. Le fils menaça de se suicider si on l'obligeait à quitter l'immeuble. Le face-à-face se solda par une défaite de part et d'autre. Bobo resta sur place mais ses rentrées d'argent s'amenuisèrent d'une façon dangereuse.

À son grand désespoir, le garçon constata que le tarissement des cadeaux poussait tantine à mettre un jean et un rouge à lèvres un peu plus fade. Affolé, il fouilla dans la malle de sa mère d'où il sortit un sari en soie *banarasi*, un élément de son trousseau. Le lendemain, tantine porta de nouveau une jupe.

La concupiscence et l'amour sont de puissants moteurs. Bobo ne tarda pas à découvrir que des maisons sont constituées de strates cachées défiant l'imagination. Malles, valises, placards, meubles de rangement, commodes, débarras, cavernes à l'intérieur de lits-coffres – partout, des trésors attendaient d'être exhumés. Saris magnifiques, châles splendides, bijoux encore plus précieux. Argenterie : cuillères, gobelets, assiettes, boîtes de *paan*, figurines religieuses. Anciens objets de patrimoine : pièces de monnaie, candélabres, horloges, poignards, tapis du Cachemire et même plusieurs anciennes *pichwais*[1]. Sans compter les planques pour des liasses et des liasses de billets de banque.

Bobo eût-il pillé prudemment que des années auraient pu s'écouler sans que la moindre perte soit

1. Peintures sur soie.

détectée. Au fur et à mesure de ses larcins, le cœur et les membres de tantine s'écartèrent de plus en plus. Elle le félicitait en roucoulant de son intelligence et se lamentait qu'il soit tellement plus jeune qu'elle.

Si je t'avais rencontré à dix-huit ans, j'aurais renoncé à tout pour toi, lui susurrait-elle. Si mon mari avait ne serait-ce qu'une moitié de ton charme, ma vie conjugale m'aurait comblée. Si mon mari m'avait offert un cadeau comme celui-ci, je l'aurais adoré.

Si seulement mon mari me regardait comme toi, je tomberais amoureuse de lui. S'il t'arrive de regarder une autre femme, je t'arrache les yeux.

Bobo rampait et grognait dans un état second. Le corps intouchable de tantine l'obsédait. Il avait pris ses distances avec ses amis qui percevaient la violence hargneuse enfouie sous son embonpoint. Ils étaient au courant pour la tantine, mais il avait brandi un couteau à cran d'arrêt la seule fois où l'un d'eux y avait fait allusion.

Étant donné les problèmes qu'il rencontrait en terminale, ses professeurs, en désespoir de cause, dirent à ses parents qu'il ne se concentrait sur rien. Mon fils ne deviendra pas médecin, en conclut alors son père. Il construira des hôpitaux. Ceux qui parlent de concentration bosseront pour lui.

Bobo ne songeait qu'à obtenir la clé qui le laisserait la pénétrer. Le sexe était omniprésent. Ses camarades ne cessaient d'en discuter. On avait inventé le téléphone portable presque uniquement pour ça ; ceux des garçons étaient remplis de formules et d'images obscènes qu'ils partageaient, triomphants ou envieux.

Bobo n'avait rien à présenter. Tantine ne lui écrivait que des phrases de deux mots. Viens maintenant. Vingt heures. Porte ouverte. Partie courses. Reviens bientôt. Apporte chocolat. Apporte gâteau. Apporte Coca. Besoin rasoir. Charmant garçon. Adorable garçon. Beau garçon. Stupide garçon. Gros garçon. Casse-toi.

En outre, tantine ne lui permettait pas de la photographier. Dès son arrivée, elle lui confisquait son téléphone qu'elle posait sur la table de la salle à manger, sous un coussin.

Bobo trouvait cela d'une injustice criante. Puisqu'il ne pouvait la toucher, il aurait au moins dû avoir le droit d'avoir des images d'elle, un réconfort dans ses moments de solitude. Comme la raison de son refus n'était sûrement pas la timidité, c'était donc le soupçon. Ce qui le blessait davantage encore. Il ne l'aurait jamais partagée avec qui que ce soit, certainement pas avec ses camarades se vantant de leurs copines maigrichonnes et bébêtes.

Miné par son désir légitime, Bobo se lia avec le jeune qui gérait l'atelier de réparation des téléphones du marché. Ce n'était pas vraiment une boutique, rien qu'un étal en bois de palettes où ne tenait qu'une personne, aux murs couverts de carcasses d'une centaine de portables aux couleurs vives. Les perpétuelles lumières clignotantes des guirlandes électriques entourant son comptoir diffusaient une atmosphère de science et de technologie.

Bobo lui loua des petits téléphones. Il en accrocha un autour de son cou et tenta de la filmer par les fentes de sa chemise ; l'autre, il essaya de le cacher derrière un coussin ou un vase dès qu'elle s'absentait de la pièce ; l'officiel, il le remit docilement sur la table de la salle à manger. La plupart des résultats eurent beau être granuleux, le reflet fugace d'une peau le faisait parfois frissonner.

Un jour, contente de son cadeau – une bague sertie d'une turquoise –, tantine se montra d'une générosité inédite. Elle lui donna de la lingerie à remporter chez lui. Bobo verrouilla la porte de sa chambre d'où il ne sortit que le lendemain matin. À un moment donné, il plaça les deux bonnets du soutien-gorge violet sur son torse et se planta devant la glace. L'érotisme, complètement inattendu, dépassait l'entendement. Deux jours plus tard, il le lui rendit et elle lui en donna un autre. La folie de Bobo s'aggrava.

Il en était à penser épouser tantine. Il aurait bientôt dix-neuf ans. Ne lui avait-elle pas confié qu'elle se donnerait à lui s'ils étaient mari et femme ? Elle affirmait ne plus coucher avec son mari depuis sa rencontre avec Bobo. Il la croyait.

Peut-être était-ce la raison pour laquelle elle n'avait pas d'enfants et que son mari n'était jamais là.

Elle disait que son corps était un fruit unique. Pour y goûter, il fallait gravir l'arbre du mariage et l'ouvrir avec le couteau de l'amour. Hélas, son mari avait l'échelle, tandis que le couteau était entre les mains du beau Bobo.

La catastrophe s'abattit à deux reprises avant que Bobo ne puisse s'approprier une échelle.

Que le goutte à goutte finisse par vider le bidon ne fut qu'une question de temps. Un jour, sa mère chercha de lourds bracelets de cheville en argent – larges de douze centimètres – que sa grand-mère avait rapportés de Multan en 1947. Sans succès. Leur valeur inestimable dépassait celles de l'artisanat et du métal : c'étaient les seuls bijoux que la grand-mère était parvenue à emporter lors de sa fuite du Pakistan en plein chaos. Affolée, la mère de Bobo mit chaque pièce sens dessus dessous et découvrit que la maison ressemblait à un jardin ravagé par des lapins. Où qu'elle creuse, il y avait un trou. Ses possessions les plus intimes avaient été dérobées.

Le père de Bobo lui administra une raclée pour la première fois de sa vie. Comme il était aussi flasque et enveloppé que son fils, la rossée n'eut rien de terrible. Au bout du compte, elle affecta le garçon davantage psychiquement que physiquement.

Qu'est-ce qui ne va pas chez toi ? hurla son père. Tu cherches une mère ou un coup ? Pour tout ce que tu as offert, tu aurais pu te payer les chattes du monde entier !

Quand, offensé par la crudité du vocabulaire, Bobo déclara que c'était une relation inspirée par des sentiments élevés et qu'il n'avait pas posé un doigt sur elle, son père lança : Oh là là, je suis désolé ! Il s'agit d'amour. Dans ce cas, rapporte ce qui appartient à ta mère et ne lui donne que ton amour.

Le père était un entrepreneur prospère en raison de son expérience du monde. La plupart des hommes de son genre comprennent mieux les motivations des êtres que des professeurs ou des universitaires. Lorsque des hommes de lettres interprètent mal le comportement des gens, le pire qu'il puisse leur arriver est de commettre un livre dispensable. En revanche, si des hommes du genre de l'entrepreneur font la même erreur, ils perdent leur gagne-pain et leur vie.

Le père se doutait que l'histoire de son crétin de fils et de la tantine cynique ne tarderait pas à mal finir.

Bobo était persuadé qu'il aurait la preuve de son amour à jeter à la tête de son père en un rien de temps. Tantine avait toutefois d'autres idées sur ce sujet. Elle s'offusqua que son jeune soupirant ait été si facilement démonté par son père. Il avait suffi de quelques cris – un véritable amour aurait résisté à cent raclées. Il devait comprendre que les cadeaux ne signifiaient rien pour elle sauf en tant que témoignages inestimables de ses sentiments.

Elle enfila de nouveau un jean.

Bobo devint fou. Le soir, son père l'interrogeait sur les objets récupérés et, le matin, tantine lui demandait ce qu'il avait comme preuve d'amour à jeter à la tête de son père courroucé.

N'importe quoi, insistait-elle. N'importe quoi. Tu n'es pas obligé d'apporter des bijoux ou des téléphones, une banane ou une noix de coco feraient l'affaire. Tu dois me montrer que ton amour pour moi est plus profond que la peur que t'inspire ton père.

Bobo saisissait que ce n'était que rhétorique. Il savait que, s'il se présentait avec un régime de bananes, elle fermerait les jambes pour toujours. Il eut honte de lui, il ne la méritait pas. Elle s'était gardée pure pour lui et il n'était même pas capable de lui fournir la preuve de quelques cadeaux.

Tantine avait raison de réclamer la démonstration de son ardeur. Au fond, que lui apportait cette relation ? Lui, il la regardait avec concupiscence, grognait, prenait son plaisir comme un animal. Et elle ?

Que faire ? Sa maison s'était muée en musée où, désormais, tout était étiqueté, contrôlé, tandis que, non sans cruauté, on avait endigué le flot d'argent qu'il avait toujours considéré comme allant de soi. En colère, il affronta son père qui lui répondit : Tu veux une chatte, je te la procure mais pas d'argent !

Bobo décida de tuer son père.

Tantine ne pouvait exiger plus grande preuve.

À l'insu du garçon, son père avait une longueur d'avance. Il avait écrit au mari, lui conseillant vivement de surveiller ses arrières. Pendant qu'il défendait l'intégrité du pays, le bastion de son foyer – à deux étages au-dessus de chez lui – s'effondrait. Il avait exprimé son inquiétude sans dénoncer son fils.

Le paramilitaire ne tarda pas à débarquer dans un uniforme rutilant. À en juger par l'expression idiote de son visage basané, il semblait incapable de nourrir le moindre soupçon. Le père perdit espoir : Si ce type trouvait mon fils sous les jupes de sa femme, il serait capable d'imaginer qu'ils jouent à cache-cache.

Bobo n'eut pas la même réaction. À la vue du mari, il sentit un coup de poignard dans son cœur. Le paramilitaire lui ébouriffa les cheveux, lui tapota la joue, l'interrogea sur ses études et le cœur du jeune soupirant s'emballa, le poussa vers l'homicide.

Bobo décida de tuer aussi le mari.

Le jeune de l'étal des portables était originaire des badlands de Bulandshahr. Bobo lui demanda un pistolet. Une arme dotée d'un magasin de six ou dix cartouches coûterait de l'ordre de cinquante mille roupies. On pouvait trouver un *tamancha* fabriqué dans une grange avec des tuyaux pour environ cinq mille roupies. Ça ne tirait qu'une balle à la fois et, parfois, il fallait le passer sous l'eau d'un robinet avant de tirer la suivante.

Quand Bobo l'interrogea sur son efficacité, le jeune de l'étal ricana : Il voulait participer aux Jeux olympiques ou loger du plomb brûlant dans des entrailles ? Le pistolet était un accessoire social, le *tamancha* une arme d'assassin. Pas de fioritures, ni de marques, ni de traces de manufacture ou de vente. On appuie dessus et ça tire.

C'était vrai qu'il pouvait éclater dans la main du tireur ?

Le jeune se tordit de rire en mâchonnant son *paan* tandis que différents téléphones diffusaient diverses chansons en hindi autour de lui.

Les voitures n'avaient-elles pas d'accidents ? Les avions ne tombaient-ils pas du ciel ? Si ça explosait dans sa main, c'était qu'il n'avait pas de chance et mieux valait qu'il accepte son sort puisqu'il n'existait aucun antidote dans le monde contre la malchance.

Comme Bobo ne prévoyait pas de commettre un massacre, mais les meurtres successifs d'un père et d'un mari, il avança les deux mille roupies d'acompte pour le pistolet fabriqué à la campagne. Puis il recommença à surveiller la femme de son cœur et son mari. Il réussissait parfois à l'arrêter dans l'escalier, où elle pleurait à chaudes larmes en se lamentant sur son malheur.

En revanche, elle riait quand il la voyait par sa fenêtre entrer et sortir sur leur moto qui vrombissait.

Cette mascarade qu'elle était obligée de jouer déchirait l'âme de Bobo, qui rêvait de crever l'affreuse tête du paramilitaire comme un ballon à une fête.

Au terme de dix jours, le *tamancha* arriva. Même si l'endroit de leur rencontre était désert à midi, le jeune le lui tendit dans un sac en papier, déclarant à voix haute : Voici ton téléphone, il est irréparable. Balance-le à la mer.

Bobo regarda à l'intérieur. Son cœur battit la chamade à la vue du reflet métallique, il y avait aussi deux *ladoos* orange au fond. Il scruta le vendeur de portables qui lui expliqua : Il faut un début propice à tout, invoque la gloire de Hanuman, manges-en un et donne-moi l'autre.

Avant de partir, le jeune ajouta : Tu vas le charger avec quoi ? Du raisin ?

Bobo tendit sa main ouverte que le jeune couvrit avec son poing. Le prix des six balles était compris dans celui de l'arme ; s'il en voulait d'autres, il devrait les acheter ; livraison dans une semaine.

Au bout de la rue de Bobo, les immeubles disparaissaient et la chaussée goudronnée devenait une piste menant à un bas quartier où des maisons de brique nue, au toit d'amiante, s'égrenaient le long de flaques de gadoue et de champs à moitié abandonnés.

Un peu plus loin, un bouquet de manguiers servait de paravent à un bidonville boueux en plein essor composé de huttes en torchis dont la plupart avaient des stores de bambou en guise de portes et des bâches en plastique maintenues par des pierres en guise de toits. Les ouvriers migrants du Bihar, de l'Uttar Pradesh, du Népal et du Bengale qui construisaient la nouvelle Inde, l'Inde présentable, y vivaient.

Leurs enfants – couverts de furoncles et de bobos, les cheveux en bataille – jouaient au soleil, parmi des essaims de mouches et des chiens galeux. Ils poursuivaient chaque moto ou scooter, paume tendue. Des couches d'excréments recouvraient les champs derrière les bicoques. Par les nuits d'été, la brise charriait l'odeur jusqu'aux immeubles neufs, où elle butait contre la défense des climatiseurs.

Bobo emporta le *tamancha* dans ce terrain à l'abandon. Il voulait l'essayer. Flingueur inné comme les gamins du monde entier qui ont vu un film, il avait juste besoin de sentir l'arme. Dans le demi-jour presque frais du bouquet de manguiers, il la sortit du sac : elle correspondait à son prix.

L'acier grossier de l'arme était bosselé, le canon un gros tuyau plutôt long ; seule la crosse en bois de sesham, lisse, bien astiquée, semblait chic. Le pontet n'était qu'un bout de métal recourbé et la détente sa réplique. À première vue, on aurait dit un pistolet à deux détentes. Le chien était un doigt tordu et les vis qui maintenaient le machin étaient rudimentaires et dépareillées.

Une fois sa fabrication primitive acceptée et au bout du bras tendu, l'arme avait une agréable fermeté. Le genou plié, Bobo pivota pour viser plusieurs manguiers. Un vent paresseux agita les feuilles vertes, salies. Il veilla à ce que la détonation – émise par la bouche du flingue – ne soit qu'un sifflement en sourdine. Même si ce n'était pas la saison des fruits, le gardien dormait souvent ici l'après-midi.

Si satisfaisant que ce soit, il devait tirer sur une vraie cible. Bobo exhuma de sa poche une longue cartouche, mince, pointue comme un pénis de chien. Il ouvrit le flingue et la glissa dans la chambre. Ses mains tremblaient. Il referma lentement le canon et, écartant l'arme de son corps, s'approcha du bosquet.

Un cabot courait à une certaine distance, il venait du bidonville et se dirigeait vers les arbres. Bobo arma le chien, posa fermement son poignet droit sur le gauche, retint son souffle et appuya sur la détente. Le *tamancha* sauta, fit retentir une déflagration de pétard, tomba de ses mains. Le clébard jappa, puis poussa plusieurs gémissements. Le cœur battant, le garçon ramassa l'arme et se rua vers sa cible. Il s'en approcha avec prudence, arborant un air de chasseur sur la piste d'un tigre blessé car les herbes du périmètre marécageux étaient hautes.

Son sentiment de triomphe vira à la colère alors qu'il les ratissait avec un bâton sans parvenir à trouver la carcasse de son ennemi. Il était certain de l'avoir touché, sauf que l'animal semblait avoir eu assez d'énergie pour s'éloigner en rampant et crever dans un trou caché. Il chercha une traînée de sang dans l'herbe. Ah, la voilà : un peu maronnasse, pas rouge. Peut-être était-ce la couleur du sang d'un chien. Peut-être avait-il atteint un organe vital qui ne saigne pas abondamment mais tue.

Il élargit le cercle de la quête. C'est sympa, se dit-il, ça fait longtemps que j'aurais dû acheter ce truc. En réalité, il se sentait à la fois déçu et mal à l'aise. L'arme avait produit un faible bruit : un pan. Il s'attendait à quelque chose de plus spectaculaire. Quant à la façon dont elle avait bondi de ses mains à la manière d'une sauterelle, il préférait de pas s'y appesantir.

Le problème d'essai de tir restait entier, il devait être sûr que les cartouches fonctionnaient. Il ne lui en restait que cinq, c'était ça le problème : il pouvait au mieux en tirer une de plus. Pour son père et le paramilitaire, il lui en fallait deux chacun.

En tout cas pour son père dont la graisse absorberait vraisemblablement la balle comme de la pâte une fléchette. Il serait possible de leur fourrer le canon dans les oreilles, mais il tenait à ce que les salauds s'en rendent compte et meurent lentement afin qu'ils éprouvent de la terreur et comprennent qu'ils payaient pour s'être opposés à l'amour.

Il ouvrit le *tamancha* et mit une autre cartouche dans la chambre. Au-delà de la rangée d'arbres verts et crasseux, le soleil incendiait le monde. Les cris des enfants du bidonville s'étaient tus. La chaleur en avait eu raison, à moins que les mouches ne les aient chassés. Eût-il participé à une guerre qu'il se serait dissimulé derrière les arbres et aurait canardé l'ennemi qui avançait. Il se sentait invincible grâce à l'arme. Il voulait en avoir une à la main toute sa vie.

Il y eut un bruissement dans l'herbe derrière le bosquet de bambous, Bobo s'accroupit aussitôt. S'agissait-il du chien blessé ou d'un rôdeur hostile ? Il imita un cri d'oiseau pour camoufler l'armement du chien puis s'approcha sur la pointe des pieds, respirant légèrement. Par une brèche dans les feuilles, il distingua l'ennemi. Assis sur ses talons, en biais par rapport à lui, les muscles contractés, le visage grimaçant, il se préparait à expulser quelque chose. La question ne se posait pas, il fallait l'abattre sur-le-champ.

Sans effleurer une seule feuille, il positionna le *tamancha* ; soudain, le type hostile bougea et grogna. Avant qu'il ne puisse l'attaquer, Bobo appuya sur la détente. Le *tamancha* produisit un bruit sec et le type hostile explosa en poussant un hurlement qui fit s'enfuir les perruches jacassantes. Bobo baissa les yeux sur l'arme fumante, toujours dans sa main.

À une certaine distance du bosquet de bambous, le petit homme au teint foncé – nu hormis un maillot de corps en tissu – gisait dans l'herbe et appelait sa mère. Il agrippait sa fesse gauche, d'où le sang suintait entre ses doigts. À peine eut-il aperçu Bobo qu'il brailla.

T'en veux un autre, lança Bobo. Dans l'autre fesse ?

Le type beugla encore plus fort, des larmes et de la morve ruisselèrent sur son visage.

À ce moment précis, le gardien s'écria : Qui nique sa mère dans mon bois ?

Bobo tourna les talons et détala. Le gardien était un salaud impitoyable qui protégeait son domaine en administrant de violents coups de bâton. Comme il piquait un sprint devant un vieux ficus, il trébucha, s'étala. Le long canon du *tamancha* s'enfonça presque dans son nez. Lorsqu'il se releva, non sans difficulté, Bobo se rendit compte qu'il avait heurté le clébard. Il le frappa avec un pied pour voir s'il était vivant, mais il avait déjà des yeux vitreux.

La voix tonitruante du gardien retentit : C'est quoi ce pays où un pauvre type ne peut même pas déféquer sans se faire tirer dessus ! Rien à bouffer et nulle part où chier ! Pourquoi Dieu a-t-il créé les miséreux ?

Bobo courut sans regarder en arrière, sans s'arrêter pour reprendre son souffle, jusqu'à ce qu'il se retrouve dans sa chambre. Après avoir caché le *tamancha* dans le placard, il chercha les cartouches dans sa poche : il lui en manquait deux. Il n'y avait rien d'autre à faire que d'attendre la nuit.

Il garda les yeux rivés sur la rue, mais il ne perçut aucun mouvement de police. À l'heure du dîner, il se détendit. La mort d'un chien galeux et la fesse éclatée d'un paysan n'avaient aucune importance.

Lorsque son père se retira dans sa chambre pour regarder du porno sur Internet puis souffler comme un bœuf avec sa mère, il s'éclipsa de la maison et, marchant au bord de la route, arriva à l'endroit de son faux pas. Au cœur de la nuit, des présences fugitives peuplaient les manguiers. Il balaya l'herbe avec le faisceau de son mini-chalumeau à la recherche des cartouches. Le chien était semblable à une pierre quand il toucha son flanc du bout de sa sandale.

Il en trouva une. Sa longue pointe était enfouie dans la boue molle telle une bombe larguée. Aucune trace de l'autre. Les grillons stridulaient – musique de fond menaçante d'une scène de crime. Effrayé, Bobo entendit des voix en provenance du bas de la piste. Les trois paysans qui arrivaient de la ville titubaient, saouls. Dès qu'ils virent le garçon, ils s'arrêtèrent. Bobo éteignit son mini-chalumeau. D'une maigreur squelettique, ils étaient vêtus de chemises et de pantalons miteux.

Tu cherches quelque chose ? demanda le premier.

Une somme d'argent ou le sens de la vie ? enchaîna le deuxième.

Impossible d'avoir les deux, fonce pour la thune, conclut le troisième.

Et les trois de ricaner comme des hyènes.

Que ces imbéciles d'ivrognes aillent se faire foutre, pensa Bobo. Si j'avais mon *tamancha*, je les aurais descendus d'une balle.

T'es un fils de riche ? reprit le premier.

C'est vrai que la merde des riches sent bon ? voulut savoir le deuxième.

Le troisième raconta : J'ai travaillé dans une maison à Delhi où on se précipitait aux toilettes quand la memsahib avait fini de chier.

Ils eurent de nouveau leur ricanement de hyène et se tapèrent respectivement dans le dos.

Si je me contentais de leur balancer cette cartouche, les trois en crèveraient sans doute, se dit Bobo.

Le premier déclara : Si j'étais riche, je vendrais ma merde.

Le deuxième : Non, ça suffit pas. Il faut être riche et avoir le teint clair.

Le troisième : Ma memsahib était tellement claire que le grain de beauté sur son cou était pareil à un insecte dans du riz.

Le ricanement de hyène résonna une fois de plus.

Bobo gardait le silence, connaissant d'instinct la règle séculaire. Ne jamais agresser des membres de la classe inférieure si, sous l'effet de l'ivresse, ils ont perdu de vue les conséquences de leur attitude.

Le premier ajouta : T'as une mère au teint clair, fiston ?

Le deuxième : On peut aller sentir sa merde ?

Le troisième : On est prêts à payer pour ça.

Alors qu'ils se mettaient à glousser, Bobo fit sortir la pointe de la cartouche entre ses doigts avant de flanquer un coup de poing à l'homme le plus proche de lui. Le métal arracha sa peau et il s'écroula, entraînant un de ses potes.

Bobo fonça sur une centaine de mètres puis s'arrêta pour jeter un coup d'œil derrière lui. Il n'y avait pas lieu de s'inquiéter. Loin de tenter de le poursuivre, les types se débattaient pour relever le blessé qui gémissait comme si on lui avait tiré dessus. Bobo ramassa un caillou et le lança de toutes ses forces. Le projectile ne les atteignit pas, ricocha devant eux ; affolés, ils entraînèrent leur copain, se hâtant de se mettre hors de portée du garçon.

Bobo se sentit puissant : même sans arme à feu, il était un homme à prendre en considération.

Le *chowkidar* dormait sur sa chaise quand il franchit subrepticement le portail. La cage d'escalier de l'immeuble était plongée dans l'obscurité. Comme il marchait sur la pointe des pieds, des chuchotements et des bruits lui parvinrent. Quoi encore ? Le drame semblait avoir envahi sa vie depuis son acquisition de l'arme. L'instant d'après, il reconnut la voix flûtée et son cœur battit la chamade.

Il parcourut du regard la volée de marches, déserte jusqu'au palier ; il les gravit quatre à quatre, à pas de loup. Après avoir dépassé la porte de chez lui, il monta deux étages supplémentaires et, là, il les vit. Elle lui tournait le dos, le sari autour de la taille, assise sur les genoux de son mari qui la serrait dans ses bras. Elle brûlait d'une fièvre bestiale, tandis qu'ils se susurraient de tendres obscénités.

Bobo fut écartelé entre la fureur et le désir : Si j'avais le *tamancha* sur moi, je la buterais en la baisant. Elle déclarait son amour au paramilitaire avec de plus en plus d'insistance. Bobo s'appuya si fort à la rambarde que son excitation monta en spirale et retomba.

Aussi ne ressentait-il plus que de la rage. Il dévala l'escalier pour rentrer chez lui. Il sortit son arme, l'ouvrit, essuya la cartouche récupérée avant de la glisser dans la chambre. Puis il tendit le bras et prit la pose en face de la glace.

Fallait-il prononcer quelques mots avant de presser sur la détente ?

Si elle implorait sa pitié, il dirait : On peut tout pardonner dans la vie sauf le mensonge présenté comme de l'amour.

Si elle feignait l'arrogance, il dirait : Cette balle est pour toi, espèce de garce – glaciale et brûlante comme ton prétendu amour.

Après l'avoir abattue, il s'adresserait à l'époux tremblant : N'aie pas peur, je ne compte pas te tuer. Toi aussi, tu es sa victime.

Le *tamancha* plaqué d'un côté, Bobo retourna dans l'escalier mais aucun murmure ne parvint à ses oreilles. Le palier était désert. Il monta au cinquième étage. Balayant du faisceau de son mini-chalumeau les marches où ils étaient assis, il ne remarqua ni tache ni aucun autre signe révélateur.

Son imagination lui avait-elle joué un tour ?

Il s'approcha de la porte de tantine. Aucune lumière ne filtrait par le jour et aucun bruit n'indiquait une présence. Il s'allongea par terre, colla son oreille sur le sol, s'endormit. Lorsqu'il se réveilla, les premières lueurs entraient par les fenêtres de la cage d'escalier, le flingue se trouvait dangereusement sous ses cuisses. Il descendit au pas de course. À peine dans son lit, il comprit qu'il s'agissait d'une hallucination. Tantine était pure, c'était lui qui était à bout de nerfs.

À midi, il se réveilla brûlant de fièvre, la gorge en feu. On convoqua un médecin. Il fut bourré d'antibiotiques. L'espace de trois jours, il dormit, rêva, transpira. Tantine jouait le rôle principal dans ses rêves peuplés de chiens féroces, de paysans en train de déféquer, de marches qui ne menaient nulle part, de pistolets explosant comme des canons.

Chaque fois que la fièvre tombait, il tripotait son *tamancha* – il le caressait, l'ouvrait, regardait dans le canon, en sorte que le monde n'était plus qu'une cible. La première chose qu'il ferait dès qu'il serait sur pied serait de commander d'autres cartouches. Puis il se rendrait dans le bidonville où il obligerait les trois philosophes à sentir leur merde respective.

En réalité, à peine guéri, il gravit l'escalier. Il savait que le paramilitaire était parti. Son assassinat devrait attendre ; celui de son père aussi. La vengeance se ferait par séquences. Quand tantine pleurerait son mari, il rétablirait l'équilibre par l'élimination de son père. Son amour extraordinaire et son sens de la justice bouleverseraient tantine.

Elle lui ouvrit la porte, en sari. Le cœur de Bobo bondit de joie. Il alla s'asseoir dans l'unique fauteuil en face duquel se trouvait le canapé où elle prendrait place. Il n'en fut rien. Elle s'assit sur un *mooda* en rotin, à sa droite. On n'a pas créé pire meuble que ce tabouret, tellement bas que les jambes n'ont aucune place pour bouger.

Bobo lança un regard étonné à tantine qui détournait les yeux.

J'ai été très malade, lui annonça-t-il.

Il faut que j'y aille, je dois consulter un médecin, dit-elle.

Le salaud s'est taillé en te laissant malade ?

Non, répondit-elle, le regardant à présent. C'est apparemment toi qu'il a rendu malade.

Je vais le tuer, ce salaud.

Apprends d'abord à boutonner ton pantalon.

Bobo baissa les yeux. Le *tamancha* qu'il avait coincé à la taille distendait le devant de son pantalon. Il rentra le ventre et le brandit.

Oui, il est grand comme ça. Et il a aussi un pistolet, commenta-t-elle.

Tu l'as fait dans l'escalier avec lui la semaine dernière ? lâcha Bobo.

Oui, et dans la salle de bains, et sur le balcon, et sur le canapé, et au cinéma, et dans la voiture. Maintenant, dégage !

Bobo se leva de son siège, braqua le long canon du *tamancha* sur sa blouse et ordonna : Montre !

C'est comme ça que tu parles à ta mère ?

J'ai déjà descendu un chien et un homme, fit Bobo.

Pourquoi ? Le chien ne t'a pas montré ce que tu voulais ?

Se levant du *mooda*, tantine pivota vers la porte d'entrée. Elle portait un sari de Chanderi vert pastel moucheté de feuilles de margousier que Bobo se rappelait avoir pris au fond de la cantine de sa mère ; il y eut un tambourinement dans sa tête.

Tu m'as menti, lui reprocha-t-il.

On ment aux hommes. Tu n'es qu'un garçon, pas encore prêt pour la vérité ni pour les mensonges. Rentre chez toi et rends le pistolet à ton père.

Redonne-moi ce que je t'ai offert, sale putain !

Tantine releva son sari au-dessus de sa touffe de poils noirs puis elle se cambra : Ce n'est pas à toi et tu ne l'auras jamais. Maintenant, dégage !

Bobo tira juste au-dessus de l'appareil génital qu'elle bombait.

Le bruit sec et son hurlement retentirent en même temps, tandis qu'elle s'écroulait. Il continua d'appuyer sur la détente comme un dément avec l'espoir que des balles en jailliraient encore. Le tambourinement martelait sa tête en crescendo. Tantine appelait sa mère en miaulant. Bobo envisagea de courir chercher les deux cartouches qui restaient, mais il décida qu'il devait toucher sa nudité.

Tantine l'avait rendu fou pendant cinq ans et elle l'avait exploité. Il se jeta sur elle, la déshabilla, la violenta jusqu'à ce que ses doigts soient tachés de sang, jusqu'à ce que son désir soit tari, jusqu'à ce qu'il ne subsiste rien sinon le fardeau d'une dépouille mortelle.

25

Un sodomite découvre la chimie

En fin de compte, Bobo fut accusé de tout, dont le meurtre du chien et le tir sur le paysan. Les policiers le tabassèrent pour obtenir ses aveux. On lui infligea des décharges électriques et, comme il implorait sa pitié en hurlant, le sous-inspecteur lui conseilla de fermer les yeux et de penser à tantine.

Qui ne mourut pas. Elle subit de multiples opérations destinées à charcuter et suturer ses entrailles. Son ventre naguère parfait eut l'aspect d'une omelette. La coquette qu'elle était se voûta.

En vertu de la loi sur les armes à feu, on arrêta également le jeune de l'étal des portables. Une extraordinaire aubaine pour ses affaires. Il fut libéré sous caution au bout de trois mois. Or, derrière les barreaux, il avait développé sa clientèle d'une manière spectaculaire grâce à une campagne de marketing. En quelques années, ses armes de Bulandshahr connurent le plus grand succès dans l'État. Il passa de l'étal à une salle d'exposition de portables et de postes de télévision, équipée de vitrines, où une fille en pantalon se tenait derrière le comptoir. Jamais il n'oublia le gros fils de riche qui avait changé sa vie.

Les choses ne se passèrent pas aussi bien pour le fils de riche. Son père eut une entrevue avec Sunil Sawant en pleine nuit pour négocier une feinte astucieuse, mais le sous-inspecteur ne put promettre beaucoup : l'affaire n'était pas de son ressort.

L'entrepreneur prit alors rendez-vous avec Peter Pinto. Plus imposante que jamais, la pièce montée du ténor du barreau était prévue pour un anniversaire important – cinquante bougies y auraient tenu, y compris la bougie supplémentaire censée porter chance. Ne cessant d'arranger son gâteau au poivre avec précaution et de dévisager le père à travers ses verres épais, Pinto certifia que son fils ne serait pas déclaré coupable. Le garçon, très malin, avait tiré sur un chien, un homme, une femme sans un témoin à proximité. En revanche, il serait absent quelque temps.

Quelque temps ? Combien de temps ?

Deux ans. Voire quatre. Faute de chance, cinq.

Cinq ! Le père s'exclama qu'il était prêt à payer n'importe quoi pour libérer son fils. Promoteur immobilier, il était marié à l'argent comme un politicien au mensonge.

Sur quoi, Pinto devint aussi bref et moralisateur que lors de ses apparitions à la télévision. S'il était capable de contourner la loi, l'acheter n'était pas dans ses cordes. À la vue du désespoir de l'homme, il s'adoucit et promit de faire de son mieux.

Au chiffre que Pinto annonça, le cœur de l'entrepreneur chavira : la somme aurait suffi à construire un appartement de trois pièces aménagé avec des équipements de luxe, dont un jet d'eau chaude pour nettoyer le cul.

Pinto ajouta que ce n'était qu'un début. Si la procédure judiciaire s'éternisait, si l'affaire se compliquait, il en faudrait davantage. Peut-être un quatre-pièces avec un séjour au sol en marbre italien. Peut-être même un petit immeuble.

Le père eut l'air d'avoir marché dans un caniveau.

De quoi mettre Pinto en colère. Après avoir assené des claques sur sa pièce montée jusqu'à ce qu'elle ait deux niveaux, il claironna : Il s'agit d'un procès ! Il serait préférable que vous le compreniez avant de vous déshabiller ce soir. Il ne s'agit pas de construire des clapiers avec des briques crues, du ciment sableux et de dissimuler le tout sous une peinture rutilante. Il s'agit d'un procès ! Une question de vie ou de mort. Au cours d'un litige, les gens perdent ce qu'ils ont gagné et ce qu'ils n'ont pas encore gagné. Certains passent du statut de roi à celui d'indigent ou de mendiant à un feu rouge. Au lieu de conduire une Mercedes, ils sont réduits à rouler dans un chariot en bois poussé par d'autres plaideurs.

Le père chancelant tenta de l'interrompre, s'efforça d'esquisser un sourire.

Pinto agita violemment un doigt : Non, taisez-vous ! Écoutez-moi. Les entrepreneurs lisent de la littérature ? Bien sûr que non ! Ça ne rapporte rien, aucun mètre carré. Un écrivain qui s'appelle Dante a écrit un livre sur l'enfer et le paradis. Non, n'essayez pas de me dire que vous le connaissez. Vous ne savez rien. Dante parle d'un panneau devant les portes de l'enfer… eh oui, même Dieu et le diable construisent des portails tant les humains sont obsédés par les concepts d'entrée et de sortie. Une inscription y est gravée : *Toi qui entres ici abandonne toute espérance.* Cherchez l'inscription la prochaine fois que vous irez au tribunal. Cherchez-la bien ! Vous ne la trouverez ni sur du bois, ni sur de la pierre, ni sur du plâtre : elle est gravée dans l'air. La plupart des gens ne la voient pas la première fois, la deuxième fois ou la dixième fois, mais la onzième ils distinguent sa forme vague comme celle d'un fantôme. À la vingt et unième, plus de doute, elle est là ! Un vrai fantôme flotte dans les couloirs du temple de la justice. À la trente et unième, il marche avec vous et s'assied à côté de vous. À la quarante et unième, vous êtes à ses pieds et implorez sa pitié. À la cinquante et unième, assis près du juge, il se moque de vous tandis que les larmes salées coulent dans votre bouche. À la soixante et unième, vous êtes dans le chariot en bois près d'un feu rouge, et il vous dépasse au volant de votre Mercedes et il vous jette une pièce.

À en juger par son expression, on aurait dit que l'entrepreneur avait bu deux verres d'eau du caniveau.

Vous avez une Mercedes ? lui demanda Pinto.

Il secoua vigoureusement la tête.

Parfait, comme ça vous ne la perdrez pas.

Ce soir-là, le promoteur visionna du porno SM et battit sa femme. Tuer ton avorton, voilà ce qu'il me reste à faire, hurla-t-il. Je vais me procurer un *tamancha*. Quant à toi, apprends à mendier.

Le doigt tordu comme un lépreux, il fit le tour de la chambre, se courbant, se grattant, plaquant ses phalanges sur son front et quémandant d'une voix forte : *De de ek paisa de de ! Bhagwan ke naam pe gareeb ko de de*[1] !

Mon fils est fou parce que mon mari est fou, pensa sa femme.

Le lendemain, Sawant, le roublard, débarqua sur sa moto pétaradante. Il avait vu le garçon au poste de police. Il ne faisait pas plus de quinze ans, le père avait-il un moyen quelconque d'obtenir un extrait de naissance prouvant qu'il n'avait pas dix-huit ans ?

Il fallait la complicité de l'école, sauf que celle-ci refusa de coopérer. Qu'un de ses élèves ait tiré sur un homme, un chien et une femme la même semaine était déjà scandaleux. Le padre infligea le camouflet à l'entrepreneur sans lever les yeux, tandis qu'il pressait sa longue barbe pointue sur son torse et claquait la ceinture en corde de son habit sur ses paumes : Le garçon doit payer pour ses péchés, mon fils. Nous le devons tous. Mais nous prierons pour lui et je suis sûr que le Seigneur, dans son amour incommensurable, lui accordera sa miséricorde.

Foutu padre, s'indigna le promoteur en son for intérieur. Si je dénoue cette corde de ta taille et te pends avec, tu comprendras le sens de la miséricorde. Qu'est-ce que ça change pour toi de diminuer son âge de six mois ? Que Dieu le juge quand son temps sera venu. Pourquoi le livrer à l'arbitraire des hommes ? Sais-tu seulement à quel point cette femme l'a rendu fou ? Un petit garçon – un petit garçon innocent. Le Seigneur approuve-t-il ce genre de choses ? Si elle te

1. Donne-moi un sou ! Au nom de Dieu, donne aux pauvres !

faisait pareil, tu te débarrasserais de ton *choga*[1] en une minute ! Existe-t-il un homme au monde capable de résister à une jolie femme qui montre ses seins ? C'est la froideur et la sécheresse de ta miséricorde le problème, même pas attendrie par des larmes d'enfant. Tu nous appelles mon fils, mais tu n'éprouves pas de sentiments faute d'avoir des enfants. Tu n'as que les citations d'un livre à la bouche.

Sa vie sera gâchée, mon père, affirma l'entrepreneur à voix haute. Vous savez que c'est un bon garçon.

La barbe balaya le torse du padre qui, fuyant le regard de l'entrepreneur, répondit : C'est l'heure de ma prière, mon fils. Faites confiance au Seigneur, il prendra soin de lui.

Bon sang, pourquoi est-ce qu'on écoute les prêtres ? Ils ne connaissent rien. Ni les énervements d'une épouse, ni l'amour douloureux pour un enfant, ni la folie d'un amour illicite, ni la lutte pour gagner sa vie. Ils n'ont qu'un visage solennel, une voix solennelle et la possibilité de se décharger de leurs responsabilités sur le Seigneur. Ce pharisien qui pourrait sauver mon fils préfère laisser ça au Seigneur !

Mon père… dit l'entrepreneur à haute voix.

Mon fils… dit le padre.

Malgré son aspect inoffensif et son milieu social privilégié, Bobo ne se retrouva pas derrière les barreaux vulnérable comme un agneau. Avoir tiré sur un homme, un chien et une femme lui avait donné de quoi plastronner.

---

1. Sorte de veste longue en tissu descendant jusqu'aux genoux.

Le premier codétenu qu'il apprivoisa et enrôla fut Aslam, le sodomite. Le garçon basané au nez camus de Farrukhabad – le marchand de journaux – était considéré comme un peu déséquilibré et comme un disciple enthousiaste toujours en quête de guide. On le connaissait aussi pour son éternel sourire idiot et ses déclarations de vengeance aléatoire.

Aslam gagnait sa vie dans un salon de coiffure de bas étage quand un garçon plus âgé d'Amroha l'avait initié à la sodomie. La demande était simple. Un professeur de physique du campus de l'université avait une épouse, qui passait le week-end avec leur fille et ses enfants. Il fallait sodomiser le professeur le samedi soir et le dimanche matin. Le samedi soir, le sodomite avait droit à du whisky et à un dîner, le dimanche, à une bière, à un déjeuner et à la somme de deux cents roupies.

Le garçon d'Amroha avait besoin d'un remplaçant fiable parce qu'il avait pris un boulot à une station de taxis et qu'il s'absentait souvent le week-end. Comme n'importe quel professionnel futé, il ne voulait pas renoncer à un emploi lucratif au motif qu'il en avait trouvé un autre. Le stupide Aslam tiendrait le fort en son absence.

Pour Aslam, c'était un moyen de gagner de l'argent d'une facilité aberrante. Le professeur, doux et gentil, ne le traitait pas en prestataire de services de basse classe. Aslam dînait à sa table, utilisait ses serviettes, le sodomisait sur son lit. Le professeur n'exigeait aucun extra. Au bon moment, une fois qu'ils avaient bu deux whiskys, il rentrait dans la chambre et pliait les genoux au bord du lit.

Aslam, les yeux clos, pensait à son actrice préférée.

Ensuite, ils buvaient davantage de whisky et le professeur fumait des cigarettes en lui décrivant la taille de l'univers, l'âge des étoiles. Le garçon était dérouté. Si les êtres humains étaient tellement insignifiants, pourquoi se comportaient-ils comme s'ils étaient importants ? Et parmi ces trois milliards d'étoiles, où se trouvait le paradis promis par le Prophète ?

Aslam préférait de loin l'autre théorie du professeur, d'après laquelle les gens n'étaient que des particules chimiques ; il n'existait ni bons ni méchants, simplement une bonne ou une mauvaise combinaison chimique.

Ce qu'ils venaient de faire – les halètements et les coups de boutoir – ne correspondait qu'à une fusion de particules chimiques dans le cerveau. On avait tort de louer ou de condamner les gens pour leurs actions, chacun agissait en fonction des ordres que leur donnaient les particules chimiques.

Les particules chimiques ordonnaient parfois au professeur de retourner au bord du lit après quelques cigarettes.

La vie de coiffeur pour hommes et de sodomite d'Aslam fut bouleversée quand, huit mois plus tard, le garçon d'Amroha perdit son boulot à la station de taxis et insista pour récupérer sa fonction du week-end. Aslam résista. Plus que l'argent, il en était venu à aimer ces moments avec le professeur ; ils lui donnaient l'impression de compter, ce qu'il n'avait jamais ressenti auparavant. Personne d'instruit ou de nanti ne lui avait adressé la parole comme à un égal, ne lui avait parlé de particules chimiques, d'étoiles et de bien d'autres sujets profonds auxquels il ne comprenait rien.

À sa grande surprise, le professeur n'avait pas non plus envie de le laisser partir. Il trouva un compromis en acceptant le service des deux garçons. Cela se passa mal. Les frictions, les troubles, les tentatives d'anticipation étaient permanents. Le professeur était trop gentil et trop conscient de son perchoir d'exploiteur pour formuler une préférence.

Aucun coiffeur ne pouvait faire le poids contre un chauffeur de taxi, aussi le type d'Amroha l'emporta-t-il. Il revendiqua sa primauté auprès du professeur et traita Aslam comme une doublure. L'intimité était perdue et la camaraderie engloutie par la rivalité territoriale. Il n'y eut plus de discussions calmes sur la magie de la science. Le leader autoproclamé ne parlait que de films en hindi et, à mesure qu'il s'enivrait, décrivait crûment ce qu'il aimerait faire à la star de son choix.

Les nouvelles actrices maigres et les merveilleux hommes qu'elles auraient pu être faisaient partie de ses quolibets de prédilection. Il en citait une par son nom avant de rigoler et de taper sur la cuisse du professeur, dont les lunettes tombaient sur le bout du nez.

Au bout de quelques semaines de cette comédie, Aslam battit en retraite. Le professeur avait été le plus bel interlude de sa vie, il ne supportait pas de le voir souillé mais, sans la perspective des raffinements grisants du week-end, Aslam trouva le boulot de coiffeur-barbier d'un ennui intolérable. Parfois, le samedi soir, il se rendait sur le campus de l'université, se postait sous le siris blanc pour observer les lumières du deuxième étage de la maison jusqu'à ce qu'elles s'éteignent vers minuit puis il rentrait en pleurant dans son taudis.

Le type d'Amroha faisait peu de cas de sa victoire. Chaque fois qu'il tombait sur Aslam, il se plaignait du supplice de devoir satisfaire un homme d'âge mûr : Le jour où j'aurai une voiture sous le cul, je ne reverrai jamais ce pédé.

Aslam décida de rentrer chez lui à Farrukhabad pour se remettre sur pied. Il mangerait les plats de sa mère et se rendrait au salon à deux fauteuils de son père, placardé de posters d'actrices des années soixante-dix. Il regarderait des films au cinéma avec ses cousins et irait boire des bières dans les champs avec ses amis d'enfance. Il leur parlerait des particules chimiques, de la nature de chacun d'eux – une simple bouillie de lotions et de potions –, et de Dieu – un simple grand chimiste.

Le jour de son départ, le type d'Amroha vint se faire raser. Tandis qu'il passait le rasoir sur sa gorge savonneuse, Aslam aurait aimé déraper mais un assassinat – fût-ce accidentel – n'est jamais chose aisée tant qu'on n'a pas commis le premier. Une fois qu'il eut nettoyé le visage du type d'Amroha avec un chiffon et l'eut massé avec de l'alun, celui-ci lança : Tu te sers de quel genre de téléphone ?

Aslam lui montra son appareil gênant, en plastique violet, aux touches grinçantes dès qu'on y appuyait ; taper une suite de mots, c'était comme jouer sur un xylophone d'enfant.

Garde-le au chaud, lui conseilla le type d'Amroha. Tu pourras le vendre à un musée.

Mes particules chimiques doivent s'être humidifiées à cause de la météo, voilà pourquoi elles n'explosent pas, se dit Aslam.

Le type se leva et sortit de la poche de son pantalon un téléphone noir et argenté, tellement magnifique qu'on avait envie de le mettre sur un autel et de l'embrasser. Il le fourra dans la main du coiffeur qui, soupirant, l'effleura du bout des doigts. Lisse, super !

Combien ? finit-il par demander.

Combien tu peux payer ? Il y a une carte SIM à l'intérieur.

Je n'en ai pas besoin.

Combien tu as ? Dépêche. Je sais que tu rentres chez toi. Offre-le à ton père. Ce sera la première fois que tu lui fais un cadeau depuis qu'il t'a craché sous la forme d'une semence mouillée dans le ventre de ta mère.

Je n'ai que mille cinq cents.

Mille cinq cents ! Qu'est-ce que tu crois acheter ? Des mangues *hapus*[1] ? Neuf, il coûte neuf mille. File-moi deux mille maintenant, deux mille plus tard, plus un an de rasage gratis. Je ne fais ça que parce que tu es tellement laid que tu as besoin d'un peu de chance.

Aslam cacha le téléphone au fond de son sac, d'où il ne le sortit que chez son oncle à New Delhi. La maison était un index en béton coincé entre d'autres index en béton aux environs de l'université Jamia. Les hommes de la famille du coiffeur occupaient chaque étage de l'index, lequel n'était composé que d'une

1. Mangues que l'on fait mûrir en les conservant dans un coffret en bois.

pièce. Croiser quelqu'un dans la volée de marches étroites et raides était une expérience à part entière ; le matin, à l'heure de partir travailler, la cage d'escalier était obstruée comme les artères d'un goinfre.

Aslam choisit le toit. Des années durant, il avait dormi fesses contre fesses avec ses cousins et ses oncles dans le dédale de l'étage du dessous mais, le cœur serré par la perte du professeur, il fuyait le toucher des hommes. Cinq *charpoys* s'entassaient sous une bâche tendue sur le toit. Autour de celui-ci, on voyait les mamelons des réservoirs d'eau Sintex et de la forêt d'antennes. Des cerfs-volants étaient accrochés sur les lignes à haute tension où oscillaient des cadavres d'oiseaux.

Ce soir-là, après avoir dévoré assez de *korma* et de *naans* pour se blinder de la gorge au rectum, Aslam s'allongea en caleçon sous la brume de Delhi et sortit sa nouvelle acquisition. Il appuya l'appareil contre sa joue puis le frotta sur son maillot de corps jusqu'à ce qu'il brille autant que du granit poli. Quand Aslam l'alluma, il diffusa des sons agréables et une lueur semblable au halo d'une divinité majeure.

Aslam pensa à la loi du karma : Le salaud s'est racheté parce qu'il m'a volé le professeur.

Une vague de gratitude envers le type d'Amroha le submergea. Au fond, il avait commencé par lui confier le professeur ; avoir voulu le récupérer n'était pas une immense injustice. Aslam aurait-il offert le professeur à quelqu'un ? Le premier témoignage d'amitié était pour lui, ça, c'était un signe du destin.

Sauf qu'il eut beau taper plein de fois le numéro au chant mélodieux, rien ne se passa. Le coiffeur s'affola.

Quel imbécile d'avoir fait confiance au salaud. L'appareil était manifestement aussi factice que ces nouveaux paquets de chips qui paraissaient gonflés de bonnes choses mais, une fois ouverts, contenaient plus d'air que de pommes de terre.

Malgré l'heure tardive, Aslam, en une tentative désespérée de valider le portable, composa le numéro de son frère qui travaillait à Mumbai. Après un appel manqué, il y eut une sonnerie stridente qui résonna longtemps jusqu'à ce qu'il entende la voix faible de son frère.

Qui est mort, *maaderchod* ?

J'ai un nouveau téléphone, je l'essayais.

Pourquoi n'as-tu pas appelé ton défunt grand-père, *chutiya* ? Il ressuscite peut-être au milieu de la nuit.

Aslam entendit des voix en arrière-plan qui criaient à son frère de la fermer. Il savait qu'il partageait un *chawl*[1] avec neuf ouvriers.

Aslam se rallongea, satisfait : ça marchait. Un grand avion aux lumières clignotantes le survola. Comment y arrive-t-il sans battre des ailes, se demanda-t-il. Peut-être grâce à plus de particules chimiques. Je devrais téléphoner au professeur demain pour lui poser la question.

Il rêva qu'il était suspendu au nez d'un avion qui battait paresseusement des ailes comme un gigantesque aigle et son nouveau téléphone émit une douce voix. Il le chercha dans ses poches, dans son caleçon, dans sa chemise. En vain. La sonnerie ne s'arrêtait pas. Il se tapotait frénétiquement quand, soudain, ses

1. Maison collective.

cuisses n'adhérèrent plus au sol et il se mit à glisser ; paniqué, il hurla en tombant dans l'espace infini ; le merveilleux nouveau portable continua de sonner pendant qu'il fendait l'air.

Il se réveilla en ne sachant pas où il était. Comment avait-il survécu à une telle chute ? Une faible lueur apparaissait dans le ciel nocturne, comme si la Lune s'était écrasée sur la Terre et rayonnait faiblement. La ville endormie éclairait l'obscurité grâce à un million d'impulsions électriques.

Il ramassa le téléphone à la voix aussi douce que des touches musicales. Pourquoi avait-il mis si longtemps à répondre ? Il dit qu'il dormait. Elle dit que c'était étonnant qu'un garçon de son âge se couche aussi tôt. Il voulut savoir s'il la connaissait. Personne ne connaît vraiment personne, dit-elle. Il lui demanda comment elle s'appelait. Elle dit que son prénom rimait avec le sien. Il dit qu'il s'appelait Aslam. Elle dit qu'elle s'appelait Asma. Il lui demanda d'où elle tenait son numéro. Elle dit qu'il posait trop de questions. Il devait être un policier. Il dit qu'il était coiffeur. Elle dit qu'il lui couperait les cheveux. Il dit qu'il ferait n'importe quoi pour elle. Elle dit qu'il fallait qu'elle y aille. Son oncle l'appelait. Il dit qu'il couperait aussi les cheveux de son oncle. Et ceux de sa tante, de son frère, de sa sœur, de sa grand-mère. De tous ceux qu'elle connaissait.

Elle dit : Aslam ! Il dit : Asma ! Elle dit : Demain. Il dit : Demain !

Le matin, il était persuadé d'avoir fait deux rêves. L'un de l'avion, l'autre d'Asma. Après avoir vérifié sur son téléphone, il fut cependant perplexe : il y avait eu un appel à minuit d'un numéro caché.

Le mystère ne perdura pas. Il rangeait le *charpoy* sur le côté lorsque le téléphone sonna. Asma dit qu'elle n'avait pas dormi de la nuit, hantée par sa voix virile. Aslam remit le *charpoy* en place et s'y assit, il resta là jusqu'à ce que le soleil ait acquis assez de force pour se frayer un chemin dans le smog de Delhi.

Asma parla à Aslam de choses dont il n'avait jamais rêvé. De passion. D'un désir ardent qui empêchait de dormir. Orpheline, elle souhaitait être entourée d'affection depuis toujours. Quelqu'un qui la serre dans ses bras. À cause de son exceptionnelle beauté, ses tuteurs l'exécraient car leur fille avait, par un hasard malheureux, des traits irréguliers. À force de n'être jamais caressés ses seins étaient douloureux. Le manque d'une âme sœur lui brisait le cœur.

Aslam en avait le vertige. Aucun doute n'était possible. Les particules chimiques, Allah et le karma existaient bel et bien.

Il lui décrivit son enfance à Farrukhabad. Son père surnommé Usman Kainchi parce qu'il maniait ses ciseaux avec une telle vélocité qu'on ne le voyait pas, il n'y avait que le bruit. On s'asseyait et, regardant dans la glace, on remarquait le nez disproportionné, les yeux sans éclat, la sécheresse de la peau, bref, le visage qu'on avait oublié dans la course de la vie, on entendait un cliquetis au-dessus de sa tête, on se levait et on avait l'impeccable coupe de cheveux espérée.

Usman, l'enfant, avait la maîtrise des ciseaux avant que ses camarades n'aient appris à écrire une phrase. D'après sa mère, s'il avait été plus ambitieux, il aurait pu modeler la tête de présidents, de rois, de stars de cinéma et de prophètes. D'après son père, s'il avait eu de l'oreille, il aurait joué un raga Bhairavi avec ses ciseaux.

Le fils d'un artiste doit être un artiste, commenta Asma.

Ce n'est pas vrai, rétorqua Aslam. Il n'était qu'un coiffeur médiocre qui avait du mal à harmoniser les deux côtés d'un visage. Par-dessus le marché, il n'était pas beau, son teint était noir comme du goudron et ses narines avaient la largeur des portes d'une mosquée.

La fille dit qu'il était ce qu'il y avait de plus rare au monde : un homme modeste.

Il dit que sa mère était une femme petite, légère, vive, capable de préparer un festin pour vingt personnes en vingt minutes ou d'inventer un repas pour un invité même s'il n'y avait aucune provision dans la maison.

La fille dit que le fils d'une femme généreuse ne pouvait qu'être généreux.

Aslam dit qu'il n'avait rien lui permettant d'être généreux et qu'il avait commis des méfaits dans sa vie.

Elle dit que seul un homme courageux pouvait avouer de telles choses.

Au moment où son oncle la somma de raccrocher, Aslam était éperdument amoureux au point d'en avoir oublié sa famille et Farrukhabad. Pour autant qu'il le sache, son téléphone était la lampe d'Aladin et il avait fait apparaître un extraordinaire fantasme en la frottant.

Il vécut sur le toit pendant les trente-six heures suivantes, d'où il ne descendit que pour se nourrir ou faire ses ablutions. Un comportement étrange, mais les pauvres ont conscience de l'étrangeté du monde et n'ont pas le temps de s'appesantir sur d'infimes bizarreries. Aslam restait allongé sur le *charpoy*, les appels survenaient à un intervalle de quelques heures. L'ardeur de leur conversation de plus en plus intense l'embrasa. Elle lui dit que c'était pareil pour elle.

À la vingt-quatrième heure, ils s'étaient engagés à se marier ; à la vingt-huitième, elle faisait sa valise ; à la trentième, elle avait piqué de l'argent dans le placard de sa tante ; à la trente-deuxième, elle était sortie en douce de sa maison et avait sauté dans un rickshaw pour se rendre à la gare routière ; à la trente-troisième, elle était montée dans un car à destination de Delhi ; à la trente-cinquième, Aslam s'apprêtait, prenait un bain, se lavait, se mettait du talc et de l'eau de Cologne, enfilait des vêtements repassés ; à la trente-sixième, il descendait l'escalier en y répandant de délicieuses odeurs.

Ils avaient fixé un rendez-vous symbolique : Porte de l'Inde avec sa flamme du soldat éternel. Pendant le trajet en bus, il se représenta le faire-part de mariage au liseré d'argent. Asma épouse Aslam. Il la traiterait comme une reine. Le tourment d'être une orpheline s'effacerait de sa mémoire en un rien de temps. Ses parents l'aimeraient : ils étaient compatissants et elle était une fervente musulmane.

En avance ainsi qu'il en avait eu l'intention, il fit le tour de l'imposant édifice en parlant tout seul. Il ne devait pas bégayer lors de leur rencontre. De temps à autre, l'appréhension lui donnait des crampes d'estomac qui l'obligeaient à s'asseoir. Les centaines de personnes qui se trouvaient là mangeaient en permanence. Il ne remarqua pas le moindre homme ni le moindre enfant, mais il avait la chair de poule et sa gorge se desséchait dès qu'une jolie femme s'approchait.

Puis son merveilleux téléphone sonna : c'était Asma, qui se dépêchait de le rejoindre depuis le terminus de cars inter-États, elle voulait savoir ce qu'il portait, où il se tenait ; comme il regardait autour de lui, un homme l'aborda, lui demanda s'il s'appelait Aslam ; alors il dit à sa future épouse : Je suis devant un homme qui a une grosse moustache, une dent en or et qui me demande si je m'appelle Aslam ; à ce moment précis, l'homme le prit brusquement par le bras, lui demandant de nouveau s'il s'appelait Aslam ; il répondit que c'était bien son nom et un autre homme l'attrapa par l'épaule, arracha le téléphone de sa main ; Aslam ouvrit la bouche pour hurler, mais une paume brutale s'abattit sur ses dents, refoulant ses protestations dans son ventre ; Aslam tenta vainement de se dégager ; trois hommes le maintenaient avec des mains de fer si bien que ses contorsions n'aboutiraient qu'à le blesser sans qu'il parvienne à s'échapper.

Il se moquait du nombre de coups que lui administrèrent les policiers, seule Asma l'inquiétait. Il supplia les hommes de fer de l'autoriser à passer un coup de téléphone. Sa fiancée serait perdue. Innocente, sans père ni mère, elle ne connaissait pas cette ville immuable, sans frontières, sans cœur.

Il avait du mal à imaginer la terreur qu'elle éprouverait en faisant de multiples fois le tour du gigantesque arc de triomphe, n'arrivant à le trouver nulle part. Il pleura en pensant à elle qui traînait sa valise et scrutait les jeunes gens, essayant d'associer le visage du téléphone au leur. Son angoisse empira à l'idée des regards concupiscents que ces hommes lanceraient en réaction à sa beauté, à son teint clair et à ses lèvres écarlates. Il l'avait dévorée des yeux dès l'instant où elle était apparue sur son écran, pouvait-il plaire à une houri pareille ?

Peut-être que les êtres humains étaient des particules chimiques, mais il existait sûrement un dieu au ciel qui s'occupait des plus malheureux.

Ce ne fut que le lendemain matin après une nuit de raclées cycliques qu'il découvrit une nouvelle raison d'avoir du chagrin. Le professeur – dont le lit et l'intelligence avaient enflammé sa vie – était mort. Il avait reçu deux balles dans le cœur. On l'avait laissé avec un concombre fourré dans la bouche.

Ce soir-là, les hommes de fer le mirent dans un train qui le ramena dans la ville côtière. Il sanglota pendant le trajet, sans trop savoir pour qui : Asma, le professeur ou lui-même. Un des trois hommes de fer était vieux et modéré. Le deuxième jour, il certifia à Aslam qu'il avait prévenu sa femme de son arrestation et qu'elle avait promis de l'attendre jusqu'à la fin des temps.

On inculpa Aslam du meurtre du professeur. On présenta deux témoins du campus de l'université qui se rappelaient l'avoir vu rendre régulièrement visite au professeur. L'un était le *chowkidar* de l'entrée principale, l'autre le domestique d'un voisin. Le propriétaire du salon de coiffure avait déclaré qu'Aslam n'était pas chez lui le soir de l'assassinat. Aslam fut aussi accusé de vol : de l'argent, des bijoux, des articles ménagers et le pistolet calibre 22 sous licence du professeur – avec lequel il avait été tué – avaient disparu. Le téléphone, la pièce maîtresse grâce à laquelle l'affaire avait été résolue, était désormais récupéré.

Le type d'Amroha était introuvable. Aucun *chowkidar* et aucun domestique ne l'avait aperçu. Au salon, personne ne se souvenait qu'il était venu y vendre un portable à Aslam. Les policiers tournèrent en dérision les tentatives de ce dernier de les diriger vers lui. L'histoire de la sodomie professorale s'était frayé un chemin dans les postes de police de l'État, déclenchant pléthore de blagues et faisant d'Aslam un prisonnier célèbre.

Juste avant d'être emmené en garde à vue, Aslam eut l'occasion de rencontrer Asma. Elle avait une seule natte de cheveux crépus et un visage carré à la peau aussi tannée que du cuir à rasoir. Sa graisse remplissait son uniforme, tellement moulant qu'il n'y avait pas un pli sur ses énormes cuisses.

Tu veux m'épouser ? lança-t-elle dans la voix envoûtante du téléphone.

Perclus de douleurs et boursouflé, Aslam la dévisagea avec terreur.

Puis sans crier gare, d'une voix infernale, elle cria : Tu ne le veux plus maintenant, n'est-ce pas, espèce de sodomite ?

Aslam faillit chier dans son pantalon.

En prison, être un assassin – armé d'un pistolet de marque par-dessus le marché – lui valut un minimum de respect ; et être un brave gars stupide, beaucoup d'affection. Au royaume d'airain rempli d'innocents, il en était réellement un. Son expérience ne l'avait pas avili, ni n'avait supprimé le ressort de son pas, ni effacé le grand sourire de son visage couleur de nuit, c'était incroyable !

Usman Kainchi ne vint pas voir son fils. Il n'était jamais sorti de Farrukhabad. Il envoya son frère et un fils plus âgé qui apportaient une liasse de billets de banque froissés. À en croire l'oncle, le grand coiffeur faisait claquer ses ciseaux plus rapidement que les dents d'un homme endormi dans la neige. Aslam n'avait pas à s'inquiéter pour l'argent.

Il devait organiser la meilleure défense pénale et boire du lait tous les jours.

26

Les Pfalkar et Marc Aurèle

L'avocat qui fut conseillé – par le buzz intérieur – à Aslam avait quarante clients dans la même prison. Il s'appelait Phalkar et était un avocat de la deuxième génération.

Le cabinet s'intitulait Falkar et Phalkar. Si vous vouliez que le père plaide votre cause, il fallait préciser : Je veux le vieux Falkar avec le F, non pas le gros avec le P.

À quatre-vingts ans, le père était une légende et avait des honoraires bien plus élevés. En revanche, P était le visionnaire. C'était lui qui avait fait du cabinet une hydre omnipotente, avec une tête derrière les barreaux et les autres implantées dans la police, les tribunaux et le gouvernement.

Phalkar comprenait que les relations de haut niveau ou la publicité n'infléchissaient pas les affaires contrairement à la compassion des agneaux, c'était ça son génie. Il avait beau connaître intimement les potentats de l'État – ministre en chef, ministre de l'Intérieur, ministre de la Justice, inspecteur général de la police, secrétaire général, secrétaire d'État, président de la Cour suprême –, il travaillait au corps les humbles et les anonymes. Agents de police, sous-inspecteurs, huissiers de justice et sténographes. Il rencontrait des rédacteurs en chef à des réceptions officielles, en revanche il recevait des journalistes à son cabinet pour le thé.

Le bruit courait que, s'il pouvait obtenir de gros titres, ce n'était pas le cas d'un ministre même s'il téléphonait au rédacteur en chef. Pendant le mois, deux garçons du bureau remplissaient des enveloppes marron et allaient les déposer où il fallait.

Dans l'univers nébuleux du crime et du châtiment, on surnommait le cabinet *Dukaan*[1]. Une injustice de plus. F et P n'avait rien de tel, c'était un centre commercial qui proposait de multiples services. Phalkar entretenait une armée de jeunes avocats maîtrisant une multitude de langues. Il n'y avait aucune raison de désespérer si on ne parlait que le kannada, le tamoul ou le bengali. Il suffisait d'entrer en boitant dans le *Dukaan* pour que la langue, le droit et la vie soient pris en main.

Certains jours, la totalité des prévenus d'un procès étaient des clients du *Dukaan*. Les membres du personnel disaient en plaisantant qu'on aurait dû déménager le tribunal dans les bureaux de F et P où la climatisation marchait mieux et où il y avait un distributeur de thé et de café.

Toujours assis sur la chaise la plus à droite au premier rang des avocats, Phalkar le rondouillard se

1. Boutique.

caressait le ventre et tortillait sa mince moustache pendant la passe d'armes jargonneuse de ses jeunes guerriers avec le juge. Les accusés – alignés sur le banc de bois contre le mur – regardaient, les yeux caves, sans comprendre. Il y avait rarement davantage en jeu que la date de la prochaine audience.

Un mois entre celles-ci, c'était normal. Une demande de libération sous caution prenait parfois des mois avant d'être entendue par un magistrat. Souvent, à la fin du procès, un détenu avait purgé sa peine pour un délit dont il était acquitté.

Ce qui ne perturbait pas outre mesure Phalkar, qui, en bon hindou, comprenait les vérités éternelles sous-tendant l'injustice et le chaos. Considérer Phalkar – ou Falkar – comme de simples boutiquiers tenait de la bêtise. À l'instar de la plupart des hindous, ils réfléchissaient et cherchaient le sens du train du monde quand bien même celui-ci les avantageait.

Si remarquable que cela paraisse, les misérables prévenus faisaient preuve d'une profondeur philosophique identique. L'injustice de la justice était acceptée. Comme le mariage qui promet le bonheur mais engendre le malheur, l'interminable attente de la date était une manière qu'avait la loi de vous montrer votre véritable place dans l'ordre des choses.

Outre son diplôme de la meilleure faculté de droit du pays, Phalkar avait passé quelques années en Angleterre à suivre une formation en gestion hôtelière, à expérimenter les putes blanches, à maîtriser la consommation de la bière. Un soir, il avait eu une révélation.

Alors qu'il faisait la fête avec des amis, il avait mangé du bœuf pour la première fois. La révolte de son corps avait été presque immédiate : l'abondance et la violence avec lesquelles il avait vomi avaient laissé une trace depuis la table jusqu'aux toilettes. Il avait fallu le transporter chez lui. Le lendemain, il brûlait de fièvre et ses entrailles étaient vidées. Une semaine plus tard, il était à bord d'un avion à destination de Mumbai, comblé par la sérénité d'une illumination.

Si son corps était à ce point hindouiste, son âme devait l'être intégralement.

À son retour, Phalkar et Falkar tombèrent amoureux l'un de l'autre. Jusqu'à présent, leur relation, semblable à n'importe quelle relation familiale, était tissée de devoir, d'affection, de certaines rancœurs et animosités. Ils découvrirent la communion de leurs esprits. Hormis l'immersion dans l'océan de l'hindouisme, Phalkar comprit les avantages de sa vocation à l'exercice du droit qui, au meilleur de lui-même, alliait compassion et commerce. Le père et le fils ne cessaient d'échanger sur la religion, le droit et la politique.

Ils louèrent un nouveau bureau dans un vieil immeuble où, dans une grande pièce, ils installèrent leur table côte à côte. Ils entendaient leurs affaires respectives, en discutaient dès le départ du client. Ils déjeunaient ensemble sur le canapé ; le soir, ils buvaient du whisky. Lorsqu'on maria Phalkar à une jeune fille, également titulaire d'un diplôme de droit, il l'aima, la baisa, lui offrit des bijoux mais il continua de ne parler qu'à son père.

Leur débat permanent pour décoder leur vie et leur travail déboucha sur la décision du fils P de faire de Falkar et Phalkar une entreprise juridique avec idéologie. Une branche s'impliquerait dans les affaires des classes inférieures – les analphabètes, les infirmes, les insolvables –, et une autre dans celles des nantis. La première gagnerait peu mais serait charitable, la seconde gagnerait beaucoup mais serait insensible.

Les membres de la populace seraient les ouailles de P.

Les quelques privilégiés seraient de la chair à canon pour F.

Père et fils croyaient qu'ils avaient peut-être créé la première société du pays dotée d'un cadre philosophique précis unissant la réalité à l'idéalisme.

La réussite incommensurable de leur entreprise corroborait la solidité de leurs principes.

Sous l'effet d'une étrange évolution, P le fils devint gros et joufflu, tandis que F le père maigrissait. Aucun médecin ne fournissait la moindre explication. Le prêtre de la famille assurait qu'il n'y avait pas de raison de s'inquiéter. Les bénédictions des pauvres alourdissaient le fils et les méfaits des riches affaiblissaient le père. Dans la longue perspective de multiples existences, c'était bénéfique pour les deux.

Ils continuaient à se ressembler dans un domaine : les tentatives de déconstruire leur univers. En Angleterre, le gros Phalkar était tombé sur un volume de *Pensées pour moi-même* de Marc Aurèle. Il estimait désormais qu'il fallait transmettre de la même façon la quintessence de leurs réflexions à la postérité. Ils assistaient quotidiennement à autant de drames humains que l'empereur romain et ils avaient sûrement davantage de temps pour noter leurs expériences.

Il en fit part à son père qui approuva : L'espoir d'imiter la *Gita* est hors de notre portée, en revanche ce texte, c'est possible.

Ils se lancèrent dans le projet avec ardeur. Ils discutaient et affinaient leurs idées avant de les écrire séparément dans deux carnets différents, une précaution contre la perte ou l'incendie criminel. Chaque fragment montrait leur fidélité à l'esprit de Marc Aurèle.

Pour qu'une société survive lorsque la politique prend le pouvoir sur la police, le judiciaire doit devenir la police.

La jurisprudence occidentale et le *laissez-faire** oriental ne font pas assez bon ménage dans la Loi sur la preuve pour créer des dossiers en béton.

Par souci de précision, le CoPP – le Code de procédure pénale – devrait s'intituler le Co*CH* – le Code de procédure *chalta hai*[1].

Ancrée dans les vieilles notions d'allégeance, la police fait trop peu, trop ou rien. Le rien est préférable pour les gens.

Dans le Code judiciaire national, les faits sont circonscrits. Le pouvoir détient les faits les plus probants. L'argent vient après. La vérité en dernier.

La gravité d'un délit est liée à la rumeur. La rumeur est liée aux intérêts personnels. Lesquels sont liés à l'argent. L'argent est lié au pouvoir. Le pouvoir est lié à la rumeur.

---

1. Laissez-faire, en hindi.

Pour les délits, la justice ne peut exister sans rumeur.

La justice ne se rend que grâce à une profonde intuition. Les grands maîtres de la justice sondent l'âme des misérables et repèrent la culpabilité là où les faits ne s'imposent pas.

Alors ils châtient en s'abstenant de juger jusqu'à ce que les condamnés aient passé des années derrière les barreaux et payé pour avoir franchi les lignes rouges définies par les humains depuis leur naissance.

Une méthode ingénieuse, équitable, digne d'une civilisation antédiluvienne.

Les coupables écopent même si leur délit n'est pas prouvé. Ils apprennent les dangers d'avoir mal agi.

En fin de compte, les innocents sont acquittés, fût-ce au terme de longues années. Ils sont humiliés par le miracle de la justice.

Parfois, les innocents sont inculpés : leur mauvaise graine est perçue avant son éclosion.

Le droit n'est qu'un manuel et, à l'instar des livres religieux, sa grandeur et sa tyrannie sont l'œuvre de ses défenseurs. Prêtres, imams, seigneurs.

L'Inde étant un continent, elle a une myriade de seigneurs de tous genres, couleurs et convictions.

Chacun lit le texte à sa manière, de quoi créer une explosion aveuglante de grandeurs et de tyrannies.

La précision n'a rien à voir avec l'exercice de la justice, c'est une histoire d'atmosphère et d'état d'esprit. Les juges ne sont pas censés se concentrer sur des affaires individuelles, ils gèrent l'état d'esprit.

Dix mauvais jugements ne peuvent perturber l'état d'esprit qu'engendre un bon jugement.

L'important n'est pas que les gens obtiennent justice, l'important c'est qu'ils croient possible d'obtenir justice.

L'humanité est confrontée à deux grands mystères :

a) Existe-t-il une autre vie intelligente dans l'univers ?

b) Le juge est-il Dieu, ou bien Dieu est-il un juge ?

Si le premier reste matière à débat, le second ne l'est pas : le juge a toujours raison, comme Dieu.

Si ton expression ne plaît pas au juge, change d'expression.

Si ton avocat ne plaît pas au juge, change d'avocat.

Comme Dieu, le juge exige l'obéissance.

Comme Dieu, le juge est lunatique.

Comme Dieu, le juge fonctionne selon une algèbre de moralité impossible à décrypter.

Comme Dieu, le juge est du côté des pauvres, un parti pris qu'il dissimule en lançant des os à ronger aux riches.

Si Dieu est miséricordieux alors le juge est équitable : chacun doit tenter de résoudre cette question par lui-même.

Il y a un paradis et un enfer distincts pour les juges et les avocats. Une partie souffre d'une épidémie de solitude, une question que chacun doit résoudre par lui-même.

Il existe deux sortes de vérités dans le monde. La Vérité, et la vérité de l'avocat. La vérité de l'avocat est légère, joyeuse, pleine d'esprit, de charme et de talent artistique. La Vérité est accablante, triste, austère et ennuyeuse.

La vérité de l'avocat considère que la vie est un voyage à multiples splendeurs. Une fête de la possibilité et de l'imagination. Le monde est ce qu'on exprime. Le monde n'est que la parole.

La Vérité considère que la vie est dure, sacrée, inviolable.

Ceux qui respectent la Vérité terminent martyrs.

Ceux qui respectent la vérité de l'avocat terminent millionnaires.

C'est la vérité de l'avocat qui mène le monde. La politique la suit. Les affaires la suivent. La religion fut la première à la maîtriser. Les médias et la médecine, de récents convertis, font preuve d'excès de zèle.

Les arts ne sont plus que des motifs brodés sur la vérité de l'avocat.

Parfois, la Vérité se révèle dans des textes de volumineux livres d'histoire, que personne ne lit plus.

De même que Rama tua Ravana, Krishna Kamsa, Narasimha Hiranyakashyapa, Kali Raktabija, Bhima Duryodhana, Arjuna Karna, Achille Hector, Énée Turnus, Aurangzeb Dara Shikoh, John Wilkes Booth Lincoln, Nathuram Godse Gandhi, Hitler six millions d'impurs, Staline vingt-cinq millions de récalcitrants, Mao Zedong soixante-dix millions d'êtres sans intérêt, l'homme blanc le peau-rouge, l'homme blanc l'homme noir, les djihadistes les infidèles, les hautes castes les basses castes, les citadins les tribus, le capitalisme le communisme, le cinéma la littérature, la télévision la conversation, les immeubles les arbres, la pornographie Éros – la vérité de l'avocat a éliminé la Vérité.

La vérité de l'avocat s'épanouit lorsque l'équilibre de l'avocat l'accompagne. VA sans EA est un cheval sans selle.

L'équilibre de l'avocat est atteint quand différentes parties du corps fonctionnent avec une grande efficacité indépendamment les unes des autres. Les mains font une chose tandis que le cœur en éprouve une autre ; la bouche formule une chose tandis que le cerveau en pense une autre ; les lèvres esquissent un sourire tandis que les yeux restent d'un froid glacial.

Hitler visait l'art et l'annihilation. Staline et Mao la littérature et l'annihilation. Rama la bonté et l'annihilation. Arjuna la vertu et l'annihilation. Le capitalisme la liberté et l'annihilation.

L'équilibre de l'avocat procure aux avocats la compétence d'un comptable et le tempérament d'un sage. L'argent compte. Au tribunal, la victoire et la défaite n'ont pas d'importance.

À l'homme politique, l'équilibre de l'avocat procure l'habileté d'un voleur et le discours d'un chaman, le cœur d'un boucher et l'imagination d'un romancier. Et l'entrejambe d'un écolier.

Falkar et Phalkar prenaient davantage de plaisir à trouver un nouvel aphorisme qu'à gagner une affaire. Une victoire est éphémère, un aphorisme éternel.

P avait décidé de publier la collection qui s'enrichissait sous la forme d'un recueil en hommage au vieil homme lorsqu'il mourrait. La dédicace serait : À Falkar : *Father* et Filosophe.

Phalkar certifia à Aslam qu'il ne devait s'inquiéter de rien. Au tribunal, ils prouveraient son innocence au-delà du doute raisonnable. L'incarcération ne serait que l'affaire d'un an. Ou de deux. Ou de trois. Ou de quatre.

Une fois qu'Aslam eut fait la connaissance de certains des quarante autres clients du *Dukaan*, Phalkar passa à cinq ou six.

Voire à sept.

À l'arrivée de Bobo, Aslam en était à sa quatrième année et vivait depuis longtemps le paradoxe du détenu. Il était innocent mais sûrement coupable de quelque chose, d'un rôle subtil dans la mort du professeur, ou d'autre chose – à un moment donné – qu'il ne pouvait identifier, d'où le châtiment qu'il subissait.

Envers les vétérans, pour qui il était un bouffon, Aslam se montrait d'une déférence absolue. Coiffeur-barbier salarié de la prison – outre son statut de marchand de journaux –, il les rasait et leur coupait les cheveux. En revanche, il n'utilisait pas ses ciseaux pour les nouveaux, il les traitait comme un tueur aguerri traite de minables criminels.

La boutique du coiffeur se trouvait sous la cage d'escalier. Deux chaises en plastique dans une mer clapoteuse de cheveux multicolores.

Seul un personnage important avait le droit d'enlever le petit miroir cloué au mur.

Quelle que soit la longueur de la file d'attente, Aslam s'asseyait sur une marche et se limait les ongles jusqu'à ce qu'un client valable se pointe. Aucun novice n'osait l'approcher.

Un matin, toutefois, un garçon, petit et grassouillet, en caleçon, se planta devant lui : T'es coiffeur ou esthéticien ? Allez, je vais te laisser me couper les cheveux.

Aslam tomba amoureux de la peau douce de Bobo et de son attitude impérieuse. Se levant d'un bond, il mania ses ciseaux avec beaucoup d'attention dans l'épaisse crinière du garçon.

Il lui suffit de deux jours pour arranger le déménagement de Bobo dans sa cellule. Dès le début, le coiffeur l'adula d'un amour au demeurant fraternel. Bobo avait ce qu'il n'avait pas : de la beauté à la classe sociale en passant par l'assurance. En outre, qu'il ait prémédité de tirer sur un homme, un chien et une femme était époustouflant.

Aslam, qui se savait incapable d'un tel courage, n'avoua pas la vérité à son nouvel ami pendant un an. Son instinct lui dictait que la vérité formulée trop tôt dans une relation risquait d'être fatale.

Il fit croire à Bobo que le professeur et lui étaient devenus amis par hasard et qu'il sodomisait le vieil homme non pour de l'argent mais pour son arrogance universitaire. Il lui assura que leurs affaires se ressemblaient. La femme l'allumait avec son corps qu'elle ne partageait pas, l'homme le faisait avec ses connaissances qu'il ne partageait pas. Ceux qui ne partageaient pas ce qu'ils avaient ne devraient pas l'étaler. Voilà qui convainquit Bobo que, contrairement aux apparences, le coiffeur n'était pas complètement idiot.

Aslam raconta qu'un jour le professeur l'avait injurié pour sa couleur, sa vocation, sa religion, son analphabétisme, son nez et l'absence de son prépuce. C'est alors qu'il avait décidé qu'il fallait mettre un terme à la vie d'un homme aussi abominable. Il avait tiré sur le snob avec son pistolet puis était allé se rendre au poste de police.

En un étrange retournement de situation, Bobo traitait Aslam avec condescendance afin qu'Aslam puisse le protéger. Au cours de la première semaine, Bobo avait eu plusieurs accrochages et été rossé à deux reprises. Il avait bien essayé de rendre la pareille sauf qu'un nouveau venu n'avait aucune chance. Les deux fois, on l'avait transporté à l'hôpital de la ville : la première avec un œil en charpie, la seconde avec une mâchoire enflée.

Chaque fois, il avait prétexté être tombé dans les toilettes.

Pendant ce temps-là, Bichchoo avait déjà affirmé qu'il sentait sa pisse de riche d'un étage supérieur et qu'il n'allait pas tarder à s'occuper de lui.

Aslam était un ver enseveli dans les entrailles du système. La coupe de cheveux et la fourniture de journaux lui valaient la bienveillance des *bhais*. Il savait aussi s'y prendre avec les kakis – pour un pourboire, il dénonçait des nouveaux venus ou des poids légers. Il avait beau éviter les rapports sexuels derrière les barreaux – minimisant le passé –, le bruit courait qu'il avait découvert des recoins obscurs avec au moins un kaki.

L'homme en question – M. Dey Danadan[1] – était sociable et raffiné. On racontait que, issu d'une famille aisée, propriétaire de magasins et de biens immobiliers, il n'avait pas besoin de travailler comme modeste surveillant. Il le faisait pour le contact avec des garçons. Il aimait chanter des chansons d'amour en hindi, joyeuses la journée, mélancoliques le soir.

1. *Danadan* : sonore, tonitruant.

Il chantait à tue-tête sans se vexer des sarcasmes des garçons ; il citait avec humour de jolies phrases ou des insultes tirées de films. Aucun détenu ne connaissait son véritable nom et certains devaient lui demander le sens de son sobriquet.

Sur le mur extérieur de la cellule dix-sept, quelqu'un avait gribouillé des vers burlesques. Directeur : M. Kha Danadan.

Inspecteur : M. Ley Danadan. Gendarme : M. Dey Danadan.

Dey D avait tendance à avoir la main baladeuse sur les garçons qui le croisaient. Ceux-ci savaient de quoi il retournait et cela n'avait jamais déclenché de crise. Si les autres kakis le malmenaient, les garçons l'aimaient bien. D'une certaine douceur en raison de ses besoins, il ne laissait pas son autorité virer à l'agressivité. Il faisait des propositions malhonnêtes à tous – montrait le mur en jubilant et en se trémoussant –, mais son taux de réussite était nul.

Apparemment, la relation entre Dey Danadan et Aslam avait acquis une dimension commerciale. Il aidait le coiffeur à faire de la contrebande. C'était de notoriété publique que Dey D n'était amical que derrière les barreaux ; si vous tombiez sur lui à l'extérieur – où il s'habillait avec élégance, où il était marié et avait deux enfants –, vous étiez transparent : pas le moindre signe amical ne laisserait entendre qu'il vous connaissait.

Une triade complexe se mit en place entre les besoins de Bobo, d'Aslam et de Dey D. Bobo voulait Aslam pour qu'il le serve et facilite le trafic. Aslam voulait l'amitié de Bobo et Dey D lui était utile en tant qu'intermédiaire pour la fraude. Quant à Dey D, il désirait Aslam et Bobo, rien de plus.

Sans en avoir l'intention, la triade transforma la vie de la prison.

Les téléphones portables, tels étaient les objets de la contrebande où Bobo occupait une position dominante. Les appareils bon marché existaient depuis toujours dans l'établissement – d'un prix variant de neuf cent à mille cinq cents roupies –, introduits par les kakis, vendus et revendus parmi les détenus.

Le rapide coup de fil chez eux sauvait les garçons de la folie : le feu de détresse dans l'interminable et sombre tunnel de la loi.

Un tunnel bien connu de ceux qui sont impliqués dans la recherche de la justice ou qui la rendent. Un panneau incitant à la prudence est fiché à l'extérieur de chaque cour de justice :

Avertissement.

Vous pénétrez dans un tunnel étroit plongé dans les ténèbres, d'une longueur inconnue. Il n'y a pas de raccourci pour en sortir. Ni possibilité de faire demi-tour. Vous en émergerez tôt ou tard. Pour éviter d'être déçus, préparez-vous à ce que ce soit tard.

Avec la fourberie caractéristique de l'État, ces panneaux obligatoires se trouvent dans des endroits discrets. Derrière l'unique bougainvillée de la montagne de béton qu'on appelle temple de la justice. Au poste de garde, où les policiers dorment entre leurs heures de service. En guise de toit de l'urinoir extérieur, de sorte qu'il faudrait pisser en faisant le poirier pour le lire. Sous le gigantesque scanner dans l'embrasure de la porte, ce qui oblige la machine comme les justiciables à renoncer au moindre espoir.

Parfois, ces supports de mises en garde sont cloués à plat sur le bureau du juge et il faudrait grimper sur les épaules de l'Excellence pour distinguer le message. Lors d'un célèbre procès de l'Uttar Pradesh, l'administration avait séparé les termes de l'avertissement obligatoire et placé chaque mot dans une salle différente. L'inspecteur, qui avait reçu l'ordre d'enquêter sur la disparition du panneau, fut trimballé de pièce en pièce et il blanchit l'administration du tribunal. Une servilité décevante dans le fond, sensée dans la forme. L'administration convoqua un homme qui présenta un affidavit sur papier tamponné témoignant qu'il était parvenu à reconstituer l'avertissement au cours de vingt-sept années de procès.

L'ingéniosité la plus courante des tribunaux consiste néanmoins à afficher l'avertissement obligatoire dans une langue nationale que personne ne peut rejeter, mais que personne ne peut lire. Ainsi, les tribunaux de l'Andhra Pradesh et du Tamil Nadu l'ont en hindi et en bengali, ceux du Pendjab, du Haryana et du Bengale en telugu et en malayalam, tandis que, en Assam, c'est en gujarati, au Gujarat et au Rajasthan en assamais et que, dans bien d'autres États, tels le Bihar et l'Orissa, on ordonna aux peintres de gribouiller seulement quelques mots puisque la plupart des pauvres – c'est-à-dire la plupart des gens – ne savaient pas lire.

Les justiciables harassés considèrent ces panneaux comme des totems de l'infinie diversité de l'Inde et s'enorgueillissent de la beauté et de la majesté de leur nation.

Sans être prévenus – malgré la déclaration de l'État –, ils disparaissent dans les tunnels plongés dans les ténèbres. Il arrive souvent qu'on ne les voie plus pendant des décennies.

Au fin fond du lieu le plus sombre – la prison –, le téléphone portable est l'unique source de lumière. Il empêche les garçons de croire qu'ils sont des rats enterrés, oubliés du monde. Une voix de mère, la nouvelle d'un emploi pour un frère, l'enthousiasme pour un achat ou un mariage, tout est lueur d'espoir permettant aux garçons de rester debout.

Les kakis les plus astucieux laissent les lucioles briller et détournent le regard. S'il est possible de gérer des hommes qui ont de l'espoir, les désespérés sont capables de réduire le monde en cendres.

Avec la bravoure qui lui avait permis d'abattre un chien, un homme et une femme, Bobo imprima un niveau vertigineux à cet accord tacite. Et ce, par un déchaînement de passion pour le smartphone. Après en avoir introduit un par le truchement du fournisseur du *tamancha*, il s'empressa de créer un trafic lucratif.

L'apparition des gros appareils rutilants déclencha une révolution de l'information, une révolution pornographique et une révolution sentimentale – le fantasme d'un auteur de romans de gare.

Pour que ce soit possible, il fallait davantage qu'un instrument séduisant. La coque s'achetait sur le marché et s'introduisait en fraude, mais sans l'âme d'une carte SIM ni le sang d'Internet, les téléphones ne valaient rien. Un véritable défi. Dans le dessein de se montrer sévère et d'abaisser les frondeurs à une abjecte soumission, le gouvernement indien avait promulgué des lois strictes sur la vérification de l'identité pour l'achat de cartes SIM.

Les membres du royaume d'airain ne remplissaient pas les conditions requises.

C'est alors que par miracle – avec une ironie caractéristique – le gouvernement indien vint à la rescousse.

Certes, si la triade Aslam, Dey D et Bobo joua un rôle prépondérant dans la révolution informativo-pornographico-sentimentale du royaume d'airain, les magnifiques processus de la démocratie indienne en furent toutefois les principaux artisans.

27

L'amour aux temps de la démocratie

Trois ans plus tôt, il y avait eu une élection pour l'Assemblée législative de l'État. En raison de la méticulosité du gouvernement, quelques mois après l'élection les urnes furent scellées et emportées au royaume d'airain pour être conservées en lieu sûr. Ainsi que le fatras du suffrage universel – piles de documents, listes d'électeurs, copies de leurs cartes d'identité.

Autant de reliquats d'élections libres et équitables entassés sous la cage d'escalier dans des boîtes en fer cadenassées, semblables aux caisses de munitions de l'armée indienne. Aslam ne les remarquait pas, bien qu'il s'asseye souvent sur le fer plutôt froid pour regarder les apprentis – qu'il avait formés – saccager la tête de la racaille. Les coiffures branchées avaient du succès chez les garçons. Leurs demandes saugrenues s'inspiraient de films ou de magazines : boule à zéro, afro, épi, frange, cheveux lissés en arrière, en bataille ou en brosse. Les acolytes d'Aslam acceptaient les exigences et ne craignaient pas d'essayer n'importe quoi.

Hiuen Tsang, le préféré d'Aslam, était minuscule. Il venait de Manipur et sa natte serpentait entre ses omoplates. Il était accusé d'avoir empoigné les cuisses d'une Française en la massant. Il était spécialisé en crêtes iroquoises – lesquelles, comme d'autres styles, avaient une durée limitée. Il fallait les raser la veille d'une audience.

Quand les détenus se présentaient devant l'Excellence, c'étaient des enfants de chœur impeccables, respirant l'innocence, en attente d'être rachetés. Avec sa négligence bienveillante, la majesté de la loi accordait aux garçons assez de temps entre les dates pour qu'ils se livrent à leurs fantasmes capillaires.

Un matin, Bobo vint pour une coupe. Ses cheveux lui tombaient sur les yeux, il les voulait au niveau des sourcils. Aslam et lui s'assirent sur les boîtes en fer, attendant que Hiuen Tsang termine la crête du maigre Anthony originaire de Jharkhand. Celui-ci avait poignardé deux types qui avaient demandé à sa sœur de leur permettre de lui faire un bébé parce que celui-ci serait basané et, au moins, visible la nuit.

Ils avaient ajouté: Dans la jungle, ta couleur est peut-être utile, mais en ville elle te vaudra des accidents.

Bobo fixait le sol jonché de cheveux de toutes les couleurs et textures. Un tapis de plus en plus épais jusqu'à la fermeture du salon à midi. Les coiffeurs ne se chargeraient pas du ménage; quelqu'un situé encore plus bas dans la chaîne alimentaire – tel Francis – viendrait balayer.

Bobo, fils d'entrepreneur, interrogea Aslam sur le potentiel commercial de cheveux coupés. Existait-il une façon de les vendre ?

Aslam répondit en riant : Si on savait que les cheveux de criminels servaient à faire des perruques, la boîte serait fermée pendant cent ans.

Le Dr Hagg qui patientait pour être rasé intervint : Oui, enfin bon, les médicaments qu'on prend sont testés sur des animaux, ou prélevés sur eux.

Sauf que nous sommes plus bas que des animaux, fit remarquer Aslam.

Asambhav, tiré à quatre épingles, se rendait à la cantine : Si les marlous du gouvernement le pouvaient, ils n'hésiteraient pas à tester sur nous des médicaments pour animaux, affirma-t-il.

Torse nu, Bichchoo faisait des tractions sur le seuil de la porte – cent d'affilée – en jaugeant le potentiel des nouveaux. Il lança, sans interrompre ses mouvements : Qui vous choisiriez entre ces *chutiyas* et un animal ?

Dans mon village, entre Hiuen Tsang et un chien-loup, on descendrait Hiuen Tsang, dit Asambhav.

Celui-ci eut un sourire rayonnant et continua sa coupe.

Bobo attrapa sa longue natte : Si je tire dessus, ça fera office de chasse d'eau ?

Godwin, le petit meurtrier, qui attendait qu'Aslam coiffe sa mèche, s'exclama : Arrête ! Le Jharkhandi se noiera.

Bichchoo, qui se hissait à la manière d'un piston graissé, prévint : Gaffe à ce que tu dis, le Jharkhandi va t'éventrer avec sa crête.

Ce n'était pas un propos en l'air. La réputation du garçon, membre d'une tribu, reposait sur davantage que les coups de couteau donnés aux deux hommes qui avaient humilié sa sœur. Il avait failli tuer un *bhai* insignifiant pour un papillon. Un jour, il était revenu du service de psychiatrie – où le médecin avait assuré que le manque d'arbres était à l'origine de sa dépression –, sa chemise écartée de son corps à la manière d'une tente.

Un gigantesque papillon mormon se trouvait à l'intérieur. Anthony l'avait mis dans un carton avec un brin de tilleul et recouvert d'une gaze du local médical. Puis il avait préparé un nectar en faisant bouillir une cuillère de sucre dans cinq d'eau. Le temps que cela refroidisse, il y avait trempé un tampon d'ouate avant de le placer dans le carton. Le papillon s'y était posé et s'était visiblement rempli d'énergie.

Le bruit de son incroyable beauté avait couru si bien que les garçons de toutes les cellules, et les kakis, étaient venus l'admirer, bouche bée. Ce soir-là, Anthony avait dormi, la boîte à côté de son oreiller.

Le lendemain, un nouveau groupe de détenus examinait le mormon bleu ; Krishna, un *bhai* en herbe, les avait bousculés et avait pris le carton. Afin de protéger la culture indienne, Krishna avait attaqué avec une épée de jeunes couples fêtant la Saint-Valentin dans un pub. Sa photo avait fait la une des journaux. Ce jour-là, il avait arraché la gaze, attrapé le papillon et déchiqueté ses deux magnifiques ailes noires : Les papillons sont comme les femmes volages, avait-il braillé. Une vaine beauté qui n'a pas de place en Inde.

Le hurlement d'Anthony avait traversé les trois étages et ne s'était arrêté qu'après qu'il avait flanqué son poing dans le visage de Krishna. Personne n'était intervenu. La fureur du Jharkhandi aurait débouché sur un autre meurtre, n'eussent été les coups de sifflet des kakis qui s'étaient précipités et l'avaient forcé à lâcher la gorge du *bhai* en herbe. Deux jours plus tard, on avait transféré Krishna dans un établissement situé de l'autre côté de la ville. Très affecté, le Jharkhandi répétait : Il ne lui restait qu'un ou deux jours à vivre… il n'avait qu'une vie de quatre à cinq jours.

Dans l'intervalle, Krishna avait trouvé une nouvelle croisade, il claironnait que les membres des tribus étaient fous et que l'Inde devrait leur interdire de sortir de la forêt.

Il y eut une échauffourée devant le salon de coiffure suscitée par plusieurs garçons jouant des coudes pour se regarder dans le miroir du mur. Asambhav s'avança, donna un coup de pied dans le postérieur de l'un d'entre eux. En l'espace d'une fraction de seconde, ils se dispersèrent.

Bobo prit la parole : Sérieusement, pourquoi on ne peut pas vendre ces cheveux ?

Il n'y a rien à vendre ici à part des histoires tristes et du fer, assura le Dr Hagg.

Bobo baissa les yeux : Du fer… en fait, c'est quoi ces boîtes ?

Les munitions de la démocratie, répondit Asambhav. Celui qui en obtient le plus devient notre *maibaap*[1] et dirige notre vie. Mais cela ne compte que pour les hommes libres.

1. Père, mère, métaphore pour État-providence.

Mustafa le Fou descendait l'escalier en plastronnant : Les seuls hommes vraiment libres sont les célibataires et les *charsis*[1] ! cria-t-il.

Dans l'après-midi, Bobo supplia Asambhav de le ramener au salon où il voulait absolument vérifier quelque chose. Bien que ce fût l'heure de fermeture des cellules, Asambhav avait le droit de sortir de la sienne à n'importe quel moment.

Asambhav était d'ailleurs la plus grande énigme de la prison. Ami des *bhais*. Aimé des kakis. Ascétique. Végétarien et abstinent. Indifférent au porno. Ne parlant jamais de femmes. Adorateur d'une myriade de divinités. Virtuose du *surya namaskar*. Fort comme un bœuf. Tortionnaire des nouveaux. Protecteur des anciens.

Babu le dévot était convaincu qu'il était un agent double très compétent.

Fidèle à son côté chrétien, le Cogneur était persuadé qu'il avait été un homme abominable qui expiait.

Mustafa affirmait que c'était un type formidable, victime d'un coup monté par ses ennemis et que lui, Mustafa, avait écrit au Premier ministre pour lui recommander de le disculper.

Le Dr Hagg le soupçonnait d'avoir été un naxalite partisan de la lutte des classes et pensait que son côté convenable et secret faisait partie de sa formation.

Rodrigues le kaki qui en savait plus sur lui que les autres le croyait meurtrier par hasard, poussé par les

1. Drogués.

circonstances comme beaucoup de ceux qui avaient franchi la ligne rouge.

Que personne ne lui rende jamais visite approfondissait le mystère. Il ne recevait ni mail ni argent. Il n'avait pas de téléphone portable.

Asambhav ne faisait aucune confidence. Dès qu'il avait du temps libre, il lisait des romans hindis à petits caractères empilés autour de son lit telles des tourelles de château contre des barbares. Beaucoup de garçons pensaient qu'il était un professeur que la culture avait rendu cinglé et qui avait tué son épouse inculte parce qu'elle avait mal compris le sens d'un mot.

La plupart convenaient que cette raison en valait bien une autre de commettre un meurtre pour un professeur.

Bobo rusa pour qu'Asambhav l'emmène dans l'entrepôt de la démocratie sous l'escalier où, après avoir rapidement fouillé dans les boîtes en fer, il trouva la solution à ses problèmes commerciaux. Parmi un bric-à-brac de documents poussiéreux – dont de longues listes d'électeurs avec leurs adresses –, il y avait des liasses de photocopies de cartes d'identité d'électeurs.

Bobo en déroba autant qu'il put rouler et fourrer dans son boxer. Il revint le lendemain et emporta une autre liasse autour de ses testicules. La contrebande a systématiquement une odeur d'organes génitaux en prison : les dealers portent deux caleçons. Examinés par un légiste, la plupart des pochons de dope révéleraient la trace d'une dizaine de parties viriles.

Le troisième jour où Bobo se lança dans un autre raid, les boîtes avaient disparu. Leur souvenir était inscrit dans la poussière accumulée sous l'escalier. En raison de la chute du gouvernement de l'État, il allait y avoir une autre élection. Des années durant, personne n'avait remarqué les boîtes qui, deux jours après leur découverte, s'étaient volatilisées.

C'est l'histoire de ma vie – on s'exhibe puis que dalle, déclara Bobo à Aslam.

Le soir même, le gros garçon fit l'inventaire de son trésor. Il avait réussi à prendre cent vingt-trois feuilles. À deux cartes par feuille, cela faisait deux cent quarante-six identités : du matériau pour plusieurs années de business, à l'évidence.

Il coupa soigneusement une photocopie en deux, copia les détails dans un agenda avant de la remettre à Dey Danadan. C'était la carte d'identité d'un certain Suresh Bandodkar, dont le visage ressemblait à une tache de boue sur un mur. Il avait quarante ans et vivait dans une ruelle bondée de la ville où pas moins de douze personnes habitaient dans chaque logement. Le lendemain matin, Dey D dénicha une carte SIM, la donna à Bobo, qui la glissa dans son téléphone, à côté duquel il resta assis toute la journée. Il sonna en fin d'après-midi, Bobo répondit : Bonjour, Suresh Bandodkar à l'appareil.

Votre adresse, s'il vous plaît ?

Prem Ki Gali. Kholi numéro 420.

Merci. Bienvenu dans le meilleur service téléphonique d'Inde.

En deux jours, Bobo avait vendu la carte SIM impossible à retrouver pour deux mille roupies à un homme de Delhi appréhendé pour escroquerie dans une activité minière, ainsi qu'un smartphone pour huit mille roupies. Ces transactions sidérèrent Aslam.

Espèce de charcutier de tifs, le rembarra Bobo. Si on lui vendait dix millions de ces machins, ça ne le gênerait pas au portefeuille. Il a beau avoir l'air d'un chauffeur de bus, il possède un bout de papier officiel qui lui permet de planter ses machines dans le sol et de pomper du fric toute la journée, tout le mois, toute l'année.

Au cours du mois suivant, la triade vendit cinq téléphones et, trois mois après, un total de dix-sept. Un travail intensif de bout en bout. Aslam devait démarcher de nouveaux clients et rendre Dey D heureux. Le kaki devait acheter les cartes SIM et les téléphones puis les introduire en fraude dans la prison. Bobo devait analyser les identités pour assurer une diffusion et répondre aux appels de vérification. Il effectuait aussi les transactions, Aslam dans son dos. Les *bhais* ne trichaient jamais pour des petites sommes et les autres n'imaginaient pas se colleter avec deux assassins.

Le tintement des smartphones marqua le début de leur invasion dans le royaume d'airain, à la manière d'un nuage de sauterelles – confettis du nouveau monde. Google, Facebook, Skype. L'information, l'amitié, le sexe. Dans leurs coins éclairés, leurs toilettes, sous leurs draps tendus, les détenus découvrirent les plaisirs du monde hyperconnecté.

L'information et le porno, faciles à assimiler, furent engloutis avec la frénésie d'un homme à bout de souffle en mal d'air. L'éruption du sentiment, voilà ce qui fut révolutionnaire.

Sparkplug – l'irréprochable Sparkplug – fut l'un des premiers à tomber amoureux. Il demanda à Bichchoo de lui acheter un téléphone et, au fil de ses recherches sur les sites, engagea une conversation avec une jeune fille du lointain Rudrapur. Ils commencèrent par un tchat puis finirent par se téléphoner. En un rien de temps, l'histoire de la fille l'absorba tellement qu'il oublia la tristesse de la sienne.

Elle s'appelait Dipti et se disait destinée à de grandes choses. Elle avait de beaux rêves de prestige et d'une place dans le monde. Sur sa page Facebook, sa devise était : Rien ne peut obscurcir la lumière intérieure. Si étonnant que cela paraisse, ses parents croyaient en ses rêves. Ils étaient de petits paysans mais leurs champs, situés au pied des contreforts de l'Himalaya, étaient luxuriants et fertiles.

Ignorant les critiques des hommes du clan, résistant aux propositions de mariage – leur fille était jolie, elle avait le nez effilé d'une star de cinéma –, ils l'avaient encouragée pendant sa scolarité et ses études supérieures. Elle se préparait à se présenter à la fonction publique indienne et elle était convaincue de son retour dans son district en tant qu'administratrice territoriale. Chaque ministère, des Transports à l'Éducation en passant par l'Agriculture et la Police serait sous son autorité. Les hommes trembleraient en sa présence et lui lécheraient les pieds, elle ne serait rien moins qu'une cheffe.

Et les prisons ? demanda Sparkplug.

Oui, bien sûr, les prisons aussi.

Elle ferait bon usage de ses pouvoirs. Elle mettrait un terme à la corruption, nettoierait les rues, ferait fonctionner les hôpitaux, abattrait les chiens galeux, incarcérerait les vagabonds, installerait de l'électricité et de l'eau courante dans les maisons, organiserait des cours d'anglais pour les pauvres, créerait des centres sportifs pour les infirmes, fournirait des billets de cinéma à prix réduit aux vieux, procurerait une hotline aux filles et une autre pour les belles-mères abandonnées.

Et quoi pour les prisons ? l'interrogea Sparkplug.

Un silence tomba puis sa voix frêle résonna de nouveau : Oui, bien sûr. De plus grands murs, plus de surveillants, plus d'armes modernes. Et les prisonniers seront obligés de creuser des canaux où s'écoulera l'eau des inondations.

Elle voulut savoir s'il portait une moustache.

Il répondit que non.

Tant mieux, se réjouit-elle, parce qu'elle réfléchissait à les interdire.

Sparkplug, qui consultait Baba Googla avec frénésie, lui raconta qu'il était médecin en stage dans le grand hôpital de la capitale. Il se spécialisait en neurologie et travaillait avec le meilleur neurochirurgien d'Inde. Il passait ses heures interminables et aléatoires de garde à scier des crânes et à scruter des cerveaux. D'où son indisponibilité pour tchatter dans la journée.

Il expliqua que c'était facile de comprendre pourquoi l'humain était taré. Le cerveau était un véritable chaos. Imagine un tampon à récurer dans de l'eau sale, voilà le cerveau, mais, en même temps, c'était un parfait exemple de la duperie des apparences. Le cerveau était le commencement et la fin de tout. L'être humain n'était que le pétillement et le crépitement des produits de son cerveau.

Son gourou – le plus éminent neurologue d'Inde – répétait à l'envi : Ne reproche jamais à un homme ce qu'il fait, reproche-le au cerveau. Si nous trouvions un moyen de châtier le cerveau à la place de l'être humain, la paix et l'harmonie régneraient dans le monde.

Son gourou, un sikh, portait un grand turban. Tout le monde, du président de l'Amérique aux infirmières, l'appelait *Singhji*[1]. D'après *Singhji*, ses cheveux longs et sa coiffure protégeaient son génie. Les grands hommes de l'histoire avaient gardé leurs cheveux longs et porté un chapeau. Vivekananda, Einstein, Tagore, Shakespeare, Karl Marx, Bhagat Singh, Lincoln, Charlie Chaplin, les Beatles. Voilà pourquoi les juges, ceux qui étaient vraiment importants, mettaient une perruque. Voilà pourquoi les femmes étaient plus intelligentes que les hommes.

Après un silence d'un jour, Dipti lança : Et le Bouddha et Gandhi ?

Sparkplug répondit qu'il vérifierait auprès de son gourou.

Le lendemain, il rapporta le propos de son gourou : L'un et l'autre auraient été plus grands s'ils avaient porté un couvre-chef.

Singhji était sur le point de décoder le fonctionnement du cerveau. Un jour, les médecins joueraient du cerveau comme du piano ; ils sauraient sur quelle touche appuyer pour commander une action précise. Les médecins seraient alors plus puissants que les présidents ou les milliardaires. Il suffirait d'un

1. *Singh* : « lion » en sanscrit, on appelle ainsi les sikhs (et complété du suffixe *ji* exprimant le respect).

tapotement sur le cerveau pour qu'un milliardaire devienne un musicien ambulant et un président un ouvrier agricole.

Quand *Singhji* serait l'homme le plus puissant du monde, il rendrait les couvre-chefs obligatoires pour les hommes et les femmes. Riches et pauvres. Grâce à l'énergie mentale emmagasinée d'un milliard de gens, l'Inde serait de nouveau le plus grand pays du monde. Les gens s'arrêteraient de pisser et de chier en plein air et on écrirait cent douze autres Upanishad.

Sparkplug précisa qu'il profiterait de sa position privilégiée auprès de son gourou pour garantir que Dipti fasse partie des premiers bénéficiaires. Elle pourrait modifier les cerveaux de son district et réaliser ses rêves.

C'était une tentative éhontée de la séduire ; il n'y avait pas un grain de vérité dans cette phrase, lui reprocha Dipti.

Sparkplug lui assura qu'il ne se servirait jamais d'un grand amour de sa vie pour exploiter l'autre grand amour de sa vie.

Au fil des semaines, les discussions sur les cerveaux et le district furent remplacées par un carnaval érotique. Ce que l'un ou l'autre portait, mangeait, faisait était tout ce dont ils parlaient.

Sparkplug parlait souvent du nez de Dipti pendant une heure.

Certains tchats, plutôt longs, consistaient en de simples monosyllabes et en gémissements.

Ils avaient commencé à échanger des photos ; il en prenait une centaine sous tous les angles avant d'en choisir une digne d'elle. Chaque fois qu'il en recevait une d'elle, il se couvrait la tête d'un drap et défaillait presque à force de la regarder.

Au début, il ne s'agissait que du visage et Sparkplug devait explorer la prison pour trouver un arrière-plan où se photographier.

Il embrigada son frère Bichchoo, qui en prit quelques-unes, non sans créativité. Sur certaines, l'amoureux était allongé, le torse couvert de livres en anglais empruntés au Dr Hagg. Beaucoup situées dans le local médical le montraient, le stéthoscope du préparateur autour du cou, les bocaux et les tubes de son activité derrière lui. Sur d'autres, il tenait la tête d'un des détenus et la tapait avec ses phalanges.

Les postures de son frère désespéraient profondément Bichchoo.

La composition de l'image n'eut bientôt plus aucun sens. Éros accapara le regard de sorte que les photos devinrent des éléments d'une vitrine de boucherie. Une multiplication de fragments. Des gros plans tellement rapprochés qu'on ne percevait pas de quelle partie du corps ils provenaient.

Déjà déconnecté de la brutalité des énergies du royaume d'airain, tributaire de la protection de son frère, Sparkplug fut englouti par l'univers qu'il partageait avec Dipti. Rien ne diminuait son ardeur. Plus il la dévorait par millimètre carré plus il était obsédé par l'intégralité de la jeune fille.

Grâce au mépris de Bichchoo, la rumeur de son idylle s'était répandue. Il prit les railleries comme un honneur. L'amour était une réalisation, même pour ceux qui vivaient dans des cages de fer.

Un jour, il se réveilla d'un cauchemar, révolté. Alors qu'il s'apprêtait à orner Dipti de guirlandes sous le *pandal*[1] du mariage, la police avait fait irruption, hurlant des injures, avant de l'embarquer. Il entendait encore les gémissements de Dipti aux abois. Il était au supplice. Son amour était une forteresse mais celui de la jeune fille se désintégrerait comme une cabane de roseaux sous l'inéluctable tempête des faits.

Plein d'angoisse, il demanda conseil à son mentor Madhukar. L'artiste sans pareil, le guerrier hindou se tordit de rire à en tomber par terre. C'était la première fois qu'on le voyait rire.

Tu as besoin d'un médecin du cerveau ! dit-il.

Madhukar lui recommanda de continuer à mentir, de profiter de la comédie tant qu'elle perdurait. Ce n'était pas comme si le mariage allait se concrétiser. Sa sortie de prison ne se produirait pas d'ici longtemps.

Le grand artiste ajouta que la vie lui avait enseigné la vulgarité de la vérité. Sans ombre, sans raffinement, sans créativité, elle ne faisait de concession ni au sentiment, ni aux circonstances, ni à la fragilité. Elle matraquait davantage les faibles que les forts et davantage les pauvres que les riches. Elle ne facilitait rien ; elle ne soulageait rien.

À son avis, la vérité était un tyran insensible. Bon sens et clémence lui faisaient défaut. Elle était exaltée par des imbéciles qui n'avaient pas le talent d'inventer un mensonge, par des lâches qui n'avaient pas le courage de prendre le risque du mensonge et par des

1. Structure temporaire de bambous et de palmes érigée à l'occasion de cérémonies.

menteurs opportunistes comme Babu qui l'utilisaient pour manipuler les gens.

D'infimes vérités pouvaient générer malheurs et désastres. À cause d'un seul voleur, un bidonville pouvait être rasé.

Madhukar conclut que l'envie de tuer des musulmans le taraudait toujours, mais dans le noir et sans en parler.

Dis tout ce qui lui fait plaisir, conseilla-t-il. C'est bien pour vous deux.

Sparkplug était incapable d'assimiler la philosophie de son mentor, aussi sa détresse augmenta-t-elle. Ce qui eut bientôt un effet sur sa passion – il parlait moins, avec moins d'intensité –; Dipti le sentit et lui demanda, au débotté, si son amour s'était éteint. Il gémit. Il répondit qu'il était au contraire devenu dévorant au point de l'obliger à lui avouer la vérité.

Il alla s'enfermer dans les toilettes et, juché sur le seau à l'envers, commença par les excès de son frère, un vaurien. Il trouva difficile d'insister sur son innocence. Cela sonnait faux : tout le monde prétendait la même chose. Au terme de quatre ans d'incarcération, il avait fini par se croire coupable de quelque chose – dans cette vie ou dans une autre – pour souffrir à ce point.

Son grand amour ne réagit pas à ses aveux, de sorte qu'il fut persuadé d'avoir commis une faute. Comment l'administratrice territoriale d'un district pouvait-elle éprouver un sentiment pour un homme emprisonné pour une accusation de meurtre multiple, dont le frère s'appelait Bichchoo ?

Madhukar avait raison. La vérité, comme la concupiscence, est un engagement clandestin. Un homme doit être au diapason de la vérité mais en son for intérieur. La révéler sème la discorde, brise l'harmonie. C'est le mensonge, le véritable ciment. En effet, la vérité est subjective tandis que les mensonges se ressemblent.

Le contrat social entre les humains repose sur une confédération de mensonges. La justice et l'égalité. La rationalité et la communauté d'objectifs.

Cette nuit-là, Sparkplug ne dormit pas. Il n'en revenait pas d'avoir détruit ce qui comptait le plus dans sa vie ; il soulevait sans arrêt son oreiller dur comme du bois pour voir s'il avait un message.

Putain de chirurgien du cerveau !

Lorsqu'il avait accepté de jouer le rôle d'un arbre, Madhukar lui avait appris à se servir de son imagination. Imagine que tu as des branches et des feuilles qui bruissent ; imagine que tu sens des insectes grouiller sur ton tronc et des oiseaux picorer tes fruits, des gamins te lancer des pierres et des hommes pisser sur tes racines.

Avec l'aide de Baba Googla, il s'était mis dans la peau d'un neurochirurgien et en était venu à croire en son éminent gourou le Dr *Singhji*.

Bichchoo avait raison : il était un imbécile. Il l'avait toujours été. Arrêté pour un assassinat dont il n'était absolument pas complice, il construisait un gratte-ciel d'amour sur un marécage de faussetés aberrantes.

Elle se bornerait à lui cracher dessus et à procéder à son arrestation dès qu'elle serait administratrice territoriale. Comment arrêtait-on un homme déjà arrêté ? Sparkplug était sûr que le gouvernement savait faire cela.

Il sombra dans le sommeil lorsque les boulangers sous la houlette de Francis *ka* Papa – agresseur de sa propre fille – retournaient à leur cellule, laissant dans leur sillage un arôme de pain frais. Il dormit pendant l'appel du matin, la tournée de thé, la bousculade pour les douches. À son réveil, il était dix heures passées – l'heure de la torpeur d'avant le déjeuner – et la plupart des garçons fixaient le mur ou le plafond. Il regarda son téléphone ; il y avait un message : Appelle-moi.

Il s'enferma dans les toilettes, tremblant et claquant des dents. Pendant l'heure suivante, son humeur oscilla tel un pendule comme jamais auparavant, la rage l'envahissait un instant puis le soulagement celui d'après.

Loin d'être fâchée qu'il ne soit pas un neurochirurgien, elle était en revanche ébranlée qu'il soit un prisonnier. Elle y avait pensé toute la nuit. Beaucoup d'hommes illustres avaient subi un emprisonnement dans leur vie dont les grands leaders de l'Inde, ça l'avait consolée.

Serait-il un grand homme un jour ?

Bien sûr. En temps voulu, la vie lui révélerait le moyen d'y parvenir.

Comme le pendule oscillait du côté du soulagement, Dipti ajouta qu'elle avait aussi des aveux à faire. Elle n'était pas sur le point de devenir l'administratrice territoriale de son district, ni maintenant ni jamais. Elle était réceptionniste dans une fabrique de carburateurs de scooters. Un emploi insignifiant – personne d'important ne venait dans son bureau – dont le salaire l'était davantage encore.

Son père était auxiliaire de santé à l'hôpital local ; elle avait quatre sœurs et un frère qui n'avaient pas terminé leurs études ; elle était la seule à être allée à l'université. Son frère, le plus jeune des enfants, était handicapé de naissance : à huit ans, il faisait encore pipi au lit et mangeait souvent de la boue en guise de déjeuner.

Grâce à son salaire, la famille avait de quoi se nourrir, mais elle détestait son boulot. Le directeur laissait sa braguette ouverte quand il la convoquait pour lui donner ses instructions. Il lui disait que le bonheur arrivait dans la vie grâce au bonheur des autres. Par exemple, si elle le rendait heureux, il la rendrait heureuse et elle pourrait rendre sa famille heureuse.

Une théorie erronée, d'après elle, sauf que le directeur lui assurait qu'aucune théorie ne se prouvait en une ou deux fois. Avec le temps, elle verrait le bonheur rayonner du même éclat doré qu'un faux caroubier l'été.

Sparkplug eut envie de se taper la tête contre les carreaux bleu pastel : Dis-moi que tu ne l'as pas fait.

Comme toi tu n'as pas assassiné, rétorqua-t-elle.

Saisi d'une autre panique, il voulut savoir : Tu t'appelles vraiment Dipti ?

Oui.

Et tes photos ?

Oui.

Oui quoi ?

Oui, elles sont de moi.

Pour la seconde nuit d'affilée – la télé était éteinte depuis des lustres –, Sparkplug fixa le plafond. À sa gauche et à sa droite, des garçons étaient allongés avec une irrégularité comparable à l'écriture d'un médecin. Il s'était souvent demandé comment il trouverait le sommeil à sa sortie de prison. Il avait entendu parler de détenus terrifiés de dormir sans lumière des années après ou d'autres incapables de dormir seuls. Il remarqua la crasse des pales du ventilateur. Dimanche prochain, ils devraient évacuer la cellule et la nettoyer.

S'il craignait qu'elle le rejette la veille, il songeait maintenant à la larguer. Ses propres mensonges lui semblaient justifiés : quel homme à sa place avouerait la vérité à une femme qu'il tentait de séduire ? Et ils avaient été amusants. Un neurochirurgien. Une histoire tellement extravagante qu'il était évident qu'il s'agissait d'un bobard.

Singhji le plus grand médecin du cerveau. Nique ma mère.

Mais elle, pourquoi mentir ? En quoi était-ce infamant d'être une réceptionniste, d'avoir quatre sœurs et un frère mangeur de boue ? Comment se fier à une femme qui mentait sans raison ? Avait-elle joué avec lui ? Il savait que c'était le cas d'amants insouciants. Bichchoo, Champamalini et le professeur ne s'en étaient pas privés. Peut-être le directeur était-il son véritable amour et s'étaient-ils moqués de lui pour leur satisfaction érotique.

Lorsqu'il finit par s'endormir, l'odeur de pain frais flottait dans le couloir et il pleurait d'humiliation sur la perte de son amour.

L'agitation matinale lui permit de prendre du recul. Il alla retrouver Madhukar dans son atelier, rempli de peintures aux couleurs vives représentant paysages, saints et politiciens de premier plan au regard distant.

Il y avait aussi plusieurs grandes statues aériennes en polystyrène à différentes étapes de leur élaboration. La mousse blanche du travail de sculpture dansait sous les ventilateurs de plafond.

Le grand artiste tendait une page brillante de journal à Andhakanoon[1] et lui montrait la photo d'une fille à demi nue.

Andhakanoon était un célèbre vestige du royaume d'airain. Il purgeait une peine de treize ans pour le double meurtre de sa femme et de la sœur de celle-ci. Plombier recruté pour équiper un nouveau bâtiment public, il était rentré chez lui un soir, un poulet vivant sous le bras, une bouteille d'arak dans sa poche.

Une fois que son épouse et sa sœur eurent fini de vider le poulet et de le faire cuire, il avait descendu la bouteille. Il était plein d'optimisme. Après seize ans passés à travailler pour des entrepreneurs, il allait en devenir un. Son ami et collègue du Bengale venait de décrocher leur premier contrat de prestataires indépendants pour une imposante demeure en construction sur la colline, derrière l'église. Si tout se passait comme prévu, ils gagneraient plus au cours des neuf mois suivants que lors des quinze années précédentes.

L'arôme épicé du curry de poulet, l'alcool qui lui réchauffait le ventre, l'argent qui se profilait à l'horizon – c'était le point culminant d'une vie d'ouvrier du bâtiment commencée à l'âge de neuf ans.

---

1. Allusion au titre d'un film indien de 1983 où deux membres d'une même famille veulent venger la mort d'un de leurs parents, mais la sœur croit en la loi – contrairement au frère qui veut faire justice lui-même. Titre anglais : *Blindlaws ou la Loi aveugle*.

Quand son épouse se pencha très bas pour poser le curry et les *chapatis* par terre, devant lui, un tumulte d'émotions le broya. Qu'avait-il fait pour mériter une telle femme ? Belle, talentueuse, dévouée. Qu'elle ne puisse lui donner d'enfant lui fut soudain égal, il préviendrait leur entourage qu'elle n'y était pour rien. C'était sa semence qui manquait de puissance.

Alors qu'elle revenait avec des oignons coupés, la pellicule de sueur sur sa peau lisse le médusa. L'étirement du sari lorsqu'elle s'accroupit ne pouvait que faire perdre son sang-froid à un sage. L'avoir, c'était se rendre compte que les dieux rendent justice à leur manière. Il avait vu les épouses des riches propriétaires de maisons où il avait installé la plomberie. Molles, vitrifiées comme des meubles, aux yeux tellement éteints qu'ils n'auraient pu mettre le feu à du kérosène.

Il décida que la première chose qu'il ferait de cette aubaine serait de lui acheter un bracelet en or et de l'emmener au Taj Mahal. Une des tantes de sa femme qui l'avait vu lui avait garanti que ça permettait d'imaginer le paradis. D'après son associé, il y avait assez de marbre dans le bâtiment pour construire un millier de salles de bains élégantes.

Son épouse retourna à la cuisine, il la rappela ; elle revint, des gouttes de sueur chaude perlaient sur sa lèvre supérieure. Il lui fit signe de s'asseoir sur ses genoux et de manger avec lui. Elle dit qu'elle serait là dans une minute avec son propre *thaali*. Non, tu mangeras dans le mien, insista-t-il. Non, finis d'abord et je mangerai après, avec ma sœur. Non, tu dois manger avec moi et dans mon *thaali*, s'obstina-t-il. Il trempa un bout de poulet dans la sauce épaisse et le posa au bord du *thaali* qu'il lui tendit.

Après s'être essuyé le visage avec la manche de sa blouse, elle répéta : Finis, je reviendrai avec mon assiette dans une minute.

Non ! vociféra-t-il. Maintenant. Sur mes genoux. De ma main.

Arrête de crier comme le plombier que tu es, donne-moi une minute pour nettoyer la cuisine.

Bordel, c'est ça le problème, hurla-t-il. Tu as envie de passer la journée avec ta sœur. On raconte que, si un homme épouse une femme qui a une sœur, il a deux femmes. Ben moi, j'ai perdu la mienne.

Tu devrais moins boire et moins carburer. Contente-toi de souder des tuyaux métalliques. Quant à ma sœur, elle préférerait se donner à un chien galeux que de te laisser la toucher.

Il rugit comme un animal blessé et balança le *thaali* sur elle. Le plat ricocha sur son épaule, se fracassa contre le mur, le curry, le riz et le poulet se répandirent partout.

Imperturbable, elle le regarda dans les yeux. Le sari ne couvrait plus ses seins mouillés. Comment ai-je pu épouser une femme aussi horrible ? se demanda-t-il. Elle a gâché ma vie.

Sa sœur apparut dans l'embrasure de la porte. Plus mince, plus claire, elle le fixa comme sa sœur. Baisse les yeux, sale pute, sinon je te jette aux chiens, brailla-t-il.

Nous sommes déjà à la merci d'un chien, commenta son épouse.

Il bondit et lui assena une violente tape sur la tempe. Elle s'effondra, entraînant une chaise. Presque aussitôt, elle tourna la tête, le défia du regard.

Espèce de salaud impotent ! Tu veux deux femmes… Pourquoi n'essaies-tu pas d'abord de remplir le ventre de l'une ?

Des étincelles jaillirent dans le cerveau du plombier comme dans l'atelier d'un soudeur. Il la roua de coups de pied au point de s'écorcher les orteils. Poussant un cri de rage, la sœur sauta sur son dos, lui griffa le visage, le jeta à terre. De sa main libre, il toucha les reliefs mous du *thaali* qu'il attrapa pour frapper le visage de la sœur. Elle tomba de son dos.

Le plombier trouva la cadence d'un artiste. Il martela le *thaali* sur la figure des deux sœurs comme si elles étaient des tuyaux à fixer dans un mur. Au moment où la fatigue s'empara de lui, elles étaient soumises.

À leur arrivée, les voisins les découvrirent par terre. Ce n'étaient pas les cris qui les avaient inquiétés, mais le silence soudain. Dans un taudis, cela signifiait la plupart du temps qu'une dispute s'était terminée en tragédie.

Les voisins ne purent distinguer l'épouse de la sœur. Du riz et du curry s'étaient éparpillés dans la pièce, tandis que le plombier luttait avec les femmes inanimées. Vous voulez quelle dose de semence, espèces de garces ? marmonnait-il. Dites-le-moi !

Pendant le procès, il pleura, expliquant à ceux qui acceptaient de l'écouter qu'il avait simplement voulu que son épouse partage son plat. Quand il fut condamné à la réclusion à perpétuité, son avocat – commis d'office – lui assura qu'il avait de la chance de ne pas être pendu. Le père de sa femme, un vieillard qui aimait ses deux filles dont il avait à peine été capable de s'occuper, déclara qu'il ne s'agissait que du verdict du juge. Le châtiment de Dieu tomberait en temps et en heure.

Ce qui ne tarda pas : assailli par des cauchemars, il se réveillait en hurlant. Au début, les garçons le battirent pour le réduire au silence puis, après des mois de coups, ils exigèrent une intervention médicale. Il n'y avait rien d'autre à faire que de le bourrer de calmants. Au terme de quelques mois, il ne fut plus qu'un homme claudiquant qui bafouillait des paroles incompréhensibles.

Sa vue se mit ensuite à baisser mais, pendant longtemps, personne ne le remarqua. Ce fut seulement quand il rentra dans les gens ou se cogna contre les murs que les garçons comprirent qu'il avait du mal à voir.

À cette époque-là, il y avait un *sadhu*[1] *baba* derrière les barreaux, arrêté pour possession de stupéfiants, qui s'était présenté comme un saint malgré sa jeunesse. Il arborait une barbe noire, portait des tuniques orange et attachait ses cheveux en un chignon au sommet de son crâne. Il appelait tout le monde – de Singham aux *bhais* – *bachcha*, fils, et bénissait ceux qui s'adressaient à lui en un baragouin de sanscrit, la main posée sur leur tête.

Les jours où la cellule était bondée, il s'asseyait en tailleur, les yeux fermés en égrenant un chapelet. De temps à autre, il relevait les paupières et s'exclamait : *Jai Bhole Shankar ! Nikaal Phenk Kaanta Hataa de Kankar*[2] *!*

---

1. Saint mythique de l'hindouisme, qui a renoncé à la société pour se consacrer à la dissolution dans le divin, la fusion avec la conscience cosmique.

2. Victoire au seigneur Shiva ! Retire l'épine, enlève l'obstacle !

Quand la cellule était vide, il dormait, le drap remonté sur sa tête. Sinon il prodiguait des conseils ringards à qui voulait bien lui prêter l'oreille. Tandis que deux garçons lui massaient les jambes, il les sermonnait sur la chasteté, le végétarisme, la nécessité d'aimer ses parents et d'être au service de son gourou spirituel. Ils avaient de la chance qu'il soit arrivé dans ce bouge.

Pensaient-ils qu'on l'avait arrêté ? Il avait obéi aux ordres de son gourou de Rishikesh et était venu porter secours aux damnés.

Nombre de garçons croyaient en lui. Ils allaient chercher ses repas, lui apportaient du lait frais de la cuisine, chauffaient l'eau de son bain, frottaient ses membres. Chacun recevait sa généreuse bénédiction accompagnée de promesses que son affaire tournerait court au tribunal et qu'il serait bientôt aussi libre qu'un cerf en forêt. Même ceux qui le considéraient comme un charlatan lui montraient de la déférence : insulter un *sadhu*, qu'il soit superficiel ou pas, risquait d'être dangereux.

On le prit en défaut à deux reprises, mais chaque fois il retomba sur ses pieds. La première, il mangeait des œufs durs. Il fourra les deux dans sa bouche avant de les avaler en une monstrueuse bouchée. Refusant de reconnaître qu'il s'agissait d'œufs, il affirma manger des pommes de terre bouillies. La seconde, il fut surpris en train de se masturber au milieu de la nuit. L'un des garçons se réveilla pour pisser et il remarqua les secousses violentes sur le drap du *sadhu* tiré sur son corps, de la tête aux pieds. Il réveilla sans faire de bruit les autres et même le kaki de service s'approcha.

Puis l'un des garçons arracha le drap sous lequel le *baba*, la tunique relevée à la taille, tenait la tige sacrée dans sa main.

Homme de Dieu, il ne manifesta aucune inquiétude. Au cercle de jeunes qui le dévisageaient, il expliqua que les *sadhus* se faisaient ça au cœur de la nuit, pour éveiller leur *kundalini*[1]. C'était une prière.

À tous les problèmes, il proposait *tods* et *upayes* – antidotes et solutions.

Il affirma au plombier meurtrier que son péché était tellement énorme qu'aucun palliatif terrestre n'existait, aussi sa vue défaillante était-elle un contrecoup karmique. Il ferait mieux d'accepter sa future cécité. Il avait la chance de pouvoir régler ses comptes dans cette vie, le supplément risquait de prendre d'énormes proportions plus tard.

Un conseil qui réconforta le malheureux plombier. L'autoflagellation aide à retrouver l'impression d'être vertueux. À chaque baisse de sa vue, il se sentait racheté. Il refusa qu'on l'emmène à l'hôpital et il suppliait les autres de ne pas se plaindre de ses faux pas. Il passait son temps à regarder ses paumes et tenter d'en déchiffrer les lignes ; elles se rapprochaient inexorablement au point de lui toucher le nez ou presque. Quand ses grosses lignes de vie commencèrent à s'estomper, il éprouva un immense soulagement : désormais, sa femme allait sûrement lui pardonner, et sa sœur aussi.

Environ à la même époque, quelqu'un le baptisa Andhakanoon, ce qui lui plut. D'une certaine

---

1. Terme sanscrit lié au yoga désignant une puissante énergie spirituelle lovée à la base de la colonne vertébrale.

manière, ça lui permettait de se considérer comme une victime. Quand Madhukar arriva et monta son atelier, Andhakanoon lui proposa ses services car, au fond, il était un artiste des tuyaux, des robinets, de l'eau et des déchets.

Madhukar vit un homme vieux avant l'âge, qui cherchait son chemin en trébuchant ; il le prit sous son aile et lui confia des tâches simples comme la découpe du papier ou la pose de colle sur du polystyrène. Il restait assis, les jambes croisées, à attendre qu'on lui donne du travail. Sinon, il s'adonnait à son unique passion.

Le repentir n'avait pas supprimé le désir. Un tas de magazines et de journaux s'élevait près de lui. Une image érotique figurait dans chacun. Il en prenait un, l'approchait de son visage et, du bout d'un doigt, suivait avec lenteur – une lenteur délectable – le contour d'un corps et d'un visage. Il pouvait passer des heures sur une photo. Il lui suffisait d'en trouver une bonne pour que sa satisfaction rayonne dans l'atelier.

Ses camarades de travail rivalisaient pour lui remettre un nouveau matériau.

Le jour où Sparkplug entra pour sa consultation, Madhukar, dans un coin, offrait à Andhakanoon le plaisir d'une célèbre star de cinéma en bikini. Le doigt tendu de l'aveugle tremblait déjà d'anticipation.

À peine furent-ils installés devant le mur du fond, sous la protection d'une statue de Vivekananda de deux mètres cinquante de haut, en cours d'élaboration – à moitié blanche et à moitié ocre –, que Sparkplug vida son cœur.

Madhukar avait éprouvé des passions intenses au service d'une idée et dans l'accomplissement de son art ; en revanche, jamais pour une femme. Il considérait comme les autres dévots qu'une seule cause en était digne. Il comprit néanmoins que la raison ne pouvait sauver son acolyte, au fond du trou. Il savait aussi que l'unique façon de tuer l'amour était d'autoriser l'amour : ceux à qui on le refusait étaient dupes de ses mystères mirifiques.

Oublie ses mensonges et oublie les tiens, recommanda l'artiste à Madhukar. Ce qui commence par un bobard ne finit pas systématiquement mal. Moi, par exemple : j'ai trouvé Dieu grâce aux mensonges de ce salopard de Babu.

En réalité, le conseil est un mystère encore plus grand que l'amour. Prodigué de bonne foi, il pousse souvent au désespoir et au fiasco. De mauvaise foi, il mène souvent à la richesse et à la réussite.

En l'occurrence, cela marcha pour Sparkplug. Il pardonna ; il demanda pardon à Dipti ; il s'engagea à ce qu'ils vivent ensemble. Elle l'attendrait jusqu'à la fin des temps et il veillerait à compenser les années perdues. Trois mois plus tard, à huit heures du matin, entre le premier appel de six heures et le second de dix heures, Dipti se rendit dans un temple où Pandey*ji* psalmodia les mantras et lut leurs vœux, par Skype.

Dipti décrivit quatre cercles avec son smartphone à la lampe allumée ; dans sa cellule, entouré de ses camarades, Sparkplug, en vêtements repassés, fit pareil autour d'un bouchon qui brûlait dans une bouteille.

Pandey*ji* de Kanpur – en prison pour une pyramide de Ponzi avec laquelle il avait escroqué des épouses de la classe moyenne – revendiquait son statut de brahmane. Il bafouilla quelques phrases, terminant chacune par un bruyant *swaha*[1] !

Et les garçons de répéter *swaha*.

Tout avait été méticuleusement planifié. La veille, on avait apporté une guirlande de soucis aspergés d'eau et trois boîtes de *ladoos*. Les nouveaux mariés ornèrent leur smartphone d'une guirlande. Les garçons poussèrent une acclamation sonore que les autres cellules renvoyèrent en écho. Les kakis de service se joignirent à eux. Les détenus étaient tous au courant.

Laxman, venu de la Maison d'hôtes, leur ordonna de toucher les pieds de la nouvelle *bhabhi*. On présenta le smartphone, chaque garçon s'inclina puis toucha la base de l'appareil. Quand ce fut au tour de Laxman, il attrapa le téléphone et s'exclama : Il faut que je l'embrasse. De quoi provoquer un brouhaha. Chacun voulut l'imiter, si bien que le téléphone passa de main en main.

Francis *ka* Papa avait préparé un gros gâteau crémeux pour l'occasion – une forêt noire – qui ne tarda pas à être écrasé sur des visages.

Bichchoo étreignit le nouveau marié : Seul mon imbécile de frère pouvait faire ça, ses couilles ne sont pas encore sorties d'une prison qu'il les a déjà fourrées dans une autre.

Sparkplug était heureux. Dipti et lui s'étaient établis dans un mariage stable de désaccords et de

1. Terme tiré du sanscrit, signifiant l'extase ou la bénédiction, récité à la fin d'un mantra.

satisfactions quotidiens. Un mariage que l'absence et le désir consolidaient.

Son histoire était la plus inspirante de la révolution sentimentale, mais des dizaines d'autres, en cours, duraient de trois jours à trois mois.

Les garçons, qui avaient une approche archaïque de l'agriculture, jetaient leur semence tous azimuts – dans la jungle des réseaux sociaux, des sites de rencontres et des listes d'amis –, partout où ils était susceptibles d'obtenir un embryon de réponse. La plupart d'entre eux ne s'attendaient à rien. Ils n'en revenaient pas de découvrir que le monde extérieur, autant qu'eux à la dérive dans un désert émotionnel, aspirait à sauter sur la moindre relation chimérique qui se profilait.

Ajay vécut un marathon sexuel torride de neuf jours avec une fille de vingt ans originaire de Gwalior qui suivait une formation pour être cheffe. La beauté d'adonis d'Ajay et son expérience de restaurateur la fascinaient. Entre la frénésie de moments érotiques – un aller-retour des corps –, ils parlaient d'ouvrir ensemble un restaurant italien. Comme il voulait une touche patriotique, il proposa le nom de *FettuIndi* ; elle le trouva de mauvais goût ; la créativité devait être dans la cuisine.

Ce qu'elle ambitionnait, c'était une fusion entre l'indien et l'italien. Il fallait l'appeler *Aasta Pasta*, une suggestion sur le phénomène de la lente invasion d'épices locales dans le goût méditerranéen.

Le huitième jour – sûr de son charme et enthousiasmé par la future collaboration professionnelle –, Ajay passa aux aveux. Il avait purgé quatre ans de sa peine, le procès serait terminé dans six mois. Il serait acquitté, son innocence s'imprimerait en grosses lettres dans le ciel. Le neuvième jour, elle revint et lui demanda gentiment de répéter son histoire, trop extravagante pour qu'on y croie en une fois. Il fut aux anges. Son intuition ne l'avait pas trompé. Pour les jeunes filles, les anciennes notions de bien et de mal ne comptaient pas. Elle disparut le soir du neuvième jour. Il eut beau fouiller comme un dément les insondables tunnels d'Internet, il ne l'exhuma pas.

Une semaine plus tard, il faisait partager ses organes génitaux avec une fille de Burdwan, en terminale, aux seins si énormes qu'il ne parvenait pas à les agrandir sur son écran sans en perdre au moins un.

Ceux qui avaient un smartphone ou avaient accès à l'un de ces appareils se dégotaient une copine. La toile confirmait le dicton qu'il existait une femme pour chaque homme. Quelles que soient l'infirmité, la névrose, la douleur, elle avait un écho. Sparkplug était le seul à s'être marié, mais d'autres avaient des relations stables. La plupart d'une manière raisonnée, en pleine transparence.

Aussi étrange que cela paraisse, les tantines faisaient partie des femmes les plus compatissantes. Elles ne jugeaient pas, ne posaient aucune question gênante et étaient prêtes à donner davantage qu'à prendre.

Très rapidement, les tantines devinrent le groupe cible. Quelques-unes avaient une vingtaine d'années, c'étaient cependant surtout des trentenaires ou des quadragénaires. Certaines étaient des femmes au foyer, nombre d'entre elles étaient professeures, vendeuses ou employées de bureau. Toutes avaient un ou deux enfants, parfois assez grands pour être à l'université.

La forme physique ne prédominait pas, elles étaient grosses mais excitantes à force d'associer le sentiment du péché au désir irrésistible.

Chaque garçon qui avait une tantine était un garçon comblé. Avec une tantine, on jouissait du risque érotique d'être surpris par un mari, des enfants ou une belle-mère. Une tantine qui appelait à n'importe quelle heure du jour et de la nuit, exigeant un rendez-vous urgent. Aucune jeune et aucune beauté ne peut rivaliser avec un message haletant soufflé depuis les toilettes d'un bureau. Par ailleurs, une tantine racontait des histoires électrisantes sur ce que son mari avait insisté pour lui faire la nuit précédente ou sur son patron qui, debout derrière sa chaise, explorait l'idée du professionnalisme jusqu'à ce qu'elle distende son pantalon.

Les plaisirs suscités par une tantine dépassaient l'Éros. La plupart avaient un cœur. Elles avaient beau être incroyablement fauchées, elles donnaient de l'argent pour recharger le téléphone des garçons, leur achetaient même des vêtements et des canapés. Nombre de garçons, vraiment amoureux de leur tantine, promettaient de l'épouser et de l'emmener loin dès l'instant où ils sortiraient du royaume d'airain.

Certains en aimaient deux, voire plus. Sincèrement, non avec duplicité, et ils s'engageaient à les épouser. Ils attrapaient l'amour comme des gamins les pièces au feu rouge.

Aucun dictateur impitoyable n'aurait pu assener un coup plus violent à la révolution sentimentale que celui porté par l'évasion de Hitler, Michael et Rakesh. Après le cirque carnavalesque du Cloaque, le décompte du lendemain dans la cellule seize – une routine automatique à cette heure-là – se révéla soudain faux quand le premier membre de l'unité de choc, qui glapissait aux oreilles des corps endormis, s'arrêta à dix-sept. Il aurait dû compter jusqu'à vingt.

Pris de panique, les trois autres soldats crièrent : Quinze, seize, dix-sept…

En l'espace d'une minute, les détenus avaient été réveillés à coups de pied et alignés contre le mur.

Quand la porte des toilettes fut ouverte, on découvrit un énorme trou derrière les latrines. Revêtu de son plumage immaculé noir et blanc, un shama de Madagascar regardait à l'intérieur, remuant la queue en une manière d'avertissement tranquille.

28

Dans le foyer du marin

Asambhav mit deux semaines à se procurer l'argent, une nouvelle carte SIM et à réserver une place dans un train à destination de la côte. Il s'éclipsa sans rien dire à personne. Il laissa un mot à l'intention de son Bade Papa. Il le tiendrait au courant. Il reviendrait. Il partait pour respecter un engagement.

Lorsque son père, le militaire, l'apprit, il déclara à son frère aîné : Il a enfreint les règles, non seulement des castes et du clan, mais aussi du mariage de la jeune femme qui a des enfants. Il est temps de l'oublier. Dans l'armée, j'ai compris la nécessité d'amputer des parties gangrenées de son propre corps.

Avec les enfants, la seule issue est la patience, répondit d'une voix faible Bade Papa.

Asambhav avait donné une carte SIM à Aranya lorsqu'elle était partie du village pour retourner dans son appartement-clapier. Pas une heure ne s'écoulait sans qu'il soit en contact avec elle. Aranya l'appelait avec autant d'ardeur que lui. Ils parlaient parfois si longtemps qu'il entendait ses enfants l'appeler.

Il savait déjà qu'elle l'aimait plus qu'elle n'aimait ses enfants. Il aurait été incapable d'accepter quelque chose d'inférieur. Il n'avait jamais oublié les premiers mots qu'elle lui avait écrits.

Chaque fois que tu le diras.

Où que tu le dises.

Quoi que tu dises.

Je serai là pour toi.

Tandis que le train traversait en cahotant des gares grouillantes et une campagne vallonnée qui succombait bien vite au béton et au plastique, Asambhav s'entretenait joyeusement avec les gens entassés autour de lui. Un plaisir perdu depuis des années. Ils répondaient avec enthousiasme à ce beau garçon aux yeux doux et lui offraient des parts de leurs produits emballés.

Il arriva à la nuit tombée ; Aranya le guettait depuis son minuscule balcon.

Construit dans les environs immédiats de la ville, le lotissement se profilait après un virage de la route. Un complexe spacieux composé de cinq immeubles identiques de quatre étages se dressant au pied du versant de la colline. Malgré la modestie de l'ambition de l'entrepreneur – en réponse aux désirs d'une nouvelle classe moyenne en manque –, les choses avaient mal tourné.

L'idée d'un entretien collectif s'était évanouie au bout de trois ans. En moins d'une décennie, les immeubles s'étaient décolorés et montraient de grosses fissures comme creusées par un chat surdimensionné, des bouts de plâtre ayant disparu. Un des immeubles avait manifestement été négligé : ses tuyaux d'égout, couverts de dépôts verdâtres, étaient attachés à l'extérieur à la manière de pansements, comme dans l'ancien temps. Le fer rouillé des balustrades laissait des traces marron sur les paumes et beaucoup de balcons semblaient s'affaisser.

Les multiples brèches dans le mur d'enceinte assez bas, constitué de blocs de latérite, créaient des raccourcis, et le majestueux portail de l'entrée était dégondé – comme éperonné par un blindé. Les seuls vestiges d'une tentative de planter quoi que ce soit dans le terrain rocailleux consistaient en une bougainvillée blanche et crasseuse dans un coin, en un flamboyant rabougri dans un autre.

Une poussière rouge s'imposait partout, le sol dur était jonché de cailloux. Des enfants qui jouaient au foot ou au cricket rentraient chez eux avec leurs vêtements en feu.

Pour les adultes, il y avait un semblant de badminton. Des poteaux en fer rouillé se dressaient entre les immeubles, une rangée de trois sur le terrain plus élevé et de deux plus bas. Le soir tard, des hommes et des femmes peu en forme tapaient frénétiquement avec leur raquette le volant que des bouffées de brise marine rendaient capricieux. D'après le règlement intérieur, un joueur avait le droit de frapper deux fois le volant afin de le faire passer au-dessus du filet oscillant.

Le gardien, un bénévole, avait construit une cahute d'une pièce avec des briques, une bâche, de l'amiante, devant l'entrée. Sa femme, leurs deux garçons et leurs deux filles faisaient la cuisine et leurs ablutions derrière l'abri, perpétuellement accroupis. Le gardien devait mendier son salaire en faisant du porte-à-porte.

Certains au cœur tendre, toujours les mêmes, mettaient la main à la poche, d'autres – peu sûrs d'eux et gênés – sortaient quelques billets et d'autres encore lui opposaient un refus opiniâtre.

D'aucuns se demandaient à quoi servait un gardien puisqu'il n'y avait rien à voler. D'aucuns se considéraient comme tellement fauchés qu'ils seraient prêts à être gardiens s'il y avait un salaire à gagner. Quelques-uns se montraient injurieux : un ancien vendeur de téléavertisseurs que sa femme avait quitté en laissant un message sur son téléphone ouvrait toujours la porte dans le plus simple appareil et se déclarait prêt à être alpagué.

Le gardien fut le seul allié d'Asambhav dans l'étrange nouveau monde de la femme de sa vie. Il se révéla originaire de Gorakhpur, aussi parlaient-ils le même dialecte. En outre, la relation était conforme à l'ordre social. Dès que le gardien, d'une caste inférieure, eut parlé à Asambhav, il exprima sa déférence envers le jeune amant qui, en retour, lui accorda sa protection.

Cela s'équilibrait avec ses revers de fortune, estima Asambhav. La sentinelle était son homme. Elle pouvait aller et venir à sa guise, jour et nuit.

À peine entré dans l'appartement d'Aranya, il eut le sentiment d'en être le maître. La première chose qu'il fit fut de ramasser les affaires du mari dans la chambre conjugale – vêtements, chaussures, articles de toilette – et de les jeter dans une valise qu'il fourra en haut d'un placard. En plus des deux chambres, il y avait un bureau où Asambhav installa un lit de camp pour faire croire qu'il y dormirait.

On le présenta aux enfants comme un cousin de leur mère – leur *maamu* – envoyé pour s'occuper d'eux en l'absence de leur papa. Ils devaient l'aimer autant qu'il les aimait. Ainsi, chacun dormirait dans sa chambre. La mère dans la sienne. Les enfants dans la leur. *Maamu* dans le bureau.

Le garçon, Jimmy, était confiant. La fille, Steffi, était vigilante. Le père était un passionné de tennis.

Au début, *maamu* s'efforça de jouer avec eux et de leur apporter des friandises du marché. Il les faisait courir dans le séjour. Il leur racontait des histoires jusqu'à ce qu'ils s'endorment. Ils adorèrent ça au point de le réclamer à cor et à cri. Un engagement qu'il eut du mal à pérenniser une fois qu'il les eut conquis. Il n'avait qu'une envie, se consacrer à son amour.

Il désirait qu'elle soit perpétuellement à portée de main, en quelque sorte. Il avait besoin de respirer sa peau sans interruption comme on respire. Il restait près d'elle quand elle faisait la cuisine ou le ménage, quand elle nourrissait ou habillait ses enfants. Même lorsqu'il était obligé de chahuter avec eux, il la gardait proche de lui, l'enlaçait en prenant prétexte du jeu.

Ils vivaient pour la nuit. Après avoir fermé à clé la chambre des enfants de l'extérieur, et la leur de l'intérieur, ils s'exploraient mutuellement à la lueur d'une bougie.

Pour minutieuse qu'elle fût, l'exploration n'était pas seulement physique – un mélange au-delà de tout : le désir fou d'une fusion absolue –, elle était aussi intensément sentimentale. Ils parlaient du passé et de l'avenir, ils pleuraient, ils chuchotaient et se déclaraient leur amour de cent façons différentes.

La voix d'Aranya infusait la nuit de musique et, au cours des pauses dans leur passion, il lui demandait de chanter pour lui.

Pris du désir frénétique de rattraper le temps perdu, ils ne dormaient que par courtes périodes, découpant la nuit en une douzaine de chapitres. Asambhav avait démonté et repoussé les lits en contreplaqué contre le mur et créé leur campement à même le sol. En harmonie, ils s'assoupissaient ensemble, se réveillaient ensemble, serrés l'un contre l'autre à la manière d'enfants abandonnés dans la jungle. La brise marine entrait par les fenêtres ouvertes de sorte que la lourde humidité les enveloppait et les rafraîchissait.

Le vent s'engouffrait parfois, alors ils allaient se planter devant la fenêtre, se laissant tremper par les rafales, griser par la sensation unique de la pluie sur la peau. Une fois, Asambhav se tint nu sur le balcon à trois heures du matin. Son corps magnifique luisait d'une manière mythique sous le ciel piqueté d'étoiles d'où la lune avait disparu. Plus bas, au-dessus d'un repli de terre, les lumières vives du port palpitaient tandis que, en pleine mer, les bateaux incarnaient une sombre suggestion.

J'aurais dû faire ce que font les grues Antigone, pensait Aranya. Ce que nous avions décidé de faire si nous étions séparés. J'aurais dû me tuer avant de les laisser m'emmener.

Plus jamais tu ne me quitteras, dit-elle.

Je ne t'ai jamais quittée.

Pour la première fois, elle évoqua le sujet qu'ils se refusaient à aborder : Il sera rentré dans dix jours.

Ça m'est égal.

Qu'est-ce qui se passera ?

Tu es à moi.

Oui, je le suis, mais qu'est-ce qui se passera ?

Tu continueras à être à moi.

L'amour tend à s'enliser dans une situation éloignée de celle où il s'est épanoui. L'amour obsessionnel de l'adolescence s'étiole dans la langueur du mariage. L'amour furtif d'un lieu de travail succombe dans la plaine d'une liaison au grand jour. Les besoins impérieux de l'amour sexuel fuient l'amour sentimental. L'amour né dans la lutte se consume dans le feu du succès.

En revanche, le grand amour domine et soumet. Il ne dépend de rien. Il n'est dévié par rien. Il infléchit la réalité alors même que celle-ci l'infléchit.

Deux jours plus tard, Aranya fit quelque chose dont elle ne se serait jamais imaginée capable. Elle se rendit en ville, à l'extérieur du port, pour aller frapper à la porte du patron de son mari, dont le bureau se trouvait au premier étage d'un vieil immeuble de trois niveaux. Les marches de l'escalier grinçaient d'une façon inquiétante. L'activité régnait au rez-de-chaussée, où les hommes se tournèrent pour la reluquer lorsqu'elle leur demanda son chemin. Elle avait l'air d'une extraterrestre avec son nez aquilin, son teint clair, son *salwar-kameez* bleu roi, son hindi qui n'était pas du coin.

M. Cordeiro était un homme élancé, au teint basané, aux cheveux clairsemés. Dès qu'il apprit qui elle était, il fut d'un enthousiasme empreint de gentillesse. Il lui offrit une bouteille de Fanta, nettoyant le goulot sur sa manche et, contournant la table, s'assit près d'elle.

Samarth était un magnifique professionnel, né pour naviguer. Pourquoi et où avait-il caché sa ravissante épouse ?

Loin de rougir ou de craquer, Aranya garda son calme et déclara qu'elle était venue demander un service.

Tout ce que vous voulez, répondit le patron. Moi, Cordeiro le *Swordeiro*, « héros de l'épée », je mettrais un millier de navires à l'eau pour vous défendre.

Tendant le bras, il taillada l'air de deux coups rapides.

La jeune femme, qui n'avait jamais rencontré quelqu'un de ce genre, ne perdit pas contenance et précisa, un charmant sourire aux lèvres, qu'elle ne lui demanderait un service que s'il lui promettait de ne jamais le révéler à son mari.

L'homme se pencha puis murmura : Même si les brutes m'arrachent les ongles, elles n'obtiendront jamais un mot de ma part.

Dès qu'Aranya eut formulé vite et clairement sa requête, le patron s'empressa de lui assurer qu'il l'aiderait. À la porte, il s'inclina devant elle : Madame, j'entends la musique de cloches d'église quand vous parlez. Si vous étiez mon épouse, je vous demanderais de chanter pour moi le soir.

Elle se hâta de rentrer à la maison, où elle annonça à Asambhav qu'elle avait rencontré un homme qui s'exprimait comme un vaurien mais se conduisait comme un héros. Le patron allait lui permettre de travailler sans en toucher un mot à Samarth. Elle lui avait expliqué que son mari avait une dent contre Asambhav, son cousin du village.

Voilà qui perturba Asambhav. Sa bien-aimée n'aurait jamais dû demander à un inconnu de lui trouver du boulot. D'autant qu'il s'agissait du patron de son mari. Pire encore, ce patron s'était engagé à ne pas divulguer une information secrète. Pour couronner le tout, il parlait comme un charretier. Il n'était pas question qu'il le rencontre.

Aranya mit une nuit pénible à le convaincre de changer d'avis.

M. Cordeiro fut sec avec Asambhav. L'entretien dura moins de cinq minutes, ce qui suffit au patron pour se rendre compte qu'il ne recommandait pas un imbécile. À la fin, il lança : Vous êtes de vrais cousins ou d'heureux cousins ?

Faute de comprendre la question, Asambhav répondit mollement : Oui.

Tu auras un boulot, mais ne me couvre pas de honte. On ne sait jamais avec vous, les *northwallahs*[1] ! Ne baise personne. Ne vole personne. Ne dis jamais *je ne peux pas*, dis toujours *je peux*.

Bien des années plus tard, Cordeiro le *Swordeiro* aurait du mal à trouver le sens de l'histoire. Debout à la barre des témoins, il ne saurait pas ce qui était bien ou mal, ni ce qu'il devait dire.

L'emploi d'Asambhav était celui d'aide-magasinier. Comme il était un étranger – moins susceptible d'être corrompu par les locaux –, il fut chargé d'aider à dresser l'inventaire de nouveaux stocks. Son supérieur, un vieux salopard hargneux qui trafiquait les comptes

1. *Wallah* : indication de l'état, de la qualité d'une personne. *Northwallah* : homme du Nord.

depuis des lustres, n'avait pas l'intention d'impliquer ce néophyte dans la moindre activité sérieuse. Il savait qu'on avait recruté ce garçon pour plaire à quelqu'un.

À chaque arrivée de produits, le superviseur envoyait Asambhav arpenter la rue et, à chaque visite de bateau, il le laissait sur le quai.

De temps à autre, le vieux salopard lui disait : Qu'est-ce que tu fiches ici ? Tu devrais jouer au cinéma. Si je te ressemblais, soit je serais le patron, soit je niquerais sa femme.

Lorsque son adjoint se bornait à sourire, il enchaînait : De toute façon, je ne peux pas te demander de travailler… ce serait comme de donner un rôle de mulet à un cerf.

Asambhav faisait jouer ses muscles de lutteur pour lui montrer sa force, mais le salaud le rembarrait : Tu appelles ça des muscles ? Tu devrais voir ce *musalta*[1] sur l'autre quai, il a des bras plus gros que tes jambes et tu as l'impression de voir un cheval quand il sourit. S'il t'attrapait et te flanquait un coup, tu atterrirais en Afghanistan… où tous les hommes t'épouseraient aussitôt.

Asambhav ne vit qu'une fois Gama. Il marchait sur la route, devant les quais, en compagnie d'un homme beaucoup plus petit. Il avait une tête grosse comme une pomme jacque et des mains capables de mettre un chameau sur les genoux. Pourtant, comme il avançait d'un pas d'une lourdeur à faire trembler la terre et tomber les feuilles des arbres, sa physionomie était empreinte de la bonté d'un prêcheur de village

1. Rustre, butor.

écoutant une histoire triste, du moins c'était ce que son compagnon paraissait raconter à grand renfort de ces émotions et de ces gestes ponctuant tous les récits en Inde.

Asambhav avait entendu des nouvelles des affrontements entre hindous et musulmans en ville et de Babu, un fauteur de troubles. La menace de violence religieuse planait avec la pesanteur d'un nuage de mousson, tandis que s'évaporait l'oxygène des banalités dans les échanges quotidiens entre dockers hindous et musulmans.

Rien de tout ceci – la négligence de son supérieur ou l'ouragan de fanatisme – n'avait d'effet sur Asambhav, qui ne s'intéressait ni au travail ni à la ville. Peu lui importait que son supérieur siphonne à fond des bateaux ou que les hindous et les musulmans s'apprêtent à un déchaînement de violence les uns contre les autres.

Il ne posait aucune question et n'exprimait aucun avis. Seule Aranya occupait ses pensées, rien d'autre. Il distinguait à peine l'horreur du lieu où il était encalminé. Les énormes conteneurs de fret, les grues mantes religieuses, les convoyeurs chargés, les bateaux sur l'eau, le grouillement des hommes manipulant leurs colossales créations.

Le sol n'était que poussière rouge. Toute la journée, celle-ci se soulevait en petits nuages au passage de gros camions et de dumpers, lesquels piquaient du nez comme des bateaux en mer sur les routes semées de nids-de-poule. Chaque fois qu'il pleuvait – ce qui arrivait souvent –, d'énormes flaques boueuses apparaissaient.

Où que l'on pose le regard, on voyait du béton, du métal, des toits de tôle ondulée, des wagons rouillés sur des rails rouillés, de gigantesques convoyeurs sur des wagons-citernes d'ammoniac en fer rouillé, chantourné, à l'éclat argenté. Le métal avait tout envahi, on aurait dit qu'il poussait plus vite que le bambou dans une forêt tropicale.

Des centaines de conteneurs de la taille de maisons, souvent à plusieurs étages, s'entassaient, arborant le nom d'entreprises célèbres. Il ne s'agissait pas d'un excès de prudence, l'ambition des cambrioleurs allait croissant.

On avait récemment découvert que l'entrepreneur qui avait posé les canalisations du port avait, au cours des quinze années précédentes, siphonné des millions de litres de pétrole. À proximité du mur d'enceinte, il avait installé un minuscule tuyau qui passait sous la route et arrivait à son bureau de l'autre côté. Les journaux avaient rapporté ses propos : Si vous volez une banane dans un camion, quel péché commettez-vous ?

Les grues et les silos peints en vert ou en bleu avaient beau se dresser de manière imposante, des tours d'éclairage équipées de multiples lampes orientées tous azimuts les dominaient. Les convoyeurs grinçaient sans interruption tandis qu'ils transportaient minerai de fer, copeaux de bois, granit, charbon, ferraille des bateaux au rivage ou du rivage aux bateaux.

Ce spectacle horrifiait Asambhav. Le seul élément apaisant, c'était les chalutiers de pêche serrés les uns contre les autres au loin. Ils semblaient humains tant en taille qu'en ambition, raison pour laquelle ils mouillaient dans un autre port et n'avaient pas accès au bassin commercial. Les autres structures qui lui plaisaient, c'étaient deux vieux bâtiments à l'architecture coloniale proches de l'entrée. En pierre et en bois, ils étaient le terrain de jeu des magnifiques racines d'un banian. Près d'eux s'élevaient les nouvelles tours de bureaux d'une laideur insensée, cages de béton constellées des pustules des climatiseurs.

N'eût été Aranya, Asambhav ne serait pas resté dans un lieu pareil plus d'une journée.

Il consacra trois mille roupies sur les douze mille qu'il gagnait à ne rien faire à la location d'un deux-pièces dans un lotissement d'habitations délabrées situé à quatre kilomètres sur la route, à la périphérie de la ville, à trois kilomètres d'Aranya. Sur les murs de son immeuble en ruine infesté de vermine, constamment humide, les vrilles de la végétation de la côte s'accrochaient aux murs avec détermination.

Les habitants du lotissement, des migrants pour la plupart, travaillaient d'arrache-pied. Il était rare que l'un d'eux soit gros. Les gens ne se mélangeaient pas. La plupart d'entre eux trimaient dans l'industrie, le port ou les mines. Ils n'étaient pas vraiment des ouvriers, juste au-dessus, responsables d'équipe, contremaîtres, employés et comptables.

Plusieurs hommes qui vivaient comme des célibataires – en petits groupes de deux et de trois – envoyaient leur salaire à leur famille restée au village ou dans une autre ville. Le seul plaisir qu'ils se permettaient consistait en deux kilos de mouton leur jour de congé. Un mets soigneusement choisi chez le boucher, cuit avec beaucoup d'amour et avalé à coups de bouteilles de bière fraîche.

La tristesse de l'immeuble ne se dissipait jamais. Même quand un grand soleil dardait des rayons implacables, une sorte d'obscurité planait sur les murs écaillés. L'atmosphère des cages d'escalier – noyées d'ombres, poisseuses, festonnées de fils électriques dénudés et de toiles d'araignées gluantes – correspondait à celle du bâtiment. Même les enfants paraissaient privés de vitalité et d'insouciance.

Les habitants disparaissaient derrière des portes verrouillées dès leur retour du travail. Aucun n'avait l'énergie de créer des liens. Le silence régnait dans la journée et, le soir, la cacophonie d'une centaine de langues de la téléphonie résonnait.

Du sur-mesure pour Asambhav. Il suspendit des pages de journaux aux fenêtres. Il étala un matelas sur le sol. Il acheta juste ce qu'il fallait d'ustensiles de cuisine pour faire des œufs et du thé. Il équipa la salle de bains d'un seau en plastique vert, d'un gobelet et d'un petit miroir devant lequel il se rasait de près le matin. Au retour de Samarth pour sa permission de deux mois, le sanctuaire des amants était en place.

Le bus de la Route 43 qui arrivait à l'heure lui amenait Aranya en moins de dix minutes. Vêtue de couleurs ternes, la tête couverte d'un *dupatta*, elle portait souvent des leggings et t-shirts branchés dans son sac. À peine ouvrait-il la porte qu'elle lui ordonnait de fermer les yeux et se métamorphosait en une minute.

Rien n'amplifie ou ne restreint autant la vie qu'un amour profond. Ils n'éprouvaient de désir que l'un pour l'autre. Ils n'exigeaient rien du monde auquel ils n'avaient rien à donner. Jour après jour, ils faisaient l'amour, mangeaient, buvaient, riaient et pleuraient de la même façon, se réjouissant de n'avoir besoin de rien de plus.

Elle ne marchait jamais dans l'appartement, il la portait. Jusqu'à la cuisine, la salle de bains et parfois, quand la voie était libre, il descendait les deux volées de marches, avec sur son dos Aranya qui, les bras autour de son cou de lutteur, fredonnait dans une de ses oreilles en y plaquant ses lèvres fardées malgré l'excitation qui lui brûlait l'entrejambe.

Elle chantait pour lui, assis contre le mur, des airs de vieux films hindis. *Aap yun he agar hum se milte rahe dekhiye ek din pyarr ho jaayega*[1]… Certains le faisaient pleurer et il la suppliait de continuer.

Il leur arrivait d'évoquer leurs familles, mais ils se rendaient compte qu'ils n'éprouvaient aucun sentiment pour elles. Peu leur importait de ne jamais les revoir, ils ne le souhaitaient pas. Ils étaient d'accord pour que leurs enfants soient libres d'aimer la personne de leur choix et de mener la vie qu'ils décideraient.

Ils ne parlaient jamais du mari, fantôme dans un coin qui acquerrait de la consistance s'ils le faisaient. Ils feignaient de croire qu'il disparaîtrait en mer à un moment donné pour ne jamais revenir.

Lorsque le mari était à terre, Aranya s'échappait de chez elle deux fois par jour, certaines de ses escapades à l'immeuble décrépi ne duraient pas plus de dix minutes. Asambhav recevait un court SMS,

---

1. « Si tu continues à me retrouver ainsi, un jour tu tomberas amoureux de moi. »

parfois d'un seul mot : *Abhi*. Maintenant. S'il n'était pas chez lui, il sautait sur ses pieds et prenait ses jambes à son cou. Le salaud de superviseur lui avait répété qu'il avait le droit de se déplacer à sa guise et prévenu le garde de noter sur le registre les allées et venues du joli garçon. Au cas où un sacrifice serait nécessaire.

Samarth ne s'intéressait pas spécialement aux activités de son épouse. Il passait la journée à boire de la bière, vautré dans le canapé devant la télé. Il regardait parfois de vieux matchs de tennis mais il se gavait surtout de bouts de films en hindi ou en anglais. Le meilleur du pire en quelque sorte : des navets consommés à l'aveuglette, scène après scène.

Il lui fallait cette langueur abrutissante pour se sentir chez lui ; sa famille ne lui apportait pas le même réconfort. À force de partager la vie d'hommes dans son travail, il ne savait pas s'y prendre avec les enfants. Il avait beau les aimer comme on aime ce qu'on a créé, s'occuper d'eux l'épuisait.

Après le premier jour consacré aux cadeaux et aux étreintes, il s'éloignait d'eux comme un bateau non amarré s'éloigne du rivage. Les enfants se méfiaient de lui. Ce papa qui débarquait le visage à peine bleui par une barbe qui ne tardait pas à s'épaissir. Qui exhalait en permanence une haleine aigre de bière. Qui leur écorchait les joues en les embrassant sans mot dire. Qui colonisait le séjour et voulait qu'ils arrêtent de crier en jouant. Qui ne partait pas le matin pour rentrer le soir comme les autres papas de l'immeuble, mais disparaissait tellement longtemps qu'ils croyaient qu'il ne reviendrait jamais.

Leur mère ne les aidait pas à se forger une idée de leur père. Lorsqu'il était là, c'est tout juste si elle lui adressait la parole et, en son absence, elle ne parlait jamais de lui. À tous égards, Jimmy et Steffi étaient des orphelins, à la manière d'enfants dont les parents sont vivants sauf pour leur progéniture.

Si étrange que cela paraisse, ce gouffre garantissait le silence observé par les enfants sur le *maamu* qui restait chez eux en l'absence de leur père. De toute façon, Samarth ne considérait pas sa femme capable de quoi que ce soit. Quel idiot d'avoir été séduit par la beauté, rien ne pouvait extirper le village de cette femme.

Au fil du temps, elle n'avait appris ni à baiser, ni à se faire des amis, ni à assimiler l'énergie de la modernité et de la ville. À son troisième officier, il sortait cette blague : Cette année, je vais la rendre heureuse en lui achetant un buffle pour son anniversaire.

Comme tout homme marié à une jolie femme, il n'était cependant pas dépourvu de soupçons. Dès son retour, il allait se balader devant le portail dégondé et bavardait avec le gardien qu'il rémunérait. Il y a une façon comme il faut d'interroger sur son épouse, impossible d'autoriser un bouseux de taudis de parler d'elle avec familiarité. De sorte qu'une conversation énigmatique s'engageait, commençant par la sécurité de la résidence et se terminant par les visiteurs qui se rendaient chez Samarth, sans oublier des questions désinvoltes sur la fréquence des sorties d'Aranya.

Et le bouseux de s'exclamer : Si j'arrivais à garder ma femme dans la baraque la moitié de la journée, je casserais une noix de coco au temple !

Plus tard, le gardien aurait autant de mal que M. Cordeiro à formuler ses réponses au tribunal. Personne ne devrait être obligé de témoigner du malheur d'un autre homme. Qu'est-ce que c'était que cette loi qui donnait le droit à l'État de rendre un innocent témoin de la déchéance d'un homme ?

Samarth ne se contentait pas de boire de la bière et de regarder la télé, il accomplissait son devoir conjugal. Si elle était froide les années précédentes, elle semblait morte désormais. Tandis qu'elle restait sans vie, il la manipulait comme une marionnette, la palpait et la pénétrait puis s'effondrait, à bout de forces.

En une tentative désespérée d'animer un peu la scène sordide, il l'insultait. Il lui demandait si les femmes de son clan étaient formées, comme elle, à adopter la position d'un cadavre. Ce n'était donc pas étonnant que son père ait l'air de l'homme le plus malheureux du monde. Pour sa part, il aurait mieux fait d'épouser un trou dans le mur.

L'épouse n'ouvrait pas la bouche et ne bougeait que lorsque c'était terminé, filant s'enfermer dans la salle de bains. Quand il la touchait auparavant, il la dégoûtait. Elle ne sentait plus rien à présent, elle ne voyait qu'un homme pitoyable s'efforçant de posséder ce qui ne lui appartenait pas. Les traces de sa crasse étaient bien sûr gommées dès que son amant l'étreignait et transformait son corps de glace en feu.

Aranya mentait à Asambhav, prétendant ne pas avoir eu plus d'une douzaine de rapports sexuels avec Samarth que sa résistance et sa répugnance accablaient.

Elle affirmait l'avoir libéré de ses vœux de mariage et insisté pour qu'il prenne son plaisir là où il naviguait. Par-dessus le marché, sa tendance à boire – à laquelle il s'adonnait une fois rentré pour compenser sa chasteté – l'avait rendu impuissant.

Une fable qu'Aranya savait indispensable pour contenir la bête irrationnelle lovée à l'intérieur de son amant. Même si elle lui appartenait jusqu'au dernier follicule de ses cheveux, elle avait conscience que l'idée qu'un autre homme l'avait touchée ne cessait de le tourmenter. Chaque jour – après la fièvre des retrouvailles –, il s'abîmait dans un silence maussade, attendant qu'elle lui raconte sa nuit. Le récit qu'inventait Aranya se terminait toujours par le fait qu'elle s'était endormie, sans avoir été touchée, dans la chambre des enfants ou sur le canapé du séjour.

Pour rassurer son amant, elle démolissait son mari. Certains soirs, il s'évanouissait par terre, d'autres, il pissait dans le lit, d'autres encore, il souillait la salle de bains avec son vomi.

C'est un porc, s'indignait Asambhav. Et tu sais ce qui arrive aux porcs une fois qu'ils ont bâfré à satiété.

Le jour où le porc embarquait dans son nouveau bateau, le *maamu* se réinstallait dans l'appartement, désinfecté de la présence du mari. Ses affaires emballées. Le lit démonté et le matelas de nouveau étalé sur le sol. Chaque journée redevenait une chanson, chaque nuit une symphonie.

Le *maamu* arrivait, chargé de cadeaux pour Jimmy et Steffi. Le premier jour, il chahutait avec eux, mais à peine leur allégeance établie, il s'arrêtait. Les enfants comptaient pour lui parce que leur lien à Aranya était indissoluble, en revanche ils ne l'émouvaient pas. Il ne se montrait jamais sévère avec eux comme peut l'être un père. Son amour à leur endroit tenait de la comédie, c'était une goutte du torrent qui déferlait vers leur mère.

Grandissant à l'ombre de deux présences masculines incompétentes et d'une mère inattentive, les enfants devinrent silencieux, sur leurs gardes. Intuitivement, ils avaient compris qu'il valait mieux ne pas parler d'un des deux hommes à l'autre. Et que leur mère était heureuse et indisponible pendant les mois du *maamu*, malheureuse et disponible pendant ceux de leur père. Ils ne savaient trop ce qu'ils préféraient.

À la manière d'enfants négligés, ils se replièrent dans le cercle envoûtant de la fraternité et perdirent leur spontanéité. L'instinct de survie – tromperies et manipulations – prit le dessus.

La mère leur dit que leur père la battait. Même s'ils ne furent pas sûrs que ce soit vrai, ils compatirent.

La mère leur dit que leur *maamu* les aimait infiniment. Même s'ils en doutaient, ils en convinrent.

La mère leur demanda avec qui ils préféraient vivre. Ils répondirent : Le *maamu*.

Le *maamu* leur demanda s'ils aimaient leur père. Ils répondirent : Non.

Le *maamu* leur demanda s'ils auraient envie de vivre avec lui. Ils répondirent : Oui.

Plus tard, le père leur demanda s'ils l'aimaient plus que leur mère. Ils répondirent : Oui.

S'ils devaient choisir, est-ce qu'ils préféreraient vivre avec lui ou avec elle ? Ils répondirent : Avec toi.

Presque six mois s'écoulèrent en quelque sorte avec la rotation des deux hommes et, par miracle, le *maamu* ne fut pas pris. La détresse de Samarth se manifestait désormais physiquement. Au lieu de tailler la barbe qu'il faisait pousser le temps de sa permission, il la laissait devenir une broussaille. Sa bedaine pendouillait au-dessus du nœud de son *lungi*[1]. Privé d'affection, il se fichait de son hygiène, il se lavait et se brossait les dents d'une manière sporadique, buvait de la bière dans la journée et du rhum blanc le soir, exhalait des nuages d'haleine infecte dès qu'il ouvrait la bouche.

En revanche, l'amour rehaussait la beauté d'Asambhav. Plein d'énergie, il faisait vingt *surya namaskars* et deux cents pompes le matin, sans compter le nombre d'allers-retours au pas de course de son logement au port. Il était toujours tiré à quatre épingles. Chemise sans plis rentrée dans un pantalon repassé. Chaussures noires cirées à la perfection. Pas une mèche rebelle. Ongles limés en impeccables croissants pour le plaisir. Visage rasé, nettoyé avec une lotion, aussi lisse que celui d'Aranya. Bouche douce, mûre comme un fruit avant que la peau ne craquelle.

Aranya passait autant de temps à caresser le corps d'Asambhav que lui le sien.

Ils ne faisaient rien d'autre. Ils ne se rendaient pas au marché. Ils ne prenaient aucun repas à l'extérieur. Ils n'allaient pas au cinéma. Ils n'avaient pas dépassé

---

1. Pagne traditionnel de style sarong.

le premier stade du désir de l'autre, même après tant d'années. Le besoin d'occuper des lieux intimes ensemble, de respirer le souffle de l'autre, était toujours irrésistible.

Persuadés de leur avenir commun, ils ne parlaient cependant jamais de la façon dont il se concrétiserait. Ils estimaient que le destin leur avait déjà fait subir tellement d'épreuves qu'un chemin vers le bonheur devait leur être réservé. Un événement se produirait. Un conteneur tomberait, le mari reviendrait sous forme d'un sac d'os. Le bateau sombrerait, son nom figurerait dans le journal. Le mari se saoulerait, basculerait par-dessus le balcon, de sorte que la matière molle de son cerveau que l'on compare au jaune d'œuf maculerait sa grosse barbe et le sol rouge. Un matin il ne se réveillerait pas, le cœur grippé sans le lubrifiant de l'amour.

Le destin était malin, il trouverait un tour à jouer.

Comme ils attendaient qu'il agisse, Aranya se découvrit enceinte. Ce qui créa un des rares désaccords entre eux. La jeune femme décida aussitôt d'avorter alors que c'était un signe pour lui. L'enfant, fruit de leur amour, plus légitime que n'importe quel autre, marquerait la fin de cette sinistre mascarade.

Daadhi saura que ce n'est pas le sien, protesta-t-elle.

Elle le surnommait ainsi : *Daadhi*… la Barbe.

Après un long silence, Asambhav répondit : Tu n'auras qu'à dire à *Daadhi* qu'il est tellement bourré la nuit qu'il ne se rend pas compte de ce qu'il fait.

Ça l'enrageait de devoir recourir à un subterfuge pour son premier enfant. Le tourment s'intensifia au fil des jours. Il avait du mal à dormir et à parler. Pour la première fois depuis qu'il l'avait bousculée lors de ce crépuscule balayé par la pluie, il eut le sentiment qu'elle ne lui appartenait pas complètement. Il s'était leurré.

Il se croyait déterminé et téméraire, il avait tort. Il était lâche. Le courage aurait été de la revendiquer ouvertement à chaque étape. Faire passer son enfant pour celui d'un autre, c'était quel genre de courage, quel genre d'amour ?

Deux jours avant le retour de Samarth, Asambhav réveilla Aranya à trois heures du matin. Ils étaient nus, à même le sol. La fenêtre était ouverte, ils s'enveloppèrent d'un drap en raison de la fraîcheur si fugace dans la serre de cette ville de la côte.

La lumière des étoiles rasait le velours noir de la mer, tandis que les éternels néons de la capitale nimbaient d'un halo le doigt de terre qui protégeait les quais.

Il prit la parole : J'ai décidé que tu devais lui avouer la vérité.

Sur quoi ?

L'enfant. Nous.

Il me tuera.

Mais non, voyons. On n'est pas dans notre village, il n'est pas un Pal, un péquenaud. Tu demanderas le divorce et on se mariera. On ne peut plus attendre le naufrage de son bateau.

Nous n'y connaissons rien en matière de divorce.

J'irai voir un avocat demain.

Et Jimmy et Steffi ?

Ils viendront avec nous. Ils seront nos enfants.

Tu ne prends pas *Daadhi* assez au sérieux.

Ça lui est égal. Baiser des putes blanches et boire ce qui lui tombe sous la main lui convient. Tu ne lui donnes rien. Il sera ravi d'être débarrassé de toi.

Elle se plaqua contre lui : Tu ne sais rien sur les maris, comme tous les hommes.

29

Peter Pinto tire un trait

Le cabinet de l'avocat recommandé par le salopard de superviseur se trouvait dans la capitale. Quand Asambhav y arriva, il fut dérouté : il y avait deux personnes du même nom. Un Falkar avec un F et un Phalkar avec un P.

Il appela le superviseur pour une explication.

Je sais à peine épeler mon nom, imbécile ! s'énerva le salaud. Veille à ce que ce soit le gros. Pour engager le maigre, tu devrais être propriétaire du chantier naval au lieu d'y bosser.

Le superviseur lui rappela que le cabinet s'appelait *Dukaan* et que, comme dans un magasin, il devait savoir ce qu'il voulait tout en étant prêt à être traité avec objectivité. Ils dirigent le tribunal, exactement comme l'Amérique gouverne le monde, ajouta-t-il. La loi leur obéit et non le contraire.

La réceptionniste lisait un livre sur la réincarnation. Des récits tirés de la vraie vie. Elle avait de gros bras, des verres de lunettes épais, un gentil sourire. La pièce était un étroit couloir où un banc le long du mur semblait destiné à un peloton de damnés. Le bureau de la réceptionniste était tout au fond. Si un justiciable indigné par la justice ouvrait la porte à toute volée et tirait une balle, celle-ci se logerait dans le front de cette femme. Une perspective qui avait peut-être influencé ses goûts en matière de lecture.

Lequel ? demanda-t-elle, le regardant par-dessus la monture de ses verres solides.

Pfalkar, bredouilla le jeune homme originaire de l'Inde profonde.

Lequel ?

Asambhav examina la porte située à sa droite. Les mêmes noms étaient gravés sur la plaque en cuivre rutilant que sur celle de l'extérieur. Falkar et Phalkar. Il crut que le superviseur s'était foutu de sa gueule. Peut-être s'agissait-il d'un canular propre à cette ville.

La réceptionniste qui, l'air au courant, s'était replongée dans son livre leva de nouveau les yeux au bout de quelques lignes : Lequel ? Le vieux ou le jeune ?

La sagesse et la bonté viennent souvent avec l'âge : Le vieux, répondit Asambhav.

Il est beau mais il dit n'importe quoi, pensa-t-elle. Le gros ou le maigre.

Le gros !

Désolée, c'est impossible. Vieux et maigre, c'est possible, jeune et gros aussi. Vieux et gros, je ne peux pas vous donner ça.

Asambhav regarda le banc, personne ne se moquait de lui. Les neuf personnes qui y étaient assises ressemblaient à des patients devant le pavillon des cancéreux.

D'où venez-vous ? l'interrogea la réceptionniste.

Varanasi.

Qu'est-ce que vous voulez ?

Divorcer.

Pourquoi est-ce que vous, les hommes, venez épouser nos filles ? Vous pensez : Oh, elles sont libres et modernes. Elles portent des robes, font du scooter, parlent anglais. Leur manière de faire l'amour sera sûrement acrobatique. Vous devriez épouser des filles de chez vous pour les garder enfermées à la maison. Vous n'avez qu'à leur apprendre des acrobaties grâce à Internet.

Ce n'est pas pour moi, bafouilla-t-il.

Pour votre sœur ? C'est encore pire. Vos filles déboulent ici en s'imaginant épouser des héros de Hollywood qui baragouinent un anglais argotique et fument des cigarettes mentholées. Elles s'imaginent qu'elles se baladeront à moto et danseront en robe avant de découvrir que les hommes sont partout pareils, quelle que soit la langue qu'ils parlent et ce qu'ils portent.

Ce n'est pas pour ma sœur, précisa-t-il doucement.

Ôtant ses lunettes, elle lança d'une voix sifflante : Alors qui ? Votre mère ? Votre fille ? Indira Gandhi ? Vous avez de l'argent ?

Un peu.

Dans ce cas, vous devez voir le gros et jeune. Phalkar avec un P ! P comme dans pagode.

Pendant une heure, Asambhav vit entrer et sortir ceux qui se trouvaient avant lui sur le banc. Chacun entrait l'air accablé mais sortait apparemment soulagé, ce qui lui remonta le moral. Il remarqua une autre pièce discrète, à gauche de la réception, dont la porte s'amalgamait d'une manière astucieuse avec les lambris des murs du couloir. Deux hommes portant des serviettes marron la franchirent.

Ils s'avancèrent avec assurance ; la réceptionniste leur adressa un sourire rayonnant.

Lorsque ce fut son tour, Asambhav ouvrit la porte et se retrouva dans une vaste pièce, fraîche, éclairée par deux grandes lampes arquées en chrome posées sur deux immenses tables, derrière lesquelles étaient installés deux hommes portant des lunettes. Une armure étincelante, une hallebarde dans ses poings en fer, se dressait entre eux dans la semi-obscurité. Imaginer qu'il y avait un homme à l'intérieur était possible une fraction de seconde. Asambhav scruta les trois pour savoir lequel était le gros Phalkar.

Tandis qu'il indiquait un siège, le fils de Falkar lui demanda : Tu as déjà eu affaire à des avocats ?

Non.

Se calant dans son grand fauteuil de cuir noir qu'il remplissait complètement, Phalkar poursuivit : Dans ce cas, il faut que tu connaisses les règles de base. *Primo*, il y a deux personnes à qui tu ne mens jamais à moins que tu ne cherches à te foutre en l'air : ton médecin et ton avocat. Si tu as une douleur dans le cœur et que tu dis que c'est au ventre, ta mort est assurée. Si je découvre que tu m'as raconté un bobard, je te déférerai personnellement devant le magistrat. Si tu as assassiné ta mère, contente-toi de me le dire en toute honnêteté, je t'étreindrai et te défendrai comme un frère.

Du coin de l'œil, Asambhav regarda le père qui, de même que l'armure, le dévisageait sévèrement.

Secundo, toi et moi, nous entamons une relation, une relation qui ne correspond pas à celles que tu as eues ou auras. Elle comportera plus de loyauté et de principes que celle qui te lie à ton père, plus d'intimité et de disputes que celle qui te lie à ta femme et plus de responsabilités que celle qui te lie à tes enfants. Peu importe que tu ne sois ni un mari ni un père… ce n'est qu'une formule.

Falkar, le père, dont la voix tonitruante formait un contraste criant avec sa frêle stature, lança de l'autre côté de l'armure :

Comme ton prêtre, ton avocat doit connaître les recoins les plus obscurs de ton âme. Il est ton seul espoir à l'heure du jugement, c'est lui qui implorera la miséricorde de Dieu pour toi.

Et qui est Dieu ? intervient Phalkar.

Asambhav, qui se croyait dans une pièce de théâtre, répondit : Le juge.

Parfait ! Nous nous comprenons. À présent, dis-moi, qui as-tu escroqué ou tué ?

Il s'avéra que Phalkar et Falkar furent captivés par l'histoire d'amour du jeune homme de Varanasi. Plus passionnante qu'un film de Bollywood, elle était fantastique, inspirante et faisait tomber des barrières. C'était le triomphe de l'émotion sur la tradition, du sentiment sur le fanatisme, des modernes sur les anciens, de la démocratie sur la dictature, de la fraternité sur l'hostilité, de l'amour sur la caste, du temps sur l'espace, de Rama sur Ravana, de l'hindouisme sur l'islam, de Nehru sur Jinnah, de l'Inde sur le Pakistan !

C'était la victoire du bien, une parabole dans une affaire.

C'était digne de Marc Aurèle et cela contribuerait à bien des pages de leur recueil.

Oui, Phalkar et Falkar seraient honorés de le représenter ainsi que sa bien-aimée. Il devait les payer en fonction de ses moyens. Comme Hanuman, ils lui ramèneraient sa Sita kidnappée. *Labor omnia vincit.* Un travail acharné vient à bout de tout : leur devise.

Et son enfant qui poussait dans le ventre de sa bien-aimée ?

Ils lui conseillaient de ne pas le garder. Un enfant gênait quel que soit le combat, cela ne rimait à rien de s'imposer des complications de tests de paternité et d'accusations d'adultère au cas où Ravana se conduirait mal. Il vaudrait mieux pour Asambhav qu'il se souvienne que les hommes détestent perdre leur épouse même s'ils la haïssent.

De toute façon, une fois que Sita serait de nouveau avec lui, il pourrait faire une centaine de bébés. Il avait l'air d'un jeune homme taillé pour ça.

Aranya éclata de rire quand Asambhav lui décrivit les avocats. Les tribunaux étaient à leur botte. Ils les soutenaient complètement. La fin de Ravana était proche.

Les choses ne se passèrent pas ainsi. Samarth fut pris de folie le jour où sa ravissante épouse aborda le sujet du divorce. Il la gifla avant d'exiger de savoir qui elle baisait. Il sortit ses sous-vêtements qu'il flaira un par un, aussi bruyamment qu'un chien sur une piste.

Il renversa son coffret à bijoux en papier mâché et fut certain d'en découvrir de nouveaux.

Convoquant ses enfants, il les dévisagea pour vérifier qu'il était bien leur père. La certitude et le doute tournoyèrent comme une girouette sous des rafales de vent. La fille était de lui, en revanche le nez du garçon était un peu trop petit et sa bouche d'une extrême délicatesse. De quelle couleur étaient ses propres yeux, il n'en était pas sûr, mais il n'avait pas l'impression que ceux de son fils étaient de la même couleur.

Il se dirigea vers le portail abîmé, prit le gardien par le col de sa chemise crasseuse, le poussa dans l'obscurité de la cahute. Les gosses du gardien, à peine vêtus dans la chaleur moite, se recroquevillèrent dans un coin, tandis que son épouse dans un sari usé jusqu'à la trame se jetait à terre et s'accrochait aux pieds de Samarth, implorant son pardon, sans savoir de quoi il s'agissait.

Dis-moi qui a fourré sa bite dans mon appart, *maaderchod*, siffla le mari enragé.

Le gardien était convaincu que l'homme le tuerait s'il disait la vérité et que le jeune viendrait l'achever.

Je n'ai jamais vu personne, *maalik*[1] ! Si quelqu'un vient quand je ne suis pas là, comment je le saurais ? Même Dieu n'arrive pas à tout voir, mon *maalik* !

Si j'apprends que tu as menti, connard, je mettrai le feu à ta bicoque illégale avec ta femme et tes gosses à l'intérieur !

C'est moi qui le ferais, *maalik*, plutôt que d'oser vous mentir.

La nuit, il rouait de coups Aranya d'une manière sporadique, l'injuriait, picolait. Il passait de la fureur

1. Titre attribué à un chef de village ou de communauté.

au chagrin et pleurait chaque fois que celui-ci le terrassait. Il se plaignait d'un destin qui lui avait donné une épouse à la fois inerte et infidèle. Il la suppliait, à en être pathétique, de lui expliquer ses torts envers elle, de quelle façon il avait manqué à ses engagements.

S'il n'avait été aussi désespéré, il aurait compris que sa cause était perdue. Ni ses coups ni ses larmes ne faisaient le moindre effet sur Aranya. Elle avait un regard glacial et aucun mot de contrition ne franchissait ses lèvres.

En fin de compte, il la déshabilla et chercha des empreintes digitales étrangères sur sa peau. Ce faisant, il redécouvrit sa beauté. Elle resta debout, immobile comme une statue. Il termina à ses pieds, la suppliant de lui donner une nouvelle chance, d'avoir une miette de pitié.

Baissant les yeux, Aranya vit la grosse Barbe à ses pieds. Quelle brute ! pensa-t-elle. Comment ai-je pu le supporter si longtemps ?

Comme pour lui répondre, il se releva et recommença à la battre.

Elle se réveilla en sang le lendemain matin ; la question de l'avenir de son fœtus était réglée. Elle décida de ne pas en parler à son bien-aimé. L'heure du châtiment avait sonné, pas celle de la vengeance.

Pendant plusieurs jours, son mari oscilla entre de la brutalité et un harcèlement lamentable mais elle demeura inébranlable. Elle ne lui apporta pas de consolation, ni le baume pervers d'une tirade de leur fils Jimmy.

Réfugiés dans leur chambre, Jimmy et Steffi mangeaient en silence. Aucun des parents ne tenta de les rassurer par une parole ou un câlin. La jolie petite fille commença à mouiller son lit et sa mère la trouva un matin qui s'efforçait de laver les draps dans la salle de bains.

Au cours de cette période, Aranya n'alla pas retrouver son amant. Non qu'elle ait peur de son mari, elle avait peur d'Asambhav. Il suffirait qu'il voie son visage gonflé et ses hématomes pour que le naturel revienne au galop et l'atavisme des hommes de son village natal le pousserait à des actes d'une violence imprévisible.

Elle lui recommandait la patience par texto. Les discussions sur le divorce se passaient bien. Mieux valait régler la situation dans le calme. Un éloignement tactique assurerait leur avenir.

Mais elle apprenait que les hommes qu'on rejette ne renoncent jamais. Un matin, changeant de tactique, Samarth se rendit en ville d'où il revint, la barbe rasée, les cheveux rebelles et les poils de son torse coupés. Avec cet aspect juvénile et glabre, il semblait prêt à participer aux championnats mondiaux de natation.

Il avait perdu son amertume. Il sentait l'eau de Cologne et le bain de bouche. Il s'adressait à elle avec douceur. Il avait rapporté des plats chinois pour le déjeuner. Comme ils s'étaient assis tous les quatre pour les manger, il leur parla de son projet de les emmener à Singapour pour des vacances. L'épouse et les enfants enfournèrent nouilles et *manchurian*[1] pour

---

1. Plat indien issu de la cuisine chinoise consistant en de la viande et des légumes hachés revenus dans de la sauce soja.

s'empêcher de réagir. Il finit par arracher une réponse enthousiaste à chacun.

Singapour, ça va être génial ?

Oui.

Ça va te plaire d'aller à Singapour ?

Oui.

Qu'est-ce qu'on fera à Singapour ?

Oui.

Il ne but pas de bière ce jour et regarda tranquillement des hommes puissants et célèbres s'invectiver à la télévision. Chaque fois qu'Aranya se trouvait dans sa ligne de mire, il souriait avec un amour excessif.

Le soir, une fois que les enfants eurent battu en retraite dans la sécurité de leur chambre, il s'empara de la main molle de sa femme et demanda : Tu étais sérieuse, n'est-ce pas ?

À quel sujet ?

Le voyage à Singapour.

Non.

Aranya retira sa main. Elle s'approcha de la fenêtre. La lune était haute dans le ciel et, à cause d'une brise soutenue, la mer avait un aspect de velours côtelé. Rien que la main de cet homme lui donnait la nausée. Sans compter une sensation d'abominable trahison. Son bien-aimé lui aurait enlacé le dos et son souffle aérien aurait effleuré la peau derrière son oreille, ils auraient été en harmonie avec la mer, la lune, la nuit.

De loin, son mari lui fit une déclaration : Je t'aime, je ne cesserai jamais de t'aimer. Je t'ai aimée dès que j'ai vu ta photo. Mes parents ne voulaient pas que je t'épouse. Ils trouvaient que tu n'étais qu'une villageoise. Que tes parents, des propriétaires fonciers plutôt rustauds, n'étaient pas pauvres mais loin d'être riches. Mes parents disaient qu'en tant qu'officier de marine marchande, je pouvais avoir une femme raffinée. D'une famille qui aurait des relations. Je me suis bagarré avec eux. Je leur ai dit que je ne me marierais jamais si je n'avais pas l'autorisation de t'épouser.

Je lui demanderai de nous laisser cet appartement au moment du divorce, pensait Aranya. J'aime la vue de nuit depuis cette fenêtre et du balcon. J'ai envie de voir la lune danser sur l'eau lorsqu'il me tient dans ses bras. J'ai envie de sentir le vent frais me caresser la peau au même rythme que ses mains douces. J'ai envie de voir le premier rayon du soleil sur son beau visage à mon réveil le matin.

De loin, son mari continuait : Je vais changer. Tout ce qui te déplaît disparaîtra. Regarde-moi. J'arrêterai de boire. Je quitterai la marine. Je prendrai un boulot en ville. Nous irons pique-niquer tous les quatre et au cinéma. Nous passerons du temps avec ta famille au village. Tu te souviens comme nous étions amoureux quand nous nous sommes mariés ? Nous le serons de nouveau. Dis-moi simplement ce que tu veux que je fasse.

Aranya n'entendit que la dernière exhortation.

Je veux que tu acceptes de divorcer, dit-elle.

Cette nuit-là, il la réveilla aux petites heures pour la battre. Il était ivre et il l'aspergea de salive en vociférant. Il la traita de putain au rabais, faite uniquement pour être prise debout dans des chiottes de gare. Il l'avait haïe dès le premier jour de leur mariage. Il avait fréquenté des femmes sublimes au cours de ses voyages. Des femmes d'une beauté et d'une éducation sans pareilles. Elle se rendait certainement compte qu'elle n'était qu'une stupide beauté de village au charme d'une vache à lait. Et que les vaches à lait n'avaient pas le droit de demander le divorce. Elles restaient où on les entravait, on les emmenait au taureau quand elles n'avaient plus de lait. Sur quoi, il prit Aranya avec une maladresse pathétique puis il s'écroula sur le lit, épuisé de rage et de lubricité.

Sans dire un mot, Aranya alla dans la salle de bains. Elle resta sous la douche, dont l'eau tiède, malgré la faible pression, coula sur ses cheveux et gaina son corps. Au bout de quelques minutes, elle s'assit sur le carrelage vert clair, les bras autour de ses genoux. L'eau qui ruisselait finit par évoquer une vieille chanson de son enfance et la transporta dans un lieu où l'esprit caracolait en liberté, le corps à l'unisson.

Silencieux et inoffensif le matin, Samarth partit sans prendre de petit déjeuner. À la porte, il lança : Je suis désolé, personne ne peut exiger d'être aimé.

Le mari cocu mangea un *masala dosa* et deux *vadas* avant de se présenter au cabinet de Peter Pinto, un ami de son capitaine. Selon le capitaine, Peter était un avocat comparable à un crocodile : à peine chopait-il un bout d'argument dans sa gueule qu'on ne s'en sortait plus. Il jetait à l'eau l'avocat de la partie adverse, les médias, l'huissier et le juge et les torpillait avec son raisonnement.

Ne sois pas dupe des apparences, l'avait prévenu le capitaine. Tu ne cherches pas un mari pour ta sœur, tu cherches un crocodile.

En matière de taille, Pinto ressemblait davantage à un gecko. Petit, des lunettes à verres épais sur le nez, il avait une tignasse poivre et sel coiffée comme une pièce montée. On avait envie de jeter un œil au sommet de son crâne pour vérifier qu'on n'y avait pas tracé avec de la crème un message en lettres attachées.

Pinto ne mâcha pas ses mots : Vous voulez la garder, ou vous en débarrasser sans rien lui donner ?

Pinto honnissait l'idée de l'amitié, un obstacle dans l'exercice de son métier. Ce crétin de capitaine était en classe avec lui, un joueur de hockey aussi bête maintenant qu'à l'époque.

Ce n'était pas le genre d'affaires pour lequel il aimait perdre son temps. Cette affaire ne rapporterait pas gros sans compter le peu de publicité. Si la femme de cet abruti était venue le voir, ç'aurait été autre chose. Pinto aurait dépouillé le mec jusqu'à ne lui laisser que le jean qu'il portait, et enflammé les médias grâce à l'histoire d'un officier de la marine marchande opprimant son épouse innocente. Il y aurait eu des profils déchirants des enfants, des interviews de l'épouse. On aurait brandi des pancartes qui auraient claqué dans le vent comme des drapeaux le jour de l'Indépendance et on aurait allumé des bougies la nuit. Dans tout l'État, des hommes auraient ricané, des femmes auraient pleuré, de sorte que le juge aurait perçu les faits à travers un brouillard d'émotion, trouvé des démons dans des arbres, des bombes dans des pierres.

Samarth répondit : Je la veux. Je me fiche de l'argent.

Pinto estima que ça allait mal finir. Rien n'était pire qu'un client irrationnel parce que l'irrationalité, à un moment donné, formait une boucle puis s'orientait vers l'avocat. D'après son expérience, une fois confié à un avocat, un mariage était irrécupérable.

Il y a quelqu'un d'autre ? demanda Pinto.

Je l'ignore. Je ne crois pas que ce soit possible.

Pinto tapota lentement sa pièce montée pour calmer sa rage. Bien sûr que si, espèce d'imbécile, eut-il envie de crier. Quand donc les hommes comprendront-ils que les femmes sont comme eux ?

Nobles un jour, vénales le lendemain. Fidèles en amour, obscènes dans la débauche.

Pinto était prêt à parier sa nouvelle Mercedes que l'épouse de cet homme avait un amant et que rien ne l'empêcherait de le quitter. Tout ce dont il serait capable en tant qu'avocat serait de faire de cette rupture une longue saga douloureuse. Aucun amour du monde ne se révélerait une compensation satisfaisante. À la fin, soit son amant et elle-même seraient soudés pendant sept vies, soit ils demanderaient eux aussi le divorce avant même d'avoir été mariés.

Il détestait ce genre de démarche. Au fond de son cœur, il croyait en l'amour, une émotion supérieure. Mais c'était toujours le même dilemme : l'amour de qui ? Du pauvre mari assis en face de lui, tellement amoureux de son épouse ? Ou de la femme volage en mal de le trouver ailleurs ?

Pinto, un catholique, vivait en fonction des préceptes des dieux hindous. Ainsi, il était tenu de respecter le premier requérant qui se présentait. Se serait-elle présentée à lui qu'il aurait défendu son amour plutôt que celui du mari.

Vous avez les moyens ? lança Pinto.

Trouver l'amour coûte cher. Y tenir coûte cher. L'empêcher de s'échapper coûte cher. Voilà pourquoi il n'existait pas pour nous quand le pays était pauvre.

Oui, ne vous inquiétez pas pour ça.

Bien. Vous allez remettre sur-le-champ cinquante mille à mon assistant. Demain vous tomberez de nouveau dans les bras l'un de l'autre, votre femme et vous, mais mon assistant, mon cuisinier, mon jardinier n'auront pas d'argent pour payer les frais de scolarité de leurs gosses.

Quand le client sortit un chéquier, l'assistant, déçu, lui intima d'apporter du liquide la prochaine fois.

Dès que Samarth fut revenu dans son bureau, Pinto lui expliqua qu'il était temps de tout lui révéler. Ne cachez rien à votre avocat comme vous le feriez avec votre médecin.

Une fois que Samarth eut terminé, les yeux pleins de larmes, Pinto déclara : Cela n'a rien à voir avec un conseil juridique, mais en tant qu'homme permettez-moi de vous dire que raser votre barbe a été votre plus grande erreur. C'est là que l'aversion de votre épouse est parvenue à un point de non-retour. Personne n'aime un mendiant. Vous ne pouvez pas miauler en tendant une sébile et espérer qu'on y jettera un sou d'amour.

Terrassé par la tristesse de son histoire, le mendiant supplia : Monsieur Pinto, je vous en prie, ne la laissez pas partir. Je la ferai repousser.

Je vais être franc, assena l'avocat. Nous vivons dans une démocratie moderne où il est impossible de retenir une personne qui souhaite partir. En revanche, nous savons que les gens agissent d'une manière précipitée.

Nous aurons pour objectif de lui donner le temps de réfléchir. Il faudra que cela dure plus longtemps que le point culminant d'un film hindi des années soixante-dix. Le temps assagit. Nous allons fabriquer une cage de temps – plus vous garderez votre femme près de vous, plus elle y restera.

Samarth eut envie de bondir, d'étreindre l'avocat et de mordre dans sa pièce montée au poivre.

Pendant que le mari engageait le crocodile, l'amant avait ouvert une brèche. Cela faisait trois jours qu'Asambhav, tapi dans la cahute du gardien, attendait l'occasion de voir sa bien-aimée. Il ne respirait plus dans son petit appartement. L'avoir retrouvée après six ans rendait son besoin d'elle aussi absolu que celui d'une star de cinéma pour un miroir. Sans la présence d'Aranya, il lui semblait ne pas avoir de corps. Il doutait de son existence.

Les paroles du vieillard de Nainital qui lui avait raconté l'histoire d'Anne et de Mangu résonnaient dans sa tête. Il n'y avait qu'une victoire en amour : l'union. Il n'y avait qu'un échec en amour : la séparation. Il n'y avait qu'une victoire dans la vie : l'amour.

De la cahute, il distinguait une fenêtre de l'appartement d'Aranya et, parfois, son ombre si belle. Il voyait plus souvent celle de son mari – qui marchait de long en large et fumait sans arrêt – se détacher sur la fenêtre. Le divorce était en cours, à l'évidence.

Malgré les cinq cents roupies que lui avait filées Asambhav, le gardien était très malheureux. Il était convaincu que le cocu le tuerait s'il découvrait la situation ; sa femme et ses filles seraient alors obligées de faire le trottoir pour survivre, ses fils de ramasser les ordures. Il trouvait injuste qu'on le mêle à des bagarres de castes supérieures. Quel que soit le vainqueur, c'était toujours les petits qui écopaient.

Les membres de sa famille n'éprouvaient pas la même chose. Ils adoraient Asambhav pour sa beauté et sa gentillesse. Il leur racontait des histoires sur les dieux, les fantômes, l'amour, la guerre. Il leur apportait du chewing-gum, de petits gâteaux et des muffins dorés de la boutique de thé proche des quais, qu'ils effleuraient et humaient avant d'ôter soigneusement leur caissette en papier et de prendre une petite bouchée. À tour de rôle, ils l'aidaient à surveiller l'entrée et le prévenaient de chaque mouvement à la fenêtre de l'appartement.

Avant que le mari ne disparaisse au tournant de la colline, le *maamu* se retrouva dans la chambre d'Aranya, l'embrasant avec sa passion brûlante. À peine la folie du désir fut-elle apaisée qu'une fureur d'un autre ordre s'empara de l'amant. Il obligea sa bien-aimée à se tenir nue sous la lumière et compta les hématomes de sa peau. Vingt-sept. Le visage figé, il les recompta un par un.

Cela n'a pas d'importance, dit-elle.

Il paiera pour chacune de ces marques, affirma-t-il.

Puis il lui reprocha de ne pas lui avoir parlé de la brutalité du marin. Elle répondit en sanglotant que c'était parce qu'elle craignait qu'il réagisse ainsi. Son mari pouvait la tabasser tant qu'il voulait du moment qu'il la laissait partir. Vingt-sept, ne cessait-il de répéter. Vingt-sept.

Sur ce, ils s'étreignirent, versant des larmes sur leur triste sort.

Le mari qui revint le soir n'était plus le même que celui qui était parti le matin. La contrition silencieuse s'était dissipée, sans être toutefois remplacée par la rage des jours précédents. Il plastronnait. Il alluma la télévision avant d'ordonner à Aranya de lui apporter de la bière et de lui demander ce qu'elle préparait pour le dîner.

Lorsqu'il eut bu, il voulut regarder le dernier bulletin scolaire de Steffi – une requête inhabituelle – et, à la découverte des notes de la fillette, il déversa son mépris sur la mère.

Tu ferais mieux d'arrêter tes activités, quelles qu'elles soient, et de te soucier de ta famille. Ce n'est pas parce qu'un homme t'a épousée que ce sera pareil pour ta fille.

Plus tard, il la contraignit à lui masser les jambes tandis qu'il buvait du rhum et regardait la télé. Entre des monosyllabes, il l'informa qu'il l'emmènerait lors de sa prochaine mission. Le capitaine avait donné son accord. Ils feraient escale dans les ports du Moyen-Orient et d'Afrique et reviendraient dans trois mois. Quant aux enfants, il avait pris langue avec ses parents.

Ils s'installeraient ici pour s'en occuper. Son père aiderait Steffi pour l'arithmétique et sa mère pour l'hindi. De toute façon, ils s'en sortiraient mieux qu'elle.

Aranya n'eut plus de force dans les doigts qu'elle pouvait à peine remuer.

Le divorce, murmura-t-elle de sa place à même le sol.

Il éteignit la télévision et se leva. Dans le silence qui venait de tomber, ils entendirent Steffi scander une comptine et Jimmy rire.

Yes said the master
Yes said the nurse
Yes said the lady with the alligator purse…

Ça n'aura pas lieu, proféra le marin. Pas maintenant. Jamais. Nous sommes en Inde où le mariage dure éternellement. Il n'y a eu aucun divorce dans ma famille depuis un millier d'années. Et dans la tienne ?

Il s'immobilisa au seuil de la chambre : Déshabille-toi et dépêche-toi de me rejoindre. Ma journée a été fatigante, j'ai besoin de l'amour de ma femme.

Aranya, qui n'avait pas bougé, regardait par la fenêtre ouverte au fond du séjour.

À propos, j'ai vu mon avocat aujourd'hui, enchaîna le mari. Peter Pinto, un type remarquable, qui m'a assuré que tu ne risquais rien. Si Pinto fait intervenir la police, ton amant sera le seul à être arrêté. La loi indienne traite aussi bien que moi les épouses dévergondées.

Aranya tourna lentement la tête et posa sur lui des yeux sans aucun éclat. Dans l'embrasure de la porte, Samarth avait laissé tomber son caleçon ; son sexe libéré pendouillait, obscène :

Tu t'interroges peut-être sur la place du mari dans une situation pareille. Eh bien, tout ce que je t'ai fait, tout ce que je te ferai bénéficiera du soutien de la majesté de la loi.

La voix de Steffi leur parvint par la porte fermée de la chambre des enfants :

No said the master. No said the nurse.

No said the nurse with the alligator purse…

Le lendemain matin, il attrapa sa femme par les cheveux et colla son visage au sien : Tu vois ? Ma barbe pousse ! Je ne vais pas tarder à t'écorcher la peau tous les jours.

L'après-midi, les amants prirent une décision sans qu'il soit possible de savoir qui en fut l'instigateur. Asambhav avait dû courir derrière Aranya, qui passait devant la cahute. Dans le bus, ils s'assirent côte à côte, regardant droit devant eux. Elle lui fit l'amour dès leur arrivée chez lui, ils devaient être apaisés pour réfléchir. Comme elle était allongée sur lui, les seins sur son torse de lutteur, il déclara : On ne peut pas attendre le naufrage du bateau.

Nous ne sommes pas passés à l'action auparavant et nous avons souffert pendant six ans, renchérit-elle.

Il se leva pour aller préparer du thé dans la cuisine. Elle aimait sa façon de l'épicer avec de la cardamome et du clou de girofle. Les fesses d'Asambhav, debout devant la casserole frémissante, étaient lisses et fermes ; elle tomba à genoux derrière lui et y enfouit son visage. Elle pourrait adorer cet homme chaque minute de sa vie avec toutes ses facultés.

Phalkar en est sûr, dit Asambhav. Personne n'a le droit de t'empêcher de divorcer.

Mais est-ce qu'il t'a précisé le temps que ça prendrait si le mari refusait ?

Il lui demanda de filtrer le thé avant de passer un coup de fil dans l'autre pièce. L'adepte de la réincarnation décrocha et l'informa que F comme P étaient trop occupés pour lui répondre. Il devait prendre rendez-vous, neuf heures trente mardi prochain, est-ce que cela lui convenait ? Il déclara qu'il ne pouvait attendre. Il lui fallait un conseil de toute urgence.

Posez-moi la question, j'étais avocate dans ma vie antérieure.

Eh bien, combien de temps met-on à divorcer ?

Au mieux, un an ; au pire, une vie.

Non ?

Si. Les deux côtés sont d'accord ?

Non.

Alors, ça dépend des avocats. Si c'est Phalkar contre Tomdickharry, environ trois ans ; Phalkar contre Pinto, dix ans, au bas mot.

Asambhav prit le mug fumant des mains d'Aranya, un double halo auréolait ses seins : un clair et un sombre. Une gorgée de thé chaude dans la bouche, il suça les deux. Elle poussa un cri puis un soupir.

L'avocat de *Daadhi* s'appelle Pinto ?

Oui, je crois que c'est le nom qu'il a donné.

Asambhav jeta le mug sur la porte de la cuisine, il s'écrasa sur le carrelage crasseux ; le thé se renversa, la tasse se cassa. *Maaderchod kismet*[1] ! s'écria-t-il. Ensuite, il s'étendit sur le matelas et, la tête dans ses doigts entrelacés, il fixa le ventilateur. Elle s'assit près de lui, posa une main sur son ventre plat, enfonça le pouce dans son nombril.

Au bout d'un certain temps, il lança : Qu'est-ce que tu préférerais, être divorcée ou veuve ?

---

1. *Kismet* : destin en turc. *Maaderchod kismet* : l'enfoiré, c'était donc inscrit.

Veuve, sans hésiter. Mon mari est idéal pour être une photo sur un mur, décorée le lundi d'une guirlande de soucis frais.

De nos jours, on trouve de très jolies fleurs artificielles qui durent une éternité.

Quand elle descendit l'escalier, son *dupatta* sur les cheveux, ils étaient euphoriques. Lucides et déterminés, ils savaient ce qu'ils devaient faire. Et ils avaient trouvé comment s'y prendre.

30

Hitler se fait la malle

Hitler – l'artisan de la grande évasion – était une institution. Il avait vingt-six ans de prison à son actif et son prénom n'était pas un surnom. C'était le porteur original du patronyme qui avait inspiré son père.

Le professeur de son père – un entrepreneur de spiritueux raté – enseignait que les gens honnêtes avaient le devoir de garder vivant le nom des vaincus de l'histoire, chacun d'eux étant l'objet d'une diffamation disproportionnée par le vainqueur. La force au combat était-elle l'unique valeur d'un homme ? Un homme bien devient-il ignoble simplement parce qu'il perd une guerre ? Quand il avait trouvé un boulot à Kolkata, vendant l'alcool des autres, il s'était assuré que ses élèves produiraient en temps voulu trois Benito et deux Hitler.

Le Hitler du royaume d'airain avait d'abord commis deux meurtres puis deux autres beaucoup plus tard. La première fois, il avait planté une faucille dans le crâne d'un garçon qui taquinait sa sœur. Pendant que les médecins s'efforçaient d'ôter la faucille sans endommager le cerveau du garçon, les membres de sa famille s'étaient précipités chez Hitler. Les parents de l'agresseur – des gens modérés – avaient essayé d'apaiser leur indignation, mais la sœur du blessé s'était déchaînée, hystérique.

C'est la faute de votre fille ! avait-elle hurlé. C'est une petite pute en chaleur qui allumait mon pauvre frère.

La mère de Hitler se donna un mal fou pour convaincre que sa fille, un ange, portait un débardeur sur son soutien-gorge et un bloomer au lieu d'une petite culotte.

Sauf qu'elle l'arrache dès qu'elle voit un mec ! brailla la sœur offusquée.

Hitler écoutait la diatribe depuis la cuisine. Dans un coin, sur un étal de brique et de pisé, un *degchi* en laiton était toujours plein d'eau en train de bouillir. On alimentait constamment le feu avec du bois de l'extérieur. Hitler s'enveloppa les mains dans un torchon, s'empara du *degchi*, entra à grands pas dans le séjour et renversa l'eau brûlante sur la fille.

Dégage, cria-t-il. Toi aussi, t'es une petite pute en chaleur maintenant.

Le garçon expira le soir même, on l'apprêta pour les obsèques en comblant le trou de son crâne avec des cheveux. Hitler fut arrêté. Les policiers commençaient à peine à le rouer de coups lorsque la fille avait succombé à ses brûlures. Dans sa déposition avant de mourir, celle-ci avait accusé la famille de Hitler, si bien que ses parents et sa sœur furent arrêtés.

Vous vous attendiez à quoi ? lança l'inspecteur au père. Pourquoi ne pas l'avoir appelé Sivaramakrishna, ou simplement Siva, Rama ou Krishna ? Ou Jean, Paul ou François ?

La sœur et les parents mirent deux ans à être libérés sous caution. L'avocat leur affirma : Donnez-moi six mois et votre fils sera dehors.

Hitler fut libre dix-huit ans plus tard. Il avait dix-neuf ans lors de son incarcération, trente-sept lors de sa première évasion. On racontait qu'il était à six jours de sa libération pour bonne conduite quand la patience lui avait fait défaut ; d'après l'histoire la plus dramatique, il se serait violemment dégagé des mains du kaki devant le tribunal et se serait sauvé tandis que sa lettre de demande de libération conditionnelle atterrissait sur le bureau du commissaire adjoint.

Les exploits de Trevor avaient inspiré cette première évasion de Hitler. À en croire la légende de Trevor le voleur – de chaînes, de portefeuilles, de fruits, de poissons –, celui-ci courait sur une centaine de mètres et attendait que les kakis le rattrapent, les encourageant comme le fait un coach envers un athlète – puis il repiquait un sprint et attendait cent mètres plus loin. L'évasion n'était pas son unique objectif, il voulait humilier. Les gens se rassemblaient pour acclamer Trevor. Aucun kaki ne voulait l'escorter et l'homme affecté à cette tâche s'accrochait au poignet de Trevor comme s'il était l'ultime bouée de sauvetage en pleine mer.

Loin d'afficher une telle vanité, Hitler fila aussi vite que ses jambes le lui permettaient et franchit la frontière de l'État. Il avait passé dix-huit ans à entretenir une forme physique excellente. Pour sa santé mentale.

Il faisait cent pompes et cent tractions par jour, courait sur place des heures durant, au cœur de la nuit.

On perdit sa trace pendant deux ans. Pour certains, il était arrivé au Népal où on l'avait repéré dans un camp de base de l'Everest. Pour d'autres, il s'était fait pousser les cheveux et était devenu un sikh qu'on avait aperçu au Temple d'or en train de servir les fidèles dans un *langar*[1]. Pour d'autres encore, il s'était débarrassé de ses vêtements et, devenu un *naga sadhu*, il errait sur les berges du Gange, à l'abri de la police et des poursuites. Quelle que soit l'hypothèse, on supposait – étant donné son stoïcisme – qu'il avait atteint une élévation spirituelle.

En réalité, il s'était enfui dans le Sawantwadi, l'État voisin, où il avait épousé une veuve à qui le mari avait légué un magasin de vente au détail. Il lui avait raconté une histoire qu'elle avait crue : à la mort dans un accident de sa précédente femme à son septième mois de grossesse, son gourou lui avait annoncé qu'il était victime d'une malédiction qui ne serait neutralisée que s'il rencontrait une veuve dont la mère aussi était veuve, qui avait un grain de beauté à droite de sa lèvre supérieure et accroché une photo de Sai Baba de Shirdi dans sa boutique. Il avait sillonné les villes du Gujarat et de Karnataka sans trouver aucune femme correspondant à ces critères.

Il avait prétendu être professeur de chimie mais il était prêt à l'aider à gérer le magasin. La veuve était convenue que c'était le destin. Peu après la mort de son mari d'une tumeur au cerveau, un fakir lui avait

1. Hospice

prédit qu'un homme instruit entrerait un jour dans sa vie.

Les veuves se marient sans fanfare. Un foyer de deux veuves veille à ne pas attirer l'attention. Il en fallait peu pour que les centurions des castes revêtent leur armure. Hitler se glissa discrètement dans la maison. Il inonda d'une telle passion la jolie veuve qu'elle perdit la tête au point d'être convaincue d'avoir trouvé l'amour.

La mère de la veuve n'avait pas cette naïveté. Sa lutte de femme seule pour la survie avait dessillé ses yeux sur la lie de l'humanité. À en juger par son expérience, chaque personne qu'elle n'avait pas réussi à exploiter l'avait exploitée. Elle estimait qu'il n'y avait pas d'équilibre dans le monde, toujours du côté des rapides et des malins.

Malgré son analphabétisme, elle concocta des questions inédites susceptibles de prendre Hitler en défaut.

Combien avait-il reçu en compensation de la mort de son épouse ? Une femme de sa connaissance dont le mari avait été tué dans un accident avait eu droit à trois *lakhs* de roupies. Souhaitait-il la voir pour échanger des tuyaux ?

Aujourd'hui, elle avait rencontré au marché le directeur d'une école secondaire disposé à nommer son gendre professeur de sciences à l'école primaire. Voulait-il qu'elle organise ça pour lui ?

Elle n'avait jamais compris comment un atome qu'on disait infiniment plus petit que le plus petit œuf de fourmi pouvait exploser avec plus de violence qu'une bombe grosse comme une vache.

Hitler l'ignorait.

Il se composait un personnage réfléchi qui n'avait pas de temps pour des banalités. Il mangeait avec appétit, buvait de la bière et s'entraînait comme toujours. Sinon, au magasin, il soufflait des ronds de fumée destinés à impressionner sa femme, assurant qu'il s'exerçait afin d'en souffler un tellement grand qu'elle pourrait sauter dedans. La nuit, il forniquait bruyamment pour exaspérer sa belle-mère, sans éteindre la lumière au prétexte que sa femme était si belle qu'il ne se lassait pas de la contempler.

La mère marmonnait que cet homme était sinistre.

Sentant les vapeurs sulfureuses se condenser dans la maison, l'épouse tenta de calmer son mari. La mère était une personne frustrée… Il ne devait pas prendre ses critiques au sérieux.

Elle interpella sa mère : Que veux-tu que je fasse ? Fermer mon cœur et mes cuisses comme toi ? Tu n'as pas confiance en lui ? Que faut-il qu'il fasse ? Se faire délivrer un certificat de bonne conduite par le président de l'Inde ?

Ce n'est pas toi qui parles, c'est ton vagin ! s'écria la mère. Je t'entends tous les soirs.

La situation exigeait une guérilla – non un assaut frontal, comprit la mère. Elle se mit à traiter Hitler avec gentillesse. Elle lui servit son curry de mouton préféré, lui massa le cuir chevelu avec de l'huile de coco, non sans guetter le faux pas révélateur.

Un jour où Hitler sortait du magasin, un client demanda à sa belle-mère qui pesait du sucre comment s'appelait cet homme. Roopesh, répondit-elle. Alors le client, un membre d'un groupuscule d'extrême droite, raconta que, accusé d'incitation à la violence, il avait passé trois nuits dans une prison où un détenu incarcéré depuis treize ans ressemblait à cet homme d'une manière inquiétante. Il s'appelait Hitler.

Hitler ! s'exclama la veuve. Comme le monstrueux assassin ? Ses jambes se dérobèrent sous elle.

Ce soir-là, quand sa fille alla prendre un bain, la mère qui disposait le dîner sur la natte de jonc étalée par terre interrogea astucieusement son gendre : Quelle personnalité historique est-ce que tu préfères, Roopesh ?

Hitler, rétorqua Roopesh.

La mère s'assit sur un siège qui émit un bruit sourd.

Dès le départ de sa fille pour le magasin le lendemain matin, la mère agressa Hitler. Elle savait tout. Elle ne s'était pas précipitée à la police pour sa fille. Le monde était rempli de femmes merveilleuses, amoureuses de types épouvantables. Hélas, sa fille était l'une d'elles.

Mais elle savait ce qui était bien pour sa fille, elle avait donc une solution à proposer.

Tu as vingt-quatre heures pour te casser au prétexte d'un travail urgent à terminer. Débrouille-toi pour que la nouvelle de ta mort dans un accident arrive une semaine plus tard. Et ne remets jamais les pieds dans la région si tu ne veux pas avoir les forces de la police sur ton anus.

Hitler s'en alla et passa la journée assis sur une chaise en plastique devant le magasin où sa femme servait les clients avec dextérité. Deviner ce que pensait Hitler relevait de l'impossible. Au bout d'un long silence, il se mit à parler aux oiseaux. Il attira l'attention d'un groupe de mainates qui picoraient des déjections humaines dans la rue.

Il avait découvert la langue des oiseaux pendant sa septième année de détention, une communication s'était développée dans la foulée. L'après-midi et la cour étaient l'instant et l'endroit qu'il préférait pour ces conférences. Si le corbeau était son oiseau de prédilection, il s'entretenait aussi avec les mainates et les moineaux, jamais avec les pigeons.

Pendant que les autres détenus jouaient au foot et au volley – dans un canyon fait d'imposants bâtiments –, Hitler effectuait de multiples tours de cour au pas de charge, en maillot de corps blanc, muscles contractés, tête renversée en arrière, parlant avec ses lèvres et ses doigts aux corbeaux perchés sur les avant-toits et les parapets.

Si certains étaient persuadés qu'il s'agissait d'un soliloque, la plupart étaient sûrs que les corbeaux répondaient. Les corbeaux se rassemblaient en un nombre inouï dès l'apparition de Hitler, c'était incontestable. Ils agitaient la tête, croassaient le temps de sa présence et s'envolaient dès son départ.

Ses conversations avec les oiseaux étaient à l'origine d'une crampe permanente chez Hitler : la tête levée, inclinée à gauche, il exhibait une grosse pomme d'Adam et son menton vigoureux tranchait l'air. Il avait expliqué à la veuve que c'était la conséquence d'heures passées à écrire sur un tableau noir. La mère avait alors marmotté qu'on aurait dit que la corde s'était rompue lors de sa pendaison.

Ce jour-là, il parla aux oiseaux toute la matinée ; d'abord aux mainates puis à un vol de corbeaux ; le bruit ne tarda pas à courir, si bien que ceux-ci formèrent un bataillon sur les fils électriques. L'échange fut rapide et houleux. Quand il rentra chez lui l'après-midi, les corbeaux le survolèrent puis se posèrent autour de la maison.

Hitler descendit trois bouteilles de bière et s'endormit. Sa femme savait qu'il devait boire de la bière pour dissoudre les calculs de ses reins. La mère commentait qu'il en avait besoin comme un chien de sa queue pour éviter de se casser la figure.

Au dîner, ce soir-là, elle chuchota à son gendre d'une voix sifflante qui s'échappait de sa bouche pleine d'arêtes que douze heures s'étaient écoulées. Avant de passer sa dernière nuit sur sa fille, il ferait bien de la préparer à son départ. Si elle l'entendait gémir de plaisir avant de pleurer de chagrin, elle foncerait dans leur chambre et fourrerait le pilon dans son cul maigrichon.

Hitler n'ouvrit pas la bouche. Une cacophonie de croassements retentit dehors.

Comment un vaurien tel que toi a-t-il pu piéger ma fille ? vitupéra la mère.

Hitler se leva subitement et, attrapant la tête de la femme avec ses doigts couverts de curry, il plaqua son visage sur son entrejambe, et l'y maintint tandis qu'elle se débattait. Il entendit son épouse dans la cuisine. Quand il lâcha sa mère, celle-ci était à bout de souffle.

Écoute-moi, espèce de garce. Je partirai demain matin, mais si tu dis un mot de plus, je te réduirai en cendres avec ta maison. Mon père savait ce qu'il faisait le jour où il m'a appelé Hitler.

Après quoi, il murmura à l'oreille de son épouse ce qu'il comptait lui faire plus tard et lui intima d'apporter l'huile de coco de la cuisine. Puis il sortit dans la cour. L'abri en tôle des toilettes luisait d'une lueur argentée près de la clôture du fond. La lune était tachetée, des chiens hurlaient à tour de rôle dans le voisinage. Il pissa à côté de l'abri, dirigeant le jet entre les fils de fer barbelé. Il se tint de la main gauche et parla avec la droite au grand-duc perché sur le vieil arjuna.

La mère sortit plus lentement qu'à l'ordinaire, raclant le sol des pieds, pour se soulager une dernière fois et se laver avant de se coucher. Au puits, elle fit descendre le petit seau ; comme le *flop* lui parvenait, elle sentit Hitler dans son dos. Se tournant à moitié, elle injuria sa mère.

Tu as dû lui arracher les seins quand tu étais bébé. D'où le nom que tes parents t'ont donné.

Une bombe explosa dans la tête de Hitler. Il se pencha et lui flanqua un coup de poing au visage d'une extrême violence. Elle bascula au-dessus du rebord et, alors même qu'il essayait de la rattraper par les chevilles, elle plongea dans la noirceur du goulet. Sans qu'elle ait eu le temps de hurler, le bruit qu'elle émit en sombrant dans l'eau se répercuta dans la profondeur du puits.

Hitler attendit, scrutant l'abîme. En tout cas, la garce avait perdu sa langue. Il tira un seau d'eau, se lava les pieds, le visage avant de rejoindre sa femme qui le guettait, le dos contre la porte.

Quand elle se réveilla le lendemain matin, épuisée par une nuit de passion frénétique, elle ne trouva ni mère ni mari.

L'autopsie révéla que sa mère était décédée par noyade bien que son nez soit cassé. La police l'informa également que son mari était sans doute un prisonnier évadé. Il l'avait fuie.

Elle ne crut en aucune des théories. Pour elle, la caste était la cause de l'agression. Son mariage avec un chrétien avait perturbé la communauté. S'imaginait-elle pouvoir épouser n'importe qui uniquement parce qu'elle était veuve ? Quel effet cela produirait sur l'âme de son défunt mari de la même caste que les autres ?

Au bûcher d'incinération, elle pensa : Ma mère brûle et mon mari flotte dans une rivière quelconque. Se considérant comme doublement veuve, elle géra de nouveau le magasin à l'affût d'un autre châtiment. À l'évidence, elle devait avoir massacré une bande d'enfants d'une caste supérieure dans une vie antérieure.

Deux ans s'étant écoulés, les kakis de son État natal avaient oublié Hitler. Il en naissait un par jour même si on leur donnait les prénoms de saints. Ses parents étaient morts. Il se rendit chez sa sœur dont il avait défendu l'honneur vingt ans auparavant en balançant une faucille. Elle vivait dans un vieux village de pêcheurs situé entre la forêt et la rivière. Ses cinq enfants avaient tété ses seins jusqu'à ce que ceux-ci ne soient plus que des chaussettes flasques et vides, elle avait vieilli prématurément.

À la vue de son frère, elle défaillit mais son mari l'accueillit avec gentillesse.

Ils firent le point et décidèrent que Hitler passerait la journée dans la forêt, et ne reviendrait que le soir. Suffisamment de gens du village se frotteraient les mains d'un tel coup de pub – d'autant qu'il y avait désormais une chaîne de télévision locale, qui s'enorgueillissait avec force trompettes de traiter des sujets bien moins savoureux que celui-ci.

L'organisation fonctionna deux semaines durant. Le tueur parcourait la forêt la journée, parlait aux oiseaux, dormait sous les tecks, mais l'isolement ainsi que l'obscurité avant qu'il ne puisse entrer dans le village l'effrayaient. Depuis deux décennies, il dormait avec des corps entassés autour de lui et une lumière blanche allumée en permanence.

Les nuits chez sa sœur se révélèrent agréables. Ils mangeaient, buvaient, évoquaient les souvenirs du passé. Les histoires de Hitler sur le royaume d'airain captivèrent le couple dont la vie pénible s'anima pendant un bref interlude.

Puis Hitler se mit à venir plus tôt, dès le crépuscule, et à partir plus tard, au point du jour, l'heure où les pêcheurs émergeaient de leur maison comme les crabes de trous. Il buvait plus, et se vantait davantage.

Cambriolages incroyables, assassinats spectaculaires, viols bizarres devinrent la trame de ses récits. Chaque fois que la sœur et le beau-frère doutaient de lui, Hitler ajoutait un détail extraordinaire.

Assassins aveugles qui tuaient en suivant le bruit sans jamais être accusés. Voleurs qui avalaient des diamants bruts dans des bijouteries et les chiaient parfaitement polis. Violeurs équipés de deux bites qui désorientaient les procureurs : laquelle était coupable ? Hospices qui volaient et vendaient les reins de patients désespérés de sorte que les riches pissaient dans les vessies des pauvres en Inde. Mafieux qui sabraient leurs victimes avant de les fourguer sous forme de *seekhs*[1] kebabs à de célèbres restaurants. La prochaine fois que celui qu'ils mangeaient était difficile à mâcher – tel un calamar mal cuit – ils devaient savoir qu'ils mangeaient la preuve d'une affaire de meurtre.

Il se prétendait capable, au terme de dix-huit ans derrière les barreaux, d'organiser n'importe quoi. Un assassinat. Un kidnapping. Un cambriolage. Il pouvait avoir un *lakh* de roupies sur cette table le lendemain matin, mais il n'en était pas question.

La principale leçon qu'il avait tirée en dix-huit ans, c'était que le bien ne provient pas du mal.

Le couple se rendit compte qu'il piratait leur vie avec des sornettes absurdes. Ils arrivaient à peine à garder les yeux ouverts pendant la journée. Leurs enfants souffraient. La peur de la police mettait leurs nerfs à vif. On les considérerait comme complices et ils seraient traînés dans le ventre de la loi, d'où peu émergeaient. Ceux qui y parvenaient avaient le cœur et l'esprit brisés. Quant au sort des enfants, il fallait éviter d'y penser.

Ils eurent du mal à imaginer un plan où la loyauté à l'endroit du frère se conjuguerait avec leur instinct de conservation. Avant qu'ils n'aient trouvé quoi que ce soit, Hitler décida de s'installer chez eux : la comédie de la forêt était aussi épuisante qu'inutile.

Une semaine plus tard, la sœur se rendit au poste de police et obtint une promesse de bienveillance du sous-inspecteur. Ils vinrent le chercher à minuit

1. Brochettes de viande hachée.

alors qu'il avait sombré dans l'hébétude. Lorsque les vapeurs de l'arak s'estompèrent, il avait été passé à tabac à en être traumatisé. Il ne sut jamais qui l'avait dénoncé.

Le sous-inspecteur lança en rigolant : Tu ne nous connais pas après avoir passé la moitié de ta vie en taule. Si on veut la disparition d'un éléphant, ça arrivera ; si on veut empêcher l'évasion d'une fourmi, elle restera enfermée. On choisit d'avoir l'air idiot parce que ça nous aide.

Si étrange que cela paraisse, dès l'instant où les lourdes portes en fer claquèrent derrière lui, Hitler se sentit merveilleusement apaisé. Les deux années passées dans le monde extérieur avaient été stressantes. À cause de la nécessité permanente de plaire aux gens, de manipuler des situations, de prendre des décisions, de l'absence de routine et, pire que tout, d'espoir. Au royaume d'airain, on vivait pour la future liberté ; à l'extérieur, il n'y avait rien de comparable à anticiper.

Personne ne s'attendait à ce que Hitler s'évade de nouveau, or il recommença six ans plus tard. Cette fois, il emmena deux détenus avec lui et ce n'était pas un coup de tête mais le résultat d'une préparation minutieuse.

Au coin de la cellule seize, il y avait deux cabinets de toilettes, chacun de trois carreaux sur trois. Les deux étaient des latrines à la turque et on se lavait en enjambant le bac en céramique marbré. Dernier à se livrer à ses ablutions le matin, Hitler prenait son temps, une heure, voire davantage.

À l'aide d'une cuillère et d'un stylo, il avait extrait une brique du mur du fond et, se servant d'une pâte composée d'un mélange de savon liquide et de cendres provenant des bangs, il avait créé un camouflage de plâtre sale. Chaque jour, il enlevait la brique, introduisait sa main dans le trou, creusait avec une cuillère cassée. Les cellules donnaient sur la cour latérale envahie de végétation, pleine de paillis. Au bout d'un mois, il entrait le bras et descellait les briques de l'extérieur.

Hitler comprit qu'il ne restait qu'à donner un bon coup. Il associa Michael et Rakesh à son projet.

Rakesh avait tué sa copine parce qu'elle l'avait trompé avec son meilleur ami. Bel homme, il arborait une moustache en guidon de vélo et avait sculpté son corps dans le gymnase où il travaillait. Son ami, petit et rusé, était un trafiquant de drogue. Les bonnes semaines, ce dernier gagnait vingt mille roupies.

Un jour, Rakesh avait vu des photos de sa copine nue – jambes très écartées – sur le téléphone de son ami. Mis en demeure, celui-ci l'avait supplié d'être indulgent. Fou furieux, l'amant était parti à vélo à la recherche de la jeune fille qu'il avait trouvée, en jean, un foulard noir sur la tête, à un arrêt de bus.

Un regard avait suffi pour qu'elle comprenne qu'il savait. Elle était tombée à genoux et lui avait demandé pardon en sanglotant. Elle avait attribué son infidélité à la marijuana. L'amour pardonne de temps à autre, la lubricité jamais. Il planta le couteau dans l'épaule de la jeune fille puis poignarda méthodiquement toutes les parties de son corps qu'il avait méthodiquement aimées. Lorsque les deux cents spectateurs trouvèrent la ressource d'agir, elle était réduite en charpie.

Rakesh avait aussitôt couru se livrer au poste de police, poursuivi par la foule hurlante. Le lendemain, les journaux avaient parlé d'une situation communautaire gérée à temps.

Rakesh avait pardonné à son ami. L'infidèle, c'était la femme. Phalkar avec un P en était convenu. Il prenait toujours le parti de son client non simplement dans l'argumentaire juridique mais inspiré par l'esprit de vie.

Il écrivit dans son journal de bord : En amour, le meurtre est une manière de dévotion qu'il nous faut admirer avant de châtier celui-ci.

Aucun des deux cents témoins qui l'avaient pourchassé ne se présenta au procès. Chacun affirma qu'il n'avait pas assisté personnellement à l'assassinat.

Ils s'étaient bornés à poursuivre l'homme qui les précédait. On ne trouva aucun homme qui aurait couru devant. Chacun avait suivi celui qui courait devant lui.

Les aveux de Rakesh ne furent pas pris en compte au tribunal. Au fil des mois qui se muèrent en années, Phalkar claironna que le meurtre si injuste de la jeune femme était terriblement douloureux. Une foule communautaire l'avait massacrée avant de poursuivre son client sous le coup d'une rage homicide. Le poste de police était le seul refuge de ce dernier, qui y avait déclaré être sur le point d'être tué. Non qu'il avait tué. Les policiers avaient pris en note leur propre désir.

En réalité, le couple avait été une cible parce qu'il avait transgressé les clivages religieux.

En réalité, les clivages religieux existaient au sein de tous les postes de police indiens.

Les médias comprirent la plaidoirie de Phalkar.

Les médias privilégient les théories où ils peuvent faire coïncider des faits.

Michael, le troisième fugitif, souffrait aussi d'un cœur brisé. Phalkar estimait que l'amour, sous une forme ou une autre, était tapi au tréfonds ambigu et ténébreux du moindre crime.

À son avis, ce pourrait être l'épigraphe du volume publié.

Dans son hommage à Marc Aurèle, il avait écrit : Il suffirait d'éradiquer l'amour du monde pour qu'il n'y ait plus de crime.

Michael était un trafiquant et, bien que dans son activité un séjour intermittent au royaume d'airain soit obligatoire, c'était une première pour lui. Il avait sévi sur les plages pendant dix-sept ans comme coursier pour un cousin plus âgé avant de gravir les échelons jusqu'à avoir sa troupe de gamins pour la dernière étape.

Puis son cousin avait été liquidé dans une guerre de cocaïne et il avait juré à l'église de se limiter aux drogues douces. Les touristes – des étudiants aisés aux couples d'âge mûr fuyant leurs clapiers pour un souffle de vie fugace – étaient tous accros. Ils ne rapporteraient dans ce qui leur tenait lieu d'existence que les brûlures d'estomac dues au piment rouge et au *charas*[1] qu'il leur vendait. La plupart ne distinguaient pas le shit de la nitroglycérine.

Michael leur fourguait du shit enrobé de nitroglycérine.

---

1. Concentré de cannabis préparé avec des plants encore sur pied.

La came de Michael venait du Népal et du Himachal Pradesh.

De même que sa main-d'œuvre, le *charas* du Népal, bon marché et abondant, se mélangeait facilement au local. Michael l'achetait deux cents roupies un *tola* – dix grammes –, un prix qu'il augmentait de mille cinq cents à deux mille roupies.

Une fois, il avait récupéré cinq kilos à une vente sur saisie au tarif absurde de cinquante roupies le *tola*. À vingt joints d'un *tola*, il se retrouva à la tête de cinq *lakhs*. Après la vente, Michael prit des vacances en Thaïlande où les travestis excitèrent sa lubricité. Ce qui gâcha son plaisir pour des années, le laissant confronté à un mystère insoluble : s'agissait-il de garçons avec des seins ou de filles avec un pénis ?

La meilleure came qu'il gérait était celle du Himachal Pradesh. Pure et saine, comme ses pommes.

Les connaisseurs recherchaient le hasch Crème de Manali ou celui de la vallée de Parvati. La moins bonne qualité coûtait six cents roupies le *tola*, un prix susceptible d'augmentation. On les surnommait doigts car ils se présentaient sous la forme de minuscules pointes d'asperges. Contrairement à celles-ci, le doigt vous embarquait dans une félicité absolue.

Comme n'importe quel homme d'affaires s'occupant de produits consommables, Michael se livrait à une altération scientifique : il mélangeait le népali et le himachali à un ratio de dix à deux. Pour le prendre en flagrant délit, il fallait avoir trente ans et avoir commencé à fumer quotidiennement dès l'âge de dix ans.

Tromper des imbéciles en short de couleurs vives venant de Delhi ou de Mumbai ne posait aucun problème, en revanche qu'un coursier escroque un trafiquant était une grave infraction. Une crise avait éclaté. Le *charas* arrivait en cubes et boules de cinq cents grammes ou d'un kilo mais les fournisseurs trichaient, à l'insu des dealers. La bonne came fraîche se trouvait sur la couche supérieure, la moins bonne à l'intérieur.

Le *charas* est difficile à préserver, il se dessèche et devient de l'excrément.

Les dealers mélangent l'excrément de l'année précédente à la came fraîche. Il s'agit toutefois d'un privilège réservé à l'homme de la dernière ligne droite – le dealer – que ni le fournisseur ni le coursier ne doit s'arroger. Chaque fois que Michael procédait à ces manipulations, il éprouvait la profonde satisfaction d'un artiste créatif.

On remettait les boules et cubes, une fois trafiqués, dans les doigts et les pochons.

L'arrestation de Michael avait été de l'ordre d'une aberration. Les gens du cru n'étaient pas censés être appréhendés : chaque dealer de chaque plage avait des liens avec le poste de police du coin. Les profits étaient partagés ; un trafiquant qui s'aventurait dans un autre territoire pouvait s'attendre à être couvert par le filet de protection.

Pour que la vaste entreprise de délits et punitions continue de tourner, on livrait à la police un ou deux agneaux par an. On les exhibait devant les médias et la moustache du chef de la police frémissait vertueusement tandis qu'il déclarait une guerre totale aux stupéfiants.

L'agneau sacrificiel était toujours un coursier. Ils étaient tellement interchangeables – d'un bout à l'autre de la chaîne – qu'on en immolait parfois quatre ou cinq les années où les médias devenaient tonitruants. Dans ce cas, le chef de la police donnait de longues interviews truffées de philosophie.

Il y avait toutes sortes de coursiers. Vieillards voûtés qui mouillaient leur pantalon. Jeunes filles mutines au téléphone frappé d'un cœur écarlate. Élèves en pantacourt se curant le nez. Représentants de commerce entre deux âges vêtus d'une chemise rentrée dans le pantalon et chaussés de cuir. Grand-mères qui transportaient leur *aloo-puri* maculé d'*aachar*[1] dans des cartons.

Et des infirmes estropiés qui inspiraient de la compassion.

Ils se présentaient comme des couples en lune de miel, des amis en vacances, des familles en deuil.

Ils venaient en bus, en train, en tracteur, en camion, en voiture, à scooter, à dos de chameau, en char à bœufs, à pied.

Ils transportaient la came dans de faux compartiments de sacs et de valises. Dans des paquets de chips et de petits gâteaux. Dans des turbans, des soutiens-gorge, des culottes. Dans des melons et des pastèques évidés. Enfouis dans des *parathas* et du *biryani*[2] de mouton. Et dans des cas extrêmes, les doigts enveloppés de plastique étaient glissés dans des orifices huilés.

---

1. Pickles.

2. Plat à base de riz, préparé avec des épices, de la viande, des œufs ou des légumes.

Les coursiers – amateurs d'expériences diverses – réclamaient à cor et à cri des missions. L'argent ne se gagnait jamais facilement. De dix à quinze mille roupies plus les frais de déplacement pour le transport d'un kilo. Les cupides en voulaient cinq, voire dix. Les fournisseurs se risquaient rarement à en remettre plus de deux à une seule personne. Et ce n'était jamais un coup d'épée dans l'eau : leurs hommes de main filaient le moindre coursier, géraient une crise si elle survenait, se chargeaient des produits une fois la destination atteinte.

Le coursier ne connaissait pas le mouchard, qui n'était jamais en ligne de mire.

Mustafa le Fou – Mustafa le Magnifique – avait été un fumeur, était devenu un coursier, puis un mouchard, puis, dans l'euphorie de sa démence, il avait brouillé les frontières à tel point que le cartel, paniqué, l'avait livré en tant qu'agneau à la police.

Mustafa n'aurait jamais cru qu'on l'avait trahi même si la juge lui en avait mis la preuve sous le nez. Qui abandonnerait un être aussi inestimable que lui ?

Quant à Michael, c'était une autre histoire.

Pendant sept ans, *Didi* ou grande sœur, une moucharde, avait été le principal contact de Michael. Jolie femme au teint laiteux, originaire du Pendjab, elle avait une bouche qui vous faisait perdre le cours de vos pensées. Ses apparitions réservaient toujours des surprises : un jour elle portait un sari comme une tantine, l'autre un jean moulant. Au fil du temps, Michael l'avait vue en robe, sarong, bermuda, *churidar-salwar*[1],

1. Pantalon étroit.

pantalon coupe palazzo, salopette, jupe longue ou courte.

Quelle que soit la tenue, elle éveillait un fantasme, d'autant que les bijoux ornant ses poignets, son cou, son nez, ses oreilles, son nez et ceignant sa taille frisaient l'extravagance. Elle évoluait dans un nuage de parfum qui suscitait chez Michael le désir de la suivre à la trace à la manière d'un chien à la gueule pleine de bave.

Michael était fou d'elle depuis leur première rencontre ; il aurait volontiers brûlé à ses pieds tous les *charas* qu'il lui avait achetés pour peu qu'elle lui permette une étreinte.

Mais, glaciale, elle s'en tenait à la transaction et déjouait les tentatives de parler de la pluie et du beau temps. Comme il continuait – le cœur embrasé – à traiter avec elle, il en vint à lui offrir de petits cadeaux, des vêtements ou des bijoux, qu'elle acceptait sans entrebâiller la moindre porte sur l'intimité.

Michael se répétait que c'était ce qu'il aimait chez cette femme, une professionnelle indifférente aux flagorneries. *Didi* n'avait jamais perdu un colis, ni compromis aucun de ses coursiers, ni dépassé les limites avec un partenaire.

Aussi réfléchit-il sérieusement à quitter l'activité. S'il devenait quelqu'un d'autre – chauffeur de taxi, barman ou contremaître de chantier –, peut-être ferait-elle craquer sa carapace professionnelle.

À force de penser à *Didi*, il finit par se persuader qu'elle était piégée. Aucune femme douée de ses qualités ne choisirait ce boulot, elle aurait pu avoir une activité prestigieuse. Sinon au cinéma, sûrement à la télévision ou comme hôtesse de l'air. Au pire, dans la gestion d'une boutique de vêtements ou simplement mariée à la richesse dont l'objectif est d'acheter la beauté – impossible à posséder autrement.

C'était la dernière femme qui aurait dû escorter des produits de contrebande en franchissant des frontières.

Dans ce pays, il y a tant de façons de prendre une femme au piège, se disait Michael. Était-ce à cause des dettes de son père, du mariage de sa sœur, de l'éducation de son frère ? Maladies, festivités, éducation, aspirations – la vie inventait une trappe à chaque étape. *Didi* devait être tombée dans l'une ou dans toutes.

Michael se convainquit qu'il devait la sauver, ce qui n'était pas une mince affaire. Il connaissait les limites de son influence : sa plage et sa rue. S'il libérait *Didi* du cartel, il serait obligé de s'enfuir. Où ?

Le Sud profond, peut-être le Kerala, où on parlait anglais. Il s'intégrerait vite grâce à son teint sombre, mais comment la cacher ? Elle attirerait autant les hommes que l'attention.

Il passa en revue plusieurs lieux avant de se décider pour Kolkata. Il avait beau n'y être jamais allé, il connaissait son immensité, son passé glorieux, sa volonté de lutter contre l'injustice. Ces gens seraient touchés par leur histoire. Ils accueilleraient *Didi*.

À mesure qu'il préparait l'évasion, il pensait qu'elle pouvait avoir une meilleure idée, sans oublier qu'il leur faudrait une réserve secrète d'argent pour survivre dans la ville inconnue. S'il était un fugitif, elle était une reine qu'il fallait traiter comme telle. D'ailleurs il ne l'appellerait plus *Didi*. C'était vulgaire. Il découvrirait son véritable prénom ou lui en donnerait un autre.

Noor[1] avait sa préférence, mais ce serait à elle de choisir.

Il commanda un colis de dix kilos. Bien que ce fût excessif pour un seul dealer, le cartel comprenait l'ambition inhérente à la délinquance et savait qu'il y avait une demande croissante parmi les jeunes. L'alcool était tellurique, la fumée cosmique.

Michael avait environ seize kilos de vieille came avec lui, il mélangerait les deux. Si les choses se passaient bien – si ses coursiers se comportaient bien –, il en tirerait vingt-cinq *lakhs*. Au rythme d'un *lakh* par mois, ça durerait au moins deux années dont il passerait la première enfermé dans une pièce avec elle. La seconde, il dénicherait une nouvelle activité qui subviendrait à leurs besoins pour l'éternité.

Peut-être ferait-il la paix avec le cartel et monterait-il des opérations à Kolkata. Il y aurait toujours de la place pour un dealer de plus dans une ville aussi immense et la rage des barons de la drogue se calmerait dès qu'ils flaireraient la perspective de nouveaux trafics.

Didi – Noor – fit entrer le lot de dix kilos en se servant de trois coursiers. Elle arriva vêtue d'un ample pantalon style pyjama et d'une longue *kurta*. Une nouvelle mode qu'il détestait. Quand ils seraient ensemble, il lui interdirait de porter ça. Il avait acheté des pendentifs en argent sertis d'une turquoise qu'elle essaya devant lui. Il eut envie de se mettre à plat ventre pour lui lécher les pieds.

---

1. « Lumière » en arabe.

Il lui proposa un rendez-vous le soir pour discuter de sujets importants.

Un grand projet, complètement nouveau ? demanda-t-elle.

Oui, tout est arrangé. On peut réussir.

Parfait, je n'aime pas que ça foire.

Je m'occupe de tout. Tu n'as pas à t'inquiéter.

Tant mieux, j'en ai marre de me prendre la tête.

Soulagé, Michael passa l'après-midi au lit, comptant les minutes. Il avait eu une intuition géniale. C'était comme ça l'amour : tout se comprenait sans être formulé.

Ils se retrouvèrent loin de la plage dans un petit troquet qui servait des plats de la frontière du Nord-Ouest : *naans*, kebabs, *daals* épais. Elle portait une robe noire imprimée de grosses roses rouges ; quand elle s'assit et croisa les jambes, ses cuisses potelées brillèrent comme le soleil. Elle mangea sans s'arrêter tandis qu'il détaillait le plan.

De quelle étoffe absurde les hommes sont-ils faits ? se demandait-elle. Par quels yeux regardent-ils le monde ? Sont-ils capables de voir et d'entendre qui y existe ou sont-ils rivés au film qui défile dans leur tête ?

De quoi parle ce crétin ? De me sauver ? De s'enfuir ? De Kolkata ?

Si elle devait choisir entre le kebab et lui, elle choisirait le kebab. Ses yeux brillent comme s'il avait trouvé le secret de la lampe d'Aladin.

Noor par-dessus le marché ! Il voulait la baptiser Noor.

Comment voulait-il s'appeler, Saladin le Magnifique ?

Didi comprenait et appréciait les imbéciles, son travail dépendait d'eux. Les imbéciles prenaient correctement les commandes. Les imbéciles étaient déterminés. Les notions de loyauté et d'abnégation plaisaient aux imbéciles. Il y avait une quantité inépuisable d'imbéciles. En plus, ils ne coûtaient pas cher.

En revanche, cet homme était une espèce dangereuse d'imbécile. Il délirait. Il avait franchi la ligne de démarcation entre esclave et maître.

Didi déclara à Michael qu'elle était impressionnée, cela dépassait ce qu'elle aurait pu imaginer. Jusqu'à présent Michael n'avait pas avalé une bouchée. Elle ajouta qu'elle avait besoin d'aller se reposer pour assimiler la complexité de son plan ingénieux. En attendant qu'il concrétise la première phase : constituer la réserve.

Didi revint un mois plus tard. Elle portait un jean déchiré aux genoux. Michael avait passé cette période dans un état d'exaltation fébrile. Les produits de contrebande avaient été mélangés et écoulés. Une femme piégée était sur le point d'être sauvée. Le soir où ils se retrouvèrent, l'amoureux posa la pile de leur évasion sur la table : un peu moins de deux *lakhs* de roupies.

Les yeux embués, *Didi* regarda Michael qui ne put que susurrer : Noor.

Didi entreprit de fourrer les liasses de billets de mille roupies dans un sac en bandoulière et déclara : Ce sera envoyé par *hawala*[1] à Kolkata. Pas question de voyager avec.

---

1. Mandat.

Au lieu de l'écouter, Michael fixait ses genoux. À travers le tissu bleu et les fils blancs, ils saillaient fermes, lisses. Rien qu'un genou, je n'ai besoin de rien d'autre, se dit-il.

Elle posa un paquet sur la table : Deux de plus, et on sera vraiment parés.

Pour Noël, je lui offrirai une robe du soir blanche avec des volants autour du col.

Ils déboulèrent la nuit. À trois. Et quel que soit le montant de son offre, ils ne se laissèrent pas fléchir. Il en connaissait deux avec qui il avait souvent bu et négocié. À présent, toutefois, ils feignaient la distance.

Il passa un coup de fil à son ami Shirodkar, commissaire adjoint au quartier général de la police et l'un des grands carrefours de l'État où convergeaient plusieurs secteurs d'activités – politique, administration, police et médias. Les trois membres du commando patientèrent. La réaction de Shirodkar déterminerait leur comportement.

Le grand carrefour rappela au bout de dix minutes depuis un autre numéro. En l'occurrence, c'était impossible de garder la tête hors de l'eau. Qu'est-ce qu'il avait foutu, bordel ? Putain, qui avait-il vexé ?

La question n'était pas la contrebande insignifiante. Personne ne se souciait de son *chara*s bas de gamme. Quelqu'un voulait sa peau. Les ordres émanaient des bureaux de l'inspecteur général. Que Michael soit blanc comme neige ou pas n'avait aucune importance, les trois bouffons qui le dévisageaient en ce moment précis avaient des sachets dans la poche qu'on trouverait sur lui.

Michael examina les mecs : en effet, leurs poches étaient aussi gonflées que celles d'écoliers.

Shirodkar déclara qu'il ne pouvait rien faire. Mais sa fidélité en amitié étant primordiale, il s'efforcerait de semer la procédure d'embûches – procès-verbaux de saisie, *panchnamas*[1], témoins. Michael serait dehors dans six mois. L'affaire tomberait à plat comme un ivrogne au sortir d'un mariage.

Le carrefour tint en partie sa promesse. L'enquête fut criblée de chausse-trapes conçues pour la couler. L'inspecteur général gagnerait à court terme ; le long terme dépendait d'hommes tels que le carrefour.

En revanche, la promesse d'une libération au terme de six mois se révéla chimérique. Quand Hitler lui souffla à l'oreille son plan d'évasion, Michael était déjà incarcéré depuis deux ans et neuf mois et, vu la rapidité de l'évolution de l'affaire, la lueur au bout du tunnel était une étoile à l'agonie dans un univers sans rivage.

---

1. Littéralement : dossier d'observations faites par cinq personnes respectables.

31

Un amour meurtrier

Les amants s'étaient donné une semaine.

Samarth embarquait dans quinze jours et Aranya devait l'accompagner. Dans dix jours, les parents de Samarth arriveraient pour prendre les enfants en charge. Ils avaient discuté du plan avec un détachement professionnel non comme des amants en colère. L'un et l'autre reconnurent avoir eu cette idée en tête depuis un certain temps mais qu'ils espéraient une intervention du destin. Un amour prodigieux n'était rien sans une action prodigieuse.

Quels que soient les événements qui surviendraient, ils ne devaient ni s'appeler ni s'envoyer de textos. Asambhav abandonnerait son téléphone chez lui le jour dit. Avec un peu de chance, personne ne fouillerait avant une semaine et dans le cas contraire le couple avait très peu échangé au cours des quinze jours précédents. De toute façon, des contacts avec un cousin du village – un *maamu* pour les enfants – n'avaient rien d'extraordinaire à un moment où l'on souffrait de solitude dans un État étranger.

Si elle parvenait à s'éclipser, Aranya le rejoindrait ; sinon, elle laisserait des messages cachetés dans la cahute du gardien. Non, elle n'avait pas à se préoccuper du bouseux. Il ne saurait rien et ne verrait rien. Il n'aurait sûrement aucun problème. Il n'était même pas le gardien officiel. Étant donné la multitude d'assassinats, de viols, de cambriolages dans l'État, c'était impossible qu'un misérable *chowkidar* autoproclamé – sans argent ni mobile – soit tenu de rendre des comptes.

Les écrivains et les psychologues prétendent que ceux qui se préparent à commettre une terrible transgression sont dans un état de tension extrême. Or ce trauma ne les tourmenta pas les premiers jours, peut-être en raison de leur manière de l'envisager – comme une nécessité, la réparation d'un tort inouï.

Ils étaient convaincus de s'en sortir, la logique de leur amour l'imposait. Asambhav allait chaque jour dans un temple différent où il ouvrait une noix de coco et la sensation que les dieux le soutenaient le rassurait.

Le seul jour où Aranya vint le voir – à l'aube, si bien qu'il était à peine réveillé –, ils parlèrent de l'avenir au lieu de leur plan. D'où ils vivraient. Asambhav avait le sentiment qu'ils devraient s'installer dans un lieu où l'on souffrait plus qu'eux, de sorte qu'on les comprendrait.

Le Cachemire lui semblait correspondre à ce critère. Aranya réagit avec enthousiasme parce qu'elle imaginait une région d'une exceptionnelle beauté et d'un romanesque cinématographique. Il ne chercha pas à la détromper. Cela lui semblait juste : Le Cachemire, c'est ce que nous sommes. Amour et divinité, lutte et chagrin.

Asambhav était certain de trouver un emploi dans une école.

Il y avait la possibilité d'être comptable quelque part, mais ce ne serait pas son premier choix. Le modeste salaire d'un professeur lui convenait à condition de rentrer chez lui et de passer le reste de sa vie avec sa bien-aimée. Aranya lui suggéra de monter une *akhada* pour enseigner la lutte. Il doutait que le combat sans arme ait du sens dans un pays anarchique où les armes pullulaient.

Il faut d'abord que je t'initie au combat, dit-il.

J'ai appris ce dont j'ai besoin. Je suis capable de te flanquer par terre d'un claquement de langue. Et elle joignit le geste à la parole.

La sixième nuit du compte à rebours, Aranya se réveilla taraudée par la terreur. Allongé sur le dos, le marin ronflait et sa barbe déterminée à pousser luisait au clair de lune. Comme tous les soirs dorénavant, il avait accompli son devoir conjugal avant de s'endormir puis elle était restée sous la douche suffisamment longtemps pour se sentir propre.

Une sonnerie insistante l'avait alertée dans son inconscient. Ils n'avaient pas pensé à Jimmy et Steffi. Ils n'avaient pas parlé d'eux comme partie intégrante de leur avenir. Ils n'avaient pas discuté de la façon dont ils les consoleraient et les élèveraient. Il n'avait pas dit qu'il les aimerait. Elle ne le lui avait pas demandé.

Aranya sortit du lit et se rendit dans la chambre des enfants.

Dans la lumière bleutée de la veilleuse, ils s'étalaient avec cette insouciance propre au sommeil que les gens se permettent rarement. L'idée de correction mutile tant de choses dans la vie des êtres humains. Elle s'assit au bord du lit où le frère et la sœur dormaient ensemble et caressa les épaisses boucles noires de sa fille.

Elle est tellement plus jolie que moi qu'elle brisera bien des cœurs, pensa Aranya. Trouvera-t-elle l'amour comme moi ? Je lui raconterai un jour mon histoire ; elle me pardonnera ; mères et filles sont les seules à pouvoir se comprendre. Comment vais-je éliminer le marin de son sang et de ses os ? Comment vais-je lui infuser la sève de l'homme qui aurait dû être son père ?

Le petit garçon ressemblait déjà à Samarth. Même nez et même menton. Il lui rappellerait à jamais l'odyssée de sa jeunesse, mais elle avait confiance dans sa capacité à surmonter sa répulsion et dans celle d'Asambhav à être leur père comme s'ils étaient ses enfants.

Ces pensées réconfortantes ne durèrent pas. Dès qu'elle fut retournée dans sa chambre, elle contempla par la fenêtre la mer en mouvement perpétuel et se posa la question qu'elle avait fuie jusqu'à présent : s'il fallait choisir entre ses enfants et son bien-aimé, que ferait-elle ? Elle avait beau connaître la réponse, elle ne la laissa pas se former – c'était trop difficile.

Le lendemain, elle passa son temps à se tracasser pour ses enfants. Le marin regarda la télévision, but de la bière, laissa sa barbe pousser. Le matin du surlendemain, le gardien frappa à la porte et lui glissa un billet cacheté. Deux phrases y étaient écrites.

Ye raat ek pyaar ki. Ye raat ek hathyar si.

La nuit est une arme. La nuit est l'amour.

Pour la première fois depuis l'élaboration du plan, elle eut mal au cœur, tandis que ses jambes se dérobaient sous elle. Aranya tira une chaise, s'y écroula, posa la tête sur la table de la salle à manger. Quand elle parvint à se relever, elle brûla le message à la gazinière et regarda les résidus noirs flotter dans la cuisine tels des papillons de nuit annonciateurs de mauvais présages.

Au fil de la journée, en proie à des nausées récurrentes, les jambes flageolantes, elle n'arriva pas à garder la moindre nourriture, même du thé. Elle observait le marin, essayant sans grand succès d'imaginer la transition de l'être au néant.

Sa soudaine prise de conscience de la finalité de ce qui allait se produire la décontenançait. Dans sa vie, les actions avaient semblé réversibles, même la bombe du mariage. La mort était un phénomène lointain décrété par le destin et le karma qui met un terme au souffle des humains en fonction d'un calcul impossible à décrypter. Dieu n'est Dieu qu'en raison de sa maîtrise de la mort.

Par quelle voie et quel raisonnement s'étaient-ils péniblement hissés jusqu'au piédestal des dieux ?

Il n'existait qu'une réponse plausible : les dieux en personne avaient rendu ce décret. De même qu'ils créent la diversité des choses, les dieux conçoivent de multiples façons de pousser les hommes hors de ce monde. Une myriade de maladies, d'accidents, de guerres. Tantôt ils nous pourchassent séparément, tantôt ils nous écrasent par poignées, tantôt ils nous éliminent comme des fourmis au bout d'un balai.

Parfois ils vous flanquent dehors par l'intermédiaire d'inconnus et parfois par celui de proches. Parfois en un instant et parfois en prenant leur temps.

Asambhav et elle n'étaient que l'instrument des dieux pour le départ de Samarth. Voilà pourquoi elle n'était pas horrifiée. Voilà pourquoi elle pouvait y penser sans se décomposer.

Son amant ne se colletait pas avec de tels problèmes. Le sujet était clos en ce qui le concernait depuis un bon moment. Au cours des années de la disparition d'Aranya, nombre de questions n'avaient cessé de le torturer.

À présent, il était déterminé.

Les hommes avaient le droit – le devoir – de protéger ce qu'ils aimaient par-dessus tout. Elle était son âme et cette brute l'avait battue. Autrefois, un village – un royaume – aurait payé pour ça. Désormais, ce ne serait que la brute. Et l'ordre serait rétabli.

En fin de compte l'équité doit triompher, c'est le récit de l'humanité. Son histoire avait eu sa part de rebondissements et de revers, l'heure de l'harmonie avait sonné.

Asambhav ne s'appesantissait pas sur le *modus operandi*, il avait réfléchi à l'essentiel et, d'une façon ou d'une autre, il arriverait au bout du chemin. Il aurait Aranya à lui chaque instant de la journée, il ne pensait qu'à ça.

Il savait qu'il serait son ombre pendant qu'elle dormirait, se réveillerait, s'affairerait dans la cuisine, déambulerait dans la maison, se brosserait les dents, se laverait, mangerait, regarderait la télévision, irait faire les courses, se rendrait au temple.

L'intensité de son amour était telle que, malgré ses efforts, il ne parvenait pas à imaginer la qualité et la tonalité que prendraient ses émotions. Il se contentait de l'amalgame des sentiments qui fondaient son désir pour elle.

Jimmy et Steffi ne retenaient pas son attention. Auparavant, il prétendait s'enthousiasmer pour les enfants : la moindre partie d'elle était sacrée pour lui. Puis c'était devenu une évidence, et une discussion excessive à leur sujet était synonyme d'une ride au paradis. Ils lui étaient sortis de l'esprit. Plus tard, au tribunal, le procureur méprisant débiterait d'un ton lugubre que la neutralisation des enfants faisait partie depuis toujours du complot inspiré par sa concupiscence – une accusation injuste. En vérité, il supposait que, lorsque Aranya accomplirait sa destinée, ce serait aussi le cas des enfants.

Il arriva dans la cahute du gardien bien après minuit. Il portait des baskets, un jean noir et une chemise noire à manches longues boutonnées aux poignets. Non seulement il avait prié avant de partir, mais il s'était rasé, lavé, aspergé de déodorant sous les aisselles et d'eau de Cologne sur le visage. Il avait la sérénité d'un être en phase avec sa destinée.

Ils dormaient dans la cahute dont la porte en contreplaqué gonflée et déformée était grande ouverte. Le chien de la famille, pelotonné sur le seuil, leva à peine la tête avant de la laisser retomber. Les quatre enfants, vautrés sur une grande couche composée de planches inégales, faisaient penser à un tas de linge. Le gardien et sa femme, enlacés, étaient couchés sur un mince matelas déroulé sur une estrade pour concert de rock posée sur six piliers de quatre briques.

Malgré la porte ouverte, la pièce était un bain de vapeur. Le minuscule ventilateur fixé sur la cornière d'angle en fer soutenant la toiture d'amiante brassait l'air sans le rafraîchir. Personne ne bougea tandis que l'intrus s'installait dans un des deux vieux pneus devant la porte, d'où il voyait le portail dégondé et presque tous les immeubles plongés dans l'obscurité pour la plupart, sauf quelques lumières. Le séjour de l'unique foyer au monde qui comptait pour lui baignait dans une douce lueur jaune.

Il avait beau s'être efforcé de dormir dans la journée en guise de préparation, il s'assoupit un instant. Quand il reprit ses esprits, il fut désorienté. La conversation fébrile des broussailles qui envahissaient la pente en face de la bicoque couvrait le murmure de la mer. Les étoiles ressemblaient à celles du village, innombrables, sauvages, éternelles.

Pour la première fois, il passa en revue les scénarios d'échec et découvrit qu'aucun ne le décourageait. Au sein d'un vaste univers où régnaient d'incroyables symétries, même le fiasco et la mort devaient avoir une profonde signification. Conscient de n'avoir qu'un chemin à parcourir, il laissait les calculs sur les résultats possibles à d'autres forces.

En somme, il voulait être avec elle ou ne pas être du tout. Au cœur de cette magnifique nuit, les deux possibilités lui parurent idéales.

Plus tard, le gardien – tabassé au point de ne plus pouvoir ni s'asseoir ni se tenir debout – affirmerait avoir aperçu une silhouette passer devant sa cabane. Or, à ce moment-là, il n'y avait eu aucun signe que sa famille ou lui avaient bougé.

Dans un des coins de la pièce, le bâton en bambou à la pointe de fer se tenait au garde-à-vous. Une manière de serpent. Avant de le prendre, Asambhav enfila de grosses chaussettes de sport grises sur ses Keds et des gants de chirurgien sur ses mains. Il les avait achetés dans la capitale, les premières dans la rue, les seconds dans un dépôt médical très animé.

Il y avait aussi acquis un scalpel mais il avait décidé de ne pas s'en servir. *Primo*, un coup de couteau, preuve de préméditation, infirmait l'accident et introduisait des idées de mobile et de conspiration. *Secundo*, l'objectif n'était pas une simple exécution, mais une punition. La justice exige que le cruel ait un avant-goût de la douleur avant que son compte ne soit réglé.

Il marcha à pas de loup, le bambou sur le côté. Il s'arrêta devant le portail dégondé. Rien ne bougea hormis l'univers invisible des broussailles. Il scruta le balcon de chaque appartement de chaque immeuble à la recherche d'une ombre éventuelle, non sans se souvenir qu'Aranya et lui avaient trouvé l'amour sur le balcon aux petites heures.

Courant à croupetons jusqu'au mur du premier bâtiment, il s'y plaqua comme un gecko, avança jusqu'à l'immeuble d'Aranya et se faufila dans sa gueule sombre. Elle avait fait sa part : tout était éteint dans la cage d'escalier, où l'air était d'une moiteur lourde.

Le sang battait dans sa tête, le bambou était glissant dans sa main. Il recommença à tester ses biceps alors qu'il l'avait fait toute la journée : il les banda et les détendit. Il les sentit craquer. Il sentit la puissance de la violence dans ses veines. Il eut l'impression d'être aussi tendu et viril que lorsque son gourou battait des mains dans l'*akhada* pour signaler le début de la lutte.

À peine eut-il effleuré la porte qu'elle s'ouvrit sans bruit. Aranya était assise à la table de la salle à manger, éclairée par un faible clair de lune, vêtue de sa nuisette blanche à roses rouges qui lui arrivait aux genoux. Ses cheveux longs étaient attachés en chignon. Il distingua le reflet du couteau de cuisine sur la table. La jeune femme reconnaîtrait plus tard qu'elle était prête à s'en servir si *Daadhi* l'avait trouvée installée ici.

Il la serra dans ses bras ; ils tremblaient. Elle colla sa joue sur la sienne, l'enveloppa dans son souffle. Il fut à la fois apaisé et submergé par la passion. Il la repoussa du coude, craignant sa capacité à le distraire.

Aranya prit le couteau sur la table avant de l'entraîner dans sa chambre. La brise marine s'était levée, si bien que les rideaux de la fenêtre claquaient. Au loin, les lumières de la capitale créaient un halo. Le fer de la canne de bambou projeta une lueur terne.

Le condamné dormait à plat ventre, nu, à part un *lungi* autour de son postérieur. Il avait accompli son devoir conjugal, de temps à autre un grognement ou un sifflement ponctuait son ronflement monotone. Ils s'immobilisèrent au pied du lit ; les doigts d'Asambhav se crispaient douloureusement sur le bambou ; il croisa le regard dur et inflexible d'Aranya.

Asambhav fixa l'arrière de la tête de *Daadhi*, dont l'épaisse tignasse se séparait au milieu à la manière d'un champ de blé aplati par un orage monstrueux tandis que l'autre moitié restait intacte. Ce *bundh* dans le cuir chevelu était une incitation semblable à celle d'un centre de cible.

Il pensa au porc en train de tabasser sa bien-aimée. D'abîmer la peau qu'il adorait. De la posséder de force. La révulsion et la nausée qu'elle éprouvait lui serrèrent la gorge. Il sentait la brute affreuse s'introduire en elle. Il entendait la brute la violenter en se moquant d'elle.

Saisi par l'envie de voir, ne serait-ce qu'un instant, la peur sur le visage du porc, il alluma sa petite lampe électrique et la serra entre ses dents. Puis il se baissa pour retourner la brute avant de la gifler. Le rayon intense accrocha ses yeux qu'il ouvrit, écarquilla sous l'effet de la terreur ; le plus grand amant du monde balança alors le bambou depuis son épaule, si fort que la brute expira en ne poussant qu'un gémissement.

Le craquement du métal sur l'os procura une telle satisfaction à Asambhav qu'il resta longtemps figé, sans se redresser.

Le lendemain matin, les cris de deux enfants depuis leur fenêtre réveillèrent la résidence. Les voisins se précipitèrent. Ils trouvèrent la maîtresse de maison allongée dans le séjour, bâillonnée, ligotée, les yeux bandés. Elle avait la bouche et le cou couverts d'ecchymoses, une nuisette tachée et déchirée. La porte de la chambre des enfants était verrouillée de l'extérieur tandis que, dans l'autre chambre, le maître de maison, couché sur le dos, arborait une sorte de masque de sang coagulé sur le visage. L'intérieur des placards ouverts jonchait le sol.

Le surlendemain, la police annonça qu'on avait volé des bijoux et du liquide d'une valeur de sept *lakhs* de roupies. L'épouse déclara avoir été réveillée par un bruit sourd en pleine nuit et, avant qu'elle ait pu émettre un son, on l'avait attrapée et bâillonnée. Elle avait aperçu une ombre armée d'un bâton penchée sur son mari immobile. Ayant perçu, paniquée, ce qui l'avait sortie du sommeil, elle s'était évanouie.

Lorsqu'elle avait repris connaissance, elle était dans le séjour, les poignets attachés, une écharpe nouée autour de ses yeux. Par en dessous, elle avait discerné une silhouette agenouillée près d'elle et d'autres qui se déplaçaient dans l'appartement, ouvraient les placards, fouillaient dans les tiroirs.

Ils se parlaient dans la langue locale dont elle ne comprenait pas un traître mot. À plusieurs reprises, ils avaient ri comme des vauriens dans un film si bien qu'elle avait cru un moment être au milieu d'un cauchemar. Puis quelqu'un lui avait retiré le bâillon et s'était adressé à elle en hindi. Il l'avait avertie de ne pas faire le moindre bruit si elle ne voulait pas qu'on massacre ses gosses avant de lui demander la combinaison du coffre-fort Godrej encastré au fond d'un placard.

Elle le leur avait donné en les suppliant de ne pas faire de mal à ses enfants. Ils pouvaient prendre ce qu'ils voulaient. Les hommes s'étaient esclaffés : Merci pour ta permission. Sur ce, ils lui avaient remis le bâillon.

Aranya avait entendu le coffre-fort s'ouvrir. Elle avait espéré que son mari ne protesterait pas, même s'il avait repris conscience. Elle n'avait pas bougé. Leurs pas s'étaient estompés, ils étaient dehors quand l'un avait lancé : Elle a dit de prendre ce qu'on voulait. L'autre avait riposté : Si tu le fais, on diminuera ta part du reste. Ils s'étaient esclaffés comme les bandits d'un film.

Avant qu'elle ait compris de quoi il retournait, un corps était sur elle, des mains rugueuses la touchaient partout, sa nuisette était relevée ; elle avait essayé de hurler, de se tortiller, de sorte que le bâillon avait failli l'étouffer, puis le poids s'était soulevé, on avait craché à la manière d'un coup de pistolet et elle n'avait même pas eu le temps d'être soulagée que le corps était de nouveau sur elle, des dents lui mordaient le cou et la joue et, horrifiée, saisie de convulsions, elle avait subi le devoir illégitime avec autant de souffrances que lorsque son mari l'accomplissait légalement.

Une voix avait alors lâché : Vite ! On n'est pas venus pour ça. Et celui qui lui mordait le cou avait susurré : Ma mère m'a toujours dit de ne jamais oublier de prendre la coriandre gratuite quand je vais acheter des légumes.

La policière lui tendit un mouchoir pour essuyer ses larmes.

Le sous-inspecteur regarda par la fenêtre, pensant à sa femme et à son devoir conjugal.

Le médecin légiste bavard et malingre fit des prélèvements avec des écouvillons, extirpa des particules avec des pinces à épiler, récupéra poils et cheveux dans un bocal et confirma la pénétration ainsi que la semence.

À en croire le gardien, les intrus avaient dévalé le versant de la colline et sauté par-dessus le mur du fond car il était impossible d'entrer en catimini par la porte principale sans qu'il le sache.

Les habitants du complexe résidentiel présentèrent le défunt comme un gentleman que tout le monde aimait, sa femme comme un modèle de vertu, les enfants comme celui de la politesse.

Les journaux affirmèrent que le viol et le meurtre avaient anéanti une famille heureuse.

On publia des photos du couple aimant, une vague d'indignation se déchaîna dans l'État.

Deux jours plus tard, le rapport d'autopsie établissait que Samarth avait reçu un coup d'une férocité anormale sur le front, sans compter vingt-six autres contusions sur le corps. Après l'avoir tué, l'agresseur l'avait battu comme plâtre.

D'après la section des homicides, il n'y n'avait aucune empreinte digitale suspecte et le chien renifleur n'avait pas flairé de piste. On avait posé des questions sur des ennemis potentiels aux collègues du dernier bateau de Samarth. On interrogerait de nouveau l'épouse, car certains éléments de son récit ne collaient pas.

Trois jours plus tard, les médias conclurent à l'incapacité d'une femme de commettre ce meurtre. D'autant que celle-ci semblait bien frêle, bien modeste. Sa version de cambrioleurs violents paraissait authentique. Les incidents de ce genre se multipliaient en Inde où les pauvres s'étaient attelés à la tâche d'instaurer une équité économique par rapport aux élites universitaires et aux dirigeants. Si son histoire était fausse, il y avait manifestement un complice. Voire plusieurs.

Pour le commun des mortels, il s'agissait d'une théorie du complot que la police élaborait pour masquer son incompétence.

Ce soir-là, aussi discrètement que possible – les expédiant à la gare un par un ou deux par deux –, le gardien renvoya sa famille à Gorakhpur d'où elle ne revint jamais.

Quatre jours plus tard, Peter Pinto apparut à la télévision avec sa pièce montée sortie du four. Il déclara que l'officier de marine marchande, heureux dans son couple, était récemment venu le voir pour discuter de son divorce.

Est-ce qu'il a dit que l'officier avait une maîtresse, ou la femme un amant ? s'écrièrent les gens.

Désolé, l'information confidentielle appartenait aux clients. Il la confierait à la police. Pour autant, un mariage impliquait toujours un amant, même s'il n'y avait pas de meurtre.

Les autres avocats s'esclaffèrent : Pinto, le chasseur de gloire. Ils parieraient leur robe qu'il n'avait jamais entendu le nom du marin avant que ce ne soit un sujet d'actualité.

Cinq jours plus tard, un jeune écrivain fougueux arborant une barbiche à la Lénine, résolu à incendier le monde afin qu'il soit reconstruit à la perfection, écrivit dans le *Times* que c'était un crime haineux. Les fanatiques du coin rivalisaient d'audace pour terrifier les migrants prospères ; il suffisait de quelques assassinats supplémentaires pour mettre fin à l'Inde ; la police – locale et ses affidés – était complice.

Il y eut des milliers d'échos sur les réseaux sociaux et une immense lamentation menaça d'escalader le socle vertigineux du Parlement.

Le sixième jour, la section des homicides annonça sa découverte d'un suspect. Le mobile du crime n'était peut-être pas la cupidité ou la haine, mais l'amour.

Le septième jour, la police affirma avoir trouvé un témoin crédible, susceptible de relier le suspect à l'épouse. Il s'appelait M. Cordeiro, il avait un sobriquet : Swordeiro. Le suspect et l'épouse avaient été arrêtés pour être interrogés.

Le huitième jour, on montra un beau jeune homme aux médias. Son regard d'une douceur rêveuse persuada le public que la police avait joué son tour habituel. Souvent, une nuit de garde à vue suffisait à convaincre un innocent de sa culpabilité.

Lui aussi était un migrant, comble de l'ironie ! Un migrant pour tuer un migrant… une pierre deux coups : le génie des fanatiques.

Et Phalkar d'expliquer le soir même à un journaliste que le jeune homme, son client, était victime d'un coup monté. Au cours de ses nombreuses années de métier, sans oublier celles de son père – le maigre et redoutable Falkar –, ils n'avaient pas rencontré un homme éprouvant un amour d'une telle pureté. Il savait que sa bien-aimée avait demandé le divorce, alors pourquoi aurait-il commis un crime pareil avec elle ? Un inspecteur de la section des homicides passait des nuits fiévreuses à imaginer ce genre d'intrigue. On avait fait d'une effraction avec violence un triangle amoureux à la Bollywood, rabaissé au niveau d'un film sordide un livre grandiose.

À propos, où avaient disparu l'argent et les bijoux volés ?

Phalkar nota dans le journal de bord : La jurisprudence des humains ne juge que les délits des humains. Il nous en faut une nouvelle pour juger l'injustice de Dieu.

Falkar le père ajouta : Dans l'Inde ancienne, nous prenions en compte les excès des dieux. Notre civilisation décline depuis que nous accordons une amnistie totale aux dieux.

Le neuvième jour, il y eut un article d'une demi-page dans le *Times* avec photos de l'amant, de l'épouse et des enfants – une histoire d'amour, de tromperie et de violence inexorable écrite par un jeune journaliste. L'article incita les gens à décrocher leur téléphone pour le commenter entre eux : rien ne pouvait racheter cette femme.

Elle personnifiait la sensualité devenue criminelle. Elle avait pris un jeune amant pendant que son mari trimait en mer. Elle avait négligé ses adorables enfants sans penser à leur avenir. Au lieu d'accepter le divorce proposé par son mari – ainsi que le confirmait Peter Pinto –, elle avait organisé son extermination. Elle glaçait le cœur des hommes qui franchissaient le seuil de leur maison pour aller travailler au loin.

C'était déjà effroyable. Mais l'imagination du public était surtout attisée par le comportement de cette femme après qu'elle avait tabassé son mari. Animée d'une perversité diabolique, elle avait baisé avec son amant sur le même lit. Selon des sources anonymes, des légistes avaient découvert des taches de sang du défunt mari sur sa nuisette et en elle, et des traces de semence de l'amant sur les draps.

Un Phalkar scandalisé claironna que, au cas où les médias ne seraient toujours pas apaisés, la police mettrait certainement la main sur des journaux intimes où les deux protagonistes détaillaient le plan du meurtre.

Au dixième jour, le public parut satisfait. La police déposa les armes.

Dix jours après avoir reçu son quota de coups, Asambhav fut jeté en prison. Mustafa, le premier ami qu'il s'y fit, lui décrivit les maris qu'il avait tués en son temps. On ne l'avait jamais pris parce qu'il n'avait jamais succombé à la luxure. Il avait tué par charité. Il avait libéré des femmes opprimées.

Ne t'inquiète pas, tu es trop beau pour être reconnu coupable, affirma-t-il à Asambhav.

Il enchaîna en disant qu'Asambhav avait survécu à la police et qu'il devrait survivre au procès plus tard mais que l'épreuve du moment consistait à survivre au royaume d'airain. Il le prévint qu'on le chercherait. Ce fut le cas le deuxième jour.

Il s'agissait d'un quatuor de jeunes du premier étage qui se prenaient pour des *bhais*. Trois ans plus tôt, ils avaient taillé en pièces Bablekar l'Égorgeur – le caïd du trafic d'alcool de la capitale – en train de siroter un piña colada sur la plage avec Kulfi, sa petite amie pendjabie.

Kulfi avait couru sur la route en hurlant, son sarong jaune claquant au vent ; elle avait tapé sur des voitures garées pour qu'on la laisse monter. Personne ne lui avait ouvert. Le quatuor l'avait rattrapée et massacrée en la projetant contre une Hyundai Santro. Le jeune couple à l'intérieur avait regardé le visage ruisselant de larmes et les gros seins écrasés sur la vitre se couvrir de sang.

Avant d'interroger le couple, il avait fallu le soigner. Puis la jeune femme avait été placée en psychothérapie.

D'après la rumeur, c'était un assassinat politique. Au terme de longues années en tant que tueur à gages de l'extrême droite de la région, l'Égorgeur tentait depuis peu d'offrir ses services à un parti nationaliste. Arrêté, le quatuor avait été adulé. La presse *paisa*[1] de droite se félicita du meurtre, le considérant comme de la purification : les soldats de dieux avaient accompli ce dont la police était incapable.

Ainsi qu'il en va de la chair à canon dans le domaine politique, les patrons les oublièrent au bout d'un an. Livrés à eux-mêmes, ils devinrent les arnaqueurs les plus organisés du royaume d'airain. Leurs principales cibles étaient les outsiders, ceux que leurs menaces faisaient trembler. Une question de survie. De gagne-pain. Ce n'était pas leur vocation. Ils demeuraient des soldats religieux, non de dangereux meurtriers.

Les garçons du royaume d'airain savaient que les membres du quatuor tordaient les testicules des néophytes dès qu'ils les voyaient chaussés de neuf ou en jean commander des boîtes de lait condensé et des Criollo à la cantine. Pendant quelques semaines, la cuisine leur préparait du poulet à la noix de coco pour le dîner.

Sauf Mustafa le Magnifique et Aslam le sodomite, les musulmans – ceux du Pakistan – évitaient le

---

1. Un centième de roupie : métaphore pour presse populaire.

quatuor. Quant à ses membres, ils restaient à l'écart de la cellule numéro un et de Peter le Cogneur. Les ambitions se côtoyaient aussi au royaume d'airain, pas seulement dans le monde.

Avec Babu, ils maintenaient une paix précaire. Ils étaient liés par une haine commune, mais Babu était un homme politique qui méprisait leur genre de fanatisme. Ils avaient taillé en pièces l'Égorgeur pour de l'argent, lui avait tranché la tête monumentale de Gama pour la gloire de l'hindouisme.

Les membres du quatuor considérèrent Asambhav à la fois comme un outsider et un pourvoyeur de thune. Ils le tabassèrent deux jours d'affilée sans qu'il riposte. Il avait les idées claires. Il ne voulait pas de problèmes avec les autorités, ni qu'on le change de cage. Ils exigèrent cinquante mille roupies à remettre à un pote dans la capitale. Il répondit qu'il n'en avait même pas cinquante. Ils répliquèrent qu'alors ils devraient continuer à le battre.

Il leur fit une proposition. Il était originaire de la ville la plus sacrée – Kashi – où le Gange coulait depuis une éternité. S'ils étaient hindous, il pouvait leur apprendre un mantra pour conquérir la mort. Ils dirent qu'ils savaient réciter le *Hanuman Chalisa* dans leur sommeil. Il précisa que le *Chalisa* était une arme d'exception, mais qu'il parlait d'un canon cosmique.

Il piqua leur curiosité. Quoi de plus facile que le choix entre zéro roupie et l'immortalité ? Asambhav leur enseigna non seulement le mantra *Mahamritunjaya*[1] mais aussi le *Shiv Chalisa* et le *surya namaskar*.

1. Vers tirés du *Rig Veda* et dédiés à Shiva.

Les deux premiers rendraient leur esprit invincible et le dernier fortifierait leur corps contre la dégradation.

En rien de temps, les membres du quatuor se muèrent en symboles d'une renaissance védique.

Après avoir coopté le gang religio-criminel, Asambhav lança une campagne pour l'appui d'une minorité. Mustafa lui conseilla de chercher un ancrage chez le Cogneur et l'emmena à son *durbar*[1]. Ce beau garçon, vigoureux, qui avait tué par amour plut à Peter le Cogneur.

Le *bhai* se déclara prêt à lui donner asile dans la cellule numéro un, à condition qu'il se tape les travaux d'un nouveau venu. L'amant répondit que, à part les corvées, il lui ferait un *Kashi champi* – un massage de la tête incomparable qui transformait la confusion en lucidité, la douleur en plaisir, l'amertume en félicité, les ennemis en amis et les imbéciles en sages.

De même que des rois et des seigneurs avant lui, le Cogneur succomba aux doigts agiles sur son cuir chevelu.

Se lier d'amitié avec Babu se révéla une tout autre gageure. Il se déplaçait dans le cocon de ses acolytes, avec la morgue d'un homme habitué à donner des ordres. Il se situait au-dessus des querelles mesquines de la prison. Il était préoccupé par des questions primordiales. La violence de la politique. Les idées altruistes.

Asambhav l'inonda de flagorneries éhontées. Il s'asseyait à ses pieds et lui disait avoir entendu parler de son héroïsme. Depuis que Shivaji avait abattu Afzal

1. Audience d'un souverain en Inde.

Khan deux cent cinquante ans auparavant, il était le premier hindou à avoir massacré symboliquement, en combat singulier, un abominable géant musulman.

La tête ! Où était la tête ? Quand serait-elle exposée ? Quand le grandiose projet de la consolidation hindoue serait achevé, un défilé annuel où la tête serait brandie commémorerait le jour de la décapitation. Ce que les conquérants appelaient un carnaval.

À la manière d'un grand leader, Babu accorda à Asambhav le privilège de le servir.

L'amant entreprit alors de séduire les kakis. Ce qui se révéla infiniment plus facile. Il adopta une approche radicalement différente. *Bottom up*. La méthode du bas vers le haut.

Ceux en faction devant les cellules – astreints à un travail fastidieux – furent les premiers à s'attacher à ce beau garçon qui, au lieu de les tourner en dérision, les aidait à rationaliser les entrées sur le registre.

Asambhav discutait avec eux de politique ou de religion et de la ville de Varanasi, jamais de sexe ni d'argent. Il leur prêtait main-forte pour rédiger des lettres de demande de congé ou de prêt et de réclamations pour un logement ou des équipements médicaux. En revanche, il ne demandait jamais le moindre service.

Tout en lui respirait l'honneur et la sincérité.

Il ne tarda pas à intervenir dans les confrontations entre kakis et détenus qu'il apaisait avec modération. En l'espace de deux mois, le sous-directeur de la prison avait entendu parler de lui.

Un matin, Singham le convoqua dans son bureau sur la mezzanine et l'interrogea. Il portait une saharienne blanche ; sa casquette à visière était posée sur le verre de la table et son uniforme rutilant accroché sur un cintre derrière lui. De quoi créer une sensation schizophrène – comme si on rencontrait en même temps deux versions d'un même homme.

Avec sa ruse qui faisait sa renommée, le sous-directeur lui posa des questions sans hausser le ton quand bien même Asambhav avait du mal à décider auquel des deux hommes s'adresser. Aussi s'exprima-t-il lentement et prudemment, s'adressant surtout à l'uniforme suspendu, ce qui lui réussit. Le sous-directeur vit en lui un garçon respectueux piégé dans une situation regrettable.

L'impression fut confirmée lorsqu'il découvrit que le garçon ne fumait quasiment pas, ne buvait pas, ne mangeait pas de viande. Un de ses pères était dans l'armée indienne, l'autre professeur. Il appartenait à une caste intermédiaire, ni brutalement supérieure ni pitoyablement inférieure. Il avait fabriqué un petit autel dans sa cellule et priait deux heures par jour. Il récitait des mantras que Singham ignorait. Jusqu'à son emprisonnement, il plongeait dans le Gange une fois par an.

Enfin, il avait tué par amour, non par cupidité.

Singham décida de l'affecter à l'infirmerie en tant qu'assistant du préparateur. Du jour au lendemain, Asambhav devint l'un des occupants les plus indispensables du royaume d'airain. Outre sa position à la source des réserves de comprimés et remèdes vitaux pour des dizaines de détenus, il exerçait un contrôle sur la porte donnant accès aux pique-niques médicaux.

Un homme de moindre valeur aurait perdu la tête. Mais Asambhav proposa encore davantage ses services. Les surveillants avaient tendance à bâcler et les gradés à abhorrer le travail administratif fastidieux. D'interminables listes de comparutions dans différents tribunaux de l'État avec des horaires d'audiences tant le matin que l'après-midi. D'interminables listes de visites médicales dans différents hôpitaux, assorties de détails sur différents services, de la gastro-entérologie au dentaire. Sans oublier la coordination de ces listes avec Colonel Gomantak de l'escorte des kakis.

N'importe quel jour, il fallait expédier selon un roulement d'une extrême précision environ cinquante détenus figurant sur ces listes. Il n'y avait pas la moindre marge d'erreur. Aller de l'infirmerie au bureau de l'administration prenait environ quinze secondes. Un couloir qu'Asambhav finit par parcourir vingt fois par jour. Il ne tarda pas à prêter main-forte pour les listes. Puis à les dresser. Puis à être officiellement nommé à ce poste.

À présent, il était au carrefour des entrées et des sorties du royaume d'airain. En un tournemain, il devint capable d'accomplir des miracles. De faire le bonheur ou le malheur des détenus. Soit il leur procurait une escorte accommodante qui les autorisait à déjeuner en douce dans un restaurant chic, à fumer une cigarette devant un kiosque ou à descendre un quart en catimini, voire à avoir des rapports sexuels à la sauvette sur la banquette arrière d'une Innova. Soit il les plaçait sous la garde de kakis qui contrôlaient chacun de leurs instants, même celui de pisser.

Bien qu'il ait deux emplois, Asambhav n'avait droit qu'à une rétribution de quatre-vingts roupies par jour dont il ne percevait – c'était la loi – que la moitié. Le reste était alloué à quelque chose d'intrigant intitulé Fonds des victimes. Si vital que soit l'argent, toutefois, ce n'était rien en comparaison de son statut.

Avec un pied dans l'infirmerie et l'autre dans l'administration, il finit par devenir un géant à l'influence sans précédent dans l'histoire du royaume d'airain. Sa liberté de mouvement dépassait même celle de l'artiste Madhukar. Pour la distribution des médicaments et la mise à jour des listes de l'hôpital et du tribunal, il s'attardait au bureau jusqu'à vingt-deux heures. Il lui arrivait même de se rendre dans la salle de repos des gradés où une vieille télévision diffusait des émissions câblées ponctuées de crépitements et de vibrations.

L'appui des *bhais* et des kakis finirait par promouvoir Asambhav au rang de second de Singham. Personne ne comprenait pourquoi cela l'intéressait car il semblait ne tirer aucun avantage de son immense pouvoir. Il ne se livrait à aucun jeu politique, n'extorquait aucun argent, ne recherchait aucune faveur.

Il priait. Il faisait de l'exercice. Il lisait des romans en hindi. Il était au service du Cogneur. Il trimait toute la journée. Il ne buvait pas. Il fumait rarement. Il n'utilisait pas de téléphone portable. Personne ne le voyait se masturber.

Force était de reconnaître, certes à contrecœur, qu'une conduite pareille n'avait qu'une explication. Asambhav était un homme au cœur pur. Le Dr Hagg dit un jour à ses copains de la Maison d'hôtes : Pourquoi le Mahatma Gandhi déambulait-il à demi nu et nettoyait-il les latrines des gens ? Pour que son nom fasse la une des journaux ? Une qualité qu'on appelle bonté existe dans le monde même si la plupart des salauds ici n'en ont jamais fait l'expérience.

Francis *ka* Papa, en chemin vers la boulangerie, jeta un coup d'œil à l'intérieur et lança : Vous vous rappelez le film *Bawarchi* ? Où un des personnages est tellement sympa qu'on est certain qu'il mijote quelque chose d'horrible ?

Et Laxman de le rembarrer : On ne veut pas entendre un mot de toi, Francis *ka* Papa. Un homme qui met la main dans la culotte de sa fille perd le droit de s'exprimer avec d'autres hommes.

Le nouveau *wip* de la Maison d'hôtes – un fonctionnaire responsable de la mort de trente-quatre ouvriers lors de l'écroulement d'un bâtiment construit illégalement – renchérit : Je n'arrive pas à croire qu'on puisse faire une chose pareille.

Hormis la question de sa bonté, l'isolement d'Asambhav était aussi déroutant. Un homme d'une telle beauté, d'une telle élégance, aurait dû avoir un bataillon composé de membres d'une famille et d'amis derrière lui. Devant le grand portail en fer, il aurait dû y avoir une file de gens aux bras chargés de fruits et de gâteaux à la crème. Même les plus misérables garçons recevaient la visite occasionnelle d'une famille qui leur apportait pastèques et radis filandreux.

On savait vaguement qu'il avait tué une femme, mais il n'en parlait jamais et personne n'en faisait tout un plat – il y avait plus de trois dizaines d'hommes dans son cas derrière les barreaux.

Un visiteur était malgré tout venu le voir au cours des six premiers mois. Un autre au bout de six autres mois. Puis plus personne.

Aucune lettre n'arrivait non plus. Ni aucun mandat, si bizarre que cela paraisse. Il vivait de ce qu'il gagnait en prison et son compte à la cantine frôlait l'abstinence. Tubes de pâte dentifrice, lames de rasoir, huile capillaire pour ses cheveux toujours coiffés et séparés par une raie. Quant aux petits gâteaux, aux nouilles ou aux œufs que d'autres lui offraient volontiers, il les acceptait avec parcimonie.

Au fil du temps, on cessa de se poser des questions. Il était bizarre, eh bien, tout le monde l'était.

Il faut toujours au moins quelqu'un à qui confier son chagrin. Un privilège qui, au village, avait échu à Pappu, l'ouvrier agricole. Derrière les barreaux, un homme connaissait la vérité sur Asambhav, tant son austérité soufie que sa conscience professionnelle puritaine : le vieux Rodrigues. Les autres kakis savaient que le jeune homme n'avait qu'une requête : la permission de gravir quelques marches pour une poignée d'instants fugaces.

Une fois le monumental portail extérieur franchi – d'épais battants métalliques revêtus d'une peinture noire –, on tournait à gauche en suivant le mouvement naturel jusqu'à un petit escalier qui débouchait sur les locaux de l'administration pénitentiaire puis on passait devant un scanner, d'autres portes en métal et on entrait dans la prison. En revanche, si on décidait de tourner à droite, on faisait face à deux volées de marches menant au quartier général de Singham. Son bureau ainsi que ceux de ses employés et une salle de repos où il pouvait étirer ses membres courts.

Faute d'être attentif – ce qui n'est le cas d'aucun Indien –, on ne distinguait pas le petit couloir obscur devant le bureau de Singham butant apparemment sur un mur; or il s'agissait d'une grosse et lourde porte en bois sombre équipée d'un guichet. De telles souffrances régnaient derrière cette porte occulte qu'aucune plainte ne se faisait entendre. Le travail désintéressé d'Asambhav n'avait qu'un but, celui de rester devant quelques minutes, tous les jours.

Il n'en avait jamais franchi le seuil. L'eût-il fait qu'il se serait retrouvé sur une terrasse ceinturée de rambardes hérissées de pointes, où des corbeaux en rangs attendaient de converser avec Hitler dans la cour. Au fond, une autre porte s'entrebâillait. Une lumière blanche brillait à l'intérieur, où quelques femmes en uniforme étaient affalées sur des sièges en plastique.

La chemise soigneusement entrée dans le pantalon, les cheveux plaqués sur le crâne, elles approchaient le nez de la porte entrouverte. Une telle puanteur s'échappait du mur de barreaux derrière elles qu'il fallait un roulement par semaine pour apprendre à respirer dans ce lieu.

Contrairement au labyrinthe de cellules en dessous, il n'y avait là qu'une grande salle. Sur sa longueur, en cinq rangées parallèles comme sur une partition, plus d'une centaine de corps brisés et pathétiques s'alignaient à la manière de notes de musique. La partition macabre d'un maître des ténèbres. Si le chant des représailles que subissaient les garçons était ponctué de quelques interruptions, il était difficile d'en trouver dans l'enfer des femmes.

Une sorte d'inertie funèbre stagnait dans la pièce où les seuls mouvements étaient ceux générés par les quatre cabinets de toilettes situés au fond. Des silhouettes se dirigeaient d'un pas traînant vers un supplice ou en revenaient. Les remugles de fluides corporels, de cheveux crasseux, de nourriture aigre, de sueur accumulée ne se dissipaient jamais.

L'odeur du désespoir était encore plus tenace. Une atmosphère de champ de bataille après le combat. Des plaintes sourdes fracturaient l'air. Les rares survivantes, des charognardes désormais.

L'espoir avait déserté le présent et l'avenir qui n'avaient aucun sens.

La découverte de ce lieu donnait à comprendre l'erreur du châtiment. Là aussi, la société s'était trompée. Si l'incarcération des hommes se justifie, celle des femmes, absolument pas. Les garçons prennent des risques, commettent des fautes, finissent par trébucher. Les femmes y sont poussées. Pour elles, l'imagination correctrice du monde doit trouver des mesures sans rapport avec des murs d'enceinte et des barreaux.

Dans cet abîme de souffrance, une femme veillait scrupuleusement à sa propreté. Avant dix-sept heures, elle se lavait la peau et les replis, les enduisait de crème, les poudrait. C'était la seule qui vivait avec la perspective d'une rédemption quotidienne. Elle savait être l'élue d'un homme qui saurait la rejoindre quels que soient les obstacles. Elle savait qu'il ne lui restait rien d'autre au monde que la certitude de son amour. Et tandis qu'elle gisait à même le sol de ce lieu d'épouvante, les membres couverts de sueur et accablée par l'odeur, elle savait que l'amour suffisait.

Asambhav avait reçu la visite de deux personnes; elle, d'une seule. Aranya était morte aux yeux de sa famille – même sa mère avait eu le cœur assez dur pour se détourner d'elle. On ne lui avait pas envoyé d'argent. On n'avait pas engagé d'avocat pour sa défense. Elle n'avait même pas tenté de réclamer ses enfants. Sa disgrâce était à la fois incompréhensible et impardonnable.

Aarti, sa rivale pour l'amour d'Asambhav, était la seule à être venue la voir. Clandestinement. Les sœurs s'étaient étreintes en pleurant. Aarti avait apporté à Aranya de la crème Nivea, ses biscuits préférés et les roupies qu'elle avait réussi à piquer dans la maison.

Elle lui avait confié qu'elle allait épouser un fonctionnaire de l'Indian Forest Service en poste dans le lointain Arunachal Pradesh et qu'elle ne reviendrait pas de sitôt. Et aussi qu'elle recherchait discrètement au sein du clan un couple sans enfants susceptible d'adopter Jimmy et Steffi. Enfin qu'elle s'était rendue au centre de détention provisoire pour mineurs afin de faire la connaissance de ces derniers qui n'avaient pas ouvert la bouche. Ils ne paraissaient pas en mauvaise santé mais leurs yeux avaient perdu leur éclat et ils n'avaient cessé de se tenir par la main.

Aarti raconta à sa sœur qu'on avait enlevé toutes les photos d'elle de la maison, où il était interdit de prononcer son nom. Comble de l'ironie, les parents Pal et les parents d'Asambhav s'étaient réconciliés. Au bout de trente ans, la paix régnait entre les propriétaires terriens.

Aarti rencontra également Asambhav : une entrevue où des regards lourds le disputèrent à de longs silences. À la fin la sœur déclara : Ton rejet m'a sauvée. Moi qui croyais depuis toujours que l'amour était la seule chose qui valait la peine d'être vécue, je sais maintenant que c'est une épouvantable maladie. En fait, ce n'est qu'une pièce aux multiples miroirs incapable de voir autre chose qu'elle-même dans ce monde splendide. Si ton grand amour avait regardé ne serait-ce qu'une fois à l'extérieur, il aurait aperçu deux enfants abandonnés sous la pluie attendant que leurs parents les ramènent à la maison.

Détournant les yeux, il répondit : L'amour est plus grandiose et plus admirable que le monde entier.

L'autre personne à être venue voir Asambhav était Bade Papa. Un entretien également ponctué de silences douloureux. La question tronquée du professeur : Qu'ai-je donc mal fait ? Je t'ai juste aimé. La question tronquée du fils : Qu'ai-je donc mal fait ? Je l'ai juste aimée.

Bade Papa le prévint qu'il ne pourrait revenir car son vrai père – le militaire – avait déclaré son fils mort. Quiconque gardait contact avec Asambhav risquait un horrible schisme familial. Les deux mères sanglotaient tous les jours, rien d'autre n'était permis. Ses frères clamaient qu'ils l'avaient toujours trouvé idiot, qu'on aurait dû le bannir du village depuis longtemps et brûler ses romans dans les champs en même temps que le chaume après la moisson.

Sa mère lui avait envoyé plusieurs romans en hindi ainsi que deux chemises imprimées de roses. Bade

Papa avait posé deux liasses de billets sur la table de Phalkar et lui en avait promis plus.

Normalement, je n'aurais accepté aucun argent dans une affaire où l'amour est tellement profond, commenta le gros avocat. Mais comme vos familles sont responsables de cette tragédie, elles doivent payer pour ça.

Scrutant l'armure qui le regardait, Bade Papa demanda : Que va-t-il arriver à mon fils ?

Il souffrira, répondit le vieux Falkar. Voilà ce qui va lui arriver. Comme auparavant, et ce, à cause de vous tous.

À son affaire, j'entends.

L'affaire ne se dénouera pas d'ici longtemps. Quel âge avez-vous ? Soixante-cinq ans ? Soixante-dix ? Est-ce que vous souffrez du diabète ? D'une insuffisance cardiaque ? D'un cancer de la prostate ? Dans ce cas, vous mourrez sans doute avant qu'elle ne soit résolue. En revanche, je vous assure qu'il ne sera ni condamné ni pendu. Aucune preuve tangible n'existe contre lui, il n'est coupable que de constance en amour. Le bornage de son téléphone montre qu'il dormait chez lui au moment du meurtre. Des traces de sa semence dans la chatte de la jeune femme ? C'est un signe d'amour non d'homicide et il a crié sur les toits qu'il l'aimait. Même un juge impitoyable comprendrait en le regardant qu'il est incapable de faire du mal à une mouche – encore moins de tuer un homme. Réfléchissez au rapport d'autopsie : l'assassinat a été commis par des brutes d'une innommable cruauté. Des cambrioleurs sans cœur ont massacré le pauvre officier de marine, sans doute les neveux du sous-inspecteur. On ne les arrêtera jamais parce qu'ils couchent probablement avec son épouse, chez lui. D'ailleurs, où sont les bijoux et l'argent volés ?

Quand Bade Papa rapporta les certitudes de Falkar et Phalkar à Asambhav, celui-ci lui adressa un vague sourire sans rien dire. Il avait toujours eu conscience de bénéficier d'une protection en raison de sa fidélité en amour. Si le karma jouait franc jeu, il avait désormais du crédit sur ce compte. Il avait laissé au gardien de quoi mettre sa famille à l'abri pendant les dix années suivantes : le collier de mariage d'Aranya suffirait à garantir la scolarité des quatre enfants.

Qu'elle soit ici – une dalle de béton plus loin – confirmait le bienfondé de son acte. Il pouvait la voir tous les jours, fût-ce cinq minutes, ce qui comblait ses heures d'un bonheur jadis inaccessible pendant les six épouvantables années de séparation et d'oubli.

Dis à mon père que j'ai réussi à être heureux, ce qu'il ne parviendra jamais à être, affirma-t-il à Bade Papa.

32
Le trou du génie

Avec un couteau en acier, la fille de Manipur enduisit le mollet droit de la juge d'une cire au chocolat tiède, comme si elle étalait du beurre sur un toast : Dieu merci, les femmes d'Inde du Nord sont aussi poilues que les hommes, on ne manquera jamais de boulot, pensait-elle.

La fille du Haryana qui tartinait l'autre mollet se disait : Le succès et l'élégance ne sont pas liés. Comme cette femme est lente à évoluer, on a mis si longtemps à dépasser ses genoux et à atteindre ses cuisses qu'il nous faudra une autre décennie pour parvenir à lui raser complètement le noyau !

Les deux filles pouvaient penser ce que bon leur semblait, elles savaient qu'elles n'avaient le droit de parler que si cette cliente leur adressait la parole. C'était contraire à l'habitude qu'elles avaient de bavarder de sujets intimes avec les femmes qui mettaient leur peau à nu et la confiaient à leurs mains habiles. Elles connaissaient tellement de secrets qu'elles auraient pu ouvrir une agence de chantage et avoir du travail pendant deux vies de suite.

Ce qui les passionnait, ce n'était pas d'exploiter l'information, c'était l'information en tant que telle. La découverte que toutes les femmes du monde étaient révoltées les grisait. Certaines le révélaient, refusaient le mariage, larguaient leur mari, choisissaient une femme, préféraient le travail aux enfants.

Les autres arboraient un masque et fulminaient en secret.

Chacune était en pleine insurrection, physique et mentale. Aucune n'était qui elle semblait être.

Si les filles adoraient leurs histoires, c'est qu'elles étaient rebelles. Débarquées dans la ville côtière en quête de liberté et d'anonymat, elles étaient tombées l'une sur l'autre et sur le salon de beauté Belladonna. Devenues très proches, elles partageaient un appartement composé de trois pièces minuscules, dont elles étaient tellement fières qu'il ne restait pas un grain de poussière sur le sol ni la moindre vaisselle sale quand elles allaient se coucher ou qu'elles partaient le matin.

Lors du jour de congé, elles nettoyaient les vitres avec du papier journal, enlevaient les toiles d'araignées dans les coins, et juchées sur un tabouret, astiquaient les pales du ventilateur jusqu'à ce qu'elles brillent. Après quoi, elles commandaient deux pizzas ou un plat chinois, cherchaient un film à regarder à la télé, décapsulaient deux bières fraîches et savouraient le plaisir du travail bien fait et de leur indépendance.

Aucun homme au monde ne pouvait leur offrir quoi que ce soit de comparable.

Au salon de beauté Belladonna, on les surnommait SonaMona. Peu de gens connaissaient leur véritable prénom et ils étaient encore moins capables de les distinguer. Elles en jouaient. Si on appelait Mona, elle répondait : Moi, c'est Sona ; si on l'appelait Sona quelques minutes plus tard, elle répondait : Moi, c'est Mona. Aussi étaient-elles, individuellement ou ensemble, SonaMona pour les clients.

Le propriétaire les appelait Momo et Jalebi, des noms impossibles à confondre. La première année dans son salon, l'une et l'autre avaient couché avec lui puis elles l'avaient prévenu qu'elles ne recommenceraient pas. Il l'avait bien pris. C'était leur travail qui comptait, le sexe était un bonus – un adjuvant – loin d'être indispensable.

Son épouse, copropriétaire de Belladonna, les appelait mes belles dames car leur teint tranchait avec les autres, caramel ou chocolat noir. Elle les aimait parce qu'elles ne se pliaient pas aux désirs de son mari et pour leur ardeur au travail. Une fois qu'elle les eut initiées aux arts de l'épilation et de l'embellissement, elle les réserva pour ses clients les plus prestigieux.

À l'insu de son mari, elle leur offrait des gâteries comme on le fait à ses filles adorées.

Aucune cliente du salon n'était aussi sacrée que la juge. Son importance l'emportait sur celle d'officiers de police et de leurs épouses ou de bureaucrates et de leurs épouses. On pouvait se fier à des interventions pour calmer des fonctionnaires courroucés, impossible en revanche d'échapper à un juge contrarié.

Le ministre des Finances du pays – un homme sans moustache, souffrant de fuites urinaires – répétait à huis clos qu'ils avaient tous, fonctionnaires et citoyens, de la chance car la plupart des juges manquaient d'audace une fois sortis de la chambre d'écho de leurs tribunaux. Le scénario terrifiant pour l'Inde n'était pas celui d'un général aliéné en route pour sauver la démocratie, mais celui d'un juge exalté saisi d'un paroxysme de vertu.

Le ministre des Finances était un homme d'une intelligence brillante qui prenait en compte le potentiel en matière de terreur d'un juge, fût-ce une personne aussi modeste que la femme qui se faisait épiler les jambes à la cire. Il se gardait d'oublier la façon dont un personnage aussi insignifiant avait été à l'origine de la chute de la puissante Indira Gandhi, la propulsant dans une spirale suicidaire. Du haut de son statut, le ministre des Finances prenait des poses la journée mais, la nuit, il rampait sur le sol en faisant le bilan des fourmis susceptibles d'éliminer des éléphants.

Les fourmis ont tendance à avancer en file indienne, il s'efforçait de leur fixer des limites.

La juge en question ne l'aurait pas déstabilisé. Malgré la conscience de sa valeur et son intégrité financière, elle n'était qu'un tenant de l'ordre de plus. Même si elle aimait se considérer comme un instrument de la justice de Dieu, son radicalisme se limitait aux règles strictes établies par les humains. Sa morale s'en prenait aux démunis et à leurs larcins mais demeurait aveugle à la corruption des puissants.

À l'instar de la plupart des Indiens, elle était restée intègre en ne cessant de restreindre son cadre de référence : son tribunal – sa place forte cellulaire – était incorruptible. Il n'était pas question de se concentrer sur les maux chroniques du reste de l'organisme et d'y convier ainsi le dilemme et le désarroi.

Lors du jugement dans ce monde ou dans l'autre, son *curriculum vitae* serait d'une blancheur éclatante, sans une tache.

Qu'est-ce que vous pensez de l'amour ? demanda-t-elle soudain, les yeux fermés.

SonaMona immobilisèrent leurs lames enduites de beurre chaud au-dessus des genoux où la chair devenait prometteuse. Le contraste entre la cire couleur chocolat et la peau claire donnait aux cuisses de la juge un aspect de marbré italien.

Elles n'étaient pas dans une des cabines individuelles. Lorsque le secrétariat de la juge appelait, les propriétaires annulaient les autres rendez-vous afin de libérer la pièce principale. De lourds fauteuils pivotants, vides, dos à dos, attendaient face à d'immenses miroirs éclairés. À côté de celui de la juge, installé dans le couloir, il y avait une table où étaient posés une tasse de café et un bol d'amandes salées. De l'huile parfumée brûlait dans un coin, apaisant l'esprit de la juge.

Qu'est-ce que vous pensez de l'amour ?

SonaMona se regardèrent au-dessus des jambes écartées de la juge. Cela n'avait rien d'inhabituel. À chaque épilation, un sujet grave était abordé. Au début, elles l'avaient pris à la légère : des banalités pendant le travail. Puis elles avaient peu à peu compris que leurs récits pouvaient avoir des conséquences notables sur une vie.

Une fois, cela avait même été perturbant. La juge leur avait demandé si elles prenaient le bus. Tout le temps, avaient-elles répondu. Les chauffeurs se comportaient-ils grossièrement ? Un muscle palpitait dans la cuisse de la juge.

Grossièrement ! s'étaient exclamées les filles. À part ouvrir leur braguette, ils faisaient preuve de vulgarité en paroles et en gestes. Surtout avec des femmes étrangères à l'État.

Elles s'étaient empressées de raconter d'autres histoires, réelles ou arrangées. Beaucoup tirées de l'enfer de Delhi. Cinq jours plus tard, un grand article était publié dans les journaux sur la sévère punition infligée à un chauffeur de cinquante-neuf ans accusé d'avoir harcelé une femme. Il y avait une photo de son épouse et de ses enfants en larmes. Atterrées, les filles se souvenaient d'avoir pris ce bus sans un moment de gêne.

Trois semaines plus tard, un autre article décrivait qu'une femme avait porté plainte pour exactement le même délit contre un commerçant deux ans auparavant. Même les phrases se ressemblaient.

Voilà qui avait généré une tempête de murmures amers, surtout en privé. En public, les critiques ou doutes étaient formulés dans une prose louangeuse qui encensait la femme. Le bureau du procureur général avait déclaré que le jugement pouvait être contesté. La question avait été réglée au bout de quelques jours. Le chauffeur était resté incarcéré tandis que la famille entreprenait un siège interminable du tribunal de grande instance.

SonaMona buvaient de la bière fraîche, dégustaient du *chow mein* non sans retourner dans leur tête le pouvoir de leur nouvelle influence.

À présent, elles comprenaient qu'elles auraient un impact sur le destin d'un naufragé de l'amour. Aucune n'avait connu l'amour auquel elles pensaient sans arrêt ; elles n'avaient eu droit qu'à des attentions, des ardeurs, des agressions qu'elles avaient fuies pour s'installer dans la ville côtière. Quoi qu'il en soit, elles étaient convaincues que cette VIP en savait encore moins qu'elles sur l'émotion.

Les filles n'avaient pas de préférence en ce qui concernait les accusés, elles voulaient qu'on les relâche tous parce qu'elles avaient l'expérience de la souffrance et de ce qui poussait les gens à outrepasser des limites fixées par d'autres. Si l'ensemble des juges était issu d'une lignée de femmes indigentes, aucun contrevenant à la loi humaine ne serait condamné à une peine sévère.

Momo, de Manipur, répondit qu'elle ne savait pas grand-chose sur l'amour sauf que la moitié du monde ne jurait que par lui et l'autre moitié le dénigrait. Pour sa part, elle n'avait entendu qu'une histoire exceptionnelle de gens proches de chez elle pendant son enfance et elle ne demandait pas mieux de la raconter. Chacun en tirerait ses propres conclusions.

Raconte, lui intima la juge.

Une cousine plus âgée qu'elle, au teint de porcelaine et d'une beauté exceptionnelle, commença Momo, tomba amoureuse pendant sa scolarité d'un jeune Tamoul d'une couleur plus foncée qu'une nuit sans lune. Fils du responsable de la cantine d'une usine gouvernementale, il portait des vêtements usés et se servait du vélo de sa mère car ils ne possédaient rien d'autre.

Jalebi, du Haryana, écarquilla les yeux et jeta un regard interrogateur à son amie au-dessus des jambes de moins en moins poilues de la juge.

Momo poursuivit sur un ton de prédicateur : L'intelligence brillante du jeune Tamoul compensait son manque de moyens. Sa cousine chantait les louanges de son génie en sciences et en mathématiques, à tel point que le professeur parvenait à peine à rester à son niveau. On chuchotait déjà qu'il aurait pu éblouir le monde n'eût été sa pauvreté, la physique et la chimie passant en effet après la vaisselle. Chaque fois que son père était incapable de soulever son corps ravagé par la tuberculose pour se rendre à la cantine, le fils devait aider sa jeune mère à la caisse et à la cuisine.

Le proviseur, un membre de la classe supérieure sans cœur, affirmait en ricanant que, comme nombre de génies de basse extraction, il consacrerait bientôt sa vie à la conception d'*idlis*[1] parfaitement équilibrés et à la fabrication de *dosas* à la finesse de papier sulfurisé.

La juge hissa à moitié les paupières pour scruter les filles.

Elle habitait tellement sa fonction qu'aucun poil enlevé ne lui arrachait une grimace. Elle remarqua qu'aucun sourire n'éclairait le visage des filles. Elle baissa les paupières.

Momo répéta que sa cousine tomba éperdument amoureuse du garçon, fascinée par l'association de l'intelligence à la pauvreté. Elle ne tarda pas à se retrouver sur le porte-bagages de sa bicyclette, enlaçant sa taille mince d'un bras mince. Les ragots

---

1. Boulettes salées à base de riz.

parvinrent aux oreilles des parents. La confrontation se passa mal pour ces derniers qui eurent le choix entre accepter la situation ou perdre leurs enfants.

Dans l'intervalle, la cousine s'était mise à aider à la cantine afin que le garçon ait le temps d'étudier. Le scandale se répandit, l'amour s'approfondit. L'arrière-cuisine devint leur chambre à coucher. Ils se découvrirent parmi des sacs d'oignons, de pommes de terre, de farine, de riz, sans oublier les rats sauteurs.

Les résultats des examens de terminale révélèrent que le garçon qui faisait la plonge était le meilleur du pays en physique et en chimie. L'effervescence régna vingt-quatre heures, le journal local publia sa photo, la cantine distribua gratuitement des bonbons. Puis plus rien.

La cousine s'inscrivit en licence d'anglais à l'université de la région mais le garçon avait d'autres ambitions. Il voulait étudier l'informatique dans un institut indien de technologie. Sauf qu'un cerveau brillant ne suffisait pas à l'emmener à cette Mecque où les dollars s'accumulaient à la porte des adieux. Il devait fournir un travail acharné pour y accéder.

Plutôt que d'étudier la littérature d'un pays lointain où elle n'avait aucun espoir de se rendre, la cousine passait ses journées à servir dans la cantine humide à côté de sa future belle-mère tandis que le garçon bûchait et que le père, en proie à une détresse respiratoire, gémissait.

Momo ajouta que le clan se plaignait de l'aliénation mentale dont souffrait la superbe cousine. Elle devint l'incarnation de la façon de détruire une vie riche de promesses. Son oncle, le gérant très snob d'une plantation de thé, s'interrogeait : Si la vie était un échiquier, la reine blanche aurait-elle le droit d'enlacer un pion noir ?

L'avant-veille de l'annonce des résultats de l'examen d'entrée, un terrible orage éclata et le père du garçon fut saisi d'une énorme crise de toux. Ses poumons gonflèrent, du mucus s'expulsa par sa bouche, il roula ses yeux qui rougirent – à l'évidence, il ne tiendrait pas le coup à moins d'être emmené d'urgence à l'hôpital ; le garçon devait le porter, c'était le seul moyen. Après qu'ils eurent enveloppé le malade dans les emballages en plastique qu'ils trouvèrent, le garçon le souleva sur ses épaules et se mit en route. La pluie et le tonnerre étaient assourdissants, si bien qu'il n'entendait plus la toux déchirante de son père. Une jeep de la police l'arrêta au rond-point Mahatma-Gandhi : il fut placé en garde à vue pour avoir tenté de se débarrasser d'un cadavre dissimulé dans du plastique.

Ne voyant pas son fils revenir, la mère désespérée s'aventura dans le maelström. Au bout de quelques pas, elle glissa et, tombant dans un profond caniveau, se fracassa les deux genoux.

Le couteau de Jalebi s'était immobilisé sur la cuisse de la juge, qui ne s'en était pas rendu compte. Les yeux maintenant grands ouverts, elle fixait la jolie fille qui racontait son histoire avec un calme solennel.

Il fallut deux jours pour obtenir la libération du jeune homme. Après deux mois d'hospitalisation, la mère fut renvoyée chez elle sur des béquilles. L'unique bonne nouvelle, c'était le succès de son fils au prestigieux examen. Dix mille s'y présentent, seulement quelques centaines réussissent.

Mais c'était un autre coup de couteau dans sa poitrine. En un rejet de sa destinée, il avait déchiré le journal où figuraient les résultats. Les lauriers de la science de haut niveau n'étaient pas pour des garçons aux mères infirmes, orphelins de père et gérants de cantine. Sauf que la cousine, qui n'était pas du même bois, ne comptait pas laisser des incidents – tuberculose ou chausse-trape d'un caniveau – rabaisser son amant.

Momo s'interrompit et recommença à étaler le chocolat tueur de poils sur l'auguste cuisse. Les deux femmes attendirent, une émotion authentique prend son temps. Le climatiseur se fit plus bruyant. La juge contracta un muscle de sa jambe pour signaler à la jeune fille de continuer.

Momo sursauta comme tirée d'une rêverie, ses beaux cils perlés de larmes. Jalebi se demanda quel degré d'intimité devait avoir deux êtres avant de connaître leurs histoires hors du commun.

La cousine affirma à son amant découragé qu'il devait suivre sa destinée, enchaîna Momo. Elle s'occuperait de la mère et de la cantine. Ses parents, hystériques, explosèrent. Ils proposèrent d'aider à financer l'éducation du garçon à condition qu'elle rompe avec lui. Ils essuyèrent une rebuffade. Ils menacèrent de la renier. Elle partit de son plein gré.

Non !? laissa échapper la fille du Haryana.

Dans sa région, un tel acte aurait déclenché une vague de violence physique. Le garçon et la fille auraient été tués et les genoux de la mère de nouveau brisés en mille morceaux.

Momo reprit le fil de son récit : Pendant les six années suivantes, la cousine vécut chez son amant, soigna la mère infirme, géra la cantine. Elle installait la mère dans un fauteuil en osier dans la cuisine afin qu'elle puisse surveiller les cuisiniers de sa place, derrière la caisse. Chaque roupie épargnée était envoyée au jeune homme qui, dans un campus verdoyant de Kanpur, étudiait des matières que ni l'une ni l'autre ne comprenaient.

En peu de temps, la cantine se transforma. La beauté de la cousine avait créé un buzz qui remplissait son établissement du matin au soir et attirait des clients d'autres unités industrielles. L'air se satura de désirs et de propositions susurrées.

La cousine restait de glace. Aucune flatterie ne fendillait son teint de porcelaine.

Sa famille tenta à plusieurs reprises de la sauver. On envoya des émissaires du clan qui s'efforcèrent de l'amadouer et de lui dépeindre sa situation. Son sacrifice, pour noble qu'il fût, était mal placé. De toute évidence, elle ne devait rien de plus à cette famille tamoule instable qu'à la sienne. Et s'il était incroyable que ce garçon misérable ait été admis dans un Institut indien de technologie, ne se rendait-elle pas compte que six ou sept ans s'écouleraient avant qu'il ne gagne sa vie ?

Deux scénarios se présenteraient alors.

Le premier : l'échec du garçon en raison de sa classe sociale et de l'absence de réseau. Auquel cas, ses années derrière la caisse et dans l'arrière-cuisine infestée de vermine n'auraient rimé à rien. Frustré, il boirait du mauvais alcool, l'insulterait, la battrait, et elle n'aurait nulle part où aller faute d'avoir tenu compte des conseils qu'on lui avait prodigués.

Le second : une réussite exceptionnelle. De grandes entreprises se bousculeraient pour le recruter. Des Blancs lui feraient des propositions mirobolantes pour qu'il s'envole vers leurs rivages. Là, richesse, vin, femmes, peau blanche le griseraient. Allongé sur la plage en short rouge et lunettes noires, il siroterait un *long drink*, entouré de telles beautés qu'elles ne songeraient qu'à se dénuder. Elles raffoleraient de sa peau grasse et de la vivacité de son esprit. Il aurait une voiture italienne décapotable, et son succès serait de notoriété publique.

La fille de la cantine sentant l'eau de vaisselle serait alors un souvenir qui s'estomperait. Avant qu'il ne s'efface complètement, le célèbre immigré lui signerait un chèque à titre de reconnaissance pour ses années de labeur qu'il accompagnerait d'un mot de remerciements. Il lui céderait le bail de la cantine. Il enverrait un billet pour sa mère si elle n'était déjà morte.

Puis il coucherait avec une Blanche et produirait un bébé blond et noir. L'amour est un fleuve qui abreuve ceux qu'il trouve sur sa berge.

Manipur était très loin. Les hommes battent des ailes, une fois qu'ils en ont ; non pour retourner dans d'anciens nids, mais pour conquérir de nouveaux horizons.

Si la famille de la cousine s'attendait à ce qu'elle s'écroule, ils n'avaient pas pris conscience du bois dont elle était faite. Pourtant, dans le silence de la nuit, des doutes la traversaient : peut-être valait-il mieux qu'il échoue, être vaincue par amour était préférable à être abandonnée par indifférence.

L'épilation s'était arrêtée.

Je ne connais pas cette fille avec qui je vis et que j'adore, pensa Jalebi.

Si seulement les gens me racontaient leurs histoires comme ça au tribunal, je les acquitterais, pensa la juge.

Momo, immobile, regardait derrière son public une perruque auburn qui aurait transformé une tantine en houri si elle l'en coiffait.

Elle continua : Les inquiétudes qui tenaillaient ma cousine fondaient comme du beurre dans une poêle sur le feu dès qu'elle entendait le jeune Tamoul. Bien qu'il fût avare de mots affectueux, il s'exprimait lentement d'une voix à la gravité mélodieuse : Tu me manques, je t'aime, je ne cesse de penser à toi. Autant de poèmes coulés dans le bronze pour la cousine.

Il parlait surtout de ce qu'il apprenait et elle ne comprenait rien. Elle aurait aimé davantage de discussions sur son quotidien plutôt morose, mais il posait des questions superficielles. Comme s'il ne tenait pas à ce que sa dette envers elle s'alourdisse parce que formulée. Quant à sa mère, il lui suffisait de savoir qu'elle était vivante. Il ne demandait rien d'autre.

À en juger par mon expérience, ça va mal finir, supputa la juge.

La coupe de la cousine n'était pas encore pleine. Il y eut un nouveau sous-directeur à l'usine : un Pendjabi arborant une grosse moustache et des sourcils broussailleux, aux lèvres toujours humides. À peine eut-il vu la cousine qu'il perdit la tête. Dans le Nord une jeune fille pareille n'aurait pas eu le droit de sortir de chez elle, encore moins de gérer une cantine.

Il l'assiégea comme seul le pouvoir sait harceler la beauté. D'abord par une séduction désinvolte, l'attrait de la proximité et de son poste. Ensuite par de petits cadeaux. Stylos à encre. Boucles d'oreilles. Une montre. Beaucoup de fleurs. Chocolats.

Les employés s'en rendaient compte. D'ordinaire, aucun cadre de son rang ne venait à la cantine plus de deux fois par an, lui c'était deux fois par jour. Ils voulaient qu'il réussisse. Non qu'il fût apprécié, mais histoire que l'Éros profite à chacun, si la jeune fille était conquise. Une fois sa porte forcée, l'espoir fleurirait dans le moindre cœur.

Peine perdue.

La cousine renvoya les cadeaux et, quelle que soit la manière dont le sous-directeur adjoint tentait de s'insinuer dans ses bonnes grâces, son sourire ne se reflétait pas dans ses yeux. Aussi, dans leur for intérieur, les employés l'applaudirent. C'était une femme bien. Elle avait eu raison de le repousser. Un homme tel que le sous-directeur avait tort de la poursuivre. Il ne fallait pas qu'il réussisse.

La juge s'interrogea : Mon mari se conduit-il de la sorte à son bureau ? Y a-t-il de ravissantes filles au rire en cascade et aux seins qui ballottent dans sa société de transport ? Elle se le représentait mielleux et souriant. Un expert en motivations humaines aux mains baladeuses, sentant l'eau de Cologne. Son imagination n'alla pas plus loin. Il ôtait ses vêtements avec maladresse. Nu, il était laid. À cause du jus coulant sur ses coudes, il ne mangeait pas de mangues en sa présence et il évitait aussi de se déshabiller.

Peut-être les emmenait-il se balader en voiture ne serait-ce que pour rester habillé. La juge bloqua le cours de ses pensées. Avait-il même des filles dans son bureau ?

De toute façon, cela lui était égal. Elle aurait été plus prompte à le quitter s'il avait mangé grossièrement devant elle que s'il avait dragué une jeune comptable en jean moulant.

Si on la nommait au tribunal des affaires familiales, elle aurait accordé le divorce à n'importe quelle femme qui le demandait au motif d'une répugnance d'ordre esthétique. En un rien de temps, son district deviendrait la capitale du divorce du pays.

Levant les yeux des jambes qui s'étaient mollement écartées, Jalebi se dit qu'aucun homme n'avait pénétré cette jungle. À quoi bon créer des voies d'une douceur satinée débouchant sur une impasse ?

Le sous-directeur ne supporta pas d'être rejeté, poursuivit Momo. Il n'avait plus aucun fair-play : on lui avait tenu la dragée haute pendant six mois. Un jour on trouva un cafard dans le *daal* d'un ouvrier ; deux jours plus tard, ce fut une cigale dans une côtelette ; quatre jours plus tard, une araignée dans un *chapati* ; six jours plus tard, un scarabée dans un petit pain.

À chaque incident, l'indignation se faisait plus grondante. Une inspection de la cuisine, dans un état déplorable, fut réclamée. Graines et produits alimentaires dans des sacs ouverts, murs couverts de suie, éviers bouchés par de l'eau stagnante. Sans compter la broderie des mouches dans l'air, la virevolte des moustiques, l'ornement des toiles d'araignées dans les coins, la course de sprinters professionnels des cafards sur le sol et la gambade canine de bandicoots gros comme des chatons.

On tendit une lettre sur beau papier blanc à la cousine.

Les termes du bail avaient été gravement enfreints dans la forme et dans l'esprit. Article six : le locataire s'engage à maintenir les locaux susmentionnés dans un état d'hygiène impeccable, sans saleté ni vermine. Le locataire veille à ce qu'aucune partie de la cuisine ou de la cantine ne présente un risque sanitaire. La direction se réserve le droit d'inspecter, sans préavis et à n'importe quel moment, les locaux susmentionnés. La moindre violation de cette clause entraînera une lettre d'avertissement adressée au locataire. Au cas où le locataire n'améliorerait pas la situation, une seconde lettre d'avertissement sera envoyée. Si les problèmes d'hygiène et des conséquences sur le bien-être et la sécurité des employés perdurent, un comité de trois membres géré par le sous-directeur procédera à une dernière évaluation dans le but d'émettre un avis justificatif pour la résiliation du bail.

Au regard inflexible de la loi, les locaux susmentionnés étaient condamnables sans appel.

La cousine et la mère claudicante se retroussèrent les manches. Avec l'aide du cuisinier et des trois garçons qui travaillaient en salle et dans l'office, elles trimèrent la nuit pour débarrasser la cuisine d'années de crasse et d'ordures. En plus de récurer, ils réparèrent ; ils mélangèrent du ciment pour boucher des trous, fixèrent des grillages sur les aérateurs, colmatèrent les fuites de tuyaux et chaulèrent les murs à la peinture écaillée.

Quelques semaines s'écoulèrent sans que la seconde inspection ait lieu. La cousine, la mère, le cuisinier et les serveurs recommencèrent à dormir la nuit, tandis que l'invasion de la crasse et de la vermine battait de nouveau son plein. Puis, un jour à midi, un superviseur débarqua et trouva un rat mort dans le cellier entre des sacs de riz et de sucre. On convoqua des ouvriers de la salle à manger en tant que témoins. La mère assura en gémissant qu'il n'était pas là le matin. Le superviseur désigna l'article six du bail : le locataire veille… Que ce soit à midi ou à l'aube, un rat était une violation.

On tendit une deuxième lettre sur beau papier blanc à la cousine.

Le sous-directeur qui avait disparu de la cantine s'y montra de nouveau. Loin de s'attarder à la caisse, il déboulait avec les yeux et l'allure d'un policier de sorte que la température de la cantine baissait de dix degrés.

La cousine et la mère n'en touchèrent pas un mot au jeune Tamoul. Ç'aurait été une ruse pour le détourner d'équations complexes et d'aventures dans l'empirisme, une négation de leurs sacrifices. À elles de mener leurs combats mesquins.

À elles deux, elles trouveraient sûrement le moyen de sortir de cette crise.

Un jour, un vieil employé du bureau du directeur général passa voir la cousine et la mère. Il leur conseilla la plus extrême prudence. Le Pendjabi était devenu fou, son érection avait giclé dans sa cervelle au point qu'il ne pensait plus qu'à leur empoisonner la vie.

Le directeur général himachali était trop bienveillant pour s'en prendre à lui. Les femmes devaient faire la paix. Il ne s'agissait pas simplement de perdre la cantine, le Pendjabi pouvait manigancer quelque chose d'horrible. Un lézard dans le curry. Vingt ouvriers hospitalisés. Gros titres dans les journaux et caméras de télévision. Une affaire pour la police et des arrestations. Et si plusieurs d'entre eux – ou ne serait-ce qu'un seul – mouraient ?

Jalebi se dit : Voici le moment où le Tamoul revient et, grâce à son esprit brillant, il démolit le prédateur. L'amour vaincra la luxure.

La juge pensa : L'affreux Pendjabi soumettra les femmes à un interrogatoire musclé et les virera. Elles viendront réclamer justice dans un tribunal comme le mien et elles seront l'affaire numéro mille quatre cent quatre-vingt-douze. Une fois de plus, la luxure vaincra l'amour.

Momo enchaîna : La cousine n'était pas du genre timoré, en revanche la mère du garçon avait vécu assez longtemps pour écouter la peur. La paranoïa au sujet d'un sabotage imminent incita les deux femmes à dormir dans la cantine. À vingt et une heures, après avoir verrouillé les portes et les fenêtres, elles rassemblèrent six tables où elles déroulèrent leur mince matelas en coton. Chacune posa une lampe électrique et un couteau de cuisine à côté d'elle, des sifflets en plastique sous un vieil oreiller. Elles avaient prévenu les deux vigiles postées devant le portail que, s'ils entendaient des coups de sifflet, ils devaient comprendre qu'elles étaient en danger.

À cinq heures – le soleil se levait déjà –, la cousine insomniaque se dépêchait de rentrer faire sa toilette chez elle. À sept heures, elle retournait accueillir le cuisinier et les serveurs à qui elle ne faisait plus confiance. La mère pouvait alors rentrer passer quelques heures à la maison.

Aucune vermine mettant un terme au bail n'apparut pendant plusieurs semaines, mais les femmes dépérissaient. Le bruit courait que le Pendjabi, qui buvait le soir de grands whiskys soda, se moquait de leur détresse.

Puis, un soir, des torrents d'une pluie apocalyptique tombèrent, accompagnés de coups de tonnerre qui ébranlèrent le bâtiment. Le monde s'illumina par intermittence à la manière d'une pièce qu'une ampoule clignotante éclaire. C'était de mauvais augure, affirma la mère angoissée à la superbe cousine. Par une nuit pareille, les anges dormaient dans des duvets moelleux tandis que le mal se déployait pour arpenter la terre.

Elles revérifièrent chaque serrure et se couchèrent, le cœur battant, sur leur lit de tables. À peine s'étaient-elles installées qu'on frappa violemment à la porte. Terrifiées, elles prirent leur couteau avant de porter le sifflet à leur bouche. Le Pendjabi avait sûrement profité de l'occasion – quel vigile ou quel dieu entendrait leurs trilles dans un vacarme aussi assourdissant ?

L'inquiétude se révéla sans fondement. C'était le vieil employé, dégoulinant malgré son parapluie. Il s'assit dans l'obscurité. Elles n'avaient plus le temps :

le directeur général était parti la veille pour un jour de congé, le Pendjabi pouvait frapper à sa guise, chuchota-t-il.

Il craignait que la fureur priapique de cet homme ne les entraîne dans une épouvantable affaire criminelle. Le lézard dans le curry. Au moment où elles verseraient leur caution et prouveraient leur innocence, le génie insolvable, viré de son institut d'excellence, serait condamné à réparer motos, broyeurs et mélangeurs.

Il espérait qu'elles avaient un bon avocat aux honoraires abordables.

Oui, bien sûr ! Elles ont aussi un médecin capable de faire pousser des genoux dans une boîte de Petri, ironisa en son for intérieur la juge, soudain lassée. Il était temps d'en finir avec ce rituel fastidieux et de rentrer chez elle. Elle avait des provisions à commander, de nouvelles notifications de la Cour suprême à lire.

Pour l'heure, elle n'aimait pas penser à la Cour suprême. Les bazars légaux du pays bruissaient d'histoires de transactions. Les familles des juges établissaient de nouvelles normes pour l'entrepreneuriat, des talents exceptionnels pour l'immobilier se révélaient. La juge tentait de ne pas prêter l'oreille à ces commérages. Ils la diminuaient et lui rappelaient l'étrange existence de son père, pleine d'intégrité mais inaccomplie.

À quoi bon le courage des lieutenants si le général est un lâche ?

Elle se souvint qu'elle devait téléphoner à ses parents pour les convaincre de venir. L'un et l'autre avaient besoin d'interventions médicales. Elle aurait beaucoup aimé qu'ils vivent sous son toit, mais elle savait qu'ils ne resteraient jamais plus d'une semaine. Ses parents, tout modernes qu'ils étaient, n'en avaient pas moins des préjugés concernant leur fille.

Sans oublier la comédie de son mariage. Même si elle était capable de supporter les éructations du spécialiste des transports, sa mère devinerait vite la vérité. Et cela leur briserait le cœur.

L'hypocrisie inhérente à sa fonction de juge la mettait mal à l'aise.

Sauf que papa*ji* disait : Une juge n'a pas à être parfaite, en revanche ses jugements doivent l'être. La beauté et le bien ont jailli de femmes et d'hommes profondément défaillants.

À cet instant, la juge perçut de nouveau la voix de l'esthéticienne : La mère déclara au vieil employé : La fille se soumettra s'il n'y a pas d'autre moyen. Le génie de mon fils ne sera pas anéanti parce que deux femmes n'ont pas eu le courage de courber l'échine.

Est-il possible que cette histoire ait une trajectoire différente ? se demanda la juge. Son intérêt était ravivé bien qu'on ne s'occupât plus de ses jambes.

Non ! Quelque chose d'aussi abominable ne peut pas arriver, s'indigna en silence Jalebi.

L'employé ne fut pas sûr d'avoir bien entendu, reprit Momo. Tandis que la tempête secouait les arbres et que la pluie martelait le toit de tôle, il dévisageait les femmes, à l'affût d'une confirmation. La mère s'était manifestement engagée sans s'entretenir avec la cousine. À peine celle-ci eut-elle ouvert la bouche pour protester que la mère la lui boucha d'une main, assurant que la fille obéirait.

Le vieil homme expliqua que, il avait beau ne pas le conseiller, il ne voyait pas d'autre solution. Pour sa part, il aurait préféré se trancher la gorge plutôt que de céder à un chantage pareil, mais il n'avait pas la chance d'avoir dans sa famille un fils génial en pleine floraison. Les siens étaient des imbéciles qui méritaient d'être étranglés.

La mère prévint qu'il y aurait des règles inflexibles à respecter si cela devait se produire. Au moindre écart, le contrat serait annulé.

Un compromis aussi ténébreux devait se concrétiser dans des ténèbres absolues.

Un acte aussi innommable devait être accompli sans qu'aucune parole soit prononcée.

Puisqu'elles réglaient le loyer une fois par mois, il ne pourrait venir qu'une fois par mois. Le sept, aux douze coups de minuit.

Puisque la cantine n'était qu'un trou lamentable, il n'aurait droit qu'à un trou. Rien de plus.

En cas de transgression ne serait-ce que d'une partie du pacte, le Pendjabi récolterait la tempête. Les femmes en étaient à leur dernière extrémité. Une fois qu'elles seraient propulsées au-delà, ce serait lui qui souffrirait des menaces qu'il brandissait. Prison, lézards, rats, ruine.

Le Pendjabi ne devait jamais oublier que, si le fils génial n'avait pas été dans le tableau, les négociations auraient été terminées depuis longtemps.

Momo s'interrompit pour passer le couteau à l'intérieur des cuisses de l'Éminence. Aussi soigneusement qu'un encadreur de photos, elle posa la bande de cellulose sur la cire et la lissa. Avant de l'enlever, elle s'adressa à la juge: Madame, vous devez essayer le nouveau masque de la Baba's Company. Composé d'urine de vache, il donne un véritable éclat à la peau.

Vous transformez Belladonna en un institut de beauté hindou ? lança la juge.

Momo arracha la bande avant de répondre que les propriétaires en feraient un salon mongol si c'était bon pour les affaires.

Jalebi, qui piaffait d'impatience, n'avait pas recommencé à s'occuper de l'autre jambe. Putain, pourquoi sa copine faisait-elle comme si l'histoire était terminée ? Elle avait envie d'entendre la fin et de la réentendre le soir quand elle pourrait poser une centaine de questions.

La juge ressentait une irritation semblable, même si c'était sa destinée d'écouter des récits, du moins la plupart, pendant des semaines, des mois, voire des années.

Ce que papa*ji* lui avait expliqué à plusieurs reprises l'avait aidée à maîtriser sa nervosité.

Le labyrinthe est l'essence de notre civilisation. Notre système judiciaire lui correspond parfaitement. De même que notre politique, notre économie, notre cinéma, notre cuisine, nos vêtements.

Pense au sari. Dans n'importe quelle autre culture, un métrage de tissu pareil aurait habillé une famille au complet et ses voisins. Pense à nos épopées – tellement plus longues que celles des Grecs. Pense à nos vies – à leur éternel retour et à leur immortalité. Pense à nos dieux – plus nombreux que les peuplades d'Amérique. Pense au samosa – une feuille stupide pliée en une miraculeuse complication géométrique.

Papa*ji* ne s'arrêtait pas à ces considérations. Selon lui, le labyrinthe était notre essence parce que nous maîtrisions un secret depuis des milliers d'années. Nous avions appris à attendre. À ne jamais nous précipiter pour conquérir le monde mais à le laisser venir à nous. Jusqu'à ce qu'il nous habite. Puis, à la manière d'un banian tentaculaire, nous l'enlacions avec nos racines et nous nous l'appropriions.

Contrairement à d'autres cultures, nous n'étions en quête ni de raccourcis ni de réponses faciles. Nous écrivions un quatuor de Veda, une centaine d'Upanishad, d'innombrables Brahmana, Aranyaka, Samhita, Purana et Darshana[1]. Après les avoir lus, nous pouvions être en proie à une extraordinaire illumination tout en étant au début de l'attente et de l'émerveillement. Voici pourquoi, tandis que les autres civilisations, tombées en rade sur l'interminable route du temps, avaient dû se transformer, nous continuions intacts, et avec un malin plaisir.

Papa*ji* affirmait : Nous avions sondé les buts de la philosophie avant que les Grecs ne butent dessus. Ils connaissaient la mystification, c'était ce qui les distinguait de nous. Ils comprenaient le culte de la célébrité. Socrate. Platon. Aristote. Épicure. Aucun d'entre eux n'égalait Yajnavalkya[2]. Mais le pouvoir de la mystification est tel que nous en avons oublié Yajnavalkya alors que Platon nous est familier. La différence entre

1. Commentaires sur les textes védiques.
2. Sage de l'Inde védique.

eux et nous perdure : ils traquent la célébrité, nous conversons avec l'éternité.

Papa*ji* aurait dû être le Premier ministre de l'Inde, pensa la juge.

Continue ! s'exclama Jalebi.

La juge contracta un muscle de sa cuisse pour exprimer la même chose.

Les choses se passèrent exactement comme la mère l'avait exigé. Le sept du mois, à minuit, le Pendjabi arriva devant leur maison. Il la trouva plongée dans l'obscurité. Quand il poussa la porte qui n'était pas verrouillée, il pénétra dans des ténèbres où le corps se dissout. Il s'immobilisa, guettant des indications.

Puis, par la fente d'un rideau, il discerna un liseré argenté sur la courbe des fesses. Il ferma les yeux quelques secondes, les ouvrit de nouveau : la promesse était toujours là, spectrale, désincarnée, en attente.

Secoué de tremblements incontrôlables, il eut peur qu'elle ne décrète que le tumulte des pulsations de son sang était une entorse à l'accord. Il commença à se tripoter en traversant la pièce. Alors qu'il allait franchir la ligne qui le séparait de l'objet de son intrigue, son impatience fiévreuse l'avait déjà propulsé au terme de l'excitation.

Au cours du mois suivant – interminable –, il tourna et retourna l'instant dans sa tête en une tentative futile d'en capter la fulgurance. Il était surexcité au point d'abréger davantage encore la rencontre lorsqu'il revint à minuit le sept. Le mois suivant, les images de ce qu'il n'avait pas fait ne cessèrent de le perturber.

Et cela continua de la sorte.

Et cela continua de la sorte ! éclata Jalebi. Tu veux dire quoi par là ?

Qu'est-ce que c'est que cette histoire ? s'interrogea la juge. Va-t-elle se terminer comme la plupart des embrouilles amoureuses de mon tribunal ? Par de la perversité et un désastre ?

Oui, répondit Momo. Et cela continua de la sorte. Pendant onze mois, le Pendjabi n'eut rien d'autre qu'un trou fantomatique dans l'obscurité et un silence sépulcral. Le jour de son départ vers le lieu de sa mutation, alors qu'il montait dans le train, un garçon de la cantine le rejoignit en courant et lui tendit une enveloppe cachetée.

Sur le bout de papier à l'intérieur, on avait écrit en majuscules : Mon mari malade était plus un homme que toi !

Sous la phrase, on avait signé : le mauvais trou.

Oubliant la présence de la juge, Jalebi applaudit et s'écria en éclatant de rire : Ce n'était pas elle !

Je n'en sais rien, assura Momo. C'était leur secret, elles ne l'ont révélé à personne. Ce n'était qu'un trou dans le noir.

Comment jugerais-je cet épisode au tribunal ? se demanda la juge. Comme un acte pervers ou un acte héroïque ? Elle avait hâte de poser la question à papa*ji*. Quelle métaphore comique inventerait-il pour le trou dans le noir ?

D'une petite voix, Jalebi s'enquit : Et la cantine ?

Les femmes en ont gardé la gestion et elles ont sans cesse amélioré le menu, y ajoutant des trucs originaux comme des burgers ou des crèmes glacées. Chaque roupie épargnée, elles l'envoyaient au jeune Tamoul.

Et le jeune Tamoul ?

La juge se dit : Quel mélo ! À force de juger ses concitoyens, elle n'était plus émue par une bonne histoire.

Le jeune Tamoul n'accordait pas la moindre pensée aux difficultés des femmes. Il se plongeait dans ses livres et, au fil des années, progressa d'une manière incroyable. On l'envoya en Californie où il innova, parla avec un accent, gagna un tas d'argent, habita Palo Alto, dans une maison dotée d'un étang ingénieux où d'énormes carpes koï miroitaient d'une myriade de couleurs dans un éclairage indirect.

Et ta cousine ?

Elle vécut avec lui dans un amour infini et une opulence illimitée. Considérée comme la plus belle Indienne de la côte Ouest, elle ne cuisina plus jamais, ne compta plus jamais ses roupies, eut bientôt son yacht pour naviguer sur l'eau et son avion pour voler dans les airs ; quand elle faisait l'amour avec son mari, elle parlait tout le temps et refusait qu'on éteigne les lumières.

Et la mère ?

Elle vécut avec eux, heureuse de concasser son *masala*, de nourrir les carpes koï, de marcher d'un bon pas avec ses nouveaux genoux offerts par son fils et d'apprendre à ses petits-enfants quelques mots de tamoul. Au cours de chaque dispute, elle prenait le parti de sa bru. Dès qu'elles voyaient un Pendjabi, les deux femmes tapaient dans leurs mains en riant. Quand le génie leur demandait ce qui se passait, elles répondaient qu'elles venaient de voir un trou dans le noir et le génie se disait : La science foisonne de secrets insondables mais les mystères des femmes le sont encore plus.

Quelle conclusion en tirez-vous ? voulut savoir la juge.

Si on renonce à tout par amour, on finit par tout gagner grâce à lui, déclara Jalebi.

Le grand amour ne peut survivre sans tromperie, compléta Momo.

À mon avis tout amour, si sublime soit-il, n'est qu'une transaction, commenta la juge.

Seules les personnes qui n'ont jamais éprouvé ce sentiment feraient cette remarque, laissa échapper Jalebi, malgré elle.

Momo se figea, c'était une provocation inutile. Mais la juge, mobilisée par le cours de ses pensées, n'écoutait pas. Distraitement, elle enchaîna : Ne comprenez-vous pas qu'il ne s'agit que d'un échange calculé – conscient et inconscient ? Elle s'avilit pour lui. Il la récompense en lui offrant une belle vie. Peut-être le véritable amour est-il autre chose. Peut-être aurait-il fallu qu'ils ne se quittent pas, même si cela impliquait de gérer la cantine bas de gamme leur vie entière.

Le véritable amour engage à une union indéfectible, fût-ce au prix d'un meurtre.

Il restait un défi : comprendre l'équation entre un véritable amour et un cadavre, déceler l'importance relative de l'un et de l'autre. La juge se félicita de la réaction des filles du salon de beauté, son mari n'aurait servi à rien pour un sujet tel que l'amour. Quant à papa*ji*, il aurait tout drapé de pharisaïsme, une armure douteuse.

L'histoire ne lui semblait pas invraisemblable. L'imagination des juges est débordante : sans la nécessité de prononcer des jugements, vu le matériau humain auquel ils sont confrontés jour après jour, ils feraient d'excellents romanciers.

Le garçon plaisait à la juge. Pas seulement son apparence impeccable et ses yeux clairs. Ni l'histoire de son amour. Il paraissait habité par cette étrange qualité nommée intégrité. Au cours des vingt ans qu'elle avait passés à cribler la lie de la société, elle l'avait remarquée chez des vauriens, jamais chez les saints.

En revanche, la fille ne la touchait pas. Elle était jolie, mais il lui manquait cette torture de la beauté intérieure associée à un crime commis qui plongeait les juges dans la réflexion longtemps après qu'ils étaient sortis de la chambre d'écho de leur tribunal.

La juge ne nourrissait aucun doute sur la culpabilité du couple. Malgré son mépris pour l'amour, elle estimait l'intégrité et elle pensait vaguement que les preuves ne seraient peut-être pas convaincantes. Vu l'absence d'arc narratif – la politique ou l'argent – pour le meurtre, la police bâclerait probablement l'enquête. En outre, Phalkar le sous-payé serait peut-être remarquable, surtout si Falkar, son redoutable père, l'aidait.

De toute façon, elle avait jeté les amants en prison en leur accordant toutefois une proximité douloureuse. Ils y passeraient de nombreuses années. Dans cette affaire, elle était certaine d'avoir œuvré tant avec le cœur qu'avec l'esprit et, pour peu que ses calculs aient été astucieux, la loi aurait prévalu ainsi que l'amour.

Car, pour reprendre les propos de papa*ji* : aucun être n'est coupable au point qu'une part de lui – un grain de beauté sous l'aisselle – ne soit d'une perfection absolue et au-delà de toute censure. De même qu'on ne connaît aucun innocent qui n'ait une infime part de lui – une trace invisible sur sa peau – d'une corruption impardonnable, en mal de scalpel.

La règle d'un juge est d'appliquer sa règle avec modération.

La juge cessa de parler, si bien que SonaMona s'empressèrent de se remettre à l'ouvrage. Dès son départ, après qu'elle leur eut filé de généreux pourboires, et après la dissipation de son aura – la pièce étant redevenue un banal salon de beauté –, Jalebi flanqua un grand coup sur l'épaule de son amie et s'exclama : Espèce de sale *angrez*[1], tu as fait de la cervelle de Sa Seigneurie du *keema*[2] ! Maintenant montre-moi une photo de la cousine !

La ravissante Momo – la moitié de SonaMona – désigna du menton un poster encadré d'une vedette du cinéma hindi, célèbre depuis l'âge de seize ans, dont la magnifique chevelure encadrait son visage parfait de vagues ondoyantes.

Jalebi lança un regard perplexe à son amie avant de s'esclaffer ; Momo l'imita. Elles rirent tellement

1. Anglaise.
2. Plat à base de viande hachée et de pommes de terre.

fort, avec si peu de retenue que leur gaieté sonore s'échappa de la réception de granit et de verre et suivit la voiture blanche anonyme de la juge qui se frayait un chemin à coups de klaxon dans la ruelle.

33

La grande insurrection

À une heure et demie du matin, alors que la télévision était éteinte depuis des lustres et que le dernier des garçons s'était endormi ou avait sombré dans l'hébétude sous l'effet de la drogue, Hitler se rendit dans les toilettes avec Rakesh et, raclant le plâtre avec une cuillère cassée, il entreprit d'enlever les briques descellées. Quand il y en eut neuf, il les entassa dans un coin et ils creusèrent jusqu'à la rangée suivante.

Ce fut rapide. La construction indienne est conçue pour la démolition et l'évasion. Michael venait jeter des coups d'œil et indiquer que tout allait bien. La pièce était plongée dans le coma. Dey D était effondré sur une chaise en plastique ; plus loin dans le couloir, le corps longiligne d'Oontth, dont les ronflements faisaient vibrer l'air fétide, s'étirait entre un banc en bois et une chaise.

Sur un signal, Hitler remplit d'eau le seau en plastique, où elle coula bruyamment. Le temps et l'eau existent en abondance au royaume d'airain.

Rakesh, le gymnaste endurci, tapa sur les briques qui se descellaient avec la paume de sa main enveloppée d'une serviette. Dès que le seau fut plein, Hitler le renversa dans le bac des toilettes avec un bruit de cataracte puis le remplit de nouveau. De même que les hurlements d'angoisse existentielle, le fracas des latrines était inéluctable au cours de la nuit. Au moment où Hitler eut rempli et vidé huit seaux, Rakesh avait ôté suffisamment de briques pour qu'un homme se faufile dans le boyau.

Une semi-obscurité régnait dehors. Le royaume d'airain éclairé en permanence laissait échapper des lueurs blanches des bouches d'aération de tous les étages. Le mur d'appui en ciment autour du bâtiment était endommagé et, partout, l'herbe arrivait au mollet. Ils avaient emporté leurs baskets, récupérées dans des sacs en plastique suspendus aux murs de la cellule ; ils les chaussèrent et nouèrent les lacets.

Et maintenant ? demanda Rakesh.

Appelle un taxi, répondit Hitler.

Michael parcourut l'endroit du regard. Un peu sur la gauche, entre le bâtiment et le grand mur de l'enceinte se dressait un papayer solitaire. Hitler n'avait rien prévu d'autre que la brèche dans les toilettes ; posant le pied dans les doigts croisés de ses associés, il se propulsa dans l'arbre rabougri.

Rakesh et Michael empoignèrent aussitôt le tronc pour l'empêcher de s'effondrer.

Hitler bondit avec facilité sur le parapet du bâtiment et s'y agenouilla pour attraper l'arbre où sa cime s'épanouissait. Les fruits pendaient, minuscules comme des prunes. Rakesh fit la courte échelle à

Michael, qui fut sur le parapet en deux sauts. De leur hauteur, les deux hommes stabilisèrent l'arbre tandis que Rakesh grimpait sur le tronc; puis, à mi-chemin, il sauta, se cramponna au bord du parapet et se hissa.

Ils ne distinguaient pas le grand mur de l'enceinte. Jonché des ordures expulsées par les bouches d'aération, le parapet couvert de moisi était glissant. Ils s'avancèrent avec précaution, se baissant, bondissant d'une saillie à l'autre, et finirent par atterrir sous les fenêtres fermées de l'infirmerie. Ils voyaient à présent derrière le mur d'enceinte – il se profilait à une certaine distance – la baie sombre et les lumières de la ville endormie. L'air était lourd et moite. Rien ne bougeait.

Pourquoi ils n'ont pas de chiens, comme au cinéma? murmura Rakesh.

Ils en avaient un la première fois qu'on m'a enfermé, précisa Hitler. Tommy. Il s'est enfui une nuit avec des prisonniers. Les surveillants lui donnaient du lait et des *paos*, les prisonniers des œufs et des petits gâteaux.

Les trois hommes savaient qu'une des salles de repos des kakis se trouvait en face d'eux. Ils entendaient un ventilateur trancher le vent par les fenêtres grandes ouvertes.

Ils avaient identifié la meilleure opération: sauter jusqu'à la grosse conduite d'évacuation noire qui apparaissait au coin puis prendre appui sur le tuyau et s'élancer vers le prochain parapet, juste au-dessous de la fenêtre ouverte des kakis.

De ce bâtiment, un rempart peu épais ceinturait le royaume d'airain depuis la cour d'entrée et jouxtait, à angle droit, le grand mur de l'enceinte. Ils devaient sauter sur le rempart, y progresser jusqu'au bout puis saisir la possibilité offerte par l'un des trois palmiers dont le houppier bruissait contre le béton.

La couche fongique humide étalée partout constituait le principal danger. Un atterrissage en souplesse était crucial. Au moment où Hitler s'y préparait, une ombre se projeta depuis la fenêtre ouverte. Incapables de l'identifier, ils se plaquèrent au mur. Le bout d'une bite apparut sur le rebord. Les toilettes étant au rez-de-chaussée, le monde était une pissotière au cœur de la nuit. Le kaki urina le contenu d'un tonneau, l'odeur fétide imprégna l'air nocturne.

À l'intérieur, quelqu'un poussa un gémissement exaspéré.

Et le pisseur de s'exclamer : Je veux ! Tu ferais quoi, toi ? Tu t'essuies le cul avant d'avoir fini de chier, peut-être ?

Quand il eut terminé, le type versa un premier pot d'eau sur l'appui de fenêtre, puis un second. Le lendemain matin, le râleur déclarerait à la ronde : À l'école, on nous a appris à prier les yeux fermés et à pisser les yeux ouverts. Si j'avais suivi ce conseil, j'aurais vu la prison se vider sous mes yeux.

Dès qu'ils eurent glissé le long du palmier, les garçons se séparèrent. Michael serait le premier harponné. Il passa dix jours sur une plage de galets isolée du Sud profond, attendant que le scandale se dissipe. Puis il appela un de ses coursiers préférés et lui fixa rendez-vous à minuit, à la gare, avec de l'argent.

Il comptait aller au Nord. Il ne croyait pas que *Didi* l'avait trahi. Il la retrouverait pour en avoir le cœur net. Si c'était le cas, il la tuerait. Sinon, il s'enfuirait au Népal avec elle. Il se raserait la tête. Il se ferait passer pour un moine. Ils se brancheraient sur la chaîne d'approvisionnement. Il élèverait ses coursiers au rang de dealers indépendants.

Il lui offrirait une robe blanche avec de la dentelle et un col entouré de volants.

Le garçon arriva avec l'argent et un billet pour Delhi. Ému, Michael l'étreignit. Une fois blotti dans un coin de sa couchette, des lunettes noires sur le nez en guise de déguisement, il pensa : Les gens se trompent, la loyauté est loin d'avoir disparu. Il se demanda ce que Noor – *Didi* – porterait le jour où ils se retrouveraient. Il espéra que ce serait un sari à taille basse.

Les quatre hommes en civil qui l'extirpèrent de son coin le passèrent à tabac sur-le-champ. Ils n'officialisèrent pas qu'ils l'avaient réarrêté pendant quarante-huit heures, au cours desquelles ils le brutalisèrent. Michael ne put leur donner aucune information sur les deux autres, alors on lui infligea le supplice de rondins roulés sur ses cuisses. Il aurait vendu sa mère pour les arrêter. On planqua du mauvais *charas* sur lui, aussi fut-il accusé une fois de plus de possession de stupéfiants ainsi que d'évasion.

Au bout du compte, il fut soulagé de se retrouver au royaume d'airain, où règles et certitudes dominaient. L'espace d'une semaine, ses copains lui apportèrent de la nourriture, massèrent ses muscles endoloris avec de l'huile de coco et les relations entre abandonnés lui firent chaud au cœur.

Rakesh, lui, avait quitté l'État la nuit de la fuite et avait disparu au fin fond du Kerala. Grâce à sa distinction et à son passé d'entraîneur de gymnastique, il eut facilement du travail et il se déplaça de ville en ville.

Le cinquième mois, il rentra furtivement chez lui pour voir sa plus jeune sœur clouée au lit en raison d'une atrophie de ses membres qui la minait depuis quatre ans. Il resta une journée à son chevet, lui racontant des histoires, lui donnant les chocolats qu'elle adorait, lui passant ses chansons préférées, la serrant dans ses bras.

Un mois plus tard, il revint passer une autre journée avec elle ; cette fois, il lui apporta des huiles végétales à texture visqueuse du Kerala qui, d'après un de ses amis, avaient le pouvoir de faire marcher un mort. Tandis qu'elle mangeait les chocolats et riait à ses histoires, il lui en frictionnait les jambes. À son départ, elle lui assura se sentir plus forte.

Cela continua pendant dix mois et, si l'invalide ne remarcha pas, sa santé ne se détériora pas non plus. Rakesh mit à profit cette période pour faire des recherches sur toutes les écoles de massage et de médecine du Kerala, accumulant potions et cataplasmes destinés à sa sœur. Il faillit aussi se marier sept fois, les filles l'adoraient. Lui aussi, mais il aimait sa sœur par-dessus tout et il devait bouger.

Un soir tard, il fit du stop à la sortie de son village – il rentrait au Kerala – et un flic qu'il n'avait rencontré qu'une fois, de loin, s'arrêta. Confiant, il sauta sur la moto et feignit d'être en visite dans la région. Pour être convaincant, il parsema sa conversation de mots de malayalam.

Les policiers paraissent stupides, mais aucun ne l'est. Ils absorbent quotidiennement un tel cocktail de malveillance et d'exploitation que le moindre agneau qui enfile un uniforme se mue tôt ou tard en renard.

Le flic freina devant le poste de police local et l'invita à prendre le thé. Au bout de dix minutes, ses collègues identifièrent Rakesh et, vingt minutes plus tard, Rakesh, plaqué au sol, demandait grâce. Deux jours plus tard, il réintégrait la prison où il fut accueilli avec une affection qui n'existe qu'entre membres d'une équipe sportive, compagnons d'armes ou codétenus des cathédrales du crime et du châtiment.

Quant à Hitler, le bruit courut qu'il avait une fois de plus réussi à s'évader alors même que le dossier de sa libération avait atterri sur le bureau du sous-directeur. Les entrepreneurs indiens eussent-ils été plus honnêtes et le mur des toilettes eût-il tenu deux jours supplémentaires que Hitler serait sorti par le portail devant des caméras et des photographes.

Après tout, il détenait le record de longévité de l'État en matière d'incarcération.

En l'occurrence, Hitler retourna chez la veuve en manque qu'il n'eut pas de mal à convaincre de son innocence. Elle reconnut que, malgré l'amour qu'elle éprouvait pour sa mère, elle était contente que la gâteuse soit tombée dans le puits. Devenue revêche dans ses vieux jours, celle-ci répétait que chaque gémissement de plaisir que poussait sa fille était comme un coup de poignard dans son cœur. Certaines nuits, il ne restait plus de place dans son corps pour un autre poignard.

Hitler fut encore davantage un homme entretenu que la dernière fois. Il ne sortait pas de la journée. La nouvelle de sa présence circula. Les corbeaux se perchèrent de nouveau sur les fils autour de la maison. L'épouse reconquise lui apportait des caisses de bières qu'il éclusait toute la journée. Avec les bouteilles vides, il élaborait des œuvres d'art dans la cour derrière la maison.

Il avait une façon de percer un trou dans un œuf qu'il aspirait ensuite. Sur les coquilles presque parfaites, il peignait des visages humains avec des feutres de couleur. Ainsi, il créa une vaste galerie de personnages : femmes aux cheveux bouclées, filles à lèvres pulpeuses, hommes à favoris en côtelettes de mouton, pirates à cache-œil, Chinois à moustache en virgule, Africains aux gigantesques dents. Hitler les collait avec de la pâte mouillée sur les bouteilles vides où ils formaient des têtes. Il passait des heures à les disposer dans des tableaux qui variaient en fonction de l'histoire qui se déroulait dans son imagination.

La cour fut bientôt envahie par cette armée fantasmagorique et les tessons des bouteilles de bière de sorte qu'il fallait faire attention pour se rendre à l'abri en tôle des toilettes.

La veuve apportait aussi des poulets vivants que Hitler égorgeait – laissant les entrailles pour les corbeaux – et qu'il faisait cuire dans des sauces épicées en vue des soirées où ils festoyaient et forniquaient.

L'idylle dura un an puis la solitude le rongea. Sa vie durant, il avait été entouré de gens. Il avait bénéficié du plaisir rare – convoité par tous – d'une cohabitation quotidienne avec les anciens et les nouveaux. Tout le monde respectait son identité. Les kakis comme les détenus. Il était Hitler. L'indigène du royaume. Le tueur en série. L'interlocuteur des oiseaux.

À présent, il ne voyait qu'une mégère qui l'assaillait la nuit comme s'il était un fruit qu'on pouvait presser en permanence. Il avait à plusieurs reprises suggéré une excursion nocturne au marché ou au cinéma. Sans succès, elle avait hurlé son refus.

Un soir, sans crier gare, il la traîna de la cuisine à la chambre en la rouant de coups et il éprouva une sensation de bien-être. Comme elle se recroquevillait dans un coin, il se demanda pourquoi il ne l'avait pas fait avant. Les hommes se sentent faibles s'ils n'entendent pas battre le tambour de la violence dans leur tête.

Le lendemain matin, avant de partir, elle l'interrogea sur la raison de la raclée. Incapable d'en trouver une, il répondit : Si tu ne le sais toujours pas, tu mérites d'être de nouveau battue.

Les coups devinrent quotidiens. Hitler introduisit un étrange épilogue paranoïaque à sa routine de manger-tabasser-baiser : avant de s'endormir, il lui attachait les poignets avec une corde en nylon. Si elle avait envie d'uriner, il l'accompagnait jusqu'à l'abri de tôle, maintenait son jupon autour de sa taille pendant qu'elle s'accroupissait et, quand elle avait terminé, il jetait un pot d'eau sur elle.

La veuve le traita de fou furieux. Elle avait une centaine de moyens de l'achever dans la journée. Mais il pouvait tout supporter dans la journée, c'était la nuit qui l'emplissait de peurs ataviques. Quel que soit le nombre de verres d'alcool qu'il buvait, la course d'un rat le réveillait. Il accrocha une ampoule près de la porte, en plus de celle allumée toute la nuit au-dessus du lit.

Plus la veuve s'y habituait, plus les coups s'intensifiaient. Hitler n'était satisfait que si elle se traînait à ses pieds ; il chercha de nouvelles façons de la torturer : lui écrabouiller les phalanges entre des bouts de bois, mordre l'intérieur de ses cuisses jusqu'à lui déchirer la peau, l'étouffer en lui pinçant le nez et en lui fermant la bouche. Le matin, elle l'abreuvait d'injures avant de partir au magasin, le traitait de vermine d'égout et d'eunuque, lui promettait d'en finir avec lui.

Hitler prenait plaisir à cet avilissement.

Les hématomes ne tardèrent pas à être visibles sur les bras, le visage, le cou de la veuve, au point d'inquiéter les clients qui lui posèrent des questions.

Il y avait des cloques, des bleus, des croûtes, des coquards et des plaies purulentes. Les voisins parlaient déjà des cris provenant de chez la veuve la nuit. Trois garçons qui avaient sauté derrière la maison pour mener leur petite enquête revinrent en braillant parce que les éclats de verre transperçaient la semelle de leurs sandales.

La veuve recommanda la discrétion à Hitler, sauf qu'il avait besoin de la frénésie – l'instant où il passait de l'état d'homme entretenu à celui de maître de cette femme. Un soir où elle luttait contre sa tentative de lui verser de la bière dans la gorge, il rugit et cassa la bouteille sur sa tête. D'après le scénario, c'était le moment où elle devait demander pardon en pleurnichant mais elle gisait, immobile, le sari relevé à la taille, les seins sortis de son corsage.

Il dut se précipiter avec elle à l'hôpital où il enjamba les corps recroquevillés sur le sol pour entrer dans la salle des urgences. Où se trouvait une jeune interne en jean pattes d'ef et blouse blanche, le nez chaussé de lunettes aux verres si épais que ses yeux semblaient nager derrière. Après un regard à la femme commotionnée, elle poussa celle-ci derrière un paravent en lambeaux. Elle examina le corps meurtri de la patiente d'un œil, évalua l'homme qui l'avait emmenée de l'autre, avant d'appeler du renfort.

À Hitler à moitié menacé d'un torticolis à force de se dévisser le cou, elle demanda : Qu'est-ce qui est arrivé ?

Elle est tombée.

Vu la blessure à la tête, il faudrait qu'elle ait escaladé le chauffe-eau et sauté. Qui êtes-vous ?

Son frère.

D'accord, suivez-moi.

L'interne le pria de s'asseoir sur un tabouret pivotant en inox, aux pieds blancs abîmés, devant une grande table en contreplaqué, au milieu de la salle, puis sortit dans le couloir. Des corps geignant, reliés à des tubes et à des machines bourdonnantes, étaient allongés partout ; à leur chevet se tenaient des gens aux yeux tellement tristes qu'une piqûre ne leur aurait pas fait de mal. Une odeur âcre lui brûla les narines. Voilà une terre de damnés encore pire que la mienne, constata Hitler.

Si bizarre que cela paraisse, il pensait aux histoires qu'il raconterait une fois de retour au royaume d'airain. L'espace d'un moment, il eut l'impression que son escapade n'était qu'un prétexte pour glaner éléments et expériences.

L'adjoint du sous-inspecteur en civil qui arriva comprit qui était Hitler. La doctoresse resta dans l'embrasure de la porte, les bras croisés, avec l'air d'avoir résolu le problème du réchauffement climatique. Le lendemain matin, la veuve était morte, le fugitif passé aux aveux. Chaque fois qu'il assurait que son épouse prenait plaisir à être battue, les policiers riaient à en avoir le souffle coupé.

Plus tard, quand il serait de nouveau en prison, il ne parviendrait pas à l'expliquer à Laxman et à Sparkplug. Il ne savait pas pourquoi il aimait la battre, mais qui savait pourquoi il aimait quelque chose ?

Il n'avait jamais voulu la tuer, c'était sa femme et il l'adorait. En mourant, elle l'avait privé d'un immense bonheur.

Laxman lui promit de demander à sa mère, lorsque Yellamma l'habiterait, si sa femme était bien là où elle se trouvait.

L'histoire enchanta les médias de la région. Son prénom, le rêve d'un journaliste, figura dans les gros titres. On découvrit qu'il parlait aux oiseaux, que c'était son quatrième meurtre et sa deuxième évasion, qu'il ne tuait jamais deux fois de la même façon. En outre, le plus sinistre, il pratiquait l'occultisme et avait créé dans le jardin une œuvre composée de coquilles d'œufs et de bouteilles de bière qui donnait la chair de poule.

Des dizaines d'articles furent consacrés à la signification de l'armée vaudoue. Pendant longtemps, personne ne voulut y toucher de peur d'être contaminé par des énergies négatives. Hitler certifia que ce n'était pas lui mais le peuple de coquilles et bouteilles qui avait maltraité la veuve. Sa version fut détaillée dans les journaux.

Les policiers arrêtèrent alors de le tabasser, craignant qu'il ne leur nuise d'une manière qui ne se manifesterait que dans plusieurs années.

On renvoya Hitler d'où il venait. À chaque date d'audience pour le meurtre des deux veuves, il partait, flanqué de part et d'autre d'un policier lui tenant la main – tels des amoureux adolescents en pleine harmonie.

Pendant les virées séparées de Hitler, de Michael et de Rakesh, les répercussions de leur évasion avaient été cataclysmiques pour leurs camarades.

Tandis que, tôt ce matin-là, la nouvelle éclatait dans les cellules verrouillées, de brefs textos avaient été envoyés, des appels donnés, des téléphones démontés. Des cartes SIM avaient été glissées dans les coutures de cols, de poignets et de revers, d'autres dans des goyaves et des bananes ; d'autres enfouies dans des pains de savon mouillés mis ensuite à durcir sous les ventilateurs ; d'autres fourrées dans la semelle intérieure de chaussures et de sandales. Certains avaient utilisé de l'Araldite pour coller la carte entre leurs fesses et s'étaient exercés à contracter les muscles contre des doigts explorateurs.

Moins d'attention avait été accordée aux appareils. Malgré le trésor démocratique de Bobo, rien n'était aussi difficile que l'acquisition de cartes SIM. Les plus susceptibles d'être ciblés tendaient leur téléphone à des détenus anonymes pour qu'ils les cachent dans des vêtements suspendus ou les enfouissent sous des provisions et des produits. Dans certaines pièces où les garçons avaient descellé une brique ou un carreau, les cartes étaient enterrées dans le mur ou le sol. Bichchoo fourra la sienne dans deux sachets en plastique qu'il plongea au fond d'un bac d'eau dans la cellule de Sparkplug.

Si les kakis voulaient les trouver, ils y parviendraient. Mais la plupart des fouilles tenaient de la tartufferie destinée à plaire aux officiers et à rappeler le règlement aux détenus.

Étrangement, il n'y eut aucune descente. Au fil de la journée, une accalmie précaire s'établit parmi les garçons. Avant midi, un maçon bihari et deux ouvriers arrivèrent ; après avoir pris des photos du trou de l'évasion, ils le bouchèrent.

On ne servit aux détenus que du *daal* et du riz au déjeuner – ni *subzi* ni *rotis* – et, tandis que des murmures de protestation s'élevaient, la plupart prirent cela pour une sanction provisoire. L'après-midi, si le grand portail donnant sur la cour et les bureaux resta verrouillé, les portes métalliques entre les trois étages et celles des cellules restèrent ouvertes.

Si irréel que cela paraisse, les kakis et leurs registres mal tenus avaient également disparu. En un rien de temps, les garçons se réunirent, rendirent visite à des potes dans d'autres cellules, jouèrent au cricket dans les couloirs et au foot dans la salle du dernier étage.

Les captifs prennent la liberté comme les riches les privilèges. Ils ne se demandent pas plus s'ils la méritent qu'ils n'analysent sa présence dans leur existence.

Le soir, la boulangerie était bourrée de garçons qui faisaient cuire des nouilles instantanées sur des brûleurs, pendant que les fours débitaient des *patties*[1] aux œufs et gâteaux. Debout sur une table

---

1. Galettes.

au plateau en inox au milieu de la pièce, Francis *ka* Papa criait des instructions en proie au même sentiment de pouvoir dévoyé qu'il avait éprouvé quand, dans la nuit noire, il avait franchi la ligne rouge de l'ultime tabou.

Les bangs et les téléphones étaient partout, tandis qu'idylles et intoxications saturaient l'atmosphère. Les *bhais* – Babu et Peter le Cogneur – et leurs factotums avaient apporté les bouteilles de whisky cachées et un Mustafa ivre entrait et sortait des pièces en dansant et en chantant à tue-tête la chanson de *Don*[1], le vieux film hindi.

Arey diwano mujhe pehchano kahan se aaya mein hoon kaun…

À six heures du matin, aucune sonnerie de réveil ne retentit à plusieurs reprises et l'unité de choc ne débarqua pas pour l'appel. Le détachement de la cuisine s'associa à la fête. Plusieurs plateaux d'œufs – conservés pour des régimes spéciaux – furent extraits de la réserve en vue d'un festin de curry. Les détenus qui étalaient la pâte sur une immense plaque noire pour préparer des milliers de *chapatis* décidèrent de servir de délicieux *paranthas* baignant dans le beurre.

Bobo et Aslam percèrent un trou dans chaque chaise en plastique pour affirmer leur indépendance.

Comme un symbole de l'ironie intemporelle, Godwin, l'assassin, recruta Ram Bharose, l'innocent, pour

---

1. Un des plus grands succès du cinéma indien des années soixante-dix, réalisé par Chandra Barot : « Hé les fans, reconnaissez-moi, sachez d'où je viens. »

être son cheval et, à califourchon sur ses épaules, trotta dans les cellules en gribouillant des slogans absurdes sur les murs avec un tesson.

Bienvenue aux *buddhus*[1] de la Casa des *Phuddus*[2]. Les kakis sont des putains de *Paki*. Un lingam dans l'oreille de Singham. Ma mère avait une âme, mon père un têtard. J'apprendrai au magistrat à se masturber.

Babu, le timonier, ajouta : Vive la vache, à bas Mao.

Et le Dr Hagg écrivit : Faites la guerre pas l'amour.

Verendar récupéra de la farine dans la cuisine et, après l'avoir mouillée pour en faire de la pâte, les invita à en bourrer les orifices des cadenas. Les garçons se bousculèrent pour accomplir cette mission.

Le Cogneur convoqua Bobby, le barman devenu kidnappeur, le promut colonel et lui ordonna de constituer un détachement pour renforcer les défenses. Le colonel Bobby fit appel à la célèbre escouade de ravisseurs de Micky Singh, composée de Gogo d'Allahabad, de Bijoy d'Orissa, de Montu de Delhi et d'Ajay de Himachal. Leur mission : établir une rotation pour la surveillance du portail. Toutes les trente minutes, les soldats en service devaient introduire leur bite entre les barreaux et pisser. Une fois à court d'urine, il fallait les remplacer.

Le Cogneur expliqua que les douves avaient contrecarré les attaques-surprises au fil des siècles. Un fossé rempli de pisse détruirait l'ennemi.

Le long couloir reliant la porte aux bureaux était silencieux et sans ombre. Aucune lumière ne s'échappait de

---

1. Bouddhas.
2. Imbéciles.

la pièce au fond de laquelle les gradés s'asseyaient et où Asambhav initiait les nouveaux arrivés. On eût dit que les kakis avaient abandonné le bâtiment.

Planté devant le sanctuaire multireligieux du rez-de-chaussée, un Babu saoul, coiffé de son béret bordeaux de guingois, prononça un discours exaltant, assurant les musulmans que son parti, une fois au pouvoir, ferait adopter un projet de loi autorisant une double allégeance religieuse. Chaque musulman aurait le droit de devenir hindou.

Mustafa brailla qu'il voulait aussi avoir le droit d'être chrétien et d'être appelé père Mustafa.

La foule psalmodia : Père, père, père !

Bichchoo brailla qu'il voulait aussi avoir le droit d'être sikh et d'être appelé *sardar* Bichchoo. La foule psalmodia : *Sardar, sardar, sardar !*

Assis sur les épaules de Ram Bharose, Godwin se pencha vers Babu pour lui susurrer qu'il voulait aussi avoir le droit d'être bouddhiste et d'être appelé Godwin lama.

La foule hurla : Lama, lama, lama !

Asambhav, qui se tenait dans un coin, déconnecté des réjouissances, déclara qu'il faudrait donner à chacun une croix, un dhoti, une calotte et un turban afin qu'on ait la possibilité d'être ce qu'on souhaitait être, n'importe quel jour.

Babu rétorqua qu'à son grand regret il ne pouvait changer la loi. La double allégeance religieuse ne permettait que de devenir hindou, impossible de devenir quoi que ce soit d'autre.

La foule beugla : À bas Babu, à bas Babu, à bas Babu ! À bas Babu, à bas Babu, à bas Babu !

Babu annonça que, s'ils ne lui montraient pas de respect, il retirerait la loi et ils n'auraient plus d'autre choix que d'être de sinistres musulmans ou sikhs ou chrétiens.

La foule s'époumona : Vive Babu, vive Babu, vive Babu ! Vive Babu, vive Babu, vive Babu !

Atoum Bumb sauta sur les épaules de Jogen et se dressa, bras tendus ; le vétéran du cirque prit les sandales du nain et jongla.

La foule cria : Vive le jongleur, vive le jongleur, vive le jongleur !

Jogen traversa la salle d'un pas chaloupé, ce qui incita les garçons à faire des roues, des galipettes, des poiriers et à se grimper sur le dos.

Je retire la loi, claironna Babu.

Au fil de ces heures grisantes, un des détenus de la cellule seize constitua une pyramide de trois garçons et enleva deux néons. La première obscurité, comme un baiser, suscita une telle extase qu'il y eut aussitôt, dans toutes les cellules, des pyramides pour anéantir la tyrannie de la lumière.

À l'exception du couloir, la merveilleuse liberté de la nuit se répandit dans le royaume d'airain. Les garçons éprouvèrent une indescriptible légèreté de l'être. Le monde était soudain un dégradé de nuances et d'ombres, plein de promesses et de possibilités.

À vingt et une heures, le bruit circula que le Cogneur tenait une réunion publique dans la salle du rez-de-chaussée. Tous s'y ruèrent. Ils le découvrirent debout sur une chaise en plastique, oscillant sous l'effet de l'émotion et de l'alcool.

D'une voix de stentor, il proclama la nouvelle que ce jour était le Jour de la Liberté et que ceux qui l'écoutaient étaient désormais soldats de *Naya Daur Fauj* – l'armée de la nouvelle ère qui aurait trois sortes de membres.

Les présents dans la salle en ce moment précis seraient les membres fondateurs. Ils seraient officiers et beaucoup seraient généraux.

Ensuite, il y aurait les membres principaux dont l'unique qualification serait un séjour derrière les barreaux. Parmi eux, seuls ceux ayant purgé une peine d'au moins trois ans ou ayant été inculpés d'un délit abominable comme un meurtre, un viol ou un enlèvement seraient jugés dignes d'une nomination d'officier.

La dernière catégorie serait composée de membres secondaires, candidats des membres fondateurs et des membres principaux. Chaque membre principal aurait le droit de choisir au maximum douze membres secondaires. Les fondateurs, eux, pourraient en choisir autant qu'il leur plairait.

Même des groupes, les internés de l'asile d'Agra ou l'équipe d'Inde de cricket par exemple.

Pas plus de vingt-cinq pour cent des nominés ne pourraient appartenir à la famille, et aucun à la police ou au gouvernement.

L'armée de la nouvelle ère désignerait le gouvernement de la nouvelle ère. Les responsables du naufrage du monde seraient traduits en justice.

La foule cria : *Ab ki baar Peter sarkar !*

Puis : *Baar baar choron ki sarkar !*

Encore et encore, vive le règne des vauriens !

Juste avant, Madhukar, le génie, avait peint un drapeau pour la nouvelle république : un poing levé fracassant du métal. Il le tendit à Peter qui le brandit.

La foule cria : *Cheeni ki bori mein reta hai. Peter hamara neta hai !*

On nous donne du sable à la place du sucre. Peter est le chef incontesté de notre pays !

Peter déclara qu'il était temps d'effectuer une marche du drapeau pour annoncer le régime. En une démonstration de discipline et d'intention, ils avanceraient à la queue leu leu. Munie de *thaalis* en inox et de mugs, une troupe de joueurs de caisses claires s'aligna sous la houlette de Laxman de la Maison d'hôtes, accompagné par Francis *ka* Papa, Verendar et Aslam.

Une cadence fut instaurée. Boum, boum, boum. Boum, boum, boum.

Les fondateurs de la nouvelle république parcoururent les couloirs des trois étages, tanguant en un rang sinueux, agitant leur drapeau, criant des slogans.

Policeman nahin insaan hai. Peter hamari jaan hai !

Il est un homme, pas un policier. Peter est notre véritable idole.

Boum, boum, boum. Boum, boum, boum.

Desh ban gaya choron ka. Looteron ka ! Haramkhoron ka !

C'est devenu une nation de voleurs. De *dacoïts* et d'imbéciles.

Boum, boum, boum. Boum, boum, boum.

À ce moment précis, une clameur retentit au premier étage puis Babu apparut sur le palier à la tête de son armée et de ses joueurs de caisses claires. Il s'était calmé. Il comptait diriger le nouveau monde. Faute de drapeau, il avait pris une spatule dans la cuisine qu'il brandissait comme une épée. La file de ses acolytes était moins longue mais, étant donné leur ardeur, plus bruyante. Ses hommes marchaient sur le rythme vulgaire de seaux qu'ils martelaient de leurs paumes.

Tam, tam, tam. Tam, tam, tam.
Peter toh ek cheater hai. Babu asli leader hai !
Peter n'est qu'un tricheur. Babu est le véritable chef.
Tam, tam, tam. Tam, tam, tam.
Yeh desh banega santon ka. Qaidyon ka mahanto ka !
Ce sera le pays des sages. Des prisonniers et des religieux.
Tam, tam, tam. Tam, tam, tam.
Na Isa na Masih. Na Coca na cola.
Sirf Hindu aur Hindustani.
Aur thanda banta gola !
Pas de Jésus ni de Prophète. Pas de Coca ni de cola.
Seulement des hindous et l'hindoustani.
Et du soda local.
Tam, tam, tam. Tam, tam, tam.

Les contestataires de la nouvelle république déboulèrent dans l'escalier et, dans la foulée de la mêlée, les partisans, désorientés, se repositionnèrent. Des frères se désolidarisèrent – Bichchoo passa de l'autre côté, tandis que Sparkplug restait fidèle. Des amis furent séparés – Francis *ka* Papa rejoignit les autres avec sa caisse claire, Francis resta fidèle. Ram Bharose laissa tomber Godwin et fit défection, de même que Bobo et beaucoup d'autres – gonflant les rangs des ultranationalistes. Mustafa, Shareef Ali, Aamir et d'autres musulmans demeurèrent avec Peter. Comme Hiuen Tsang, le Jharkhandi et les Ghochu.

Aslam eut l'habileté de suivre Bobo afin de rester avec la majorité.

Asambhav considéra l'événement avec une totale indifférence et le Dr Hagg ne sortit pas de la Maison d'hôtes, fidèle à sa décision de garder ses distances avec la souillure de la politique de masse. Il annoncerait sa position après l'instauration de la nouvelle république.

Pendant qu'ils montaient et descendaient l'escalier, traversaient les cellules, gagnant ou perdant sans cesse des partisans, un membre du cortège de Peter le Cogneur entonna *We Shall Overcome*. À titre de représailles, une recrue de l'armée de Babu chanta presque aussitôt la version hindie *Hum Honge Kaamyaab* et, pendant les trente minutes suivantes, l'ode à l'esprit humain, jaillie de trois cents gorges, résonna en deux langues au royaume d'airain.

Un chant de violente protestation pour les deux partis.

La politique est la guillotine qui décapite l'ironie.

À plus de vingt-trois heures, incroyablement, aucun kaki ne se pointait. Les défilés et slogans s'étaient achevés, les matchs de cricket avaient dégénéré en bagarres, le ballon de foot avait reçu un coup de couteau à légumes et avait été brûlé dans la cuisine après une dispute sur un but.

Le colonel Bobby était toujours à son poste malgré son ivresse. Il n'y aurait pas de retraite jusqu'aux ordres dans ce sens de Peter le Cogneur. Les détachements changeaient régulièrement et urinaient. Des flaques gluantes s'étaient formées sur le sol gris fissuré, une puanteur immonde avait envahi le Cloaque, intensifiant ses remugles.

Vers minuit, les garçons s'endormirent dans leurs cellules plongées dans une splendide obscurité. Même ceux du détachement de pisseurs s'étaient reboutonnés et étaient retournés dans leur lit puisque le colonel en personne s'était écroulé.

Mustafa était le seul à aller et venir, tapant sur les barreaux avec le bras cassé d'un fauteuil, criant tel le *chowkidar* d'un ensemble résidentiel : *Jaagte Raho !* Restez vigilants !

À minuit et demi, le royaume était un cimetière et on n'entendait plus qu'une vieille chanson d'amour hindie, pleine de mélancolie, qui s'échappait du portable d'un garçon endormi.

Ajeeb dastaan hai yeh – kahan shuru kahan khatam[1]…

---

1. Extraite d'un film des années soixante : « C'est une étrange histoire – où commence-t-elle ? Où se termine-t-elle ? »

34
La majesté de la loi

À minuit cinquante-cinq, Asambhav réveilla Peter le Cogneur. Dans le noir, à travers un brouillard de whisky et de *charas*, celui-ci entendit le beau garçon mystérieux annoncer : Ils arrivent.

À minuit cinquante-six, Babu fut réveillé par la vibration de son téléphone sous l'oreille. À travers un brouillard de whisky et de *charas*, il entendit Asambhav dire : Ils arrivent.

Les autres, ils étaient trois cent trente, n'eurent droit à aucun avertissement. Il n'y eut comme indication d'un danger que l'odeur fétide d'urine imprégnant des semelles et l'apparition d'un escadron d'hommes en bleu équipés de casques et de boucliers comme dans un film hollywoodien. Se croyant dans un cauchemar, Aslam se retourna et se rendormit. Certains mouillèrent leur lit.

Certains hurlèrent pour chasser le spectre.

Babu s'éclipsa dans les toilettes où il s'enferma à clé.

Après avoir éloigné à force de coups de pied les garçons près de lui, Peter sortit du sac posé à côté de son oreiller une protection abdominale pour cricket et la glissa sous son caleçon. Dans une bagarre, un homme ne pouvait protéger à la fois la tête et les testicules.

Ayant prévenu les deux *bhais*, Asambhav disparut, on ne le reverrait pas avant le lendemain matin. Le carnage de la nuit deviendrait la plus célèbre légende du royaume d'airain. Chaque détenu hérita d'une meurtrissure, d'une bosse et d'une histoire.

Mustafa raconta que, à son réveil dans l'étrange obscurité, il crut qu'il faisait un mauvais rêve et que les djinns de l'État étaient venus le chercher. Il s'était aperçu qu'ils ne portaient pas l'uniforme kaki habituel mais la tenue d'exécuteurs – d'un noir d'encre –, la tête encapsulée dans du métal, le corps derrière du verre et, dans la main, la matraque au bout en fer des tortionnaires.

Puis il avait vu le chapeau de cow-boy et la grosse moustache de Ringo et avait compris qu'il ne faisait pas un mauvais rêve mais qu'il était dans une réalité cauchemardesque. À l'apparition du flic redouté, il avait lancé : Je me tape des *chutiyas*[1] comme tu danses sur ma bite.

Enfin, il avait fermé les yeux. Quand il les avait ouverts l'instant d'après, Ringo était toujours là. Dans son rêve – il s'y croyait toujours –, il fonça sur eux en hurlant. Il savait comment ça marchait : s'il les vainquait dans son rêve, il les vaincrait dans la vraie vie. Sauf que, avant de pouvoir atteindre le flic démoniaque, il se cogna sur du Plexiglas et fut le premier garçon de la cellule à être battu avec un *lathi*[2].

1. Vagins, dans ce contexte.

2. Bâton.

Quand il se releva, Mustafa se rendit compte que la bataille de Kerbela[1] avait éclaté dans la pièce. Les djinns maniaient leurs *lathis* comme s'ils fauchaient de l'herbe et les détenus détalaient en poussant des cris perçants, on aurait dit des poules pourchassées par des chiens. Ringo tapait sur des garçons avec son chapeau et leur bottait le derrière avec ses godillots à bout métallique.

Mustafa affirma avoir bondi sur une immense brute dont la tête de fer avait fait étinceler les pales du ventilateur, espérant abattre le plus grand des djinns pour mettre les autres en fuite. Mais les salauds avaient graissé leur bouclier de sorte qu'il ne parvint pas à saisir quoi ou qui que ce soit. Alors ils l'encerclèrent et le tabassèrent jusqu'à ce que chacun de ses os ait reçu un coup – et certains plus de douze.

Cette nuit-là, personne ne fut épargné.

À la suite de la brigade antiémeute de quarante-deux policiers, les kakis du royaume d'airain arrivèrent. Quatre-vingts. Pendant que les prisonniers festoyaient et préparaient leur nouvelle république, Singham avait saoulé ses hommes qui brûlaient d'envie de rétablir leur suzeraineté sur le royaume. Ils étaient consumés par l'impuissance que ressent celui qui revêt un uniforme, à qui l'on donne une arme et qui reçoit l'ordre de ne pas s'en servir pour affirmer son autorité.

1. Bataille entre l'armée du calife et les partisans de Hussein, le petit-fils du Prophète, qui s'est déroulée à Kerbela en Irak, le 10 octobre 680. Date célébrée par les chiites.

Ces voyous derrière les barreaux – des vandales, des pyromanes, des drogués, des violeurs et des voleurs – se moquaient d'eux et les injuriaient toute la sainte journée, sans qu'ils puissent faire autre chose que de leur répondre par des sourires et des plaisanteries.

Même Singham – malgré les trois étoiles de ses épaulettes – pouvait être traité de testicule ou de maquereau par une fouine telle que Godwin ou un crétin tel qu'Aslam et continuer à marcher comme s'il avait un kilo de cérumen dans les oreilles. Singham en personne était obligé de se contenir quand il calmait d'autres kakis. Quel dommage ! La plupart du temps, il était difficile de savoir qui avait davantage de droits : les voyous ou les policiers.

Ce soir, l'ordre serait rétabli. Ce soir, l'univers serait restauré.

Singham s'en prit à Godwin, dont il projeta le corps minuscule contre un mur et dont il roua les mollets de coups de bâton au point que le garçon fut persuadé qu'il ne se remettrait jamais debout. Le droit pénal indien s'inspire du système des castes Varna : la dégradation ou les dommages commis au-dessous du genou sont peu réprimés.

Chaque kaki avait un compte à régler avec un ou plusieurs détenus, et il le fit ce soir-là. Oontth s'attaqua à Ghochu *Ek* et Ghochu *Doh*, cognant la tête de l'un contre celle de l'autre comme des castagnettes. Le doux Rodrigues gifla Q et B, les propriétaires du cirque, jusqu'à ce que ses mains lui fassent horriblement mal. Je hais les riches malfaiteurs, expliquerait-il le lendemain à son épouse qui posait des compresses chaudes sur ses poignets. Avec de l'alcool dans les veines, Rajni devenait un adepte du tantrisme déchaîné. Il balança son *lathi* sans discrimination et sa voix retentit au-dessus du vacarme – Je suis le fils de *Kali Mahakali Inder ki beti Brahma ki saali*, je boirai votre sang, salopards, et réduirai vos pères en cendres. Dey D pelota le tendre postérieur de Bobo puis lui tordit les couilles.

Peter flanqua ses poings massifs dans deux visages avant d'être matraqué, il ne tiendrait de nouveau sur ses jambes qu'au bout de deux jours. Sous la grêle de coups, leurs sarcasmes parvenaient à ses oreilles. Quel grand *bhai* tu es Peter ! On pisse dans notre froc rien qu'à entendre ton nom. Si ta mère t'avait appelé Alexandre, on y aurait même chié. Grand *bhai*, dis-nous où sont tes sœurs, on a hâte d'en faire des femmes.

Babu fut traqué, traîné hors des toilettes, rossé jusqu'à perdre connaissance. Il tenta de faire preuve de bravoure – avertissant les kakis qu'ils le paieraient cher quand son parti serait au pouvoir. Sur quoi, ils le battirent en l'invoquant avec respect. Vénérable chef, acceptez ce *lathi* plein d'amour comme notre offrande. Nous voulions vous apporter des fleurs, mais nous n'avons que des coups de pied en magasin. Quand vous distribuerez les prix Padma[1] l'année prochaine, n'oubliez pas de récompenser cette botte. Et celle-ci. Baba Babu, vous êtes le *tope*[2] de l'Inde, vous êtes l'espoir de l'Inde.

---

1. Prix institué en 1954 pour récompenser les citoyens indiens en reconnaissance de leur contribution dans divers domaines d'activité.
2. Sanctuaire bouddhiste au toit en forme de dôme.

Aslam et Verendar eurent droit à des dents cassées. Laxman se vit infliger une profonde coupure au-dessus de l'œil, Francis *ka* Papa une fracture de l'avant-bras. Sparkplug et Francis se retrouvèrent avec des côtes fêlées. Des coups de pied remirent les testicules du colonel Bobby et de son détachement dans leurs poches. Les tibias de Hiuen Tsang et d'Anthony le Jharkhandi furent brisés, de même que le nez de Bichchoo et que le poignet de Shareef Ali. Atoum Bumb eut le crâne fendu, tandis que l'oreille de Jogen da chanta pendant trois mois.

Terrorisé notamment à cause de sa cécité, Andhakanoon hurla à en perdre sa voix, qu'il mit longtemps à récupérer. Laxman lui attribua un autre surnom : *Goongakanoon*. Lois injustifiées.

Au cœur du chaos régnant dans les ténèbres, le capitaine Barretto fut impitoyablement tabassé par ses codétenus qui le localisèrent facilement grâce aux lamentations qu'il adressait à Jésus. Le caporal Gajendra Singh lui planta deux swastikas dans le cul.

Au sein de ce déchaînement, même Madhukar – le fleuron du royaume – reçut quelques violentes claques. Ce qui le perturba si profondément qu'il refusa de mettre les pieds dans l'atelier des semaines durant jusqu'à ce que Singham, en personne, lui demande pardon.

Trois heures plus tard, au terme du carnage, aucun garçon n'était intact. Tumescences, hématomes, fractures ne se comptaient pas. En proie à une frénésie vengeresse, les kakis avaient cassé chacun plusieurs membres et ils étaient tellement fourbus qu'ils tenaient à peine debout. Ringo avait décampé après avoir mis le feu aux poudres, mais les policiers antiémeute en bleu avaient à peine participé à l'assaut : ils étaient là pour inspirer la terreur et comme renfort au cas où l'avantage changerait de camp. Le lendemain matin, les choses étaient rentrées dans l'ordre. De nouveaux cadenas furent fournis et les portes communicantes des cellules verrouillées. Dans les couloirs, il y eut de nouveau les kakis assoupis sur les chaises en plastique, trouées au milieu. On avait raflé les bouteilles d'alcool, les paquets de cigarettes, les bangs et les portables lorsque les garçons étaient ivres morts. On remit les néons. Le monde redevint blanc ; il y eut une réquisition pour une nouvelle couche de peinture sur les murs.

Des semaines durant, les cellules ressemblèrent à d'épouvantables champs de bataille car les garçons maltraités étaient livrés à eux-mêmes. Avec la permission de ses supérieurs, Singham avait suspendu les consultations à l'hôpital. On fit donc savoir à Colonel Gomantak que l'escorte n'était plus nécessaire. Quelqu'un réussit à appeler la presse locale mais les autorités bloquèrent les investigations au motif qu'il s'agissait de rumeurs suscitées par une querelle entre détenus.

Une querelle tellement démesurée, expliqua Singham, qu'on invoquait une clause de pénalité pour interdire les parloirs pendant le mois suivant. Si des gens insistaient pour apporter des colis à leurs proches, ils pourraient les déposer à la porte. Ils seraient scannés et fouillés avant d'être remis à qui de droit. En revanche, aucune visite – pas une seule – n'était autorisée.

Asambhav était l'unique espoir de ceux qui souffraient le martyre. Personne ne se méfiait de lui alors qu'il n'avait reçu aucun coup, c'était de notoriété publique. On acceptait le mystère de sa place dans l'ordre des choses comme celui de la bonté de Gandhi. Il semblait se maintenir dans un équilibre que personne ne comprenait. Les kakis et les gradés l'aimaient toujours. Il avait conservé un accès à leurs bureaux et quartiers, ainsi que sa liberté de mouvement.

Pendant les semaines au cours desquelles ils furent coupés du monde et où la musique régénératrice des gémissements chevrotait dans les étages, Asambhav se mua en ange infatigable. Discrètement – non pas clandestinement –, il apportait chaque jour baumes, bandes Velpeau, attelles, antalgiques, antibiotiques et passait d'une cellule à l'autre pour soigner les blessures. Il distribuait surtout des sédatifs, l'hébétude étant le meilleur des antidotes.

Singham restait à cran. Il avait conscience qu'il ne faisait qu'endiguer l'inondation, les murs se fissureraient à un moment ou à un autre. Les médias et la société civile s'échauffaient, des questions avaient été posées à l'Assemblée de l'État. Il lui fallait ouvrir quelques vannes et faire tomber la pression. Décrire l'incident et clore le chapitre.

Comme tout bon homme politique, il savait que les gens n'avaient pas besoin d'une histoire vraie, simplement d'une histoire.

Deux semaines après le blitzkrieg, il convoqua Babu dans son bureau et, contrairement à son habitude, l'invita à s'asseoir. Vêtu d'une saharienne blanche, il exsudait la convivialité ; son uniforme empesé était suspendu derrière lui.

Babu était sur ses gardes. Ses os ne cessaient de lui faire mal, son ego saignait en permanence. Le tic de son œil gauche était revenu, bien visible. Il faisait partie de ces gens d'extrême droite abreuvés aux récits de vengeance. Ce n'était pas lui qui avait été agressé mais cinq mille ans de civilisation hindoue. Les supplices qu'il infligerait à ce porc quand son parti serait au pouvoir se bousculaient dans son esprit. Il était Babu. Il avait tranché la monstrueuse tête du djinn Gama que personne n'avait été capable de retrouver.

Aucun pouvoir sur terre, spirituel ou temporel, n'était parvenu à convertir ses ancêtres. Ni les conquérants, ni les empereurs, ni les impérialistes. Ni les jaïns, ni les bouddhistes, ni les islamistes, ni les chrétiens. Ni les moines, ni les imams, ni les pères.

Il était Babu, l'hindou de l'Hindoustan.

Par défi, il n'ôta pas le béret bordeaux.

Le gradé au visage poupin n'était pas un opposant naïf. Son incroyable ascension du métier de vendeur de manuels de référence pour enfants à la position d'officier en uniforme, il la devait autant à son intelligence qu'à sa caste défavorisée. Si Babu avait l'air furieux, Singham arborait une expression compatissante.

Adoptant la tradition indienne, il joua la carte des castes. Le bien-être de Babu, en tant que frère d'une même caste, comptait pour lui. Un tsunami de représailles concernant de nouvelles affaires était imminent. Comme chef reconnu des rebelles, Babu en ferait les frais. Si le *bhai* le souhaitait, le sous-directeur pourrait tenter d'organiser un transfert avant la première vague. Ce serait dommage pour Babu que des informations circulent le qualifiant de dangereux trouble-fête, même en détention provisoire, au moment où le magistrat se penchait sur l'affaire du meurtre dont on l'accusait.

À l'évidence, Babu n'avait aucune envie d'être transféré. La meilleure forteresse de l'État était ici. Il avait intrigué pour y être incarcéré. Il s'y était installé. Il avait une chambre, une position, des acolytes et des factotums.

Dans combien de temps vous me ferez revenir ? demanda-t-il.

Très rapidement. Dans combien de temps veux-tu revenir ?

Deux mois, au maximum.

Bien sûr, tu seras avec nous avant même de te rendre compte que tu étais parti.

Et mes garçons ?

Personne n'y touchera, ils seront toujours les tiens à ton retour.

Le transfert de Babu fit l'effet d'une douche froide dans le royaume. D'abord la descente brutale, à présent l'expulsion du *bhai* : l'approche de l'administration avait manifestement changé : une colonne vertébrale avait été dénichée dans un bureau déserté.

Le jour du départ du fanatique avec son sac de sport, Singham convoqua le Cogneur. L'employé qui martelait péniblement le clavier d'un doigt fit patienter celui-ci quinze minutes parce que son chef était occupé. À l'ordinaire, Peter jouissait du privilège d'entrer quand bon lui semblait dans le bureau du sous-directeur. Aujourd'hui, un surveillant montait la garde devant la porte.

Lorsqu'on l'introduisit, l'officier portait son uniforme empesé – les trois étoiles brillaient. Sa casquette à visière était posée sur la table. Il tapait du pied. Ses traits durcis n'invitaient pas à une conversation banale.

Tout va bien ?

Comment ça pourrait aller ? Vos hommes nous ont tabassés comme si on était des bœufs et qu'on avait saccagé votre potager. Même les animaux ont des droits. Si un type battait le chien de votre patron, la police l'arrêterait. Maintenant, un de vos supérieurs va devoir décider si on a moins de valeur qu'un clébard.

Singham esquissa un mauvais sourire : Tu es peut-être un chien, mais nous ne sommes même pas ça. Nous sommes des porcs. Tu as vu nos quartiers ? Ils sont pires que les vôtres. Tu as mangé les plats de notre mess ? Ils sont pires que ceux qu'on vous sert.

Peut-être que vous êtes pires que nous, commenta Peter.

C'est ce que je ressens à mesure que je prends de l'âge, ce n'est pas un boulot pour un homme bien. Certaines nuits, je n'arrive pas à dormir ; quand je suis rentré chez moi ce matin, j'ai pleuré. Ma femme a cru que mon père était mort. Si j'avais d'autres compétences – celles de construire un pont ou de faire une piqûre –, je me débarrasserais de cet uniforme séance tenante. Mais je ne sais rien faire d'autre. Le travail que la vie m'a donné, c'est être au service des damnés : existe-t-il quelque chose de plus vil ? Et celui de bouches à nourrir – enfants, épouse, parents. Je suis plus prisonnier que toi, réfléchis-y.

J'échangerais volontiers ma vie sans soucis contre tous vos problèmes. Ne soyez pas offensé, mais votre uniforme m'irait mieux qu'à vous, lâcha Peter le Cogneur.

Je te l'accorde, tu es un très bel homme. J'ai entendu ce que les filles disaient de toi dans ton village. En revanche, tu n'as aucune idée de mes problèmes. Tu t'imagines que je suis le roitelet de ce maudit royaume, or je suis un ballon de foot dans lequel n'importe qui peut shooter. Il y a des centaines de fonctionnaires au-dessus de moi susceptibles de m'écraser. Et, à un moment donné, ils veulent que je fasse quelque chose pour eux parce qu'un de leurs potes ou deux magouillent et rendent la rude tâche de gérer l'État un peu plus rémunératrice.

C'est pour ça que je veux vos problèmes.

Tu ne comprends pas. J'ai dit que j'étais un ballon de foot. Ils ne me demandent pas. Ils ne m'envoient pas des cadeaux. Ils me donnent des coups de pied et me menacent. En plus, je dois me préoccuper de vous autres. Tu n'en as manifestement pas l'impression, mais c'est le cas. Non pour vous, pour moi. Il faut que je garde un œil sur les lois qu'adoptent les humains et l'autre sur celles de Dieu. C'est la raison pour laquelle je te parle aujourd'hui. Tu es mon problème.

Comme l'était Babu ? lança Peter, serrant ses énormes poings et faisant craquer ses jointures.

Absolument, tu as vu ce qui lui est arrivé. Il vivait comme un vice-roi ici, maintenant il partage une cellule avec vingt-huit détenus et ils n'ont qu'un W.-C., aucune cour pour le sport, des cafards par terre et dans la nourriture. Je n'ai pas réussi à le sauver. Les ordres sont venus d'en haut. Ils connaissent les *bhais*. Ils savent qui a fomenté les troubles.

Vous et vos hommes.

Ton dossier est peut-être assez solide pour que tu le présentes au seigneur du karma quand tu finiras par le rencontrer, mais ici ce sont mes chefs qui mènent la danse – et toi et moi, on n'a qu'à leur obéir.

Heureusement que vous n'êtes pas chrétien : même le pape ne pourrait pas vous accorder l'absolution, ironisa Peter.

C'est à dessein que nous sommes à cette place, Peter *bhai*, toi derrière les barreaux et moi à l'extérieur. Pour l'instant, mon chef veut que je t'envoie au même endroit que Babu. Dans la cellule où tu vas te retrouver, il y a quarante-deux détenus et la plupart ont l'occasion de se laver tous les six jours.

La vermine vous dévorera avant votre dernier jour.

J'en ai peur chaque minute de ma vie.

Qu'est-ce que vous attendez de moi ?

Pour moi ? Rien. Pour toi ? Que tu ne croupisses pas dans ce trou noir. J'essaie de t'aider.

Alors faites-le.

Comme tu le sais, le gouvernement veut une explication à tout. Écrite, par-dessus le marché. Si tu constitues un gros dossier pour expliquer comment et pourquoi tu as tué mille personnes, ça va. Il est possible qu'on n'y jette pas le moindre coup d'œil et qu'il soit enfermé dans un *almirah* pendant un siècle, mais il existera. En revanche, si tu achètes un crayon sans constituer le bon dossier, tu risques de devoir faire face à une investigation et à une suspension.

Donc, vous voulez constituer un dossier sur ce qui s'est passé ?

J'ai le choix ? La bonne nouvelle – pour toi et pour moi –, c'est que mes supérieurs ont une confiance exceptionnelle en moi et m'ont chargé de l'enquête. Je n'ai pas réussi à aider Babu, mais je veux t'aider. Es-tu prêt à t'aider toi-même ? Toute la question est là.

J'ai le choix ?

L'enquête fut menée en priorité et supervisée par le sous-directeur. Pour garantir son impartialité, la commission fut composée de deux détenus et d'un outsider en tant que membres officieux, hormis un gradé deux étoiles en service. L'outsider était un juge à la retraite que tous les gouvernements nommaient dans des commissions d'enquête. Vieux et infirme – on devait lui prêter assistance pour monter et descendre l'escalier –, il ne perdait néanmoins pas de vue la situation dans son ensemble. Les détenus étaient Madhukar, le grand artiste, et le Dr Hagg, un homme important, peu enclin à faire n'importe quoi.

Il fallait avoir d'énormes préjugés pour suspecter une telle commission.

Huit semaines plus tard, le rapport établit sans ambiguïté qu'une âpre rivalité entre des gangs belligérants avait dégénéré en des clashs sanglants, déclenchés par une dispute au sujet des évadés.

Le rapport citait Peter qui confirmait ces faits et s'excusait de ne pas avoir montré davantage de retenue. Des certificats médicaux des kakis agressés étaient joints.

La commission félicitait Singham pour sa gestion de la crise. Il avait fait preuve de promptitude, de sagesse et de courage, risquant sa vie pour mettre un terme à la bagarre. Elle ratifiait les mesures qu'il avait prises pendant et après les incidents. Elle approuvait le dépôt de plaintes à l'encontre de huit garçons pour destruction de biens publics, parmi lesquels Aslam, Godwin, Bichchoo et Mustafa.

Dans le cas de Mustafa, cela impliquait, bien que son acquittement fût prévu trois mois plus tard – au bout de quatre ans et quatre mois d'incarcération –, qu'il purgerait une peine de six mois supplémentaires.

Pour leur rôle de premier plan dans la création de la douve de pisse, le colonel Bobby et son escouade furent séparés, tandis qu'on transférait Montu et Gogo. De même que Bobo, Hiuen Tsang, Anthony le Jharkhandi et Verendar. Ils appelleraient de temps à autre et raconteraient d'horribles histoires de souffrance et de dégradation. Même au royaume d'airain, les enfers sont de pire en pire.

Le Dr Hagg fut libéré sous caution peu après. Malgré ses bonnes intentions, il oublia ses promesses d'aider ses codétenus. Il tomba dans les bras de la petite Guddi et, en un rien de temps, il tenait la caisse tant à la maison de santé qu'à la pharmacie. Les dossiers des bébés morts furent enterrés sous une pyramide d'affaires nationales, tellement haute qu'on n'en aurait pas vu le sommet avec un télescope.

Ajay feuilleta pendant des semaines un dictionnaire à la recherche d'un mot susceptible de décrire les incidents. Asambhav ne tarda pas à lui faire remarquer qu'il s'agissait d'événements uniquement indiens, pour lesquels la langue anglaise n'avait pas de mot. Mieux valait se contenter de l'hindi *chutiyapanti*.

S'il n'y eut pas de poursuites engagées contre Peter, on lui adressa une dernière mise en garde plutôt sévère. Sa rébellion et la marche au drapeau avaient été constatées. On le prévint qu'il s'était dangereusement approché de l'auto-anéantissement : on aurait pu l'accuser d'avoir déclaré la guerre à l'État. Or la sédition était l'une des rares choses que l'Inde prenait au sérieux. À l'énoncé de ce terme, les juges se levèrent d'un bond et entonnèrent l'hymne national tandis que les médias se peignirent en trois couleurs et poussèrent un hurlement qui fit frémir les cieux.

Pour sa contrition et sa coopération, Peter se vit confier la gestion de la cuisine. Prenant pitié de leur âge et de leur talent, il engagea Jogen le Jongleur et Atoum Bumb pour qu'ils préparent des *chapatis*. Dorénavant, les officiels qui visitaient le royaume d'airain étaient accueillis dans la cuisine par des vols de *chapatis* et un nain marchant sur les mains.

Face à la scène, le magistrat responsable de cet avant-poste aux barreaux de fer dirait : La vie n'est qu'un cirque. Nous avons la chance d'être les maîtres de la piste.

La cuisine rapporterait environ cinquante roupies à Peter et à ses affidés. Le Cogneur leur dirait : Vous voyez, la violence paie toujours.

Babu ne parviendrait pas à revenir avant un an. Au cours de cette période, le puits de son amertume s'aigrirait de plus en plus. À la tête de Gama, l'envie le taraudait d'ajouter celles de plusieurs musulmans et de pseudo-hindous. À son retour, il dirait à ses disciples : Vous voyez, le compromis ne paie jamais.

Singham rentrerait chez lui et dirait à son épouse : Dans ma prochaine vie, je veux être placeur dans un cinéma. Regarder gratuitement des films et travailler dans l'obscurité. Sa femme lui répondrait : C'est une mauvaise idée, on ne sert à rien dans l'obscurité.

Le seul à connaître toutes les facettes de l'histoire était Asambhav, on ne parlerait néanmoins pas de lui : ni en bien ni en mal : ni maintenant ni plus tard. Il dirait à Aranya : Tu vois, rien ne compte pour moi, à part toi.

Lorsque tous les garçons auraient lu le rapport, Mustafa le Magnifique dirait : Dans mon village de Jammu, mon ami Turwant Singh, le *sardar*, disait :

Daatchi utte chadhbe jaande tinn Singh ji.

Bhaar si ga jaada daatchi payi rding ji.

Personne ne saurait ce que cela signifiait, mais tout le monde en comprendrait parfaitement le sens.

Du même auteur :

La Vallée des masques, Albin Michel, 2012.
Histoire de mes assassins, Buchet/Chastel, 2009.
Loin de Chandigarh, Buchet/Chastel, 2005.

PAPIER CERTIFIÉ

Le Livre de Poche s'engage pour l'environnement en réduisant l'empreinte carbone de ses livres.
Celle de cet exemplaire est de :
750 g éq. CO_2
Rendez-vous sur
www.livredepoche-durable.fr

Composition réalisée par Lumina Datamatics, Inc.

Achevé d'imprimer en novembre 2025 en Italie par
GRAFICA VENETA
Dépôt légal 1re publication : décembre 2025
LIBRAIRIE GÉNÉRALE FRANÇAISE
21, rue du Montparnasse – 75298 Paris Cedex 06
marketing@livredepoche.com

60/8576/3